HEYNE
BÜCHER

Das Buch

Zu ihrem sechzehnten Geburtstag bekommt Eja von ihrem Ziehbruder und Freund Jock ein ganz wunderbares Geschenk – einen Raben. Doch dieser Rabe ist kein gewöhnlicher Vogel. Nicht nur, daß er Regenwürmer und andere Vogelnahrung verschmäht und die feine Küche der Menschen vorzieht, er kann auch noch reden! Doch Eja und Jock verstehen seine Sprache nicht. Erst mit Hilfe des Jägers Horn Elder erfahren sie, daß dieser Vogel in Wirklichkeit das verzauberte Mädchen Tanit aus dem Volk der Edrain ist. Die Angehörigen dieses Volkes verwandeln sich mit Hilfe eines magischen Steins regelmäßig in Bäume oder Tiere, um aus der Natur neue Kraft zu schöpfen. Der finstere Asar hat ihnen den Onduril-Stein geraubt, und so sind sie nun in den fremden Gestalten gefangen. Tanit bittet Eja, Jock und Horn um Hilfe. Sie müssen nicht nur den Wandlungsstein der Edrain finden, sondern vor allem verhindern, daß Asar noch des fünften und letzten Ondurils habhaft wird – denn dann hätte er Macht über ganz Erdherz!

Der Autor

Christopher Zimmer wurde 1959 in Aachen geboren. Nach dem Studium der Theaterwissenschaft, Kunstgeschichte und Germanistik in Wien und Basel arbeitete er für verschiedene Theaterprojekte in Basel und Luzern. Mit seinem Erstlingswerk »Die Steine der Wandlung« gewann er 1996 den Wolfgang-Hohlbein-Preis, mittlerweile sind von ihm zwei weitere Fantasy-Romane erschienen.

CHRISTOPHER ZIMMER

DIE STEINE DER WANDLUNG

Roman

Aus dem Amerikanischen
von Brigitte Merschmann

Deutsche Erstausgabe

WILHELM HEYNE VERLAG
MÜNCHEN

HEYNE ALLGEMEINE REIHE
Nr. 01/10973

Titel der Originalausgabe
BETROTHED

Umwelthinweis:
Das Buch wurde auf
chlor- und säurefreiem Papier gedruckt.

Taschenbucherstausgabe: 10/99

Wilhelm Heyne Verlag GmbH & Co. KG, München
Printed in Germany 1999
Umschlagillustration: Norbert Lösche und Ronnie Leckie/Agentur Holl
Umschlaggestaltung: Atelier Ingrid Schütz, München
Satz: Pinkuin Satz und Datentechnik, Berlin
Druck und Bindung: Ebner Ulm

ISBN 3-453-15232-8

http://www.heyne.de

Ich danke
meiner Mutter für alles
Catherine, Charlotte, Karin, Peter und Susanne fürs Erstlesen
Andy Gisler für die Schreibstube unterm Dach
und Mareike für ihr Ja

Teil 1

Die Stadt im Westen

Das Geschenk

»Jock Aiting, du Narr, willst wohl ersaufen wie eine jämmerliche Katzgeburt? Läufst in der schlimmsten Regenschwemme seit Brasengedenken durch den Wald, wo sich's andre warm und behaglich am Feuer wohltun. Du Narr, bist erst glücklich, wenn du vor deine Haustüre hintreibst, mit der Nase nach unten schaukelnd.«

Jock zog seinen Umhang mit klammen Fingern fester um sich. Die Kapuze ließ nur seine breite, tropfende Nase und seine Augen frei. Dicht drängte er sich an die nasse, schwarzglänzende Rinde eines verwitterten Baumriesen. Doch auch hier fand er keinen Schutz vor Wind und Wetter. Von allen Seiten trieb der Sturm seine Regenschauer wie Wasserwände heran und versuchte, dieses Häuflein Mensch so gründlich aus der Welt zu schaffen, als hätte es Jock nie gegeben.

Jock schimpfte und jammerte leise vor sich hin, dann lachte er plötzlich grimmig auf, verschränkte die Arme und hielt eine Rede in das Heulen des Windes hinein:

»Nun, Meister Sturm, wenn Ihr's nicht lassen könnt, so habt Euren Spaß und blast Euch die Seele aus dem Leib. Schließlich werdet Ihr doch ein Einsehen haben müssen, wenn Euch die Luft ausgeht. Beim ersten Sonnenstrahl ist's dann vorbei, und Meister Aiting pfeift auf Euch. Ich will Euch also nicht weiter stören. Ich für mein Teil habe Wichtigeres zu tun, als mich mit Möchtegernen abzugeben. Ich sage nur, falls Ihr einen echten Aiting kennenlernen wollt, dann gebe ich Euch hier Gelegenheit. Ihr werdet schon sehen, was Ihr ...«

Plötzlich verstummte Jock, duckte sich schnell und kauerte sich zwischen die armdicken Baumwurzeln. Er hatte eine Stimme gehört. Eine schimpfende Stimme! Wer wagte es, ihn zu foppen? Na warte, dachte er. Komm nur näher, und ich zeige dir, was eine rechte Maulschelle ist. Vorsichtig hob er den Kopf über die Wurzeln und spähte zwischen die Bäume. Es war schwer, etwas im Regen und im schwächer werdenden Licht der Dämmerung zu erkennen. Er konnte nur einen Vogel auf dem Ast einer altersschwachen Ulme sehen, der versuchte, unter den Blättern Schutz vor Regen und Wind zu finden, und der vor sich hin schimpfte. Schimpfte? Jock starrte das Tier an. Ein sprechender Vogel? Und was für ein schöner obendrein! Fast so groß wie ein Kolkrabe, mit schwarzen, bläulich schimmernden Federn und einem kräftigen, leicht gebogenen Schnabel, der hell und silbern leuchtete. Pfeifend fuhr die Luft aus Jocks Lungen, die zu lange nicht mehr geatmet hatten. Der Vogel verstummte und blickte in Jocks Richtung. Jock bewegte sich nicht. Was für ein Fang wär' das, dachte er. Flieg bloß nicht fort! Doch der Vogel trat nur unsicher von einem Bein aufs andere und blickte unruhig umher. Leise zog Jock seine Schleuder unter dem Wams hervor und einen runden Stein aus dem Beutel, der an seinem Gürtel hing. Er legte den Stein in die Lederschlaufe und bewegte seinen Arm ruhig und ohne Hast hinter sich. Dann, in dem Augenblick, als der Vogel seinen Blick ganz abwandte und die Flügel ausbreitete, um davonzufliegen, und dabei in den Beinen einknickte, um sich abzustoßen, in dem unachtsamen Augenblick zwischen Ast und Flug, schnellte Jock den Arm über seinen Kopf hinweg und schleuderte den Stein. Der Stein traf den Kopf des Vogels, der lautlos zu Boden stürzte und unhörbar auf der weichen Erde aufschlug.

Mit hellem Jubelruf sprang Jock auf und eilte zu seiner Beute. Der Vogel rührte sich nicht. Er blutete aus einer kleinen Wunde am Kopf. Jock kniete nieder und legte die Hand auf das Tier. Das Herz schlug, der Vogel war nur betäubt. »Ein Meisterwurf!« rief Jock. »Ein echter Aiting!« Vorsichtig band er Flügel und Beine des Vogels zusammen und wickelte ein Stück Stoff um die Krallen. Dann lief er zum Baum zurück und holte seinen Beutel. Er steckte den Vogel hinein, warf sich den Beutel über und machte sich auf den Weg.

Es war schon dunkel, als er den Dreieichenweg erreichte, der zum Hulzenhof führte. Der Sturm hatte sich inzwischen gelegt. Ein milderer Wind trieb die Wolken fort und gab den Nachthimmel frei. Das Haus hob sich im schwachen Licht der Sterne kaum vom Schwarz des Waldes ab. Nur der flackernde Schein eines Feuers, der durch die dünngegerbte Haut der Fenster drang, schwebte im Dunkel der Nacht.

Jock atmete auf. Vielleicht bin ich noch nicht zu spät, dachte er und klopfte vorsichtig an die Tür.

»Nur herein mit dir, Jock«, rief die knarrende Stimme des alten Alva Aiting. »Nur herein mit dir und der ganzen Zeit der Welt, die du dir genommen hast, um uns armen Tröpfen das Leben sauer zu machen.«

Jock trat unter die Tür, zog unter Alvas Wortschwall schuldbewußt den Kopf zwischen die Schultern und schloß ergeben die Augen.

»Nein, du bist noch nicht zu spät«, rief Alva, als hätte er Jocks Gedanken erraten, »Eja Grünauge allein hast du das zu danken. Lieber hätte sie uns alle verhungern lassen, als zuzugeben, daß ihr Jock Aiting, der Freund der Schnecken und Einbeinigen, zu spät zu ihrem Geburtstagsfest erscheint. Ei nein, ei niemals, also hat sie uns verhungern lassen, um nur ja im Recht zu bleiben.«

Ein helles Lachen unterbrach den Alten. »Nun aber genug, Alva«, rief Eja und zog Jock in die Stube. Jock öffnete die Augen und blickte sie dankbar an. Eja drückte ihn sanft auf einen Stuhl.

Eine kleine Gesellschaft hatte geduldig auf den späten Gast gewartet, mit leeren Mägen vor leeren Tellern, während ein köstlicher Duft aus vollen Töpfen die Stube erfüllte. Alva Aiting und Ejas Eltern, Una und Lars Tordal, und Eja, die heute ihren sechzehnten Geburtstag feierte. Ein wichtiger Tag für sie und ihre Eltern, denn in diesem Alter erlangte eine junge Brasin nach alter Sitte der Duna ihre Mündigkeit.

Una drückte Jock eine dampfende Schale heißen Tee in die Hände und hängte seinen tropfenden Umhang ans

Feuer. Vorsichtig nippend trank Jock und fühlte, wie die Wärme langsam in seine erstarrten Glieder zurückkehrte. Seinen Beutel hatte er auf die Ofenbank gestellt. Verstohlen äugte er zuweilen dorthin.

Hoffentlich verdirbt mir der Vogel nicht die Überraschung! dachte er. Wenn er nur noch eine Weile stillhält.

Doch der Vogel schien entweder noch nicht zur Besinnung gekommen zu sein, oder er wagte nicht, sich zu rühren.

»Nun, da wir vollzählig sind, kann ja endlich ein wenig Festlichkeit bei uns einkehren«, sagte Lars Tordal. Er nahm ein Stück Holz und ein Messer zur Hand und fertigte mit wenigen Schnitten geschickt einen kräftigen Kienspan an. Dann trat er zum Herd und entzündete den Span im Feuer. Den brennenden Span gab er Eja und sagte:

»Seit deiner Geburt war es unsere Aufgabe, dir die Wärme eines Heimes und unserer Liebe zu geben. Jetzt kommst du in ein Alter, in dem der Keim liegt für dein eigenes Leben, für deine eigenen Wege. Dieser brennende Span sei ein Zeichen für dich, daß unser Heim und unsere Liebe immer bei dir sind, wohin dein Schicksal dich auch führen mag.«

Dann schwieg er, und einen stillen Augenblick lang sahen alle in die Flamme, deren unruhiges Flackern wie ein eiliges Flüstern war, dessen Worte sich überschlagen, weil die Zukunft so reich und vielgestaltig ist, daß keine Zunge sie erzählen kann, bevor sie nicht in der Vergangenheit zur Ruhe gekommen ist. Die Flamme tanzte in Ejas Augen, in deren tiefem Grün ein anderes, aus dem Innersten kommendes Licht dem Feuer wie eine Antwort entgegenleuchtete. Der Zauber, der alle erfaßte, schien endlos. Doch als sich das Feuer Ejas Fingern näherte, tauchte sie den Kienspan in eine Schale Wasser. Das Zischen der verlöschenden Flamme weckte alle aus ihren Träumen.

Da ließen sie sich Una Tordals Gerichte schmecken, und nicht lange, so scherzten und lachten sie, und selbst der alte Alva gab seine Geschichten so herzerfrischend zum besten, als würde er sie nicht zum hundertsten Male erzählen, sondern als hätte er sie grade eben erfunden. Nur Jock wollte nicht so recht in diese Fröhlichkeit passen. Unruhig rutschte er auf seinem Stuhl herum und schielte zu seinem Beutel hinüber.

Schließlich erbarmte sich Lars Tordal, dem sein sonderbares Benehmen nicht entgangen war, und sagte:

»Nun, Jock, mir scheint, dir sitzt etwas auf dem Herzen, das schnell heraus muß, sonst könnte es passieren, daß es zu groß wird und einen gewissen jungen Aiting zum Platzen bringt.«

Eine feine Röte schlich sich auf Jocks braune Wangen. Er senkte verlegen den Kopf, doch seine Augen blitzten unter den wirren Strähnen seines dunklen Haarschopfes hervor. Geheimnisvoll schweigend stand er auf, holte seinen Beutel, stellte ihn vorsichtig auf den Tisch und begann ihn betont langsam und umständlich zu öffnen.

»Nun seht euch den Meister Heimlichtuer an«, brummte Alva. »Da müssen ja wahre Schätze drin verborgen sein.«

Jock grinste verschmitzt und geschmeichelt und wurde noch langsamer und ungeschickter.

»Nun mach schon, Jock«, rief Eja aufgeregt.

Endlich hatte Jock den Beutel geöffnet und sagte feierlich:

»Mein Geschenk, Eja. Zu deinem Geburtstag.«

Dann griff er mit der Hand in den Sack, zog sie aber gleich wieder mit einem Schrei heraus und steckte mit schmerzverzerrtem Gesicht einen blutenden Finger in den Mund. Alle lachten über den armen Teufel, und Alva rief:

»Eine Bestie! Ein Ungeheuer! Jock hat wohl einen Drachen herangeschleppt. Was für ein edles Geschenk.«

Da packte Jock verärgert seinen Beutel, drehte ihn um und schüttete den Inhalt kurz entschlossen auf den Tisch. Als der gefesselte Vogel auf der Tischplatte aufschlug, entfuhr es ihm:

»Schairi, feldar a minait bosnag!« Sogleich aber klappte er seinen Schnabel wieder zu, zog wie ertappt den Kopf zwischen die Flügel und blieb regungslos liegen.

»Wie herrlich!« rief Eja und klatschte in die Hände. »Ein sprechender Vogel! O Jock, was für ein schönes Geschenk!« Sie streckte die Hand aus und wollte den Vogel streicheln.

»Vorsicht!« rief Jock, der wieder seinen Finger in den Mund gesteckt hatte. Doch der Vogel hatte die Nähe der Hand schon gespürt und machte eine schnelle Bewegung mit dem Kopf, um sich zu verteidigen. Eja zuckte zurück. In diesem Augenblick sahen Eja und der Vogel einander an. Die Augen des Vogels waren von demselben leuchtenden Grün wie Ejas Augen. Es schien Eja, als wären diese Augen, die ebenso überrascht und fragend blickten, wie sie selbst es wohl tat, nicht die Augen eines Tieres, sondern menschlich wie die ihren. Lange konnten sie den Blick nicht voneinander lösen. Der Vogel wandte sich als erster wieder ab. Eja schaute sich verwirrt um und sah gerade noch, daß Una die Hand von Lars umkrampft hielt. Ihr Gesicht war blaß wie nach einem großen Schreck. Als sie aber sah, daß Eja es bemerkt hatte, zwang sie sich rasch zu einem Lächeln, zog ihre Hand zurück und legte sie still in den Schoß.

Alva unterbrach das Schweigen: »Nun seht euch diese Augen an. Da scheint unsere Eja Grünauge wohl zu einem Zwilling gekommen zu sein, wenn man das von einem Vogel überhaupt sagen kann. Aber wenn er auch diese Augen hat und wenn er auch redet, wie ihm der Schnabel gewachsen ist, so hab ich doch kein Wort davon verstanden. Es werden wohl keine rechten Worte gewesen sein. Das arme Vieh wird irgendwo was aufgeschnappt haben, was es nun sinnlos nachplappert.«

»Ich weiß nicht«, sagte Eja. »Es klang doch wirklich, als wollte der Vogel etwas sagen und dann, diese Augen, so ... ach, ich weiß nicht.«

»Na klar kann der Vogel richtig sprechen«, rief Jock, der gar nicht begeistert war, daß seinem Geschenk auch nur ein Jota an Wert genommen werden sollte. »Ich werde es euch beweisen.«

Vorsichtig packte er den Vogel, wobei er die Nähe des

Schnabels mied, band seine Krallen los und stellte ihn auf die Beine. Dann stupste er ihn und sagte:

»Na komm schon, red, sag was, und zeig, was du kannst.«

Doch der Vogel schwieg und schaute bloß auf dem Tisch herum, als gingen ihn die unverständlichen Absichten der menschlichen Wesen nicht das Geringste an.

»He!« rief Jock. »Du glaubst wohl, du könntest uns was vormachen. Du denkst dir wohl, wenn du kein Wörtchen mehr von dir gibst, würdest du einfach so davonkommen und wir würden dich wegfliegen lassen. Das kannst du dir aus dem Kopf schlagen.«

»Ach, laß ihn doch, Jock. Vielleicht hat er ja nur Hunger und Durst«, meinte Eja. »Sei nett, und hol ein paar Würmer aus dem Garten und was so ein Vogel sonst noch frißt.«

Schmollend trollte sich Jock hinaus. Eja füllte eine kleine Schale mit frischem Wasser und stellte sie vor den Vogel, der nach anfänglichem Zögern und vorsichtigen Seitenblicken durstig zu trinken begann. Dann kam Jock wieder herein, mit schmutzverschmierten Händen, in denen er eine stattliche Anzahl Regenwürmer hielt. Der Vogel verfolgte neugierig, was sie taten. Eja nahm einen dünnen Zweig, schnitt in sein eines Ende eine Kerbe, in der sie einen der Regenwürmer festklemmte. Dann hielt sie dem Vogel den Wurm vor den Schnabel. Der Vogel zuckte entsetzt zurück, und es schien allen, als würde er den Wurm voller Abscheu und Ekel anblicken.

»Na so was«, staunte Alva. »Das ist aber ein seltsamer Vogel, der so einen Leckerbissen verschmäht. Womit soll man ihn denn satt kriegen?«

Doch was sie auch versuchten, Körner, eine Fliege, Käfer, Ameisen, Mücken, der Vogel nahm nichts an. Schließlich gaben sie es auf. Doch während sie noch überlegten, was zu tun sei, trippelte der Vogel auf dem Tisch umher und kam dabei in die Nähe der Reste von Unas Heidelbeerkuchen. Kaum hatte er diesen erspäht, stürzte er sich mit Begeisterung darauf und begann hungrig einen Bissen nach dem andern in sich hineinzuschlingen.

»Das hat die Welt noch nicht gesehen«, rief Alva. »Ein Vogel, der eine gute Küche zu schätzen weiß. Vielleicht kann ihm Una noch von ihrem Pilzgericht anbieten.«

Er schöpfte selber etwas davon in eine Schale, die er dem Vogel hinschob. Auch die Pilze ließ sich der Vogel gut schmecken.

»Na, die Frage der Ernährung ist damit gelöst«, meinte Alva. »Ich fürchte, Una, da hat dir Jock einen ungebetenen Esser mehr aufgehalst. Aber was für ein seltsamer Gast. So einen Vogel habe ich noch nie gesehen. Was das wohl für eine Sorte sein mag?«

Niemand wußte ihm darauf eine Antwort zu geben.

»Er muß einen weiten Weg hinter sich haben«, sagte Eja. »Sicher hätte er uns viel zu erzählen, wenn er nur wollte und wir ihn verstehen könnten.«

»Ich weiß, was wir machen«, rief Jock. »Wir können doch Horn fragen. Der ist viel herumgekommen, mehr als jeder andere von uns und alle sonst im Raunatal. Der wird sicher eine Antwort wissen. Wo er jetzt wohl stecken mag?«

»Aber warum denn? Das ist doch nur irgendein Vogel. Was müßt ihr denn wissen, woher er kommt?« sagte plötzlich Una mit einer Stimme, die so voller Angst war, daß alle sie erstaunt ansahen.

»Schon gut, Una«, sagte Lars und legte seine Hand beschwichtigend auf die ihre. »Es ist schon richtig so. Am besten ist, Eja entscheidet, was mit ihrem Geschenk geschehen soll. Sie ist nun in einem Alter, in dem sie lernen muß, selber Entscheidungen zu treffen. Was auch dabei herauskommt, es ist wohl die richtige Zeit dafür gekommen, nicht wahr?«

Er sah Una ernst und forschend in die Augen, ohne seine eigene Unruhe verbergen zu können. In Unas Augen traten Tränen, und da sie nicht wollte, daß die anderen dies sahen, senkte sie den Kopf und sagte leise:

»Ja, es ist wohl gut so.«

Eja konnte nicht verstehen, warum die beiden so beunruhigt waren. Es war doch wirklich nur ein Vogel. Doch sie wollte ihren Eltern nicht weh tun und sagte:

»Wir können ja morgen entscheiden, was zu tun ist. Es hat ja keine Eile.«

»Ja, es hat keine Eile«, meinte ihr Vater. »Schlafen wir darüber und sehen, was der morgige Tag uns bringt.«

Ein sonderbarer Schatten hatte sich über die kleine Gesellschaft gelegt, und es wollte keine rechte Fröhlichkeit mehr aufkommen. Alva und Jock verabschiedeten sich bald und brachen auf. Doch unter der Tür wandte sich Jock noch einmal an Eja und sagte:

»Morgen komme ich wieder und baue dir einen schönen, großen Käfig für den Vogel. Paß auf, daß er dir bis dahin nicht davonfliegt.«

Lars schloß die Läden vor den Fenstern, verriegelte sorgfältig die Tür und verschloß auch die Rauchklappe über dem Herd, so daß dem Vogel kein Fluchtweg mehr blieb. Dann löste er die Schnur, mit dem die Flügel zusammengebunden waren. Still ließ der Vogel alles mit sich geschehen und fügte sich den ruhigen Händen Lars Tordals ohne Gegenwehr. Er schien sich mit seinem Schicksal abgefunden zu haben und auch zu erschöpft zu sein, um sich auf einen Kampf einzulassen. Eja trat vor ihn und sagte:

»Du kannst mich sicher nicht verstehen, aber ich will dir doch sagen, daß du keine Angst zu haben brauchst. Ruh dich gut aus, du hast sicher schlimme Tage hinter dir.«

Der Klang ihrer Stimme schien dem Vogel gutzutun. Er sah Eja dankbar an. Wieder hielt die Ähnlichkeit ihrer Augen sie gefangen. Eja hob vorsichtig ihre Hand und streichelte sanft den Kopf des Vogels, der dies geschehen ließ und wie zur Antwort mit seinem Schnabel leicht über Ejas Hand strich. Eja legte eine alte Decke auf die Ofenbank, die dem Vogel als Schlafplatz dienen sollte.

»Nun komm, Eja«, sagte Una. »Zeit zu schlafen.«

Sie schloß Eja in die Arme und drückte sie lange an sich, als hätte sie Angst, sie zu verlieren und als wollte sie Eja nicht mehr loslassen.

»Gute Nacht, Mutter«, sagte Eja. »Gute Nacht, Vater.«

Sie ging in ihr Zimmer und legte sich ins Bett. Eine Weile noch lauschte sie auf die Geräusche des Hauses und der Nacht. Dann schlief sie ein. In dieser Nacht träumte sie von seltsamen stummen Wesen, deren grüne Augen ihr etwas zu sagen schienen, das sie nicht verstehen konnte, sosehr sie es auch versuchte.

Das Deichfest

Ohne Erinnerung an die Träume der Nacht erwachte Eja. Lange lag sie mit offenen Augen in ihrem Bett und blickte zur Decke des Zimmers hinauf, an der die Lichter, welche die Sonne durch die Blätter warf, wie im Spiel umhertanzten. Vor dem Fenster erklangen die Laute des frühen Morgens. Der Tag dehnte sich und schüttelte den Schlaf aus seiner Stille, seinem Licht und aus der Kühle des schwindenden Morgentaues auf den Blüten, den Spinnweben und den Gräsern, die im Winde wehten und mit ihm zwischen Erde und Himmel schwankten.

Da fiel ihr der Vogel ein. Schnell waren Schlaf und Müdigkeit vergessen, und was noch blieb, vertrieb das kalte Wasser, mit dem sie sich wusch. Sie lief in die Küche, plötzlich von Angst erfüllt, der Vogel könnte davongeflogen sein oder alles nur ein Traum. Doch der Vogel war da und wirklich, hüpfte in der Küche flügelschlagend umher und flatterte erschreckt auf, als Eja so plötzlich hereinstürmte. Eja lachte und begrüßte ihn mit zärtlicher Stimme, die ihn sogleich beruhigte. Ohne Scheu flog er zu ihr und setzte sich auf ihre Schulter. Sie streichelte ihn und lief mit ihm zu ihrer Mutter, die das Essen zubereitete.

»Ist er nicht schön?« rief sie. »Und wie gut wir uns schon verstehen. Was für ein Geschenk!«

Una lächelte über ihr Glück. Doch immer noch betrachtete sie den Vogel voller Scheu und mit einem Unbehagen, das sie sich selber nicht erklären konnte. Jedesmal, wenn sie ihn ansah, erschrak sie über die Menschlichkeit seiner grünen Augen und die Ähnlichkeit mit Eja. Doch dann schalt sie sich selber eine Törin und schüttelte die Beklemmung wie einen albernen Tagtraum ab. Es war ja nur ein Vogel. Ein seltener, nie gesehener obendrein, dem es wohl anstand, so sonderbare Augen zu haben. Also gab sie sich freundlich und war seltsam berührt, wie rasch der Vogel ihre Zuneigung erwiderte und voll Ernst Gleiches mit Gleichem vergalt.

Unterdessen war Eja hinausgelaufen, wobei sie nicht vergaß, die Türe sorgfältig hinter sich zu schließen. Sie lief zu ihrem Vater in den Stall und half ihm, die Ziegen zu melken, die Schweine, Hühner und Kaninchen zu versorgen und frisches Wasser vom Brunnen ins Haus zu tragen. Als sie fertig waren, setzten sie sich zu Tisch. Der Vogel mit seiner so untierischen Vorliebe für menschliche Nahrung sorgte für Heiterkeit, und unter Lachen und Scherzen zerstreuten sich alle Bedenken, die das seltsame Geschenk mit so viel Ängsten und Verwirrung umgeben hatten.

»Heute sollst du zu Ehren deines Geburtstages einen freien Tag haben. Und am Abend wollen wir gemeinsam ins Dorf zum Deichfest gehen. Du darfst zum ersten Mal dabei sein, wenn die großen Geschichten erzählt werden. Das wird ein wichtiger Tag für dich sein, Eja.«

Eja ließ sich das nicht zweimal sagen. Kaum hatten sie zu Ende gegessen, sprang sie vom Tisch auf und wollte mit dem Vogel auf der Schulter zur Türe hinaus.

»Halt, langsam«, rief Lars Tordal. »So wirst du nicht lange Freude an deinem Geschenk haben. Laß ihn lieber hier. Noch ist er nicht so zahm, daß er bei dir bliebe.«

Das mußte sie einsehen, und schweren Herzens ließ sie den Vogel zurück.

»Ich komme bald wieder«, sagte sie zu ihm und lief hinaus.

Die Wärme der Morgensonne, die mit den kühlen Lüften spielte, der blaue Himmel, der so wolkenlos und hoch war, daß man nicht lange in ihn blicken konnte, ohne zu glauben, sogleich in ihn hineinfallen zu müssen, endlos tief und endlos weit, die Blumen, die Wiesen, die Bäume, die Vögel und Bienen, das ganze geschäftige Treiben des frühen Tages halfen Eja bald über den kleinen Kummer hinweg, den Vogel zurücklassen zu müssen. Schon hatte sie sich in diesen Tag verliebt und lief den Dreieichenweg entlang. Dann bog sie in den Illmenweg ein und folgte diesem, solange er noch erkennbar war, bis sie schließlich ohne Pfad weiterlief, über Wiesen und durch kleine Böschungen, immer höher hinauf, das Tal weiter und weiter hinter sich zurücklassend.

Endlich erreichte sie ihr Ziel, das alte Fennerjoch, eine breite Hügelkuppe, auf der eine Wiese auf drei Seiten von dichtem Wald umschlossen wurde. Am freien Ende der Wiese stand eine große Kastanie, ganz nahe am Abhang, der sich steil bis weit ins Tal senkte. Von dort hatte sie einen wunderbaren Ausblick auf die Rauna, die sich in sanften Schwüngen durch das weite Tal zog. Eja liebte diesen Ort und diesen Baum und ließ keine Gelegenheit aus, hierherzukommen und ihren Gedanken freien Lauf zu lassen. Sie setzte sich in den Schatten zwischen die mächtigen Wurzeln des Baumes und blickte verträumt in das Tal hinab.

Das Raunatal lag still und fern unter ihr. Im klaren Licht der Frühe reichte ihr Blick weit vom Anfang des hochgelegenen Tales bis zu seinem Ende hin und fing sich an den scharfen, überdeutlichen Linien der Berge, die das Tal steinern umklammerten und zugleich schützend gegen die Außenwelt verschlossen. Hoch ragten die Berge empor, an der Spitze nicht selten von ewigem Schnee bedeckt. Im Westen am höchsten standen Mutwand, Altenberger, Roßkopf, Schreckhorn und Ortel, im Osten Ziegenspitz, Mitterberg, die Türme der Gelfen und höher noch und gewaltig alle überragend die mächtige Weißzinne. Tief im Süden trafen die beiden Bergketten aufeinander. Undeutlich war in der Ferne das Rothorn zu sehen, über dessen Paß die Bewohner des Tales einst gekommen waren.

Zu Fluß und Berg
ins grüne Tal
nach Winters Nacht
mit Wolf und Wind
als kalt das Herz
und Auge blind
da kamen wir
am End der Qual

Zu Fluß und Berg
ins schöne Tal

Eja sang vor sich hin und blickte durch die Blätter über sich in das Muster aus Sonnenlicht und Himmelsblau. Sie merkte nicht, wie Jock leise zu ihr trat und sich neben sie auf eine Wurzel setzte. Er hörte ihr zu und setzte, als sie verstummte, das Lied fort:

Bei Baum und Strauch
im grünen Tal
da merkten wir
mit einem Mal
der Brase hat
auch einen Bauch
doch hat ein End
auch diese Qual
an Herd und Tisch
im schönen Tal

»Das hast du erfunden«, sagte Eja lachend. »Die Strophe habe ich sicher noch nie zuvor gehört.«

Jock rutschte an der Wurzel hinab, bis er neben Eja lag, verschränkte die Arme unter dem Kopf und blickte wie sie in das Spiel des Lichts hinauf. Dann pfiff er Suso, den alten Hofhund der Aitings, der ihn begleitet hatte, heran und sagte:

»Das war auch nötig, Eja. Man muß ja Sorge zu dir tragen. Wenn du noch lange hier gelegen und geträumt hättest, wäre in deinem Bauch ein Loch gewachsen, das den ganzen Berg hätte verschlingen können. Es ist längst Mittag und Zeit zu essen. Also komm, ich habe schon dafür gesorgt, daß reichlich etwas da ist.«

Er setzte sich auf und packte seinen Beutel aus, legte Äpfel, Nüsse und Brot auf eine Decke und einen Ziegenlederschlauch mit Wasser daneben. Eja ließ sich nicht zweimal bitten und griff zu. Nachdem der erste Hunger gestillt war, meinte Jock mit vollem Mund:

»Ich war inzwischen nicht faul und habe einen Käfig für deinen Vogel gebaut. Ich habe ihn bei euch zu Hause abgestellt, bevor ich hierhergekommen bin. Es bleibt uns vor dem Fest noch genug Zeit, um den Käfig auszuprobieren. Aber laß uns erst ein wenig schlafen. Ich bin noch müde von gestern abend, und es wird heute sicher spät genug werden.«

»Einverstanden«, sagte Eja. »Was Essen und Schlaf angeht, tut jeder gut daran, auf Jock Aiting zu hören, der darin ja wirklich ein Meister ist.«

Jock zog Eja scherzhaft strafend an ihren langen Haaren, und eine Weile balgten sie sich und verfolgten einander über die Wiese, während Suso wild kläffend um sie herumsprang, bis sie müde und erhitzt zurück in den Schatten des Baumes liefen, sich hinlegten und Seite an Seite einschliefen.

Eja schlief unruhig. Sie träumte, eine Stimme, die sich kaum vom Rauschen der Blätter im Wind unterschied, würde sie rufen, und als sie hinaufblickte, um zu sehen, wem die Stimme gehörte, sah sie in der Rinde des Baumes zwei große grüne Augen, die sie ernst anblickten. Eja konnte den Blick nicht abwenden. Es war ihr, als würde sie so tief in diese Augen sehen können, daß ihr Blick bis in den Stamm, in das Herz des Baumes wanderte und, tiefer noch, in seine Wurzeln hinab und von dort weiter in das Dunkel der Erde, das aber nicht schwarz war, sondern hell erleuchtet von einem grünfunkelnden Licht, das Eja ganz und gar vertraut schien, als würde sie in sich selber hineinblicken, und während sie tiefer und tiefer sank, neigte der Baum seine Zweige zu ihr herab, als wolle er sie wie mit Armen umfangen und für immer einschließen und mit hinabziehen in diese endlose Tiefe, die so unergründlich war, so erschreckend und verlockend zugleich. Doch in dem Augenblick, als die Blätter des Baumes sie berührten und sie die kühle Haut der Zweige spürte, erwachte Eja und setzte sich verwirrt auf. Der Baum erhob sich still über ihr, blicklos und stumm, nur die Zweige und Blätter schwangen sanft im Winde. Und doch war es ihr, als könne sie in dem

Baum mehr Lebendigkeit spüren, als ihm beim bloßen Hinsehen anzumerken war, als müsse er ein Geheimnis verbergen, das nicht für das Licht des Tages und die Neugier menschlicher Blicke bestimmt war, sondern nur für die Wahrheit und Verschwiegenheit der Träume. Sie lehnte ihre Wange an den Stamm, schloß die Augen und richtete ihr ganzes Wesen diesem Baum entgegen, ohne sich zu fragen, warum sie es tat, und ohne Erstaunen über diese neue Welt, die sich vor ihr auftat, eine Welt, in der die Träume die Grenze zum Wachsein überschritten und nicht weniger wirklich waren als die gewohnten Geschehnisse des Tages.

Jock, der sich neben ihr regte, rief sie in die Wirklichkeit zurück. Gähnend setzte er sich auf, kratzte sich am Kopf und rieb sich den Schlaf aus den Augen. Dann sprang er mit einem Blick auf die Sonne eilig auf und rief: »Jetzt aber los, Eja, wir haben ja den halben Tag verschlafen.«

Tatsächlich begann die Sonne schon zu sinken, und die Schatten waren lang geworden. Sie packten rasch die Reste ihrer Mahlzeit ein und liefen mit Suso um die Wette zum Hulzenhof zurück.

Als sie ankamen, fanden sie das Haus verlassen vor. Lars und Una waren sicher schon ins Dorf vorausgegangen. Der Vogel saß vor dem Haus auf einer Stange, an der Lars eines seiner Beine mit einer Schnur festgebunden hatte, die es dem Vogel erlaubte, kurze Strecken herumzuflattern. Ab und zu pickte er mit seinem Schnabel an der Schnur herum, als wolle er sie loswerden und wieder frei kommen. Suso, der sich neugierig der Stange näherte und nach dem Vogel schnupperte, schien ihn zu ängstigen, so daß Jock den Hund fortschickte. Beleidigt kniff Suso den Schwanz ein und schlich sich davon, nicht ohne den Vogel mit einem fast menschlichen Blick der Verachtung zu strafen.

»Wir haben noch etwas Zeit«, meinte Jock. »Laß uns den Käfig ausprobieren, dann können wir sicher sein, daß dein Vogel nicht das Weite suchen kann.«

Er holte den Käfig aus dem Schuppen und stellte ihn

vor den Vogel. Der Käfig war groß und geräumig aus kräftigen Weidenzweigen zusammengefügt, mit einer kleinen Tür, die ein Band verschloß. Jock öffnete den Käfig und näherte sich möglichst unauffällig dem Vogel, der ihn neugierig und mit argwöhnischen Blicken beobachtete. Dann packte Jock ihn schnell, steckte ihn, ohne erst die Schnur an seinem Bein zu lösen, in den Käfig und schloß die Tür hinter ihm. Als der Vogel merkte, was mit ihm geschehen war und daß ihm nun gar kein Ausweg mehr blieb, begann er wild zu toben und so verzweifelt gegen die Stäbe des Käfigs anzustürmen, daß er in Gefahr geriet, sich ernstlich zu verletzen.

»O Jock, ich glaube, wir haben einen Fehler gemacht«, rief Eja erschrocken. »Er wird sich noch weh tun. Bitte, laß ihn wieder heraus. Er wird schon nicht wegfliegen und wenn, ist es mir immer noch lieber, als wenn er sich ein Leid zufügt.«

Jock war selber erschrocken. Eilig öffnete er die Tür und ließ den Vogel heraus. Der Vogel flog, so weit es seine Schnur zuließ, fort, versteckte sich in einem Winkel der Hausmauer und warf ihnen vorwurfsvolle Blicke zu.

»Ach, jetzt haben wir es uns mit ihm verdorben. Dabei hatten wir uns gerade erst angefreundet«, sagte Eja den Tränen nahe.

»Schon gut, schon gut«, tröstete Jock sie. »Ich weiß, was ich zu tun habe.«

Er trat zu dem Käfig und fing an, ihn für den Vogel deutlich sichtbar Stück für Stück auseinanderzureißen. Als nichts mehr übrig war als ein Haufen zerbrochener Zweige, gab er sich schließlich zufrieden.

»So, das müßte genügen«, meinte er. »Das sollte dem Vogel zeigen, daß wir es gut mit ihm meinen.«

Eja ging auf den Vogel zu und versuchte, ihn mit leisen, zärtlichen Worten zu beruhigen. Sanft streichelte sie seine Federn, und endlich ließ er sich wieder hochheben und zurück auf die Stange setzen.

»Ich verspreche dir, daß so etwas nie wieder geschehen wird. Jock hat es doch nur gut gemeint.«

»Ja, wirklich nur gut gemeint«, bestätigte Jock und streckte vorsichtig die Hand nach dem Vogel aus. Doch der wollte sich mit Jock nicht so einfach abfinden und hackte mit seinem scharfen Schnabel nach dessen Fingern, die Jock in Erinnerung an frühere schmerzhafte Erfahrungen schnell wieder zurückzog.

»Na ja, du brauchst noch etwas Zeit, dich an mich zu gewöhnen. Aber eines Tages wirst du einsehen, daß auch Jock Aiting ein Vogelfreund ist. Weißt du, Eja, ich bin jetzt erst recht neugierig geworden, was für ein seltener Geselle das ist. Ich habe noch nie einen Vogel wie diesen gekannt. Es wird Zeit, daß wir uns auf die Suche nach Horn machen und ihm den Vogel zeigen. Er ist heute abend sicher auch beim Deichfest.«

Eine Weile stritten sie sich noch, ob sie den Vogel nun mitnehmen oder doch besser dalassen sollten. Eja wollte ihn nach diesem Erlebnis auf keinen Fall allein lassen, doch Jock hielt es für besser, ohne den Vogel zum Fest zu gehen, da er immer noch fürchtete, er könne entkommen. Außerdem, meinte er, würden die vielen Menschen den Vogel sicher sehr erschrecken und einschüchtern. Das sah auch Eja ein und so brachte sie ihn ins Haus und vertröstete den Vogel auf ihre Rückkehr. Wieder schienen ihre Worte den Vogel zu beruhigen, auch ohne daß er sie verstand, und still blieb er auf seiner Decke auf der Ofenbank sitzen, als sich die Tür hinter ihnen schloß.

Sie gingen den Dreieichenweg entlang bis hinunter zur Rauna, wo sie auf den Unteren Waalweg stießen, der am Ufer der Rauna bis nach Palmücken, dem Hauptort der Brasen, führte. Dort trafen sie auf viele andere Brasen, die unterwegs zum Deichfest waren. Begrüßungen und kleine Geschichten aus der Nachbarschaft verkürzten den Weg bis ins Dorf. Als sie ankamen, war die Dämmerung schon weit fortgeschritten. Überall brannten Fackeln, die das Dorf in ein festliches Lichtermeer tauchten. An Ständen gab es Glühwein und Gewürzkuchen, und die für die Brasen typische laute, ja eigentlich ohrenbetäubende Musik erklang. Kleine Gruppen hatten sich zusammengefunden und spielten das Lieblingsinstrument der Brasen, den Preßsack, ein Wirrwarr aus Röhren und einem Ziegenledersack, der an einem Gürtel um den Bauch gebunden wurde. Dieses Instrument bliesen die Brasen aus vollen Backen und manchmal auch mit mehr Herzenslust als Musikalität und vollführten einen Lärm damit, der jeden unliebsamen Geist sicher bis weit über alle Berge hinweg verjagen konnte. Dazu tanzten Paare mit schweren Schuhen auf einfachen, roh zusammengezimmerten Holzpodesten, die nicht selten unter den wilden Sprüngen der Tänzer zusammenbrachen. Unter lautem Gelächter halfen sie einander wieder auf die Beine, klopften sich gegenseitig den Staub aus den Kleidern und suchten sich ein anderes Holzpodest, das ihnen fester schien, um auf diesem um so wildere Sprünge zu vollführen.

Eja und Jock hielten sich nicht lange an den Ständen, der Musik und bei den Tänzern auf, sondern suchten in der Menge erst nach Lars und Una, die sie kurz begrüßten, und dann weiter nach Horn. Sie drängten sich durch die engen Gassen des Dorfes, vorbei an den Werkstätten des Schmieds, des Schusters und des Zimmermanns, vorbei auch am Mühlbach, der das Rad der Mühle in schweren Schwüngen drehte, bis sie neben dem Haus des Landboten zum Sandwirtshaus kamen. Als sie zur Tür hineinwollten, stießen sie mit einem großen Mann zusammen, der gerade heraustrat.

»Holla, Jungvolk«, rief er und las die beiden vom Boden auf. »Tordals Tochter Eja und Meister Aiting persönlich, wie mir scheint. Welche Ehre, mit solch edlen Gewächsen zu so später Stunde zusammenzustoßen.«

»Diese Ehre kann mir gestohlen bleiben«, schimpfte Jock und rieb sich seinen Bauch, auf den Eja gefallen war. »Ihr tätet gut daran, einen Blick vor Eure Füße zu werfen, bevor Ihr so unvermutet aus einer Tür tretet und kleine, schwache Leute einfach über den Haufen rennt, Herr Elder. Wenn Ihr so in den Wäldern jagt, werdet Ihr wohl viel Wild mit Euren schweren Füßen erlegen.«

Horn blickte mit lachenden Augen auf Jock herab, der

so kummervoll seine Glieder ordnete, legte ihm die Hand auf die Schulter und sagte begütigend: »Nun, nun, mein lieber Herr Aiting, ich glaube, wir tragen alle ein wenig Schuld an diesem schrecklichen Unglück. Aber vielleicht kann ich mein Teil daran mit einem Bier wiedergutmachen.«

»Das ist ein Wort, wie ich's gerne höre«, jauchzte Jock und hatte im Nu allen Schmerz vergessen. »Ich will gleich vorausgehen und Eurer Angebot in Zahlung nehmen, bevor Ihr es Euch anders überlegt.« Schnell trat er ein und ließ Horn und Eja zurück.

»Ach, Jock ist doch einfach unbezahlbar«, lachte Eja.

»Nun, hoffentlich nicht zu unbezahlbar«, erwiderte Horn schmunzelnd. »Komm, wir wollen ihn nicht allein lassen, sonst kann es geschehen, daß das Bier, das unser Meister Aiting in Zahlung nimmt, mich teuer zu stehen kommt.«

Sie traten ins Wirtshaus und gesellten sich zu Jock, der bald unter dem Einfluß des Bieres alle Gäste mit Geschichten und Liedern unterhielt und sich so manches Glas durch seine Unterhaltung dazuverdiente. Endlich mahnte der Wirt zum Aufbruch, denn es war Zeit geworden, zum Moosbühel zu gehen, auf dem der eigentliche Höhepunkt des alljährlichen Deichfestes stattfinden würde.

Die Gäste verließen das Wirtshaus. Draußen war die Musik verstummt. Alle hatten sich auf den Weg zum Moosbühel gemacht, auf dem sich das Versammlungshaus der Brasen befand. Mächtige Eichen standen dort in Reihen nebeneinander, die zusammen ein langgestrecktes Geviert einschlossen. Die dicht belaubten Kronen bildeten ein undurchdringliches Dach, durch das kaum ein Regentropfen drang. Unter diesem natürlichen Dach saßen die Brasen auf einfachen Bänken, ohne allzu große Ordnung, buntgemischt in der weiten Halle, an derem erhöhten Ende Recht gesprochen wurde, Ehen geschlossen oder wie am heutigen Tage der Erzähler seinen Platz hatte.

Eja, Horn Elder und Jock bahnten sich einen Weg durch die Reihen und fanden noch einen Platz neben Lars und

Una. Während sie auf den Beginn der Geschichten warteten, erzählte Eja Horn Elder von dem Vogel, den Jock ihr geschenkt hatte, der so groß sei, mit einem silbernen Schnabel und grünen Augen und der sogar sprechen könne, wenn auch in einer unverständlichen Sprache. Mit Jocks Unterstützung, die nicht sehr hilfreich war, da dieser nach dem vielen Bier mit etwas schwerer Zunge sprach, versuchte sie sich an die Worte zu erinnern, die sie gehört hatten. Doch was sie auch sagten, nichts wollte so klingen wie das, was der Vogel gesprochen hatte. Schließlich beugte sich Alva Aiting, der hinter ihnen saß, vor und meinte:

»Vielleicht irre ich mich ja, aber ich glaube mich zu erinnern, daß das erste Wort, das ich von ihm gehört habe, so ähnlich klang wie Schaira oder so.«

Da richtete sich Horn ruckartig auf, alle Ruhe fiel von ihm ab, und er drehte sich nur mühsam beherrscht zu Alva um und sagte:

»War es nicht vielleicht das Wort Schairi, das ihr gehört habt.«

»Ja«, rief Eja. »Das war es. Horn, kennst du diese Sprache? Kannst du sie verstehen?«

»Ich hatte also recht«, fiel Jock ihr ins Wort. »Der Vogel kann wirklich sprechen und nicht nur Unfug ohne Sinn und Verstand nachplappern.« Siegesgewiß drehte er sich zu Alva um.

»Na meinetwegen«, sagte Alva. »Dann kann er eben sprechen.«

Dann redeten alle drei wild durcheinander auf Horn ein, der aber plötzlich ganz verschlossen wirkte.

»Ich bin nicht sicher. Es ist lange her. Kann sein, daß ich mich täusche«, wehrte er ab und wollte nicht mehr dazu sagen. »Später«, meinte er. »Ich muß mich erst wieder erinnern. Falls es überhaupt etwas zu erinnern gibt. Dann wollen wir uns den Vogel näher anschauen und sehen, was dabei herauskommt. Doch nun genug, ihr seht, daß es gleich anfängt. Der alte Gorre ist schon an seinem Platz.«

Tatsächlich wurde es nun still im Saal. Alle, die noch nicht saßen, suchten sich einen bequemen Platz, und so mußten sich Eja, Jock und Alva gedulden und ihre Neugier zügeln. Lars und Una hatten in dem Stimmengewirr bis auf Bruchstücke kaum etwas von ihrer Unterhaltung mitbekommen, doch warfen sie immer wieder beunruhigte und fragende Blicke zu ihnen herüber. Aber sie mußten ihre Fragen, mochten sie ihnen noch so sehr auf dem Herzen liegen, auf später verschieben, denn die Zeit war gekommen, in der das alte Lied der Brasen angestimmt werden sollte, um alle Brasen an Vergangenes zu erinnern, damit es in ihrem Gedächtnis lebendig erhalten bliebe und ihnen bewußt machte, was es hieß, ein Teil der Gemeinschaft der Brasen zu sein.

Wie jedes Jahr zu dieser Zeit nahm der alte Gorre den Stab des Erzählers in die Hand und begann zu sprechen. Er war schon bald an die hundert Jahre alt, doch sein Gedächtnis bewahrte frisch und unversehrt die Überlieferung in sich, und seine Stimme hatte nichts von ihrer Kraft verloren. Klar füllte sie die weite Halle, mischte sich mit dem leisen Rauschen der Blätter über ihnen und verwob sich mit diesem zu dem unvergänglichen Lied all dessen, was vergänglich ist.

Gorres Lied

»Hört her, ihr Brasen aus dem einen Volk der Duna, und achtet auf meine Worte. Glücklich sind wir, gesegnet mit den Gaben der Erde und reich an den Freuden des Lebens. Doch nicht immer lebte der Brase im Glück. Windzeit kam, Wolfszeit, und riß ihn fort von Heim und Herd. Viel ist geschehen seit den Tagen des Anfangs, und viel soll erzählt werden, damit es nie vergessen werde. Hört also her, ihr Brasen aus dem einen Volk der Duna, und achtet auf meine Worte.«

So begann die Erzählung des alten Gorre, wie jedes Jahr zur Zeit des Deichfestes. Aufmerksam folgten die Hörer seinen Worten, die so weit zurückführten und an so ferne Orte, daß es sie oft mit Staunen erfüllte, daß sie selbst ein Teil dieser Geschichte sein sollten, die von ihnen erzählte, von ihrem Volk aus einer Zeit, als das Raunatal noch ferne unbekannte Zukunft war und nicht der vertraute Ort, noch keine Gewißheit, ja nicht einmal ein Versprechen, das gegeben worden wäre, um verzweifelten Herzen Kraft zu geben.

Die Erinnerung der Brasen reichte weit zurück. Vielleicht nicht bis zum Ursprung ihres Volkes, denn die Spur des Anfanges verlor sich im Dunkel der Vorzeit, von der nur noch Märchen und Sagen zu erzählen wußten. Sicherlich war auch viel an Dichtung und Ausschmückung hinzugekommen, durch die Liebe, mit der die Geschichten die Zeit überdauert hatten, doch der Kern der Erzählung hatte sich unverändert erhalten und berichtete auch nach so langer Zeit noch von Geschehnissen, die einmal wirklich waren und Gegenwart, lebendiges und unsterbliches Kind des Augenblicks.

Hoch im Norden begann die Geschichte der Brasen oder eigentlich der Duna, denn zu jener Zeit gab es noch nicht die beiden Stämme, in welche dieses Volk sich später einmal teilen sollte. Hoch im Norden also begann die Geschichte der Duna, in einem Land, von dem nicht überliefert wurde, wie die Duna es nannten, solange sie dort lebten. Erst nach ihrer Vertreibung gaben sie ihm den Namen Altsiedelland, als wäre jeder andere Name eine zu schmerzliche Erinnerung an das Verlorene.

Altsiedelland war bis weit hinauf zu der Grenze aus Eis und Schnee von tiefen, dichten Wäldern bedeckt. Lange lebten die Duna als Jäger in diesen Wäldern und wohnten in den Kronen riesiger Bäume, sicher vor wilden Tieren und vor jenen Wesen, die sie Odradek, Baumläufer, nannten. Seltsame Gestalten waren dies, die eine braune, rindige und rissige, mit Laub bedeckte Haut hatten und deren Augen im Dunkeln leuchteten. Sie kamen auf ihren Wanderungen vom hohen Norden Altsiedellands nicht selten bis weit hinab in die wärmeren, von den Duna bewohnten Gebieten, und es war ratsam, ihnen nicht zu begegnen, denn sie schienen Menschen nicht zu lieben und konnten ihnen übel mitspielen. So gingen ihnen die Duna aus dem Weg und blieben verschont, solange sie sich nur in den Baumkronen aufhielten, wenn die Odradek vorbeizogen. Doch im Laufe der Zeiten wurde es immer schwieriger, einander zu meiden, denn die Odradek vermehrten sich. Immer mehr von ihnen kamen in die südlichen Wälder und machten den Duna das Leben schwer. So zogen sich die Duna über die Jahrhunderte allmählich aus den Wäldern zurück und wurden seßhafte Bauern, die in den Grassteppen und Moorgebieten des Südens neuen Lebensraum fanden und eine Blütezeit erlebten. Die Odradek ließen sie lange in Frieden leben, denn ihnen genügten die Wälder, und sie wagten sich nicht aus diesen hervor.

Doch Altsiedelland veränderte sich. Es wurde kälter. Die Eisfelder des Nordens drangen unaufhaltsam vor, und Wald um Wald verschwand unter den Schneemassen. Die Odradek wurden in den Süden abgedrängt, und es kam immer häufiger zu Zusammenstößen zwischen ihnen und den Duna. Die Zeiten des Friedens waren vorbei.

Die Odradek hatten sich inzwischen sehr verändert. Sie waren den Menschen immer ähnlicher geworden. Doch noch immer war ihre Haut rindig und braun, und sie waren stärker und unverletzlicher. Viele Duna fielen im Kampf, ihre Felder wurden vernichtet und ihr Vieh getötet oder geraubt. Das Volk der Duna war vom Untergang bedroht. So blieb ihnen nur noch die Flucht aus Altsiedelland. Sie sammelten die Reste ihres einst so großen Volkes und überließen ihre Heimat den Odradek.

Es war ein Aufbruch ins Ungewisse. Sie trafen auf unfruchtbare Steppe, die bald in eine Steinwüste überging, die sich erst unübersichtlich und endlos nach Osten und Westen erstreckte, um sich dann mehr und mehr zu verengen, so daß von beiden Seiten bedrohlich das Meer näher rückte und eine schroffe, von Felsen und Klippen zerrissene Küste. Auf Karren und zu Fuß zogen die Duna mühselig durch diese steinige Wüste, das wenige, das ihnen geblieben war, mit sich schleppend. Schließlich erreichten sie das südliche Ende Altsiedellands, und vor ihnen lag das Meer. Weit und breit waren nur die dunklen Wogen und ein grauer, wolkenverhangener Himmel zu sehen. Möwen stürzten schreiend auf sie herab, und ein kalter Wind zerrte an ihren Kleidern. Sie schienen das Ende der Welt erreicht zu haben, ohne Ausweg und ohne Hoffnung auf einen neuen Anfang. Hier zu bleiben hätte den sicheren Untergang bedeutet, und zurückzukehren war ihnen verwehrt. Wohin sollten sie sich wenden? Schiffe hatten sie keine und kannten sie auch nicht, und nirgendwo am Horizont war Land zu sehen. Wohin also?

»Wohin?« rief Gorre. »Windzeit, Wolfszeit war über sie gekommen, und ihr Mut sank, und Nacht faßte ihre Herzen. Doch Marla, die Alte, hob ihre Stimme und sang:

Weit hinterm Meer
liegt grün das Land
in alter Zeit
Erdherz genannt

Wer hat den Mut
und sucht den Weg?
Zwei Schritte breit
der schmale Steg

Wer ohne Furcht
die Schritte lenkt
kein Blick zurück
nur vorwärts denkt

find' hinterm Meer
so grün ein Land
in alter Zeit
Erdherz genannt

So sang Marla, die Alte, das Lied aus vergangener Zeit, wie sie es oft gesungen hatte an den Wiegen der Traglinge. Hoffnung kehrte zurück unter das Volk der Duna, und sie achteten das Lied nicht gering, sondern erkannten das Zeichen und folgten ihm.«

Kundschafter wurden ausgesandt, welche die Ufer absuchten, und bald wurde weiter östlich ein Riff gefunden, das mächtig aus dem Wasser ragte. Doch das Meer war stürmisch. Reißende Wogen ergossen sich über die Felsen und machten sie unpassierbar. So mußten sich die Duna gedulden, und sie schlugen ihr Lager am Beginn des Riffes auf, das sie das Hurnenriff nannten, denn Hurn, der Kundschafter, hatte es zuerst gesehen, und sein Name blieb für immer mit ihm verbunden.

Die Dauer eines Mondes mußten die Duna ausharren, bis das Meer sich beruhigte und der Himmel klar und wolkenlos wurde. Da sahen sie, daß das Lied die Wahrheit gesagt hatte. Der Weg über das Hurnenriff würde mühselig und gefährlich sein. Die Felsen waren glatt und naß, von Algen bedeckt, auf denen der Fuß nur trügerischen Halt fand. An vielen Stellen war der steinerne Pfad nur zwei Schritte breit, und Wasserstrudel zu beiden Seiten des schmalen Bandes zogen bedrohliche Kreise. Kein Duna konnte zu der damaligen Zeit schwimmen. Ein Fehltritt wäre der sichere Tod gewesen. Und wieviel würden sie zurücklassen müssen! Kein Karren konnte das Riff überqueren. Nur was sie tragen konnten, konnten sie auch mitnehmen. Auch ihre Tiere würden den beschwerlichen Weg scheuen und in ihrer Angst eine Gefahr für die Duna sein. Aber es blieb ihnen keine andere Wahl, und sie setzten ihre ganze Hoffnung darauf, daß die Verheißung des Liedes sich als so wahr erwies, wie die Gefahr des Pfades sich als wahr erwiesen hatte. So trennten sie sich wiederum von vielem Hab und Gut und nahmen nur mit, was sie auf ihren Rücken tragen konnten. Und selbst von diesem wenigen mußten sie vor Erschöpfung noch vieles zurücklassen. Jeder der Duna, Männer, Frauen, Alte und Kinder, nahm eine Last auf den Rücken und trug sie klaglos einem ungewissen Schicksal entgegen. Um den Gefahren des Meeres zu begegnen, nahmen sie alles an Seilen, was sie bei sich hatten, und banden alle Duna damit in einer langen Reihe aneinander, immer genug Raum dazwischen lassend, daß sie sich frei bewegen und dennoch einander sicher vor Stürzen ins Wasser bewahren konnten. Nur die Tiere mußten frei laufen und wurden von den Duna, als sie aufbrachen, als erste auf das Riff getrieben. Sie scheuten zurück und brachen immer wieder aus. Nicht wenige Tiere stürzten dabei ins Meer, doch die übrigen fügten sich schließlich und gingen bald sicherer über die Felsen als die Menschen.

So zogen die Duna über das Riff, und es gelang ihnen, einander zu bewahren und wenn doch einer ins Wasser fiel, ihn wieder sicher auf den Weg zurückzuziehen. Sie marschierten, solange es hell war, und machten kaum Rast. Die Sorge, daß Sturm aufkommen und daß Nahrung und Trinkwasser zur Neige gehen könnten, trieb sie voran. Nur nachts hielten sie an. Zu groß war die Gefahr, im Dunkeln ins Meer zu stürzen. Dichtgedrängt versuchten sie einander Wärme zu geben und Schutz vor den scharfen Winden. Holz hatten sie keines dabei und konnten kein Feuer entzünden, um sich zu wärmen. Am fünften Tag erreichten sie eine breite Stelle des Riffes, die fast schon eine kleine Insel genannt werden konnte. Dort fanden sie angeschwemmtes Holz, das von der Sonne ausgebleicht und getrocknet worden war. Endlich konnten sie sich wieder eine warme Mahlzeit zubereiten und die Nacht an kleinen, wärmenden Feuern verbringen. Als sie am nächsten Tag weiterzogen, schien ihnen das elende kleine Eiland wie eine verlorene Heimat, die sie ungern verließen, um den beschwerlichen und gefährlichen Weg durch das endlos scheinende Meer fortzusetzen.

Neun Tage waren sie gewandert, da zogen dunkle Wolken auf, und das Meer wurde bleiern und unruhig. Die ersten kleineren Wellen überspülten den Pfad und machten ihn noch schlüpfriger und unsicherer. Die Angst trieb sie an. Schweigend und verbissen drängten sie weiter, und keiner wollte sich als erster eingestehen, daß der nächste Sturm ihr sicherer Untergang sein mußte. Die Wolken verbargen endlich die Sonne, und schon am frühen Nachmittag erschwerte ein dämmriges Licht die Sicht. Der Wind hatte sich gelegt, um vielleicht schon bald mit um so ungestümerer und vernichtenderer Kraft über sie herzufallen. Die lange Reihe der Duna, die über das Riff hinzog, wirkte in dem gewaltigen Raum des Meeres wie ein Nebelstreif, den der nächste Windstoß unweigerlich in Nichts auflösen würde. Nichts würde bleiben als das kahle, schwarze Felsenband, wie eine höhnische Mahnung an die vergebliche Hoffnung eines versunkenen Volkes. Wieder war es Hurn, dessen Ruf sie von ihrer tödlichen Angst befreite. Seine hohe Gestalt ging an der Spitze der Duna auf dem Riff, das seinen Namen trug, voran und schien alle zu überragen. Verzweifelt spähte er durch die Dämmerung. Da plötzlich glaubte er im schwindenden Licht das weiße Schäumen einer fernen Brandung zu sehen. Doch noch traute er seinen Augen nicht. Zu sehr fürchtete er, die Hoffnung könne ihm Träume für wahr vorgaukeln. Doch je weiter er ging, desto deutlicher wurde die Linie am Horizont, nahm klare Formen an, und die ersten, noch weit entfernten Geräusche der Brandung drangen zu ihm. Endlich hielt er nicht länger an sich. Er streckte dem Land die Arme entgegen und rief mit lauter Stimme: »O grünes Land, Erdherz genannt, Rettung ist nah!« Da fiel die lähmende Angst von allen ab, eine ungeahnte Kraft erfüllte sie und ehe der Sturm losbrach, hatte der letzte der Duna seinen Fuß auf Erdherz gesetzt und nicht einer war verlorengegangen.

»O grünes Land, Erdherz genannt, Rettung war nah, als Hurn, der Wanderer, dich sah. Neues Land hatten die Duna betreten, neue Heimat zu finden, fern von Tod und Untergang. Doch neue Heimat will verdient sein. Steinern war das Gesicht des Landes, das sie fanden, nicht grün, wie verheißen, und neue Verzweiflung schien der Lohn zu sein für die Mühsal der Wanderung. Und Wolfszeit folgte auf Windzeit.«

Die Duna fanden ein wüstes und leeres Land vor. Die Steinwüste, die sie in Altsiedelland hinter sich gelassen hatten, schienen sie nur mit einer anderen vertauscht zu haben. Nichts als Dornengestrüpp und Disteln zwischen Felsbrocken und Steinen, welche die einzige Abwechslung waren in einer Landschaft, in der Sand, Meer und Himmel zu einem einzigen, stürmischen Grau verschmolzen. Abgekämpft, müde und erschöpft waren sie den Unbilden des Wetters ausgesetzt. Wind, Sand und Regen peitschten auf sie ein und trieben Mensch und Tier schutzsuchend zusammen. Der Jubel über ihre Rettung wich einer neuen kalten Verzweiflung über das abweisende Land, das sie empfing, als wolle es sie sogleich wieder ins Meer zurücktreiben. Zwischen großen Felsen bauten sie sich aus Schwemmholz und den wenigen Tüchern, die sie bei sich hatten, notdürftig Zelte zusammen, die ihnen kaum Schutz vor Wind und Regen boten, aber doch wenigstens ein bescheidener Versuch waren, einen Anfang zu wagen, ein Zeichen zu setzen, das ihnen neuen Mut gab und eine Bleibe in dieser Welt, die sich aufzulösen schien im Tosen und Heulen von Wind und Meer. Sie hatten nicht den langen, beschwerlichen Weg zurückgelegt, nur um jetzt zu verzweifeln und aufzugeben, und so schöpften sie neue Kraft aus der Notwendigkeit, sich aufzulehnen gegen die Launen des Schicksals.

Sie blieben nur so lange an diesem ungastlichen Ort, bis der Sturm sich wieder gelegt hatte. Dann zogen sie am Strand entlang in östlicher Richtung. Im Westen und Norden bildeten steile Felsen eine undurchdringliche Barriere, hinter der sich ein Gebirge höher und höher auftürmte, je weiter sie nach Osten kamen. Es war eine trostlose Wanderung in einer trostlosen Einöde, und doch wuchs ihre Hoffnung, je weiter sie nach Osten vordrangen. Der Himmel klarte auf, die Wolken verzogen sich, und die Sonne drang durch das trübe Grau des Himmels. Sie trafen auch bald auf Quellen und Bäche, die von den Felsen herabsprudelten, und je weiter sie kamen, desto mehr wich das Bild der kahlen Steinwüste einer grünen, weichbemoosten und grasigen Landschaft, die sich in milden Hügelschwüngen an den Bergen entlangzog und in sanften Stränden auslaufend ins Meer mündete. Erdherz schlug fruchtbar und lebensspendend unter ihren Schritten und erfüllte nun endlich ein Versprechen, das ihnen erst vor wenigen Tagen an einem grausigen Ort der Verzweiflung gegeben worden war.

Nach drei Tagen wichen die Berge ins Landesinnere zurück und gaben eine große Ebene frei, die wie in einem weiten Halbkreis geschwungen eine Meeresbucht umgab. Die Berge, die an ihrem anderen Ende den Bogen zum Meer hin wieder abschlossen, schützten die Bucht vor den salzigen Winden. Aus einem tiefen Einschnitt in den Felsen strömte ein Fluß hervor, der sich, in ein Delta aus vielen Armen aufgeteilt, ins Meer ergoß. Draußen im Meer war eine Inselgruppe zu erkennen, die das schöne Bild, das sich den Duna bot, noch vollkommener zu machen schien. Nach all den Entbehrungen, welche die Duna hinter sich hatten, standen sie lange still und ganz in den Anblick verloren, als fürchteten sie, mit der geringsten Bewegung das Bild zu zerstören und zu erwachen wie aus tiefem Schlaf.

Hier ließen sich die Duna nieder und nannten ihre neue Heimat die Tiefen Lande. Es war eine gefährdete Heimat, wie sie allzubald merken sollten, denn jede Flut überschwemmte diesen flachen Landstrich und zerstörte so manches, was die Duna gerade mühsam errichtet hatten. Lange mußten sie um ihre neue Heimat fürchten und kämpfen, bis sie schließlich das Land mit einem großen Deich abschlossen, der ihre Felder und Häuser vor den Gewalten des Meeres schützte. Auch den Fluß, die Marla, wie sie ihn in Erinnerung an die alte Marla, die ihnen einst das verheißungsvolle Lied gesungen hatte, nannten, zwangen sie in feste Bahnen, mit denen sie ihre Felder bewässern konnten, ohne daß er sie mit seinem ungestümen Lauf gleich wieder fortschwemmte. Sie lernten schwimmen und bauten Schiffe, mit denen sie zu den Sandinseln hinausfuhren. Feorn war es, der Schiffebauer, der als erster die Sandinseln betrat. Unter seiner Führung wurde der Hafen auf der Hauptinsel und der Leuchtturm auf der Südinsel gebaut.

Die Duna der Sandinseln, die sich Feorner nannten, ließen sich dort fest nieder und wollten sich auch nicht mehr den Gesetzen und Beschlüssen der Duna des Festlandes fügen. Diese nannten sich Brasen, was im Altdunan einst das Wort für Landgänger oder auch Kundschafter gewesen war, aber inzwischen war die alte Bedeutung vergessen worden. Die Versammlung der Brasen bestand auf ihren alten Rechten und forderte von den Feornern Gehorsam und das Befolgen der Gesetze. Unbedachte Worte schürten den Streit. Es kam zur Schlacht, in der nicht wenige Brasen und Feorner ihr Leben lassen mußten. Als der Rausch verflogen war und Feorner und Brasen auf dem Schlachtfeld zwischen den Gefallenen und Verwundeten standen, befiel sie eine große Scham und Verzweiflung über ihre Tat, und nie wieder sollten Brasen und Feorner die Waffen gegeneinander erheben. Sie schlossen Frieden, begruben gemeinsam ihre Toten, und den Feornern wurden die Hoheitsrechte über die Sandinseln zugestanden, eigene Gesetze und eine eigene Ratsversammlung. Doch ungeschehen war das Vergangene nicht zu machen. Die Duna teilten sich fortan in die Stämme der Brasen und der

Feorner, und lange sollte es dauern, bis sie sich wieder das eine Volk der Duna nannten.

Auch äußerlich begannen sich die beiden Stämme im Laufe der Zeit zu unterscheiden. Die Feorner waren groß gewachsen, behender in ihren Bewegungen, aber verschlossener und wenig redselig. Die Brasen dagegen wirkten gedrungener, hatten etwas schwerfällige, bäurische Bewegungen, aber liebten es, sich zu unterhalten, und pflegten Musik und Tanz. Nur die alten Lieder wurden bei Brasen und Feornern gleichermaßen gesungen und erinnerten sie an ihre gemeinsame Herkunft und Vergangenheit. Die Brasen betrieben Viehzucht und bestellten Felder und Äcker, die Feorner lebten vom Fischfang. Ein reger Tauschhandel aber versorgte beide Stämme mit den Gütern der anderen, und hin und wieder erneuerte eine Ehe die alten Bindungen zwischen den Stämmen.

So lebten Brasen und Feorner lange Zeit einträchtig nebeneinander in den Tiefen Landen, die ihnen eine vertraute Heimat geworden waren, in der das Vergangene ohne Schrecken in Erzählungen versank. Aber die Duna waren, wie schon in Altsiedelland, ein einsames Volk. Gegen Norden hin schlossen hohe Berge die Tiefen Lande ab, so daß sie nichts von anderen Völkern wußten, die hinter den Bergen hätten leben können, und auch die Reisen entlang der Küste, welche die Feorner auf ihren Schiffen unternahmen, brachten keine Begegnungen mit anderen Lebewesen, die ihnen gleich gewesen wären. Doch konnten die Feorner auch keine zu weiten Fahrten unternehmen, denn ihre Schiffe waren nicht dafür gebaut, sondern nur für die Verbindung zwischen den Tiefen Landen und den Sandinseln und für den Fischfang geschaffen worden. Jahrhunderte vergingen, in denen die Duna ihr eigenes Leben führten, das unberührt blieb von aller Außenwelt.

Doch es kam die Zeit, in der diese Außenwelt sich um so entsetzlicher bemerkbar machte und sie gewaltsam aus ihrem beschaulichen Dasein riß. Seltsame Vorboten eines großen Unheils zeigten sich. Der Himmel im Westen war nachts von einem unheilvollen feurigen Licht erfüllt. Dann bedeckte er sich und blieb selbst am Tage verdunkelt, nur von dem feurigen Schein schwach und gespenstisch erleuchtet. Die Duna fürchteten ein Unwetter, und die Brasen sicherten ihren Deich, versorgten das Vieh in den Ställen und brachten von der Ernte soviel ein, wie noch möglich. Auf den Sandinseln zogen die Feorner ihre Schiffe in den sicheren Hafen zurück und hielten doppelte Wacht auf dem Leuchtturm der Südinsel. Doch alle Vorkehrungen waren vergeblich. Am vierten Tag der Dunkelheit brach ein Unglück über sie herein, das alles vernichtete. Die Erde bebte, der Himmel im Westen zerbrach, und eine gewaltige Welle erhob sich im Meer und überflutete die Sandinseln und die Tiefen Lande. Der Leuchtturm stürzte ein, und der Deich zerbrach, als wäre er nie etwas anderes gewesen als ein vergebliches Werk und hätte niemals das Land über die Jahrhunderte vor den Fluten geschützt. Schiffe versanken, Häuser stürzten ein, Menschen und Vieh ertranken in den tosenden Wasserfluten. Kaum einen Tag währte der Sturm und begrub doch Jahrhunderte unter sich. Als er sich legte, bot sich ein Bild des Schrekkens. Wie leergefegt waren die Tiefen Lande und die Sandinseln, von einem matten, schwelenden Licht erhellt. Keine Befestigung, kein Bau, kein Menschenwerk war weit und breit zu sehen, als hätte nie ein Duna seinen Fuß auf dieses Land gesetzt. Das Meer hatte die Tiefen Lande bis weit ins Hinterland überschwemmt. Am Himmel trieben schwarze Wolken mit glühenden Rändern in wild wirbelnder Bewegung. Ein kalter Wind wehte, und ein endloser Regen von blutroter Farbe begann auf die Erde zu strömen und alles mit einem roten Leichentuch zu bedecken.

»Windzeit, Wolfszeit. Immer wieder Windzeit, Wolfszeit. Ohne Ende. Ohne Ruh. O Volk der Duna, sturmgetriebenes, landvertriebenes Volk. Kein Stern leuchtet dir vom nachtgeborenen Himmel. Blutige Tränen färben dein Kleid. Lichte Sonne wird zur schwarzen. Erdflur sinkt ins Meer. Fünf Segel nur wehen im Wind, und der Atem der Wölfe treibt sie vor sich her.«

Fünf Schiffe der Feorner waren dem Sturm entgangen

und suchten im fahlen Licht nach Überlebenden. Sie fanden sie auf den höchsten Felsen der Sandinseln und auf den Hügeln im Hinterland der Tiefen Lande, hungrig und frierend, mit durchnäßten, blutrot gefärbten Kleidern. Auch einige Tiere hatten sich in die Hügel retten können. Die Feorner, selbst nur noch wenige, nahmen alle, die sie finden konnten, auf ihre Schiffe, und gemeinsam bargen sie, was immer sie an in den Fluten treibenden Geräten und Vorräten finden konnten.

Nicht mehr als dreihundert der Duna hatten das Unglück überlebt und nur ein Häuflein verängstigtes Vieh. Dichtgedrängt fanden sie kaum Platz auf den kleinen Schiffen. Einen weiteren Sturm, selbst nur einen schwachen, hätten sie nie überstanden, und sie beschlossen, so rasch wie möglich einen Weg zu suchen, der sie weit vom Meer weg führen konnte.

Doch wohin? Hinaus aufs offene Meer konnten sie sich nicht wagen, zu unsicher waren ihre Schiffe und zu aufgewühlt das Meer und stürmisch die Brandung, die sich an den Küstenfelsen brach. Gegen Norden hin versperrten hohe Berge den Weg und machten ein Durchkommen unmöglich. Da bemerkten sie, daß der Fluß Marla, von den steigenden Meeresfluten gezwungen, nicht mehr gegen das Meer hin floß, sondern seine Richtung gewechselt hatte und ins Landesinnere zurückströmte und damit einen unerwarteten Ausweg freigab. Sie lenkten ihre Schiffe auf den Fluß und begaben sich zum zweiten Mal in der Geschichte ihres Volkes auf eine ungewisse Reise, welche diesmal nicht nur ohne Hoffnung auf eine Rückkehr war, sondern auch ohne ein verheißenes Ziel. Erdherz schlug dumpf und drohend, und kein Lied führte sie auf ihrem Weg.

Die Fahrt war gefährlich, denn die Marla wehrte sich gegen die andrängenden Meereswasser, um wieder in ihre angestammte Richtung fließen zu können. Wildschäumend und strudelnd kämpften die Fluten zwischen hohen, steilen Bergstürzen gegeneinander. Mit Stangen hielten die Duna Abstand zu den scharfen Felsen, damit ihre Schiffe nicht an ihnen zerschellten. Die wilde Fahrt wurde Tag und Nacht von demselben, rötlich schimmernden Licht beleuchtet, das sich auf der Gischt des Wassers blutig widerspiegelte. Keine Sonne war zu sehen, die den Herzen mehr Mut als den der Verzweiflung gegeben hätte. Nur der Kampf ums Überleben gab den Duna die Kraft, die ihnen ihre Ängste stets zu nehmen drohten. Der Fluß schäumte und tobte, die Berge neigten sich über sie, als wollten sie die Flüchtenden mit ihrer Masse erdrücken, und der Himmel schien nie wieder hell werden zu wollen. Mit den wenigen Nahrungsmitteln, die sie hatten retten können, mußten sie sparsam umgehen. Auch das Trinkwasser wurde knapp, denn das Wasser, auf dem sie fuhren, war durch die salzigen Fluten des Meeres ungenießbar geworden.

Endlich, nach drei Tagen und drei Nächten unentwegten Kampfes gegen Wellen und Felsen, bildete das Flußbett eine letzte Enge zwischen den steinernen Wänden, dann wichen die Berge zurück, und der Fluß strömte durch eine weite, karge Ebene, die von riesenhaften Felsblöcken bedeckt war.

Hier aber hatten die Meeresfluten zu viel an Kraft eingebüßt, um die Marla noch gegen das Innere des Landes zu drängen. Die Ufer waren so flach geworden, daß die sich bekämpfenden Wassermassen zu beiden Seiten ausweichen konnten und die Ebene überfluteten. So war ein großer See entstanden, der sich, so weit das Auge reichte, zwischen den Felsriesen verteilte und sie mit still gewordenen, trüben Wasserspiegeln umspülte. Der Fluß war nicht leicht zu erkennen, denn auch in seinem Bett lagen große Steinbrocken, so daß er kaum von der Wasserwüste zu unterscheiden war. Die Duna setzten die Segel, die sie notdürftig geflickt hatten, und ließen sich vom Meereswind, der noch immer kräftig aus der Felsenenge hinter ihnen in die Ebene strömte, durch diesen erst jungen See treiben. Mit denselben Stangen, die sie vor den Felsen bewahrt hatten, prüften sie nun die Tiefe des Wassers, um nicht das eigentliche Flußbett zu verlassen und zu stranden.

So vergingen wieder Tage und Nächte größter Vorsicht, in denen die Schiffe der Duna sich ihren Weg zwischen den Felsen suchten und auf den im See verborgenen Windungen des Flusses segelten. Dann näherten sich die Berge wieder von beiden Seiten dem Lauf des Flusses, der See verschwand, und bald wurde der Fluß, welcher der Fahrt der Schiffe wieder in Richtung Meer entgegenströmte, so stark, daß der nachlassende Wind nicht mehr genügte, um die Schiffe voranzutreiben. Es gab für die Schiffe kein Weiterkommen, und die Duna lenkten sie ans Ufer. Sie hatten keine andere Wahl, als die Schiffe aufzugeben und zu Fuß weiterzuziehen. Schweren Herzens luden sie sich und ihren Tieren alles, was sie tragen konnten, auf und trennten sich von ihren Schiffen, die sie zurückließen als den letzten, geliebten Rest ihrer verlorenen Heimat. Die Trennung war endgültig. Es gab nur noch das, was vor ihnen lag, und keinen Blick mehr zurück.

Weite Geröllhalden zogen sich an beiden Ufern der Marla entlang und erstreckten sich bis zu den Füßen der Berge. Steine rutschten unter ihren Füßen und ließen sie stolpern. Ein eisiger Wind peitschte ihnen ins Gesicht, und das fahle, unentwegt gleiche Licht hüllte ihren Weg in zeitlose Dämmerung. Es war Sommer gewesen, als die Tiefen Lande in den Fluten versanken, und doch begann nun Schnee zu fallen, erst vereinzelt und kaum wahrnehmbar, dann immer dichter, bis stürmisches Schneetreiben die Wanderung zum Stillstand brachte. Sie fanden Unterschlupf in einer großen Höhle. Holz hatten sie zur Genüge, denn die Überschwemmungen und der wilde Lauf der Marla hatten viel Schwemmholz selbst bis in diese baumlosen Steinwüsten gerissen. So saßen sie inmitten ihrer Tiere an kleinen Feuern, deren flackerndes Licht die Höhle schwach erleuchtete und den Duna zwar kein neues Heim, aber doch ein Gefühl von Geborgenheit geben konnte. Vor der Höhle fiel dichter Schnee. Nicht weiß und rein, sondern schwärzlich, verschmutzt und schmierig bedeckte er die Felsen und Gerölle und schien die Welt nur in noch größere Dunkelheit hüllen zu wollen. Eine lange Nacht war angebrochen, und niemand wußte, ob je wieder ein neuer Morgen die Welt erhellen würde.

Drei Jahre führten die Duna dieses entbehrungsreiche Wanderleben durch Steinwüsten, durch Berge und baumlose Steppen. Winter folgte auf Winter, und kein Sommer taute das erstarrte Land auf. Sie lebten von dem, was sie fanden, von der Jagd auf das seltene Wild und von ihrem Vieh, das selber nur kärgliche und dornige Nahrung fand. Oft mußten sie halt machen, weil der Winter zu streng wurde oder weil Berge und Abgründe ihnen den Weg versperrten. Dann schlugen sie ihr Lager auf, wo immer sie gerade etwas Schutz fanden, und Kundschafter, von denen nicht alle zurückkehrten, suchten nach einem neuen gangbaren Pfad. Soweit es ihnen möglich war, versuchten sie die Richtung nach Norden einzuhalten, fort vom Meer und den erhofften wärmeren und fruchtbareren Gebieten entgegen. Doch sie kamen nur langsam voran und wurden immer wieder nach Osten und Westen abgedrängt.

Der Schnee dieses endlosen Winters war wieder weiß geworden, und der Himmel wurde von den Wolken nur noch bedeckt, bis sie ihre Schneelast entladen hatten. Die Welt tauchte aus der Dunkelheit auf, und Himmel und Sonne ließen die Schneefelder blendend erstrahlen. Endlich, nach drei Jahren, kam der erste Frühling, und die Welt erwachte wie aus einem tiefen Schlaf voll schwerer Träume. Zartes Grün bedeckte die Landschaft, die der schmelzende Schnee freigab. Erdherz erblühte und schien wieder das Land werden zu wollen, das ihnen vor so langer Zeit verheißen worden war.

Sie kamen nun schneller voran, bis sie in nordöstlicher Richtung auf die ersten Bergwälder und Wiesen stießen. Hier fanden sie reichlich Wild und ihr Vieh ungewohnt saftige Nahrung. Eine letzte Bergkette erhob sich vor ihnen, in der Kundschaftet einen Paß entdeckten. Als sie zurückkehrten, berichteten sie von einem herrlichen Tal, das sie gesehen hatten. Noch einmal machten sich die Duna auf und überquerten den hohen und beschwerlichen Paß durch die Berge, die sich ihnen zum letzten Male feindlich entgegenstellten. So kamen sie in das Tal der Rauna und waren am Ziel ihrer Reise angelangt. Was sie gesucht hatten, hatten sie gefunden. Eine neue Heimat, so fruchtbar und schön, wie sie es kaum erträumt hatten.

Doch nicht alle Duna hatten im Raunatal ihre Heimat gefunden. Während die Brasen seßhaft wurden, blieben die Feorner frei wandernde Jäger, die nie aufhörten, sich nach dem Meer zu sehnen, trotz des Unheils, das es ihnen gebracht hatte. Lange hielt es sie nicht im Raunatal, und bald bauten sie sich wieder Schiffe und setzten auf der Rauna ihre Segel. Breit und ruhig floß die Rauna in Richtung Süden. Nach vier Tagesreisen vereinte sie sich mit der Eller, einem mächtigen Strom, der sich in südöstlicher Richtung sein Bett durch die Berge bahnte, manchmal von bewaldeten Ufern begleitet und dann wieder von hohen steinernen Wänden umschlossen. Ungehindert erreichten die Feorner das Ende der Eller, die im Südosten von Erdherz ins Meer mündete. Hier bildete die Küstenlinie einen großen Fjord, mit steilen, hochaufragenden Felswänden, die sich nur im Mündungsgebiet flacher zum Strand senkten und dort reichlich Platz für eine Niederlassung boten. Wie in den Tiefen Landen, fanden die Feorner eine Insel vor, die aber klein und felsig war und nur wenige Schiffslängen vom Ufer entfernt. Hier, am Fennmeer, bauten sie sich im Tarnafjord eine Feste, die sie Schildburg nannten, legten einen Hafen an und errichteten auf der kleinen Möweninsel einen Leuchtturm, der ihren Schiffen wie einst vor den Tiefen Landen den Weg zurück in den Hafen wies. Wie in den alten Zeiten lebten sie vom Fischfang, und was ihnen sonst fehlte, tauschten sie wieder bei den Brasen ein, zu denen sie segelten. Die gefangenen Fische, die sie zum Tausch mitbrachten, schleppten sie in Netzen hinter ihren Schiffen die Flüsse hinauf, und so gelangten sie frisch auf den Markt von Palmücken. Beide Stämme erholten sich und vergaßen nie, daß sie das eine Volk der Duna waren, das schwere Wege gemeinsam gewandert war.

»Einen weiten Weg hat das Schicksal die Duna geführt. Nur noch Erinnerung sind die Lande, die einst Dunaland waren. Mit Wind und Wolf hat uns das Geschick gezeichnet. Doch der Wind hat sich gelegt, der Wolf ist verstummt, und neues Land hat Erdherz gegeben. So hört denn, Volk der Duna, und achtet die Weisheit der Erzählung. Denn auch der dunkle Schatten, der über unserem Volke liegt und die Stämme getrennt hat, wird weichen. Denn nie wird es der Dunkelheit gelingen, das Licht für immer zu verhüllen.«

Gorre schwieg nach diesen Worten. Seine Erzählung war zu Ende, auch wenn nicht alles gesagt worden war, denn es war noch zu frisch und zu gegenwärtig und nicht Sache der Erzähler, das Geschehen zu Ende zu führen. Der Teil ihrer Geschichte, in der die Brasen nun standen, mußte noch gelebt und erlitten werden, bevor er Erzählung werden konnte und Teil der Erinnerung. Stille herrschte in der hohen Halle auf dem Moosbühel, und jeder hing seinen Gedanken nach. Nur Eja und ihre Altersgenossen, die eben mündig geworden waren, blickten erstaunt und fragend in die Runde, denn sie verstanden nicht, von welchem Schatten die Rede gewesen war. Zwar hatten sie viele Andeutungen gehört, doch waren die Feorner für sie nur wie Figuren aus einer Geschichte. Jetzt aber drängten sie sich lebendig auf und forderten bei den jungen Brasen das Recht ein, für Gegenwart zu gelten. Eja beugte sich zu Horn und wollte ihn mit Fragen bestürmen, doch er brachte sie mit einer Handbewegung zum Schweigen. Als sie sich nach ihren Eltern umblickte, sah sie, daß Tränen in den Augen ihrer Mutter standen. War sie nicht eine Feorna? Wie hatte Eja das vergessen können, obwohl sie es doch immer gewußt hatte? Was wußte sie von ihrer Mutter? Was wußte sie von dem, was um sie vorging und das sie in jugendlichem Leichtsinn nicht wahrgenommen hatte? Es war ihr, als würde sie erwachen, in eine kältere Wirklichkeit hinein, fern von den sorglosen Kinderspielen, und als könnte sie nie wieder zurückkehren in diese Kindheit. Sie hatte sich nicht vorgestellt, daß das Erwachsenwerden so beängstigend sein könnte, und begann sich vor den Antworten zu fürchten, die sie auf ihre Fragen erhalten mochte. Doch fragen würde sie und keiner Antwort ausweichen. Sie war kein Kind mehr. Inzwischen hatte der alte Gorre seinen Platz verlassen. Alle erhoben sich. Eine Weile standen sie noch in kleinen Gruppen beisammen und plauderten miteinander. Alva und Jock stritten sich. Alva fand, daß der alte Gorre schon besser gewesen sei, und einige Teile seiner Erzählung seien wirklich ganz aus der Art geschlagen. Aber Jock beharrte darauf, daß die Abweichungen, die sich Gorre erlaubt hatte, der Erzählung nur gutgetan hätten. Abwechslung täte den alten Geschichten not, die seien ja schon reichlich verstaubt.

»Verstaubt«, schnaubte Alva entrüstet. »Verstaubt, sagst du Grünschnabel. Was weißt du schon von Geschichten, die Jahrhunderte überdauern? Die sind noch quicklebendig, wenn du schon längst verstaubt und spinnenfädig der Welt gute Nacht gesagt hast. Pah!«

»Ach was«, sagte Jock. »Ich bleibe dabei. Der alte Gorre ist am besten, wenn er keine Schneckenschleicher daherredet, sondern Hüpfer und Flügler aus den Geschichten macht. Nicht wahr, Horn, hab ich nicht recht?«

Horn lachte und meinte, sich taub stellend, zu Eja:

»Hör dir nur diese beiden Streithähne an. Das einzig immer Alte und immer Neue ist, daß sie jedes Jahr wegen der gleichen Dinge miteinander hadern. Das gibt bald eine Geschichte für sich, die den alten Gorre das Fürchten lehren könnte. Wir wollen sie nicht dabei stören.«

Er legte Eja den Arm um die Schultern, drehte den entrüstet, aber nun vereint schnaubenden Aitings den Rükken zu und ging mit ihr zu den Tordals, die schon am Ausgang auf sie warteten. Gemeinsam kehrten sie zum Hulzenhof zurück. Die Tordals luden Horn ein, bei ihnen zu übernachten. Horn nahm dankend an, und alle setzten sich noch zu einem Nachttrunk an den großen Tisch. Der Vogel schlief auf seiner Decke und wachte auch nicht auf, als sie hereinkamen, ja, nicht einmal, als sie sich über ihn beugten und Horn ihn betrachtete.

»Ein seltsamer Vogel«, meinte er. »Jeder andere Vogel würde beim geringsten Geräusch erwachen. So sorglos aber wie dieser ist, kann er niemals lange in der Wildnis überleben. Wir werden ihn morgen, wenn er zu erwachen geruht, einmal genauer in Augenschein nehmen müssen.«

Nachdem sie noch eine Weile still beisammengesessen hatten, legten sie sich alle zur Ruhe. Eja konnte lange nicht einschlafen. Sie blickte von ihrem Bett aus zum Fenster hinaus in die mondhelle Nacht, und es war ihr, als würden Schattengestalten vor dem Mond vorbeiziehen, die den Gestalten der Erzählung gleich waren, ein langer Menschenzug auf einem schmalen Pfad und Schiffe mit zerschlissenen, in Fetzen herabhängenden Segeln. Als sie endlich einschlief, träumte sie von Wesen mit leuchtenden Augen, deren Haut wie Baumrinde war und das Haar wie Blätter im Wind. Sie standen in einer langen Reihe auf einem schmalen Felsenband inmitten des sturmgepeitschten Meeres. Mit ihren Wurzeln hielten sie sich an den Steinen fest und trotzten dem Meer und dem Wind, der so wild an ihnen zerrte, daß sie sich bogen wie junge Bäume in den Stürmen des Herbstes.

Tanit

Nach dieser Nacht der Geschichten und Träume folgte ein stürmischer, wolkenverhangener Tag, der seinen schlimmen Vorfahren aus den Erzählungen der Vergangenheit in nichts nachstand. Sintflutartige Regenschauer strömten herab. Dennoch war es Jock, der sie weckte, als er triefend naß an die Tür klopfte. Die Sorge, etwas zu verpassen, hatte ihn schon so früh hergetrieben, und auch der stärkste Regen hätte ihn nicht davon abhalten können. So saß er nun zum Trocknen auf der Ofenbank. Una hatte ihm eine Tasse dampfend heißer Milch mit Honig in die Hände gedrückt und ihm eine warme Decke um die Schultern gelegt. Wie ein Bündel aus Stoff hockte er in der Wärme und schaute mit seinen vor Neugier blitzenden Augen zwischen den Haarsträhnen, die ihm ins Gesicht fielen, hervor. Der Vogel beäugte ihn aus sicherer Entfernung, denn er traute ihm nicht nach all den schlechten Erfahrungen. Am liebsten hielt er sich in Ejas Nähe auf, spazierte an ihrem Platz auf dem Tisch herum oder setzte sich auf ihre Schulter und ließ sich von ihr mit allerlei Leckerbissen verwöhnen. Vor Horn hatte er schon nach kurzer Zeit keine Angst, denn dieser gab sich gelassen und ruhig und ließ dem Vogel Zeit, sich an ihn zu gewöhnen. Eja war glücklich, daß ihr der Vogel den Käfig so schnell verziehen hatte, und sie verwöhnte ihn um so mehr. Während des Essens beobachtete Horn den Vogel und Eja, und wie schon den anderen zuvor fiel auch ihm die Ähnlichkeit ihrer Augen auf. Er ließ sich aber Zeit und sagte nichts, bevor sie zu Ende gegessen hatten. Als der Tisch abgeräumt war, setzten sich alle um ihn herum, auch Jock, der es auf seiner Ofenbank vor lauter Ungeduld nicht mehr länger aushielt. Der Vogel spürte ihre Blicke und wurde unruhig. Eja streichelte ihn.

Horn ließ sich noch einmal in aller Ruhe die Ereignisse

der vergangenen zwei Tage berichten. Er fragte Jock, wo und wie er zu dem Vogel gekommen sei, und wollte von ihm und den anderen genau wissen, wie der Vogel sich verhalten hatte und, vor allem, was er gesagt hatte. Besonders Lars konnte sich recht gut daran erinnern, während Una sich in Schweigen hüllte. Die letzten Worte, die der Vogel gesprochen hatte, als er aus Jocks Beutel fiel, ließ Horn sich mehrmals wiederholen und sprach sie selber leise vor sich hin. Hier wurde der Vogel wieder unruhig und blickte sich um, als suche er eine Möglichkeit zur Flucht. Aber als er keinen Ausweg sah, suchte er Schutz bei Eja, die ihn sanft in die Arme schloß.

»Du brauchst keine Angst zu haben«, sagte sie. »Wir wollen dir doch helfen. Wenn wir dich nur verstehen könnten.«

»Ich glaube, daß das möglich ist«, meinte Horn. Die andern sahen ihn erstaunt an. »Ich bin mir meiner Sache sicher, seitdem ihr mir gestern abend erzählt habt, was der Vogel gesagt hat. Ich weiß zwar nicht, wie der Vogel zu dieser Sprache gekommen ist, aber auch wenn es lange her ist, daß ich sie gehört habe, erkenne ich sie wieder und glaube mich noch an einiges zu erinnern.«

»Woher? Was für eine Sprache? Erzähl uns mehr davon, Horn, bitte!« riefen Eja und Jock aufgeregt durcheinander, während Una und Lars Tordal stiller wurden und sich zurückzuziehen schienen, als wollten sie nicht mehr von der Sache erfahren.

»Nur langsam, langsam«, wehrte Horn ab. »Laßt mich versuchen, ob er noch mehr davon nachplappern kann. Vielleicht wird er gesprächiger, wenn er vertraute Laute hört.« Er wandte sich dem Vogel zu und sagte nach einiger Überlegung: »At ena laat, moldaï doréa.«

Der Vogel erstarrte und sah Horn verblüfft an, wobei ihm wahrhaftig der Schnabel offenstand. Dann aber schienen alle Hemmungen von ihm abzufallen, und er fing aufgeregt und schnell an, auf Horn einzureden, der ihm zuerst erstaunt zuhörte, da der Vogel offensichtlich nicht nur auswendig Gelerntes nachplapperte, sondern wirklich sprechen konnte. Dann aber versuchte Horn aufmerksam und gespannt, so viel wie nur möglich zu verstehen. An manchen Stellen des Berichtes sahen die anderen, wie Horns Gesicht sich spannte und seine Augen hart wurden. Schließlich konnte er dem Vogel nicht mehr folgen und bat ihn mit kurzen, unsicheren Worten, die er mühsam aus seiner Erinnerung zusammenklaubte, einen Moment innezuhalten und ihm Zeit zu lassen. Die anderen hatten atemlos verfolgt, was sich da vor ihren Augen und Ohren abspielte. Was für Zeiten waren das, in denen ein Vogel sprechen konnte wie ein menschliches Wesen? Und daß Horn diese Sprache verstehen und sprechen konnte, machte das Wunder nicht geringer. Außerdem hatte noch keiner von ihnen jemals eine andere Sprache als die ihre gehört, und so wuchs das Geheimnisvolle und Aufregende mit jedem Wort, das sie hörten.

»Was für eine seltsame Sprache!« rief Jock. »Wie soll man so etwas verstehen?«

»Ich weiß nicht«, meinte Eja. »Natürlich ist die Sprache fremd, aber sie klingt auch irgendwie vertraut.«

»Ach komm, das glaubst du doch selber nicht«, sagte Jock kopfschüttelnd. »Vertraut kann doch so was für niemanden klingen, der zwei richtige Ohren am Kopf hat und nicht bloß Federn.«

»Oh, danke bestens, Meister Aiting, für diese Schmeicheleien«, sagte Horn lachend. »Ich werde bei Gelegenheit auf unsere Ohren zurückkommen und sehen, welche mehr Federn lassen, deine oder meine.«

»Nun, Horn, so laß hören, was der Vogel gesagt hat«, unterbrach Lars die kleine Auseinandersetzung.

»Ja, wir wollen doch das Wichtigste nicht vergessen und, wenn Meister Aiting es gestattet, auf den Vogel zurückkommen«, antwortete ihm Horn, wieder ernst werdend. Jock machte nur eine zustimmende Handbewegung, während ihm die Röte die Wangen färbte.

»Ich werde versuchen, von Anfang zu beginnen und euch zu übersetzen, was gesagt wurde, so gut ich es kann. Zuerst einmal zu dem, was der Vogel gesagt hat, als er damals aus Jocks Beutel fiel. Das wird vor allem Jock gefallen. Schairi heißt Tölpel und Bosnag soviel wie Tolpatsch. Also wird Jock damals wohl mit einem solch ehrenhaften Gruß wie ›Tölpel, ungehobelter Tolpatsch‹ bedacht worden sein. Und meine eigenen Worte ›At ena laat, moldaï doréa‹ bedeuten ›Ich grüße dich, Schwarzvogel‹. Ich will nun versuchen, euch zu berichten, was der Vogel erzählt hat. Ich darf euch zuerst einmal Tanit vorstellen, ein Mädchen aus dem Volke der Edrain. Was ihr vor euch seht, ist nicht ihre wirkliche Gestalt, denn sie ist, wie wir, ein menschliches Wesen und noch nicht lange ein Vogel dieser Art, welche die Edrain Dolgan nennen. Das Volk der Edrain ist mir bekannt, aus guten und aus schlechten Zeiten, wie ich sagen muß. Es ist lange her, seit ich zum letzten Mal einen aus ihrem Volke sah, und lange her, daß ich ihre Sprache gelernt habe.«

Es fiel Horn nicht leicht, wiederzugeben, was ihm Tanit, der Dolgan, erzählt hatte, denn aufgeregt, wie sie war, war ihr vieles durcheinandergeraten, und sie hatte auch zu schnell gesprochen, so daß ihr Horn nicht immer folgen konnte. Doch mit Geduld und vielen Fragen gelang es ihm, die Geschichte Tanits in eine verständliche Abfolge zu bringen und ins Dunan zu übersetzen.

»Mein Name ist Tanit. Ich bin eine Edrain, welche die Gestalt eines Dolgan in der Zeit der Wandlung nur angenommen hat. Ihr müßt nämlich wissen, daß alle Edrain sich einmal im Jahr verwandeln, wenn auch immer in Bäume. Daß ich mich in einen Dolgan verwandelt habe, war etwas Unerlaubtes. Aber ich bin noch sehr jung, erst vierzehn Jahre alt, und dies war meine erste Wandlung. So muß ich trotz aller Vorbereitung etwas falsch gemacht haben. Doch hatte dieses Vergehen auch etwas Gutes, wie ihr noch sehen werdet. Die Edrain, bei denen ich lebe, stammen eigentlich aus der Stadt Althaia, die im Hochland von Samiria an der Westküste der Welt liegt, die bei euch Erdherz heißt und die wir Ad'na Veljaha nennen. Mein Volk lebt schon lange nicht mehr in Althaia, denn noch vor meiner Geburt mußte es fliehen, um den Stein zu verbergen. Denn

Asar, der Abtrünnige, versucht, die fünf Onduril, die Steine der Wandlung, an sich zu bringen und der Eine unter den Zwölfen zu sein. Doch das wird ihm nie gelingen.

Aber ich muß euch erzählen, warum ich hier bin. Als ich am Tag der Wandlung ein Dolgan wurde, entfernte ich mich von den anderen und flog nach Herzenslust über dem Wald von En'Nuris, dem Tal der Vögel, spazieren. En'Nuris ist ein sehr gutes Versteck, oder jedenfalls dachten wir das, bis das Unheil über uns kam. En'Nuris ist ein schönes, fruchtbares Tal. Ich glaube, es gibt keinen schöneren Ort auf der Welt. Ich bin dort geboren worden. Rundherum wird es von Felsen geschützt, denn eigentlich liegt es in einem Berg. Man hatte mir oft von der Welt jenseits der Berge erzählt, aber nun sah ich sie zum ersten Mal. Ich hatte ja gar nicht gewußt, wie groß alles ist und wie viel mehr es gibt, als ich je gesehen hatte. Ich vergaß die Zeit und flog hoch über den Felsen und konnte mich kaum satt sehen. Erst als es Abend wurde, kehrte ich zurück und wollte mich heimlich unter die anderen mischen, wenn sie die Gestalt der Bäume wieder ablegten, um dasselbe mit meinem Federkleid zu tun. Aber wie erschrak ich, als ich den Platz erreicht hatte, auf dem die anderen standen. Obwohl die Zeit längst gekommen war, hatte sich niemand zurückverwandelt, und auch ich blieb ein Vogel. Ich konnte zuerst nicht begreifen, was geschah, und traute mich auch nicht aus meinem Versteck hervor. Doch es wurde immer dunkler, und ich bekam große Angst. Schließlich verließ ich mein Versteck. Ich wollte um Verzeihung für mein Vergehen bitten und auch jede Strafe annehmen, wenn ich nur wieder meine alte Gestalt wiederbekommen würde. Doch als ich auf den leeren Platz trat, der zwischen den Bäumen immer frei bleibt und in dessen Mitte der Felsblock steht, auf dem der Stein der Wandlung liegt, sah ich mit Entsetzen, daß der Stein verschwunden war. Das konnte nur Asar gewesen sein. Niemand sonst würde den Stein nehmen. Er mußte unser Versteck also doch gefunden haben. Ich wußte nicht, was ich tun sollte. Am liebsten hätte ich geweint, und ich tat es wohl auch. Was sollte nun aus uns werden? All die anderen müßten Bäume bleiben und ich für immer ein Vogel. Ich haßte in diesem Augenblick die Federn, die mich vor kurzem noch so glücklich gemacht und hoch in die Lüfte entführt hatten. Ich erschrak vor mir selber. Doch dann kam mir plötzlich der Gedanke, daß mein Fehler vielleicht unsere Rettung sein konnte. Denn ich konnte mich frei bewegen und sogar fliegen. Ich konnte nach Althaia fliegen und Hilfe holen. Ich wußte ja, daß es irgendwo im Westen lag, und würde es schon finden. Da nahm ich meinen ganzen Mut zusammen und trat vor die Bäume, obwohl ihr Anblick mir den Hals zuschnürte. Dann sprach ich zu ihnen, die stumm und groß um mich armseligen, kleinen Vogel standen. Weit und leer war der Platz, und ich kam mir sehr einsam vor. Aber ich spürte doch, daß meine Freunde mich verstanden und mir zuhörten und sicher all ihre Hoffnung in mich setzten. Das gab mir Kraft, und ich versprach ihnen, nach Althaia zu fliegen und bald schon mit einem anderen Stein zurückzukehren. Dann verabschiedete ich mich und flog schweren Herzens davon, denn was für Qualen mußten sie ausstehen, wenn niemand mehr da war, um sie zu trösten. Doch einen anderen Weg gab es nicht.

Ich flog erst nach Hause und aß etwas, denn ich ahnte, daß ich auf meiner Reise nicht viel zu essen finden würde. Wie sollte ich auch? Ich hatte nie gelernt, in der Wildnis Nahrung zu finden und zu überleben. Aber es gab kein Zurück. Eine Nacht noch schlief ich zu Hause neben dem Feuer, das bald kalt wurde, weil niemand mehr da war, um es zu schüren. Am nächsten Morgen, beim ersten Sonnenstrahl, brach ich auf.

Wie ich erwartet hatte, fand ich selten etwas zu essen, und lange Strecken fliegen will auch gelernt sein. Außerdem mußte ich am Tage vor Raubvögeln auf der Hut sein und nachts, wenn ich auf einem Baum schlief, vor allerlei wilden Tieren. Oft konnte ich vor Angst kaum ein Auge zumachen. Jedes Rascheln erschreckte mich, und schließlich war es nur die Erschöpfung, die mich einschlafen ließ. In solchen Nächten wäre ich ein leichtes Opfer für ein hungriges Raubtier gewesen. Aber ich hatte Glück. Ich kam gut voran und lernte bald mit dem Wind zu fliegen und meine Kräfte zu sparen. Meine Hoffnung, Althaia zu erreichen, wuchs. Da bedeckte sich der Himmel, und ein Sturm kam auf, dem ich mit meinen Flugkünsten nicht gewachsen war. Solange es ging, versuchte ich dennoch, weiterzukommen, um keine Zeit zu verlieren, aber bald merkte ich, daß der heftige Wind mich immer mehr vom richtigen Weg abbrachte, und ich suchte einen sicheren Platz, an dem ich warten wollte, bis der Sturm sich legte. Da aber traf mich der Stein dieses Grobians und setzte meiner Reise ein Ende. Ob dies ein Gutes hat oder nicht, liegt an euch. Ich bin in eurer Hand, aber nicht nur ich, sondern auch all die Edrain, die ich zurücklassen mußte und die darauf warten, daß Hilfe kommt. Doch ich habe Hoffnung, daß ihr es gut mit mir meint, und daß einer unter euch unsere Sprache spricht, kann nur ein gutes Zeichen sein. Ich bitte euch also, laßt mich ziehen, denn ich habe eine wichtige Aufgabe zu erfüllen.«

Als Horn die Geschichte Tanits berichtet hatte, herrschte lange Schweigen in der kleinen Runde. Schließlich räusperte sich Jock, der die Stille nicht mehr aushielt, und sagte:

»Es tut mir leid. Ich dachte doch, daß es nur ein Vogel sei und nicht so etwas. Ich meine, ein Mensch, also ein Mensch in einem Vogel. Ich glaube, ich werde nie mehr Steine nach Vögeln schleudern. Wer weiß, was alles unter solchen Federn steckt. Also, alles was recht ist. So eine Geschichte ist mir noch nicht über den Weg gelaufen. Was das wohl für ein Zauberstein sein mag, von dem der Vogel, ich meine Tanit, erzählt hat? Wie der wohl heißt? Frag sie doch bitte danach, Horn.«

»Ich weiß es«, flüsterte da Eja so leise, daß die anderen sie kaum verstanden. Sie blickten sie erstaunt an. Eja sah seltsam aus. Sie war ganz blaß im Gesicht, und obwohl ihre Augen geöffnet waren, schien sie nicht wach zu sein, sondern wie im Traum.

»Es ist einer der Onduril. Nicht wahr, Mutter? Und ich werde ihn hüten, wie du gesagt hast. Eleni maat, miana.«

Kaum hatte sie diese Worte gesagt, war der Teufel los. Alle sprangen auf. Una lief zu Eja und nahm sie in die Arme. Lars ballte die Fäuste und wandte sich dann schweigend und bleich im Gesicht ab. Jock standen buchstäblich die Haare zu Berge vor Staunen, und der Dolgan Tanit hüpfte vor Aufregung von einem Bein auf das andere und redete heftig auf Horn ein. Nur Horn saß ruhig da und schien nicht überrascht zu sein, als wären die Worte in der Sprache der Edrain aus dem Munde von Eja nichts Unerwartetes. Eja schreckte aus ihrem Traum auf und begriff nicht, was mit ihr geschehen war. Sie hatte alles, was sie sagte, wie aus weiter Entfernung gehört. Und seltsamerweise schien es ihr nicht nur unbegreiflich, sondern zugleich auch selbstverständlich, solche Worte aus ihrem eigenen Munde zu hören. Verwirrt brach sie in Tränen aus und schmiegte sich in Unas Arme. Una sah Horn vorwurfsvoll an, obgleich sie wußte, daß er nichts dafür konnte. Doch Horn verstand ihre Gefühle und den Vorwurf in ihren Augen. Als wieder Ruhe einkehrte, wiederholte er leise:

»Eleni maat, miana. Hüte den Stein, mein Kind. Ich werde ihn hüten, wie du gesagt hast. Seltsame Worte für ein Brasenkind. Aber vielleicht ist die Zeit gekommen, in der noch mehr Federkleider fallen werden.«

»Was meint Horn damit, Mutter?« fragte Eja mit Tränen in den Augen.

»Es ist ja gut, Kind. Beruhige dich«, erwiderte Una sanft, und ihre Augen sahen unverwandt Horn an, als wollten sie sagen: ›Warte doch. Warum so eilig?‹ Horn erwiderte ihren Blick und sagte schließlich:

»Das hat noch Zeit, Eja. Du wirst bald verstehen, was geschehen ist. Leg dich jetzt hin, und ruh dich aus. Soviel Aufregung verwirrt die Sinne. Wir werden für alles eine Erklärung finden. Aber nicht jetzt.«

Una brachte Eja zu Bett, und Eja schlief ein, kaum daß sie die Kissen berührt hatte, als hätte eine große Anstrengung sie erschöpft. Lars trat unter die Tür und blickte auf Una, die zärtlich die Haare aus Ejas Stirn strich. Als sie spürte, daß er hinter ihr stand, richtete sie sich auf und trat zu ihm. Er nahm sie in die Arme, und eng umschlungen betrachteten sie die Schlafende voll Liebe und Angst.

»Komm, Una«, sagte Lars leise. »Laß uns zu Horn gehen.«

»Ja«, antwortete sie. »Es mußte ja so kommen. Wir haben es immer gewußt.«

Langsam gingen sie zurück und setzten sich zu Horn und Jock. Tanit versuchte immer noch, mehr von Horn zu erfahren, aber Horn wehrte ab. Eingeschnappt verkroch sie sich in ihrer alten Decke und wollte von dort das Gespräch verfolgen, um wenigstens aus den Mienen und dem Tonfall etwas herauszulesen.

Doch niemand sprach ein Wort. Horn und die Tordals schienen keine Worte zu benötigen, um sich zu verständigen, als wäre alles schon vor langer Zeit entschieden worden und hätte nur auf den heutigen Tag gewartet, um wirklich und unabwendbar hervorzutreten. Und Jock schwieg, weil die Angst ihn stumm machte. Zu viele Andeutungen und Geheimnisse schwirrten in seinem Kopf herum und erfüllten ihn mit Sorge um Eja. Endlich erhob sich Horn und sagte:

»Ich habe noch etwas zu holen. Ehe Eja erwacht, bin ich zurück.« Er warf sich seinen Umhang über und zog die Kapuze tief ins Gesicht. So trat er in den dichten Regen hinaus und verschwand zwischen den Bäumen.

Una machte sich im Haus zu schaffen, und Lars ging in den Stall. Beide versuchten sich zu beschäftigen, um ihrer Angst und ihres Kummers Herr zu werden. Jock setzte sich zu Tanit auf die Ofenbank und schnitzte lustlos an einem Stück Holz herum.

»Weißt du«, sagte er zu Tanit, »ich habe ja keine Ahnung, was hier gespielt wird, aber daß was nicht stimmt, kann ich riechen. Meine Nase hat schon immer recht behalten. Da ist irgendein Schlamassel angerichtet worden, und wir sitzen mittendrin. Du kannst sicher nachfühlen, was das heißt. Du hast ja auch eine Menge Schlamassel hinter dir.«

Tanit beguckte sich Jock, und er schien ihr ein noch seltsamerer Vogel als sie selber, aber eigentlich ganz annehmbar. Sie rückte näher zu ihm heran und blickte ihn aufmunternd an, als würde sie jedes Wort verstehen. Aber Jock dachte gar nicht daran, daß die Sprache sie trennte, und so plapperte er, mehr für sich selber, vor sich hin, bis er müde wurde, sein Messer einsteckte, das nutzlose Holzstück ins Feuer warf, sich auf die Ofenbank legte und einschlief. Tanit seufzte so tief, wie ein Vogel eben seufzen kann, und flog zum Fenster, wo sie durch die dünngeschabte Ziegenhaut versuchte, etwas von draußen zu erspähen oder Horn Elder zu entdecken.

Es war kaum Mittag geworden, und trotzdem war es draußen so dunkel wie am späten Abend. Der Regen fiel so dicht, daß Tanit kaum weiter als bis zu den ersten Bäumen sehen konnte. Das Geräusch des Regens, das Prasseln des Feuers im Ofen, die regelmäßigen Seufzer und Schnaufer von Jock und Unas geschäftiges Hin und Her schläferten Tanit ein. Ohne daß sie es merkte, neigte ihr Kopf sich gegen das Fenster und lehnte sich an die kühle Haut. Es war ihr, als könne sie jeden Windstoß und jeden heranwehenden Regentropfen spüren wie ihren eigenen Herzschlag. In diesem sanften Gleichtakt verging ihr die Zeit des Wartens. Der Lauf der Ereignisse stand still und ließ den Menschen, in welcher Gestalt sie sich auch immer gerade zeigten, eine Atempause.

Als Horn eintrat, tropfend vom Regen, zerbrach die Stille mit einem unhörbaren und doch spürbaren Laut, als wäre eine unsichtbare Saite gerissen. Tanit schreckte aus ihren Träumen hoch, und Jock setzte sich, erschrocken die Augen reibend, auf der Ofenbank auf. Horn streifte seine lehmbespritzten Stiefel ab und hängte seinen Umhang in die Nähe des Feuers. Er setzte sich an den Tisch und trank den heißen Tee, den Una ihm aufgoß und dem sie einen kräftigen Schluck Obstbrand beigab. Er sprach kein Wort, und Una stellte ihm keine Fragen. Auch Jock und Tanit brachten es trotz ihrer Neugier nicht über sich, das Schweigen zu brechen. Nach einer Weile gesellte sich Lars zu ihnen, und bald saßen alle um den Tisch und tranken Tee. Tanit kehrte auf ihre alte Decke zurück und pickte sich kleine Stücke aus einem verschrumpelten Apfel, den Una ihr gegeben hatte. So warteten sie gemeinsam darauf, daß Eja erwachte, und es schien, als wären alle froh, daß sie so lange schlief und daß damit das Unvermeidliche noch hinausgezögert wurde. Die Gerüche von Tee, Regen und Holzfeuer vermischten sich und zogen wie ein einziger Duft durch die Stille und das flackernde Licht der Kerzen.

Eja

Regen fiel in Ejas Träumen, und Regen fiel vor dem Fenster ihres Zimmers. Als sie erwachte, konnte sie lange nicht zwischen Schlaf und Wachen, Traum und Wirklichkeit unterscheiden. Sie schlug die Augen auf und sah Jock mit dem Dolgan Tanit auf der Schulter an ihrem Bett sitzen. Sie hatten es beide nicht mehr in der schweigenden Runde ausgehalten und sich in Ejas Zimmer geschlichen, in dem sie geduldig Wache hielten.

»Hallo«, sagte Jock schüchtern. »Geht es dir wieder besser? Ich muß schon sagen, du hast uns allen einen ganz schönen Schrecken eingejagt.« Eja richtete sich auf und lachte verlegen. »Ich kann mich gar nicht mehr recht erinnern, was geschehen ist«, erwiderte sie. »Ich muß irgend etwas in dieser fremden Sprache gesagt haben, und dann bin ich schrecklich müde geworden. Nicht wahr?«

»Allerdings hast du was gesagt. Und was du gesagt hast, hatte es so sehr in sich, daß es jetzt Zeit wird, daß der alte Geheimniskrämer, dieser Herr Elder, mit der Sprache herausrückt und uns endlich einmal erklärt, was es mit all dem auf sich hat. Dieser Herr ›Später‹ und ›Nicht jetzt‹ und ›Wartet nur‹ kann mir allmählich gestohlen bleiben«, polterte Jock und zog dabei ein tief beleidigtes Gesicht.

»Oha! Wie ich höre, verteilt Meister Aiting wieder Schmeicheleien, wobei ich, wie mir scheint, nicht zu kurz komme«, sagte Horn, der unvermutet in der Tür stand. »Aber er hat ja recht. Auf seine Weise. Es ist Zeit, daß manches klargestellt wird. Also kommt, gehen wir zu den anderen, und fangen wir an, die Schleier zu lüften.«

Gemeinsam gingen sie in die Stube zurück und setzten sich wieder an den Tisch. Dort hatte Una frischen Tee aufgegossen und Selbstgebackenes dazugestellt. Eja langte kräftig zu und trank und aß, als wäre sie ausgehungert. Una betrachtete sie liebevoll. Das leicht rötlich schimmernde helle Haar, das Eja weit über den Rücken hinab reichte, die strahlenden grünen Augen, der feine Wuchs ihrer Glieder, die schmalen, aber kräftigen Hände und die Farbe ihres gebräunten Gesichts, durch welche die Blässe der überstandenen Gefühlsbewegungen nur wenig hindurchschien, alles erfüllte ihr Herz mit Wärme und tiefer Zuneigung.

Mein Kind, mein Kind. Wie lange noch mein Kind? dachte sie. Aber sie hatte ihre Ruhe wiedergewonnen. Keine Furcht für sich selber bewegte sie, keine Angst mehr vor dem Verlust, sondern nur noch die Sorge um Eja, der so viel Neues zu hören bevorstand. Sie glaubte an die Kraft ihres Kindes, denn diese Kraft war es, die sie und ihr Mann Eja in all den vergangenen Jahren zu geben versucht hatten. Sie hatten immer gewußt, daß der Tag kommen mußte, an dem Eja all diese Kraft brauchen würde.

Als Eja gegessen hatte, griff Horn unter sein Hemd und holte einen alten Lederbeutel hervor, der an einer Schnur um seinen Hals hing. Der Beutel schien sehr alt zu sein. Er war brüchig und fleckig und leicht verschimmelt, als hätte er lange Zeit an einem dunklen und feuchten Ort gelegen. Horn öffnete das Siegel, das den Beutel verschloß, kehrte ihn um und schüttete seinen Inhalt auf den Tisch. Eine grüne, glitzernde Schlange fiel mit einem feinen Klang auf den Tisch und blieb dort liegen. Horn nahm sie in die Hand und hielt sie empor. Es war eine Halskette, deren Glieder so geschickt gearbeitet waren, daß man die Übergänge von einem zum anderen Glied nicht sehen konnte. Es machte den Eindruck, als wäre die Kette ein geschlossenes Band, kristallen und doch beweglich wie eine sich ringelnde Schlange. Sie schien keinen Verschluß zu haben und hing offen aus Horns Hand herab. Tanit zog scharf die Luft ein und rief mit einer Stimme, die klang, als wäre sie zu Tode erschrocken:

»Das Laurinband! Welches Unheil hat dich von deinem Träger getrennt?«

»Das Laurinband?« fragte Jock, nachdem Horn Tanits Worte übersetzt hatte. »Was ist das? Es sieht ja schön aus, aber etwas Besonderes scheint es nicht zu sein.«

»Oh, da wäre ich nicht so sicher. Dieses Laurinband ist mehr als nur ein einfaches Schmuckstück. Tanit wird uns sicher mehr dazu sagen können«, erwiderte Horn.

»Das stimmt«, sagte Tanit. »Das Laurinband ist wirklich etwas ganz Besonderes und sehr Seltenes. Von diesen Halsbändern gibt es nur zwölf, und niemand anderer als die zwölf Edrahil, die Höchsten der Edrain, dürfen sie tragen. Niemals kann ein Edrahil von seinem Laurinband getrennt werden, es sei denn, er selber legt es ab oder, und dies fürchtete ich, als ich das Band in Horns Hand sah, oder er ist tot. Das Laurinband verleiht den Edrahil große Kräfte, aber welche Kräfte, dies wissen nur die Edrahil. Ich habe zwar viel über sie reden hören, aber selber weiß ich nichts Genaues. Daß Horn ein solches Band besitzt, ist eine ernste Sache, und ich, als Edrain, bitte ihn, Auskunft zu geben, wie er zu diesem Band gekommen ist und was er mit ihm zu tun gedenkt. Er mag mein Mißtrauen entschuldigen, aber es steht zu viel auf dem Spiel.«

»Du brauchst nichts zu fürchten«, erwiderte Horn. »Ich würde nie wagen, dieses Band meinen Besitz zu nennen. Ich nahm es nur in Verwahrung und versteckte es. Viele Jahre habe ich auf den heutigen Tag gewartet, um es dem rechtmäßigen Besitzer zu geben.«

»So kennst du einen der Edrahil?« rief Tanit aufgeregt. »Ist vielleicht einer in der Gegend und Hilfe, die ich so herbeigesehnt habe, näher, als ich zu hoffen wagte?«

»Nein, so einfach ist die Sache nicht. Ich nahm das Band, nicht weil man es mir gab, sondern weil der Tod es mir in die Hände legte, wie du richtig vermutet hast«, sagte Horn.

Tanit bedeckte ihre Augen mit einem Flügel und sagte mit trauriger Stimme: »Was für ein Unglück ist über mein Volk gekommen. Aber erzähle nur, ich möchte dennoch wissen, was sich zugetragen hat.«

»Ich jagte vor vielen Jahren an den oberen Raunafällen«, begann Horn seinen Bericht. »Dort ist der Wald reich an Wild, aber kaum jemand verirrt sich in diese Gegend, denn der Raunafall und die Felsen machen es schwer, in diesen Wald zu gelangen. Auch ich kenne nur einen einzigen Weg in diesen Teil des Raunatales. Damals jagte ich schon mehrere Tage lang einen Hirsch, einen alten, erfahrenen Burschen mit gewaltigem Geweih, der mir schon oft entwischt war. Doch hier am oberen Raunafall hatte ich ihn endlich in die Enge getrieben und sah ihn auch bald zwischen den Bäumen auftauchen. Der Wind stand günstig, der Hirsch konnte mich nicht ausmachen, und das weiche Moos dämpfte meine Schritte. Ich legte den Pfeil an die Sehne und hob den Bogen, bereit zum Schuß. Da plötzlich trug der Wind einen unerwarteten Laut aus der Richtung des Hirsches heran, das Schreien eines neugeborenen Kindes. Der Hirsch erstarrte und nicht weniger ich, dann warf er sich herum und preschte in langen Fluchten dicht an mir vorbei. Mir blieb nicht mehr, als ihm nachzurufen: ›Auf ein andermal, Freund‹, und schon war er auf und davon.

Ich ging dem Schreien nach und kam zu einer alten Steineiche, deren mächtiger Stamm ganz von Efeu überwachsen war. Der Efeu verdeckte eine Öffnung, die eine Höhlung im Inneren des Baumes freigab. Wahrhaftig ein gutes Versteck. Hätte der Hunger das Kind nicht schreien lassen, ich hätte es niemals gefunden. Es lag im Inneren des Baumes mit nicht mehr am Leibe als einer einfachen Decke, in die es gehüllt war. Es hatte feines blondes Haar mit einem rötlichen Schimmer. Doch seine Augen waren nicht blau, wie die aller anderen Kleinkinder es zu Anfang sind, sondern von einem klaren, strahlenden Grün. In der Hand hielt es einen Stofflappen, der wohl einmal in Honig getaucht worden war, den aber das Kind nun ganz leergesaugt hatte. Sonst verriet kein Zeichen an ihm seine Herkunft. Nicht weit entfernt fand ich einen Bau wilder Bienen. Dort tauchte ich den Stofflappen in Honig und gab ihn dem Kind, das gleich anfing, hungrig daran zu saugen. Ich legte es wieder in die Höhlung des Baumes zurück und deckte Efeu über die Öffnung. Das Kind hatte sich beruhigt und gab keinen Laut mehr von sich. Es war sicher verborgen, und vorsichtig begann ich, die Gegend nach Spuren abzusuchen, die mir vielleicht verraten konnten, was vorgefallen war.

Ich fand reichlich davon, denn es hatte kurz zuvor geregnet, und so waren der Boden weich und alle Spuren gut zu erkennen. Elf Fährten konnte ich unterscheiden, die tiefen Eindrücke von zehn Männern in Stiefeln und die weniger deutlichen Eindrücke von leichtbeschuhten Füßen. Eine breite Spur kam von Osten, vom Gebirge her. Immer die zehn schweren Spuren über den leichten Eindrücken. Dann trennte sich die einzelne Spur von der Hauptspur und führte bis zu dem Baum, in dem ich das Kind gefunden hatte. Die Eindrücke, die vom Baum wieder zurück zur Hauptspur führten, waren noch undeutlicher. Das Kind war also im Baum zurückgelassen worden, und die Spur wurde nun ohne sein Gewicht geprägt. Nicht weit von den Raunafällen entfernt vereinigten sich die leichten und die schweren Schritte wieder und führten bis an die Felsen über den Raunafällen. Dort endete die leichte Spur, und eine noch warme Feuerstelle verriet, daß die Männer ein Lager aufgeschlagen hatten und nach kurzer Rast wieder aufgebrochen waren. Ihre Spur entfernte sich in östlicher Richtung.

Es war nicht schwer, sich das, was hier geschehen sein mußte, vorzustellen. Die Männer hatten eine Frau mit einem Kind verfolgt. Dieser Frau war es zwar gelungen, das Kind sicher vor den Häschern zu verbergen, aber sie selbst hatte ihnen nicht entkommen können. Da an den Raunafällen keine Spuren eines Kampfes zu finden waren, mußte sie in den Wasserfall gesprungen sein, um den Verfolgern nicht in die Hände zu fallen. Ich kannte die Felsen am Wasserfall und kletterte hinab. Am Fuße des Wasserfalls bildet die Rauna ein Becken, und die Felsen umschließen dort ein kleines Tal mit grünen Ufern und schönen Birkenhainen, die das Becken einrahmen. Nur wer es wagt, hinabzuklettern, kann in dieses verborgene Tal gelangen. Kein anderer Weg führt hinein, denn an seinem unteren Ende schäumt das Wasser durch eine schmale Felsenge und macht sie unpassierbar. Dort am Ufer fand ich die Ertrunkene, die den Sprung in den Wasserfall nicht überlebt hatte. Ich erkannte sie wieder, denn Jahre zuvor, in besseren

Zeiten, war ich in Althaia gewesen und hatte sie kennengelernt. Es war Advena, eine der zwölf Edrahil.«

»Advena«, rief Tanit entsetzt. »Oh, welch ein Unglück. Was für Unmenschen waren es, die sie in den Tod getrieben haben?«

»Ich glaube«, sagte Horn, »über die Herkunft dieser Männer besteht kein Zweifel, aber dies ist eine andere Geschichte, wenn auch wieder nur ein Teil der immer selben, größeren Geschichte, und muß hier noch nicht erzählt werden. Laß mich erst berichten, was sich damals weiter zugetragen hat.«

»Ja«, erwiderte Tanit. »Du hast recht, das hat noch Zeit. Erzähle weiter.«

»Advena hatte nichts bei dem Kind zurückgelassen, was seine Herkunft hätte verraten können. Sicher hatte sie gehofft, daß jemand das Kind finden würde. Daß dieser Teil des Raunatales so abgelegen war und sich nur selten jemand hierher verirrte, konnte sie ja nicht wissen, und so war es ein großes Glück, das mich hier jagen ließ, denn ansonsten wäre das Kind verhungert. Was sollte ich nun tun? Ich selber wollte das Kind nicht nach Althaia bringen, denn die Gegend um das Raunatal herum ist viel unsicherer, als die Ruhe und Abgeschiedenheit dieses Hortes es ahnen lassen. Ich hätte es womöglich in Gefahr gebracht und den Häschern, denen es gerade entkommen war, doch noch ausgeliefert. Die Zeit mußte Rat bringen. Ich vertraute auf die Fügungen des Schicksals und beschloß, das Kind in Sicherheit zu bringen. Da Advena nichts bei sich hatte als ihre Kleider und eine Kette um den Hals, nahm ich ihr die Kette ab, die sich leicht lösen ließ, obwohl ich keinen Verschluß entdecken konnte. Ich wollte sie später an einem sicheren Ort verstecken, bis die Zeit reif war, um sie dem Kinde zu geben. Warum aber die Kette sich so leicht löste und dadurch in meine Hände kam, dafür hat Tanit uns ja die Erklärung gegeben. Ich begrub Advena und pflanzte eine Birke auf ihr Grab. Diesen letzten Dienst konnte ich ihr in der Fremde zumindest erweisen.

Ja, Eja, du wirst es sicher schon lange, während ich diese Geschichte erzähle, vermutet haben. Du bist Advenas Tochter. Die Tochter einer Edrahil aus dem Volke der Edrain. Damals brachte ich dich zu Una und Lars Tordal, denn Una hatte gerade eine Tochter geboren, die aber nur wenige Tage nach der Geburt starb. Sie hätte dir eine Schwester sein sollen, doch nun tratest du an ihre Stelle, als hätte das Schicksal es vorherbestimmt, und so nahmen die beiden dich an Stelle ihres toten Kindes an und zogen dich auf. Wir begruben das tote Kind in aller Stille, und die Tordals gaben dich für ihre leibliche Tochter aus. So konnte deine wahre Herkunft verborgen bleiben. Nur die Tordals und ich wußten davon.

Von allem, was es noch zu erzählen gibt, habe ich dir erst einen Teil berichtet, und auch Tanit weiß sicher auch noch einiges mehr zu sagen. Aber davon soll ein anderes Mal gesprochen werden. Ich glaube, es ist fürs erste genug an Neuem für dich.«

Während Horn erzählte, hatte der Regen, ohne daß sie es bemerkt hatten, aufgehört. Jetzt, da alle still um den Tisch versammelt saßen und nicht wußten, was zu tun sei, um Eja die Last, die ihr auferlegt worden war, leichter zu machen, brachen plötzlich die ersten Sonnenstrahlen durch die sich auflösenden Wolken und schienen durch die Fenster. Helles Licht erfüllte die eben noch so dunkle Stube, und Eja fühlte, wie die Helligkeit ihr neuen Mut gab. Zum ersten Mal in ihrem Leben begegnete sie in sich selber einer Kraft, die sie erstaunte. Nach Horns Worten war ihr zuerst so gewesen, als müßten Verwirrung und Traurigkeit sie in einen schwarzen Abgrund reißen, als hätte der Boden sich unter ihr aufgetan und als sei alles Feste und Sichere für immer verlorengegangen. Am liebsten hätte sie sich in Unas Armen verborgen und Augen und Ohren verschlossen, um alles ungeschehen zu machen. Doch plötzlich, vielleicht mit dem Licht der Sonne oder vielleicht genährt aus ihrer Herkunft, die sie in sich trug, ohne sie eigentlich zu kennen, plötzlich hatte sich die Furcht in ihr Gegenteil verkehrt, und sie fühlte, daß sie, die eben noch Trost und Schutz gesucht hatte, selber Trost und Schutz geben konnte. Ihr wurde bewußt, daß nicht nur sie allein litt, sondern um wieviel mehr ihre Eltern, die sie aufgezogen hatten wie ihr eigenes Kind, leiden mußten und Trost brauchten und Schutz vor dem Schmerz des Verlustes. Sie spürte eine Kraft in sich, die weit über ihr Alter hinausreichte, weit zurück in die Zeit, eine Kraft, die lange in ihr geschlafen hatte, um jetzt endlich, da sie ihrer bedurfte, zu erwachen.

Eja stand auf und trat zwischen Una und Lars. Leise sagte sie:

»Ich weiß nicht, was noch geschehen wird, und ich weiß auch nicht, wohin ich noch gehen werde. Aber woher ich auch komme, hier bin ich zu Hause. Ich bin nicht weniger Eja, Tordals Tochter, wie ich Eja, Advenas Tochter, bin. Und ich will die um Rat bitten, die mir all die vergangenen Jahre geraten haben. Denn Eja, Tordals Tochter, werde ich immer bleiben.«

»Bravo!« rief Jock. »So ist es recht, denn was für eine Rabenmutter muß diese Advena gewesen sein, daß sie dich in dem Baum zurückgelassen hat, in dem du sicher verhungert wärest, wenn dich nicht sogar die wilden Tiere vorher gefressen hätten.«

»Sei nicht ungerecht, Jock«, sagte Horn. »Advena hatte keine andere Wahl. Sie versteckte ihr Kind, um ihm eine letzte Möglichkeit der Rettung zu geben und um es nicht mit in den Tod nehmen zu müssen. Sie hat das einzige getan, was ihr zu tun übrig blieb, und du kannst sicher sein, daß es für sie eine schreckliche Wahl gewesen sein muß.«

»Ja«, mischte sich Una ein. »Wir wollen nicht schlecht von Advena denken. Ich selber wäre die letzte, welche dies täte, denn ihr Unglück hat uns Glück für viele Jahre geschenkt. Wir stehen tief in ihrer Schuld, und oft habe ich an sie gedacht und immer versucht, Eja auch in ihrem Geiste zu erziehen und ihr nicht weniger Liebe zu geben, als Advena ihr gegeben hätte. Ich habe großes Mitleid mit ihr, denn sie hat durch ihren frühen Tod viel geopfert.«

»Schon gut«, meinte Jock beschämt. »Ich gebe zu, ich

war ungerecht. Aber was machen wir jetzt? Wie soll es weitergehen?«

»Das ist keine leichte Frage«, antwortete Horn. »Wir stehen vor schweren Entscheidungen. Ich glaube, die Zeit zu handeln ist gekommen. Ich habe lange auf diesen Tag gewartet. Doch mir scheint, daß sich das Blatt gewendet hat. Aber wir wollen nichts überstürzen. Noch weiß Eja zu wenig von den Ereignissen der Vergangenheit, die dafür verantwortlich sind, daß sie weder in Althaia geboren noch als Edrain aufgewachsen ist. Doch für heute ist es genug. Wir wollen morgen mehr darüber sprechen. Doch dieses Laurinband sollte Eja nun tragen, denn wenn es wirklich so große Kräfte in sich trägt, so ist es Zeit, daß Eja sie kennenlernt. Vielleicht können sie uns noch von großem Nutzen sein. Ich bin sicher, daß wir damit in Advenas Sinne handeln. Was auch immer Advena für eine Aufgabe hatte, so denke und fürchte ich, daß es Ejas Aufgabe sein wird, sie zu Ende zu führen.«

»Warum hat sie es ihr dann nicht selber gegeben?« fragte Jock.

»Genau kann ich dir das auch nicht sagen«, meinte Horn. »Aber ich kann mir zwei Gründe dafür vorstellen. Vielleicht dachte sie, mit der Hilfe des Laurinbandes doch noch zu entkommen. Und wenn auch nicht, so hätte es doch die Herkunft des Kindes verraten können. Nein, ich glaube, sie hat richtig gehandelt. Und was ihr zu tun verwehrt blieb, das können wir nun in ihrem Sinne tun. Denn wer außer Eja hätte das Recht, das Band zu tragen? Frag Tanit, wie sie darüber denkt.«

»Ich bin derselben Meinung wie Horn«, sagte Tanit. »Eja ist Advenas Tochter, und so mag sie das Band auch tragen, bis der Rat in Althaia entscheiden kann, was weiter damit geschehen soll.«

»Ihr redet immer daher, als wären wir in großer Gefahr«, beschwerte sich Jock. »Aus euch kann wirklich niemand schlau werden. Wieso kann uns das Band von großem Nutzen sein? Wofür und wogegen denn? Wenn ihr immer nur die Hälfte von dem sagt, was ihr denkt, müßt ihr euch nicht wundern, wenn einer wie ich, der dabei nur die Hälfte von dem versteht, was ihr sagt, bald einmal die Geduld verliert.«

Alle begannen über Jocks sauertöpfische Miene zu lachen, und Horn sagte: »Erhalte uns deine Geduld noch ein Weilchen, Jock. Du wirst bald mehr erfahren, als dir lieb ist. Aber für heute ist es genug.«

»Ja, lieber Jock«, sagte Eja. »Laß mir noch ein wenig Zeit. Ich fürchte mich, mehr zu hören, denn ich glaube, Advenas Tod ist nicht der einzige Schrecken, den die Vergangenheit in sich birgt. Kommt, laßt uns alle an die Sonne gehen. Alle, auch Tanit, denn nun braucht es keine verschlossenen Türen mehr, damit sie bei uns bleibt.«

»Nein, wahrhaftig nicht«, sagte Tanit lachend. »In dieser Welt gibt es mir zu viele Stürme und zu viele Steinschleudern.«

Horn Elder

»Onduril, Onduril«, brummte Jock vor sich hin, »Eja, nun sag doch schon, was soll das eigentlich sein, dieses Onduril? Eja!«

Doch Eja hörte nicht auf ihn. Sie lief um den Brunnen im Hof und spielte Fangen mit Tanit, die unbekümmert mit Eja herumtollte. Sie genoß es, Eja mit den Flugkünsten eines Vogels an der Nase herumzuführen. Jock warf verärgert mit kleinen Steinen nach den Torpfosten.

Horn Elder trat neben ihm aus der Haustür und setzte sich auf die Schwelle. Er lehnte sich mit dem Rücken an das von der Sonne erwärmte Holz und genoß den Frieden und die Stille des Tages.

»Guten Morgen, Jock. Na, du ziehst ja ein Gesicht, als hättest du Kastanien mitsamt der stachligen Schale verspeist.«

»Ach, hört bloß auf, Herr Elder«, brummte ihn Jock an. »Ihr habt gut spotten. Was mir im Magen liegt, wißt Ihr ganz genau. Eure Geheimniskrämerei ist es. Aber Ihr sollt nur sehen, daß ein Aiting auch warten kann. Ich werde Euch nicht mehr mit Fragen belästigen. Von mir aus könnt Ihr platzen von Eurem Wissen.«

Horn lachte und meinte: »Kommt Zeit, kommt Rat. Du wirst schon bald mehr erfahren. Hab noch ein wenig Geduld. Wenn ich es recht sehe, werden wir nicht mehr lange so geruhsame Tage erleben.«

Damit mußte sich Jock begnügen.

Was Horn wohl damit meint? dachte er. Ihm war nicht wohl dabei. Er spürte einen kalten Wind auf seiner Haut, auf die doch die Sonne so strahlend schien. Am liebsten hätte er wirklich nichts gewußt. Das Leben, wie es war, schien ihm auf einmal so schön, daß er sich heftig wünschte, es möge immer so bleiben. Aber er fühlte, daß die stille Zeit vorbei war, unwiderruflich. Es ist gut, einen wie Horn an der Seite zu haben, dachte er. So schwieg er wie Horn, und beide schauten Eja und Tanit bei ihrem Spiel zu.

Tanit war auf die Spitze der mächtigen Buche geflogen, die in der Mitte des Hofes stand und mit ihrem dichten Laub einen kühlen Schatten über den Brunnen und die warme Erde legte.

»Tanit!« rief Eja lachend. »Das gilt nicht. Du weißt, daß ich dich dort nicht erwischen kann. Komm runter!«

Aber Tanit lachte nur ihr seltsam menschliches Vogellachen und rührte sich nicht vom Fleck. Eja verschränkte die Arme und spielte die Verärgerte. Dann richtete sie sich plötzlich hoch auf und streckte ihre rechte Hand nach Tanit aus. Eine seltsame Spannung erfüllte den Hof und berührte Horn und Jock, die gebannt auf Eja blickten. Sie schien größer zu werden. Ihr Haar leuchtete hell in der Sonne. Um den Hals trug sie das Laurinband, das sie erst nicht hatte tragen wollen, bis Una es ihr sanft umgelegt hatte. Dunkel hoben sich die grünfunkelnden Kristalle von ihrer Haut ab. Ihre Augen waren fest auf Tanit gerichtet, gebieterisch und fordernd. »Komm, Tanit. Eja, Advenas Tochter, ruft dich«, sagte sie mit einer Stimme, die eine unwiderstehliche Stärke ausstrahlte. Tanit konnte ihren Blick nicht abwenden. Gegen ihren Willen entfalteten sich ihre Flügel, und sie flog vom Wipfel des Baumes herab auf Ejas Hand.

Die Spannung fiel von Eja ab, und sie war verwirrt. Die Kraft, die sie gezeigt hatte, ängstigte sie. Auf ihrer Hand saß Tanit und blickte sie mit weit offenen Augen willenlos an. »Tanit«, sagte Eja zärtlich und strich ihr mit der Hand über den Kopf. Da löste sich der Bann, und Tanit schüttelte sich. Horn erhob sich und trat zu den beiden.

»Was war das?« fragte Eja ihn. »Was ist mit mir und Tanit geschehen?«

»Du lernst die Kräfte des Laurinbandes kennen«, antwortete er. »Von nun an wirst du noch vielem begegnen, was dich verwirren und ängstigen wird. Gehe sorgsam mit dir und deinen neuen Kräften um. Sie können sich auch gegen dich richten.«

Horn wandte sich an Tanit und fragte sie, ob sie nicht doch etwas über die Kräfte dieses Bandes wüßte.

Tanit überlegte eine Weile und meinte dann: »Ich weiß wirklich nicht sehr viel darüber. Unter ihresgleichen machen die Edrahil keinen Gebrauch von ihrer Macht, und so ist es auch für mich das erste Mal, daß ich so etwas erlebe. Aber in alten Geschichten, die uns Kindern erzählt wurden, hieß es immer wieder, daß das Laurinband nicht die Kräfte selber besitzt, sondern nur der Schlüssel zur Kraft ist, die in den Edrahil, ja eigentlich in allen Edrain verborgen liegt. Ja, ich glaube, so war das. Vielleicht haben die alten Geschichten noch mehr verraten, aber daran kann ich mich nicht mehr erinnern. Es schien mir damals nicht so wichtig zu sein. Aber vielleicht fällt es mir wieder ein.«

»Ja«, meinte Horn nachdenklich. »Versuch dich zu erinnern, Tanit. Es kann noch sehr wichtig für uns alle werden, mehr von diesem Band zu erfahren.«

Eja hatte Tanit und Horn aufmerksam zugehört. Doch plötzlich, noch während Tanit sprach, zuckte sie zusammen. Was war geschehen? Sie verstand jedes Wort, das Tanit sagte. Die Sprache war ihr vertraut, und sie verspürte das Bedürfnis, sie selber zu gebrauchen und frei mit Tanit zu sprechen. Schließlich gab sie diesem Drang nach und sagte, kaum daß Horn Tanit geantwortet hatte und noch ehe er ihr die Worte Tanits übersetzen konnte: »Genau so habe ich es auch empfunden. Die Kraft, die ich spürte, als ich Tanit rief, kam nicht aus dem Band, sondern aus meinem eigenen Inneren.«

Horn, Tanit und Jock blickten sie sprachlos an. Jock fand als erster seine Sprache wieder, und entrüstet rief er:

»Da hört sich doch alles auf! Jetzt redet sogar Eja daher, daß einem die Ohren auch gleich zuwachsen können, weil man ohnehin nichts versteht. O ja, habt ihr nur eure Geheimnisse miteinander. Der alte Jock braucht ja kein Wort mitzubekommen. Ich werde von nun an mit Händen und Füßen reden oder pfeifen, damit ich noch angehört werde.«

Eja und Horn lachten befreit auf. Horn zog Jock an den Haaren und meinte: »Tja, Meister Aiting, nun müßt Ihr über Euch selbst hinauswachsen und diese Sprache entweder lernen oder von den Brosamen leben, die wir Euch zuwerfen. Nicht jeder hat ein Laurinband, das ihm die Arbeit abnimmt.«

Jock schnitt eine Grimasse und verkroch sich schmollend in einen Winkel des Hofes. Aber seine Ohren blieben doch gespitzt, und er versuchte, kein Wort zu verpassen, um vielleicht doch das eine oder andere zu erfahren.

Die drei anderen setzten sich auf den Rand des Brunnens, der leise plätscherte und in dessen Wasser sich das Licht der Mittagssonne friedlich spiegelte.

»Horn?« fragte Eja und bediente sich auch weiterhin der neuen Sprache. »Was glaubst du? Habe ich mich an das Edrami erinnert, weil ich es als Neugeborenes gehört habe?«

»Ich weiß nicht«, antwortete Horn. »Das werden wir wohl erst erfahren, wenn du andere Sprachen als das Dunan oder das Edrami hörst. Oder fällt dir dazu etwas ein, Tanit?«

»Ja«, meinte diese zögernd. »Doch. Es hieß auch, daß die Edrahil Sprachen verstehen. Aber warum, das weiß ich nicht. Du hast recht, Horn. Darüber werden wir erst mehr erfahren, wenn Eja andere Sprachen hört oder – wenn wir nach Althaia kommen.«

»Althaia«, sagte Eja und lauschte dem Klang des Namens nach. »Glaubst du, daß wir dahin gehen werden, Horn? Ich möchte die Stadt meiner Mutter gerne einmal sehen.«

»Wir werden. Wir müssen«, sagte Horn. »Nicht zuletzt deshalb, um Hilfe für Tanits Leute zu holen, die nicht ewig Bäume bleiben sollen. Aber natürlich auch, weil es wichtig für dich ist, Eja, mehr über deine Herkunft und vielleicht auch Bestimmung zu erfahren. Denn was dich hier in das Raunatal gebracht hat, wird dich noch an ganz andere Orte dieser Welt führen.«

Alle drei schwiegen, und jeder hing seinen Gedanken

nach. Tanit dachte an ihre Freunde, die weit entfernt warteten und sicher alle Hoffnung in sie setzten. Eja träumte, und in ihren Träumen öffneten sich die Grenzen des Raunatales, und alles außerhalb dieser Grenzen, alles, was ihr unbekannt war, lag geheimnisvoll und verlockend vor ihr. Landschaften, Städte, Begegnungen mit anderen Lebewesen, wie immer diese auch aussehen mochten. In einer Welt, in der Menschen zu Bäumen und Vögeln wurden, konnte noch ganz anderes anzutreffen sein.

Und Horn? Wer hätte seine Gedanken erraten können? Mit seltsam verfinstertem Gesicht blickte er vor sich auf die Erde, über die der Wind spielerisch ein paar lose Blätter trieb. Plötzlich sprach er, und es war, als würde er zu sich selber reden: »Jetzt verstehe ich es. Ich hätte schon früher darauf kommen müssen.«

»Was verstehst du?« fragte Eja, die aus ihren Träumen aufschreckte. Auch Tanit blickte Horn fragend an.

»Als ich deine Mutter fand und die Spuren untersuchte, die zum Raunafall führten, entdeckte ich zwei Dinge, die ich bis heute nicht verstanden habe«, antwortete Horn. »Immer wieder habe ich mir die Frage gestellt: Warum ist Advena verfolgt worden? Hatte sie etwas bei sich, was die Verfolger in ihren Besitz bekommen wollten? Aber warum sind sie dann nicht hinabgeklettert, um es der Toten abzunehmen? Der Abhang ist zwar steil und nicht ungefährlich, aber ein geschickter Kletterer hätte es jederzeit vermocht. Und das zweite, was ich nicht verstanden habe, ist dies: An den Handgelenken und Beinen der leblosen Advena fand ich deutlich Spuren von Fesseln. Sie war also schon in Gefangenschaft geraten und wieder entkommen. Warum wurde sie dann weiter verfolgt? Sie war doch sicher durchsucht worden. Hätten ihre Häscher etwas gefunden, hätten sie es ihr längst abgenommen. Das Laurinband war es nicht, denn dies konnten sie ihr nicht ohne ihren Willen abnehmen. Was es war, kann ich nur vermuten, aber auf jeden Fall hatte sie es nicht bei sich. Dennoch wurde sie weiter verfolgt, als ihr die Flucht gelang. Also mußte sie etwas über das Gesuchte gewußt haben, das die

Verfolger erfahren wollten. Als sie aber tot war, nützte sie ihnen nichts mehr, und sie zogen ab. Seltsam, daß ich das erst jetzt verstehe. Vielleicht, weil sich manches von dem, was in den letzten Tagen passiert ist, mit dem zusammenfügt, was vor langer Zeit geschah. Erinnere dich, Eja, was du gesagt hast, als du zum ersten Mal die Sprache der Edrain gebraucht hast.«

»Ich glaube, es hieß: Hüte den Stein, mein Kind. Und ich erinnere mich auch, daß ich noch sagte: Ich werde ihn hüten, wie du gesagt hast«, erwiderte Eja.

Horn nickte: »Du mußt verstehen, was das heißt, Eja. Du weißt etwas, was dir deine Mutter als letztes mitgeteilt hat. Sie hat dir einen Auftrag gegeben. Den Auftrag, etwas zu hüten, was sie selbst nicht mehr hüten konnte. Aber nur das Wissen, wo dieses Etwas zu finden ist, und nicht die Sache selbst. Ich glaube, es ist nicht schwer zu erraten, worum es sich dabei handelt, nicht wahr, Tanit?«

»Ein Onduril«, brach es aus Tanit heraus. »Natürlich. Das muß es sein. Advena hatte einen der Onduril. Das wird es gewesen sein, warum man sie verfolgt hat. O Eja, wenn das wahr ist, dann brauchen wir nicht einmal bis Althaia zu gehen, um Hilfe zu holen. Wenn du weißt, wo der Stein ist, könnten wir gleich zu meinem Volk gehen und es befreien. Sag doch, wo er ist!«

»Aber ich weiß es nicht. Ich kann mich nicht erinnern. Ich war doch viel zu jung«, rief Eja verzweifelt.

»Vielleicht«, meinte Horn. »Vielleicht aber auch nicht. Vielleicht gibt es Wege, dein Wissen wieder zum Leben zu erwecken. Wege, die wir nicht kennen, aber die Edrahil. Denn was eine Edrahil in dir verborgen hat, kann ein anderer der Edrahil sicher wieder aus dir befreien. Und dafür werden wir nach Althaia gehen müssen. Diese Reise wird uns nicht erspart bleiben, Tanit.«

»Du hast recht«, meinte Tanit seufzend. »Entschuldige, Eja, wenn ich eben so ungestüm war. Aber mir schien die Rettung plötzlich so zum Greifen nah. Doch eines verstehe ich nicht, Horn. Wenn Eja weiß, wo das zu finden ist, was die Verfolger suchten, warum haben dann die Verfolger nicht nach dem Kind gesucht? Advena ist doch ohne Eja in den Raunafall gesprungen.«

»Darauf weiß ich sogar eine Antwort«, meinte Horn. »Denn als ich Advena fand, hielt sie in ihren Armen ein Bündel, das sie aus ihrem Mantel geformt hatte, fest umklammert. Ich bin sicher, daß die Verfolger in dem Augenblick, als Advena sprang, geglaubt haben, daß sie das Kind in den Armen hielt.«

»Horn«, meinte Eja und blickte ihn dabei nicht ohne Angst an. »Wer waren die Männer, die meine Mutter verfolgten und schließlich in den Tod trieben?«

»Dieselben, die daran schuld sind, daß Tanits Volk in der Gestalt von Bäumen gefangen ist, dieselben haben deine Mutter in den Tod getrieben, und dieselben halten auch mich im Raunatal gefangen. Nein, es ist nicht richtig, was ich sage. Nicht dieselben Schuldigen sind dafür verantwortlich, sondern dieselben sind unschuldig an all dem. Denn schuldig ist nur der eine, der sie gefangenhält.«

»Asar?« fragte Tanit.

»Ja, Asar«, sagte Horn, und sein Gesicht wirkte wie aus Stein gehauen, hart und grau. »Asar, der Betrüger. Asar, der Dieb. Asar, die Schlange, das Dunkel, die Kälte. Ich wüßte noch viele Namen für ihn, aber keiner könnte genügen, um auszudrücken, was ich empfinde, wenn ich an ihn denke. Seit der Stunde, in der ich ihm begegnet bin, ist ein Schatten auf mein Leben gefallen, der alles Lichte verdunkelt und alles, was mir lieb ist, beschmutzt hat. Selbst meine eigenen Hände sind unrein geworden, seit er sie berührt hat.«

Horn hob seine Hände und kehrte die Handflächen nach oben. Er starrte auf sie, als müßte er sie verabscheuen, und kalte Verzweiflung legte sich wie ein Panzer um sein Herz. Eja und Tanit fühlten seinen Schmerz und fröstelten. Da nahm Eja seine Hände in ihre, blickte ihn mit aller Ruhe und Kraft, die sie in sich finden konnte, fest an und sagte: »Erzähle!«

Horn blickte auf und sah in ihre Augen. Er fühlte die Kraft, die von Eja ausging. Sie strömte in ihn und löste die

Kälte auf, belebte sein Herz, und er fand wieder zu seinem Mut zurück. Der Schatten, der sich so sichtbar über ihn gelegt hatte, verschwand.

Leise begann er zu sprechen: »So sicher, wie Brasen und Feorner das eine Volk der Duna sind, so sicher bin und bleibe ich mit meinem ganzen Wesen ein Feorner. Als Feorner bin ich geboren und aufgewachsen, als Feorner habe ich gejagt und mich in der Kunst der Waffen geübt, als Feorner segelte ich auf dem Meer. Doch Asar hat mich vertrieben aus meinem Volk und mir die Hoffnung genommen, als Feorner unter Feornern zu sterben.«

Horn stockte. Seine Hände wollten sich zu Fäusten ballen und taten Eja weh. Doch sie achtete nicht auf den Schmerz und sagte wieder: »Erzähle!«

»Anfangs lebten die Duna nach der Zeit der Großen Wanderungen als ein einsames Volk. Doch eines Tages brachen die Feorner vom Tarnafjord auf und eroberten das Meer und die Küste mit ihren Schiffen. So lernten sie andere Lebewesen kennen, seltsame Wesen, den Menschen nicht gleich. Doch endlich auch Menschen, denn sie kamen bis nach Althaia, der Stadt der Edrain. Die Edrain waren freundlich, und wir trieben Handel mit ihnen, einige lernten sogar ihre Sprache. Nicht oft kamen die Feorner bis nach Althaia, denn der Weg war weit, und das Meer sandte uns Winde und Wellen entgegen. Noch seltener fanden die Edrain in unseren Hafen.

Ach, was konnten wir schon wissen von diesem Volk, das seine Geheimnisse nur zu gut vor uns verbarg. Kinder waren wir, unschuldig und unwissend im Vergleich zu ihnen. Dann kam der Tag, welcher der Anfang war vom Ende. Einer der Edrahil kam in unsere Burg, einer der Hohen der Edrain, der sich Asar nannte. Doch er war allein, und er sagte uns, daß er vertrieben worden sei von grausamen Widersachern in seinem Volk, und bat uns um Schutz und Gastfreundschaft. Wir gewährten sie ihm.

Aber ich traute ihm nicht. Asar verstand es zu gut, sich in unser aller Herz einzuschmeicheln, und bald schien es mir, als würde keine Entscheidung mehr gefällt, ohne daß wir Asar um seine Meinung fragten. Er schien uns klug und verehrungswürdig. Wir wurden wie seine Kinder und folgten ihm. Da nahm ich heimlich ein Schiff und segelte nach Althaia. Dort erzählte ich von Asar und meinem Mißtrauen. Doch die Edrain sagten mir nicht die ganze Wahrheit, sondern warnten mich nur vor Asar und rieten mir und den Feornern, ihn aus unserer Feste zu vertreiben, denn er sei eine große Gefahr und falsch.

Aber es war zu spät. Als ich zurückkam, nahm man mich und meine Weggefährten gefangen. Wir wurden vor Asar geführt. Auf seinem Haupt trug er eine Krone und nannte sich unser Herr. Wir alle müßten seinen Befehlen gehorchen und uns seinem Willen fügen. Ich fühlte eine große Kraft von ihm ausgehen, die versuchte, sich meiner und meines Willens ganz zu bemächtigen. Meine Gefährten erlagen dem Bann, dem mein ganzes Volk schon unterworfen war. Sie waren willenlos und führten mit leblosen Augen stumm seine Befehle aus. Doch die Edrain hatten mich gewarnt. Ich konnte mich verstellen und tat, als wäre ich seinem Willen schon unterworfen. Bei der ersten Gelegenheit floh ich.

Asar bemerkte meine Flucht, und ich wurde verfolgt, von meinem eigenen Volk, meinen Freunden, meinen Brüdern. Feorner sind gute Jäger, und es war schwer, ihnen zu entkommen. Doch schließlich konnte ich sie abschütteln, bis auf einen, Brago, meinen Waffengefährten. Zu oft hatten wir zusammen gejagt, zu gut kannten wir die Schliche und Listen des anderen. Es gelang Brago, mich einzuholen. Am Rothorn-Paß standen wir uns gegenüber, Feorner gegen Feorner erhob die Waffe.

Ich sprach zu ihm, zu seinen blicklosen Augen, und versuchte ihn an unsere Freundschaft, unsere gemeinsame Herkunft zu erinnern. Ich wollte nicht gegen ihn kämpfen, aber er bedrängte mich und hätte mich auch ohne Gegenwehr getötet. So war ich gezwungen, die Waffe zu gebrauchen. Lange kämpften wir, die wir uns so gut kannten, daß wir einander kaum bezwingen konnten. Schließlich behielt ich die Oberhand und tötete Brago. Als er starb, hielt ich ihn in meinen Armen. Seine Augen öffneten sich ein letztes Mal, und er erkannte mich wieder. Im Augenblick seines Todes fiel der Bann von ihm ab. Ich hatte den Feind mit der Waffe getroffen und doch den Freund getötet. Da schwor ich mir, nie wieder die Waffe gegen einen Feorner zu erheben. Ich begrub Brago und floh zu den Brasen.

Seitdem verlasse ich das Raunatal kaum mehr und hoffe, nie wieder einen Feorner anzutreffen und nicht noch einmal meine Hände mit dem Blut der Meinen zu beflekken. So hat Asar mich zweimal vernichtet, denn ich bin nun ein Mann ohne Volk und dazu auch ein hilfloser Mann, denn nie werde ich mich gegen ihn stellen können, ohne fürchten zu müssen, dabei wieder einen meiner Brüder zu töten.

Doch jetzt ist meine Hoffnung wieder erwacht, Eja, denn indem ich dir helfe, sehe ich zum ersten Mal einen Weg, seine Pläne zu durchkreuzen. Was auch immer ich tun kann, um seine Macht zu brechen, soll getan sein.

Um eines aber bitte ich euch. Laßt uns in Zukunft nicht mehr von Feornern sprechen, denn Feorner würden diese Verbrechen, von denen wir gesprochen haben, nicht begehen. Es ist Asar in ihnen, darum laßt sie uns Asari nennen. So lange, bis ein besseres Schicksal sie von Asars Bann befreit und das Volk der Feorner wieder erwacht.«

Lange fiel kein Wort mehr, nachdem Horn seine Erzählung beendet hatte. Nun fügte sich alles zusammen. Alles, was sie wußten, war gesagt worden in diesen Tagen, seit das Schicksal Tanit in das Raunatal verschlagen hatte. Ein Netz war geknüpft worden aus den Fäden, welche die Brasen, die Edrain und die Asari, die einst Feorner hießen, verbanden. Sie spürten, daß die Zeit des Nachdenkens und Rätsellösens zu Ende ging und eine Zeit des Handelns folgte.

Es war spät geworden, und die Nacht senkte sich über das Raunatal und hüllte es in dunkle, kühle Schatten. Nach dem Essen versammelten sich alle ein letztes Mal um den Tisch und berieten, was nun weiter geschehen sollte. Una, Lars und Jock erfuhren von Horn alles, was an diesem

Nachmittag geschehen und besprochen worden war. Jock pfiff zu dem, was er hörte, leise durch die Zähne, und die Tordals wurden still und blaß. Als aber Horn sagte, daß die Zeit gekommen sei, die Reise nach Althaia anzutreten und daß Eja mitgehen müsse, versuchte Una ein letztes Mal, das Unvermeidliche zu verhindern.

»So eine Reise ist doch viel zu gefährlich. Eja ist noch zu jung dafür. Ist es nicht besser, abzuwarten, was weiter geschieht?«

»Nein, Una, das glaube ich nicht«, erwiderte Horn. »Du weißt selber, daß wir keine andere Wahl haben. Natürlich könnten nur ich und Tanit versuchen, nach Althaia zu gelangen, aber damit würden wir Asar nur in die Hände spielen. Denn Eja scheint mir als einzige ein Mittel zu besitzen, das seine Pläne zunichte machen kann. Ich weiß nicht genau, was er vorhat, aber daß es mit den Onduril zu tun hat, ist klar. Er versucht, die Onduril in seine Hand zu bekommen. Wir können dies vielleicht verhindern. Aber um sicher zu sein und um mehr zu erfahren, müssen wir nach Althaia gehen, denn nur dort kann man uns eine vollständige Antwort geben und alle Geschehnisse aufklären. Nur dort kann beschlossen werden, was wirklich zu tun ist und nicht zu unserem Schaden gerät. Denn da wir zuwenig wissen, können wir auch besten Willens das Falsche tun. Das ist eine große Gefahr, und diese Gefahr müssen wir vermeiden. Und denke nur an Tanits Volk, das nur ein Onduril aus seinem Elend befreien kann. Nein, Una, wir müssen diese Reise mit Eja gemeinsam antreten. Und ich glaube, daß die Zeit drängt. Nicht nur wegen Tanits Volk, sondern weil sich auch zuviel getan hat in den letzten Tagen. Die Dinge sind in Bewegung geraten, und es ist nicht an uns, sie aufzuhalten.«

»Wäre es denn nicht das einfachste und schnellste, wenn Tanit nach Althaia fliegt?« fragte Jock.

»Nein«, antwortete Horn. »Tanit braucht einen Onduril, um ihr Volk zu befreien. Den wird sie in Althaia kaum erhalten, wenn sie überhaupt den Weg dorthin allein finden kann.«

»Wieso ist denn kein Stein in Althaia?« fragte Jock.

»Denk nach, Jock«, ermahnte ihn Horn. »Tanit hat uns berichtet, daß die Onduril an verborgenen Orten vor Asar versteckt wurden. Also ist sicher kein Stein mehr in Althaia, und ich glaube auch nicht, daß einer dorthin zurückgebracht wurde. Einen der Steine hat Asar schon in seiner Hand, den nämlich, den er Tanits Volk gestohlen hat. Und wer weiß, wie viele er inzwischen schon gefunden hat. Nein, Tanits Aufgabe ist es, Eja sicher nach Althaia zu bringen. Denn nur Eja weiß, wo einer der Onduril versteckt ist.«

»Dann laßt uns doch alle zusammen gehen«, wandte Una ein. »Lars und ich möchten Eja nicht allein in diese Gefahren entlassen.«

»Nein«, sagte Horn. »Das geht nicht. Es ist besser, wenn wir allein gehen. Je weniger wir sind, desto eher können wir den Häschern Asars entgehen. Asar hat seine Späher überall. Ich vermute das nicht nur, ich weiß es. Ab und zu habe ich gewagt, das Raunatal zu verlassen, um nicht ganz ohne Wissen über das zu sein, was draußen vor sich geht. Immer wieder habe ich die Spuren der Asari gefunden. Ein paarmal wäre ich ihnen beinahe in die Hände gefallen. Wir tun also gut daran, möglichst unauffällig zu bleiben. Deshalb ist es besser, wenn nur Eja und ich und Tanit gehen. Jeder weitere Reisegefährte erhöht die Gefahr. Nein, Jock«, sagte Horn schnell, als er sah, daß Jock sich gegen seine Entscheidung auflehnen wollte, »auch du kannst nicht mit uns kommen, aus denselben Gründen.«

Jock wagte nicht zu widersprechen. Aber tiefe Niedergeschlagenheit befiel ihn. Er war verzweifelt. Hundertmal lieber wäre er allen Gefahren dieser Welt entgegengetreten, als sich vorstellen zu müssen, daß Eja in Gefahr sei, während er gemütlich daheim auf der Ofenbank saß. Niemals! dachte er. Niemals! Aber er blieb stumm.

Una sah Horn an, der ihrem ängstlichen Blick ruhig begegnete. Sie verstand, was er ihr sagen wollte. »Also morgen schon?« fragte sie.

»Ja«, antwortete Horn. »Morgen früh. Es ist sinnlos, den

Aufbruch noch länger hinauszuzögern. Wir gewinnen nichts damit. Wir verlieren nur Zeit. Nicht nur Zeit gegen Asar, sondern auch gegen die Jahreszeit. Bald wird es Herbst werden. Wir haben eine weite Reise vor uns, und keiner kann sagen, wie lange sie dauern wird. Ich möchte versuchen, in Althaia zu sein, bevor der Winter beginnt. Das mußt du verstehen, Una.«

»Er hat recht«, sagte Lars. »Die Reise muß unternommen werden, und das einzige, was wir dazu beitragen können, ist, sie schnell ziehen zu lassen. Und zu hoffen, daß sie Althaia noch vor dem Winter erreichen. Eja, als ich dir an deinem Geburtstag den brennenden Span gab, ahnte ich nicht, daß sein Licht dich so bald schon auf eigenen Wegen begleiten würde. Aber da es nun einmal so sein muß, sollen seine Wärme und unsere Liebe dich schützen, wohin auch immer dein Weg dich führen mag. Geh mit unserem Segen!«

»Ja«, sagte auch Una und faßte die Hand ihres Mannes. »Geh mit unserem Segen, Eja! Und komm wohlbehalten wieder.«

»Das will ich«, sagte Eja. Tränen traten ihr in die Augen, und ihre Lippen zitterten. Sie blickte Una und Lars an. Ihre Augen sahen Jock mit seinem wilden Haarschopf und den trotzigen Falten auf der Stirn, schweiften über die vertrauten Dinge, die sie alle Tage umgeben hatten, und sie spürte den Abschied. Nicht nur, weil sie gehen mußte, sondern auch, weil sie all dem entwachsen war. Wenn sie zurückkehren würde, würde es nicht mehr so sein, wie es gewesen war. All dies Vertraute war ihr so nah wie ihre Haut. Doch sie streifte diese Haut ab und machte sich auf den Weg, eine neue zu finden, irgendwo im Unbekannten, wo das Unbekannte in ihr selber auf sie wartete.

Das Grab

»Nein! Nicht! Er gehört dir nicht. Laß mich!« Eja wälzte sich unruhig hin und her und sprach wirr im Schlaf.

»Wach auf, Eja! Was ist denn?« fragte eine zärtliche Stimme nahe ihrem Ohr. Eja schlug verwirrt die Augen auf. Neben ihrem Kopf saß Tanit auf dem Kissen und sah sie besorgt an. Im ersten Augenblick glaubte Eja in einen Spiegel zu blicken, so gleich waren Tanits Augen den ihren. Dann erkannte sie Tanit und richtete sich auf. Ein dämmriges Licht erfüllte das Zimmer. Es konnte erst früher Morgen sein. Eja strich sich die Haare aus dem Gesicht. Dabei kam sie mit der Hand an ihren Hals und berührte das Laurinband. Erst war sie überrascht, das Band zu fühlen, dann erinnerte sie sich wieder an alles, was geschehen war. Seltsam, dachte sie. Ich spüre das Band nicht an meinem Hals, als wäre es ein Teil von mir. Nur wenn ich es mit der Hand berühre, fällt mir auf, daß ich es trage.

»Hast du geträumt?« fragte Tanit.

»Ja. Und es war kein schöner Traum. Ich sah große Hände, die von überall her kamen und versuchten, mir ein grünes Licht aus den Händen zu reißen. Das Licht war lebendig und manchmal wie ein Vogel oder wie ein schlagendes Herz, und ich hatte große Angst, es zu verlieren, als würde mein Leben bedroht und als müßte ich ohne dieses Licht sterben.«

Eja schüttelte den Kopf, um sich von den wirren Träumen dieser Nacht zu befreien. Dann kleidete sie sich rasch an und ging durch das schlafende Haus. Als sie auf den Hof trat, sah sie Horn Pfeife rauchend auf dem Brunnenrand sitzen. Sie konnte ihn im Dämmerlicht kaum erkennen. Nur wenn er an der Pfeife sog, erhellte die Glut sein Gesicht.

»Guten Morgen, Horn«, sagte sie, und es fiel ihr auf, wie selbstverständlich sie schon die Sprache der Edrain gebrauchte. Die Nähe des Dolgan Tanit und das Band an ihrem Hals waren ein unentwegter Ansporn dazu.

»Guten Morgen, Eja. Guten Morgen, Schwarzvogel«, antwortete Horn. »Ich sehe, das Reisefieber hat auch euch nicht lange schlafen lassen. Eine gute Gelegenheit, miteinander über einiges zu reden.«

Eja freute sich, daß Horn sie so ernst nahm und wie eine Erwachsene behandelte. Sie hoffte, seinem Glauben an sie gerecht werden zu können, und nahm sich vor, auch ihm stets mit Achtung und Freundschaft zu begegnen.

»Ich habe über unsere Reise nachgedacht«, sagte Horn und blies eine dichte Rauchwolke vor sich her, die Eja und Tanit in einen herben Duft hüllte, der sie mit Geborgenheit und Ruhe umgab.

»Sicher ist, daß wir nicht den mir bekannten Weg nehmen können. Dieser führt die Rauna hinab und über die Eller bis zur Schildburg, der Feste der Asari, genau in die Arme Asars. Wie gern würde ich dort ein Schiff besteigen und über das vertraute Meer nach Althaia segeln. Schneller führt kein Weg dorthin. Aber eben dieser ist uns verwehrt, und wir müssen einen anderen Weg suchen. Das heißt also, das Raunatal hinauf bis zur Quelle der Rauna. Dort müssen wir hoffen, einen gangbaren Weg zu finden, der uns über die Berge führt. Was hinter diesen Bergen liegt, kenne ich nicht. Ich kann nicht voraussehen, ob es uns gelingen wird, von dort über Norden an die Westküste nach Althaia zu gelangen, oder ob wir gezwungen sind, zurückzukehren. Ich hoffe nicht, daß der Weg versperrt ist, denn ich kann mir nicht vorstellen, daß wir jemals unentdeckt durch die engen Netze, die Asar im Süden und im Westen des Raunatals geknüpft hat, schlüpfen können. Also steht der Beginn unserer Reise fest, und uns bleibt nichts anderes, als guten Mutes zu sein.«

»Ja«, sagte Tanit. »Auch für mich wird es keine leichte Reise sein, trotz meiner Flügel. Aber diese können uns immerhin gute Dienste leisten, denn in unwegsamem Gelände kann ich euch vielleicht den Weg aus der Luft weisen, wenn ihr Erdlinge nicht mehr weiter wißt.«

Horn und Eja lachten, als sich Tanit so mit ihrer Vogelgestalt brüstete, aber sie mußten auch zugeben, daß diese eine große Hilfe sein konnte.

»Gut«, sagte Horn. »Nehmen wir es als gutes Zeichen, daß sich selbst Unglücksfälle wie Tanits Verwandlung als Glücksfälle zu unseren Gunsten erweisen.«

»Was wir auf dieser Reise wohl alles erleben werden?« dachte Eja laut nach. »Fremde Länder, unbekannte Wege. Werden wir auch anderen Völkern begegnen, Horn?« fragte sie.

»Vielleicht«, antwortete Horn. »Aber eines solltest du wissen, um diese Lebewesen, denen wir vielleicht begegnen werden, besser verstehen zu können. Wie immer diese auch aussehen mögen, eines haben alle Völker von Erdherz gemeinsam. Die Große Katastrophe, die auch die Tiefen Lande zerstört hat, hat alle Völker und Lebewesen schwer gezeichnet. Viele sind untergegangen, und die wenigen, die überlebt haben, haben sich zurückgezogen. So leben die Völker von Erdherz voneinander getrennt. Ich selber habe, außer einigen seltsamen Wesen in den Meeren des Südens, noch kaum mehr als die Edrain kennengelernt. Aber ich habe in Althaia einiges über die Lebewesen von Erdherz erfahren. Das Erdherz, das wir kennen und wie es uns auf unserer Reise begegnen wird, ist nur noch ein Schatten der Welt, die es vor der Großen Katastrophe einst war. Es wird noch viel Zeit vergehen, bis die Wunden von Erdherz ganz verheilt sind.«

Währenddessen war die Sonne aufgegangen und vertrieb mit ihren goldenen Strahlen die Schatten der Nacht. Der Gesang der Vögel erfüllte den jungen Tag und weckte in den dreien ein tiefes Gefühl des Glücks und der Zuversicht. Tanit wurde von den Rufen der Vögel angesteckt, und sie versuchte, sich mit ihrer Stimme unter den Chor ihrer Artgenossen zu mischen. Doch als sie den Schnabel öffnete, kam nur ein schauderhaftes Gemisch aus menschlichen und tierischen Lauten heraus, so daß sich Horn und Eja lachend die Ohren zuhielten. Die Vögel verstummten und fingen erst nach einem kurzen erschrockenen Schweigen an, das unbekannte Wesen, das gewagt hatte, sich mit ihnen zu messen, mit aufgeregtem Gezwitscher und Gezeter zu schelten. Tanit verzog beschämt ihr Vogelgesicht und versteckte sich hinter Eja.

»Ich glaube, mein lieber Dolgan«, sagte Horn lachend, »du solltest dich auf deine Flugkünste beschränken, sonst könnte es passieren, daß deine Vogelvettern dir deine Gesangskünste schlecht vergelten. Aber kommt jetzt, laßt uns essen und dann das Notwendigste einpacken, soviel wir eben zu tragen vermögen.«

Das letzte gemeinsame Essen im Hulzenhof fand bei gedrückter Stimmung statt. Der Abschied fiel Eja schwer. Sie hatte mehr zurückzulassen als Horn, der in der Reise endlich eine Gelegenheit sah, Asar entgegenzutreten, und als Tanit, die durch die Hoffnung beflügelt wurde, ihrem Volk Hilfe bringen zu können. Auch Una und Lars war der Kummer deutlich anzumerken, auch wenn sie sich redlich bemühten, ihn zu verbergen, um es Eja nicht noch schwerer zu machen. Eja fühlte zum ersten Mal, wie der Widerstreit zwischen ihrer langjährigen Heimat und ihrer eigentlichen Herkunft sie zerriß. Sie fühlte sich als Brasin, war ganz und gar dem Raunatal verbunden, und doch wuchs in ihr die Edrain und trennte sie von allem Gewohnten und Selbstverständlichen. Sie spürte, daß sie noch viel Zeit brauchen würde, um zu wissen, wo sie hingehörte.

Ihre Bündel waren bald gepackt. Vorräte und wollene Unterkleider, nicht zu viel, denn die Last sollte sie nicht behindern. Auch war es nicht nötig, allzuviel Kleidung mitzunehmen, denn die Kleidung der Brasen war stets zweckmäßig und widerstandsfähig.

Als alles verpackt war, sah Eja, daß Horn zögerte, als hätte er etwas vergessen oder könne sich nicht zu etwas entschließen. Dann aber trat er plötzlich zum Ofen und hob unter der Ofenbank einige der Holzdielen hoch. Aus der Öffnung nahm er ein längliches Wachstuchpaket, das sorgfältig und fest verschnürt war. Wie in Erinnerungen versunken, löste er die Schnüre und wickelte den verborgenen Gegenstand aus. Ein langes Schwert kam zum

Vorschein, das in einer abgewetzten, mit dunklen Eisenbeschlägen verstärkten Scheide steckte. Langsam zog Horn das Schwert heraus. Es blitzte im Licht und schien unversehrt die lange Zeit überstanden zu haben.

»Ich hoffe, daß ich dieses Schwert nie wieder gebrauchen muß, aber der Weg, den wir gehen werden, ist voll unbekannter und auch allzu bekannter Gefahren. Es ist besser, wenn ich es wieder trage, denn vielleicht ist die Zeit gekommen, in der alte Schwüre keinen Platz mehr haben und mehr Schaden bringen als abwenden.«

Horn schnallte sich das Schwert um, hob sich sein Bündel auf den Rücken und hängte Bogen und Köcher über die Schultern. Er war bereit zum Aufbruch, und man sah ihm seine Entschlossenheit an, den Schatten der Vergangenheit entgegenzutreten und sich ihrem Dunkel nicht mehr zu beugen.

Eja umarmte ihre Eltern und nahm schweren Herzens von ihnen Abschied. Ein letztes Mal traten sie gemeinsam vor das Tor des Hulzenhofes. Eja blickte sich suchend um.

»Ich hätte mir so gewünscht, Jock noch einmal zu sehen«, sagte sie. »Er hat uns gestern abend so enttäuscht und traurig verlassen.«

»Es ist sicher besser so«, sagte Horn. »Es würde ihm den Abschied nur noch schwerer machen. Er hängt sehr an dir. Aber laß uns nun gehen. Wir wollen uns abseits, auf wenig begangenen Pfaden halten, um das Raunatal möglichst unbemerkt zu verlassen. Ich habe manchmal so ein Gefühl, als würde das Raunatal von den Asari beobachtet. Vielleicht täusche ich mich ja, aber wir sollten dennoch besser übervorsichtig als leichtsinnig handeln.«

So brachen sie auf und ließen den Hulzenhof und die Tordals zurück. Einige Male noch drehte Eja sich um und blickte auf die beiden immer kleiner werdenden Menschen, die ihr so viel bedeuteten und die sie sicher für lange Zeit nicht wiedersehen würde. Bald aber versperrten ihr die Bäume die Sicht, als sie in den Wald traten und sich von nun an in seinem Schutze fortbewegten, um möglichst nicht gesehen zu werden. Es war ein schöner Spätsommertag. Die Blätter der Bäume zeigten die ersten herbstlichen Verfärbungen. Unter das kraftvolle Grün mischten sich feine rote und gelbe Farben, die den nahenden Herbst ankündigten.

Sie kamen gut voran. Zur Mittagszeit erreichten sie den Teil des Raunatales, der steiler anstieg und in dem die Berge zu beiden Seiten näher rückten. Sie folgten dem Lauf der Rauna. Die Bäume, die hier zu beiden Seiten des Flusses bis dicht an die Ufer standen, gaben ihnen reichlich Deckung. Der Weg war oft schmal und von schlüpfrigem Lehm bedeckt. Doch Horn verstand es gut, sich auf unsicherem Boden zu bewegen, und lehrte Eja diese Kunst, die Sicherheit verleiht und Kräfte spart.

Ihre Gedanken und Blicke waren zuversichtlich auf den Weg vor ihnen gerichtet. So sahen sie nicht die kleine Gestalt, die hinter ihnen von Baum zu Baum huschte und stets im sicheren Abstand hinter ihnen blieb. Und sie sahen auch nicht die Schatten, die sich von den verschneiten Hängen der Weißzinne lösten und nach jahrelanger Wacht in Richtung Norden aufbrachen.

Als die Reisenden die Raunaschlucht erreichten, die den Raunafall und das Becken an seinem Fuße von dem breiter werdenden Strom trennte, machten sie eine kurze Rast, schöpften klares Wasser aus einem kleinen Bach, der sich hier in die Rauna ergoß, und aßen einige Früchte und Nüsse, die sie unterwegs gesammelt hatten. Die Vorräte, die sie in ihren Beuteln trugen, wollten sie möglichst nicht anrühren und nur im Notfall von ihnen Gebrauch machen. Schon bald setzten sie ihre Wanderung fort.

Gleich unterhalb der Schlucht war ein großer Baum, vom Blitz gefällt, umgestürzt und hatte sich wie eine Brükke über die Rauna gelegt. Hier überquerten sie den Fluß und bahnten sich am Fuße der Felsen einen Weg durch das dichte Unterholz. Horns kräftige Gestalt ging voran, und es war für Eja ein leichtes, in seinem Windschatten zu folgen. Die Felsen trafen bald mit den Ausläufern der Berge zusammen. In einem schmalen versteckten Einschnitt sahen sie moosbewachsene und von Gebüsch überwucherte

Stufen. Stufe für Stufe stiegen die Wandernden hinauf, sich mit den Händen an Wurzeln und kräftigen Zweigen emporziehend.

Es war ein steiler Anstieg, der Eja zum ersten Mal einen Vorgeschmack von den Anstrengungen gab, die noch vor ihnen lagen. Die Sonne brannte heiß auf sie herab, und Eja spürte deutlich, daß es noch lange dauern würde, bis sie die Ausdauer von Horn auch nur annähernd erreichte. Diese Reise würde sie in vieler Hinsicht verändern. Aber sie war zuversichtlich, und ihr ungebrochener Mut gab ihr die Kraft, sich Stück für Stück weiter hinaufzuziehen und den Abstand zwischen sich und Horn möglichst gering zu halten. Als sie oben ankam, atmete sie schwer und legte sich einen Augenblick in das weiche Gras, das dort in dichten Matten wuchs. Doch bald erhob sie sich wieder und trat neben Horn, der sich ruhig umblickte und sie anlächelte, als er ihre leuchtenden Augen sah. Tanit hatte schon eine Weile hier oben auf sie gewartet. Für sie war der Anstieg kein Hindernis gewesen.

»Wir müssen zwar unsere Kräfte sparen«, sagte Horn. »Aber trotzdem wollte ich dir vorschlagen, mit mir den Raunafall hinabzusteigen und das Grab deiner Mutter zu besuchen. Wenn du es dir wünschst.«

Eja nickte, und so verstauten sie ihre Bündel unter einem großen Stein und begannen den Abstieg vorbei am rauschenden Fall der Rauna. Vorsorglich hatte Horn ein Seil mitgenommen, daß er um einen Baum schlang, so daß sie sich daran herablassen konnten. Horn ging voran und wies Eja immer wieder auf die einfachsten Tritte und den sichersten Halt hin. Er war ein geschickter Kletterer und machte vom Seil selten Gebrauch, so daß es kaum mehr als Ejas Gewicht zu tragen hatte. Schneller als Eja gedacht hatte, erreichten sie den Fuß des Abhangs und standen in dem kleinen Talkessel, von dem Horn erzählt hatte. Helles Licht fiel herein und brach sich funkelnd in der weißen Gischt des Raunafalls und im stillen Spiegel des Wasserbeckens, in den er sich ergoß. Die weiße Rinde der Birken glänzte von der Feuchtigkeit wie helles Silber. Durch die tanzenden Blätter warf die Sonne ein grüngoldenes Licht. Ein tiefer Friede erfüllte diesen Ort. Nur die Melodie des Wassers und das Rauschen der Bäume belebten das Schweigen. Horn führte Eja zu einer hohen Birke, die nicht weit vom Ufer des blinkenden Sees entfernt stand. An ihrem Fuße blieb er stehen. Eja blickte auf das Gras. Kein Zeichen deutete darauf hin, daß Advena hier begraben lag. Die Zeit hatte alle Spuren getilgt. Horn winkte Tanit beiseite. Sie ließen Eja allein und setzten sich ans Ufer.

Lange stand Eja still da und ließ den Frieden und das Licht dieses abgeschiedenen Ortes in sich eindringen. Dann zog es sie zu der Birke hin. Sie lehnte sich an den Baum und umschlang ihn mit ihren Armen. Sie spürte die Rinde an ihrer Wange und das Leben und Wachsen des Baumes. Da schloß sie die Augen und fühlte, wie die Grenze zwischen ihr und dem Baum sich auflöste, wie sie eindrang und dem Licht entgegensank, das aus dem Inneren der Erde zu ihr heraufleuchtete. Plötzlich sah sie eine hohe Gestalt, die zu ihr trat. In ihren Händen hielt sie ein grünes Licht, heller noch als das Licht der Erde, das sie umgab und durchdrang. Eja dachte an kein Wort und keinen Namen. Alles war klar und brauchte keine Erklärung. Sie sah das Gesicht, die Hände, fühlte die Verbindung zur Mutter, erkannte alles, als hätte sich keine Zeit zwischen sie gelegt. Die Hand der Mutter hob sich und wies in eine bestimmte Richtung hinter Eja. Doch als Eja sich umwandte, verschwammen alle Formen, und es wurde dunkel. Eine schwarze Mauer legte sich zwischen den Ort, auf den die Hand wies, und Ejas Augen, die vergeblich zu sehen versuchten. Da spürte sie wieder die Rinde des Baumes und fand sich an der Oberfläche. Die Bilder, die sie gesehen hatte, lösten sich auf, und sie hörte das Rauschen des Wassers und des Windes in den Blättern. Plötzlich verstand sie, warum Horn sie hierher geführt hatte. Er hatte wohl gehofft, daß sie am Grabe ihrer Mutter die Erinnerung wiederfand. Doch vergebliche Hoffnung. Sie mußten die Reise nach Althaia unternehmen, so lang und gefährlich sie auch sein mochte.

Eja löste sich vom Stamm der Birke und nahm Abschied vom Grab der Mutter. Sie ging zu Horn und Tanit. Wortlos schüttelte sie den Kopf. Horn verstand und lächelte sie ermutigend an. Dann erhob er sich, und sie begannen den Aufstieg aus dem Talkessel. Es war spät geworden. Oben angelangt, beschlossen sie, hier die Nacht zu verbringen. Horn erlegte ein Kaninchen, und Eja sammelte Pilze. In einem kleinen Kessel, den Horn aus seinem Bündel zog, kochten sie daraus eine kräftige Brühe mit zarten Fleischstücken. Horn achtete darauf, daß das Feuer klein und rauchlos blieb. Er hielt sich daran, so viel Vorsicht wie möglich walten zu lassen.

Die erste Nacht im Freien verging ruhig, und Eja schlief tief und ungestört, bis Horn sie weckte. Die Anstrengungen der Wanderung hielten alle schweren Träume von ihr fern. Frisch und gestärkt brachen sie auf und setzten ihre Wanderung fort. Sie konnten die Berge durch den dichten Wald zwar nicht sehen, aber Horn sagte Eja, daß sie den Wald von beiden Seiten umschlossen und rasch näher rückten.

»Der Wald wird bald einmal zu Ende sein«, sagte er. »Dann führt uns eine steile Schlucht aufwärts. Das Ende dieser Schlucht habe ich noch nie erkundet. Hoffen wir, daß sich ein Weg über die Berge findet.«

Wieder war es Mittag geworden, als sie aus dem Wald traten. Die Rauna, ein schmaler, springlebendiger Bach nur noch, bahnte sich ihr Bett durch Steine und Geröll. Es wuchsen hier nur niedrige Sträucher und kleine Blumen in leuchtenden Farben mit zarten Blüten. Sie hatten die Baumgrenze überschritten und das Gebirge erreicht. Ihre Wanderung wurde beschwerlicher. Steine lösten sich unter ihren Füßen, und nicht selten versperrten ihnen große Felsblöcke den Weg, so daß sie immer wieder eine neue Richtung einschlagen mußten. Tanit war ihnen eine große Hilfe, denn sie erkundete für sie stets die beste Strecke, so daß sie in keine Sackgasse liefen. Manchmal hatten sie das Gefühl, daß hinter ihnen Steinlawinen hinabrollten, die nicht von ihren Füßen ausgelöst worden waren. Aber Horn beruhigte Eja und meinte, daß sicher kleine Tiere diese Steine lostraten. Einmal flog Tanit zurück, um Ausschau zu halten, aber da sie nichts entdecken konnte, achteten sie nicht mehr darauf.

Gegen Abend meinte Horn, daß es nicht mehr weit sein könne bis zum Ende des Tales. Der morgige Tag würde ihnen zeigen, wie und ob sie weiterkamen. Ihre zweite Nacht verbrachten sie zwischen den Felsen. Der Nachthimmel war von Sternen übersät, und sein Anblick versöhnte sie mit dem harten Steinlager, das ihre Decken nur notdürftig bedeckten. Sie aßen die Reste des Kaninchens und legten sich schlafen. Horn lag auf dem Rücken, blickte hinauf in den Himmel und rauchte seine Pfeife. Leise sprachen sie miteinander.

»Ich werde diesen Genuß nicht mehr lange haben. Viel Tabak konnte ich nicht mitnehmen«, sagte Horn betrübt und mußte selber über seinen kleinen Kummer lächeln. »Nun ja, solange ich mir um solche Kleinigkeiten noch Sorgen machen kann, ist es ein Zeichen, daß uns nichts Größeres bedrückt. Wir wollen hoffen, daß Tanit morgen einen Weg entdecken kann. Auf deine Flügel kommt es jetzt an. Aber nun laßt uns schlafen.«

Eine Weile schwiegen sie. Doch Eja konnte noch nicht schlafen. Tanit atmete schon ruhig und gleichmäßig neben ihr, als sie Horn leise in der Sprache der Duna fragte: »Horn, schläfst du schon?«

»Nein, Eja. Rede nur. Ich spüre schon eine Zeitlang, daß etwas dich bedrückt.«

Eja setzte sich auf und umschlang ihre Beine mit den Armen, als müsse sie sich vor etwas schützen. Horn sah ihre Gestalt und ihr Haar, das sich leicht im Wind bewegte.

»Weißt du«, sagte sie. »Ich bin sehr glücklich aufgewachsen und nie mit etwas Schlechtem oder wirklich Bösem in Berührung gekommen. Doch in den letzten Tagen habe ich soviel gehört, was mich ängstigt und wie mit kalten Fingern berührt. Ich muß oft an Asar denken. Ich weiß so wenig über ihn, und was ich weiß, klingt furchtbar und erschreckend. Was für ein Mensch muß er sein? Wieso tut er so schreckliche Dinge? Ich habe das deutliche Gefühl, ihn verstehen zu müssen.«

Horn verschränkte die Arme hinter seinem Kopf und blickte nachdenklich und finster in das Sternenmeer. Dann entspannte er sich und sagte:

»Ich bin vielleicht nicht ganz der Rechte, dir darauf eine Antwort zu geben. Zu lange schwelt der Haß auf Asar in mir, und zu lange habe ich nicht anders als im Haß an ihn gedacht. Ich habe ihn nie als Menschen gesehen, nie über seine Beweggründe nachgedacht. Ich sah immer nur das Ungeheuer in ihm, das mir alles genommen hat, was ich liebte. Das war sicher falsch, denn wer nicht anders als mit abwehrenden Augen sieht, kann auch nicht die Stärken und Schwächen seines Gegners voneinander unterscheiden. Du tust sicher gut daran, ihn verstehen zu wollen. Doch mag dir dies leichter gelingen als mir. Was er tat, hat zwar dein Leben verändert und bestimmt, aber dich nie unmittelbar berührt. Das Schlechte an ihm wurde dir nur berichtet, und wenn es dich auch erschreckt, so weckt es in dir nur Trauer und Angst, aber nicht Haß. Bewahre dir diesen Versuch, zu verstehen. Vielleicht ist er wertvoller, als ich es sehen kann. Aber laß dir Zeit. Eines Tages wirst du bessere Ratgeber als mich finden. In Althaia vielleicht. Nun aber schlaf, wir haben noch eine weite Reise vor uns.«

Eja nickte und war bald eingeschlafen. Horn aber lag lange wach, und alles Erlebte zog noch einmal an ihm vorbei, lebendig und blutig, verwirrend und grausam. Aber etwas in ihm hatte sich bewegt. Er sah in Asar plötzlich mehr als nur den Gegner, sah den Menschen, der so unbesiegbar erschien, aber nun nicht mehr unverletzlich. Ein neuer Mut erfüllte Horn und leitete ihn in den Schlaf.

Die Nebelfelder

Als Eja am nächsten Morgen die Augen aufschlug, war der Himmel über ihr bedeckt. Ein kalter Wind ließ sie frösteln. Sie warf die Decke ab, in die sie sich gehüllt hatte, und erhob sich. Horn und Tanit waren nicht da. Sicher waren sie vorausgegangen, um den Weg zu erkunden und würden bald zurückkehren. Doch obwohl sie Horns Bündel neben sich liegen sah, fühlte sie sich verlassen und mutterseelenallein an diesem steinigen, grauen und düsteren Ort. Sie zog ihren Umhang dicht um sich, und eine kalte Angst schlich sich in ihren Körper. Dieser Tag begann ganz anders als der vergangene. Die Zuversicht und die Kraft des Aufbruchs waren verflogen. Eja fühlte, daß ihr keine leichte Reise bevorstand.

Plötzlich glitt ein Schatten durch das fahle Licht auf sie zu. Sie zuckte zusammen, doch dann erkannte sie Tanit. Der Dolgan ließ sich auf ihrer Schulter nieder und drängte sich dicht an sie.

»Brrr«, sagte Tanit und schüttelte sich. »Was für eine Kälte. Aber wenigstens haben wir einen Weg gefunden. Die Schlucht hat einen Ausgang am oberen Ende. Wir werden also die Berge überqueren können und müssen nicht umkehren.«

Während sie sprach, tauchte Horn zwischen den Felsen auf und rief mit einer Stimme, in der die Freude über die Entdeckung schwang: »Es gibt also einen Weg! Laßt uns keine Zeit verlieren und bald aufbrechen!«

Die Zuversicht und Freude in Horns Stimme wirkten ansteckend und verscheuchten Ejas Ängste. Plötzlich war der Morgen nicht mehr grau, und Eja spürte die wärmende Sonne selbst durch die Wolken hindurch. Sie erfrischte sich mit kaltem Wasser aus dem Raunabach. Nach einer kurzen Mahlzeit nahmen sie ihre Bündel auf und zogen weiter.

Die Felsblöcke, die ihnen am Vortag noch den Weg versperrt hatten, wurden immer seltener und machten einem von Flechten und Moosen überzogenen Geröllfeld Platz. Zu beiden Seiten erhoben sich zwar noch steile Wände, die aber, je höher sie hinaufkamen, immer niedriger wurden und schließlich nicht mehr waren als steinige, von Bergmatten begrünte Hügel. Die Rauna war zum schmalen Rinnsal geworden, und bald schon erreichten sie, am Fuße der letzten Erhebung, die Quelle der Rauna. Das Wasser sprudelte aus einer kleinen Höhle hervor, deren Öffnung von herabhängenden Flechten verhüllt wurde. Horn wollte schon an der Quelle vorbeigehen, da hielt Eja ihn zurück und sagte: »Warte ein wenig. Ich möchte mich gerne von der Rauna verabschieden. Mein ganzes Leben habe ich sie gehört und an ihren Ufern gespielt. Ich werde sie sicher lange nicht wiedersehen.«

»Du hast recht«, antwortete Horn. »Mir wird sie auch fehlen.«

Sie ließen sich an der Quelle nieder, tauchten ein letztes Mal ihre Hände in das klare Wasser und tranken aus dem Bach. Horn füllte ihre Schläuche mit Raunawasser und meinte: »Nun, eine Weile wird uns ihr Wasser noch begleiten. Solange noch etwas davon in unseren Schläuchen ist, wird jeder Schluck uns an das erinnern, was wir zurückgelassen haben.«

So trennten sie sich von dem kleinen Bach, der ihnen so lange den Weg gewiesen hatte, und stiegen das letzte Stück der Bergkuppe hinauf. Dort bot sich ihnen ein herrlicher Blick auf die ferne Landschaft, von der die Berge sie eben noch getrennt hatten und in der sie nun bald wandern würden.

Der Berg fiel in einem steilen Felssturz vor ihnen ab. Es würde gefährlich sein, dort hinabzuklettern. Ein scharfer Wind blies, der an ihren Kleidern zerrte und ihnen die Haare ins Gesicht wehte. Tanit, die über ihnen flog, wurde von den Windstößen hin und her geworfen. Eine Weile spielte sie lachend mit den Winden, dann flog sie auf Ejas Schulter und ruhte ihre müden Flügel aus.

Zu ihren Seiten erhoben sich die Berge zu einer Kette, die weiter reichte, als ihre Augen sehen konnten. Das Land zu Füßen dieses Gebirges wirkte nicht sehr einladend. Nebel zogen in dichten Schwaden über die Felsen hin und verbargen sie immer wieder vor den Augen der Reisenden.

Es war ein wildes, herbes und geheimnisvolles Land, das unter ihnen auf sie wartete. Berge umgaben es, die sich wie die Berge, auf denen sie standen, nach Westen hin in steilen Zinnen und Türmen erhoben. Im Norden dagegen lag ein ungewöhnlich flacher Gebirgszug, der in nichts den Bergen ähnelte, die sie kannten. Es war, als hätte einst eine ungeheuer hohe Steinmauer im Westen gestanden, höher als alles, was vorstellbar war, und als wäre diese Mauer eines Tages umgestürzt und hätte sich zerberstend über das Land gelegt. Überall waren Risse zu sehen, die im Augenblick dieses gewaltigen Sturzes entstanden sein mußten und nun als wirres Muster in unzähligen Schluchten die Felsplatte durchzogen. Bis weit nach Osten erstreckte sich diese Felsenlandschaft. Es würde nicht leicht sein, in diesem unwegsamen Schluchtengewirr den richtigen Weg zu finden, ohne sich zu verirren. Das Licht war zu fahl und dunstig, als daß sie weit hätten sehen können. Bald schon verlor sich das Land in nebligen Fernen, löste sich auf und verschmolz mit dem bedeckten Himmel zu einem bläulichen Grau, das die Geheimnisse, die hinter den Nebeln liegen mochten, vor den Reisenden verbarg. Sie würden noch weit gehen müssen, um das Verborgene für sich zu entdecken.

Horn zögerte nicht länger. Er holte sein Seil hervor, schlang es um einen Steinblock am Rande des Steilhangs, um damit ihren Abstieg zu sichern. Sie faßten das Seil, schwangen sich über die Kante und begannen den beschwerlichen Abstieg. Eja war froh um das Seil, denn oft genug verloren ihre Füße den Halt, und sie hing, nur durch das Seil gesichert, über dem Abgrund, der sich schwindelerregend unten ihrem Blick öffnete. Sie vermied es, hinabzublicken, und sah lieber nur von Tritt zu Tritt. Nicht immer fanden sich Stufen, und sie mußten sich hinabschwingen bis auf das nächste Felsenband, das sich ihnen bot. Auf halber Strecke war das Seil zu Ende, doch da Horn es so um den Stein geschlungen hatte, daß es doppelt herabhing, konnte er es mit einem kräftigen Ruck lösen und um den nächsten Felsen schlingen. Glücklich erreichten sie den Fuß des steilen Abhangs.

Horn löste das Seil, wickelte es sorgfältig auf und verstaute es dankbar in seinem Beutel. Eja blickte die Felsen hinauf. Sie erschienen ihr endlos, und es war unvorstellbar, daß sie so sicher hinabgestiegen waren. Die steinerne Wand schien sich über sie zu neigen, als wollte sie sich auf sie fallen lassen, um sie unter ihrem ungeheuren Gewicht zu begraben. Eja schüttelte die Vorstellung von sich ab und war froh, als Horn nach kurzer Pause weiterging und sie die Felsen hinter sich zurückließen.

Doch sie waren kaum einen Steinwurf weit gekommen, als sie einen Schrei und gleich darauf verzweifelte Hilferufe hörten, die aus der Höhe der Felsen kamen.

»Das ist doch Jocks Stimme«, rief Eja erschrocken und versuchte, ihn in der Bergwand zu entdecken.

»Ja, tatsächlich«, rief Horn. »Er muß uns gefolgt sein. Ich hätte es mir ja denken können. Er hatte viel zu leicht klein beigegeben, als ich ihm sagte, daß er nicht mitkommen dürfe. Los, beeilen wir uns. Ich hoffe, wir kommen nicht zu spät.«

So schnell sie konnten, liefen sie zu den Felsen zurück. Als sie dort ankamen, blickten sie hinauf und entdeckten nicht weit unter dem Beginn der Wand eine kleine Gestalt, die, sich nur noch mit den Händen haltend, über dem Abgrund hing.

»O Horn«, rief Eja verzweifelt. »Was sollen wir bloß tun? Er kann sich nicht mehr lange halten.«

»Ich komme niemals rechtzeitig zu ihm hinauf«, sagte Horn und blickte fieberhaft an den Felsen empor. »Ich weiß auch nicht, wie wir ihm helfen sollen.«

»Aber ich weiß es«, rief Tanit. »Schnell, gib mir dein Seil. Ich werde es ihm bringen. Wozu habe ich Flügel?«

Horn riß sein Bündel von den Schultern, öffnete es hastig und reichte Tanit das Seil. Tanit faßte ein Ende mit ihrem Schnabel und begann hinaufzufliegen. Es war nicht leicht für sie, denn je mehr sich das Seil abwickelte, desto mehr Gewicht mußte sie mit sich tragen. Was für einen Menschen ein Kinderspiel gewesen wäre, war für sie eine fast unmögliche Anstrengung. Sie nahm all ihre Kraft zusammen und schlug mit ihren immer schwerer werdenden Flügeln. Ihre Muskeln schmerzten so sehr, daß sie es kaum noch ertrug, doch sie versuchte, den Schmerz zu vergessen, und flog höher und höher hinauf.

Endlich war sie oben angelangt. Ohne sich einen Augenblick auszuruhen, führte sie das Ende des Seils um den Stein herum, um den schon Horn das Seil geschlungen hatte, und zerrte so lange daran, bis es zu gleichen Teilen beiderseits des Felsens herabhing. Nun flog sie rasch auf Jocks Höhe, packte mit ihrem Schnabel nach einigen vergeblichen Versuchen beide Seilhälften und brachte das Seil ganz nahe an Jocks rechte Hand.

»Schnell, Tanit«, keuchte Jock, der sich kaum noch halten konnte. Er atmete tief durch, zog sich mit letzter Kraft etwas höher und packte dann rasch mit der rechten Hand die beiden Seile. Seine linke Hand rutschte ab, und er schwang gefährlich, nur noch an der rechten Hand hängend, zur Seite. Doch endlich faßte er auch mit der Linken das Seil und hing nun schwer atmend an der Felswand. Er lehnte seinen Kopf an den kühlen Stein und versuchte, Kraft zu schöpfen. Dann suchte er mit seinen Füßen nach Halt und ließ sich langsam an dem Seil hinuntergleiten. Er erreichte das Felsenband in der Mitte der Wand und löste wie Horn das Seil mit einem kräftigen Ruck. Nach einer kurzen Pause begann er den zweiten Teil des Abstiegs und gelangte schließlich wohlbehalten unten an. Dort ließ er sich zu Boden fallen und blieb lange mit geschlossenen Augen liegen.

Eja kniete sich neben ihn und streichelte seine Haare und Hände. Auf Horns Gesicht wechselten Erleichterung und Grimm in schneller Folge. Aber er schwieg fürs erste und ließ Jock Zeit, sich zu erholen. Doch viele strenge Fragen lagen ihm auf der Zunge.

Schließlich öffnete Jock die Augen und richtete sich vorsichtig auf. Er betastete seinen geschundenen Körper und vergewisserte sich, daß noch alles an ihm dran war. Als er aber seinen Mund öffnete, um zu sprechen, kam nur ein schwaches Krächzen hervor. Eja gab ihm zu trinken. Jock blickte sich nach Tanit um. Der Dolgan saß erschöpft am Boden und ließ die schmerzenden Flügel hängen.

»Danke«, sagte Jock, und niemand brauchte dieses Wort für Tanit zu übersetzen. Sie nickte, hüpfte mühsam neben ihn und rieb ihren Kopf an seinem Knie. Sanft strich Jock ihr über die Federn, und aller Zwist zwischen ihnen war vergessen.

»Nun, Jock Aiting«, brummte Horn, und Jock duckte sich unter seinen strafenden Blicken. »Ich glaube, ich brauche nicht zu fragen ›Wie kommst du hierher?‹ oder ›Warum bist du uns gefolgt?‹. Viel wichtiger erscheint mir jetzt die Frage, was wir mit dir machen sollen? Selbst wenn es mir gelingen sollte, dich wieder heil diese Felswand hinaufzubringen, würden wir viel Zeit damit verlieren, Zeit, um die es mir leid wäre. Und einen anderen Weg zurück ins Raunatal kenne ich nicht.«

»Aber ich kann nicht zurück!« rief Jock aufgeregt. »Sie sind doch hinter uns her!«

»Wer sie?« fragte Horn, und sein Blick verfinsterte sich.

»Die Asari! Ich habe sie gesehen. Ich mußte euch doch warnen!« sprudelte es aus Jock heraus.

Horn packte Jock am Arm und sagte drängend: »Wo hast du sie gesehen? Und wann? Erzähle!«

Eilig berichtete Jock von seinen Erlebnissen. Natürlich war er ihnen gefolgt. Er wollte sie doch nicht allein ziehen lassen und tatenlos zurückbleiben. Und schließlich hatte es auch sein Gutes gehabt. Denn nachdem er die Felsen am Raunafall hochgeklettert war, hatte er die Asari entdeckt. Das war gewesen, kurz nachdem Horn und Eja und Tanit nach der ersten Nacht im Freien aufgebrochen waren. Die Asari hatten ihn nicht gesehen, denn er hielt sich gut versteckt. Lange Zeit blieben sie nun zwischen ihm und den anderen. Es war nicht leicht gewesen, an ihnen vorbeizukommen. Sie waren unsicher gewesen, und einer von ihnen kehrte wieder um. Er war dann Eja und den anderen weiter gefolgt. Aber durch die Asari hatte er zuviel Zeit verloren, und als er oben an der Felswand ankam, waren sie schon so weit entfernt, daß er sich nicht getraut hatte, zu rufen, um sich und sie nicht zu verraten. Er war ganz verzweifelt gewesen und hatte nicht gewußt, wie er die Felsen ohne Seil hinabkommen sollte. Aber er mußte es schließlich doch versuchen, um sie zu warnen. Natürlich war es ein Fehler, und wenn Tanit nicht gewesen wäre, wäre er sicher abgestürzt.

Als Jock seine Erzählung beendet hatte, blickten Horn und Eja besorgt die Felswand hinauf. Doch sie konnten nichts entdecken.

»Sicher trauen sie sich nicht herab, solange wir hier sind«, meinte Horn. »Sie denken, daß sie uns hier ausgeliefert sind. Noch haben wir also einen Vorsprung und können ihnen entkommen. Aber wir sollten keine Zeit verlieren. Ich hoffe, du kannst wieder laufen, Jock.«

»Es geht schon«, sagte Jock. »Ich will auch lieber fort von hier. Nicht nur wegen der Felsen, sondern auch wegen der Asari. Sie sahen so unheimlich aus. Vor allem ihre Augen. Die waren so kalt und leblos, wie Steine.«

»Ja, ich weiß«, sagte Horn. »Das ist Asar in ihnen. Er hat ihnen das Leben genommen, und alles, was sie tun, geschieht ohne ihren Willen. Ihr Blut ist kalt, und kein Gefühl ist mehr in ihnen.«

Sie brachen auf, und Jock ließ es sich nicht nehmen, die erschöpfte Tanit zu tragen. Sie gingen über spärliches Gras, das blaß und bräunlich wirkte. Die Landschaft, die sie umgab, war nicht sehr fruchtbar. Nur niedrige, etwas verkrüppelte, von grauen Flechten überzogene Kiefern und Arven wuchsen hier. Sie waren schon recht weit gekommen, als sich einige Felsen zwischen sie und die zurückgelassene Steilwand schoben. Hier blieb Horn stehen und blickte im Schutze der Felsen zurück. Seine scharfen Augen entdeckten selbst auf diese Entfernung und in diesem fahlen Licht, daß sich etwas an der oberen Kante der Wand bewegte.

»Die Jagd hat also begonnen«, sagte er. »Sie machen sich an den Abstieg. Gut denn. Wir wollen ihnen ein uneinholbares Wild sein.«

Schweigend setzten sie ihren Weg fort. Die Felsen umgaben sie bald zahlreicher, und sie erreichten eine Schlucht, die sich zwischen schroffen, zerklüfteten Felsbrüchen hindurchzog. Kein Hindernis stellte sich ihnen entgegen, und sie kamen rasch voran. Horn versuchte, sie, wo es nur ging, über hartes Gestein zu führen, um so wenig Spuren wie möglich zu hinterlassen. Von ihren Verfolgern war nichts zu sehen oder zu hören. Doch sie fühlten sich nicht in Sicherheit, und Horn drängte sie ohne Pause weiter und weiter.

Es wurde früh dunkel. Die Dämmerung brach über sie herein, und es wurde schwierig, den Boden unter den Füßen zu sehen. So begannen sie wegen der zunehmenden Dunkelheit und der wachsenden Müdigkeit immer öfter zu stolpern. Vor allem Jock konnte sich kaum noch auf den Beinen halten. Doch noch gönnte ihnen Horn keine Rast. Die Felsen zu den Seiten ihres Weges boten nirgends Schutz. Kein Versteck, keine Höhle waren zu entdecken. Plötzlich aber waren die Felsen zu Ende, und sie betraten eine Ebene, die sich weit bis in die Dunkelheit erstreckte und sich dort für ihre Augen verlor. Ein feuchter, kühler Nebel bedeckte den Boden rings um sie. Es schien ihnen, als stünden sie in einem niedrigen weißen Nebelmeer, dessen verwehende Wellen ihnen bis zu den Knien reichten. Eine Weile gingen sie durch die Nebelschwaden, die wie ein kalter Hauch um ihre Beine wogten.

Schließlich gab Horn die Suche nach einem Versteck auf. In einer flachen Senke, die ein paar kümmerliche Sträucher vor dem Wind schützten, machten sie halt und ließen sich erschöpft nieder. Ihre Bündel legten sie nicht ab, um im Falle einer schnellen Flucht nichts zurücklassen zu müssen. Horn gebot ihnen zu schweigen oder wenn, dann nur zu flüstern. Er hoffte, daß sie in den Nebeln und der Dunkelheit Schutz vor den Asari fanden und nicht entdeckt würden. So lagerten sie dicht aneinandergedrängt, ohne ein Feuer entzünden zu dürfen, das ihnen in der Kälte und Feuchtigkeit hätte Wärme geben können. Bald waren sie klamm und steif vor Kälte und Müdigkeit. Die Nebel stiegen immer mehr an und überfluteten sie, bis um sie herum nichts anderes mehr zu sehen war, als das weiße undurchdringliche Wogen.

Plötzlich schien es ihnen, als würde ein silbernes Licht das Weiß durchdringen und die Welt um sie gespenstisch erleuchten.

»Was ist das?« fragte Tanit ängstlich und beklommen.

»Wahrscheinlich das Mondlicht«, meinte Horn. »Nun, ich habe den Mond schon freundlicher erlebt.«

Wirklich war das Leuchten um sie her beängstigend und ließ sie frösteln. Es war ein kaltes Silber, dessen Licht mit den Nebelschwaden spielte und immer neue Formen erscheinen ließ, in denen ihre vor Erschöpfung überreizte Vorstellungskraft die seltsamsten Gestalten zu erkennen glaubte. Hände schienen sich ihnen entgegenzustrecken, ein großer Mund, der sich öffnete, als wolle er sie verschlingen, Berge trieben an ihnen vorbei, massig und schwerelos zugleich. Bald meinten sie bekannte Gestalten zu sehen und vertraute Gesichter. Sie starrten atemlos in den Nebel und überließen sich dem Spiel der immer neuen Formen und dem Treiben ihrer Träume und Gedanken.

Eja spürte, wie die Gestalten, die sie umgaben, die sich näherten und entfernten, immer wirklicher wurden. Sie riefen sie und lachten. Sie winkten verzweifelt mit langen wehenden Armen und Händen, in denen grüne Lichter schimmerten, die sich mit dem Silber des verborgenen Mondes zu strahlenden Kugeln vereinten. Da, waren das nicht Lars und Una, die ihr winkten? Es schien ihr, als könnte sie sogar ihre Stimmen hören, die seltsam lautlos aus den Nebelmündern zu ihr herüberwehten und doch so drängend in ihrem Inneren widerhallten. Und wer waren diese hohen Gestalten, die ihre Mutter und ihren Vater so drohend umringten, mit blassen, harten Gesichtern und Augen, schwarz und leblos wie Stein und doch voll kalter, verzehrender Glut? Die Gestalten verdeckten ihre Eltern, und Eja hörte die verzweifelten Schreie, die nach ihr riefen, nach ihr und ihren Kräften. Hatte sie nicht die Macht des Laurinbandes? Sie mußte ihre Eltern retten. Plötzlich sprang sie auf und rief: »Ich komme! Haltet aus! Ich komme!«, und ehe noch die anderen sich rühren konnten, lief Eja, laut nach Lars und Una rufend, in den Nebel, der sie sogleich verschlang. Horn und Jock sprangen auf.

»Eja«, rief Jock verzweifelt. »Komm zurück! Ich kann dich nicht mehr sehen. Wo bist du? Komm zurück!«, und er wollte ihr nach.

Doch Horn packte ihn fest am Arm und zischte: »Still! Willst du, daß die Asari uns finden? Es ist schlimm genug, daß Eja so kopflos davongerannt ist. Besser wir bleiben zusammen, als daß wir uns alle im Nebel verlieren. Vielleicht können wir wenigstens hören, wohin sie läuft.«

Doch von Eja war nichts mehr zu hören. Ihre Rufe waren verstummt, und nur das eisige Schweigen des Nebels legte sich wie ein erstickender Mantel auf sie. Sie wagten nicht zu rufen. Zuviel hatte sie schon den Asari verraten. Jeden Augenblick konnten sie vor ihnen stehen. Der schützende Nebel, der sie verbarg, verbarg ebenso die Asari und machte sie hilflos. Jock hob Tanit, die noch nicht die Kraft wiedergefunden hatte, ihre Flügel zu gebrauchen, vom Boden hoch. Er drückte sie an sich, um ihr Wärme zu geben und gemeinsam mit ihr Trost vor seiner Angst und Verzweiflung zu finden. Tanit zitterte und schien zu weinen. Jock schluckte schwer und mühsam seine eigenen Tränen herunter. Er blickte zu Horn auf. Doch auch Horn schien ratlos und verwirrt und blickte nur stumm und angestrengt in den Nebel. Das Licht des Mondes war schwächer geworden, und die Gestalten im Nebel waren verschwunden. Der verführerische Zauber hatte all seine Herrlichkeit verloren, und sie erschraken vor sich selber, als sie daran dachten, wie leicht sie diesem Zauber erlegen waren.

»Wir müssen nach ihr suchen«, flüsterte Horn. »Trotz des Nebels. Es macht keinen Unterschied, ob wir gehen oder hierbleiben. Die Asari können überall auf uns treffen, hier und an jedem anderen Ort in diesem verfluchten Nebel. Aber wir müssen zusammenbleiben. Wir dürfen uns auf keinen Fall auch noch verlieren. Unsere Lage ist schon schlimm genug. Gib mir deine Hand.«

Jock faßte Horns große Hand, in der seine kleine ganz verschwand. Er fühlte, wie wieder etwas Wärme in ihn strömte, obwohl auch Horns Hand kalt und steif war. Vorsichtig tasteten sie sich durch den Nebel, um nicht zu stolpern und um kein Geräusch zu machen. Sie strengten ihre Augen und Ohren an, um irgend etwas von Eja zu sehen oder zu hören. Doch sie sahen nichts als den Nebel und hörten nichts als ihren eigenen Atem und das Pochen ihres Blutes in den Ohren.

Jock wankte müde und verzweifelt hinter Horns großer Gestalt her. Je länger sie durch den Nebel gingen, desto mehr sank sein Mut. Er hatte die Hoffnung aufgegeben, und nur Horns Kraft und Ausdauer trugen ihn noch vorwärts. Seine Augen begannen ihm vor Müdigkeit zuzufallen. Er nahm seine Umgebung nur noch verschwommen wahr. Plötzlich blieb Horn stehen und tat einen heftigen Schritt zurück. Jock schreckte auf, stieß mit Horn zusammen und stürzte zu Boden. Er sah noch, wie Horns Hand zum Schwertgriff fuhr, da hatten die Asari sie schon umringt, so unvermittelt, als wären sie aus dem Nebel hervorgewachsen, mit gezogenen Schwertern, die auf sie gerichtet waren. Horn zog die Hand langsam von seinem Schwert zurück. Eine Gegenwehr war nicht mehr möglich. Sie waren in die Hände der Asari gefallen.

Die Kiklits

»Laßt sie los!« rief Eja und rannte auf die Gruppe der Gestalten zu, die ihre Eltern bedrohten. Doch als sie die Kämpfenden erreichte und mit ihren Händen nach dem ersten griff, lösten sich die Gestalten auf, und sie faßte in nichts als silbernen Nebel, der durch den Luftzug ihrer Bewegungen in wildes Wirbeln geriet. Verwirrt und wie aus einem Traum erwachend, blieb sie stehen. Erschrocken blickte sie sich um. Wo waren Horn und Jock und Tanit? Sie hatte sie verloren! Warum war sie bloß so kopflos losgerannt? Es war doch nur Nebel, der sie getäuscht hatte. Doch es war ihr alles so wirklich erschienen. Waren es nur die Gestalten im Nebel gewesen, die sie getäuscht hatten? War nicht sie selber es gewesen, welche diese Täuschung hervorgerufen hatte? Sie faßte mit der Hand nach dem Laurinband. Ob das Band daran schuld gewesen war? Hatte es ihre Vorstellungen so verstärkt, daß diese sie genarrt hatten? Was hatte Tanit gesagt? Daß das Band nichts Eigenes hervorbrachte, sondern nur das, was in ihr selber war, größer und wirksamer mache? Eja wurde sich der Gefahren bewußt, die von diesem Band ausgingen. Horn hatte sie davor gewarnt, als er sagte, daß sich die Kräfte des Laurins gegen sie selber richten könnten. Würde sie je lernen, klug damit umzugehen? Die Kräfte zu beherrschen und nicht von ihnen beherrscht zu werden?

Der Nebel legte sich kalt auf ihre Haut, und sie fühlte, wie schwarze Furcht in ihr wuchs und ihr den Atem verschlug. Sie wollte gerade nach Horn und Jock rufen, da fiel ihr die Nähe der Asari ein. Würde sie sich und ihre Freunde nicht verraten, wenn sie rief? Vielleicht war dies schon längst geschehen? Sie erinnerte sich wieder an das, was sie gerade erlebt hatte. An das, was sie gesehen hatte, und an ihre lauten Rufe. Was für ein Unheil hatte sie angerichtet? Und wie sollte sie die anderen in diesem Nebel wiederfinden? Vielleicht waren sie ja schon in die Hände der Asari geraten. Durch ihre Schuld!

Verloren irrte sie lange durch den Nebel. Der Mond verbarg sich hinter unsichtbaren Wolken. Der eben noch hell schimmernde Nebel wurde fahl und versank mehr und mehr im Dunkel der Nacht. Schließlich überwältigte sie die Müdigkeit. Als sie im Dunkeln an einen Felsen stieß, ließ sie sich in seinem Schutze nieder, hüllte sich in ihren Umhang und fiel in einen verzweifelten und unruhigen Schlaf.

Als sie erwachte, hatte sich der Nebel verzogen, und ein bleicher Tag begann. Eja fror und fühlte sich verloren und hungrig. Doch sie brachte kaum einen Bissen ihrer Vorräte herunter. Ein Kloß saß ihr in der Kehle. Angst, die ihr den Hals zuschnürte. So trank sie nur ein wenig Wasser. Raunawasser! dachte sie, und es schien ihr endlos lange her zu sein, daß sie von der Quelle aufgebrochen waren. Sie stand auf und blickte sich um. Einzelne Felsblöcke lagen weit verstreut auf dem harten Boden. Sie kletterte auf den Felsen, unter dem sie geschlafen hatte. Zuerst blieb sie flach darauf liegen und sah sich nur vorsichtig um. Vielleicht konnte sie ja Horn und Jock oder Tanit entdecken. Aber sie mußte aufpassen, daß die Asari sie nicht dabei sahen. Doch weit und breit rührte sich nichts. So richtete sie sich auf und versuchte, über die Ebene zu blicken. Sie konnte deutlich die Berge sehen, von denen sie aufgebrochen waren, denn das Licht war zwar blaß, aber kalt und klar. Vor ihr lagen die Nebelfelder, in denen sie in dieser Nacht getrennt worden waren. Doch konnte sie kaum etwas sehen, denn die vielen Felsen versperrten die Sicht. Nichts verriet, was sich zugetragen hatte. Kein Lebenszeichen von ihren Freunden. Keine Asari. Eja schien es, als wäre das Erlebte nie geschehen, so unantastbar war die Unberührtheit und Zeitlosigkeit der öden Wildnis. Nur Weite und Steine, unverrückbar, und ein leerer Himmel, der sich darüber spannte. Gab es sie, Eja, überhaupt? War sie nicht nur ein Traum in einem Traum, der sich verirrt hatte in eine gleichgültige Wirklichkeit, in der Träume keine Spuren hinterließen? Eja fühlte wieder, wie das, was sich in ihr bewegte, all ihre Gefühle und Gedanken, anwuchsen und sie zu überschwemmen drohten.

Das Laurin wirkt wieder, dachte sie. Aber es muß sich nicht unbedingt gegen mich richten. Es muß möglich sein, seine Fähigkeiten zu nutzen.

Sie suchte in sich nach dem Mut und der Kraft, die noch nicht verloren waren, und noch während sie suchte, fielen Zweifel und Verwirrung von ihr ab. Mut und Kraft erhoben sich in ihrem Inneren und stellten sich gegen Angst und Verzweiflung, wuchsen an und erfüllten sie. An ihr, an Eja, Advenas Tochter, Kind der Brasen und Edrain, war es, die Macht des Bandes zu ihrem Nutzen zu wenden. Sie richtete sich hoch auf. Leben floß durch ihre Glieder. Der Wind wehte ihr sanft ins Gesicht und war mit einem Mal nicht mehr kalt, sondern schön und herrlich.

Sie setzte sich auf dem Felsen nieder und dachte nach. Horn fiel ihr ein und seine Ruhe, seine Entschlossenheit und Überlegtheit. Hatte er sie nicht wie eine Erwachsene, wie seinesgleichen behandelt? Sie wollte sich seiner Anerkennung würdig erweisen. In dieser einsamen Stunde sollte er ihr Lehrer sein.

Wenn ich an Horns Stelle wäre, dachte sie, wohin würde ich mich wenden? Er wird sich wohl denken, daß ich mich an das, was er mir gesagt hat, erinnern werde. Er wollte sich in Richtung Norden halten und über Norden nach Althaia gelangen. Wenn wir also, auch wenn wir getrennt worden sind, dieselbe Richtung einschlagen, so ist die Hoffnung am größten, daß wir einander entweder wiederfinden oder wenigstens getrennt das Ziel erreichen. Wenn auch alles andere fehlschlägt, so ist doch Althaia unser gemeinsames Ziel. Aber wenn sie in die Hände der Asari geraten sind? Sollte ich vielleicht versuchen, sie zu finden und meine Freunde befreien? Aber ich weiß nicht, ob sie frei sind oder nicht. Ich weiß nicht, ob nicht sogar ich dabei in die Hände der Asari fallen würde. Nein, ich habe keine andere Wahl, als den Weg zu gehen, den Horn gehen wollte. Denn selbst wenn er in Gefangenschaft geraten ist, so wird es ihm sicher gelingen, zu entkommen, und er wird versuchen, mich in Althaia oder unterwegs wiederzufinden. Und da ist immer noch Tanit, in die ich meine Hoffnungen setzen kann. Sie konnte zwar nicht mehr fliegen, als wir uns verloren, aber sie wird es bald wieder können und nach mir suchen.

Eja hatte ihren Entschluß gefaßt und machte sich auf, ihre Reise nach Althaia fortzusetzen. Sie wollte die Nebelfelder in ihrem Rücken lassen, dann wäre sie sicher auf dem rechten Weg. Sie erinnerte sich an das, was sie von den Bergen aus hatten sehen können. Im Norden hatten sie die Schluchten gesehen, die nicht so unüberwindlich wie das Gebirge im Westen erschienen. Sie mußte sich auf ihr Glück und ihr Gefühl verlassen und auf die Macht des Laurinbandes, das sie unterstützen würde, um in diesen Schluchten die Richtung zu halten.

Eja sprang hinab, nahm ihr Bündel auf und wandte sich nach Norden. Die Felsen traten immer dichter zusammen, bis sie schließlich eine undurchdringliche Masse bildeten, in der nur scharfe Einschnitte und Schluchten den Weg freigaben. Eja wählte, ganz ihrem Gefühl folgend, eine der Schluchten und drang in diese Welt aus Steinen und nochmals Steinen ein, die sich schroff und scharfkantig übereinandertürmten, an vielen Stellen von Wind und Wetter zu den wunderlichsten Formen geschliffen oder zerborsten und von tiefen Spalten durchzogen. Der Himmel war wie von steinernen Messern zerschnitten. Es war sehr still. Nur ab und zu hörte man einen Stein, der sich löste und die Stille für Augenblicke zerbrach, oder das Heulen eines Windes, der sich in einen tönenden Spalt verirrt hatte.

Eja mußte ihren ganzen Mut aufbringen, um das Gewicht und die Starre der Felsen nicht als erdrückend und vernichtend zu empfinden. Lange wanderte sie durch diese enge Einöde und versuchte, wenn neue Schluchten sich auftaten und die Wege sich trennten, ihrem Gefühl zu folgen, in der Hoffnung, die Richtung nach Norden nicht zu verlieren. Sie kam gut voran, und nur einmal zweifelte sie und geriet in eine Sackgasse. Doch der Weg zurück war nicht weit, und von da an gab sie noch mehr darauf acht, keinen Zweifel und keinen Gedanken zwischen sich und ihre Gefühle zu stellen.

Es vergingen drei einsame Tage und Nächte, bis sie am vierten Tag aus einem Seitental Schritte hörte, die sich näherten. Eja blickte sich erschrocken nach einem Versteck um und fand auch bald einen tiefen Spalt, in den sie sich hineinzwängen konnte. Hinter dem engen Spalt öffnete sich zu ihrer Überraschung ein steinerner Kamin, an dessen Ende sie ein Stück Himmel wie ein helles Auge schimmern sah. Die Felsen bildeten Stufen, die sie ohne große Mühe hinaufklettern konnte. Als sie das Ende des Kamins erreichte, legte sie sich auf den Felsen und kroch vorsichtig bis an die Kante vor, um von dort in die Schlucht hinabzublicken und zu sehen, wer da kam. Sie mußte nicht lange warten. Aus dem Seitental kam eine Gruppe hoher Gestalten, acht Männer, die Eja an den leblosen Gesichtern und Augen sogleich als Asari erkannte. Die Asari hielten plötzlich inmitten der Schlucht, die Eja gerade verlassen hatte, und schienen etwas auf dem Boden entdeckt zu haben. Eja beugte sich neugierig über den Rand des Felsens. Was haben sie dort gefunden? dachte sie. Dann zuckte sie erschrocken zurück. Die Asari hatten ihre Spuren entdeckt, sie würden ihnen folgen und ... Doch ehe sie den Gedanken noch zu Ende führen konnte, löste sich durch die schnelle Bewegung ein Stein unter ihrer Hand, Eja verlor das Gleichgewicht und stürzte hinab. Hart schlug sie auf dem Boden auf.

Als sie sich aufrichtete, war ihr schwindlig, und ihr Kopf schmerzte. Sie spürte eine klebrige Flüssigkeit herabfließen. Blut! Ob sie sich schwer verletzt hatte? Vorsichtig befühlte sie ihren Kopf. Die Knochen schienen unverletzt, auch sonst spürte sie nichts außer Prellungen. Vermutlich hatte ihr Bündel den Aufprall gemildert, da sie auf den Rücken gefallen war. Als sie ihren Blick hob, sah sie die Asari nicht weit von sich entfernt in einem Halbkreis stehen.

Seltsam! Die Asari schienen verunsichert. Eja konnte es deutlich spüren. Sie schienen es nicht zu wagen, sich Eja zu nähern. Was mochte sie abhalten? Eja leckte sich die trockenen Lippen. Einer der Asari warf ihr einen Wasserschlauch zu. Eja öffnete ihn und wollte trinken. Doch ihr Gefühl warnte sie. Sie roch daran. Der Inhalt roch beißend und betäubend. Rasch schloß sie den Schlauch und warf ihn dem Asari wieder zu. Deutlich konnte sie eine Welle wachsender Unsicherheit in den Männern spüren. Sie hatten bleiche Gesichter, die keine Regung wiedergaben, und auch ihre Augen blieben stumm und blicklos. Nur mit ihrem Gefühl konnte Eja schwach spüren, was in den Asari vorging.

Natürlich! dachte sie. Das Laurinband. Sie fürchten seine Macht. Sie müssen es gesehen haben.

Vorsichtig faßte sie mit der Hand nach dem Band an ihrem Hals. Da zuckten die Männer zusammen, und einige griffen zu den Schwertern. Schnell senkte Eja die Hand wieder. Sie spürte, daß die Macht, die ihr die Männer fernhielt, zerbrechlich war. Sie mußte klug handeln, um entkommen zu können. Eine Zeitlang, die Eja endlos schien, rührte sich niemand, weder sie noch die Asari. Jeder wartete ab, was der andere unternehmen mochte. Eja dachte fieberhaft nach. Was sollte sie tun? Jede Bewegung war gefährlich, konnte den Bann brechen. Nur solange der Bann anhielt, war sie sicher vor den Männern. Das war es! Der Bann selber war die Lösung! Er mußte nicht nur anhalten, sie mußte ihn zur Flucht nutzen. Aber wie? Ihn verstärken, die Männer zwingen, sie gehen zu lassen. Wenn sie nur einen kleinen Vorsprung hätte, wäre schon viel gewonnen.

Eja richtete all ihren Willen auf die Männer. Dies war etwas anderes, als den Dolgan Tanit von der Spitze des Baumes zu locken. Dies war mehr und drohte ihre Kräfte zu übersteigen. Doch der Gedanke an Tanit, an ihre Freunde, die vielleicht ihre Hilfe brauchten, ermutigte sie. Und wirklich schienen die Männer den Willen, der von ihr ausging, zu spüren. Sie begannen sich unruhig zu bewegen.

Geht! dachte Eja. Geht! Ihr habt mich nicht gesehen. Ich bin nicht von Wichtigkeit für euch. Ihr habt einen anderen

Auftrag. Ihr dürft ihn nicht vernachlässigen. Man wird euch strafen für euren Fehler. Geht!

Die ersten hielten nicht mehr stand und wandten sich ab. Sie gingen die Schlucht in Richtung Süden davon. Bald folgten auch die anderen, und der Weg für Eja war frei. Schon hatten sich alle einen Steinwurf weit entfernt, da spürte Eja, daß ihre Kraft nachließ und daß es ihr nicht länger möglich war, eine so große Entfernung mit ihrem Willen zu überbrücken. Sie mußte fort! Schnell, ehe es zu spät war! Sie sprang auf und rannte die Schlucht in Richtung Norden entlang. Hinter sich hörte sie Rufe und schwere Schritte, schnell und bedrohlich, die sich ihr näherten und ein vielfaches Echo durch die Schlucht warfen. Verzweifelt blickte sie sich um. Die Asari waren schneller und stärker. Ein zweites Mal würde sie ihnen nicht entkommen können. Rechts vor ihr tat sich ein Seitental auf. Sie lief hinein und hoffte sehr, nicht in eine Sackgasse zu geraten. Die Schlucht wurde immer enger. Ejas Angst wuchs. Plötzlich aber hatte sie die Schlucht hinter sich und blickte auf einen Talkessel hinab, in dem sie ein dichtes Gewirr von Felsen sah, welche die erstaunlichsten Farben und Formen hatten. Es sah aus, als hätte ein Riese mit bunten Steinen gespielt und sie dann achtlos hier liegen lassen. Eja konnte sich nicht vorstellen, daß diese Felsen auf natürliche Weise hierhergekommen sein konnten. Doch viel Zeit blieb ihr nicht für diesen Anblick. Hinter sich hörte sie schon die Schritte ihrer Verfolger, die sich bedrohlich genähert hatten. Sie mußten gleich hinter ihr auftauchen. Schnell lief Eja zwischen die Felsen. Sie hatte versucht, sich noch den besten Weg zur anderen Seite des weiten Talkessels zu merken.

Eine Weile kam sie gut voran. Ihr Gedächtnis hatte sie nicht getäuscht. Doch plötzlich bog der Durchgang scharf nach rechts ab. Sie konnte sich gar nicht erinnern, eine solche Abzweigung gesehen zu haben. Aber sie hatte keine andere Wahl, als weiterzulaufen. Im Laufen empfand sie zu ihrem Erstaunen die Steine, an denen sie vorbeikam, als lebendig. Sie spürte Gedanken und Gefühle, die von den

Felsen ausgingen. Das konnte doch nicht sein! Sie mußte sich täuschen, war vielleicht zu verwirrt. Wieder bog der Weg scharf nach rechts ab. Eja blieb keuchend stehen. Hier durfte sie nicht weiter, sonst würde sie den Asari in die Arme laufen. Wieder spürte sie das Leben um sich herum. Sie versuchte, ruhiger zu werden, und richtete ihre ganze Aufmerksamkeit auf die Steine. Wirklich, die Steine lebten. Sie lachten und sprachen. Aber so etwas hatte sie noch nie gehört. Es klang wie kleine Steine, die einen Felsen heruntersprangen, wie Steine, die sich aneinanderrieben, manchmal wie das Murmeln eines Baches, der über ein Bett von geschliffenen Kieseln fließt. Doch was sie hörte, hatte Sinn und Verstand, war erkennbar als Sprache, und je länger Eja zuhörte, desto öfter gelang es ihr, den Sinn der Worte zu verstehen. Bald war sie umringt von einem Gewirr von Stimmen und Gelächter, die sich kreuzten und in einem ununterbrochenen Strom dahinflossen, als würden die Sprechenden zwischen den Sätzen nie Luft holen.

»Seht, die Kleine, die Weiche, die stößt sich, die bricht, was will sie im Regen, was kann sie im Wind, die Feine, die bricht. Seht ihr? Ihr seht!« verstand sie oder hörte es heraus aus vielen Sätzen, die ähnlich klangen, als würden die Wesen um sie her gemeinsam sprechen und nicht jeder für sich.

»Laßt uns spielen. Kommt, macht Gänge, baut Wege, überallhin, verwirrt sie, öffnet und schließt. Die Kleine, was will sie? Der Regen ertränkt, der Wind verweht sie. Was kann sie, was will sie? Kommt, spielt! Springt, hüpft, seid da und dort, seid hier und fort, wir spielen, wir sind es, die Kiklits, wir foppen die Kleinen, die Feinen, die Weichen.«

Unentwegt floß der Strom der Stimmen. Was sollte sie tun? So gut sie konnte, folgte sie den Stimmen, und bald fühlte sie, daß sie mit ihnen reden wollte. Wieder gab sie dem Drang nach, wie schon damals bei Tanit, und sprach die Steine an. Wie Kiesel klang es, die sie im Mund bewegte, steinern, hell und hart, auch wispernd und leicht.

»Helft!« rief sie. »Treibt nicht euer Spiel mit mir. Ich bin die Kleine, die Weiche. Was kann ich in Regen und Wind? Gebt acht! Ihr zerbrecht mich! Gebt acht, ich suche den Weg! Helft! Spielt nicht euer Spiel mit mir. Die Männer verfolgen mich. Die Männer zerbrechen mich. Schlimmer sind sie als Regen und Wind. Helft der Kleinen! Helft der Feinen!«

Für einen Augenblick verstummten die Stimmen. Vielleicht hatte noch nie jemand in ihrer Sprache zu ihnen gesprochen. Doch diese Kleine, diese Feine tat es.

»Hört ihr? Hört! Sie ist es. Sie spricht. Wir hören. Wir helfen. Die Kleine, die Feine. Spielt euer Spiel. Spielt es für sie. Springt, hüpft. Baut den Weg, den sie sucht. Doch die Männer täuscht. Schlimmer sind sie als Regen und Wind. Helft der Kleinen, helft der Feinen, der Weichen, die Regen kennt und Wind wie wir. Baut den Weg, den sie sucht. Die Kiklits sind wir. Höre, Feine. Hör! Wir bauen den Weg. Für dich. Die Kiklits sind besser als Regen, besser als Wind. Lauf, Kleine. Wir stoßen nicht, wir brechen nicht. Lauf!«

Eja hörte ein Geräusch hinter sich. Sie drehte sich um. Der Weg war frei. Die Kiklits hielten Wort. Vor ihr öffnete sich ein Gang, der sich lang und gerade bis zum anderen Ende des Talkessels erstreckte. Schnell lief sie hinein. Hinter ihr schloß sich der Gang sogleich wieder, und von ihren Verfolgern befreit, konnte sie nun ohne Eile weitergehen. Ihr Herz schlug ruhiger, ihr Atem ging regelmäßig. Sie fühlte sich sicher und geborgen und spürte eine Welle der Zuneigung, die sie von allen Seiten umhüllte und voll Wärme auf sie eindrang.

»Sprich, Kleine, sprich Feine, sprich mit den Kiklits«, rief ihr der Chor der Stimmen zu. »Fürchte nichts. Nicht Regen und Wind und nicht die Männer, die schlimmer sind. Wir foppen sie, wir bauen die Irre. Sag, Feine, sollen wir drücken, sie brechen, zerstücken? Sprich, Kleine, sprich mit den Kiklits, mit uns, die noch nie ander' Stimme gehört.«

»Ich danke euch, Kiklits. Ihr helft«, antwortete Eja. »Gut seid ihr. Hier fürcht ich nicht Regen und Wind. Doch brecht nicht die Männer. Ein Zauber ist in ihnen, schlimmer als Regen und Wind. Doch sie sind nicht schuld. Brecht sie nicht! Baut Wege nur in die Irre. Und über Tag und Nacht laßt sie ziehn, dorthin, woher sie gekommen sind. Keine Schuld ist in ihnen. Nur Zauber. Helft mir und laßt sie. Dann dank ich euch Kiklits, für meinen und ihren Weg.«

»Hört ihr, Kiklits? Wie sie spricht! Wie Gesang. Wie Kiklits. So schön, so nah, so gleich. Wir wollen tun, was sie sagt. Wir bauen den Weg in die Irre über Tag und Nacht. Dann sollen sie ziehn, woher sie gekommen sind. Nicht Schuld, nur Zauber. So muß es sein. Wir glauben. Wir folgen der Kleinen, der Feinen. Doch sprich, sag, erzähle. Viel, alles. Wir hören dich gern. So schön, so nah, so gleich.«

Und Eja erzählte ihnen, während sie langsam dem Ausgang des Tales entgegenging, ihre Geschichte. Die Freude der Kiklits, sie reden zu hören, und das Vergnügen, ihre Sprache zu sprechen, die so fließend und vergnügt war, ließ sie sich an alles erinnern, was geschehen war, seit Tanit in das Raunatal gekommen war. Endlich erzählte sie den Kiklits auch, wie sie ihre Freunde in den Nebelfeldern verloren hatte und wie gern sie diese wiederfinden würde. Sie hatte inzwischen den Ausgang des Tales erreicht und ruhte sich dort aus.

»Ach, Kiklits«, sagte Eja. »Wie gern fänd' ich die Freunde. So lang ist es her, daß ich die Freunde gesehn. So weit der Weg zwischen ihnen und mir.«

»Wir sind die Kiklits«, antwortete ihr der Stimmenchor. »Wir helfen der Feinen, der Kleinen. Wir fragen die Brüder, die Berge, die Felsen, die Steine, den Sand. Alt sind die Berge, älter als alles. Viel haben sie gehört, vieles gesehen. Lange schon schweigen sie. Doch nicht immer waren sie stumm. Gleich waren sie einst, wie die Kiklits, ein Volk. Wir fragen. Warte, Kleine. Warte, Feine. Ein Weilchen noch bleibe. Wir fragen und suchen. Weit sehen die Berge, weit hören die Steine. Wir finden die Freunde, so weit es Berg, Fels, Stein, Sand noch gibt. Ein Weilchen bleibe und ruhe.

Wir suchen und singen. Schau an, die Männer. Wir bauten den Weg in die Irre. Dort oben geh hin, zu dem hohen Felsen und sieh. Wir foppen die Männer. Komm, sieh!«

Eja stieg auf die höchsten Felsen am Ende des Tales und blickte in das Wirrwarr der Steine hinab. Da sah sie inmitten des Tales die Asari, die zwischen den Kiklits herumirrten. Um sie her war alles in Bewegung. Immer neue Gänge öffneten und schlossen sich. Ein unentwegtes Gleiten, Schieben und Verrücken war zu sehen, in dem selbst der Wegkundigste sich hoffnungslos verirren mußte. Einmal versuchten die Asari, die Felsen zu erklettern, um einen Weg entdecken zu können. Doch bekam ihnen das schlecht. Die großen Steine schüttelten sie ab wie lästige Fliegen, mühelos und mit kaum sichtbaren Bewegungen. Ein Lachen und Wispern erfüllte, nur für Eja hörbar, das Tal. Die Kiklits hatten ihren Spaß an dem Verwirrspiel. Doch Eja hatte keinen Sinn für das, was sich im Tal abspielte. Hatten die Kiklits nicht gesagt, sie würden ihre Freunde suchen und finden? Sie war sicher, daß sie ihr Wort hielten, und Hoffnung erfüllte sie. Auf einmal spürte sie, wie einsam und verloren sie ohne ihre Freunde gewesen war, und sie sehnte sich über alles nach ihnen. Ungeduldig wartete sie.

Indessen war mit dem Einbruch der Dämmerung das Lachen und Wispern der Kiklits verstummt. Die Nacht senkte sich über das Tal. Über den Bergen spannte sich ein sternenübersäter Himmel, und der Mond stieg auf. Sein Licht überzog die Felsen mit feinen Silberfäden. Leise begannen die Kiklits zu singen. Erst kaum hörbar, dann immer dichter und alles erfüllend mit ihren plätschernden, wehenden, kristallenen Gesängen. Eja hörte die Tiefe der Erde und das Fließen der Bäche in den Bergen. Die Kiklits sangen von Regen und Wind, die ihre Brüder unendlich langsam, aber unentrinnbar mit sich nahmen, Sandkorn um Sandkorn, um an anderen Orten neuen Fels entstehen zu lassen. Weit in die Zeit blickte das Lied, und das scheinbar Starre zeigte sich in seiner ganzen Lebendigkeit und Vergänglichkeit. Der Zauber der Zeiten zog Eja in Bann und wiegte sie in einen Schlaf, der so tief war, wie sie keinen je geschlafen hatte.

Am anderen Morgen erwachte sie so frisch und gestärkt, als hätte sie nie eine anstrengende Reise und Flucht hinter sich gehabt. Um sie herum war es still. Die Kiklits schwiegen. Eja spürte, daß sie beschäftigt waren, und störte sie nicht. Noch einmal kletterte sie auf den hohen Aussichtsfelsen und sah sich nach den Asari um. Sie waren fort. Ein gerader Weg erstreckte sich zum Eingang des Tales auf der anderen Seite. Die Kiklits hatten sie also ziehen lassen. Gut so! So konnte ihre Nähe keine Bedrohung mehr für Eja sein. Eja freute sich über die Redlichkeit der Kiklits, die alles, was sie versprochen hatten, jederzeit auch taten.

Da sie nun aber nichts von ihnen hörte, machte sie sich daran, sich zu waschen und ihre Kleidung, die durch ihren Sturz und die Flucht gelitten hatte, wieder instand zu setzen. Dabei fuhr sie sich mit der Hand auch durch die Haare und staunte. Die Wunde, die sie sich bei ihrem Sturz zugezogen hatte, hatte sich geschlossen, ohne auch nur eine Narbe zu hinterlassen. Der Schlaf, in den das Lied der Kiklits sie gewiegt hatte, mußte sehr heilsam gewesen sein. Eja lehnte sich an die sonnenwarme Felswand und genoß die Stille und die Helligkeit des Tages. Es war so friedlich hier, und sie fühlte sich sicher. Die Kiklits sorgten für sie, schützten sie und versuchten ihr, wo immer sie konnten, zu helfen. Eja spürte, daß sie nun geduldiger warten konnte als am Tag zuvor. Die Kiklits würden ihre Freunde finden, daran glaubte sie fest.

Es wurde Mittag, und Eja war tief in Gedanken versunken, als plötzlich wieder die Stimmen der Kiklits zu hören waren. »Höre, Kleine, höre, Feine. Wir sind die Kiklits. Wir haben die Freunde gefunden. Doch Gefahr! Sie laufen, sie rennen. Viele Füße folgen ihnen. Sie laufen auf Sand, auf Steinen und Fels. Die Berge sahen sie. Die Brüder hörten sie. Wir fragten, sie suchten, sie halfen. Geh schnell und gib auf dich acht. Geh den Weg des hellen Sterns bis zum Bach, der vom Berg fällt. Dann wende dich zum Aufgang der Sonne. Eile dich, und dein Weg kreuzt den Weg der

Freunde. Wir sind die Kiklits. Wir denken an dich. Wir singen das Lied von der Kleinen, der Feinen noch lang. Leb wohl!«

»Lebt wohl und habt Dank!« rief Eja und sprang auf. »Ich denke an euch. Lebt wohl!«

Frisch und ausgeruht verließ sie das Tal der Kiklits. Der Weg wandte sich in Richtung des hellen Sterns, nach Norden. Zu ihren Seiten erhoben sich die hohen Felswände. Doch Eja fühlte nichts Bedrohliches mehr von ihnen ausgehen. All diese Felsen hatten ihr geholfen, waren ihr wohlgesonnen, hatten ihre Freunde für sie gesucht und gefunden. Sie würde sich ihnen immer verbunden fühlen.

Sie lief so ruhig und stark wie nie in ihrem Leben zuvor. Die Kiklits hatten ihr eine Kraft gegeben, die sie selbst erstaunte. Bald erreichte sie den Wasserfall, von dem die Kiklits gesprochen hatten. Hier öffnete sich die Schlucht nach Osten.

Eja fiel in schnellen Schritt. Sie wollte nicht unachtsam in eine Gefahr hineinstürmen. Nur nicht wieder so kopflos sein wie in den Nebelfeldern. Sie achtete auf alles, auf jedes Geräusch und jede Bewegung. Die Kiklits hatten ihr nicht gesagt, wie weit sie zu gehen hatte. Entfernungen waren ihnen, die nie ihr Tal verließen, sicher fremd und unvorstellbar. So blieb Eja stets auf der Hut und setzte ihren Weg mit großer Wachsamkeit fort.

Bis zum Abend wanderte sie nach Osten. Ohne große Abweichungen erstreckte sich die Schlucht durch die Felsenlandschaft, wenn Eja auch den Eindruck hatte, daß sie leicht nach Süden abbog. Abzweigungen beachtete Eja nicht. Die Kiklits hatten klar gesagt, daß sie ihre Freunde in dieser Richtung treffen mußte.

Der Tag neigte sich seinem Ende zu. Die Sonne senkte sich nach Westen. Die Schatten wurden länger und verdunkelten die Schlucht. Die Dämmerung brach herein. Doch gerade, als sie sich zu fragen begann, ob sie vielleicht erst am nächsten Tag auf ihre Freunde treffen würde, hörte sie vor sich das Klirren von Schwertern, die aufeinander trafen. Sie lief, so schnell sie konnte, auf den Kampflärm zu. Doch noch ehe sie den Schauplatz erreichte, verstummte der Lärm der Waffen, und Totenstille senkte sich herab.

Eja blieb stehen und eine bange Ahnung legte sich auf ihre Brust. Langsam und vorsichtig schlich sie weiter. Es war inzwischen Nacht geworden, und so verließ sie sich auf den Schutz der Dunkelheit. Die Schlucht endete plötzlich und weitete sich zu einem großen Talkessel, in den von allen Seiten Schluchten mündeten. Inmitten des Kessels sah Eja eine Gruppe von Männern, die sich um eine kleine Gestalt scharten, die neben einem am Boden liegenden Mann kniete. Zwei der Männer entzündeten einen Haufen von dicken Ästen, und das Feuer beleuchtete die Gestalten mit gespenstischem Flackern. Eja erschrak bis in ihr tiefstes Inneres, und eine große kalte Hand umklammerte ihr Herz. Sie hatte Jock erkannt, der neben Horn kniete. Horn rührte sich nicht. War sie zu spät gekommen?

Die Flucht

Die Schwerter der Asari waren auf Horn und Jock gerichtet. Es gab kein Entkommen. Jock, der durch den Zusammenprall mit Horn zu Boden gestürzt war, steckte Tanit unbemerkt unter sein Wams und hielt ihr kurz den Schnabel zu. Tanit begriff und gab keinen Laut von sich. Derbe Hände stellten Jock auf die Beine und fesselten ihn und Horn. Dann stießen die Asari die beiden zu Boden. Zwei Männer blieben als Wache bei ihnen zurück, die anderen schwärmten aus und machten sich trotz Nebel und Dunkelheit auf die Suche nach Eja.

Hoffentlich kann wenigstens Eja ihnen entkommen, dachte Jock und lauschte angestrengt in die Dunkelheit. Doch es war nichts zu hören. Der dichte Nebel verschluckte jeden Laut, und alles erschien Jock auf einmal unwirklich zu sein, wie in einem Alptraum. Nur die schmerzenden Fesseln erinnerten ihn daran, daß es nicht genügte, zu erwachen, um diesem Alptraum zu entkommen.

Jock rückte näher an Horn, der sich auf dem Boden ausgestreckt hatte, heran. Trotz seiner Angst und der Kälte der kriechenden Nebel überkam Jock eine große Müdigkeit, und er fand neben Horn den Trost und die Geborgenheit, die ihn schließlich einschlafen ließen. Unter seinem Wams lag Tanit noch lange wach und dachte an Eja. Doch Jocks ruhige Atemzüge ließen schließlich auch ihre Augen zufallen, und sie sank in einen tiefen Schlaf der Erschöpfung.

Als sie erwachten, dämmerte der Morgen herauf. Die letzten Nebel lösten sich auf und enthüllten einen blassen, bedeckten Himmel, in dessen fahlem Licht die Landschaft wie ein Spiegel ihrer Hoffnungslosigkeit und Verlorenheit erschien. Die Asari saßen um sie herum. Sie hatten Eja nicht gefunden. Sie schienen nicht geschlafen zu haben. Ein kaltes Feuer trieb sie an. Sich selbst gegenüber kannten sie keine Schonung und Menschlichkeit, und anderen gegenüber verhielten sie sich nicht besser. Horn und Jock bekamen dies bald zu spüren. Die Asari stellten ihre Gefangenen auf die Beine, lösten die Fesseln an ihren Füßen und trieben sie vor sich her, zurück in Richtung der Felswand, von der sie gekommen waren. Sie marschierten so schnell, daß es fast schon ein wolfsähnliches Laufen war. Sie schienen ausdauernd und unermüdlich, und nur die Unbeweglichkeit ihrer Gefangenen bremste ihren Lauf. Vor allem Jock konnte kaum mit ihnen Schritt halten, während man Horn ansah, daß er aus demselben Holz wie die Asari geschnitzt war.

Wie schrecklich muß es für Horn sein, die Asari, die einst sein Volk waren, zu sehen, so wie sie jetzt geworden sind, dachte Jock, und er bewunderte ihn für seine Ruhe. Man sah ihm seine Gemütsbewegungen und Gedanken nicht an. Seine Stärke übertrug sich auf Jock und half ihm, den schweren Eilmarsch besser zu ertragen.

Sie liefen durch dieselbe Schlucht, die sie tags zuvor in die Nebelfelder geführt hatte. Als sie die Felswand erreichten, unterbrachen die Asari den schnellen Marsch, und die Gefangenen konnten sich eine Weile ausruhen. Die Asari gaben ihnen zu essen und zu trinken. Was immer man also mit ihnen vorhatte, verhungern und verdursten sollten sie nicht. Die Asari setzten sich wieder in einem Halbkreis um sie herum und schienen auf etwas zu warten.

Stunden vergingen, in denen kein Wort fiel. Da Horn schwieg, folgte Jock seinem Beispiel, auch wenn es ihm schwerfiel, die vielen Fragen, die ihn bedrängten, zu unterdrücken. Tanit rührte sich nicht unter seinem Wams. Jock gelang es, ab und zu heimlich etwas von seinem Essen in sein Wams fallen zu lassen und so mit Tanit zu teilen.

Als sich die Sonne zu neigen begann, ertönten plötzlich von Westen her kurze Rufe, die von den Asari beantwortet wurden. Sie standen auf und gingen den Ankömmlingen entgegen. Einen Augenblick lang waren die Gefangenen unbeobachtet. Horn beugte sich zu Jock und zischte ihm ins Ohr:

»Sage nichts und nenne nie meinen Namen!«

Jock nickte. Dann beugte er sich zur Seite. Neben ihm öffnete sich ein dunkler Spalt in der Felswand. »Schnell, Tanit!« flüsterte er, und Tanit verstand ihn sofort. Sie schlüpfte aus seinem Wams heraus und zwängte sich in den Spalt hinein, so weit sie konnte. Jock richtete sich wieder auf und setzte sich so, daß er mit dem Körper den Spalt verdeckte. Er sah Horn kurz an, der ihm kaum sichtbar zunickte. Ein Hoffnungsschimmer verband sie, ohne daß Worte nötig waren.

Die Asari kehrten zurück. Eine große Gruppe von Asari war zu ihnen gestoßen. Waren es zuvor nur sieben Mann gewesen, so hatte sich die Zahl der Asari durch die Neuankömmlinge auf neunzehn erhöht. Sie berieten sich kurz und blickten dabei die Felswand hinauf. Ohne Hilfe von oben war an ein Hinaufkommen nicht zu denken. So entschlossen sie sich, mit den Gefangenen Richtung Osten zu gehen und beim nächsten Paß nach Süden abzuzweigen. Es war klar, was sie vorhatten. Sie wollten die Gefangenen auf dem schnellsten Weg zu Asar bringen.

Horn und Jock erfuhren aus den Beratungen der Asari, daß das Raunatal in all den Jahren beobachtet worden war. Jede verdächtige Bewegung war Asar berichtet worden. Der Aufbruch der Freunde war nicht unbemerkt geblieben. Die Asari hatten den Befehl, jeden, der das Raunatal verließ, gefangenzunehmen und unverzüglich zu Asar zu bringen.

Seltsam, dachte Jock. Sie scheinen Horn nicht zu erkennen. Als hätten sie alle Erinnerung an die Zeit, in der sie noch Feorner waren, verloren. Noch ist das ein Vorteil für uns. Aber Asar wird ihn natürlich erkennen, und dann wehe uns.

Was nun folgte, sollte eine Qual für Jock werden, die ihm noch lange als ein nicht endenwollender Alptraum in Erinnerung blieb. Die Asari trieben sie vor sich her, immer den Bergen entlang, und gönnten ihnen nur eine kurze Rast, wenn sie sahen, daß Jock sich nicht mehr auf den Beinen halten konnte. So ging der erste Tag zu Ende, und eine Nacht und ein weiterer Tag folgten. Immer häufiger stolperte Jock, und die engen Fesseln machten seine Arme und Beine taub. Endlich, gegen Ende des zweiten Tages, erreichten sie eine steile Schlucht, die zwischen den Bergen nach Süden abbog. Dieser Weg schien zu einem Paß zu führen, an dem sie die Berge passieren wollten. Hier gönnten die Asari ihren Gefangenen eine längere Rast und lösten ihnen auch für eine Weile die Fesseln. Doch sie ließen sie nicht aus den Augen und verfolgten scharf jede ihrer Bewegungen. Horn und Jock wuschen ihre wundgescheuerten Gelenke in einem nahen Bach und erfrischten sich, so gut es eben ging. Horn pflückte einige saftige Blätter von großblättrigen Pflanzen, die am Bach wuchsen, und zerrieb sie zu einem Brei, mit dem er seine und Jocks Wunden bestrich. Der Brei kühlte die Wunden und stillte die Schmerzen.

Tanit war ihnen die ganze Zeit in sicherem Abstand gefolgt. Horn und Jock vermieden es, sich nach ihr umzuschauen. Nur bei den kurzen Pausen konnten sie nach ihr Ausschau halten, ohne daß es den Asari auffiel.

Obwohl schon die Dämmerung kam, brachen die Asari wieder auf, nachdem sie ihre Gefangenen erneut gefesselt hatten. Sie waren aber noch nicht weit gekommen, da hörten sie hinter sich plötzlich Rufe und blieben stehen. Acht Asari näherten sich. Sie mußten selbst für Asari sehr schnell gelaufen sein und atmeten nur keuchend. Als sie wieder halbwegs sprechen konnten, erzählten sie den anderen von einer jungen Frau, die ihnen weiter im Norden begegnet sei. Sie hätte ein Halsband wie der Meister getragen, aber die Kleidung der Brasen. Die Frau sei ihnen entkommen, und sie hätten in einem seltsamen Tal mit sich bewegenden Felsen ihre Spur verloren und hätten umkehren müssen. Nun seien sie unterwegs, um Asar davon zu berichten.

Die Anführer der drei Gruppen berieten sich. Sie beschlossen, sich wieder aufzuteilen. Die kleinste Gruppe sollte auf dem schnellsten Weg zu Asar eilen, um ihm Bericht zu erstatten. Eine zweite, mit den Gefangenen, sollte folgen. Die dritte und größte würde sich auf die Suche nach dem Mädchen machen. Während sie berieten, suchte ein großer Vogel in der Nähe der Asari nach Futter. Die Asari achteten nicht auf ihn, und so entging ihnen, daß der Vogel immer näher rückte.

Inzwischen war es Nacht geworden. Wolken bedeckten den Himmel so dicht, daß kein Licht durch sie drang. Es war stockfinster, und selbst die Asari mußten sich gedulden und auf den nächsten Tag warten, um ihren Weg fortsetzen zu können. Sie hatten sich in einem großen Kreis um die Gefangenen gelagert und schienen sich sicher zu sein, daß diese nicht entkommen könnten. Wachfeuer wurden angezündet, die den Kreis markierten und ein Durchkommen unmöglich erscheinen ließen. Nur dort, wo die Gefangenen lagen, reichte das Feuer kaum hin, und Dunkelheit hüllte sie ein. So sah niemand, daß der Vogel sich den Gefangenen näherte, und keiner achtete auf ihr Flüstern.

»Tanit?« rief Jock leise und starrte ins Dunkel. Da tauchte sie auch schon neben ihm auf.

»Laß mich mit ihr reden«, flüsterte ihm Horn zu. Rasch berichtete er Tanit alles, was sie von den Asari gehört hatten. »Sie haben Eja also gefangengenommen. Aber sie ist ihnen entkommen«, antwortete Tanits Stimme aus dem Dunkeln. »Ich frage mich, wie sie das geschafft hat? Aber das mit den Felsen, die sich bewegen, verstehe ich nicht. Was sie damit wohl meinen?«

»Eja wird unerwartete Hilfe gefunden haben«, meinte Horn. »Und den Asari ist sie wohl dank des Laurinbandes entkommen. Sie lernt anscheinend, ihre Kräfte richtig einzusetzen. Aber wir müssen sie warnen. Wenn sie von so vielen Asari gejagt wird, nützen ihr all ihre Kräfte nichts mehr. Es streifen auch hier im Norden viel mehr Asarigruppen herum, als ich mir vorgestellt habe. Wir müssen fliehen und ihr zu Hilfe eilen. Jetzt oder nie!«

»Ja, du hast recht«, sagte Tanit. »Aber wie wollt ihr das anstellen?«

»Ich habe einen Plan«, antwortete Horn. »Aber zuerst einmal, glaubst du, daß du meine Fesseln lösen kannst?«

»Ich denke schon«, meinte Tanit.

»Gut, dann fang gleich damit an, während ich dir sage, was zu tun ist.«

Tanit machte sich daran, Horns Fesseln zu lösen. Die Knoten waren fest geknüpft, und es fiel ihr nicht leicht, sie mit ihren Krallen und ihrem Schnabel zu lösen. Aber schließlich hatte sie den Verstand eines Menschen unter ihren Federn und dem konnten auf Dauer auch die Knoten der Asari nicht standhalten. Während sie an den Fesseln herumpickte, fuhr Horn fort, ihr seinen Plan zu erklären.

»Solange die Asari den Kreis um uns nicht öffnen, können wir nicht entkommen. Deshalb müssen wir sie dazu bringen, ihre Wachposten zu verlassen, damit uns die Flucht gelingt. Das ist deine Aufgabe, Tanit. Wenn unsere Fesseln gelöst sind und wir unsere Arme und Beine wieder richtig bewegen können, dann flieg aus dem Kreis heraus und rufe im Dunkeln nach uns. Ich bin sicher, daß sie versuchen werden, dich zu finden. Das gibt uns Gelegenheit, zu fliehen. Es kann sein, daß wir uns in der Dunkelheit verlieren. Aber wir werden versuchen, uns so gut wie möglich in Richtung Norden zu halten. Für dich wird es sicher ein leichtes sein, uns bei Tag zu finden.«

Tanit war es inzwischen gelungen, die Knoten an Horns Handgelenken zu öffnen. Horn löste nun selber seine und Jocks Fesseln. Dabei erklärte er Jock leise, was sie besprochen hatten. Jocks ganzer Kommentar dazu war nur ein kurzes, geflüstertes »Hurra!«. Der Gedanke, endlich frei zu sein und Eja zu Hilfe eilen zu können, erfüllte ihn mit neuer Kraft und mit einem für ihn ungewöhnlich schweigsamen Tatendrang. Sie rieben ihre Gelenke, bis sie fühlten, daß das Blut wieder ungehindert durch ihre Glieder strömte und sie sich bewegen konnten. Auf Horns Zeichen hin flog Tanit im Dunkeln über die Asari hinweg und rief aus sicherem Abstand:

»Wo seid ihr? Ich kann euch nicht sehen. Gebt doch Antwort. Hallo! Hallo!«

Kaum hatten die Asari die Stimme gehört, da fuhren sie hoch und liefen los. Ihre Gefangenen hatten sie vergessen. Horn und Jock sprangen auf. Ganz in der Nähe fanden sie ihre Bündel und Waffen. Schnell nahmen sie alles an sich und liefen geduckt zwischen den Wachfeuern hindurch. In dem Durcheinander hielten die Asari, die sie laufen sahen, sie für die ihren, denn die Schatten machten selbst Jock größer und verrieten nicht seine wahre Gestalt. Horn faßte gleich, als sie den Schein der Wachfeuer verließen, Jocks Hand, um ihn nicht im Dunkeln zu verlieren. So gut es eben ging, stolperten sie in der Dunkelheit vorwärts. Sie hatten Glück und trafen nicht auf Spalten, in die sie hätten stürzen können. Nur hin und wieder fielen sie hin und schlugen sich Knie und Hände blutig. Doch sie achteten nicht auf die Schmerzen, sondern setzten alles daran, einen so großen Vorsprung wie möglich zu gewinnen.

Tanit hatte die Asari im Dunkeln hin und her gelockt. Von immer anderen Orten ließ sie ihre Stimme ertönen. Schließlich spürten die Asari wohl, daß etwas nicht mit rechten Dingen vor sich ging, und sammelten sich wieder bei den Wachfeuern. Als sie nach den Gefangenen sahen, entdeckten sie die Flucht. Nun hielt sie keine Dunkelheit mehr. Sie steckten große Äste in Brand und leuchteten sich damit den Weg.

Horn und Jock hörten bald die Stimmen der Verfolger und sahen hinter sich die Fackeln im Dunkeln tanzen. Doch da sie frei laufen konnten und nicht wie die Asari durch die Suche nach Spuren aufgehalten wurden, gelang es ihnen, den Vorsprung zu halten. Als die Morgendämmerung anbrach, hatten sie glücklich die Schluchten im Norden erreicht und entgingen den Blicken ihrer Verfolger in den Felsen. Nicht lange, da sahen sie über sich Tanit, die sie ohne Mühe wiedergefunden hatte und ihnen nun, ohne zu zögern, den Weg wies, so daß sie nie in eine Sackgasse gerieten und sich ohne Schwierigkeiten Richtung Norden halten konnten.

Sie liefen, so schnell sie konnten. Ein paarmal flog Tanit zurück, um zu sehen, wieviel von ihrem Vorsprung geblieben war. Die Asari kamen immer näher. Ihr Vorsprung schmolz zusammen. Nur noch zweimal gelang es Tanit, die Asari mit ihrer Stimme in die falsche Richtung zu locken, dann ließen sich diese nicht mehr täuschen und achteten auf keine Stimme mehr, sondern folgten wie Spürhunde nur noch den sichtbaren Spuren der Fliehenden.

Ein Tag verging und eine Nacht, die zu ihrem Glück wieder so dunkel war, daß die Freunde wenigstens ein paar Stunden ruhen konnten. Denn den Asari war das Brennholz ausgegangen, so daß sie keine Fackeln mehr hatten und gezwungen waren, im Dunkeln zu warten. Doch am nächsten Tag ging die Jagd erbarmungslos weiter, und gegen Abend wurde ihnen klar, daß die Asari sie bald einholen mußten. Nur noch die Biegungen der Schlucht verbargen sie vor den Blicken ihrer Verfolger, deren Schritte sie jedesmal deutlich hören konnten, wenn sie stehen blieben, um Atem zu schöpfen. Plötzlich, gerade als die Dämmerung hereinbrach, endete die Schlucht, und sie erreichten einen weiten Talkessel, in den viele andere Schluchten mündeten. Tanit hatte sie zwar vor dem Kommenden gewarnt, aber verhindern konnte sie es auch nicht. Der Talkessel war so weit, daß sie ihn nicht durchqueren konnten, ohne von den Asari gesehen zu werden. Selbst der Eingang zur nächsten Schlucht war weiter entfernt als die kurze Strecke, die sie noch von den Asari trennte.

»Vielleicht können wir sie zurücktreiben, Jock. Ich mit meinen Pfeilen, du mit deinen Steinen«, rief Horn Jock zu.

Hinter einem großen Felsen, der quer in die Schlucht ragte, machten sie halt. Als die Asari in Sichtweite waren, schoß Horn nach ihnen. Er zielte nur auf ihre Beine. Einige traf er, die anderen suchten Deckung in den Felsen. Auch Jocks Steine hatten schmerzhaft ihr Ziel gefunden.

Die Asari zogen sich ein Stück zurück. Doch sie gaben nicht auf. Im Schutze ihrer eigenen Pfeile näherten sich einige von ihnen vorsichtig und sprangen schnell hinter die Felsen, sobald ihnen Pfeile und Steine entgegenflogen. Bald hatten die Freunde beinahe all ihre Pfeile und Steine verschossen. Als Horn nur noch drei Pfeile blieben, sagte er:

»Es war eine vergebliche Hoffnung, sie zurücktreiben zu können. Komm, Jock, vielleicht schaffen wir es doch, die nächste Schlucht zu erreichen, bevor die Asari uns einholen. Lauf los, ich versuche dir mit meinen restlichen Pfeilen einen Vorsprung zu verschaffen. Meine Beine sind länger. Ich werde dich schon einholen.«

Jock lief los, so schnell er konnte. Horn gelang es nur noch kurze Zeit, die Asari in Schach zu halten, dann folgte er Jock und hatte ihn bald eingeholt. Jock tat sein Bestes und versuchte, mit Horns langen Beinen Schritt zu halten. Sie hatten kaum einen Steinwurf gemeinsam zurückgelegt, da sahen sie hinter sich die Asari aus der Schlucht kommen. Als Jock sich nach ihnen umsah, stolperte er und schlug sich den Knöchel so schwer an, daß er nur noch humpelnd weiterlaufen konnte und schließlich mit schmerzverzerrtem Gesicht stehenblieb.

»Lauf weiter, Horn«, rief er. »Versuch wenigstens du, zu entkommen.«

Horn blieb stehen und kehrte zu Jock zurück. Er atmete tief ein und sagte, so ruhig, wie es ihm sein schwerer Atem erlaubte:

»Glaubt Ihr wirklich, Meister Aiting, daß ich Euch im Stich ließe. Es muß wohl so sein, daß hier unser letzter Kampf stattfindet. Ich hatte ja gehofft, nie mein Schwert ziehen zu müssen, aber nun kann auch ich es nicht mehr verhindern.«

»Sollten wir uns nicht einfach ergeben?« fragte Jock. »Wir können ja wieder fliehen, wenn sie uns gefangennehmen.«

»Ich fürchte, daß wir diesmal nicht so glimpflich davonkommen«, antwortete Horn. »Durch unsere Flucht sind die

Asari in Wut geraten, und unsere Pfeile und Steine haben sicher ein übriges getan, um ihren Haß zu schüren. Eine zweite Gelegenheit werden sie uns nicht geben. Auch wenn Asars Bann ihre Gefühle tötet, so können sie doch grausam sein, und sie zögern nicht, zu töten.«

Langsam zog er sein Schwert aus der Scheide. Jock stellte sich tapfer neben ihn und hielt sein kurzes Messer in der Hand. Mehr hatte er nicht. Er richtete sich auf, so groß es ihm seine Gestalt erlaubte, und beide blickten sie den Asari entgegen, die sie nun eingeholt hatten, einen Kreis um sie bildeten und mit gezogenen Schwertern von allen Seiten gleichzeitig auf sie einstürmten.

Horn und Jock stellten sich Rücken an Rücken und versuchten, sich so gut wie möglich gegenseitig zu schützen. Tanit mußte tatenlos aus den Lüften zuschauen. In der Dämmerung fand ein kurzer und ungleicher Kampf statt. Zwar konnten nur einige der Asari mit Horn und Jock kämpfen, denn sie waren zu viele, aber dennoch waren sie zahlenmäßig überlegen, und zudem konnte es Jocks Messer mit ihren Schwertern nicht aufnehmen. Schon nach kurzer Zeit stand er mit blutendem Handgelenk da, das Messer, das ihm aus der Hand geschlagen worden war, vor sich auf dem Boden. Auch Horn hielt nicht lange stand. Ohne selber mehr als den Asari ein paar geringfügige Wunden beibringen zu können, traf ihn plötzlich ein scharfer Schlag am Kopf. Blutend stürzte er zu Boden und rührte sich nicht mehr. Jock kniete entsetzt neben Horn nieder und achtete nicht mehr auf die Asari, die mit reglosen Gesichtern kalt auf ihn herabblickten. Sollten sie doch mit ihm anstellen, was sie wollten. Er trauerte um seinen gefallenen Freund. Sanft strich er ihm das Haar aus der Stirn und faßte hilflos Horns mit Blut und Staub beschmierte Hand. Die Nacht war hereingebrochen. Die Asari schichteten einige kümmerliche Sträucher, die sie fanden, zu einem Haufen auf und entzündeten ein Feuer, das die Gestalten flackernd beleuchtete. Jetzt, da Horn gefallen war, kümmerten sie sich nicht weiter um die beiden und ließen Jock allein bei seiner Totenwache. Immer noch hielt Jock Horns Hand umklammert. Er konnte sich nicht rühren vor kalter Verzweiflung. Er starrte vor sich hin, ohne etwas zu fühlen und ohne einen Gedanken in seinem gelähmten Gehirn. Doch plötzlich zuckte er zusammen. Horns Hand hatte seine gedrückt. Das war doch nicht möglich? Wieder drückte die Hand die seine. Doch als Jock sich bewegen wollte, kam der Druck gleich zweimal kurz hintereinander wie ein Signal. Jock verstand. Er rührte sich nicht und verriet mit keiner Bewegung, daß sein Freund noch lebte. Aber seine Gedanken begannen sich wie rasend zu überstürzen. Wie sollten sie entkommen? Würde er mit seinem verletzten Knöchel laufen können? Und wie schwer waren Horns Wunden? Hatte er viel Blut verloren? Würden die Asari merken, daß Horn noch lebte? Und was würden sie mit ihm anstellen? Solche und andere Gedanken quälten Jock, und es kostete ihn seine ganze Kraft, um sich nach außen hin nichts anmerken zu lassen. Horn schien zu spüren, was in Jock vor sich ging, und drückte noch einmal beruhigend seine Hand. In Jock entzündete sich eine kleine Flamme der Hoffnung. Er konnte wieder handeln. Es würde sicher auch an seinem Verhalten liegen, was weiter mit ihnen geschehen mochte. Er würde sein Bestes geben.

Tanit saß indessen in der Dunkelheit auf einem Felsen und ahnte nichts von dem, was sich dort unten abspielte. Sie sah nur die kleine Gestalt Jocks, die immer noch unbewegt neben Horn kniete. Ihr war elend zumute. Sie fror vor Verzweiflung und Müdigkeit. Aber sie wagte kein Auge zu schließen, um nicht die Gelegenheit zu verpassen, in der sie vielleicht wenigstens noch Jock helfen konnte. Plötzlich fühlte sie eine Stimme, die sie rief. Es war nichts zu hören, aber die Stimme war doch deutlich in ihr und rief klar und verständlich nach ihr. Eja! schoß es ihr durch den Kopf. Eja rief sie. Natürlich. Wo mochte sie sein?

Tanit schwang sich in die Nacht hinaus und versuchte, sich ganz von ihrem Gefühl und der Stimme leiten zu lassen. Die Stimme kam vom westlichen Ende des Talkessels. Vorsichtig flog Tanit im Dunkeln darauf zu und fürchtete, an einen Felsen zu stoßen. Endlich entdeckte sie Eja und flog glücklich in ihre Arme. Eja streichelte Tanit und drückte sie sanft an sich, bis die Erleichterung und die Freude, die Tanit überschwemmten, sich beruhigt hatten.

»Meine liebe kleine Tanit! Wie bin ich glücklich, dich wiederzusehen«, sagte Eja leise und mit zärtlicher Stimme. »Psst! Du brauchst noch nichts zu erzählen. Ich habe das Wichtigste gesehen. Mehr muß ich im Augenblick nicht wissen. Jetzt müssen wir handeln und sehen, daß wir Jock retten können. Und wer weiß, vielleicht lebt Horn noch. Ich will versuchen, ob ich es herausfinden kann.«

Eja richtete ihre Aufmerksamkeit auf Jock und Horn. Dann lächelte sie glücklich. Sie spürte Jocks unterdrückte Erleichterung und Hoffnung und auch das Leben, das in Horn war. »Ich hatte also recht. Er lebt noch und verstellt sich bloß, um die Asari zu täuschen. Nun ist es an uns, das Richtige zu tun.« Tanit fühlte Ejas Kraft und wunderte sich, wie sehr sich Eja in den wenigen Tagen, die sie getrennt waren, verändert hatte. Sie schien ihr älter und klüger geworden zu sein. Die vielen Glücksempfindungen machten sie stumm. Horn lebte noch. Eja war da. Sie würde wissen, was zu tun sei. Es würde alles wieder gut werden. Ejas Hände strahlten eine Wärme und eine Kraft aus, die Tanit halfen, wieder klare Gedanken zu fassen und Herr über ihre Gefühle zu werden.

»So ist es gut«, sagte Eja lächelnd. »Wir werden jetzt einen kühlen Kopf brauchen, um die beiden retten zu können.«

»Was denkst du, sollen wir tun«, fragte Tanit und staunte, wieviel Eja über das wußte, was sich in ihrem Inneren abspielte.

»Zuerst einmal abwarten, bis es hell wird«, sagte Eja. »Und dann werden wir ein kleines, nicht ungefährliches Spiel mit den Asari spielen und hoffen, daß wir damit unseren Freunden eine Möglichkeit geben, zu fliehen.«

»Was hast du denn vor?« fragte Tanit ängstlich. Sie hatte Angst, Eja, kaum daß sie einander wiedergefunden hatten, wieder zu verlieren.

»Ich werde mich ihnen zeigen und hoffe, daß sie mich verfolgen.«

»Du bist verrückt. Sie werden dich fangen, und dann ist vielleicht noch mehr verloren als jetzt schon«, sagte Tanit entsetzt.

»Keine Sorge. Ich weiß schon, wie ich ihnen entkommen kann. Und wenn sie mir folgen, ist es deine Aufgabe, bei Horn und Jock zu bleiben und zu sehen, wie du ihnen helfen kannst«, beruhigte Eja sie. »Ich werde schon einen Weg finden, um zu euch zu stoßen.«

Tanit hatte große Zweifel, daß der Plan gelingen würde, aber sie fügte sich, denn sie wußte, daß sie gar keine andere Wahl hatten. Sie mußten handeln, sonst waren Horn und Jock vielleicht ganz verloren.

Die Nacht verging unruhig. Sie schliefen beide nur wenig und konnten kaum den Morgen erwarten. Was geschehen mußte, sollte lieber bald geschehen. Nur nicht länger warten!

Endlich brach der Morgen an. Wie zum Hohn hell und strahlend. Keine Wolke trübte das schon früh strahlende Blau des Himmels. Ein herrlicher Sonnenaufgang überzog die Felsen mit seinen Farben.

»Es ist Zeit«, sagte Eja, als sie sah, daß sich die Asari regten. Die Entscheidung über das Leben ihrer Freunde mußte gleich fallen. »Beneta aris, moldaï doréa! Paß auf dich auf, Schwarzvogel!«

»Du auch!« sagte Tanit und schwang sich entschlossen in die Luft. Sie flog über die Felsen und hielt sich möglichst außer Sicht der Asari. Von oben konnte sie alles überblicken und hoffte, so den rechten Augenblick abzupassen, um einzugreifen, wenn ihre Hilfe nötig wurde.

Eja erhob sich, trat aus dem Schutz der Felsen und lief ein Stück in den Talkessel hinein, sorglos, als hätte sie die Asari nicht gesehen. Dann blieb sie stehen, als wäre sie vom Anblick der Männer überrascht worden. Die Asari entdeckten sie, und einen Augenblick lang schien sich keiner rühren zu können. Dann entlud sich die aufgestaute Spannung, und die Ereignisse überstürzten sich. Die Asari sammelten sich und liefen auf Eja zu. Sie ließen nur einen Wachposten bei dem vermeintlich toten Horn und dem hilflosen Jock zurück. Eja drehte sich um und lief, so schnell sie konnte, in die Schlucht hinein. Sie achtete darauf, nur auf felsigen Stellen zu laufen und keine sichtbaren Spuren zu hinterlassen. So lief sie eine Weile durch die Schlucht, bis sie an der Seite einen schmalen Spalt entdeckte, in dem sie sich gerade noch verbergen konnte. Kaum hatte sie sich in den Spalt gezwängt, da hörte sie auch schon die Asari kommen. Sie nahm ihre ganze Willenskraft zusammen und richtete sie auf die sich nähernden Asari.

Hier ist sie nicht! Ihr müßt schneller laufen! Ihr müßt weitersuchen! dachte sie immer und immer wieder, während die Asari an ihr vorbeistürmten und nicht auf den Spalt achteten, an dem sie vorbeikamen.

Lauft! Schneller! Sie muß da vorne sein! Ihr werdet sie gleich haben! Lauft!

Kaum waren die Asari an ihr vorbei und hinter der nächsten Biegung der Schlucht verschwunden, da schlüpfte Eja aus dem Spalt heraus und lief die Schlucht zurück.

Tanit war gleich, nachdem die Asari in der Schlucht verschwunden waren, in den Talkessel geflogen und hielt sich dicht über Horn und Jock. Jock hatte mit Schrecken Ejas Auftauchen und Flucht bemerkt und wäre ihr, wenn nicht sein verletzter Knöchel und Horn gewesen wären, am liebsten nach, um zu helfen. So aber war er zur Untätigkeit verurteilt. Der Wächter ließ ihn nicht aus den Augen und hielt sein Schwert in der Hand. Was sollten sie tun? Sein Messer hatte Horn unter sich begraben, als er zu Boden stürzte. Horns Schwert lag außer Reichweite eine Mannslänge von ihm entfernt, so daß er es nicht hätte ergreifen können, ohne von dem Wachposten niedergemacht zu werden. Doch auch Tanit hatte das Schwert gesehen und wußte plötzlich, was zu tun war. Sie schoß herab und flog dicht vor dem Gesicht des Asari vorbei. Überrascht zuckte der Wachposten zusammen und schlug mit dem Schwert nach Tanit. Dabei kehrte er Horn für einen Augenblick den Rücken zu. Dies genügte Horn. Er schnellte hoch und sprang zu seinem Schwert. Er faßte es und drehte sich gerade noch rechtzeitig um, als der Asari, der Horns Bewegung bemerkt hatte, einen Streich gegen ihn führte. Die Schwerter schlugen klirrend aufeinander. Nur mühsam kam Horn auf die Beine. Er schwankte vom Blutverlust und konnte die kräftigen Schwertstreiche des Asari kaum abwehren. Er würde nicht lange standhalten können. Wieder war es Tanit, die ihm zu Hilfe kam. Noch einmal wagte sie es, nahe am Gesicht des Wachpostens vorbeizufliegen. Der Asari fuhr herum und traf sie mit dem Schwert am rechten Flügel. Tanit stürzte zu Boden. In diesem Augenblick packte Jock sein Messer, warf sich mit einem hellen Schrei gegen den Asari und stach ihm ins Bein. Der Asari brach in die Knie und holte schon mit dem Schwert aus, um den am Boden liegenden Jock zu erschlagen, da traf ihn Horn mit dem Schwertgriff schwer am Hinterkopf, und der Asari brach bewußtlos über dem armen Jock zusammen.

Der ungleiche Kampf war zu Ende und hinterließ ein jämmerliches Bild. Horn kniete am Boden und stützte sich taumelnd auf sein Schwert, Jock jammerte unter dem Gewicht des ohnmächtigen Wachpostens, und Tanit klagte leise und zog ihren verletzten Flügel hinter sich her. Plötzlich mußte Horn lachen. Das Bild, das sie boten, war so kläglich, daß er einfach nicht anders konnte. Die Gefahr nicht achtend, in der sie schwebten, rief er lachend:

»Ach, Jock, was sind wir für strahlende Helden. Das war wahrlich ein Kampf nach den Regeln einer ungewöhnlichen Kunst.«

»Lacht nicht so, Herr Elder«, keuchte Jock. »Befreit mich lieber von diesem Mühlstein, der auf mir liegt. Ich fühle schon, wie meine Knochen brechen.«

Horn erbarmte sich seiner und zerrte den Wachposten zur Seite. Mühsam richtete sich Jock auf und betastete seinen Körper. Dann mußte auch er über ihren Anblick lachen. Vorsichtig hob er Tanit vom Boden hoch und verband ihr den Flügel mit einem sauberen Tuch, das er aus seinem Beutel herausfischte. Horn war wieder ernst geworden und handelte rasch. Mit ein paar kleinen Zweigen und Schnüren stützte er Jocks verletzten Knöchel, und mit Jocks Hilfe verband er seine Kopfwunde, so gut es eben ging. Dann wandte er sich an Tanit und fragte:

»War Ejas Erscheinen Absicht?«

»Ja«, antwortete Tanit und erzählte schnell, was Eja geplant und getan hatte.

»Dann müssen wir uns beeilen und uns davonmachen. Hoffen wir, daß Eja gelingt, was sie vorhat«, sagte er und übersetzte Tanits Bericht für Jock.

»Sollten wir nicht auf sie warten«, fragte Jock.

»Nein, auf keinen Fall. In dem Zustand, in dem wir sind, können wir nichts anderes zu ihrem Plan beitragen, als so schnell wie möglich von hier zu verschwinden.«

Sie fesselten den bewußtlosen Asari und durchquerten den Talkessel in Richtung Norden. Bald erreichten sie eine der Schluchten, in der sie sich sicherer fühlten als in der offenen Ebene.

»Wir müssen den Weg, den wir gegangen sind, markieren, damit Eja uns findet«, sagte Horn und nahm einen Ast, den er am Anfang der Schlucht in den Boden steckte. Kurz darauf verschwanden sie zwischen den Felsen.

Als Eja den Talkessel erreichte, sah sie den gefesselten Wachposten und lächelte. Gut gemacht, meine Freunde! dachte sie. Dann blickte sie sich um. Horn und die anderen waren sicher in Richtung Norden gegangen. Seltsam, daß sie Tanit nirgends entdecken konnte. Ob sie verletzt war? Sie lief durch den Talkessel und sah bald den Ast in der Erde stecken. Sie zog ihn heraus und warf ihn zur Seite.

»So leicht wollen wir es den Wölfen nun auch nicht machen!« sagte sie sich und versuchte, die Spuren ihrer Freunde so gut wie möglich zu verwischen. Dann folgte sie den Gefährten.

Bald hatte sie die anderen eingeholt. Glücklich umarmten sie einander. Sie sprachen nicht viel, sondern hoben sich ihre Berichte für ruhigere Zeiten auf. Dringlicher war jetzt, den Asari zu entkommen. Für Erzählungen würde später genug Zeit sein.

Horn blickte Eja aufmerksam an. Er spürte ihre Kraft und fühlte, daß er Entscheidungen in Zukunft nicht mehr allein treffen mußte. So fügte er sich gerne in die Rolle des Verletzten und überließ Eja die Führung. Eja stützte Jock, und endlich wieder gemeinsam zogen sie durch die Schlucht und setzten die beschwerliche Reise nach Althaia fort.

Das Floß

Rasch flohen die Freunde nach Norden. Doch so schnell, wie sie es gerne getan hätten, und so rasch, als es nötig gewesen wäre, um den Verfolgern zu entkommen, war es ihnen nicht möglich. Zu sehr behinderte Jocks Verletzung ihre Flucht. Der Vorsprung, den sie durch Ejas List gewonnen hatten, war nicht groß. Nicht lange, und sie hörten den Widerhall von vielen Schritten, erst leise und entfernt, dann immer näher. Horn hätte Jock gerne auf den Rücken genommen und ein Stückweit getragen, doch machten sich die Folgen seines Blutverlustes bemerkbar, und er hatte genug daran zu tun, sich selbst auf den Beinen zu halten. Viel wäre damit auch nicht gewonnen worden. Früher oder später mußten sie eingeholt werden.

Ejas Hoffnung, irgendwo eine Möglichkeit zur Rettung zu finden, schien sich nicht erfüllen zu wollen. Fast schnurgerade zog sich die Schlucht, durch die sie gingen, hin. Kein Seitenweg tat sich auf, kein Versteck zeigte sich, kein Ausweg. Schließlich mußten sie, trotz der Gefahr, einen Augenblick ruhen.

»Ich weiß nicht mehr, was wir tun sollen«, gestand Horn ein. Er war grau im Gesicht, und man sah ihm an, daß er nicht mehr lange durchhalten würde. »Ich fürchte, unsere Flucht hat bald ein Ende.«

Jock sah sich ängstlich um, als müßten die Asari gleich hinter ihnen auftauchen. Doch der Hall ihrer Schritte trug weit und täuschte Jock. Sie waren entfernter, als er dachte. Doch nicht weit genug für eine erfolgreiche Flucht.

Jock hielt Tanit fest in den Armen und streichelte sie. Alle drei verfolgten mit ihren Blicken Eja, die unruhig auf und ab ging, ohne sich auszuruhen, und dabei fieberhaft nachdachte. Sie schien ihren Mut keinen Augenblick zu verlieren, und ihre Entschlossenheit half den Freunden, die Hoffnung nicht ganz aufzugeben.

Es kann nicht zu Ende sein, dachte sie. Es darf nicht. Wir sind nicht so weit gekommen, nicht so oft entkommen, um jetzt aufzugeben. Es muß eine Lösung geben. Aber wo und wie? Wer sollte uns jetzt noch helfen, wenn wir selber es nicht mehr können?

Eja sah sich um. Die Felsen stiegen zu beiden Seiten ihres Weges steil und unersteigbar an. Die Schlucht schien kein Ende zu nehmen. Nur Felsen, Steine, Berge ... Natürlich! Felsen, Steine, Berge! Daß sie nicht gleich daran gedacht hatte. Die Kiklits! Noch waren sie nicht zu weit entfernt. Vielleicht konnten die Kiklits sie hören. Vielleicht auch helfen. Sie lief schnell zur Felswand und legte ihre Hände flach an den kühlen Stein. Dann schloß sie die Augen.

Ich bin es, dachte sie. Die Feine, die Kleine. Ich rufe euch. Gefahr droht, schlimmer als Regen und Wind. Helft, Kiklits, wie einmal schon. Helft, Berge, Felsen, Stein und Sand. Bringt meine Botschaft den Brüdern. Schnell, ruft sie. Die Feine, die Kleine bittet euch. Hört mich, hört. Wegebauer seid ihr. Baut mir den Weg, den ich nicht finden kann.

Horn, Jock und Tanit verstanden nicht, was Eja tat. Sie stand mit geschlossenen Augen an den Felsen und schien nichts zu ihrer Rettung zu unternehmen. Hatte sie aufgegeben? Nein, das konnte nicht sein. Ein starker Wille ging von Eja aus, der auch die Freunde berührte. Sie spürten, daß Eja jemanden zu rufen schien, doch konnten sie nichts verstehen. Da plötzlich stieß Jock einen Schreckensruf aus: »Sie kommen!«

Eja richtete sich jäh auf. Sie sah die Asari an der nächsten Biegung der Schlucht auftauchen, kaum einen Pfeilschuß entfernt. Horn und Jock sprangen auf, und Eja lief schnell zu ihnen hinüber. Blaß im Gesicht standen die Freunde da, verloren und ungeschützt in der Weite und Endlosigkeit der Schlucht. Und keine Rettung in Sicht! Das war das Ende!

Die Asari waren kurz stehengeblieben. Sie schienen zu zögern, fürchteten vielleicht die Kräfte Ejas. Eja spürte, daß die Asari sich sammelten und versuchten, sich gegen ihren Willen zu verschließen. Sie würde ihnen nicht viel anhaben können. Gerade genug vielleicht für einen kurzen Aufschub, aber nicht genug für ein Entkommen.

Es war soweit. Die Asari zogen ihre Schwerter und kamen langsam auf sie zu. Sie stießen wilde Schreie aus, um sich damit zu stärken und vor Ejas Einfluß zu schützen. Die Schreie hallten vielfach verstärkt von den Felsen wider und lähmten die vier Weggefährten. Sie unternahmen keinen Versuch, davonzulaufen. Selbst Eja erlag dem Schrecken, der von diesem grausigen Schauspiel ausging.

Doch plötzlich mischten sich andere Laute in die Schreie der Asari, die immer näher rückten. Erst leise und kaum hörbar, dann immer lauter, als gäbe es keine Grenze der Stärke für sie, bis ein Tosen, ein Brechen und Krachen die Schlucht erfüllte, die den Boden unter den Füßen der Freunde erbeben ließen. Die Asari waren stehengeblieben, denn längst hatte der Sturm, der sich um sie erhoben hatte, ihre Schreie übertönt. Erschrocken blickten sich alle um sich, Verfolger und Verfolgte. An den Felswänden zwischen den Asari und den vier Freunden wurden feine Risse sichtbar, die sich rasch verbreiterten. Kleine Steine lösten sich, dann folgten größere Felsbrocken, bis plötzlich zu beiden Seiten der Schlucht die Wände zerbrachen und mit ohrenbetäubendem Donnern zusammenstürzten. Gewaltige Staubwolken erhoben sich bis in den Himmel und hüllten alles in ein undurchdringliches Dunkel. Die Freunde hielten sich aneinander fest und schützten sich mit ihren Umhängen vor dem Staub. Sie konnten kaum noch atmen. In ihren Ohren dröhnte das Stürzen, Brechen und Aufeinanderprallen der Felsen, bis sie schließlich wie betäubt zu Boden sanken und sich aneinanderdrängten, um in diesem Untergang der Welt noch irgendeinen Halt zu finden. Doch der Lärm verstummte. Langsam senkte sich der Staub, und ein sanfter Wind nahm die dunklen Wolken mit sich fort.

Eja und die anderen erhoben sich vorsichtig, hustend, nach Atem ringend und über und über mit Staub bedeckt.

Alt sahen sie aus und kaum noch von den Felsen zu unterscheiden, die wie sie mit einer dicken Staubschicht überzogen waren. Plötzlich lachte Eja laut auf und sprang, eine wilde Staubwolke aufwirbelnd, in die Luft.

»He, was soll das?« beschwerte sich Jock hustend. »Und was hast du überhaupt? Mir ist gar nicht zum Lachen zumute. Die halbe Welt geht unter, und du hüpfst herum wie eine Heuschrecke auf einem heißen Stein.«

Doch Eja hörte nicht auf ihn. Sie streckte den Felsen die Arme entgegen und rief in einer Sprache, welche die anderen nicht verstanden und die in ihren Ohren klang wie Stein an Stein:

»Ich danke euch, Kiklits. Ihr baut den Weg für die Kleine, die Feine. Ihr haltet Wort und helft. Ich rufe euch, Brüder. So gut seid ihr. Nie soll Regen und Wind euch verletzen. Nie wird die Kleine, die Feine euch vergessen. So viel habt ihr gegeben, so wenig genommen. Freunde bleiben wir für alle Zeit.«

Dann wandte sie sich nach den anderen um und sagte: »Das war kein Weltuntergang, Jock. Wir sind gerettet worden. Von Freunden, wie es kaum bessere in dieser Welt geben kann. Aber laßt uns jetzt gehen. Die Gefahr ist vorbei, und der Weg ist frei. Ich werde euch bald erzählen, wer das war.«

Jock ließ sich das nicht zweimal sagen. Er war froh, diesen Ort, der ihm unheimlich war, so schnell wie möglich zu verlassen. Und so folgte er Eja, die vorausging. Doch Horn blieb stehen und blickte auf die Felsen, die sich in wilden Haufen übereinandertürmten. Eja sah sich nach ihm um und hielt an. »Geh schon weiter, Jock. Horn und ich kommen gleich nach.« Dann ging sie zurück und trat neben Horn.

»Eja«, fragte Horn, und seine Stimme zitterte. »Sind alle unter diesen Steinen begraben? So viele meines Volkes tot ohne eigene Schuld?

»Nein«, antwortete sie. »Die Kiklits haben versprochen, ihnen nichts zu tun. Hast du nicht gesehen, daß nur die Felsen zwischen uns und ihnen zusammengebrochen sind.

Nur der Weg zu uns ist ihnen versperrt. Sie selber blieben verschont. Die Kiklits halten ihr Wort.«

Horn atmete erleichtert auf. Eja fühlte, wie es ihm leichter ums Herz wurde. »Komm«, sagte sie. »Laß uns gehen. Wir haben noch eine weite Reise vor uns.«

Sie folgten den anderen, und Eja berichtete Horn, Jock und Tanit, was sie alles erlebt hatte in den Tagen ihrer Trennung, von ihrer Begegnung mit den Asari, ihrer Flucht und den Kiklits, und sie ließ sich auch erzählen, was Horn, Jock und Tanit erlebt hatten und wie es ihnen gelungen war, zu fliehen.

»Aber eines verstehe ich nicht«, meinte Tanit. »Du sagst, daß du nur eine Nacht bei den Kiklits geschlafen hast. Aber wie können dann die Asari das Tal der Kiklits verlassen und uns eingeholt haben und wie können wir geflohen und verfolgt worden sein, wenn du uns schon einen Tag danach gefunden hast? Irgend etwas stimmt an deiner Rechnung nicht.«

Sie hatte recht. Eja und Horn versuchten, ihre Erlebnisse nebeneinanderzuhalten, und schließlich wurde Eja klar, daß sie drei Nächte und zwei Tage geschlafen haben mußte.

»Jetzt verstehe ich auch, warum ich so ausgeruht war. Doch selbst für die Heilung meiner Wunde war die Zeit zu kurz. Es ist wirklich ein tiefer und heilsamer Schlaf, den man bei den Kiklits schläft.«

So verging der Tag nach dem Ende ihrer Flucht, und sie verbrachten eine ruhige erste Nacht. Auf Horns Rat hin teilten sie sich aber die Nacht über ein und hielten abwechselnd Wache. Zu vielen Asarigruppen waren sie schon begegnet, um sich ganz in Sicherheit zu fühlen. Sie konnten auch hier auf Asari treffen.

Doch sie blieben in dieser Nacht und auch in den folgenden Tagen und Nächten verschont. Vielleicht hatte die Schlucht, durch die sie gingen, keinen anderen Zugang oder zog sich bis in eine Gegend hin, in der es noch keine Asari gab. Sie wußten es nicht, doch mit jedem Tag fühlten sie sich sicherer. Aber noch war die Gefahr nicht vorüber. Wenn sie nicht bald das Ende der Schlucht erreichten, mußten ihnen Wasser und Vorräte ausgehen, und sie würden auch ohne die Asari ein jämmerliches Ende finden. Von Tanit konnten sie auch keine Hilfe erwarten. Das Schwert des Asari hatte ihr eine tiefe Wunde zugefügt. Es würde noch lange dauern, bis sie wieder fliegen konnte.

Doch endlich, nach fünf Tagen, schien es ihnen, als würden die Felswände zu ihren Seiten niedriger, und hin und wieder trug der Wind das Rauschen von Wasser bis zu ihnen. Das Geräusch wurde immer deutlicher, und ein kühler, feuchter Wind wehte ihnen entgegen. Am späten Nachmittag des fünften Tages erreichten sie das Ende der Schlucht. Vor ihnen tat sich ein Tal auf, das quer zu der Schlucht lag, durch die sie gegangen waren. Ein breiter Strom floß hier in Richtung Osten. Auch dieses Tal war zu beiden Seiten von hohen Felsen umgeben, doch erschien es ihnen freundlicher als die Schlucht, die sie verließen, denn seine Ufer waren begrünt, und viele Bäume hatten in Spalten und kleinen Flecken fruchtbarer Erde Wurzeln geschlagen. Die Gefährten atmeten die frische Luft tief ein und fühlten, wie neue Lebenskraft durch ihre Adern floß. Bald schon konnte man sie im Wasser sehen, in dem sie den Staub und Schmutz von sich und ihren Kleidern abspülen ließen. Sie lachten und tollten im flachen Ufergewässer herum, sorglos, als gäbe es keine alten Gefahren hinter ihnen und keine unbekannten vor ihnen. Schließlich warfen sie sich glücklich in das dichte Gras und ließen sich von der Abendsonne trocknen, die ihr letztes, warmes Licht über die Felsen goß. Die Blätter der Bäume spielten in vielen roten, gelben und braunen Farbtönen und tauchten das Tal in ein herbstliches Licht, das die Wanderer daran mahnte, wie weit das Jahr schon fortgeschritten war. Doch noch war es warm, und nur die Farben der Bäume kündeten den nahenden Winter an.

In dieser ersten Nacht am Fluß saßen sie lange wach. Ein schönes Feuer flackerte in ihrer Mitte, und das Licht der Sterne wetteiferte mit dem des aufgehenden Mondes.

Sie sprachen über das, was zurücklag, und über das, was noch vor ihnen liegen mochte.

»Der Fluß fließt nach Osten«, sagte Horn. »Wir können ihm also nicht folgen, sondern müssen uns nach Westen wenden und so lange an seinem Ufer entlanggehen, bis wir einen Übergang und einen Weg nach Norden finden. Die Wanderung mit den Asari hat uns schon viel zu weit nach Osten abgedrängt.«

»Glaubst du nicht, daß wir dort wieder auf Asari stoßen werden?« fragte Eja. »Ich denke, daß sie eher im Westen als im Osten anzutreffen sind.«

»Ja, da magst du recht haben«, antwortete Horn. »Aber wir können dieser Gefahr nicht aus dem Weg gehen. Die Zeit drängt. Bald wird Asar von dir erfahren, und ich bin sicher, daß er alles unternehmen wird, um dich zu finden. Denn überlege einmal. Wenn die Asari ihm berichten, daß sie eine junge Frau mit einem Laurinband um den Hals, aber in den Kleidern einer Brasin gesehen haben, so wird er bald zwei und zwei zusammengezählt haben und wissen, wer du bist. Eja, Advenas Tochter, die einzige, die weiß, wo das ist, wonach er sucht. Wir brauchen also Hilfe. Die Hilfe der Edrahil, die allein vielleicht Asars Pläne durchkreuzen können.«

Eja erschrak. Daran hatte sie nicht gedacht. Bis die Asari sie gesehen hatten, hatte Asar noch nichts von ihr gewußt und ihr kaum mehr Beachtung als jeder anderen Brasin geschenkt. Zwar waren ihnen die Asari gefolgt, als sie das Raunatal verließen, aber ohne zu wissen, wer sie war. Jetzt erst war die Jagd wirklich eröffnet. Sie würde bald das Ziel von Asars ganzen Bemühungen sein. Denn sie schien etwas zu wissen, was Asar so viel bedeutete, daß er vor nichts zurückschreckte, um es zu besitzen. Hatte er nicht schon ihre Mutter Advena in den Tod getrieben? Sie hatte das Gefühl, daß aus der Dunkelheit der Nacht wie aus großer Entfernung eine Hand versuchte, nach ihr zu greifen. Horn hatte recht. Eile tat not.

Lange noch lag Eja wach, während die anderen schon schliefen. Dunkle Gestalten zogen vor ihren offen träumenden Augen vorbei. So kurz war ihre Reise erst gewesen, doch es schien ihr, als hätte sie mehr erlebt als in ihrem ganzen Leben zuvor.

Am nächsten Morgen wanderten sie stromaufwärts. Doch weit kamen sie nicht. Gegen Mittag schoben sich die Felsen immer dichter an die Ufer und schlossen sich schließlich vor ihnen zu einer unüberwindlichen, hoch aufragenden Steilwand, an deren Fuß der Fluß aus einer großen Höhle hervorströmte. Die Wege zu seiten des Flusses endeten an dieser Felswand. An ein Durchkommen war nicht zu denken. Sie mußten umkehren.

Eine Weile saßen sie still auf den Felsen und haderten mit ihrem Schicksal. Doch schließlich erhob sich Horn und sagte:

»Also gut. Das Schicksal hat entschieden. Hier kommen wir nicht weiter. Wir müssen uns nach Osten wenden. Vielleicht finden wir dort einen Weg nach Norden. Nutzen wir dafür die Kraft des Wassers. Kommt, wir wollen ein Floß bauen. Wenn wir schon stromabwärts ziehen müssen, dann wenigstens so schnell wie möglich.«

Sie gingen ein Stück zurück, bis sie auf schlanke Bäume stießen, die Horn mit seinem Schwert fällte. Jock, der eine kleine Axt bei sich hatte, hieb die Zweige ab und glättete die Stämme, bis sie fugenlos nebeneinander lagen. Ohne sein Seil zu zerschneiden, band Horn die Stämme fest zusammen. Die zugespitzten Enden junger Schößlinge, die nicht viel dicker waren als ein Handgelenk, steckte er in Löcher, die er in die Stämme bohrte. Eja hatte inzwischen aus biegsamen Zweigen ein Dach geflochten, das sie an den Schößlingen befestigten. So würden sie Schutz vor Sonne und Regen finden. Das Dach war so hoch, daß sie bequem darunter sitzen konnten, und groß genug, um darunter zu schlafen. Es bedeckte etwa die Hälfte ihres Floßes. Als die Sonne unterging, war das Floß fertig. Sie brachen gleich auf. Der Mond schien so hell, daß sie die Nacht nicht am Ufer abwarten mußten. Ruhig steuerte Horn das Floß mit dem Ruder, das er am hinteren Ende des Gefährts befestigt hatte, in die Mitte des

Flusses. Sanft und schnell trug der dunkle Strom sie Richtung Osten.

Hatten die Ereignisse der vergangenen Tage sich überstürzt, so verliefen die Tage, die nun folgten, beinahe ereignislos. Sie stießen auf keine Asari, und der Fluß trug sie ungefährdet immer weiter mit sich. Sie hatten sogar einen abwechslungsreichen Speisezettel. Pilze und Beeren, die sie am Ufer sammelten, Fische aus dem Fluß und ab und zu ein Kaninchen, das Horn erlegen konnte. Nur, daß sie immer weiter nach Osten kamen, ja, daß der Fluß sogar mehr und mehr nach Süden floß, machte Horn unruhig, und er suchte mit den Augen nach einer Öffnung in den Felsen. Doch kein Seitental tat sich auf. Immer die gleichen hohen und steilen Wände umschlossen die Schlucht. Auch Eja teilte seine Unruhe und fragte sich, wann sie endlich einen Weg finden würden, der nach Althaia führte. Der einzige Trost war ihnen, daß sie hier außer Reichweite Asars waren. Mochte sich die Zeit auch gegen sie richten, so mußte sie doch auch Asars Pläne durchkreuzen, der weder wußte, wo sie waren, noch, was sie vorhatten. Kein Wunder, wußten sie es doch selber kaum.

Nur Jock und Tanit ließen sich nicht von der Länge der Reise beeindrucken. Sie waren unzertrennliche Freunde geworden, und Jock hatte seine Abneigung gegen andere Sprachen ganz vergessen. Es stellte sich heraus, daß er gut zugehört und schon viel aufgeschnappt hatte. So fiel es ihm dank dieses Wissens und seines Eifers nicht schwer, das Edrami zu erlernen, und gegen Ende der langen Zeit, die sie auf dem Floß zubrachten, konnte Jock sich mühelos und ohne Hilfe mit Tanit unterhalten. Von nun an war das Edrami die Sprache, derer sie sich bedienten.

Tanits Flügel heilte zusehends, und sie unternahm bald wieder kurze Flugversuche. Noch aber entfernte sie sich nicht allzuweit von dem Floß, denn der Flügel war durch die lange Untätigkeit noch schwach und steif und wurde nur allmählich wieder kräftig genug für längere Strecken.

Am vierzehnten Tag ihrer Flußfahrt spürten sie einen für die späte Jahreszeit erstaunlich warmen Wind, der ihnen entgegenkam. Die Wärme nahm zu, je weiter sie kamen. Nur nachts war es kühler, und das paßte besser zur Jahreszeit. Nach zwei weiteren Tagen sahen sie das Ende der Felswände vor sich, und nach kurzer Zeit verließen sie den Fluß und trieben auf einen großen See hinaus, der sich nach allen Seiten hin weit ausdehnte. Hinter ihnen erhoben sich die Steilwände, die sich in Richtung Norden und Süden verloren. Vor ihnen lag der See, in dem sich die Sonne blitzend spiegelte. In den Lüften kreisten Reiher und seltsame Vögel mit langen Beinen und gebogenen Schnäbeln. Ein heißer Wind wehte von Süden her. Sie lösten das Dach und stellten es so auf, daß es ihnen als Segel diente. Der Wind trieb sie nach Norden, und am nächsten Tag sahen sie am Horizont einen dicht mit Schilf bewachsenen, rötlich schimmernden Uferstreifen auftauchen. Dort angekommen, sprangen sie ins Wasser und zogen das Floß durch das Schilf an Land. Überall nisteten Vögel oder stelzten auf langen Beinen auf der Suche nach Nahrung durch das seichte Ufergewässer. Die Reisenden scheuchten riesige Schwärme von ihnen auf, die sich wie Wolken ein Stück erhoben und nach einem weiten Bogen über den See wieder zu ihren Nistplätzen zurückkehrten. Bald hatten die Vögel sich an sie gewöhnt und fürchteten sich nicht mehr vor ihnen. Sie schienen keine Jäger zu kennen.

Das feuchte, mit rotem Lehm bedeckte Ufer reichte nicht weit. In kurzer Entfernung schon sahen sie, wie Schilf und Gras endeten und die Landschaft in eine endlose Wüste überging. Der Sand, der sich in sanften Wellen bis zum Horizont erstreckte, war in der Sonne so hell und blendend, daß die Gefährten unwillkürlich die Augen gegen die Helligkeit verschlossen. Am westlichen Ende des Sees erhob sich die Felswand. Nach Norden und Osten zogen sich die endlosen Wellen der Sandwüste hin.

Sie schlugen ihr Lager auf, und Horn bat Tanit, so hoch wie möglich zu fliegen und ihnen zu berichten, was sie sah. Tanits Flügel hatte inzwischen fast wieder seine alte Stärke erreicht, und so scheute sie sich nicht, sich hoch in die Lüfte zu erheben und Ausschau zu halten. Nach Norden und Osten hin sah sie nur Wüste, die sich am Horizont in flirrendem Licht auflöste und in der Helligkeit des Himmels verlor. Im Westen erhob sich die dunkle Felsmasse, deren Rand sich so weit gegen Norden erstreckte, daß Tanit sein Ende nicht sehen konnte. Weit und breit sah sie keine Bewegung, kein Anzeichen von Leben, nur Sand und in der Hitze flimmerndes Licht. Ein beschwerlicher Weg lag vor ihnen. Keine Spazierfahrt mehr wie in den vergangenen Tagen.

Ich werde das Floß und den Fluß vermissen, dachte Tanit und flog zurück zu ihren Freunden. Dort erzählte sie, was sie gesehen hatte. Die Nacht verbrachten die Gefährten am Ufer des Sees. Es war empfindlich kalt. Auch die Wüste kennt den Winter, denn mag sie am Tag noch so heiß sein, so sind doch die Nächte kalt, und nicht selten wehen scharfe Winde.

Das Feuer, um das sie saßen und an dem sie sich wärmten, erhellte ein Stück weit den See und spiegelte sich mit tanzenden Lichtern auf der dunklen, marmornen Fläche.

Die Entscheidungen für den nächsten Tag waren schnell getroffen. Sie wollten sich auf ihrem Weg durch die Wüste nahe der Felswand halten, um in ihrem Schatten Schutz vor der Sonne zu finden. Vielleicht auch Wasser, das in der Nähe von Felsen eher zu erhoffen war als inmitten der Wüste.

Das Feuer warf flackernde Lichter auf ihre Gesichter, und sie fühlten plötzlich, wie weit entfernt sie waren vom Raunatal, vom Kaminfeuer im Hause der Tordals, von der Stille der heimatlichen Abenddämmerung, in der noch nicht die Rede gewesen war von den Asari und von Flucht, von Entscheidungen über Himmelsrichtungen, von Wüsten und von Angst und Ungewißheit. Nicht viel mehr als die Dauer eines Mondes war vergangen, doch die Zeit erschien ihnen länger, als wäre es ein Jahr gewesen. Um sie her lagen Entfernungen, von denen sie früher nicht einmal geträumt hätten. Wie klein sie dagegen waren. Wie verwegen, hier zu wandern, in dieser Weite, dieser Dunkelheit, in der ihr schwaches Feuer unbemerkt blieb in den großen Bewegungen der Zeit und der Sterne.

Die Wüste

Eja erwachte vor den anderen, und leise, um die Freunde nicht zu wecken, erhob sie sich und ging zum See. Dort setzte sie sich ans Ufer zwischen hohes Schilf und weiches Gras und blickte sich um. Im Osten färbte die aufgehende Sonne den Himmel und den See. Überall schwärmten die dunklen Scharen der Vögel, schwankend auf den Wellen, gaukelnd im Licht, kreisend, suchend und scharfe Schatten werfend. Eja schloß geblendet und überwältigt die Augen. Nichts entging ihr. Selbst mit geschlossenen Augen schien sie alles zu sehen, hell und bewegt.

Da trat Horn neben sie und setzte sich zu ihr. Lange sagten sie nichts. Gemeinsam genossen sie die Schönheit des Morgens in dieser fremden und doch so vertrauten Welt.

Endlich brach Eja das Schweigen und sagte: »Es ist so friedlich hier, daß ich die Gefahr, die unsere Reise bestimmt, ganz vergessen hatte. Doch jetzt spüre ich, daß wir nicht hierhergehören. Die Gefahr haftet uns an wie etwas Schmutziges, das den Frieden hier stört. Laß uns bald aufbrechen. Es tut mir weh, zu fühlen, was uns und diese Welt so unabänderlich trennt.«

Horn nickte nur. Er erhob sich und löste mit Ejas Hilfe das Seil von ihrem Floß. Bald war das Gefährt, auf dem sie einen so weiten Weg zurückgelegt hatten, nur noch ein Haufen loser Stämme. Horn legte das Seil zum Trocknen in die Sonne. Jock und Tanit hatten sich inzwischen zu ihnen gesellt, und gemeinsam verzehrten sie ihr letztes Mahl am Ufer des Sees. Aus Schilfblättern flocht Eja drei flache Hüte, die sie vor der Sonne schützen sollten.

»Was für eine seltsame Reisegesellschaft wir doch geworden sind«, rief Jock. »Drei Pilze und ein Vogel.«

Alle lachten, und nachdem sie ihre Schläuche gefüllt hatten, machten sich die Pilze und der Vogel auf ihren Weg durch die Wüste. Von nun an gingen sie sparsam mit ihrem Wasser und ihren Vorräten um. Sie wußten nicht, ob sie überhaupt auf eine Quelle stoßen würden. Sie hielten sich dicht bei den Felsen und fanden so wenigstens am späten Nachmittag etwas Schatten, der sie vor den erbarmungslosen Strahlen der heißen Wüstensonne schützte. Dann senkte sich die Sonne gegen Westen, und die hohe Steinwand warf immer längere Schatten über die Sanddünen, bis sie sich im abnehmenden Licht verloren und die kalte Wüstennacht die Freunde frieren ließ. In den ersten zwei Tagen fanden sie noch einige dornige Sträucher, die sie nachts im Schutz einer Felsspalte entzündeten und deren spärliches Feuer sie wärmte. Doch am dritten Tag ließen sie selbst die letzten Sträucher hinter sich. Nur der endlose Sand und die nackte Felswand umgaben sie, und in der dritten Nacht wärmte sie kein noch so kümmerliches Feuer. Die Hitze des Tages und die Kälte der Nacht zehrten an ihren Kräften. So beschloß Horn, am Tage zu ruhen und des Nachts zu wandern. Am Tag suchten sie Schutz in den Felsen und bauten sich aus ihren Umhängen ein schattiges Dach. Kaum aber warf die untergehende Sonne die ersten Schatten, brachen sie auf, und die Bewegung wärmte sie in der Kälte der sternklaren Nächte.

Tanit hatte in den ersten Tagen noch fleißig Ausschau gehalten. Doch es bot sich ihr immer das gleiche Bild. Kein Lebenszeichen weit und breit, nur Sand und das endlose Felsenband im Westen. Müde und durstig gab sie ihre Erkundungsflüge auf und sparte ihre Kräfte. Sie ruhte mit den anderen am Tage und saß nachts auf Jocks Schulter.

Zehn Tage und zehn Nächte verbrachten sie so, ruhend und wandernd. Ihre Schläuche leerten sich zusehends, und bald teilten sie sich die letzten Schlucke, die ihre gesprungenen Lippen nicht einmal mehr zu befeuchten vermochten. Sie konnten kaum einen Bissen ihrer Vorräte hinunterbekommen, zu trocken waren ihre Kehlen. Doch weit und breit war kein Wasser in Sicht. Keiner aber wollte als erster aussprechen, was alle dachten. Daß sie in der Wüste verdursten würden! Daß dies das Ende sei! Nacht für Nacht schleppten sie sich mühsam weiter, und am

Tage lagen sie kraftlos im dürftigen Schatten ihres Stoffdaches.

In der zwölften Nacht kam plötzlich ein frischer Wind auf. Zuerst erfüllte er sie mit Hoffnung. Vielleicht war Wasser in der Nähe, vielleicht ein See oder das Meer nicht mehr weit. Doch bald wurde der Wind heftiger, und der Sand, der ihnen entgegenpeitschte, erschwerte ihnen das Atmen. Sie banden sich Tücher vor das Gesicht und versuchten, sich gegen den Wind zu stemmen. Horn ging voran. In seinem Windschatten folgten Eja und Jock mit Tanit. Die Wanderer hielten sich aneinander fest, um sich nicht zu verlieren. Plötzlich schlug der Wind um und traf sie von hinten, dann mal von der einen, mal von der anderen Seite. Ständig wechselte er die Richtung, und bald schien es ihnen, als käme er von überall her gleichzeitig, und im Kreisen von Sand und Wind verloren sie jeden Sinn für Richtung und Entfernung. Doch ein blinder Wille trieb sie an, immer weiter und weiter zu gehen, bis endlich der Wind an Gewalt zunahm und ein Sturm ausbrach, der sie wie lose Herbstblätter vor sich herjagte.

»Wir müssen zu den Felsen zurück«, rief Horn in das Tosen des Windes hinein und wandte sich nach Westen. Doch die Felsen tauchten nicht vor ihnen auf, obwohl sie bald weiter gegangen waren, als sie sich üblicherweise von diesen entfernten. Vielleicht täuschte sie der Sturm? Trotzdem gingen sie weiter und meinten, daß sie die Felsen gleich erreichen müßten. Doch nur Wind und Sand umgaben sie. Schließlich blieb Horn erschöpft stehen und sagte keuchend: »Wir müssen im Sturm die Richtung verloren haben. Besser, wir bleiben hier und warten den Sturm ab.«

Keiner widersprach ihm. Die Angst machte sie stumm. Sie drängten sich aneinander und zogen schutzsuchend ihre Umhänge fest um sich. Doch es war hoffnungslos. Durch jede Lücke peitschte der Sand, knirschte zwischen ihren Zähnen und verklebte ihre Augen. Durst, Kälte und Schwäche zwangen sie zu Boden, und taub vom Tosen des Sturmes dämmerten sie wie bewußtlos vor sich hin. Um sie herum häufte sich der Sand, und bald schien es, als dekke er sie ganz zu. Doch schützte er sie auch, und zwischen ihren Körpern und unter ihrem Zelt aus Umhängen bildete sich eine Höhle, die der Sturm nicht erreichen konnte. Ab und zu schreckte Horn auf und drückte den Sand über ihnen zur Seite, damit noch genug Luft zu ihnen hereindrang. Doch tat er es mit schweren, langsamen Bewegungen wie in einem unruhigen Traum. Nur noch sein Wille trieb ihn dabei an und bewahrte sie davor, unter dem Sand begraben zu werden.

Gegen Morgen legte sich der Sturm, und das erste Licht beleuchtete die plötzliche gespenstische Stille. Horn schreckte aus seinem Dämmerzustand auf. Er nahm seine ganze Kraft zusammen und fegte den Sand über sich zur Seite. Ein Hügel hatte sich um sie herum gebildet. Schnell wälzte Horn sich aus dem Loch, in dem sie steckten, und zerrte Eja, Jock und Tanit aus der Höhle heraus. Der rieselnde Sand rutschte nach, und schon nach kurzer Zeit war von der Höhle, in der sie diese stürmische Nacht verbracht hatten, nichts mehr zu sehen. Horn blickte auf den Sand, und einen Augenblick war es ihm, als hätte sich sein eigenes Grab vor seinen Augen geschlossen. Er schüttelte den Kopf, um klarzuwerden.

Mühsam und schwankend erhob er sich. Er sah die Felswand weit entfernt im Westen liegen. Sie würden einen halben Tag brauchen, um sie zu erreichen. Der Sturm hatte sie weit in die Irre geführt. Und selbst, wenn sie die Felsen erreichten, was dann? Sie hatten kein Wasser mehr, waren erschöpft und kraftlos. Doch Horn gab nicht auf. Er rüttelte seine Freunde aus ihrer Ohnmacht und zwang sie auf die Beine. Mit heiserer Stimme trieb er sie an. Willenlos bewegten sie sich voran und schleppten sich in Richtung der Felsen. Doch weit kamen sie nicht. Als Horn, der den anderen vorantaumelte, sich umblickte, sah er gerade noch, wie Eja zu Boden sank. Jock lag schon ein Stück hinter Eja im Sand. Neben ihm lag Tanit und rührte sich nicht mehr. Horn blickte zu den Felsen, die unerreichbar in der Ferne lagen, dann drehte er sich mühselig um und ging auf Eja zu. Doch schon nach wenigen Schritten verließen ihn seine Kräfte, und er sank auf die Knie. »Müssen weiter«, krächzte er. Dann fiel er schwer vornüber in den Sand. Erbarmungslos brannte die Sonne auf sie herab, und der glühende Mantel der Wüste deckte sie zu.

War alles ein Traum? Träumte die Wüste? Gaukelte die Hitze ihnen Träume vor von Rettung, von Händen und Stimmen? Waren die huschenden Gestalten Ausgeburten ihrer letzten Gedanken vor dem Ende unter der glühenden Sonne? Schwebten sie durch die Lüfte oder trieben sie auf sanften Wellen unter dem strahlenden Himmel dahin? Wachen und Schlaf, Traum und unwirkliche Wirklichkeit folgten einander und ließen sich nicht voneinander unterscheiden. Bilder und Gestalten tauchten aus dem Dunkel auf, kurz und flüchtig, und versanken wieder in Nacht und Bewußtlosigkeit. Es gab keine Erinnerung mehr und keine Zeit, nur das Auf und Nieder der Bewegung, das kurze Erwachen und wieder Zurücksinken in Dunkelheit und Verlöschen.

Einige Male erwachten die Freunde kurz aus ihrem Fieberschlaf. Dann sahen sie den wolkenlos gleißenden Himmel über sich dahinziehen und Schatten, die neben ihnen schwebten wie dunkle Fische in der Tiefe des Meeres, durch das eine unbekannte Kraft sie einem unbekannten Ziel entgegentrug. War denn überhaupt noch Leben in ihnen, für das es ein Ziel geben konnte? Wer war es, der diese Gedanken noch dachte? Wer sah, fühlte und atmete? Doch bald verschlang das zeitlos dunkle Schweigen jede Frage und jede unbestimmte Hoffnung, und tiefer traumloser Schlaf hüllte sie ein.

Die Zeit verging. Sie merkten nicht, daß sanfte Hände sie auf weiche Lager betteten, ihnen geduldig Wasser und Nahrung einflößten und ihre verbrannte Haut mit Salben kühlten. Im Schlaf verheilten ihre Wunden, und im Schlaf kehrte ihre Kraft zurück.

Als Horn erwachte, setzte er sich jäh auf und stammelte: »Müssen weiter! Die Felsen!« Schwindel überfiel ihn, und er konnte seine Umgebung nicht klar erkennen. Er spürte, wie jemand ihn zurücklegte und eine vertraute

Stimme sagte: »Schon gut. Es ist alles vorbei. Wir sind in Sicherheit.«

Horn sah über sich Ejas Gesicht. Sie strich ihm die Haare aus der Stirn und lächelte. Als er sprechen wollte, legte sie ihm sanft die Hand auf den Mund und schüttelte den Kopf.

»Laß dir Zeit«, sagte sie. »Du bist noch sehr schwach.«

Dann legte sie ihm eine zusammengerollte Decke unter den Kopf, so daß er erhöht lag und sich umsehen konnte. Er erblickte einen hellen Raum, dessen Wände von schön verzierten, schlanken Halbsäulen unterteilt und geschmückt wurden. In der Mitte der Decke erhob sich eine kleine Kuppel. Helles Tageslicht drang herein, gemildert durch ein Geflecht aus verschlungenen Blüten und seltsamen Mustern, die wie geheimnisvolle Schriftzeichen aussahen. Das Licht fiel auf die schneeweißen Wände, die es zurückwarfen und den Raum sanft erhellten. Ein schön gemusterter, weicher Stoff verhüllte den einzigen Zugang.

Horn staunte über die fugenlosen Wände, Säulen und Verzierungen. Alles war wie aus einem Guß geformt. Doch schien es ihm, als könne er im Weiß der Wände feine Kristalle erkennen. Vorsichtig strich er mit der Hand über die Wand neben seinem Lager. Sie fühlte sich rauh an, nicht so glatt, wie sie auf den ersten Blick erschien. Als er seine Hand betrachtete, sah er, daß etwas Weißes an ihr haftete. Er leckte daran und blickte Eja erstaunt an.

»Ja«, sagte sie. »Es ist wirklich Salz. Das ganze Haus ist aus Salz gebaut. Ich war nicht weniger erstaunt als du, als ich es gemerkt habe.«

»Wie lange?« fragte Horn flüsternd. Dann fielen ihm plötzlich Jock und Tanit ein. Er hatte sie nicht gesehen. »Wo sind die anderen?« fragte er, und eine große Angst packte ihn.

»Keine Sorge, Horn«, beschwichtigte ihn Eja. »Sie sind wohlauf.« Sie erhob sich und trat zur Seite. Auf der anderen Seite des Raumes sah Horn Jock liegen, in dessen Arm Tanit ruhte. Beide schliefen tief und bewegungslos. Horn entspannte sich, und Erleichterung und ein Gefühl der Sicherheit vertrieben alle Angst. Eja setzte sich wieder neben ihn.

»Hast du Hunger oder Durst?« fragte sie ihn.

»Nein«, antwortete Horn. »Aber ich würde gerne einiges wissen. Wo sind wir? Wie sind wir hierhergekommen? Wer hat dieses seltsame Haus gebaut? Warum leben wir noch? Du wirst vielleicht einiges beantworten können. Du scheinst ja schon länger wach zu sein?«

»Es freut mich, so viele Worte von dir zu hören«, meinte Eja lächelnd. »Das ist ein gutes Zeichen. Du wirst sicher bald wieder ganz bei Kräften sein. Doch nun zu deinen Fragen. Ich bin schon seit zwei Tagen wieder wach. Nach dem Stand des Mondes zu schließen, sind wir vor sieben Tagen in den Sturm geraten. Wie lange ich geschlafen habe, weiß ich nicht genau, da ich nicht weiß, wie lange der Weg durch die Wüste an diesen Ort gedauert hat. Du bist der erste, der nach mir erwacht. Jock und Tanit haben noch kein Auge aufgetan. Aber es geht ihnen gut. Sie schlafen nur. Ich bin froh, daß es euch wieder bessergeht. In den zwei Tagen, die vergangen sind, habe ich mir große Sorgen um euch gemacht. Ihr hattet hohes Fieber und habt im Schlaf gesprochen. Ich fühlte mich auch etwas einsam, denn seitdem ich erwacht bin, haben sie uns allein gelassen. Sie scheinen nicht gerade viel von uns wissen zu wollen, obwohl sie uns doch gerettet haben.«

»Sie?« fragte Horn. »Wer sind sie?«

»Die Tamahu«, sagte Eja. »Ich kann dir nicht viel über sie sagen. Ich verstehe auch ihre Sprache nicht, denn sie scheinen nicht mit uns sprechen zu wollen. Ich weiß kaum, wie sie aussehen. Sie sind mir ein Rätsel. Du wirst das verstehen, wenn du sie siehst. Und ich verstehe auch nicht diese Welt, in der die Tamahu leben. Alles ist ein Geheimnis.«

Eja nahm einen irdenen Krug von dunkler, rötlicher Farbe und ein Fladengebäck, die neben Horns Lager, zusammen mit seltsam glasigen Früchten und etwas getrocknetem Fisch, auf einem Tablett standen. »Koste einmal davon«, sagte sie und reichte Horn beides. Horn trank einen Schluck und aß ein Stück des Fladenbrotes.

»Wasser und ein sehr feines Brot«, meinte er. »Was ist daran Besonderes?«

»Normalerweise nichts«, erwiderte Eja. »Aber hier ...? Ich habe weder einen Brunnen noch eine Quelle oder einen Bach entdecken können. Und doch haben sie Wasser im Überfluß, und ihre Felder sind fruchtbar und gut bewässert. Ich begreife einfach nicht, wie die Tamahu in dieser Wüste überleben können.«

»Du hast dich also schon umgesehen?« fragte Horn.

»Ja«, antwortete Eja. »Ich kann mich frei bewegen. Die Tamahu lassen mich gehen, wohin ich will. Sie geben uns zu essen und zu trinken. Sie müssen uns auch gepflegt haben, bis ich aufwachte. Aber dennoch kümmern sie sich nicht wirklich um uns. Ich spüre, daß sie freundlich sind. Aber sie gehen ihrer Wege. Wenn ich in ihre Nähe komme, hören sie auf zu sprechen und reden erst wieder miteinander, wenn ich außer Hörweite bin. Es ist, als wäre man mitten unter ihnen und doch völlig allein. Du wirst verstehen, daß ich froh bin, wieder mit jemandem sprechen zu können.«

»Aber du weißt doch, wie sie heißen. Also müssen sie mit dir geredet haben«, meinte Horn.

»Ja, als ich erwachte«, sagte Eja. »Einmal und dann nie wieder. Einer von ihnen, der uns wohl gepflegt hatte, deutete auf die Wände, auf die Speisen und das Wasser und dann auf sich selbst und einen anderen, der noch im Raum war, und sagte einige wenige erklärende Worte, von denen ich nur das Wort Tamahu behalten habe. Er schien damit sich und sein Volk gemeint zu haben. Also nenne ich sie so. Dann ließen sie mich allein, und mehr habe ich nicht erfahren. Eure Pflege überließen sie fortan mir und versorgten uns nur mit Essen und Trinken. Es fehlt uns hier wirklich an nichts.«

»Nun, es wird Zeit, daß ich mir diese Tamahu einmal selber ansehe«, meinte Horn. »Schon gut. Ich kann wieder aufstehen. Es geht mir schon viel besser.«

Langsam richtete Horn sich auf und stand bald wieder, wenn auch noch etwas unsicher, auf den Beinen. Er ging einige Schritte auf und ab, bis er fühlte, daß seine Kräfte zurückkehrten. Dabei stieß er, hochgewachsen wie er war, fast mit dem Kopf an die Decke.

»Sehr groß scheinen diese Tamahu ja nicht zu sein, wenn sie so niedrige Häuser bauen«, meinte er.

Er folgte Eja, die vor ihm aus dem Haus trat. Zuerst blendete ihn die Flut des Lichts, das von allen Seiten über ihn hereinbrach. Dann sah er, daß er auf einem Hügel inmitten einer großen Stadt von Hunderten strahlend weißer Häuser stand. Die Stadt erstreckte sich über mehrere Hügel. Dicht drängten sich die niedrigen Häuser mit ihren kleinen Kuppeln aneinander. Zwischen den Häusern wanden sich schmale Gassen, über die sich oftmals Brücken schwangen, welche die Dächer der Häuser miteinander verbanden. Es herrschte eine rege Betriebsamkeit. Kleine Gestalten huschten durch die engen Gassen und über die Dächer und Brücken. Die Tamahu! Sie trugen weite, schwarze Gewänder und spitze, geflochtene Hüte, die fast so hoch waren wie die Tamahu selbst und deren breite Ränder die Gesichter in ihrem Schatten verbargen. Selbst mit ihren Hüten konnten die Tamahu kaum bis an Horns Schulter reichen. Es war schon ein seltsamer Anblick, der sich ihnen bot. Es schien, als bewegten sich nur Hüte, mit nichts als flatternden Schatten unter sich, durch diese Stadt.

Von dort, wo sie standen, konnten sie bis weit über die Häuser hinwegblicken. Rings um die Stadt sahen sie große Felder mit niedrigen, grasartigen Halmen, die der Wind in sanften Wellen bewegte. Die Halme ragten nur wenig über die Wasserflächen hinaus, welche die Felder bedeckten. Zwischen den Feldern sahen sie Gräben, welche diese miteinander verbanden. Doch in den Gräben floß kein Wasser. Sie waren ausgetrocknet. Und nirgends war ein See zu sehen oder sonst ein Hinweis auf die Herkunft des Wassers, das die Felder bedeckte.

»Ob es hier wohl häufig regnet?« fragte Horn.

»Das kann ich mir nicht vorstellen«, meinte Eja. »Wie sollte das Salz der Häuser dem Regen standhalten?«

Horn blickte auf die Stadt. Eja hatte recht. Es konnte hier nicht regnen. Hätten die Tamahu sonst ihre Häuser aus Salz gebaut? Es war wirklich ein Rätsel.

»Vielleicht finden wir dort im Norden eine Antwort auf unsere Fragen«, sagte Eja und wies mit der Hand in die angegebene Richtung. An der nördlichen Grenze der Stadt sahen sie in einer Senke große, helle Flecken, die aussahen wie Seen. Doch schien nicht Wasser diese Seen zu füllen. Keine Wellen bewegten die gleißenden Flächen, und der Himmel spiegelte sich nicht in ihnen. Sie entdeckten seltsame Bauten, die teilweise halb in den hellen Flecken versunken waren oder an deren Rändern standen. Es schienen Ruinen zu sein. Doch hatten sie ganz andere Farben und Formen wie die Häuser der Stadt, in der sie standen. Es schienen die Überreste einer fremden, längst versunkenen Welt zu sein. Würden sie dort eine Antwort auf ihre Fragen finden?

Stimmen, die nach ihnen riefen, schreckten sie aus ihren Gedanken auf. Jock und Tanit waren erwacht. So kehrten sie in das Haus zurück und beruhigten die Freunde. Bald hatten sie ihnen alles erzählt, was geschehen war und was sie gesehen hatten, und da Jock und Tanit wieder bei Kräften waren, machten sich die vier auf den Weg zu den Ruinen am Nordrand der Stadt.

Jock und Tanit staunten nicht schlecht über die Stadt und die Tamahu, die an ihnen vorbeieilten und, ohne sie zu beachten, ihren Geschäften nachgingen. Wann immer sie sich ihnen näherten, verstummten ihre Gespräche, und sie machten ihnen freundlich Platz und sprachen erst wieder miteinander, wenn die Freunde außer Hörweite waren. Keiner von den vieren wagte es, die Tamahu anzusprechen, denn das Verhalten dieses Volkes erfüllte sie mit Scheu, und sie hielten es für besser, die Schweigsamkeit der Tamahu zu achten und keinen Versuch zu unternehmen, dieses Schweigen zu brechen. Die Tamahu hatten ihnen das Leben gerettet, sie waren Gäste dieser Stadt, und so beschlossen sie, die Sitten der Tamahu nicht unbedacht zu verletzen.

Langsam gingen die Gefährten durch die engen Gassen. Es war nicht leicht, sich Richtung Norden zu halten, denn die Gassen waren verwinkelt und führten sie nicht auf geradem Weg durch die Stadt. Doch sie hatten es nicht eilig, denn zu vieles gab es zu sehen. Überall sahen sie die Tamahu Tücher weben, Getreide mahlen, Fladenbrot backen oder Töpfe und Krüge aus rotem Ton formen, die sie dann mit viel Geschicklichkeit mit den Mustern und Zeichen verzierten, die sie schon an den Säulen und der Kuppel ihres Hauses gesehen hatten. Dafür verwendeten sie kein Salz wie für ihre Häuser, denn sonst hätten die Gefäße das Wasser nicht halten können. Und Wasser schien es reichlich zu geben. In vielen Häusern sahen sie große Krüge aus dem immer gleichen roten Ton stehen, gefüllt mit klarem Wasser. Es schien die Tamahu nicht zu stören, wenn sie ihnen bei der Arbeit zusahen. Unbekümmert gingen sie ihren Geschäften nach und achteten nicht auf die Fremden. Die breiten Ränder ihrer Hüte, die sie nie abzunehmen schienen, hüllten ihre Gesichter in undurchdringliche Schatten. Nie sahen die Gefährten mehr von den Tamahu als ihre geschickten, kleinen braunen Hände und hin und wieder ein Augenpaar, das unter einem spitzen Hut hervorblitzte.

Endlich erreichten sie den Rand der Stadt. Sie waren etwas zu weit nach Westen geraten und wandten sich, vorbei an den weiten Feldern, nach Norden. Sie sahen viele der Tamahu bei der Ernte in den Feldern. Das Wasser, in dem die Halme standen, reichte ihnen bis an die Knie. Ihre schwarzen Gewänder hatten sie hochgebunden, so daß sie sich um ihren Leib bauschten. Am Grunde des Wassers leuchtete heller Sand, aus dem die Halme wuchsen. Das Wasser war durchsichtig und klar. Die helle Farbe des Sandes und der Glanz des Himmels erfüllten es mit goldenen Lichtern. Die Halme trugen kleine Ähren, welche die Tamahu ernteten und aus denen sie sorgfältig Korn um Korn lösten. Aber es hingen neben den Ähren auch lange, weiße Wollfäden an den Halmen, welche die Tamahu abzupften, zusammendrehten und auf lange Spindeln wikkelten. Wenn sie die Körner sammelten und die weißen Wollfäden auf die Spindeln drehten, saßen die Tamahu in dichten Kreisen beieinander, wie dunkle Vögel, die sich zusammenscharen, um sich vielleicht gleich mit dem nächsten günstigen Wind in die Lüfte zu erheben und davonzufliegen. Ein geheimnisvoller Zauber umgab die Tamahu und berührte die Freunde bis in ihr Innerstes. Schweigend wanderten sie an den Feldern vorbei. Sanftmut und Friedlichkeit gingen von den Tamahu aus und eine stille, geduldige Freude, die in der Unwirtlichkeit der Wüste, die so dicht an die Felder grenzte, wie ein Wunder wirkte.

Bald ließen die vier Freunde die Felder hinter sich und erreichten die Seen und Ruinen, die sie von der Stadt her gesehen hatten. Jock, der als erster an das Ufer eines der Seen kam, bückte sich und schöpfte mit der Hand eine dickflüssige, weiße Masse aus dem See. Er kostete vorsichtig davon.

»Salz!« rief er und spuckte aus. »Dieser ganze See ist voller Salz. Hier finden wir sicher nicht die Quellen der Tamahu.« Sie gingen am Ufer des Salzsees entlang, bis zu einer der Ruinen, die dort standen. Die Mauerreste, auf die sie stießen, erhoben sich noch immer hoch über sie. Säulen, Treppen und Torbögen türmten sich übereinander, reich verziert mit Bildern, auf denen ganze Geschichten zu erkennen waren. Die Säulen, Stufen, Fenster und Tore waren aus dunklen, harten Steinblöcken gefügt, die unbekannte Hände behauen und geschickt aufeinandergesetzt hatten. Wer mochte hier gelebt, wer diese mächtigen Bauten errichtet haben? Wer hatte diese Bilder und Zeichen in den Stein gehauen? Was erzählten diese Bilder?

Sie sahen Fürsten und Heerscharen schwerbewaffneter Krieger, die über die Mauern zogen. Paläste wurden errichtet, und Schiffe mit vielen Segeln fuhren auf Flüssen und Seen. Sie sahen Bäume und Gärten voller Blumen und Springbrunnen und Becken, in denen Menschen schwammen und spielten. Sie sahen Jäger, die wilde Tiere erlegten, und Darstellungen von Schlachten, in denen Menschen fielen oder gefangengenommen wurden. Schön waren die Bilder, aber auch grausam und blutig.

Doch wo waren all die Vorbilder für diese Berichte? Die Ruinen standen mitten in der Wüste. Kein Baum war zu sehen, kein Blumengarten, kein Fluß und kein See. Nur die weiten Felder und die weißen Salzhäuser der Tamahu. Und doch ähnelten die Ruinen den Palästen auf den Steinbildern. Je weiter die Freunde gingen, desto öfter stießen sie auf Reste, die den Bildern glichen. Ein zerborstener Brunnen, ein Becken, das der Sand gefüllt hatte, eine Straße, deren Steinplatten im Salz versanken. Überall fanden sie Reste einer untergegangenen Welt, die nur noch auf den steinernen Bildern lebendig geblieben war.

Schweigend wanderten die Freunde von Ruine zu Ruine, von Mauerrest zu Mauerrest und bestaunten die prachtvollen Bilder, die im heißen Wind der Wüste zerfielen. In einer gewaltigen Ruine, die in großen Stufen hoch über ihnen aufragte, fanden sie ein guterhaltenes Mosaik, das den ganzen Boden der weiten Halle bedeckte. Es stellte einen großen See dar, in dem feingliedrige, braungebrannte Menschen mit farbigen Lendenschürzen schwammen und spielten. Von alten, halb im See versunkenen Bauten sprangen sie kopfüber in die Fluten. Das Blau des Sees erfüllte den Raum und war so kunstvoll in Farbe und Formgebung, daß die Freunde glaubten, das Rauschen der Wellen und die Rufe der Schwimmer zu hören. Endlich wurden sie müde und erstiegen die Stufen der mächtigen Ruine. Von dort hatten sie einen weiten Ausblick auf die lebendige Stadt der Tamahu und die verfallende Welt der Ruinen und zerborstenen Paläste.

»Welche Macht hat diese Welt untergehen lassen?« fragte Eja leise. »Hat eine Katastrophe alles zerstört? Kein Bild erzählt vom Untergang, als wäre alles schnell geschehen, so daß niemand mehr Zeit gefunden hat, die Veränderungen in Stein festzuhalten. Ob die Tamahu dieses untergegangene Volk gekannt haben? Sie sehen so ganz anders aus als diese mächtigen, kriegerischen Menschen, von denen die Bilder berichten. Sie sind friedlich und kennen keine Waffen. Wie grausam dagegen dieses Volk auf den Bildern erscheint, wie stolz. Ein Volk der Krieger und Herrscher. Doch wo sind sie geblieben?«

Eine Kälte berührte die Gefährten, ein Grauen, wie sie es bei den Tamahu nicht empfunden hatten. So nahe der friedlichen Welt der Tamahu lag eine Welt des Untergangs, deren Anblick die Freunde nicht nur mit Angst, sondern auch mit Trauer erfüllte. Noch mehr Rätsel umgaben sie, welche die Rätsel der Tamahu nicht lösten, sondern sie nur noch geheimnisvoller machten und zu den alten Rätseln neue hinzufügten. Die Sonne senkte sich über der Wüste. Der Abend legte seine langen Schatten auf sie. Unter dem weiten Sternenhimmel verbrachten die Freunde die Nacht im Freien. Lange saßen sie auf den Mauern, warm in mitgenommene Decken gehüllt, und blickten über die Reste dieser versunkenen Welt. Erst spät in dieser Nacht schliefen sie ein. In ihren Träumen erstanden die Ruinen in alter Pracht, und die Menschen der Vergangenheit verließen die steinernen Bilder und lebten, kämpften und jagten wie in alten Zeiten.

Der Gesang der Tamahu

»Und wieso haben uns die Tamahu überhaupt gefunden?« fragte Tanit. »Was hat sie mitten in die Wüste geführt?«

Sie saßen auf der Spitze der hohen Stufenpyramide und blickten über die Ruinenfelder und die Stadt der Tamahu. Nach einer Mahlzeit aus Wasser, Fladenbrot, etwas getrocknetem Fisch und einigen der seltsamen, glasigen, aber wohlschmeckenden und saftigen Früchte saßen sie nun beisammen und versuchten, die Rätsel der Tamahu zu lösen.

»Vielleicht haben sie nach Wasser gesucht. Vielleicht gibt es irgendwo in der Wüste eine Quelle, welche die Tamahu kennen«, meinte Eja.

»Wirklich? Ich glaube nicht, daß es Wasser ist, was sie in der Wüste suchen«, widersprach ihr Horn. »Seht euch doch diese riesigen Felder an. Glaubt ihr wirklich, sie ließen sich bewässern, indem man von weither Wasser holt? Niemand kann solche Mengen Wasser tragen. Seht euch nur die Kanäle und Gräben an. Sie laufen alle in dieselbe Richtung. Hier bei den Salzseen. Nein, wenn es eine Lösung für dieses Rätsel gibt, so muß es hier zu finden sein und nicht irgendwo draußen in der Wüste.«

Horn hatte recht. Alle Gräben und Kanäle liefen ineinander und endeten nahe der Salzseen. Breite Tore verschlossen diese großen Kanäle. Doch hielten sie kein Wasser, denn die Kanäle waren leer und ausgetrocknet.

»Aber in der Wüste waren sie«, beharrte Tanit. »Sonst hätten sie uns niemals gefunden. Die Felsen liegen gut zwei Tagereisen von hier entfernt. Sie haben uns wohl kaum sehen können. Also müssen sie ihre Stadt verlassen haben.«

Darauf wußten Horn und Eja nichts zu erwidern. Doch Jock stand plötzlich auf, blickte angestrengt in alle Richtungen, als wolle er sich seiner Sache ganz sicher sein, und sagte dann zögernd: »Ich glaube, ich weiß, was die Tamahu in der Wüste gemacht haben.«

»Du, Jock?« wunderte sich Horn. »Na, dann laß mal hören.«

Doch Jock ließ sich nicht einschüchtern und sagte: »Ist euch denn nicht auch aufgefallen, daß es hier nur Sand und Salz gibt? Nirgendwo Erde oder ähnliches?«

»Ja, doch. Doch was hat das zu bedeuten?« fragte Horn etwas ungeduldig.

Jock blickte ihn ungnädig an: »Nun, Herr Elder, das hat zu bedeuten, daß Ihr Eure Augen nicht zu gebrauchen wißt. Denn sonst hättet Ihr Euch auch gefragt, woher die Tamahu denn all den roten Ton hernehmen, aus dem sie ihre Töpfe und Krüge herstellen. Ich für mein Teil habe nichts dergleichen hier entdecken können.«

Horn blickte sich verblüfft um. Dann schlug er sich mit der Hand an die Stirn und rief: »Meister Aiting, nie wieder werde ich an Eurer Klugheit zweifeln! O Jock, verzeih mir!«

»Ich verstehe überhaupt nicht, wovon ihr da redet. Was hat der rote Ton mit meiner Frage zu tun?« beschwerte sich Tanit. Jock lachte gutmütig und geschmeichelt: »Erinnerst du dich nicht an den See, von dem aus wir in die Wüste aufgebrochen sind? Was haben wir dort am Ufer gesehen?«

»Rote Tonerde!« rief Eja. »Kein Wunder, daß sie uns in der Wüste gefunden haben. Sie müssen denselben Weg wie wir genommen haben, als sie den Ton holen wollten. Wir haben wirklich großes Glück gehabt. Aber – entschuldigt, wenn ich so hartnäckig bin und immer dasselbe frage – könnt ihr mir sagen, warum die Tamahu nicht an diesem See leben, wo sie den Ton holen, sondern hier mitten in der Wüste, wo weit und breit keine Quelle zu sehen ist?«

Horn stöhnte und meinte seufzend: »Wir drehen uns im Kreis. Jede Lösung schafft nur neue Rätsel.«

»Vielleicht geben uns die Tamahu eine Antwort darauf. Seht doch!« rief Jock und wies mit der Hand zum Stadtrand.

Die Freunde folgten seinem Blick. Die Tamahu kamen. Von überall her strömten sie zusammen und versammelten sich auf einem weiten Platz vor den Toren der Kanäle. Aus allen Gassen und von den Feldern kamen sie herbei. Eine immer größer werdende Schar von kleinen Gestalten in schwarzen, flatternden Gewändern und hohen, spitzen Hüten drängte auf den Platz. Kein Laut war zu hören. Es war wie ein Spuk. Atemlos blickten die Freunde auf die Tamahu und wagten nicht, sich zu rühren.

Endlich schien auch der letzte angekommen zu sein. Kein Tamahu bewegte sich mehr. In langen Reihen knieten sie dicht nebeneinander und bedeckten den weiten Platz. Einen endlosen Augenblick lang war es, als würde die Zeit stehenbleiben. Kein Laut, keine Bewegung, nur atemlose Stille. Dann plötzlich, erst leise und eher fühlbar als hörbar, begannen die Tamahu zu singen. Ihr Gesang stieg und senkte sich in Wellen. Auf und nieder wogten die langgezogenen Töne, doch unaufhörlich wurden sie lauter, und bald beherrschte der Klang den weiten Raum zwischen Himmel und Wüste und schien alles zu durchdringen. Die Luft, den Sand, die Ferne von Horizont zu Horizont.

»Was bedeutet das?« flüsterte Jock kaum hörbar, denn jeder andere Laut schien sogleich unterzugehen im Gesang der Tamahu.

»Ich kann keine Worte erkennen«, antwortete Eja, und sie brauchte ihre ganze Kraft, um nicht zu verstummen. Nur zögernd und widerwillig kamen ihr die Worte über die Lippen. »Aber ich spüre eine große Kraft. Und Gefühle, die ich verstehen kann. Sie singen von ihrer Sehnsucht und von einer verlorenen Welt, die untergegangen ist. Aber es klingt auch beschwörend. Ich fühle, daß etwas geschehen wird. Ich spüre einen großen, machtvollen Stolz. Seltsam, aber auch unendlich stark.«

Eja schwieg. Sie kam gegen die Macht des Gesanges nicht mehr an. Lange währte der Gesang, und die Freunde gerieten in einen Sog, der sie betäubte, der sie in Bann schlug und unfähig machte, anderes zu tun, als zu hören und zu warten, was auch immer kommen mochte. Doch plötzlich löste sich der Gesang auf. Es war kein Verstummen, es war ein Verwehen, eine Veränderung. Der Gesang, seine Macht blieb, doch unhörbar, er wandelte sich, plötzlich und unerwartet. Etwas anderes entstand, wurde sichtbar, unglaublich und wunderbar. Erst wie ein Schleier, ein Nebel, dann immer deutlicher, bedeckte Wasser die Ruinenfelder und Salzbecken, bildete einen See, der anstieg, höher und höher. Wellen schlugen an die Mauern der Ruinen. Herrliches, klares Wasser, in dem sich der Himmel spiegelte und in dessen Wogen die Bilder der Ruinen zerbrachen, sich wiederfanden und erneut versanken.

Endlich, als die Freunde schon dachten, der See würde sie überfluten, hörte das Wasser auf zu steigen. Nur noch wenige der Stufen, auf denen sie saßen, ragten über die Wasseroberfläche. Sie sahen, wie die Tamahu am Rande des Sees sich erhoben und ihre Hüte und schwarzen Gewänder ablegten. Braune, schlanke Gestalten erschienen, die bunte Tücher um die Hüften geschlungen hatten. Sie liefen auf den See zu und sprangen in die Flut. Bald war der See erfüllt von den Spielen der Tamahu, die schwammen und tauchten, auf die Ruinen kletterten und von dort wieder in den See sprangen. Andere öffneten die Tore der Kanäle, und das Wasser füllte die Gräben und umspülte die Felder. Wieder andere fingen Fische, die reichlich im See schwammen, tauchten nach glasigen Früchten, die am Grunde des Sees wuchsen, füllten große Krüge mit Wasser oder wuschen ihre schwarzen Gewänder in den Fluten und legten sie zum Trocknen in die Sonne. Der Bann war gebrochen. Eine helle Freude durchdrang alles und erfüllte auch die Freunde.

»Das Mosaik in der Ruine!« rief Eja. »Natürlich, die Tamahu und die Menschen auf den Bildern sind ein und dasselbe Volk. Und jetzt wissen wir auch, wo sie ihr Wasser hernehmen. Wie wunderschön ist das alles!«

Eja, Jock und Tanit waren begeistert und konnten sich nicht sattsehen an dem bunten Treiben. Nur Horn blieb ernst und schüttelte den Kopf.

»Ich weiß nicht«, meinte er. »So schön es ist, gibt es doch nur neue Rätsel auf.«

»Ach seid doch nicht so ein alter Griesgram, Herr Elder«, schalt ihn Jock. »Kommt, laßt uns baden gehn!«

Und Jock sprang die Stufen hinab.

»Sei vorsichtig!« rief Horn warnend.

Doch Jock sprang schon von der letzten Stufe, die sich noch über dem See erhob, und stand nun bis zu den Hüften im Wasser. Sie sahen, wie sein Gesicht sich augenblicklich veränderte. Der Mund stand ihm offen, und er riß die Augen auf und starrte fassungslos in die Wellen, die sich sanft an ihm brachen.

»Was ist denn, Jock?« rief Eja erschrocken.

Jock stammelte bloß, und es dauerte lange, bis sie verstanden, was er ihnen zu sagen versuchte.

»Ko-ko-kommt selber ru-ru-runter. Ihr glau-glaubt mi-mi-mir ja do-do-doch nicht!« stotterte er kläglich.

Eilig stiegen Horn und Eja die Stufen hinab und setzten ihre Füße vorsichtig in das Wasser. Doch nichts geschah. Buchstäblich nichts. Da war kein Wasser. Sie blieben trokken und fühlten nichts, obwohl sie das Wasser sahen, obwohl sich die Wellen doch an ihnen brachen. Jock schöpfte das Wasser mit seinen Händen und versuchte, davon zu trinken, doch sein Mund blieb leer, soviel er auch trank. Tanit, die sich auf dem Wasser niederlassen wollte, setzte sich unfreiwillig hart ein ganzes Stück tiefer auf die nächste Stufe. Doch obwohl sie über sich das Wasser sah, wurde sie nicht naß und konnte frei atmen. Schnell rappelte sie sich auf, flog zurück auf die Spitze der Ruine und schüttelte sich verwirrt das nicht vorhandene Wasser aus den Federn.

Die anderen mußten lachen über ihr nutzloses Tun und folgten ihr langsam. Lange saßen sie dort oben und sahen den Tamahu zu, die in diesem Zauber schwammen und spielten. Das Wasser trug sie, ihre Körper wurden naß, und es spritzte hoch auf, wenn sie in die Fluten sprangen.

Nach einer Weile meinte Jock kläglich und verwirrt:

»Aber wir trinken doch ihr Wasser. Also gibt es dieses Wasser doch wirklich.«

»Ja«, sagte Horn. »Aber es ist nur wirklich durch die Tamahu. Nur das Wasser, das sie schöpfen, wird wirklich. Für uns bleibt es ein Wunder, ein Traum. Doch die Tamahu scheinen keinen Unterschied zu kennen zwischen Traum und Wirklichkeit. Ich bin mir auch nicht sicher, ob es diesen Unterschied überhaupt gibt. Hier scheint alles gleich wirklich und unwirklich zu sein. Wer weiß, ob es die Tamahu wirklich gibt? Aber vielleicht ist es besser, nicht weiter darüber nachzudenken, sonst zweifeln wir noch an uns selbst.«

Jock sah Horn erschrocken an, dann kniff er sich selber kräftig in den Arm, und seinem lauten Schmerzensruf folgte ein Seufzer der Erleichterung.

»Hört bloß auf mit dem Unsinn, Herr Elder. Ich spüre, wie ich gleich weiße Haare bekomme. Ich für mein Teil bin wirklich, und egal, was Ihr auch sagt, ich bleibe der alte Jock Aiting, solange ich einen Magen habe, der zu knurren versteht.«

Sie lachten über seine widerborstige Miene. Horn stieß Jock zwischen die Rippen, daß es knackte, und meinte lachend:

»Die Welt ist wahrhaft voller Wunder, die über unseren Verstand gehen. Lassen wir sie besser unergründet und vertrauen wir Meister Aitings Magen. Dann gehen wir der Welt nicht ganz verloren.«

Inzwischen waren die Tamahu ans Ufer zurückgekehrt und kleideten sich wieder an. Sie schlossen die Tore der Kanäle und trugen die gefüllten Krüge, die gefangenen Fische und die gesammelten Früchte in die Stadt. Bald waren sie in den Gassen und Häusern verschwunden, und der weite Platz blieb leer und verlassen zurück. Nur der spiegelnde See erinnerte an das Geschehene.

»Ich glaube, wir können ohne Gefahr in die Stadt zurückkehren«, sagte Horn und stieg die Stufen hinab. Sie sahen, wie er immer tiefer im Wasser versank und wie schließlich die Fluten über ihm zusammenschlugen. Undeutlich konnten sie seine Gestalt erkennen. Zögernd folgten ihm Jock und Eja. Nur Tanit mied das Wasser und flog über den See hinweg ans Ufer. Unter sich sah sie ihre Freunde durch das Wasser gehen.

Es war ein seltsames Gefühl, am Grunde des Sees zu wandern. Sie sahen, wie sich über ihnen das Bild des Himmels in den Bewegungen der Wellen brach, sahen um sich das andere Licht einer unterseeischen Welt, doch fühlten sie nichts, gingen trockenen Fußes durch die tiefe Flut und atmeten frei und unbehindert. Seegras und Früchte wogten um ihre Füße, und Fische schwammen an ihnen vorbei, die ihnen verspielt auswichen und sie umkreisten. Jock versuchte, einen Fisch zu fangen, doch gab er es bald auf, diesen Trugbildern nachzujagen, die sich so leicht fangen ließen, ohne daß er sie fühlen, geschweige denn festhalten konnte.

Schließlich erreichten sie das Ufer und verließen den See. Nachdenklich überquerten sie den Platz vor der Stadt. Nach einer Weile drehte Jock sich um, um noch einen letzten Blick auf den See zu werfen. Erstaunt blieb er stehen und rief: »Aber wo ist denn der See geblieben?«

Sie drehten sich um. Tatsächlich! Wo sie eben noch durch die Fluten gegangen waren, sahen sie nun nichts mehr als die Ruinen und die salzgefüllten Becken. Sie liefen zurück an die Stelle, an der sie den See verlassen hatten. Doch der See war und blieb verschwunden. Nur die Kanäle und Gräben blieben mit Wasser gefüllt, und als sie ihre Hände eintauchten, wurden sie naß. Dieses Wasser gab es wirklich, kühl und trinkbar.

»Alles ist wirklich hier«, sagte Eja. »Die Tamahu und alles, was sie erschaffen. Denn ihre Sehnsucht nach der Vergangenheit ruft diese zurück, und es ist wie früher. Dies war einmal ein fruchtbares Land, und ein mächtiges Volk lebte hier. Doch wie groß auch die Katastrophe gewesen sein mag, alles ging nicht verloren. Solange die Tamahu das Vergangene lebendig erhalten können, werden sie an keinem anderen Ort dieser Welt leben wollen. Ihre Heimat ist hier, mitten in der Wüste. Was wir für ein Wunder halten, ist für sie wirklich und alltäglich. Vielleicht reden sie deshalb nicht mit uns. Denn wir leben in einer anderen Wirklichkeit, in einer Wirklichkeit, die nicht ohne Wunder leben kann.«

Horn, Jock und Tanit sahen Eja erstaunt an. Wie sehr sie sich doch verändert hatte. Nur noch wenig erinnerte an das junge Mädchen, mit dem sie das Raunatal verlassen hatten. Aus der Brasin war eine Edrahil geworden, Advenas Tochter. Ein Wunder?

Sie kehrten in die Stadt zurück und fanden ihr Haus mit Tanits Hilfe. Es wurde Abend. Über eine Treppe an der Rückseite des Hauses gelangten sie auf das Dach. Horn bat Tanit, Ausschau zu halten und ihnen zu sagen, was sie sehen konnte. Tanit flog so hoch in die Luft, wie ihre Flügel sie trugen. Der Abend war klar, und sie hatte eine gute Sicht. Weit im Westen konnte sie die Felsen sehen, denen sie durch die Wüste gefolgt waren. Aber sie schienen nicht mehr endlos zu sein, wie in all den Tagen ihrer Wanderung. Ganz fern im Norden, aber doch deutlich erkennbar, endete das Felsenband und gab den Weg nach Westen frei. Jubelnd kehrte Tanit zu ihren Freunden zurück und berichtete, was sie gesehen hatte. Der Weg nach Althaia war also frei, und sie beschlossen, gleich am nächsten Tag weiterzuziehen. Tanit schätzte, daß sie drei bis vier Tage benötigen würden, um das Ende der Felsen zu erreichen.

»Althaia«, seufzte Tanit. »Wann werden wir dort ankommen? Wir sind doch sicher noch sehr weit von Althaia entfernt?«

»Ja«, sagte Horn. »Weiter als je zuvor. Wir sind weit von der Richtung abgekommen, die wir anfangs eingeschlagen haben. Selbst wenn wir endlich einen Weg nach Westen finden, wird es noch lange dauern, bis wir Althaia erreichen. Die Fahrt auf dem Floß hat uns weit nach Osten geführt. Und wer weiß, auf welche Hindernisse wir noch stoßen werden? Denkt auch daran, daß der Winter bald beginnt.«

»Oh, mein armes Volk«, klagte Tanit. »Wie lange werden sie noch in der Gestalt von Bäumen gefangen sein? Wie endlos und verzweifelt muß ihr Warten sein?«

Sie schwiegen betroffen. So viel war geschehen, daß sie den Zweck ihrer Reise fast aus den Augen verloren hatten. Schließlich sagte Eja tröstend: »Sei nicht traurig, Tanit. Vielleicht finden wir ja einen Weg, der uns rasch nach Althaia bringt.«

»Eja hat recht«, sagte Horn. »Wir dürfen nur den Mut nicht verlieren. Bis jetzt war das Glück auf unserer Seite, und es wird uns auch nicht verlassen. Bedenke, aus wieviel Gefahren wir heil hervorgegangen sind.«

Tanit nickte. Doch sie ging beiseite, damit die anderen ihre Tränen nicht sahen. Ihr war das Herz schwer geworden. Der Augenblick, in dem sie allein vor ihrem Volk gestanden war und den Bäumen ihr Versprechen gab, erschien ihr wieder deutlich vor Augen, und sie schalt sich selber, daß sie es überhaupt vergessen hatte. Sie kam sich leichtfertig und kindisch vor und schwor sich, in Zukunft ihrer Aufgabe mit größerem Ernst nachzukommen. Sie war kein Kind mehr, und es war auch nicht die rechte Zeit, ein Kind zu sein.

Ich habe euch nicht vergessen, dachte sie. Ich werde mein Versprechen halten und Hilfe bringen.

Der Abendwind wehte ihr entgegen und trocknete ihre Tränen. Im Westen versank die Sonne. Die Nacht hüllte die Stadt der Tamahu und die Weite der Wüste in ihr Dunkel. Irgendwo dort draußen in endloser Ferne warteten die in ihrer Baumgestalt gefangenen Edrain und setzten ihre ganze Hoffnung in diesen Vogel, den Dolgan Tanit, der so verloren und verschwindend klein im Unbekannten auf dem Dach eines seltsamen Hauses saß. Die letzten Strahlen der Sonne verloschen, und nur der schwache Schein der Sterne warf ein mattes Licht auf die Wüste und die schimmernde Stadt.

»Komm, Tanit«, rief Eja, und Tanit folgte den Freunden ins Haus, das der flackernde Schein einer Öllampe erhellte. Nach einer kurzen Mahlzeit legten sie sich schlafen, und schon bald wandelte jeder der Gefährten in seiner eigenen

Traumwelt. Durch die Gassen der Stadt wehte der Wind der Wüste, und die Nacht hob alle Unterschiede auf zwischen den Rätseln der Tamahu und den Geheimnissen ihrer Gäste, die sich auf einer Reise befanden, die nicht weniger rätselhaft war als die Welt der Tamahu.

Das Meer des Nordens

Eja trat vor die Tür des Hauses und blickte auf die Stadt der Tamahu, die trotz der frühen Morgenstunde von geschäftigem Treiben erfüllt war. Überall gingen die Tamahu ihren Arbeiten nach, und die helle Morgensonne schien auf die stille Heiterkeit dieser seltsamen Wesen, die so selbstverständlich auf der schmalen Grenze zwischen Traum und Wirklichkeit zu leben verstanden. Eja blickte in Richtung Norden, dorthin, wohin sie ihre Reise fortsetzen wollten. Was sie dort wohl erwarten mochte?

Vor ihren Augen lag die Wüste, welche die Stadt umgab. Der Himmel wölbte sich klar und hell bis hin zu dem weit entfernten Horizont, an dessen Stelle bald ein anderer Horizont treten würde und wieder ein anderer und immer wieder ein anderer, bis ihre Reise endlich, weit im Westen, ihr fernes Ziel gefunden hatte. Althaia! Und dann? Nein, Eja mochte an kein Danach denken. Zu weit war die Reise bis Althaia. Was dann kommen mochte, daran zu denken, würde noch Zeit genug sein.

Als sie sich umwandte, um zu ihren Freunden zurückzukehren, sah sie neben der Tür ein sorgfältig gewickeltes Bündel liegen. Erstaunt hob sie es auf und nahm es mit in das Innere des Hauses. Horn und Jock waren dabei, die letzten Vorbereitungen für ihre Abreise zu treffen. Sie hatten ihre Habseligkeiten gereinigt, geflickt und wieder in ihren Beuteln verstaut.

»Was bringst du denn da mit?« fragte Jock.

»Ich weiß nicht«, meinte Eja. »Es lag vor der Tür. Mir scheint, daß es für uns bestimmt ist.«

Sie wickelte das Bündel vorsichtig aus. Getrocknete Fische kamen zum Vorschein, gedörrte Früchte und Fladenbrote. Genug für einen weiten Weg. Die Freunde sahen verblüfft auf diese Vorräte, die sie so unverhofft erhalten hatten.

»Woher wissen denn die Tamahu, daß wir abreisen?« fragte Jock erstaunt.

»Ich glaube, es hat keinen Sinn, danach zu forschen«, erwiderte Horn. »Die Tamahu sind voller Rätsel und werden es für immer bleiben. Wir wollen dankbar sein und das Gastgeschenk annehmen. Obwohl ich nicht weiß, wie wir ihnen dafür danken sollen, da wir nicht mit ihnen reden können. Jedenfalls kommt uns dieser Vorrat sehr gelegen. Ich hatte mir schon Sorgen über unsere Verpflegung gemacht. Auch wenn Tanit einen Weg nach Westen gesehen hat, ist es doch noch weit bis dahin, und die Wüste ernährt kaum einen Sandfloh.«

Also packten sie die Vorräte ein und brachen auf. Wieder gingen ihnen die Tamahu aus dem Weg, schwiegen, wenn sie ihnen nahe kamen, und gingen ihren Beschäftigungen nach, ohne wirklich auf die Freunde zu achten. Und doch hatten sie sich großzügig gezeigt, hatten sich als freundlich und hilfsbereit erwiesen. Auch jetzt achteten die Gefährten die Scheu der Tamahu und wanderten schweigend durch die engen Gassen der Stadt.

Bald hatten sie den Stadtrand erreicht. In einem der Gräben füllten sie ihre Schläuche mit dem Wasser, das so wirklich und dessen Ursprung doch so geheimnisvoll war.

»Ich hoffe doch, das Wasser löst sich in der Wüste nicht in Nichts auf wie der See«, meinte Jock. »Das wäre dann doch ein fauler Zauber zur falschen Zeit.«

Sie wandten sich nach Norden, vorbei an den Salzseen und den mächtigen Ruinen, und ließen die Stadt und die Felder der Tamahu hinter sich zurück. Als sie auch die letzten Ruinen schon längst hinter sich gelassen hatten, drehte Jock sich nach der Stadt um und seufzte erleichtert auf.

»Sie ist noch da«, sagte er. »Das läßt hoffen.« Er öffnete seinen Schlauch und nahm vorsichtig einen Schluck daraus.

»Wasser!« sagte er. »Wahr und wahrhaftig Wasser. Kein Spuk. Ich bin ganz froh, daß wir uns aus dem Staube machen. Bei den Tamahu hatte ich das Gefühl, meinen Verstand zu verlieren. Da ist mir sogar die Wüste lieber. Einfach nur Sand, der auch wirklich Sand ist, und Hitze, die wirklich heiß ist.«

»Sei nicht undankbar, Jock«, ermahnte ihn Eja. »Denk daran, daß dein wirklicher Sand und deine wirkliche Hitze uns beinahe das Leben gekostet hätten und daß es die Tamahu waren, die uns gerettet haben. Da verliere ich für mein Teil gerne ein wenig den Verstand dabei.«

Sie sprachen in den nächsten Tagen oft über ihre Erlebnisse bei den Tamahu, die ihnen nicht aus dem Kopf gehen wollten. Noch wanderten sie durch die Wüste, und es schien ihnen, als hätten sie das Land der Tamahu nicht verlassen, als könnten um sie her Dinge geschehen, die ebenso geheimnisvoll und unerklärlich waren wie das, was sie bei den Tamahu erlebt hatten.

Am vierten Tag ihrer Wanderung erreichten sie das Ende der Felswand, welche den Weg nach Westen so lange versperrt hatte. Noch umgab sie die Wüste, die sich bis weit nach Westen erstreckte. Aber allmählich veränderte sich das Land. Bald trafen sie auf die erste Quelle, die am Fuße der Felsen entsprang und sich in einen kleinen Tümpel ergoß, der von feinen Gräsern, niedrigem Schilf und Dornenbüschen umgeben war. In der Weite der Wüste erschien sie ihnen wie ein Vorbote fruchtbarer Gebiete. Bald waren Quellen keine Seltenheit mehr. Der Boden wurde fester, vermischte sich mit Erde, und Inseln von Gras und Büschen durchbrachen das eintönige Einerlei der weiten Ebene.

Dann erreichten sie das Meer. Schon einen Tag, bevor sie es sahen, trug der Wind das Rauschen der Wellen zuweilen heran, bis es schließlich deutlich und ununterbrochen zu hören war. Schließlich standen sie am Strand und blickten gebannt auf die mächtigen Wellen, die sich weit vor der Küste brachen und auf dem sanften Sandstrand verliefen. Weder Eja noch Jock oder Tanit waren jemals am Meer gewesen und konnten sich lange nicht satt sehen. Auch Horn stand tief berührt und reglos da, ganz in den Anblick des immer gleichen Schauspiels von Steigen und Fallen, Brechen und Schäumen versunken. Es war schon so lange her, daß er das Meer gesehen hatte, weit entfernt im Feornerland, vor unendlich langer Zeit. Einst war das Meer sein Zuhause gewesen, und er spürte, wie sehr es ihm gefehlt hatte, daß man ihm seine Heimat gestohlen hatte, daß er betrogen worden war um eine wilde Schönheit, ohne die er viel zu lang hatte leben müssen, um die er, Asar, ihn betrogen hatte. Horn ballte die Fäuste, und alles Leid der vergangenen Jahre erwachte in ihm. All das, was er vor sich selbst verborgen hatte, um in den langen Jahren des Wartens nicht zu verzweifeln, erhob sich in ihm, und der Schmerz machte ihn blind. Tränen standen in seinen Augen. Langsam schritt er auf die Wellen zu und ging weiter, bis ihm das Wasser bis weit über die Knie reichte und er die Bewegung der Wellen spürte, die ihm den Sand unter den Füßen fortspülten. Er tauchte seine Hände in die Flut und wusch sich das Gesicht. Der herbe, salzige Geschmack des Meeres brannte ihm auf den Lippen und schien ihm herrlicher als alles, was er je gekostet hatte. Lange blieb er so stehen, und sein Herz war wieder jung, wie damals, als er noch mit seinen Gefährten in Feornerland, im Feornermeer die Netze eingeholt hatte.

Eja hatte sich mit Jock und Tanit in den Sand gesetzt, und schweigend sahen sie Horn zu, der lange in den Wellen stehenblieb. Sie verstanden, was in ihm vorgehen mußte, und spürten seinen Schmerz. Still bereiteten sie eine kleine Mahlzeit zu. Ganz in der Nähe fanden sie Büsche mit saftigen, wohlschmeckenden Beeren. In einem nahen Tümpel entdeckte Jock Fische, von denen er einige fing. Immerhin eine willkommene Abwechslung nach all dem getrockneten Fisch und den gedörrten Früchten. Ein kleines Feuer war bald entfacht, trockenes Schwemmholz war reichlich vorhanden. Als das Essen fertig war, setzte sich Horn ruhig zu ihnen, ohne daß er oder sie ein Wort über das Vorgefallene verloren. Sie sprachen miteinander, aber von anderen Dingen, nicht von vergangenen, sondern von denen, die vor ihnen lagen.

Tanit hatte die Gegend erkundet und Ausschau nach Westen gehalten. Der Strand lag frei und offen vor ihr.

Nach Südwesten hin aber erhob sich die Landschaft bald wieder zu den Bergen, die ihnen so lange den Weg versperrt hatten. Sie beschlossen, der Küste des Meeres zu folgen und nicht nach Abkürzungen zu suchen, die sie nur in neue Sackgassen führen könnten. So mochte der Weg nach Althaia zwar länger sein, doch ohne Hindernisse und dadurch vermutlich schneller. Vor allem Horn fiel diese Entscheidung leicht, denn in der Nähe des Meeres fühlte er sich sicher und geborgen, und Kräfte, die er lange entbehrt hatte, erwachten wieder in ihm. So zogen sie die Küste des Nordmeeres entlang. Der Himmel war beinahe ohne Unterbrechung bedeckt. Ein scharfer Wind, der sich mit Gischt und feinem, kaltem Regen mischte, blies ihnen entgegen und schnitt in die Haut ihrer Gesichter und Hände. Sie hatten die Wüste, den Sommer und den Herbst, die Hitze und die strahlende Wüstensonne hinter sich gelassen. Der Herbst war inzwischen weit fortgeschritten, und hier, im hohen Norden, zeigte das Jahr ein winterliches Gesicht. Noch fiel kein Schnee, doch der Wind war kalt und schneidend. Sie hüllten sich dicht in ihre Umhänge und schützten sich, so gut es ging, vor Nässe und Kälte. Doch wenn sie auch zuweilen froren und steif in den Gliedern wurden, so war ihnen dieses strenge Wetter doch allemal lieber als die Wüste, in der sie dem Tode so nahe gewesen waren.

Die heftigen Windböen trieben ihr Spiel mit Tanit, wenn sie versuchte, sich in die Lüfte zu erheben, um den Weg, der vor ihnen lag, zu erkunden und die Freunde vor möglichen Gefahren zu warnen. Sie war jedesmal froh, wenn sie von diesen Ausflügen zurückkehrte und sich unter Jocks Umhang flüchten konnte, unter dem seine Wärme sie vor dem winterlichen Wind schützte. Dort hatte sie von allen noch das beste Los, und dies entschädigte sie für das Ungemach auf ihren kurzen Flügen.

Die Tage vergingen ereignislos. Eine immer gleiche Landschaft erstreckte sich vor ihnen. Flache Grassteppe, die sich zum Meer hin mit Sand mischte, um endlich als sanft geschwungener Sandstrand von den rollenden und schäumenden Wogen bedeckt zu werden. Hin und wieder konnten sie im Schutze von Felsen, die sich bis nahe ans Meer erstreckten, ein Feuer entfachen, um sich und ihre Kleider zu trocknen. Mitunter fanden sie sogar eine Höhle, die eine Nacht lang ihr karges, doch trockenes und windgeschütztes Zuhause wurde. Hier begann Horn zum ersten Mal von Althaia zu erzählen. Bisher hatte er die Stadt der Edrain selten erwähnt und wenn, so nur als das Ziel, das es zu erreichen galt. Jetzt sprach er vorsichtig und zögernd über das, was er dort erlebt hatte, als fürchtete er die Erinnerungen an die Stadt, aus der Asar gekommen war. Langsam nur kam die Erinnerung wieder, bruchstückhaft, und sie spürten, wie schwer es ihm fiel, davon zu sprechen, und drangen nicht in ihn, sondern gaben sich mit dem wenigen zufrieden, was er zu erzählen wagte.

»Althaia wird auch euch erstaunen«, sagte er. »Schöneres habe ich noch nie zuvor gesehen. Die Stadt liegt auf einem Berg, dem Atarat, der sich am Meer erhebt. Von dort hat man einen herrlichen Blick über das Land der Edrain, das sich bis zu den Horizonten erstreckt. Die Edrain sind ein mächtiges Volk oder waren es einmal, und die ganzen Westlande sind Edrainland. Nach Süden hin bilden die Sümpfe von Cycros eine natürliche Grenze und nach Osten der Silberwald. Im Norden erheben sich die Ausläufer des Atlangebirges. Von Süden her, immer der Küste entlang, sind wir Feorner damals auf unseren Schiffen bis nach Althaia gekommen. Dabei haben wir das Hurnenriff, auf dem das Volk der Duna einst nach Erdherz gewandert ist, nicht mehr gefunden. Nur noch wenige, vereinzelte Klippen ragten über das Wasser hinaus, und die Durchfahrt nach Norden war frei. Dieselbe Katastrophe, welche die Duna einst aus den Tiefen Landen vertrieb, hat wohl auch das Hurnenriff zerstört und wer weiß, wie vieles andere noch.«

Horn erzählte ihnen auch von den Edrahil, welche die Reisenden empfangen hatten. Den Feornern war es zwar gestattet worden, in Begleitung der Edrahil durch die Stadt zu gehen, doch man hatte sie niemals allein gelassen. Die Edrahil verbargen ihre Geheimnisse vor den Feornern und erfuhren von diesen mehr, als sie von sich selber preisgaben. Dort hatte Horn Advena kennengelernt, die er als sehr schön, aber auch als stolz und unnahbar beschrieb. Nur einer der Edrahil mit Namen Draba war zugänglicher gewesen und hatte den Reisenden wirkliche Aufmerksamkeit geschenkt. Natürlich war die Sprache kein Hindernis, denn zum Erstaunen der Feorner konnten sich die Edrahil schon nach kurzer Zeit in der Sprache ihrer Gäste, dem Dunan, verständigen. Nun, warum, war ja kein Rätsel mehr.

Draba wurde Horns Lehrer und unterstützte ihn bereitwillig darin, das Edrami zu erlernen. Im Gegensatz zu den anderen Edrahil, denen Horn begegnete und die immer Abstand zu ihm und seinen Gefährten hielten, stellte Draba sich nie über sie. Er segelte sogar mit ihnen in die Heimat der Feorner und besuchte sie später zweimal von sich aus. Er war ein gelehrter Mann, und Horn hoffte sehr, ihm eines Tages wiederzubegegnen. In Draba hatte er immer einen Freund sehen können. Er war ganz anders als die anderen Edrahil, die ihn ihren Stolz stets hatten fühlen lassen. Wenn Draba nicht gewesen wäre, so hätte er die Edrahil um Asars willen später allesamt verdammt und verachtet. Nein, Draba sei wirklich anders gewesen, und Horn hoffte, daß er ihn in Althaia antreffen würde. Wenn einer Rat und Hilfe geben konnte und es auch wollte, so Draba.

Eja war tief bewegt, als sie vom Wesen ihrer Mutter hörte. Das Bild, das sie sich von ihrer Mutter gemacht hatte, war bisher verschwommen und undeutlich gewesen. Jetzt erfuhr sie Dinge, die diesem Bild Kraft und Schärfe verliehen, es deutlicher und auch unerbittlicher machten. Ihre Mutter nahm Gestalt für sie an, wirkliche und lebendige Gestalt. Es schien Eja, als träte sie aus ihren Träumen hervor und würde endlich zu einem Menschen, verletzlich, fehlerhaft und sterblich. Was sie von Advena hörte, erschreckte sie und brachte sie ihr doch auch näher.

So zogen sie weiter, jeder von mancherlei Gedanken, Ängsten und Vorahnungen begleitet. Althaia war für sie längst zu einem Ort geworden, der sie immer mehr in Bann schlug. Mochte die Reise auch beschwerlich und anstrengend sein, ihre Sehnsucht, Althaia zu sehen, stärkte sie und beschleunigte ihre Schritte.

Dann fing es an zu schneien. Erst wenige Flocken, dann immer dichter, langsam und stetig, bis der Schnee weiß und glitzernd das Land bedeckte und nur auf den Wellen des Meeres schmolz und unsichtbar wurde. Die Nacht verbrachten sie in einer Höhle. Als sie am nächsten Morgen hinaustraten, lag der Schnee gut vier Handbreit hoch. Es schneite nicht mehr, und der Himmel war frei und blau. Die Sonne schien strahlend, und der Schnee vervielfachte ihr blendendes Licht. Es war Winter geworden. Er hatte sie eingeholt, bevor sie noch Althaia erreicht hatten.

An diesem Morgen kehrte Tanit, die ihre langen Erkundungsflüge wiederaufgenommen hatte, von einem dieser Ausflüge, schon von weitem rufend, zu ihnen zurück. Nach der langen ereignislosen Zeit war sie ganz aufgeregt und berichtete atemlos, was sie gesehen hatte.

»Wölfe!« keuchte sie. »Wölfe, die ein seltsames Wesen jagen. Es sieht aus wie ein Hirsch, aber es hat statt Hals und Haupt eines Hirsches Brust und Arme und einen Kopf wie ein Mensch. Ich glaube, es ist verletzt und wird den Wölfen nicht mehr lang entgehen können. Auch hat es einen Bogen, aber keine Pfeile mehr in seinem Köcher. Was sollen wir tun?«

Eja und Jock sahen Horn an, der nachdenklich in die Richtung blickte, aus der Tanit gekommen war.

»Ich weiß nicht recht, ob wir überhaupt etwas tun sollen«, meinte er. »Wir sollten uns nicht unnötig in Gefahr bringen. Wölfe sind kein Kinderspiel und schon gar nicht im Winter, wenn der Hunger sie treibt.«

»Wollen wir denn nicht helfen?« fragte Eja. »Denke doch nur daran, wie uns geholfen wurde. Von den Kiklits, von den Tamahu. Auch wenn es gefährlich ist, so glaube ich doch, daß wir einen Teil unserer Schuld abtragen können, wenn auch wir uns auf gleiche Weise hilfsbereit zeigen.«

Horn nickte und sagte: »Du hast recht. Ich habe auch

nicht an mich gedacht, sondern vor allem an euch. Ich will euch nicht in Gefahr bringen. Aber es stimmt, was du sagst. Wir haben eine Schuld abzutragen. Also gut. Ich weiß, was zu tun ist. Wie weit sind die Wölfe und der Hirsch noch von uns entfernt, und in welche Richtung laufen sie?« fragte er Tanit.

»Sie laufen Richtung Südosten, oder zumindest glaube ich, daß der Hirsch versucht, dorthin zu gelangen, doch die Wölfe drängen ihn immer wieder zum Meer hin ab. Dort liegt tieferer Schnee als im Süden, so daß der schwere Hirsch nicht so gut laufen kann wie die leichteren Wölfe. Ich denke, daß sie hier sein werden, wenn die Sonne im Mittag steht.«

»Das läßt uns Zeit genug«, sagte Horn und blickte sich um. Nicht weit von ihnen entfernt bildeten zwei Hügelrücken, die seitlich von abfallenden Felsen begrenzt wurden, eine Schlucht, die an einer Steilwand endete.

»Siehst du die Schlucht, Tanit?« fragte er sie und fuhr, als sie nickte, fort: »Flieg zu den Wölfen zurück, und versuche, die Aufmerksamkeit des Hirsches auf dich zu lenken. Sprich zu ihm, bis er dir folgt. Vielleicht versteht er, daß du ihm helfen willst. Dann führe ihn bis in diese Schlucht hinein.«

»Aber dann ist er doch verloren«, rief Jock und blickte Horn verständnislos an. »Nennst du das helfen?«

»Wartet's nur ab, Meister Aiting«, antwortete Horn. »Ein Jäger der Feorner kennt sich aus mit Wölfen. Flieg los, Tanit, und tu, was ich dir gesagt habe.«

Tanit erhob sich in die Lüfte und war bald nicht mehr zu sehen. Horn ging rasch mit Eja und Jock zum Eingang der Schlucht. Am Ende des südlich gelegenen Hügelrükkens standen einige große Felsen, hinter denen sie sich verbergen konnten und von wo sie doch freie Sicht auf den Taleingang hatten. Horn hieß Jock, soviel trockenes Holz wie möglich zu sammeln und von oben hinabzuwerfen, so daß Haufen entstanden, die am Eingang der Schlucht und ein Stück weiter hinein Barrieren bildeten, die nicht zu unnatürlich wirken durften. Doch da Jock sie von oben hinabwarf, fielen sie ungeordnet übereinander und schienen von Wind und Regen dort zusammengetrieben worden zu sein. So hinterließ er auch keine verräterischen Fußspuren im Schnee. Währenddessen zündete Horn zwischen den Felsen ein kleines Feuer an und bat Eja, Gras zu sammeln und über dem Feuer zu trocknen. Er selber holte aus seinem Beutel ein längliches Holzgefäß hervor, das sorgfältig verschlossen war. Er hielt das Holz in die Nähe des Feuers und drehte es hin und her.

»Was ist denn da drin?« fragte Jock, der seine Arbeit unterbrach und neugierig zu ihnen trat.

»Hirschtalg«, antwortete ihm Horn. »Eine wunderbare Sache, um Wölfen einzuheizen. Aber nun steh nicht rum und halte Maulaffen feil, sondern tu, was ich dir gesagt habe, sonst kann es passieren, daß die Wölfe dir das Fell über die Ohren ziehen, während du noch andere Leute bei der Arbeit störst.«

»Schon gut, schon gut«, brummte Jock, aber er ging doch mit doppeltem Eifer an die Arbeit. Er war bald fertig und half Eja, das trockene Gras in Büscheln an die Spitzen von Horns Pfeilen zu binden. Horn steckte die fertigen Pfeile in einer Reihe mit den Enden in den Schnee, so daß sie griffbereit vor ihm standen. Dann formte er mit Jocks und Ejas Hilfe noch große Schneebälle, die er wurfbereit nebeneinanderlegte.

»So, das wär's. Nun können unsere wilden Jäger kommen«, sagte er und steckte sich das Holzgefäß mit dem Hirschtalg unter das Wams, wo es sich warm und flüssig hielt.

»Wäre es nicht besser, wenn die Schlucht an ihrem Ende einen Ausgang hätte?« fragte Eja und blickte besorgt hinab. »Glaubst du nicht, daß der Hirsch in zu große Gefahr gerät?«

»Ungefährlich ist es sicher nicht«, meinte Horn. »Aber wenn die Schlucht offen wäre, würde er hindurchlaufen und die Wölfe auch, so daß wir keine Möglichkeit hätten, sie einzuschließen. So aber wird die Jagd zum Stillstand kommen, und dann heißt es für uns, schnell handeln und die Gelegenheit nutzen, die sich bietet. Eine andere gibt es nicht.«

»Ein feiner Plan, Herr Elder. Ich für mein Teil bin bereit«, sagte Jock, zog seine Schleuder hervor, legte sich seine Steine auf einem Felsen zurecht und blickte mit grimmiger, entschlossener Miene nach Westen, wo die Wölfe bald auftauchen mußten. Hoch stand die Sonne im Mittag, als sie in der Ferne einige schwarze Punkte sahen, die sich ihnen schnell näherten.

Far-Uhl

Lange dauerte es nicht, da hatte Tanit die Wölfe und das Hirschwesen wieder erreicht. Der Hirsch, oder was es auch immer sein mochte, schien sehr erschöpft zu sein. Unaufhaltsam kamen die Wölfe näher. Mit seinen schweren Beinen brach der Hirsch immer wieder im tiefen Schnee, der sich in kleinen Senken gesammelt hatte, ein und verbrauchte viel Kraft dabei, sich daraus zu befreien. Sein linkes Hinterbein blutete und hinterließ dunkelrote Flecken im weißen Schnee. Wenn die Wölfe an solchen Flecken vorbeikamen, leckten sie im Lauf daran und schienen davon noch wilder und gieriger zu werden. Jetzt erst bemerkte Tanit, daß nicht alle Wölfe auf vier Beinen liefen. Manche von ihnen richteten sich zuweilen auf ihren Hinterbeinen auf und trieben die Wölfe mit bellenden Rufen an. Sie schienen größer als die Wölfe, die sie befehligten, und hatten keine so spitzen Schnauzen, so daß ihr Gesicht menschenähnlicher wirkte als das der Vierbeiner. Doch meistens liefen auch sie auf vier Beinen und führten das Rudel der jagenden Wölfe an. Es sah schrecklich aus, wenn sie ihre Zähne fletschten und ihnen die Zunge zum Maul heraushing, schrecklicher noch als bei den anderen Wölfen, denn die Mischung aus Tier und Mensch, die sich in ihren Gesichtern zeigte, ließ sie doppelt grausam erscheinen.

Tanit flog nahe an den Kopf des Hirsches heran und rief: »Folge mir, wir wollen dir helfen. Lauf mir nach. Ich weiß, daß du mich nicht verstehst. Aber folge mir!«

Der Hirsch brach erschrocken zur Seite aus und wäre beinahe gestürzt. Erschöpft und verzweifelt, wie er war, mußte der sprechende Vogel ein Schock für ihn sein. Die Wölfe heulten auf, als sie ihn stolpern sahen, und gewannen wieder ein Stück an Boden.

»Hab keine Angst!« rief Tanit und versuchte beruhigend zu sprechen. »Wir wollen dir doch helfen. Du brauchst mir nur zu folgen. Horn und Eja und Jock haben schon alles vorbereitet, um dich zu retten!«

Der Hirschmensch blickte im Lauf mit aufgerissenen Augen auf den sprechenden Vogel und dann zwischen diesem und den Wölfen, die ihm dicht auf den Fersen waren, hin und her. Endlich schien er sich entschlossen zu haben. Der sprechende Vogel war immer noch besser als gar keine Hoffnung. So nah, wie ihm der sichere Tod war, erschien ihm wohl der Vogel, der ihm da zurief, immer noch das kleinere Übel und vielleicht ein Hoffnungsschimmer zu sein. Er schöpfte neuen Mut, verdoppelte seine Anstrengungen und wurde schneller. Die Wölfe heulten auf vor Wut, als sie sahen, daß ihr Opfer sich wieder weiter von ihnen entfernte, und ihre Anführer trieben sie mit heiseren, rauhen Stimmen zu noch größerer Eile an.

Tanit änderte die Richtung und lenkte den Hirsch geradewegs nach Osten. Sie feuerte ihn mit aufmunternden Rufen an und sprach ihm Mut zu. Der Hirsch schien ihren guten Willen zu spüren und folgte nun ohne Zögern und unbeirrbar ihrem Flug. Er schien wieder Hoffnung zu haben und Herr über seine Erschöpfung zu werden. Sein Vorsprung vergrößerte sich und machte die Wölfe blind und rasend vor Wut.

Bald sah Tanit die Schlucht vor sich, über der Horn und die anderen warteten. Sie flog durch die Öffnung und leitete den Hirsch bis ans Ende der Schlucht. Dort stieg sie höher in die Luft und hielt nach ihren Freunden Ausschau.

Als der Hirsch das Ende der Schlucht erreichte, prallte er entsetzt zurück und stieß einen angsterfüllten Schrei aus. Mußte er nicht glauben, daß ein grausames Wesen ihn genarrt und in eine tödliche Falle gelockt hatte? Er wirbelte herum und lief zurück. Doch es war zu spät. Die Wölfe hatten den Eingang erreicht und versperrten ihm den Weg. Sie heulten auf, als sie ihr Opfer in der Falle sahen, und blieben stehen. Ihre Anführer richteten sich auf, und langsam, bebend vor unterdrückter Gier, schlichen sie auf den Hirsch zu, der mit zitternden Flanken zurückwich und nichts anderes mehr als die Bisse der Wölfe erwartete.

Als die Wölfe in Sichtweite erschienen, hatte Horn die Grasbüschel an seinen Pfeilen mit Hirschtalg getränkt und hielt nun den Bogen und einen der Pfeile bereit.

»Von denen kommt keiner lebend davon«, sagte Jock grimmig und schwenkte seine Schleuder.

»Nein«, sagte Horn. »Wir sind nicht hier, um zu töten. Hast du nicht gesehen, daß noch andere als nur vierbeinige Wölfe das Hirschwesen jagen? Wir haben kein Recht, uns einzumischen, bevor wir nicht wissen, was da vor sich geht. Wir können das Töten verhindern, aber wir sollten nicht unwissentlich Unrechtes tun.«

Jock blickte Horn erstaunt an. Wölfe schonen?! Doch Horn wirkte entschlossen und unbeirrt. So fügte er sich zähneknirschend und folgte Horn in allem, was dieser tat.

Die Wölfe, die ihr Opfer langsam in die Schlucht zurückdrängten, waren zwischen die Äste geraten, die Jock aufgeschichtet hatte. Horn entzündete rasch den ersten Pfeil und schoß damit auf den Haufen, der den Eingang hinter den Wölfen verschloß. Schnell ließ er weitere brennende Pfeile folgen, und bald waren die Wölfe zwischen Feuerwänden eingeschlossen. Sie heulten auf vor Entsetzen. Ihre Augen blickten irr und suchten vergeblich nach einem Ausweg aus den Flammen. Ihr Opfer hatten sie ganz vergessen. Horn nickte Jock zu, der jetzt mit seiner Schleuder einen Stein nach dem anderen auf die Wölfe und ihre Anführer warf und sie damit noch mehr in Angst und Raserei versetzte. Um sie herum loderte das Feuer, und Steine, die aus dem Nichts zu kommen schienen, trafen sie schmerzhaft, ohne daß ein Feind sichtbar oder Gegenwehr möglich gewesen wäre. Die Wölfe warfen sich hin und her, drehten sich wie toll im Kreis, und einige fingen in ihrer Ohnmacht an, über ihre eigenen Artgenossen herzufallen.

Da warfen Horn und Jock die bereitgelegten Schneeballen in das Feuer hinter den Wölfen. Es zischte und qualmte zuerst, und die Wölfe wirbelten entsetzt herum und starrten auf das neue Schrecknis. Dann aber begann der Schnee die Flammen zu löschen, und der Weg wurde frei. Doch die Wölfe zögerten, witterten neues Unheil und rührten sich nicht vom Fleck. Mit blutunterlaufenen Augen starrten sie auf den Ausweg, den sie doch nicht zu nutzen wagten. Da lachte Horn und steckte seine restlichen Pfeile in Brand. Diese schoß er so dicht neben die Wölfe, daß sie, von wahnsinniger Angst gepackt, alles um sich herum vergaßen, jede Gefahr, die vor ihnen lauern mochte, und in wilder Flucht die Schlucht verließen, hinaus ins Freie, Weite, Leere, mit versengten Pelzen und blutend von den sinnlosen Bissen, die sie einander beigebracht hatten. Bald waren sie zwischen den Hügeln verschwunden, eine tiefe, blutig gefärbte Spur im Schnee hinterlassend.

Die Freunde jubelten, und Jock sandte seinen letzten Stein in hohem Bogen den Fliehenden hinterher. Dann eilten sie in die Schlucht hinab und löschten die restlichen Feuer mit Schnee, um dem geretteten Hirsch den Weg freizugeben.

Der Hirsch hatte sich weit in die Schlucht zurückgezogen, um dem dichten Qualm zu entgehen. Langsam näherte er sich nun den Freunden. Sie sahen ihm seine widerstrebenden Gefühle an. Die Anstrengungen der Flucht, der Schock in der Falle, der Irrsinn der gefangenen Wölfe, die Rettung, all das hatte ihn verwirrt, und schwer atmend wagte er es kaum, sich zu nähern.

Eja trat vor und richtete ihre Gedanken fest auf den Hirsch. Die Ruhe und Freundlichkeit, die sie ausstrahlte, besänftigten die Angst des Geretteten, und er legte seine rechte Hand auf die Brust, neigte seinen Kopf tief vor Eja und ihren Gefährten und dankte ihnen ohne Worte.

Der Hirschmensch wurde bald ruhiger und sah die Freunde neugierig an, die ihn ihrerseits nicht weniger neugierig betrachteten. Er hatte wirklich Rumpf und Beine eines stattlichen Hirsches. Doch dort, wo der Hals hätte ansetzen müssen, saß ein menschlicher Oberkörper mit kräftigen Armen und einem Kopf auf den Schultern, der menschlicher nicht sein konnte, mit feinen Gesichtszügen im von der Sonne des Nordens gebräunten Gesicht und langen Locken, die frei bis auf seine Schultern herabhingen und nur um die Stirn von einem Lederband zusammengehalten wurden. Sein ganzer Oberkörper, seine Arme und sein Hals waren mit demselben seidigbraunen Fell wie sein Körper bedeckt. Auffallend waren auch seine Ohren, die groß waren, pelzig und spitzzulaufend wie die eines Hirsches. Sie traten zwischen seinen langen Haaren hervor, und er konnte sie bewegen wie ein Hirsch, der seine Ohren nach verdächtigen Geräuschen richtet. Er hatte graue, leuchtende Augen, die nun voll Dank auf die Freunde gerichtet waren.

Plötzlich stutzte der Hirsch und trat einen Schritt näher. Er sah auf Ejas Hals und schien etwas wiederzuerkennen. Unwillkürlich faßte Eja nach dem Laurinband. Da blickte der Hirsch auf, verbeugte sich wieder und sagte: »At ena laat, styria edrain.«

»Er spricht unsere Sprache«, jubelte Tanit. »Kein Wunder, daß er mir so schnell gefolgt ist. Er hat also doch verstanden, was ich ihm zugerufen habe.«

Sie flog auf Ejas Schulter und tanzte unruhig von einem Bein aufs andere. Eja lachte und wandte sich wieder an den Hirschmenschen. »Du verstehst also unsere Sprache. Du hast das Laurinband erkannt. Also hast du so etwas schon einmal gesehen. Wann und wo? Und wie heißt du? Wer bist du?«

Doch der Hirsch schüttelte abwehrend den Kopf und wiederholte nur verwirrt noch einmal den gleichen Gruß: »At ena laat, styria Edrain. Ich grüße dich, Tochter der Edrain.«

Eja begriff, was er ihnen sagen wollte. Viel mehr als das wenige, was er gesagt hatte, konnte er weder sprechen noch verstehen. Auch wenn er Eja als Edrain erkannt hatte, so reichte sein Wissen doch nicht aus, um sich mit ihnen verständigen zu können.

Tanit war enttäuscht, aber Eja tröstete sie und gab dem Hirschmenschen mit wenigen Worten und einigen Gesten zu verstehen, daß er in seiner Sprache zu ihr sprechen solle. Er nickte und schien zu begreifen. Vielleicht wußte er von den Fähigkeiten der Edrahil.

Langsam und deutlich begann der Hirsch zu sprechen.

Dabei sah er Eja ruhig an und schien zu fühlen, wie seine Worte in ihr Wurzeln schlugen. Seine Sprache war melodisch, mit rollenden, weichen, oft sehr langgezogenen Lauten. Er hatte eine schöne, kräftige Stimme voller Wärme, und da er seine Worte so klar an Eja richtete, spürte sie, daß das Gefühl, ihn zu verstehen, schneller kam als damals bei Tanit oder den Kiklits. Der Drang, mit ihm zu sprechen, nahm so rasch Gestalt an, daß es sie selbst in Erstaunen versetzte und sie noch zögerte, als sie schon jedes Wort verstand und in ihrem Denken aus den gleichen Lauten Sätze zu bilden begann wie der Hirsch, der zu ihr sprach. Wie sehr doch das Laurinband zu einem Teil von mir geworden ist, dachte sie. Dann nickte sie ihm zu und bat ihn in seiner Sprache, doch an ihrem Feuer Platz zu nehmen, damit er sich erholte und sie seine Wunde verbinden konnten, bevor er ihnen erzählte, was geschehen war und wer er sei.

Sie verließen die Schlucht und die Spuren des kurzen Kampfes mit den Wölfen und stiegen auf der Rückseite des Hügels dort hinauf, von wo Horn seine feurigen Pfeile und Jock seine schmerzenden Steine auf die Wölfe gesandt hatten. Dort legten sie Holz nach und reinigten und verbanden am warmen Feuer die Wunde des Hirsches. Jock wischte den Schnee beiseite und breitete ihre Decken aus, auf denen sie sich um das Feuer lagerten, um der Erzählung des Hirsches zuzuhören, die ihnen Eja wiedergab.

Sein Name war Far-Uhl. Er war ein Merod, ein Jäger aus dem Volk der Balhi-jata, die am Nordmeer, eine Tagesreise von dieser Schlucht entfernt, lebten. Er war in den Wäldern auf der Jagd gewesen, als ihn die Urruru und ihre Wölfe überraschten. Einer der Wölfe hatte ihn angesprungen und sich in seinem Hinterbein verbissen. Er hatte sich befreien können, und es gelang ihm, drei der Wölfe mit seinen Pfeilen zu erlegen. Aber es waren zu viele gewesen, und er mußte fliehen, als er seine Pfeile verschossen hatte. Er hatte versucht, in den Wäldern zu entkommen, doch die Urruru verstellten ihm den Weg, drängten ihn aufs freie Feld hinaus und jagten ihn Richtung Osten. Dort war er ihnen ausgeliefert, denn im tiefen Schnee hätten sie ihn früher oder später eingeholt.

Das Volk der Balhi-jata lebte in alter Fehde mit den Urruru, den Herren der Wölfe. Immer wieder wanderten die Urruru mit ihren Wölfen aus den südlichen Wäldern bis weit in die Wälder der Küste. Doch in das Land der Balhi-jata wagten sie sich nur selten, denn dort waren sie den Jägern unterlegen und wurden erbarmungslos verfolgt und getötet. Und Far-Uhl fragte Eja, warum sie denn die Urruru und die Wölfe verschont hätten. Doch Eja überließ es Horn, darauf Antwort zu geben, und übersetzte sie für Far-Uhl.

»Wir wandern in einer Welt, in der viele seltsame Wesen leben«, sagte Horn und blickte mit Augen, die wie in weite Ferne sahen, ins Feuer. »Wesen von unterschiedlichster Gestalt. Wer könnte es da wagen, sie nur nach ihrem äußeren Anschein zu beurteilen? Ist Tanit ein Vogel oder eine Edrain? Sind Steine nur Steine oder lebendig und hilfreich? Was verbirgt sich in den Bäumen? Was ist zwischen all diesen Lebewesen ein Mensch? Was ist ein Hirsch, der auch ein Mensch ist?

Doch das ist noch nicht alles. Wir sind auch Fremde in diesem Land. Was wissen wir von Recht und Unrecht? Können wir unterscheiden zwischen denen, die den Tod verdienen, und denen, die es verdienen, am Leben zu bleiben? Wer ist der Schuldige, wer unschuldig? Wer kann das in diesen Zeiten noch sagen, in denen selbst diejenigen, die schuldig werden, die Schuld doch nicht tragen?«

Far-Uhl senkte beschämt den Kopf: »Ich sehe, daß ihr viel erlebt habt, und beuge mich der Weisheit, die in euren Worten ist. Wie könnte ich auch meinen Rettern widersprechen. Aber, glaubt mir, es ist nicht nur Dankbarkeit, die mich zwingt, euch recht zu geben. Es ist auch Einsicht. Ich bitte euch aber, mir von dem, was ihr gesehen und erlebt habt, zu berichten, damit ich aus euren Erfahrungen lerne.«

Da erzählte Eja Far-Uhl alles, was seit dem Tag, an dem der Dolgan Tanit zu ihnen gekommen war, geschehen war.

Denn ihr Gefühl sagte ihr, daß sie ihm vertrauen konnte. So erzählte sie ihm, wie sie von ihrer Herkunft erfahren hatte, von ihrem Aufbruch ins Ungewisse, von den Nebelfeldern und von Gefangenschaft und Flucht, von den Kiklits und den Asari, von der Reise auf dem Floß bis in die ferne Wüste, in der ihnen der Tod so nahe gewesen war, von ihrer Rettung und den Geheimnissen der Tamahu. Sie erzählte ihm auch von Asar, von den Onduril und von ihrem Auftrag und warnte ihn vor der Gefahr, die vielleicht auch ihn und sein Volk bedrohen mochte, wenn es ihnen nicht gelänge, die Steine vor Asar zu bewahren. Auch wenn sie nicht das ganze Ausmaß der Gefahr kannte oder auch nur ahnte, so war ihr doch klar, daß es um Großes ging. Hätte sonst Asar solche Verbrechen begangen, soviel Unheil angerichtet und soviel Leid in die Welt gebracht? Und Eja bat Far-Uhl, sie und ihre Freunde durch das Land seines Volkes zu führen und ihnen den Weg nach Althaia zu weisen, wenn er ihn denn wüßte. Aber er habe ja ihr Laurinband erkannt. Wo er es denn gesehen habe?

»Die Balhi-jata kennen die Edrain schon lange«, antwortete Far-Uhl. »Doch sind die Edrain seltene Gäste in Bhaskara, der Heimat der Balhi-jata, denn hohe Berge trennen unsere Länder. Dennoch kennen wir die Edrahil und wissen von ihren geheimnisvollen Kräften, und wir haben auch das Laurinband gesehen, das jeder der Edrahil trägt. Du mußt also eine von ihnen sein, obwohl ich noch nie von einer so jungen Edrahil gehört habe«, sagte er.

»Nein«, antwortete sie. »Ich bin keine Edrahil. Ich trage nur das Band meiner toten Mutter, bis der Rat in Althaia entscheiden kann, was mit ihm geschehen soll.«

Hier unterbrach Horn das Gespräch und sagte zu Eja: »Wir sollten aufbrechen. Wer weiß, ob die Wölfe nicht wiederkommen. Und wir sollten auch nicht zu viel Zeit verlieren. Wir haben immer noch einen weiten Weg vor uns. Bitte Far-Uhl, uns zu führen. Wir können unterwegs miteinander reden.«

Far-Uhl stimmte sogleich zu. Er schien keine großen Schmerzen zu haben und konnte recht gut mit seinem verletzten Bein auftreten. So packten sie ihre Sachen und folgten Far-Uhl durch das verschneite Land. Der Abend dämmerte bereits und milderte die scharfen Schatten, welche die untergehende Sonne auf den Schnee zeichnete, bis sie im schwindenden Licht versanken.

Die Nacht verbrachten sie unter einer hohen, überhängenden Felswand, von schroffen Felsvorsprüngen vor den Winden geschützt und warm um ein Feuer sitzend, das seinen Schein weit in das Dunkel warf, wie eine rote Hand, die flackernd über das nächtliche Blau des Schnees tastete.

Früh am anderen Morgen setzten sie ihre Wanderung fort. Zur Mittagszeit erreichten sie einen breiten Waldgürtel, der sich von den Bergen im Süden bis zum Meer erstreckte und die östliche Grenze von Far-Uhls Heimat bildete. Es war ein herrlicher Nadelwald, in dem viele sehr alte und mächtige Bäume ihre Wipfel bis weit in den Himmel erhoben. Der Boden zwischen den Bäumen war von Nadeln und Moosen weich bedeckt und machte ihre Schritte leicht und federnd. Die Bäume standen nicht zu dicht, so daß sie gut vorwärtskamen. Die Strahlen der Sonne erhellten den Wald und ließen ihn weit erscheinen. Sie sprachen leise, denn sie fühlten eine ernste Feierlichkeit in dieser hohen Halle. Schließlich verstummten sie ganz und zogen schweigend und staunend durch diesen Wald, der ihnen wie ein Wunder vorkam und der so ganz anders als alle Wälder war, die sie je gesehen hatten. Sie waren wie verzaubert und bewegten sich glücklich und sorglos unter dem rauschenden Dach der Bäume dahin.

Doch plötzlich blieb Horn stehen und gebot ihnen mit einer Handbewegung, das Gleiche zu tun.

»Was ist?« fragte Eja.

»Ich weiß nicht recht«, antwortete Horn. »Etwas stimmt hier nicht. Aber was? Vielleicht … Frage doch Far-Uhl, ob es hier in diesem Wald keine Vögel gibt. Ich kann keine hören.«

Eja wandte sich an Far-Uhl, der Horn fragend anblickte. Doch bevor sie ihn noch fragen konnte, sprangen viele Gestalten hinter den Bäumen hervor, harte Fäuste packten sie und warfen sie zu Boden, und kalte Gesichter mit leblosen, steinernen Augen beugten sich über sie. Alles war lautlos geschehen. Die Überraschung war vollkommen. Ohne Gegenwehr nahmen die Asari sie gefangen. Nur Tanit beachteten sie nicht, und auch Far-Uhl entkam ihnen, denn als sie ihn zu packen versuchten, glitten ihre Hände an seinem Fell ab, und er warf sie zurück, als er sich wild aufbäumte und mit seinen Hufen nach ihnen trat. Ein solches Wesen hatten sie noch nie gesehen, und so konnten sie es nicht richtig fassen. Drei der Asari überrennend und mit seinen scharfen Hufen verletzend, brach er durch ihre Reihen und verschwand hinter den Bäumen, zwischen denen er für ihre Pfeile unerreichbar wurde, ehe sie diese noch aus dem Köcher gezogen hatten.

»Ein feiner Freund«, stieß Jock zwischen zusammengebissenen Zähnen hervor. »Kaum wird es brenzlig, gibt er Fersengeld.« Doch eine Hand legte sich ihm über den Mund und ließ ihn verstummen.

Die Merod der Balhi-jata

Tanit saß zitternd vor Schreck hoch oben in einer mächtigen Tanne und spähte angestrengt in die Tiefe. Nur undeutlich konnte sie erkennen, was unter ihr vor sich ging, und so wagte sie sich schließlich doch Ast für Ast hinab und überwand ihre Angst, um ihren Freunden nahe zu sein und ihnen vielleicht helfen zu können. Bald saß sie dicht über den Asari auf einem breiten Ast, und nur wenig Nadelwuchs verbarg sie noch vor ihren Blicken. Doch die Asari schienen nicht nach ihr zu suchen. Tanit atmete auf. Vielleicht fand sich ja eine Möglichkeit, ihren Freunden zur Flucht zu verhelfen.

In mehreren Gruppen lagerten die Asari zwischen den Bäumen. Tanit versuchte, sie zu zählen, und erschrak, als sie feststellte, daß gut fünfzig von ihnen hier versammelt waren. Wie sollte es möglich sein, einer solchen Übermacht zu entkommen? Tanit ließ die Gruppe der Asari, die um die Gefangenen stand, nicht aus den Augen. Horn und Jock saßen aneinander gefesselt auf dem Boden. Gerade waren die Asari daran, Ejas Fesseln zu lösen. Als sie frei vor ihnen stand, zogen zwei der Asari ihre Schwerter und setzten sie Horn und Jock an die Brust. Tanit hielt entsetzt den Atem an und sah angsterfüllt auf Eja. Was geschah dort unten?

Eja blickte in die harten Gesichter der Asari, in ihre leblosen Augen, die sie aus dunklen Höhlen anstarrten. Einer der Asari, der die anderen anzuführen schien, trat auf sie zu, wies auf Horn und Jock und sagte mit tonloser Stimme, die so klang, als würde nicht er selber sprechen, sondern als wäre er nur das Werkzeug eines anderen, fernen Willens:

»Du siehst, deine Gefährten sind in unserer Hand. Wir kennen dich und deine Kräfte. Der Herr hat uns gewarnt. Gebrauche deine Kraft, und deine Freunde werden augenblicklich des Todes sein. Hüte dich also und folge uns in allem, was wir verlangen. Antworte. Unterwirfst du dich dem Willen des Herrn?«

Eja spürte, wie eine große, schwarze Angst sich kalt auf sie legte. Der Atem stockte ihr, als sie in den Augen des Asari eine Gnadenlosigkeit sah, die ihr keine Wahl ließ. Sie blickte Horn an. Er wirkte ganz ruhig. Die Bedrohung durch das Schwert, die Aussichtslosigkeit ihrer Lage schienen keinen Einfluß auf seine Entschlossenheit und Stärke zu haben. Und hatte er nicht recht? Nur solange sie ihren Mut nicht verloren, konnten sie selbst in dieser ausweglosen Lage noch Handelnde bleiben, selbst mit gebundenen Händen und trotz der Übermacht der Asari. Eja fühlte, wie Horns Kraft sie erreichte und ihre eigene Kraft wachrief. Dankbar atmete sie auf. Horn verstand, was in ihr vorging, und nickte ihr unmerklich zu. Eja richtete sich auf und blickte dem Asari ruhig entgegen.

Der Asari spürte die Kraft, die von ihr ausging, und wurde unsicher. Mit rauher, schwankender Stimme wiederholte er: »Antworte. Unterwirfst du dich?«

Eja nickte zum Einverständnis und sagte: »Ja. Ich werde keinen Gebrauch von meinen Kräften machen.«

»So höre, was der Herr dir sagen läßt. Er fordert den Stein von dir. Hast du ihn bei dir, so gib ihn. Hast du ihn nicht, weißt aber, wo der Stein sich befindet, so sage es.«

»Ich habe ihn nicht, und ich weiß nicht, wo der Stein zu finden ist«, antwortete Eja mit fester Stimme.

Der Asari lachte hohl auf. Doch auch dieses Lachen schien nicht sein eigenes zu sein, sondern klang wie der Widerhall eines fernen, fremden Lachens, das durch das versteinerte Wesen des Asari drang und Eja mit kaltem Hauch berührte.

»Der Herr glaubt dir nicht. Er wußte, daß du dies sagen wirst. Widersetze dich nicht, wenn du deine Freunde retten willst. Durchsucht sie!« befahl er.

Eja ließ ohne Gegenwehr zu, daß zwei der Asari sie durchsuchten. Sie streiften mit ihren rauhen Händen über ihren Körper und faßten in ihre Taschen. Dann schütteten sie den Inhalt ihres Beutels aus und durchwühlten ihn. Als sie nichts fanden, wies ihr Hauptmann mit einer kurzen Handbewegung auf Horn und Jock. Sogleich wurden auch diese in derselben Weise und ebenso erfolglos durchsucht. Der Hauptmann nickte und wandte sich wieder Eja zu.

»So weißt du sicher, wo der Stein zu finden ist, denn deinen Worten kann der Herr keinen Glauben schenken«, sagte er und befahl mit knappen Worten, Horn und Jock an einen Baum zu binden. Die beiden wurden mit dem Rücken an einen breiten Baum gefesselt, Arme und Beine weit vom Körper abgespreizt. Sie konnten nur noch ihre Köpfe bewegen und waren hilflos allem ausgeliefert, was nun kommen mochte.

Ejas Gesicht verlor alle Farbe, und ihre Lippen wurden weiß und dünn. Sie hatte nie wirklich daran gedacht, daß ihr und ihren Freunden jemals der Tod drohen könnte. Wie hatte sie so blind sein können? War nicht ihre Mutter schon von Asars Häschern in den Tod getrieben worden? War Horn nicht beinahe von den Asari erschlagen worden? Dies war kein Abenteuer, sondern entsetzliche Wirklichkeit. Asar schreckte vor nichts zurück. Was zählte für ihn schon das Leben eines anderen?

»Was habt ihr vor?« fragte sie mit zitternder Stimme und faßte in ihrer Ohnmacht den Hauptmann der Asari bittend am Arm. Doch dieser schüttelte sie ab und sagte nur kurz: »Der Herr weiß Wege, deine Zunge zu lösen.«

Einige der Asari stellten sich, nur zehn Armlängen entfernt, gegenüber dem Baum auf, an dem Horn und Jock gebunden und wehrlos standen. Die Asari hielten ihre großen Bögen in den Händen und richteten ihre Pfeile auf die Gefangenen.

»Sage, wo der Stein sich befindet, und deinen Freunden wird nichts geschehen«, forderte der Hauptmann sie auf.

Eja sah ihn hilflos und verzweifelt an. Was sollte sie denn antworten? Sie wußte es doch nicht. Sie blickte ihre Freunde an. Jocks Gesicht war bleich, und er biß sich mit großen, erschrockenen Augen auf die Lippen, um seine Angst zu beherrschen und seine Schwäche nicht zu zeigen. Horns Gesicht blieb unbewegt. Nur seine Augen schienen noch dunkler geworden zu sein, schwarz und in die Ferne gerichtet und von einer Trauer erfüllt, die alt erschien, lang verborgen und erst jetzt, in diesem Augenblick größter Gefahr, wieder sichtbar wurde.

Eja schüttelte stumm den Kopf und sah den Hauptmann flehend an. Doch dieser gab ungerührt einen knappen Befehl, und die Pfeile schnellten von den Sehnen und staken dicht um die Gefangenen in der Rinde des Baumes, ohne sie verletzt zu haben. Jocks Atem entwich zischend durch die zusammengebissenen Zähne. Er blickte Eja an, und sie fühlte das Entsetzen, das sich in Jock auftat wie ein endlos tiefer Abgrund, schwarz und vernichtend.

Die Stimme des Hauptmanns riß sie aus ihrer Ohnmacht: »Gibst du nun Antwort?«

»Aber ich weiß es doch nicht!« entfuhr es Eja, und die eigene Stimme gellte ihr fremd und häßlich in den Ohren.

»Ganz wie du willst«, sagte der Hauptmann und lachte wieder dieses ferne, hohle Lachen, in dem Eja die ganze Kälte und Grausamkeit des Mannes erkannte, den sie noch nie gesehen hatte und der doch ihr Leben so unerbittlich beeinflußte. Sie fühlte zum ersten Mal Asars Macht in ihrer ganzen Stärke und war ihr hilflos ausgeliefert.

Wieder schnellten die Pfeile von den Sehnen. Doch während die meisten wieder dicht neben den Gefesselten zitternd in der Rinde steckenblieben, trafen zwei von ihnen in Horns und Jocks rechte Oberschenkel. Jock stieß einen Schmerzensschrei aus, keuchend und gepreßt. Horn blieb stumm, und es schien, als würde er seine Umgebung und den Schmerz nicht wahrnehmen. Eja sah, wie Jock mit sich kämpfte. Er schien die Beherrschung nicht verlieren zu wollen, als wolle er ihr selbst in dieser Gefahr noch beistehen, durch seinen Stolz und eine Stärke, die sie an ihm noch nie gesehen hatte. Jock beugte den Kopf und faßte mit den Zähnen nach dem Kragen seines Wamses, in das er fest hineinbiß. Dann richtete er sich, das Leder zwischen den Zähnen, wieder auf und sah mit großen Augen über die Köpfe seiner Peiniger hinweg.

Wieder forderte der Hauptmann eine Antwort von Eja, und wieder konnte sie nur verzweifelt den Kopf schütteln. Die nächsten Pfeile trafen. In beiden Beinen staken sie nun mit zitternden Schäften.

Noch einmal fragte der Hauptmann, und noch einmal trafen die Pfeile als Antwort auf ihr Schweigen. Diesmal verlor Jock das Bewußtsein, als ein Pfeil seine rechte Schulter an den Baum nagelte, und schwer hing sein Kopf herab. Da schlug Eja die Hände vor das Gesicht und rief mit verzweifelter Stimme:

»Wie soll ich dir antworten, Asar? Nichts weiß ich und wenn ich es je gewußt habe, so kann ich mich nicht erinnern. Ich weiß nicht, wo der Stein zu finden ist. Ich weiß es doch nicht.« Sie fiel zu Boden, barg ihren Kopf zwischen den Armen, und ein wildes Schluchzen schüttelte ihren Körper. Nur nichts mehr sehen müssen von den Grausamkeiten, die ihren Freunden angetan wurden. Nichts mehr hören und sehen, was auch immer geschehen mochte. Doch sie konnte dem Schrecken nicht entkommen. Wieder hörte sie über sich die kalte, leblose Stimme des Asari:

»Der Herr sagt, bringt sie mir, wenn sie nichts weiß. Sie sagt die Wahrheit, wenn selbst die Schmerzen der Freunde ihre Zunge nicht lösen. Nehmt sie mit!«

Rauhe Hände packten sie, fesselten sie und warfen sie über die kräftige Schulter eines hochgewachsenen Asari. Dann liefen die Asari los, und das letzte, was Eja sah, bevor es dunkel um sie wurde und sie das Bewußtsein verlor, waren ihre Freunde, die von den Asari verwundet und gefesselt zurückgelassen wurden.

Lange spürte sie nur undeutlich die Bewegung des Mannes, der sie trug. Dann wurde sie von harten, schmerzenden Stößen geweckt. Sie sah den nadelbedeckten Boden unter sich und die Bäume, die sie in Eile hinter sich ließen, und hörte den schweren Atem des Asari, der sie trug. Immer wieder wurde sie auf die Schulter eines anderen Asari geladen, so daß nichts ihren Lauf aufhielt. Wie Wölfe jagten die Asari durch den Wald, ausdauernd und unermüdlich. Als die Nacht einfiel, lagerten sie zwischen den Bäumen, ohne ein Feuer zu entzünden. Die Asari gaben ihr etwas Wasser zu trinken und ein Stück hartes Brot. Dann lag sie allein, gefesselt und frierend auf dem schneefeuchten Waldboden. Die Asari hatten den Schnee notdürftig zur Seite gefegt und warfen eine alte schmutzige Decke über Eja, die sie vor der schlimmsten Kälte und dem Erfrieren bewahrte. Doch Eja achtete nicht auf Kälte und Dunkelheit. Ihre Gedanken waren bei ihren Freunden, die verletzt und hilflos den Gefahren dieser fremden Welt ausgeliefert waren. Als sie endlich in einen bleiernen Schlaf fiel, sah sie im Traum die Urruru mit ihren Wölfen, die ihre Freunde umzingelten und sich den Wehrlosen mit gefletschten Zähnen näherten. Als die Wölfe sich heulend auf Horn und Jock stürzten, schreckte Eja auf und fand für den Rest dieser kurzen Nacht keinen Schlaf mehr. Die Sterne über den Bäumen hatten all ihre Schönheit verloren und schienen nur noch kalte Lichter zu sein, die fern und unberührt auf sie herabblickten. Als das erste Morgenlicht den Wald matt erhellte, luden sich die Asari Eja wieder auf die Schultern und setzten ihren Lauf nach Süden fort.

Der Boden begann anzusteigen. Sie hatten die Vorberge erreicht. Gegen Mittag überschritten sie einen langgestreckten Hügelrücken und blickten in eine Senke hinab, in der sich eine weite Lichtung öffnete. Ihnen gegenüber, am Ende der Senke, erhoben sich schroffe Felswände, in denen nur ein scharfer Einschnitt den Weg in die Höhe freigab. Die Asari, die zwischen den Bäumen in weit auseinandergezogenen Reihen gelaufen waren, sammelten sich zu einem großen, geordneten Verband und machten sich, nach allen Seiten sichernd, auf den Weg durch die offene Senke.

Was dann geschah, geschah schnell und ließ den Asari keine Gelegenheit, sich zu wehren. Als sie die Felsen am Ende der Senke fast erreicht hatten, brachen zwischen den Bäumen, die sie von beiden Seiten umgaben, Gestalten hervor, die mit großer Geschwindigkeit die Asari überrannten und ihre Reihen zerschlugen. Alles geschah so rasch, daß Eja es erst recht begriff, als es schon vorbei war. Sie sah Hirschwesen, die auf ihren schnellen Beinen heranstürmten und in ihren starken Armen lange Stöcke in wirbelnder Bewegung hielten. Ehe die Asari ihre Waffen ziehen konnten, waren die Merod der Balhi-jata, die Jäger des Nordens, über ihnen. Die wirbelnden Stäbe trafen mit schweren Schlägen die Köpfe der Asari, die bewußtlos zu Boden stürzten, ehe sie auch nur einen Gedanken an Gegenwehr hätten fassen können. Auch der Asari, der Eja trug, wurde von einem harten Schlag getroffen. Starke Arme fingen Eja auf und stellten sie behutsam auf die Füße. Ein Messer zerschnitt ihre Fesseln, und ein dunkler Schatten stürzte sich auf sie und ließ sich weinend und lachend zugleich auf ihrer Schulter nieder. Tanit! Eja öffnete ihre Arme und drückte den Dolgan fest an sich. Stumm vor Erleichterung blickte sie um sich.

Es war vorbei. Die Asari lagen am Boden. Keiner von ihnen rührte sich mehr. Doch sie waren nur betäubt. Eja konnte sie atmen sehen. Kein Blut war geflossen. Die Balhi-jata machten sich daran, den Asari die Waffen abzunehmen. Sie war gerettet. Einer der Balhi-jata trat auf sie zu. Eja sah auf und blickte in Far-Uhls lächelndes Gesicht.

»At ena laat, styria edrain. Sei gegrüßt, Tochter der Edrain«, begrüßte er sie mit denselben Worten, mit denen er sie bei ihrer ersten Begegnung angesprochen hatte. Dankbarkeit und Erleichterung überfluteten Eja. Sie legte die Hand auf die Brust und dankte ihm ebenso schweigend für ihre Rettung, wie er es einst getan hatte.

Doch Tanit hielt den stillen Ernst der beiden nicht länger aus. »Nun seid doch nicht so stumm!« rief sie. »Also ich könnte vor Freude Purzelbäume schlagen, bis mir der Schnabel abfällt.«

Da lachte Eja befreit auf, und die Spannung löste sich. Far-Uhl erzählte ihr, was geschehen war, seitdem sie in die Gewalt der Asari geraten waren. Er war, gleich nachdem er den Asari entkam, nach Westen geeilt, um Hilfe zu holen, denn allein hätte er gegen die Übermacht der Asari nichts ausrichten können. Das Glück wollte es, daß er schon bald auf die Merod stieß, die nach ihm suchten. Nachdem sie Horn und Jock befreit hatten, hatte Tanit sie geführt, und da sie den Weg der Asari aus der Luft verfolgen konnte, war es ein leichtes gewesen, die Asari in einem Bogen zu umgehen und ihnen bei den Bergen eine Falle zu stellen. So war denn alles aufs beste ausgegangen.

»Wie geht es Horn und Jock?« fragte Eja besorgt.

»Sei unbesorgt«, sagte Far-Uhl. »Sie sind in Sicherheit, und es wird alles Nötige für sie getan. Es wird Zeit, daß wir zu ihnen gehen. Hier bleibt nicht mehr viel für uns zu tun. Komm, ich will dich mit Tahûr-Elen bekannt machen. Er führt die Merod an und wird entscheiden, was zu tun ist.«

Er trat mit Eja zu einem der Merod, der die Entwaffnung der Asari überwachte und durch seinen hohen, kräftigen Wuchs und sein Haar auffiel, das so weiß war, daß es wie Silber erschien. Er hatte kluge, scharf blickende Augen, die Eja freundlich entgegensahen. Wie alle Merod trug er einen Lederpanzer, der seinen Oberkörper schützte.

»Sei gegrüßt, Tochter der Edrain«, sagte auch er. »Ich sehe mit Freude, daß dein Leib alle Fährnisse ohne Schaden bestanden hat. Bald wird sicher auch dein Geist den Schrecken überwinden. Was wir dazu beitragen können, sei gerne getan. Du und deine Freunde, ihr habt unserem Volk einen großen Dienst erwiesen. Denn was ihr einem von uns Gutes tut, das habt ihr für uns alle getan.«

»Ich habe euch zu danken«, erwiderte Eja. »Meine Freunde und ich stehen in eurer Schuld. Ich hoffe, daß wir uns der Dankbarkeit, die wir euch schulden, würdig erweisen.«

Tahûr-Elen nickte und lächelte. »Gut denn, so seien wir vorerst in gegenseitiger Dankbarkeit verbunden. Möge später, zu ruhigerer Stunde entschieden werden, wer den größeren Dank schuldig ist. Jetzt aber wollen wir entscheiden, was zu tun ist, um künftigen Schaden gering zu halten.

Eine Entscheidung ist schon gefallen und vollzogen worden. Wir haben, dem Beispiel Horn Elders folgend, kein Blut vergossen. Doch was soll nun mit diesen geschehen? Mir widerstrebt es, Gefangene zu machen, die uns behindern und in unserer Nähe in so großer Zahl eine dauernde Gefahr sind. Was rätst du uns, Tochter der Edrain? Dich haben sie verfolgt und deinen Freunden Leid angetan. So magst du entscheiden, was mit ihnen geschehen soll.«

Eja sah verwirrt auf die bewußtlosen Asari. Die Entscheidung mußte bald getroffen werden, noch bevor die Asari erwachten. Sie dachte an die Schmerzen, welche die Asari ihren Freunden zugefügt hatten, und fühlte Zorn in sich aufsteigen. Doch plötzlich hörte sie wieder das hohle, ferne Lachen Asars, das aus dem Munde des Hauptmanns der Asari erklungen war, und sie sah die Ähnlichkeit der Asari mit Horn. Da waren es für sie wieder die Feorner, die sich schuldlos in Schuld verstrickten. Sie befreite sich von jeglichem Rachegefühl und wußte nun, was zu tun war.

»Auch wenn es ein Fehler ist, der sich später einmal rächen mag, so glaube ich, daß es das beste ist, die Asari laufen zu lassen. Wir haben andere Ziele, als die Asari zu bekämpfen. Wir müssen Althaia so rasch wie möglich erreichen und dürfen uns nicht mit ihnen belasten. Auch sind sie nun unbewaffnet und können uns eine Weile nicht mehr schaden. Sorgt dafür, daß sie uns nicht folgen, sondern in den Süden zurückkehren, und laßt sie ziehen.«

»So sei es«, sagte Tahûr-Elen. »Ich glaube, daß du gut entschieden hast, so gut, wie es der Augenblick erlaubt. Ich sehe auch keinen besseren Weg.«

Er gab Anweisung, daß eine Gruppe der Balhi-jata zurückblieb. Sie sollte sich den Asari entgegenstellen und sie zwingen, den Rückweg nach Süden anzutreten. Die von den Asari erbeuteten Waffen erklärte Tahûr-Elen zum Besitz der Balhi-jata, und die Merod nahmen sie mit sich.

So schnell es Ejas Kräfte zuließen, machten sie sich auf den Weg an den Ort, an dem die Asari Horn und Jock verletzt zurückgelassen hatten. In dieser Nacht schlief Eja sicher an einem warmen Feuer. Far-Uhl wachte über ihren

Schlaf und hüllte sie in weiche Decken. Leise erzählte er ihr die alten Geschichten der Balhi-jata, und seine Worte leiteten sie sanft in einen tiefen, erholsamen Schlaf. Tanit war vorausgeflogen, um den Freunden die Nachricht von Ejas Befreiung und dem Sieg der Merod zu bringen.

Ausgeruht und glücklich zogen sie am nächsten Morgen weiter. Wenn Eja müde wurde, faßten Far-Uhl und ein anderer der Merod sich an den Händen und trugen sie auf ihren Armen durch den Wald. Nie war Eja das Sonnenlicht, das hell durch die Äste schien, so herrlich erschienen. Der Wald war erfüllt von Licht und dem Gesang der Vögel, und Ejas Herz flog durch den Zauber des Waldes, leicht und sorgenfrei. Am frühen Nachmittag trafen sie auf die Balhi-jata, die bei Horn und Jock zurückgeblieben waren und ihre Wunden versorgt hatten.

Eja schloß Horn und Jock überglücklich in die Arme. Die Balhi-jata hatten die Pfeile entfernt und die Wunden gereinigt und verbunden. Jock war glücklicherweise noch ohnmächtig gewesen, als dies geschah, so daß er nicht spürte, wie sie die Pfeile aus seinem Körper zogen. Doch er war geschwächt und hatte hohes Fieber. Ihrer Reise nach Althaia war vorerst ein Ende gesetzt, denn sie mußten nun warten, bis Jock wieder so weit bei Kräften war, daß er den beschwerlichen Weg fortsetzen konnte. Auch Horn würde Zeit brauchen, bis seine Wunden heilten.

Tahûr-Elen beschloß, die Kranken einige Tage im Wald zu behalten und sie dann nach Bhaskara, der Heimat der Balhi-jata, zu bringen. Aus Decken errichteten sie ein einfaches Zelt, in dem die Kranken vor Kälte und Wind geschützt waren, und ließen es den Gefährten an nichts fehlen. Eja blieb bei ihren Freunden und schlug das Angebot, schon vorauszuziehen, aus. Sie würde Bhaskara noch früh genug sehen und dann am liebsten gemeinsam mit ihren Freunden, von denen sie sich nicht trennen wollte.

Nach drei Tagen war Jocks Fieber so weit gesunken, daß sie die Reise mit ihm antreten konnten. Aus Stangen und Fellen hatten die Balhi-jata starke Tragen hergestellt, die sie zu viert zwischen sich hielten. Darin lagen nun die

Kranken und spürten bis auf ein leichtes Schwingen kaum die Erschütterungen des Weges und der Schritte ihrer Träger. Wie auf schwebenden Betten glitten sie durch den Wald. Über ihnen eilten die Äste der Bäume dahin und der Himmel mit seinen jagenden Wolken. Oft schliefen sie ein und beschleunigten so noch ihre Heilung.

Eja, Tanit und Far-Uhl hielten sich in ihrer Nähe, gaben ihnen zu essen und zu trinken und unterhielten sie. Auch Tahûr-Elen kam oft herbei und erkundigte sich nach ihrem Befinden. Die Balhi-jata behandelten sie mit Achtung und aufmerksamer Freundlichkeit. Sie fühlten sich sicher und geborgen und unter Freunden. So kamen sie schnell voran, und der Weg erschien ihnen kurz.

Zwei Tage zogen sie durch den Wald, bis sie freies Land erreichten: Bhaskara.

Bhaskara

Offen und weit lag Bhaskara vor ihren Augen, als sie die Bäume des hohen Waldes hinter sich gelassen hatten. Hoch über ihnen wölbte sich der Himmel und warf sein reines Licht auf den silbernen Spiegel des schneebedeckten Landes. Erst allmählich traten sichtbare Formen hervor, die das geblendete Auge des Betrachters erkennen konnte. Ganz sachte lösten sich Hügel, Flußläufe, Waldungen und freies Land aus dem schimmernden Weiß, und Bhaskara nahm Gestalt an.

Im Süden erhoben sich mächtige Berge, eine lange Kette grauen Gesteins. Gewaltig türmten sich die Felsen übereinander. Von Westen her floß ein breiter Strom dem Rande der Bergwälder entlang. Dann änderte er seinen Lauf und nahm seinen Weg nach Norden, dem Meer zu. Dort teilte er sich zu einem Delta, dessen Arme zahlreiche schilfbewachsene Inseln umschlossen.

In der Mitte des Deltas lag eine Insel, weit größer noch als alle anderen Inseln. Sie war nicht mit Schilf bewachsen. Ein sonderbarer Wald war auf ihr zu sehen, belaubt und grün inmitten des Winters, der diese Insel nicht zu berühren schien. Ein seltsamer Zauber ging von ihr aus, etwas Unantastbares, Frisches, als hielte ein ewiger Frühling sie umfangen, der keinen Wandel kannte und kein Alter.

»Wie schön«, flüsterte Eja, die kaum wagte, ihre Stimme zu erheben, als fürchtete sie, den Zauber zu zerstören.

Far-Uhl lächelte und antwortete auf ihre unausgesprochene Frage, als hätte er in ihren Gedanken gelesen:

»Niemand kann dem Zauber von Kiritavat widerstehen. Schön ist Kiritavat, die Frühlingsinsel im Herzen Bhaskaras. Die Wasser Nadijas umschlingen sie, die Schöne, die Unberührbare. Verbotenes Land ist sie für alles Fremde. Ihr aber werdet sie sehen, denn die Eneti, die

Mütter, heißen euch willkommen. So laßt uns denn gehen!«

Sie zogen durch die sanften Hügel, die sich zwischen dem Wald und dem Delta des Flusses Nadija erstreckten. Bald erreichten sie seine ersten Ausläufer. An vielen Stellen waren die Wasserläufe seicht und leicht passierbar. Hier trugen die Balhi-jata Eja auf ihren Armen durch die eisigen Fluten, so daß sie trockenen Fußes von Insel zu Insel gelangte. Je näher sie Kiritavat kamen, desto deutlicher spürten sie den Zauber der Insel. Eine leichte, heitere Luft wehte ihnen entgegen, wie eine Vorahnung des Frühlings. Vogelstimmen waren zu hören, entfernt erst und vereinzelt, dann immer näher und zahlreicher. Es war den Freunden, als würden sie aus einem tiefen Schlaf erwachen, den sie lange und irrtümlicherweise für das Wachen gehalten hatten.

Endlich durchschritten sie den letzten breiten Arm des Nadija und erreichten die Bäume von Kiritavat. Es war, als überquerten sie die Grenze zwischen zwei Welten, als tauchten sie ein in eine andere Welt, fern der bekannten, die unendlich viel weiter zurückzuliegen schien, als nur hinter den wenigen Bäumen, die Kiritavat von der Außenwelt trennten.

Ein sanfter, warmer Wind strich über ihre Gesichter. Vögel flogen zwitschernd an ihnen vorbei und gaukelten durch das lichtdurchflutete Blattwerk schlanker Bäume, deren Rinde glatt war und wie mattes Silber schimmerte. Hell waren die Blätter, jung und frisch, wie gerade den Knospen entsprungen. Weiches Gras bedeckte den Boden und dämpfte ihre Schritte. Überall wuchsen kleine Blumen mit sternförmigen Blüten und in vielerlei Farben. Ein lieblicher Duft ging von ihnen aus. Die Schönheit, die sie umgab, verwirrte sie. Wenn die Balhi-jata sie nicht geführt hätten, so wären sie stehengeblieben oder gar umgekehrt, um Kiritavat zu verlassen, das ihnen so schön erschien, daß es fast unerträglich war.

Wieder schien Far-Uhl ihre Gedanken zu erraten, und er bemühte sich, ihre Verwirrung zu besänftigen:

»Es ist nicht leicht für Fremde, die Schönheit von Kiritavat zu ertragen. Staunen und Erschrecken, Glück und Schmerz liegen hier nahe beieinander. Nehmt euch Zeit, zu sehen und zu begreifen.«

Lachen drang zu ihnen, helle Stimmen. Zwischen den Bäumen tauchten schlanke Gestalten auf und verschwanden wieder. Sie fühlten neugierige Blicke auf sich gerichtet, doch auch freundliche und wohlgesonnene. Schließlich erreichten sie eine weite Lichtung, in deren Mitte ein kleiner, hell blinkender See lag. Um den See herum sahen sie die Eneti, die Mütter, ruhend und plaudernd oder ihre Jungen behütend. Einige säugten Neugeborene, andere sangen ihnen Lieder oder liefen mit den Älteren im Spiel um den See.

Auf der gegenüberliegenden Seite des Sees war ein großes, halboffenes Zelt aufgeschlagen, in dessen Schatten eine Gruppe der Eneti die Ankömmlinge erwartete. Als sie das Zelt erreichten, legten die Merod, die Eja und ihre Freunde begleitet hatten, die Tragen mit Horn und Jock im Schatten des Zeltes ab und zogen sich zurück. Nur Far-Uhl und Tahûr-Elen wurden gebeten, zu bleiben und dem Rat der Eneti beizuwohnen.

Die Eneti begrüßten ihre Gäste und reichten ihnen zu essen und zu trinken. Mehr als diese Worte der Begrüßung wurde anfangs kaum gesprochen. Die Eneti ließen Eja und ihren Freunden Zeit, sich umzusehen und alles Neue kennenzulernen. Allmählich legte sich ihre anfängliche Verwirrung, und sie fühlten sich nicht mehr als Fremde.

Eja ließ ihre Augen über den See und die spielenden und ruhenden Bewohner von Kiritavat gleiten. Wie schön die Frauen der Balhi-jata, die sie die Mütter, die Eneti nannten, waren. Langes Haar fiel über ihre Schultern, wie bei den Merod, den Jägern, nur an der Stirn von einem Band zusammengehalten. Ein weicher, heller Stoff bedeckte ihren Oberkörper. Bunte Bänder hielten das hemdartige Kleid, das die Arme frei ließ, und wanden sich in geflochtenen Mustern um ihren Tierleib.

Auch die Eneti, die unter dem Zeltdach die Freunde bewirteten, trugen dies leichte Gewand, doch wurde ihr Haar von einem schimmernden Reif zusammengehalten. Sie schienen älter, ohne doch vom Alter gezeichnet zu sein. Doch eine große Würde und Ruhe ging von ihnen aus, und ihre Haare waren silbern. Sie hatten klare, ernste Augen, die grau waren wie das Meer am frühen Morgen.

Hat Far-Uhl nicht von den Herrinnen gesprochen, als wir ihm begegneten? dachte Eja. Die Eneti müssen diese Herrinnen sein. Ich fühle ihre Kraft.

Da richtete eine der Eneti mit Namen Ker-Imea das Wort an die Freunde.

»Es ist uns schon einiges berichtet worden von euch und von dem, was euch begegnet ist auf eurer Reise. Manches davon gibt Anlaß zur Besorgnis. Doch ist es nicht gut, die Dinge nach dem zu beurteilen, was anderer Mund davon sagt. So bitten wir euch, wenn eure Kräfte es erlauben, uns genauen Bericht zu geben von allem, was euch hierher geführt hat und was euch veranlaßt hat, die weite und gefährliche Reise nach Althaia zu unternehmen. Dann, wenn wir alles gehört haben, wollen wir Rat darüber halten, was zu tun ist und was unsere Aufgabe sei in eurem Wagnis.«

Eja verneigte sich vor der Sprechenden und erwiderte: »Gerne will ich von allem berichten, was ich weiß, auch im Namen meiner Freunde, die durch die Hilfe der Merod dem sicheren Tode entkommen sind, wie auch ich nur durch sie gerettet worden bin. Dank der Fürsorge der Merod habe ich mich längst von allen Fährnissen erholt und hoffe auf euren Rat.« Eja gab den Eneti Bericht von allem, was geschehen war seit ihrem Aufbruch aus dem Raunatal, und von allem, was sie von dem wußte, was diesem Aufbruch in der Vergangenheit vorausgegangen war. Als der Tag sich neigte, schloß sie die Erzählung mit ihrer Befreiung aus der Gewalt der Asari durch die Merod der Balhi-jata. Ker-Imea stellte ihr viele Fragen, und besonders lange fragte sie nach der Bedeutung und der Art der Onduril. Doch Eja wußte nicht viel mehr von den Onduril zu sagen, als daß ihnen eine Kraft der Wandlung innewohne und daß Asar alles daran setze, die Onduril in seine Hand zu bekommen.

»Sie scheinen also von großem Wert zu sein, und ein Geheimnis umgibt sie, denn nie zuvor haben wir von ihnen gehört, obwohl doch unser Volk dein Volk schon lange kennt«, meinte Ker-Imea. »Auch scheut Asar kein Mittel und keine Grausamkeit, um ihrer habhaft zu werden. Wer weiß, ob Advena, deine Mutter, sein einziges Opfer gewesen ist. Ich fühle, daß eine große Gefahr droht, wenn die Onduril in Asars Hand fallen sollten.

Du sagst, daß es fünf von ihnen gibt. Wir wissen nicht, wie viele er schon an sich gerissen hat. Also wissen wir auch nicht, wie groß die Gefahr ist und wie weit fortgeschritten ihre Entwicklung. Doch wenn wir auch so wenig wissen von ihrer Beschaffenheit, so scheint es mir doch geboten, sie nicht zu unterschätzen. Es ist von großer Wichtigkeit, das Wissen um diese Gefahr zu mehren, um sie in ihrem vollen Ausmaß zu erkennen und ihr begegnen zu können. Ihr müßt also nach Althaia, denn nur dort könnt ihr Antworten auf alle Fragen finden.

Wann immer ein Zauber im Spiel ist, droht auch die dunkle Seite seiner Macht. Noch nie hat diese dunkle Seite diejenigen verschont, die glaubten, von ihr nichts befürchten zu müssen. Die Onduril und das, was sie vielleicht vermögen, können, wenn Asar sie alle erlangt, auch für das Volk der Balhi-jata zu einer großen Gefahr werden. Auch wenn sich dies nicht mit Gewißheit sagen läßt, so gibt allein schon die Möglichkeit dieser Gefahr uns allen Anlaß, euch und eure Unternehmungen in jeder Weise zu unterstützen. Seid also so lange unsere Gäste, bis ihr genesen seid. Dann werden euch die Merod bis an die Grenzen Bhaskaras begleiten und euch den Weg nach Althaia weisen. Jeder Schutz sei euch dabei gewährt, denn nicht nur, daß ihr euch um das Volk der Balhi-jata verdient gemacht habt, als ihr Far-Uhl vor der Übermacht der Urruru gerettet habt, sondern auch die Gefahr, die uns gemeinsam bedroht, verbindet euer Wohl und euer Schicksal mit dem unseren.«

»Ich danke Euch«, antwortete ihr Eja. »Aber fürchtet Ihr nicht, daß unser Aufenthalt hier Euch und Euer Volk in Gefahr bringt? Wäre es nicht besser, so schnell wie möglich aufzubrechen, bevor Asar neue Pläne fassen kann?«

»Ich habe auch daran gedacht«, sagte Ker-Imea. »Aber selbst die größte Gefahr für unser Volk kann kein Grund sein, euch den Schutz und die Gastfreundschaft zu versagen, die wir euch schulden. Auch sind deine Freunde noch verwundet und schwach. Ein verfrühter Aufbruch kann ihnen gefährlich werden. Jetzt beginnt die Zeit der Winterstürme. Nur in Kiritavat, der Insel des Frühlings, seid ihr sicher vor der Gewalt dieser Stürme. Und solange die Stürme das Land beherrschen, wird sich auch kein Asari der Insel zu nähern wagen. Doch wollen wir hören, was andere dazu zu sagen haben, bevor wir Entschlüsse fassen, die wir für die richtigen halten. Was sagt Ihr dazu, Tahûr-Elen?«

»Ich denke, daß Ihr recht habt, Herrin«, meinte Tahûr-Elen. »Hier in Kiritavat sind unsere Gäste sicher. Es ist besser, wenn sie erst aufbrechen, wenn sie wieder ganz bei Kräften sind. Wer weiß, was ihnen auf ihrer Reise noch alles begegnen mag? Auch wird es dauern, bis Asar Nachricht hat von dem, was vorgefallen ist. Die Entfernung und die Stürme des Winters werden viel der Zeit aufwiegen, die wir durch die Zeit der Genesung verlieren. Und wer weiß, ob die Asari es überhaupt wagen werden, Bhaskara jemals anzugreifen? Sie haben unsere Stärke und Wachsamkeit kennengelernt. Nein, hier seid ihr sicher, so lange, bis ihr den Weg nach Althaia wieder antretet. Denn Asar wird abwarten, bis ihr Bhaskara verlassen habt. Erst auf eurer Reise nach Althaia wird er wieder eine Gefahr für euch sein. Dann wird es an uns sein, euch sicher nach Althaia zu geleiten, so weit wir es vermögen.

Doch sprich mit deinen Freunden, Eja. Sie sollen teilhaben an den Beratungen, die auch ihren Weg bestimmen werden. Nehmt euch Zeit dafür. Später wollen wir dann wieder zusammenkommen und endgültig entscheiden, was geschehen soll.«

So ließen Far-Uhl, Tahûr-Elen und die Eneti die Freunde allein, nachdem einige der Frauen der Balhi-jata die Wunden Horns und Jocks gereinigt, mit heilenden Salben bestrichen und mit frischen Tüchern verbunden hatten. Auch versorgten sie die Freunde reichlich mit Essen und Trinken, so daß es ihnen an nichts fehlte. Sie lagen auf weichen Decken unter dem Dach des halboffenen Zeltes und hatten einen schönen Blick auf den See und das bunte Treiben der Eneti. Feuer wurden rund um den See entzündet. Unter dem freien Himmel lagerten sich die Eneti und ihre Jungen zur Ruhe, denn wie die wilden Hirsche schlafen auch die Balhi-jata im Freien und schlagen ihre Zelte nur zu besonderen Anlässen auf. Leise Gesänge erklangen, als die Mütter ihre Jungen in den Schlaf sangen.

Jock seufzte und meinte kopfschüttelnd: »Es ist so schön hier, daß ich am liebsten für immer hier bleiben möchte. Aber diese Schönheit scheint mir auch nicht geheuer. Diese Insel und ihre Bewohner erinnern mich sehr an die Tamahu und ihren See. Wer weiß? Vielleicht wachen wir morgen früh auf, reiben uns erstaunt die Augen, und alles ist verschwunden. Nur ein Spuk, und wir liegen mitten im Schnee und sind halb erfroren.« Und er faßte nach seiner Nase und wollte gar nicht recht glauben, daß sie warm war.

»Ich kann gut verstehen, was du meinst«, sagte Tanit. »Mir geht es genauso. Nach allem, was in den letzten Tagen an Schrecklichem geschehen ist, scheint mir das Schöne, das uns umgibt, nur wie ein Traum, den wir im Fieber träumen. Aber ich möchte trotzdem gerne noch eine Weile weiterträumen.«

»Dazu wirst du noch Zeit genug haben«, beruhigte sie Horn. »Tahûr-Elen hat gut gesprochen. Ich glaube auch, daß es richtig ist, so lange hier zu bleiben, bis wir ganz genesen sind und bis die Zeit der Winterstürme vorüber ist. Ich kann keinen Schaden sehen, den ein längeres Hierbleiben anrichten könnte. Auch wenn wir nicht genug wissen, um ganz sicher und ohne Zweifel entscheiden zu können, sehe ich doch für den Augenblick keinen besseren Weg. Auch für Tanits Volk ist es besser, noch länger auf Hilfe warten zu müssen, als daß wir durch falsche und zu voreilige Entschlüsse ihre Rettung ganz verfehlen. Es ist auch für sie wichtig, daß wir Althaia erreichen, und dafür werden wir all unsere Kräfte brauchen.«

Tanit nickte schweren Herzens und gab Horn recht. So beschlossen sie, die Einladung der Balhi-jata anzunehmen und so lange auf der Frühlingsinsel zu bleiben, bis der ärgste Winter sich legte und der Weg nach Althaia wieder frei war. Bis dahin würden ihre Wunden sicher verheilt sein und sie auf ihrer weiteren Reise nicht mehr behindern.

Die Entscheidung war gefallen, und sie fühlten, daß ihnen ein Aufschub gewährt worden war, eine Zeit, in der sie die Last der Verantwortung nicht tragen mußten und in der sie Kraft schöpfen konnten, um den Anforderungen der Zukunft gestärkt entgegenzutreten. In dieser ersten Nacht in Kiritavat schliefen sie ruhig und von bösen Träumen verschont und erwachten am folgenden Morgen leichteren Herzens. Als Far-Uhl, Tahûr-Elen und die Eneti zu ihnen kamen, nahmen sie das Angebot der Balhi-jata dankend an.

Drei Monde verbrachten die Gefährten in Kiritavat. Dank der Pflege der Eneti machten Horn und Jock große Fortschritte und konnten bald wieder laufen und ihre Muskeln nach der langen Untätigkeit stärken. In dieser Zeit der Genesung streiften Eja und Tanit oft mit Far-Uhl durch die Wälder von Kiritavat und, wenn die Stürme des Winters sich für kurze Zeit legten, auch durch die nähere Umgebung und an den Ufern des Nadija entlang. So lernten sie das Land und das Volk der Balhi-jata kennen.

Kiritavat war das eigentliche Herz Bhaskaras. Nur die Eneti, die Frauen der Balhi-jata, und ihre Jungen lebten hier. Die Merod, die Jäger, streiften durch Bhaskara und wachten über seine Grenzen, um das Land vor den Urruru zu schützen. Nur in der Zeit der Winterstürme zogen sich auch die Merod in den sicheren Schutz der Frühlingsinsel zurück, denn dann wagten die Urruru und ihre grausamen Herren nicht, die Bergwälder zu verlassen und Bhaskara anzugreifen.

Far-Uhl war ihnen ein treuer und aufmerksamer Führer. Doch war er ebenso begierig, viel von ihnen zu erfahren, und ließ sich immer wieder von ihren Abenteuern und den Wesen, denen sie begegnet waren, berichten. Auf seine Bitte hin lehrte Eja ihn die Sprache der Edrain, das Edrami, und Far-Uhl erwies sich als eifriger und guter Schüler, der sich schon bald mit ihnen frei in ihrer Sprache verständigen konnte.

So verging ihnen die Zeit der Stürme wie im Fluge, und auch wenn die Gefährten abends am Feuer über all das sprachen, was sie erlebt hatten, und über das, was vor ihnen liegen mochte, über ihre Ängste und Zweifel, so fühlten sie sich doch sicher und für eine begrenzte Zeit der Last ihrer Aufgabe enthoben. Oft war Far-Uhl bei diesen Gesprächen dabei, und nicht selten gesellten sich auch Tahûr-Elen oder Ker-Imea zu ihnen, sei es auch nur, um mit ihnen zu plaudern und ihre Sorgen ein wenig zu zerstreuen.

Eja ging gerne allein mit Ker-Imea spazieren, zu der sie sich sehr hingezogen fühlte. Bei einem dieser Spaziergänge sprachen sie über die Zeiten der Vergangenheit. Eja erzählte von der Geschichte der Duna, ihrer Herkunft und ihrer Wanderung durch Erdherz nach der Vernichtung der Tiefen Lande. Dann fragte sie Ker-Imea nach den Tamahu.

»Kennen die Balhi-jata die Geschichte der Tamahu? Gibt es Verbindungen zwischen den Völkern?«

»Wir kennen die Tamahu«, antwortete Ker-Imea. »Doch wir kennen sie so, wie sie einst gewesen sind, als das grausame kriegerische Volk, das große Teile von Erdherz eroberte und die Völker dieser Welt unterwarf. Dagegen wissen wir nur wenig von den Tamahu, wie du sie gesehen hast. Seit der Zeit des Feuers und der Wasser, seit der lange Winter das Gesicht von Erdherz verändert hat, sind die Tamahu ein verlorenes Volk, verloren für diese Welt. Denn ihr grausamer Stolz hat sich verkehrt in eine endlose Sehnsucht nach der Vergangenheit, nach der untergegangenen Zeit. So leben sie in ihren Träumen und ihrem Zauber. Wo nichts mehr sein sollte, mitten in der Wüste, die keinen Regen kennt, erhalten sie sich ihre Welt durch die Kraft ihrer Sehnsucht. Doch sie sind ein Volk ohne Zukunft, denn sie leben nur in der Vergangenheit und für diese Vergangenheit. So nehmen sie keinen Anteil an den Geschehnissen der Gegenwart.

Wir haben gelernt, ihre Abgeschiedenheit zu achten. So kommt es, daß die Balhi-jata und die Tamahu keinen Verkehr miteinander halten, obgleich ihre Länder nicht weit voneinander entfernt sind. Selbst die wilden Urruru meiden die Wüste, denn sie fürchten den Zauber der Tamahu. Einmal nur haben sie versucht, die Tamahu anzugreifen. Doch die Tamahu riefen die Wasser, und viele Urruru ertranken in den Fluten. Die Tamahu sind nicht wehrlos, so sanftmütig und weltabgewandt sie auch erscheinen mögen.«

»Und die Edrain?« fragte Eja. »Diese kennt ihr doch auch. Seid Ihr einmal in Althaia gewesen?«

»Nein«, erwiderte Ker-Imea und lachte seltsam. »Wahrhaftig nicht. Nur wenige der Balhi-jata sind in Althaia gewesen. Doch auch wenn sie willkommen geheißen wurden, so war es unserem Volk immer deutlich, daß die Edrain Fremde nicht gerne in Althaia leiden. Nun, sie werden wohl manches Geheimnis zu verbergen haben. Eure Erlebnisse geben mir Gewißheit darüber. Und auch die seltsamen Kräfte und Fähigkeiten der Edrahil ließen dies immer vermuten. Auch wenn wir noch nie von den Onduril gehört haben, so kennen wir doch das Laurinband, das die Edrahil tragen und durch das sie uns verstehen und mit uns sprechen können. Wie es scheint, hätten sie wohl auch Macht über uns haben können, doch hat keiner der Edrahil jemals Gebrauch davon gemacht.«

»Sind die Edrahil oft in Bhaskara zu Gast?« fragte Eja.

»Nein, nur selten«, sagte Ker-Imea. »Eigentlich nur, wenn sie ihre großen Wanderungen unternehmen. Denn wie sie uns erzählten, muß jeder der Edrahil, wenn er das Laurinband erhält, durch Erdherz ziehen und sich im Gebrauch des Laurins üben, bevor er dem Rat der Zwölf, welcher die Geschicke der Edrain leitet, angehören kann.«

»Horn hat mir von einem der Edrahil erzählt, der ihm ein guter Freund gewesen ist«, sagte Eja. »Er meinte, daß dieser Edrahil mir helfen könnte, den Onduril zu finden. Sein Name ist Draba. Kennt Ihr ihn?«

»Ja«, antwortete Ker-Imea überrascht. »Ich kenne Draba. Und es wundert mich auch nicht, wenn Horn glaubt, daß Draba dir helfen kann. Er ist anders als die anderen Edrahil, die uns besucht haben. Gütiger, weiser, weniger stolz und abweisend. Er war ein gerngesehener Gast in Kiritavat, und er war mehr als einmal hier. Es scheint, daß er großen Anteil an den Völkern dieser Welt nimmt. Er hörte unseren Geschichten zu und lernte unsere Gebräuche kennen.«

So hörte Eja ein zweites Mal von Draba, und sie sah der Begegnung neugierig und zugleich mit Beklemmung entgegen. Denn sie ahnte, daß es nicht leicht sein würde, die verborgene Erinnerung wiederzufinden, selbst nicht mit der Hilfe Drabas.

Horn und Jock vertrieben sich die Zeit damit, daß sie das Lager der Merod besuchten und an ihren Waffenübungen teilnahmen. Sie erlernten die Kunst, die wirbelnden Stöcke zu führen, mit denen die Merod die Asari so schnell und lautlos besiegt hatten, und kräftigten ihre Muskeln, die wegen ihrer Verletzungen so lange unfreiwillig hatten ruhen müssen, indem sie mit den Merod um die Wette liefen. Natürlich gelang es ihnen nie, mit den schnellen Beinen der Merod mitzuhalten, aber sie spürten doch, wie wohl ihnen die Bewegung in der langen Untätigkeit des Winters tat und sie für kommende Anstrengungen stärkte.

Bei einem dieser Wettläufe kam es durch Jock zu einem Zwischenfall, der für Aufregung sorgte und durch den auf die Freundschaft zwischen den Merod und ihren Gästen für kurze Zeit ein Schatten fiel. Jock lief neben einem der jungen Merod her, der ihn trotz seiner Jugend mühelos hinter sich hätte lassen können, aber aus Mutwillen und zum Spaß hielt er sich dicht neben Jock und lief nur ab und zu, den armen, keuchenden Jock foppend, leichtfüßig um ihn herum. Da plötzlich hatte Jock genug von diesem Spiel, und ohne sich etwas dabei zu denken, schwang er sich überraschend auf den Rücken des jungen Hirsches, um dort das Rennen zu seinen Gunsten zu entscheiden.

Wild schrie der junge Merod und bäumte sich heftig auf, so daß Jock in hohem Bogen durch die Luft schnellte und unsanft auf dem Boden landete. Alle Merod liefen herbei und umringten den jungen Hirsch und den verdutzten Jock in einem engen Kreis. Eine bedrohliche Stimmung lag in der Luft, und es sah für einen Augenblick so aus, als wollten sich die Merod auf Jock stürzen. Der junge Hirsch, auf den sich Jock geschwungen hatte, stand schwer atmend und mit fliegenden Flanken da. Seine Augen waren weit aufgerissen, er zitterte am ganzen Leib, und weiße Schweißflocken bildeten sich auf seinem Fell.

Doch bevor Jock etwas geschehen konnte, traten Tahûr-Elen und Far-Uhl zwischen ihn und die Merod und beschwichtigten diese mit wenigen Worten. Far-Uhl half Jock auf die Beine und führte ihn und Horn beiseite.

»Was war denn los?« fragte Jock verunsichert und von einer ihm unverständlichen Schuld belastet. »Ich wollte doch nur einen Spaß machen. Es war nicht bös gemeint.«

»Dich trifft keine Schuld«, sagte Far-Uhl. »Du konntest nicht wissen, wie schlimm das, was du getan hast, für einen Merod ist. Aber ich will es dir erklären.

Keiner der Merod der Balhi-jata wird jemals einen Reiter auf seinem Rücken dulden. Es ist die schlimmste Schmach, die wir uns vorstellen können. In alten Zeiten wurden die Balhi-jata als Reittiere mißbraucht und geknechtet. Tamahu und Urruru hielten uns gefangen und führten auf unseren Rücken ihre schrecklichen Kriege.

Doch seit der lange Winter die Welt verändert und die Völker voneinander getrennt hat, sind die Balhi-jata freie Jäger, die keinen Herrn über sich dulden.«

»Es tut mir leid«, sagte Jock tief betrübt. »Ich hoffe, daß die Merod mir verzeihen können. Ich möchte mich auch gerne bei dem jungen Merod entschuldigen, den ich so unwissentlich beleidigt und verletzt habe.«

»Das soll geschehen«, erwiderte Far-Uhl. »Und du kannst sicher sein, daß sie dir verzeihen werden, denn sie wissen, daß du ohne böse Absicht gehandelt hast.«

Das Mißtrauen war bald beseitigt, und die Freunde durften auch weiterhin an den Spielen der Merod teilnehmen. Niemand gedachte mehr des unglücklichen Vorfalls.

Doch die Zeit der Ruhe und des Aufschubs näherte sich ihrem Ende. Die Stürme legten sich und jagten den Schnee nicht mehr in dichten, schneidenden Wirbeln über das Land. Auch beruhigten sich die Wogen des Meeres, die der Sturm wild aufgepeitscht hatte, so daß sie in gewaltigen, tosenden Brechern den Strand überfluteten. Der Himmel klarte immer öfter auf und zeigte sein lange entbehrtes, strahlendes Blau. Ein noch zaghafter, aber doch schon zu ahnender Frühling kündete sich an.

An einem der letzten, dunklen Wintertage bat Ker-Imea die Freunde, sie zu begleiten. Der Himmel über Kiritavat war noch von dichten, schneeschweren Wolken verhangen. Nur das Licht, das die Frühlingsinsel wie aus ihrem Innersten erhellte, beleuchtete ihren Weg. Lange ging Ker-Imea mit ihnen unter den Bäumen und über die Wiesen Kiritavats, ohne ein Wort zu sprechen. Die Gefährten spürten, daß sie ihnen etwas zeigen wollte, und achteten aufmerksam auf alles, was sie sahen, hörten und fühlten, als müßten sie es sich deutlicher als je zuvor einprägen, um Ker-Imea verstehen zu können. Wieder wurden sie vom Zauber und von der Schönheit der Insel tief berührt, und alles erschien ihnen so neu und verwirrend wie am Tag ihrer Ankunft.

Endlich führte Ker-Imea sie an das Ufer des Sees zurück. Dort machte sie halt und bat die Freunde, in den

See zu schauen. Sie sahen hinein und erblickten den Himmel über Kiritavat, der sich in den Wellen spiegelte. Hell und klar war der Himmel, von strahlendstem Blau und einer gleißenden Sonne erhellt, die goldene Lichter über die Wellen tanzen ließ. Ganz versunken betrachteten die Freunde das schöne Spiegelbild, und erst allmählich löste sich ihr Blick von den Wellen und suchte das gespiegelte Ebenbild über ihnen. Doch sie sahen nur die dichten, fast schwarzen Wolken des Winterhimmels, die kein Blau und keine Sonne durchließen. Fassungslos blickten sie wieder in den See, sahen den klaren Himmel und hoben den Blick erneut zu den dunklen Wolken empor. Es war nicht zu leugnen. Der See spiegelte einen Himmel, den sie über sich nicht sehen konnten. Fragend und sprachlos blickten sie Ker-Imea an. Ker-Imea lächelte über ihre Verwirrung. Doch in ihren grauen Augen lag eine stille Trauer, als sie sprach:

»Vor langer Zeit war ganz Bhaskara ein Land des Frühlings, und wir kannten keinen Winter. Dann aber kam ein Tag, an dem der Himmel brannte, und es folgte ein langer Winter, der den Frühling Bhaskaras vernichtete. Nur in Kiritavat lebt das alte Bhaskara weiter, und der Frühling hat kein Ende wie in den alten Zeiten. Dieser See birgt die Erinnerung an den Himmel, der sich einst über Bhaskara zeigte. Die Wolken, die wir kannten, waren weiß und golden vom Licht der Sonne. Der Regen, der fiel, reinigte und wärmte das Land. Der Wind war mild zu jeder Zeit und die Sonne Herrin des Himmels. Doch diese Zeit ist längst vergangen, und die Jäger halten Wacht und schützen die letzte Insel des Frühlings, die geblieben ist. Nun scheint auch dieser letzte Hort in Gefahr zu sein. Denn was ihr berichtet habt von den Onduril und ihren Geheimnissen, kündet die Gefahr eines Wandels an, der auch Kiritavat zu verschlingen droht. Die Zeit eures Aufbruchs ist nah, und die Hoffnungen des Volkes der Balhi-jata werden euch begleiten, wohin ihr auch immer gehen werdet. Euer Gelingen ist auch unser Heil. Geht ihr aber fehl, so fürchte ich für Kiritavat und das Volk der Balhi-jata.«

Betroffen schwiegen die Freunde, als Eja ihnen die Worte Ker-Imeas übersetzt hatte, und blickten in den See, in dem sich der Himmel einer vergangenen Zeit spiegelte, von der so wenig geblieben war. Und auch das Wenige wurde vom Untergang bedroht. War die Gefahr wirklich so groß? Sie wußten keine Antwort auf diese Frage. Doch wieder stieg dieselbe Ahnung in ihnen empor, dieselbe Sorge, die sie schon so lange bedrückte. All die Verbrechen, die geschehen waren, waren um eines hohen Preises willen geschehen, und die Schuld, die Asar auf sich geladen hatte, um die Onduril zu besitzen, verhieß nichts Gutes für die Zukunft, für ihre Zukunft und die aller Völker und Wesen von Erdherz. Schwindel überfiel sie, und das Bild des Sees verschwamm ihnen vor den Augen. Wie sehr hätten sie gewünscht, weniger von der Last zu wissen, die sie zu tragen hatten, um sie vielleicht leichter und unbekümmerter tragen zu können. Doch eine solche Unwissenheit hätte sie auch blind ins Verderben laufen lassen können. Sie mußten sich diesem Wissen stellen, auch wenn Furcht und Angst sie bedrängten, und sie ahnten, daß das, was sie in Althaia erfahren mochten, ihre Last noch erschweren würde. Wie weit weg war doch das Raunatal, wie weit entfernt die sorglose Zeit, auch wenn sie nur ein Trugbild gewesen war, das die Gefahr, die alle schon lange bedroht hatte, nur verdeckte.

Ker-Imea schien ihre Ängste zu spüren und schwieg wie sie. Sie konnte ihnen die Last nicht erleichtern, ihnen nicht wirklich raten und helfen. Sie hatte ihnen nur eine kurze Zuflucht bieten können und gab ihnen nicht viel mehr auf den Weg, als die Hoffnungen ihres Volkes. Endlich brach Eja das Schweigen:

»Wir haben Euch zu danken für Eure Worte und die Tage, die wir in Kiritavat verbringen durften. Doch habt Ihr recht. Es ist Zeit für uns, zu gehen. Wir haben nun keinen Grund mehr, noch mehr Zeit zu verlieren.«

»Gut denn, so sei es«, sagte Ker-Imea. »Wir werden alle Vorbereitungen für euren baldigen Aufbruch treffen.«

So verbrachten die Freunde ihre letzten Tage in Kiritavat. Das Wetter schlug um. Der Himmel war klar und wolkenlos und ähnelte dem Spiegelbild, das sie im See erblickt hatten. Noch war das Land von Schnee bedeckt, doch fiel kein neuer nach, und an manchen Stellen wurden die ersten grünen Flecken sichtbar. Dann kam der Tag des Aufbruchs.

Alle Eneti hatten sich auf der weiten Lichtung vor dem Zelt des Rates versammelt und nahmen Abschied von den Freunden. Zehn der Merod unter Führung Tahûr-Elens hatten sich eingefunden, unter ihnen auch Far-Uhl. Sie trugen die leichten Panzer aus festem Leder, die sie schon beim Angriff auf die Asari getragen hatten. Die Wortführerin, Ker-Imea, an der Spitze des Rates, erhob ihre Stimme:

»Eja, Tochter der Edrain und der Duna, Tanit, Tochter der Edrain, Horn Elder, Sohn der Feorner, und Jock Aiting, Sohn der Brasen, wir grüßen euch. Habt Dank für das, was ihr getan habt, und habt auch Dank für das, was ihr noch tun werdet. Die Wünsche und der Segen der Balhi-jata begleiten euch.

Das Volk der Balhi-jata ist nicht groß und braucht selber die Jäger zu seinem Schutze. Doch sollen euch zehn der Merod unter der Führung Tahûr-Elens bis an die Grenzen Bhaskaras begleiten und euch den Weg nach Althaia weisen. Dann müssen sie umkehren, denn der Winter geht zu Ende, und die Urruru verlassen wieder ihre Wälder. Auch mag es sein, daß die Asari zurückkehren, um Rache zu nehmen für ihre Niederlage und um nach euch zu suchen. Das Glück sei mit euch!«

Da trat Far-Uhl aus der Gruppe der Merod und sagte:

»Herrin, erlaubt mir, mit denen zu ziehen, die mein Leben gerettet haben und in deren Hand das Schicksal Bhaskaras liegt, auch über die Grenzen Bhaskaras hinaus. Laßt mich der Bote der Balhi-jata sein und im Namen unseres Volkes zum Gelingen ihrer Reise beitragen.«

Ker-Imea lächelte und nickte: »So sei es. Trage deine Schuld ab und auch die Schuld unseres Volkes. Dein Schicksal hat sich mit ihrem Schicksal verbunden. So mögen eure Wege auch weiterhin dieselben sein. Tritt näher, Far-Uhl, und empfange unseren Segen.«

Ker-Imea löste das Band, das die Locken Far-Uhls zusammenhielt, und nahm den schimmernden Reif von ihrem eigenen Haupt. Diesen setzte sie auf Fahr-Uhls Haupt, band sich selbst sein einfaches Band um die Stirn und sagte:

»So wie ich dein Band trage und du den Reif der Herrin, so gehe du mit ihnen im Namen der Balhi-jata. Kehre wieder, wenn deine Aufgabe erfüllt ist, und bringe den Reif zurück, zum Zeichen dafür, daß die Gefahr gebannt ist und Kiritavat noch lange bestehen wird. Das Glück sei mit dir!«

Am Sandarak

»Lacht nur über mich. Ihr Flügler und Langbeiner habt gut spotten über den armen Jock Aiting, dem bald die Füße abfallen werden«, jammerte Jock. Mitleidheischend blickte er zu seinen Begleitern auf, die ihn lächelnd umstanden. Er saß auf einem großen Stein, hatte die schweren Schuhe ausgezogen und rieb sich grimassenschneidend die schmerzenden Füße.

Viele Tage waren vergangen, seit sie die Frühlingsinsel verlassen hatten. Begleitet von den Merod unter der Führung Tahûr-Elens waren sie durch Bhaskara gezogen, den Fluß Nadija zur Linken und das endlose Meer zu ihrer Rechten. Der Schnee hatte sich in die Berge zurückgezogen, und lange schon gingen sie über die grünen Hügel Bhaskaras. Zweimal war Schnee gefallen, doch nur wenige Flocken, die nicht liegenblieben. Noch war der Winter nicht vorbei und die Tage kurz und kalt, aber keine heftigen Stürme hielten sie mehr auf, und die Welt bereitete sich auf den Frühling vor.

Bald hatten sie viel des Weges, den sie durch ihre Reise nach Osten bis zu den Tamahu von ihrem eigentlichen Ziel abgekommen waren, wieder aufgeholt. Doch es war eine weite Wanderung gewesen, und viel lag noch vor ihnen. Den Balhi-jata bereiteten große Entfernungen keine Mühe. Auch Horn Elder hatte sich so gut von seinen Wunden erholt, daß er, wie gewohnt, ausdauernd und ohne zu ermüden mit langen Beinen ausholte. Tanits Flügel trugen sie leicht voran, und Eja war im Laufe ihrer Reise so kräftig geworden, daß sie mit ihren schnellen Begleitern Schritt halten konnte. Nur Jock, von der Natur nicht mit langen Beinen versehen und etwas schwerfällig, wie es ein echter Brase nun einmal war, zählte jeden Morgen mit sorgenvoller Miene die wachsende Zahl der Blasen an seinen Füßen.

»Laufen, laufen, laufen, immer nur laufen«, jammerte

er fort. »Vom Raunatal durch die Berge, die Asari im Nakken, dann durch die Wüste und jetzt wieder nichts als laufen und nochmals laufen. Wenn ich da an die Spazierfahrt auf unserem schönen Floß denke, das käme mir jetzt gerade recht. Ich wünschte, ich wäre ein Hund wie Suso, dann könnte ich wenigstens auf allen vieren laufen und müßte mich nicht auf zweien plagen.«

Und er machte so traurige und große Augen, daß er Suso, dem Hofhund des alten Alva Aiting, wirklich so ähnlich sah, daß es seine Freunde, die über seine Miene lachten, doch auch schmerzlich an ihr weit entferntes Zuhause erinnerte.

»Wie weit müssen wir denn noch laufen?« fragte Jock schließlich seufzend und zwängte seine wunden Füße wieder in die derben Schuhe zurück, die schon einige bedenklich große Löcher zeigten.

»Nicht mehr weit bis zu den Bergen, die Bhaskara von den Ländern der Edrain trennen, aber noch recht weit bis Althaia, fürchte ich«, antwortete Far-Uhl. »Wenn du dorthin siehst«, sagte er und wies nach Westen, »so kannst du schon die Berge erkennen. Wir werden nicht mehr als drei, vier Tage brauchen, um sie zu erreichen.«

Jock verdrehte die Augen: »Wie leicht euch die Tage von der Zunge fließen. Als wären die Tage nur Schritte und als hätte einer nicht mühselig Fuß vor Fuß zu setzen. Vielleicht kennt ihr ja einen Zauber, der den Füßen und Tagen Flügel verleiht. Dann verratet ihn mir und laßt mich mitfliegen.«

Far-Uhl lachte und sagte: »Wir können ja gern wieder eine Trage bauen, damit du dich darauf ausruhen kannst. Es macht uns nichts aus, dich ein Stück des Weges zu tragen.«

Da schämte sich Jock für seine Reden und machte, daß er wieder auf die Beine kam. Er beklagte sich auch nicht mehr bei seinen Begleitern, doch hörten sie ihn in den folgenden Tagen ab und zu leise vor sich hin brummeln, wenn er glaubte, daß ihn keiner hörte. Dann wurden seine Augen wieder so groß und traurig wie die des Hundes Suso.

Sie näherten sich rasch den Bergen, die im Westen vor ihnen lagen. Diese waren die letzten Ausläufer des großen Atlangebirges, das sich im Süden ohne Unterbrechung nach Westen erstreckte und erst hier seine Richtung änderte und im Norden das Meer erreichte. Immer niedriger wurden die Berggipfel gegen das Meer hin. Dort, wo das Gebirge bis weit ins Meer vordrang, zerfiel es zu scharfen Klippen, an denen sich die Wellen wildschäumend brachen. Gegen Osten hin senkte sich das Gebirge zu einer Kette niedriger Vorberge, deren Felsen in die sanften Hügel Bhaskaras übergingen.

Am Fuße der Vorberge nahmen Tahûr-Elen und die Merod Abschied. Sie hatten die Freunde bis an die Grenzen Bhaskaras begleitet, doch nun mußten sie zum Schutze der Frühlingsinsel Kiritavat zurückkehren. Es war kein langer Abschied. Die Zeit der Worte lag weit hinter ihnen. So wünschten sie einander Glück für die Reise und trennten sich. Die Merod, deren Geschwindigkeit nun nicht mehr durch die Langsamkeit der Zweibeiner behindert wurde, griffen weit aus und jagten in vollem Lauf davon. Eine Weile blickten ihnen die Gefährten noch nach, bis sie ihre Gestalten in den Hügeln Bhaskaras aus den Augen verloren.

»Und nun?« fragte Jock und blickte mit zusammengekniffenen Augen die Berge hinauf. Die Sonne senkte sich von Süden her gegen den Kamm der Berggipfel und ließ den Schnee, der noch lag, blendend erstrahlen. Scharf zeichneten sich die schroffen Felsen, die Schluchten und Felsbänder ab. Die Schatten der Wolken zogen unruhig über die zerklüfteten Steine hin.

»Das sieht mir ganz nach einer mühseligen Kletterei aus«, meinte er mit Sorgenfalten auf der Stirn.

»Nein«, antwortete Far-Uhl, »es wird leichter gehen, als du denkst. Wenn wir die Vorberge überquert haben, müssen wir uns ein Stück nach Norden halten. Dort werden wir auf den Djerriba-Paß stoßen, der hinter dem hohen Sandarak über die Berge führt. Wir müssen nur achtgeben, daß wir ihn nicht verfehlen. Der Durchgang zum Paß ist nicht leicht zu erkennen, denn am Fuße des Sandarak öffnen sich viele Wege, von denen aber alle bis auf einen entweder in Abgründe oder in die Dunkelheit des Berges führen, aus dem noch niemand zurückgekehrt ist, der sich in ihm verirrt hat. Der Sandarak gibt niemanden gerne frei, der seine Ruhe stört. Es war immer ein leichteres für die Edrain, nach Bhaskara zu gelangen, als für uns, den rechten Weg nach Westen zu finden. Nur wenige haben es versucht, und nicht vielen ist es gelungen.«

»Oh, wenn Ihr das leichter gehen nennt, so weiß ich nicht mehr, was ein schwerer und gefährlicher Weg ist«, meinte Jock und rieb sich seine Nase, die bedenklich zuckte, als würde sie jetzt schon Gefahr und Verderben riechen. »Aber wie es auch immer sei, Ihr sollt sehen, daß ein Aiting den Kopf auf seinen Schultern behält, auch wenn es brenzlig wird.«

Horn lachte und strich mit der Hand über Jocks wirre Haare. »Das wissen wir, Jock. Und ich bereue nicht, dich damals bei den Nebelfeldern nicht zurückgeschickt zu haben. Du hast oft genug deinen Wert unter Beweis gestellt.«

Jock blickte ihn überrascht an, und seine Wangen röteten sich vor Freude über Horns Worte. Seit er den Gefährten heimlich aus dem Raunatal gefolgt war und sich ihnen gegen Horns Willen angeschlossen hatte, hatte er gefürchtet, ihnen eine Last zu sein. Verwirrt wandte er sich ab, um seine Gefühle zu verbergen, und bückte sich nach Steinen, die er nach einem Felsen warf. Die anderen blickten einander lächelnd an und fuhren fort, sich zu beraten, um seine Verwirrung zu überspielen.

»Du scheinst sehr sicher zu sein, daß wir dennoch den rechten Weg finden werden«, meinte Horn.

Far-Uhl sah ihn erstaunt an: »Warum nicht? Mit einer der Edrahil als Führerin sollte dies ein leichtes sein. Wir wissen, daß das Laurin die Schritte der Edrahil leitet und nicht fehlgehen läßt. Ich bin sicher, daß wir uns darauf verlassen können.«

»Ich hoffe, daß ich deine Erwartungen erfüllen kann«, sagte Eja bedrückt und faßte mit der Hand nach dem Laurinband, an das sie kaum noch gedacht hatte. »Es stimmt, was du sagst, aber ich habe schon lange keinen Gebrauch mehr von der Kraft des Laurins gemacht. Hoffen wir, daß ich noch weiß, wie diese Kraft zu nutzen ist.«

»Wir werden ja sehen«, meinte Horn. »Es hat keinen Sinn, darüber nachzudenken. Vielleicht ist es ja auch möglich, den Paß ohne die Kräfte des Laurins zu finden. Doch laßt uns das verbleibende Tageslicht ausnutzen, um noch ein Stück des Weges hinter uns bringen. Es wird bald zu dunkel sein, um gefahrlos in den Bergen zu wandern.«

Horn hatte recht. Seit sie die letzten Hügel Bhaskaras hinter sich gelassen hatten, wurde der Boden immer felsiger, und nicht selten lösten sich Steine unter ihren Füßen. So gingen sie so lange ohne Rast weiter, wie das schwindende Tageslicht es ihnen erlaubte. Als die Sonne hinter den Bergen versank, schlugen sie ihr Lager am Fuße einer überhängenden Steilwand auf.

Eja blieb noch lange wach, während die anderen schon ruhig schliefen. Sie saß am Feuer und blickte in die schwelende Glut, die langsam erlosch. Mit Sorge dachte sie an den Sandarak. Würde sie den richtigen Weg finden? Würde das Laurin ihre Sinne so stärken, daß sie nicht fehlgehen konnte?

Sie dachte an ihre Mutter. Wie sehr mochte sie bedrängt worden sein von ihren Ängsten und ihrer Verzweiflung, als die Asari sie in die Enge getrieben hatten und sie keinen anderen Ausweg mehr als den Tod sah? Und welches Schicksal war ihr, Eja, Advenas Tochter, bestimmt? War es nicht vielleicht besser, zu handeln, ohne Gebrauch von der Magie des Bandes zu machen? Wieviel Freiheit blieb ihr, solange sie das Band trug? Sie würde Rat brauchen. Vielleicht würde sie ihn in Althaia erhalten. Wenn sie den Weg dorthin fanden.

So drehten sich ihre Gedanken im Kreise, und auch in ihren Träumen, die ihren Schlaf, als sie ihn endlich fand, beschwerten, lief sie auf endlosen Wegen immer nur im Kreise und an den Ausgangsort zurück, und es wollte ihr nicht gelingen, die Öffnung zu finden, durch die das Licht drang, nach dem sie suchte.

Zeitig am nächsten Morgen brachen sie auf. Nebelschwaden zogen in der Morgendämmerung durch die Schluchten und Spalten des Gebirges und trieben ihr gauklerisches und verwirrendes Spiel mit der Gestalt der Berge.

Höher und stolzer noch als alle anderen Berge des nördlichen Atlangebirges erhob sich der Sandarak über ihnen, und sein Haupt war dicht von ewigem Schnee bedeckt. Unendlich alt wirkte er, ergraut in Wind und Wetter, doch mächtig und ungebrochen. An seinem Fuße angelangt, sahen die Gefährten viele Öffnungen, die sich vor ihnen auftaten wie die dunklen Augen eines sich zu Boden duckenden Ungeheuers, das sie starr anblickte.

»Schau uns bloß nicht so hungrig an«, sagte Jock grimmig und schüttelte seine Fäuste gegen die schwarzen Augenhöhlen. »Wir machen deinen Riesenmagen sicher nicht satt. Also kannst du uns auch unbehelligt ziehen lassen, denn wir sind nicht der Mühe wert, daß du dein Maul zuklappst.«

Doch nicht einmal ein Echo antwortete seinen Worten. Jeder Laut schien von den dunklen Höhlen aufgesogen zu werden, als hätte der Berg seine schaurige Mahlzeit schon begonnen. Eja blickte unsicher von einer Öffnung zur anderen.

»Laß dir Zeit«, sagte Horn. »Übereile nichts.«

Eja nickte nur stumm. Die Freunde zogen sich ein Stück zurück, um sie bei ihrer Suche nicht zu stören. Jeder von ihnen versuchte auf seine Weise, seine Ungeduld zu bezähmen, um Eja nicht zu belasten. Horn lehnte ruhig sitzend an einem Felsbrocken. Far-Uhl stand an einem Felsabsturz und blickte über Bhaskara und das Meer. Tanit pickte an einem Rest harten Brotes herum und sah Jock zu, der mit einem Stock Figuren in einen Flecken trockener Erde zeichnete. Doch gab er es bald auf, zog sein Messer und begann unruhig Späne von dem Stock abzuschneiden. Dabei blickte er zuweilen verstohlen zu Eja hinauf, die ein Stück über ihnen vor den Höhlen stand, ohne sich zu rühren.

Ein kalter Wind drang aus den Höhlen und ließ Eja erschauern. Wie sollte sie den richtigen Weg finden? Es schien ihr, als würde es ihr schwerer fallen, sich auf die Kräfte des Laurins einzulassen, als damals, als sie vor den Asari durch die Schluchten hinter den Nebelfeldern geflohen war. Damals war sie ganz ihren Gefühlen gefolgt, ohne sich Gedanken darüber zu machen, die sich nur zwischen sie und den Weg vor ihr stellten. Da sie nicht wußte, was sie sonst tun sollte, ließ sie sich neben einem großen Felsen nieder, lehnte den Kopf dagegen und schloß die Augen. Als sie die Kühle und Härte des Steines spürte, fielen ihr die Kiklits ein. Wie sehr wünschte sie sich, bei ihnen zu sein oder sie wenigstens in ihrer Nähe zu wissen. Sie versuchte sich an die Lieder der Kiklits zu erinnern, mit denen diese sie in den Schlaf gewiegt hatten. Vielleicht gelang es ihr, Trost in diesen Liedern zu finden. Sie summte vor sich hin und begann, leise in der Sprache der Kiklits zu singen:

Seht nur die Kleine, die Weiche,
die stößt sich, die bricht.
Was will sie im Regen,
was kann sie im Wind?
Ach, Freunde, ach, Kiklits,
sie kennt nicht den Weg.
Ach, Freunde, ihr Steine,
spielt doch euer Spiel
und baut ihr den Weg
durch Regen und Wind.
Wegbauer seid ihr,
und sucht nie den Pfad,
weil ihr diesen Pfad
euch selbst habt gemacht.
Ach, springt, ach, hüpft
und spielt euer Spiel
für die Kleine, die Feine,
die so wenig euch gab
und so viel doch erhielt.

Sie fühlte, wie die Erinnerung an die Kiklits sie tröstete. Die Felsen schienen ihr nicht mehr feindlich, abweisend und bedrohlich. Hatte sie nicht alle Felsen ihre Freunde genannt? Hatten die Felsen sie nicht vor den Asari gerettet? Ein warmer Wind wehte ihr entgegen, und als sie die Augen öffnete, blickte sie auf eine der Höhlen des Sandarak. Sie schien ihr die richtige zu sein. Plötzlich war sie sich sicher. Das mußte der richtige Weg sein. Sie sprang auf und rief nach ihren Freunden. Und ohne zu zögern, führte sie ihre Gefährten in die dunkle Öffnung, die sie gewählt hatte, und folgte dem Gefühl, das sie leitete.

Horn hatte am Abend zuvor Fackeln hergestellt, deren flackerndes Licht ihren Weg durch die Felsen erhellte. Ein heftiger Wind wehte durch die Höhlung und drohte die Flammen auszulöschen. Häufig sahen sie dunkle Öffnungen in den Wänden. Nicht selten kamen sie an eine Stelle, an welcher der Gang sich teilte. Doch Eja entschied sich jedesmal, ohne zu zögern, für einen der Gänge, und die Freunde folgten ihr zuversichtlich.

Der Weg hob und senkte sich und schlug immer wieder eine andere Richtung ein, so daß sie bald jedes Gefühl für Richtung und Zeit verloren hatten. Gingen sie schon Tage durch die Tiefe des Sandarak? Erhob sich längst ein anderer Berg über ihnen? Wieviel höher oder tiefer befanden sie sich als an ihrem Ausgangspunkt? Nur noch die brennenden Fackeln teilten die Zeit ein. Ihr Vorrat an Fackeln ging langsam zur Neige, und so waren sie dazu übergegangen, immer nur eine anzuzünden, um sparsam mit ihnen umzugehen.

Immer seltener teilte sich der Weg. Schließlich lief er geradeaus weiter, und die Felsen zu ihren Seiten blieben verschlossen. Auch hatte sich der Wind gelegt, und das Licht ihrer Fackel beruhigte sich.

Als Horn eine neue Fackel entzündete, sagte er: »Jetzt haben wir nur noch drei, dann müssen wir im Dunkeln gehen. Es wird Zeit, daß wir den Ausgang erreichen.«

Dumpf hallte seine Stimme von den Felswänden wider, und Tanit, die auf Jocks Schulter saß, spürte, wie diese zitterte. Doch auch sie selbst konnte ihre Unruhe nicht verbergen. Der lange Weg, die Masse der Felsen bedrückten sie. Sie hatte das Gefühl, lebendig begraben zu sein und bald ersticken zu müssen. Wie gern wäre sie jetzt unter einem freien Himmel geflogen und hätte sich von ihren Flügeln bis über die Wolken tragen lassen, so nahe der Sonne wie nur möglich.

Plötzlich endete der Gang, und eine undurchdringliche Wand erhob sich vor ihnen. Entsetzt blieben sie stehen. Eja hatte sich geirrt. Dies war der falsche Weg. Keiner sprach ein Wort. Einen endlosen Augenblick lang ließ der Schock sie erstarren.

»Das ist doch nicht möglich«, flüsterte Eja schließlich. Ihre Stimme klang heiser. »Ich war mir so sicher. Es tut mir leid. Ich habe uns in die Irre geführt.«

»Du hast getan, was du konntest«, sagte Horn. »Es ist das beste, wenn wir einen Augenblick ruhen und dann umkehren. Vielleicht finden wir eine Abzweigung, an der dein Gefühl dir sagt, daß es der richtige Weg ist.«

Sie setzten sich auf den Boden und blickten in die Flamme der Fackel, die bald verlöschen mußte. Eja lehnte den Kopf an den Stein und blickte auf die Felsen, die den Weg verschlossen. Sie war sich so sicher gewesen. Und auch jetzt noch sagte ihr Gefühl, daß sie auf dem richtigen Weg seien. Täuschte ihr Gefühl sie? Konnte sie ihm nicht mehr vertrauen? Hatte das Laurin eine Wirkung, die sie noch nicht kannte? Die Felsen verschwammen ihr vor den Augen, und es war ihr, als würden sie sich, allein durch die Kraft ihrer Wünsche, vor ihren Augen auflösen und als sähe sie dahinter das helle Licht eines nicht mehr fernen Ausganges. Wie unter Zwang erhob sie sich und ging auf die Felswand zu.

»He, was machst du denn?« rief Jock noch. »Eja, du wirst dir den Kopf einrennen«, da war Eja auch schon bei der Felswand angelangt und ging durch sie hindurch. Die Gefährten sprangen auf und starrten auf die Wand, in der Eja verschwunden war. Doch da hörten sie ihre Stimme, die nach ihnen rief. Horn war der erste, der es wagte, Eja zu folgen, und wie sie verschwand er vor den Augen der Zurückbleibenden. Die anderen taten es ihm nach, und auch sie durchquerten die undurchdringlich scheinenden Felsen, als wären sie nichts als Nebel oder Schatten. Als sie auf der anderen Seite der Felswand standen, erhellte ein fernes Licht den Gang, und die erlöschende Fackel war nicht mehr nötig, um den Weg vor ihnen zu sehen.

»Was war das?« stammelte Jock und drehte sich verwirrt um. Doch er sah hinter sich keine Felswand mehr, sondern nur den Höhlengang, der sich in der Dunkelheit verlor.

»Ich weiß es nicht«, sagte Eja. »Aber ich spürte plötzlich, daß das Hindernis nur eine Täuschung ist und daß der Weg dahinter weitergeht. Es war, als könnte ich das Licht auf der anderen Seite sehen. Du kannst ja versuchen, ob du die Felswand von der anderen Seite noch mal siehst.«

»O nein«, rief Jock. »Keine Macht der Welt kann mich dazu bringen, noch einmal da durchzugehen. Einmal ist genug, und ich will auch gar nicht wissen, was es war. Laßt uns von hier verschwinden.« Und er wandte sich dem Licht entgegen und marschierte eilig los.

»Er hat recht«, meinte Horn. »Das wichtigste ist, daß wir den richtigen Weg gefunden haben. Ich will lieber nicht daran denken, was mit uns geschehen wäre, wenn wir wieder umgekehrt wären. Laßt uns gehen, bevor noch mehr Wände sich vor uns erheben, die vielleicht nicht zu durchdringen sind.«

Sie folgten Jock. Das Licht wurde immer heller. Bald sahen sie die Öffnung am Ende des Ganges, durch die das helle Sonnenlicht mit einer Gewalt hereinschien, als wollte es die Felsen aufbrechen und die Gefährten aus der Tiefe des Berges reißen. Als sie die Öffnung erreichten, standen sie lange geblendet im Sonnenlicht, und es dauerte eine Weile, bis sie erkennen konnten, wohin sie der Weg durch den Sandarak geführt hatte. Endlich gewöhnten sich ihre lichtentwöhnten Augen an die Helligkeit, und sie blickten sich um.

Sie standen auf einer Felsplattform auf halber Höhe des Sandarak. Von dort hatten sie einen weiten Blick über die Berge des nördlichen Atlangebirges. Etwas südlich vor ihnen lag der Paß, zu dem ein schmales Felsenband an der Flanke des Sandarak führte. Die Sonne über ihnen stand nur wenig über Mittag. Obwohl sie gedacht hatten, endlos durch das Dunkel des Berges zu laufen, hatten sie doch nicht mehr als einen halben Tag benötigt, um ihn zu durchqueren.

Unverhoffte Begegnung

Kurz nur rasteten die Gefährten auf der Felsplattform. Die Nähe des Sandarak bedrückte sie. So machten sie sich bald auf den Weg zum Djerriba-Paß. Das Felsenband zog sich gegen Süden am Abhang entlang. Tief unter ihnen schäumte ein Wildbach durch den Abgrund, der sich zwischen dem Sandarak und dem Eingang zum Paß auftat. Doch war das Felsenband breit und festgefügt, so daß sie den Abgrund ohne Gefahr umgehen konnten und den Paß schon bald erreichten.

Der Paß war schmal und an seinem Beginn nicht viel mehr als ein scharfer Einschnitt zwischen steil aufragenden Felsstürzen. Doch je weiter sie vordrangen, desto mehr öffnete sich der Paß, wurde breiter und hellte sich auf. Dann plötzlich endeten die Felswände zu seinen Seiten und gaben einen herrlichen Blick frei. Der Paß weitete sich zu einer Hochebene. Hinter ihnen erhoben sich die schneebedeckten Gipfel des nördlichen Atlangebirges. Die Ebene selbst war umgeben von niedrigen Bergkämmen, die sich erst gegen Süden und Osten hin wieder zu den Zinnen, Türmen und Kegeln der größeren Berggipfel erhoben. Deutlich war die Gestalt des Gebirges bis weit nach Norden und Westen zu erkennen. In beiden Richtungen senkten sich die Felsen zum Meer hin, dessen tiefes Blau sich am Horizont mit dem Blau des Himmels in lichtes Grau verlor. Hier also sahen die Gefährten das nordwestliche Ende ihrer Welt, welche die Duna Erdherz, die Edrain aber Ad'na Veljaha nannten. Hier endete das gewaltige Atlangebirge, das sich weit von Südosten her durch den ganzen Kontinent zog und sich im Nordwesten in einem mächtigen Bogen, einem Horn gleich, ins Meer senkte.

Weit hatte ihre Reise sie durch die Schluchten des Gebirges und an seinen Ausläufern und Rändern entlanggeführt. Hier an seinem Ende erfaßten sie zum ersten Mal seine Gestalt in ihrer ganzen Ausdehnung, soweit sie diese kennengelernt hatten. Sie fühlten in diesem Augenblick das Zurückgelassene zugleich mit dem, was noch vor ihnen lag. Vor ihrem inneren Auge erstand das Bild des langen Gebirgszuges, und die Wege, die sie gegangen waren, erschienen wie auf einer Landkarte eingezeichnet. Doch nicht jeder von ihnen sah dasselbe, und nicht jeder von ihnen begann seine innere Reise am selben Ausgangspunkt, denn jeder hatte seine Fahrt an einem anderen Ort dieser Welt begonnen. Selbst Eja und Jock, die beide vom Raunatal aus aufgebrochen waren und nicht wie Horn und Tanit in das Land der Feorner oder in das versteckte Tal der Dolgan zurückblickten, sahen ihre weit entfernte Heimat nicht mit denselben Augen. Denn während für Jock das Raunatal ein wirklicher Anfang war, der Mittelpunkt seiner Welt, zu dem er zurückkehren würde, was auch immer geschehen mochte, so hatte sich diese Heimat in Ejas Augen verändert, und die Grenzen des vertrauten Tales an der Rauna hatten sich für sie aufgelöst. Ihr Anfang war nicht dort zu finden. Die Heimat war ihr verlorengegangen, und ein Teil ihres Weges würde es sein, sich eine neue Heimat zu suchen. Doch so Verschiedenes sie auch hinter sich sahen, so verband sie doch das Bild der Reise, die noch vor ihnen lag. Der Djerriba-Paß zog sich vor ihren Augen bis weit nach Westen hin. Die Hochebene, auf der sie standen, schloß sich vor ihnen zu einem breiten Tal, das sanft abfiel und sich mehr und mehr nach Süden neigte, so daß es die Berge schließlich vor den Blicken der Wanderer verbargen. Dort im Süden erhoben sich die Gipfel des Atlangebirges ein letztes Mal zu beachtlicher Höhe. Sie würden diese Berge erst durchqueren müssen, um das Hochland von Samiria und vielleicht auch Althaia zu erblicken.

Da es Abend geworden war, suchten sie zwischen einigen großen Felsblöcken Schutz vor den scharfen Winden und schlugen ihr Lager auf. Schweigend saßen sie an einem flackernden Feuer, das sie mit dem Holz einiger dürrer Büsche nährten. Über ihnen spannte sich eine sternenklare Nacht. In dieser Höhe schien es ihnen, als hätten sie sich über die Welt erhoben, als triebe der Boden, auf dem sie saßen, wie eine schwimmende Insel durch die Dunkelheit, losgelöst von allem Festen und Schweren und nur wirklich durch den schwachen Schein, den ihr Feuer warf. Und doch fühlten sie sich geborgen und sicher und schliefen, einander in der Wache ablösend, ruhig und unbesorgt.

Am nächsten Morgen brachen sie frisch gestärkt auf und zogen durch das Tal des Djerriba-Passes. Die Vorfreude auf Althaia, die nur durch eine leichte Bangigkeit vor dem, was sie dort erwarten mochte, getrübt wurde, machte ihre Schritte stark und leicht. Gegen Mittag erreichten sie die Baumgrenze, und bald säumten schmale Waldstriche und einzelne Baumgruppen ihren Weg. Den ganzen Tag folgten sie dem Tal, und als es Abend wurde, führte ihr Weg sie unbeirrbar in Richtung Süden, Althaia entgegen.

Sie errichteten ihr Lager in der Nähe eines kleinen Wäldchens, das am Westrand des Tales wuchs. Trockenes Holz war leicht zu finden, und bald warf der flackernde Schein ihres Feuers absonderliche Schatten zwischen die Bäume. Jock hatte aus Pilzen und Kräutern, die er im Laufe des Tages gesammelt hatte, eine leckere Suppe zubereitet, die in einem Kessel über dem Feuer hing. Leise vor sich hin pfeifend, rührte Jock in der Suppe und genoß den Duft, der aus dem Kessel aufstieg. Der Duft erinnerte ihn an die gute Küche seiner Heimat, und er fühlte sich wohlig und behaglich wie zu Hause am heimischen Herd. Seine Augen schweiften träumerisch umher. Es war still und friedlich hier. Ruhig warteten seine Freunde auf die Suppe ›wie zu Hause‹, die ihnen Jock versprochen hatte. Horn lehnte an einem umgestürzten Baum und blickte nachdenklich vor sich hin. Eja lag auf einer Decke und unterhielt sich flüsternd mit Tanit. Far-Uhl hatte sich nach Art der Hirsche mit unter den Leib gezogenen Beinen niedergelassen und glättete eine schadhafte Stelle an seinem Bogen, der unsanft mit einer scharfen Felskante in Berührung gekommen war. Jock widmete wieder seine ganze Aufmerksamkeit dem Gelingen der Suppe. Geduldig regelte er das Feuer und achtete darauf, daß die Suppe nicht zu schnell erhitzt wurde.

Gerade hatte er die Suppe abgeschmeckt und gab noch einige Kräuter dazu, da ließ eine plötzliche Bewegung ihn aufblicken. Far-Uhl hielt seinen Oberkörper straff aufgerichtet. Seine Hirschohren waren gespitzt, und seine Augen blickten gespannt in das Dunkel zwischen den Bäumen. Auch Horn hatte Far-Uhls Bewegung bemerkt und sah ihn fragend an. Jocks Augen folgten unwillkürlich dem Blick Far-Uhls. Zuerst konnten seine Augen, die so lange in das Feuer geblickt hatten, nichts erkennen. Erst allmählich wurden die Umrisse der Bäume deutlicher. Doch er konnte nichts entdecken, was der Grund für Far-Uhls Wachsamkeit hätte sein können. Vielleicht hatte Far-Uhl ein kleines Tier rascheln hören und überlegte, ob er es jagen sollte.

Ein Hase würde gut zu unserem Speisezettel passen, dachte Jock. Doch kaum hatte er begonnen, über die Zubereitung von Hasen im allgemeinen nachzudenken, da sprangen Horn und Far-Uhl plötzlich auf und griffen nach ihren Waffen. Eine dunkle Gestalt trat zwischen den Bäumen hervor. Sie trug einen langen Umhang, dessen Kapuze ihr Gesicht verhüllte. Jock griff nach seinem Messer und lief zu Eja, die sich überrascht aufgerichtet hatte. Tanit flatterte erschreckt auf und hielt sich über ihren Köpfen. Gespannt und bereit blickten sie der Gestalt entgegen, jederzeit gefaßt darauf, daß noch mehr Gestalten aus den Bäumen hervorbrachen und daß es zum Kampf kam. Doch die Gestalt lachte plötzlich, hob die Hand zum Gruß, schlug die Kapuze zurück und sagte: »At ena laat, droganaï. Seid gegrüßt, Wanderer.«

Das Gesicht, das zum Vorschein kam, war von unzähligen kleinen Falten durchzogen. Eine große, kräftige Nase bog sich leicht abwärts und warf einen unruhigen Schatten auf den lächelnden Mund. Die Stirn war hoch und setzte sich in einen kahlen Schädel fort, den ein Kranz weißer Haare umgab, die so fein waren, daß sie wie kleine Federn erschienen, mit denen der Nachtwind sein Spiel trieb. Auffallend waren die Augen des Mannes. Sie schienen von einem inneren Leuchten erfüllt, in dessen grünem Licht sich das Licht des Feuers widerspiegelte. Die Gestalt war nicht groß und auch nicht sehr kräftig gebaut. Unter den Falten des Umhanges war sogar deutlich eine gewisse Rundlichkeit zu erkennen. Die Hände, die aus den weiten Ärmeln auftauchten, waren auffallend klein. Aber wenn der Mann auch nicht sehr stattlich war, so spürten sie doch, daß eine große Kraft von ihm ausging.

Der Fremde blickte sie der Reihe nach an, und als sein Blick auf Horn traf, sagte er: »Habt Ihr mich so sehr vergessen, Horn Elder, daß Ihr glaubt, das Schwert gegen mich erheben zu müssen?«

Horn sah ihn erstaunt an. Dann stutzte er, und sein Gesicht nahm einen überraschten und ungläubigen Ausdruck an. Langsam ließ er das Schwert sinken. Es schien ihm die Sprache verschlagen zu haben. Doch dann gab er sich einen Ruck, steckte das Schwert in die Scheide zurück und trat auf den Mann zu.

»Verzeiht, aber nie hätte ich gedacht, Euch hier zu treffen. At ena laat«, sagte Horn und verneigte sich.

»So, das glaube ich gern, daß Ihr das nicht gedacht hättet«, antwortete der Fremde, und seine Stimme hatte eine Schärfe und Kälte, die Horn auffahren ließ. Einen Augenblick maßen sie sich mit Blicken, und Horn schien verunsichert zu sein. Doch fuhr der Fremde mit freundlicher Stimme fort: »Dabei hättet Ihr es doch durchaus erwarten können. So weit ist das Ziel Eurer Reise nun wirklich nicht mehr entfernt.«

Der Klang der Stimme beruhigte Horn, und er sagte: »Ihr habt recht. Aber Ihr seid auch nicht einen so weiten Weg wie wir gegangen. Was Euch so nahe erscheint, ist für uns das noch immer unerreichte Ziel, das Welten entfernt ist, selbst wenn es greifbar nahe liegt. Aber verzeiht mir, wenn dies nicht der einzige Grund ist, warum ich Euch nicht erkannt habe. Ihr habt Euch verändert seit damals, wenn auch weniger, als ich gedacht hätte.«

»Nun, Ihr seid auch nicht mehr derselbe und Euch doch ähnlich geblieben«, antwortete der Fremde lachend. »Wir wollen nicht darüber streiten, wer von uns beiden der Zeit besser standgehalten hat.«

»Jetzt ist's aber genug«, mischte Jock sich ärgerlich ein. »Wer ist das, Horn? Wenn ihr noch länger in Rätseln sprecht, vergesse ich noch meine gute Erziehung. Also, rede schon!«

»Natürlich«, lachte der Fremde und sagte zu Horn gewandt: »Es wird Zeit, daß Ihr mich in den Kreis Eurer Begleiter einführt. Ich bin nicht minder gespannt, ihre Namen zu erfahren, besonders den Namen dieses jungen, nach Wissen dürstenden Mannes.«

Jock wurde rot im Gesicht und blickte ihn zornig an. Der Spott des Fremden schmeckte ihm gar nicht. Man sah ihm an, wie er nach Luft schnappte und eine passende Antwort suchte. Da unterbrach ihn Horn und sagte:

»Laß gut sein, Jock. Ich wollte euch nicht auf die Folter spannen. Ich war nur zu überrascht, um die einfachsten Formen der Höflichkeit zu wahren. Ich will es aber wiedergutmachen. Unser Gast, oder vielleicht sollte ich besser sagen, unser Gastgeber, ist Draba, der Edrahil. Kein Grund also, scharfe Worte zu wechseln. Und dies«, fuhr er an Draba gewandt fort, »sind Eja, Advenas Tochter, aus dem Volk der Edrain, Tanit, eine Edrain in der Gestalt eines Dolgan, Far-Uhl, ein Merod aus dem Volk der Balhi-jata, und Jock Aiting, ein Duna aus dem Stamme der Brasen.«

Eja blickte Draba mit großen Augen an. Dies also war der Mann, von dem sie schon so viel gehört hatte. Sie hatte ihn sich ganz anders vorgestellt. Groß und stattlich, ein mächtiger Führer eines mächtigen Volkes, einer der Zwölf, welche die Geschicke der Edrain leiten. Doch nun sah sie einen Menschen vor sich, der nichts Gewaltiges an sich hatte, der gewöhnlich und verletzlich erschien, auch wenn sie die Kraft spürte, die von ihm ausging. Sie hätte nicht sagen können, daß sie enttäuscht gewesen wäre, doch verwirrte sie Drabas Erscheinung. So schrieb sie diese Verwirrung ihren nicht erfüllten Erwartungen zu und bemühte sich, nicht darauf zu achten, sondern Draba so zu nehmen, wie er war, und ihm mit der gebotenen Achtung zu begegnen. Seine Stimme weckte sie aus ihren Gedanken.

»Wahrhaftig eine außergewöhnliche Gemeinschaft, die Ihr mir da vorstellt«, meinte Draba. »Aber selbst das Außergewöhnliche heiße ich herzlich willkommen. Auch wenn ich mich noch nicht euren Gastgeber nennen kann, denn noch ist Althaia weit und ich nicht mehr wie ihr, ein Wanderer in einer gefährlichen Welt. Doch wie ich sehe, störe ich eure Mahlzeit. Es wäre sicher ein Jammer und eine große Ungerechtigkeit gegen den Koch, wenn man dem Essen nicht die Ehre erwiese, das es verdient. Zumindest der Koch hat, wie ich sehe, selbst im Augenblick größter Gefahr, sein Amt nicht vergessen.«

Wieder wurde Jock rot, als er merkte, daß er in der einen Hand zwar sein Messer hielt, in der anderen aber noch immer den Löffel, mit dem er in der Suppe gerührt hatte. Ärgerlich steckte er sein Messer weg und kehrte an seine unterbrochene Arbeit zurück. Ein Hase wäre mir doch lieber gewesen, als dieser Meister der Spötter, dachte er und widmete sich wieder seiner Suppe.

Horn bat Draba, an ihrer Mahlzeit teilzunehmen, und so saßen sie bald um das Feuer versammelt, eine Holzschüssel mit dampfender Suppe in den Händen. Alle blickten gespannt auf Draba, neugierig auf jedes seiner Worte. Sie selber wollten das Gespräch nicht beginnen. Eine seltsame Scheu hielt sie davon ab, und sie fühlten, daß es Draba war, dessen Ruhe und Kraft sie am Sprechen hinderten. Doch Draba ließ sich Zeit und schien sich vor allem die Suppe schmecken zu lassen. Als er seine Schüssel geleert hatte, lobte er zuerst den Koch und fuhr dann lächelnd fort:

»Ich sehe, daß ihr kaum einen Löffel herunterbekommt. Ihr wundert euch wohl, mich hier zu sehen, und würdet gerne mehr wissen über das, was in Althaia vorgefallen ist? Vielleicht brennt ihr aber auch darauf, von euch zu erzählen und von den Dingen, die euch begegnet sind und die euch bedrängen? Nun, ich habe mir mit Bedacht Zeit gelassen. Denn wie fangen wir es an, daß all das Geschehene in einer Weise gesagt wird, die Klarheit schafft und nicht noch mehr Verwirrung? Zu bedeutende Dinge sind geschehen und zu wichtige Schritte müssen unternommen werden. Also sollten wir uns auf das beschränken, was der Sache dienlich erscheint und uns nicht in Nebensächlichkeiten abschweifen läßt. Darum bitte ich euch, mir davon zu berichten, was euch hierher geführt hat. Danach will ich euch alles Notwendige zum Verständnis dessen, was vorgefallen ist, sagen. Denn es scheint mir, daß das, was dann zu tun sein wird, mehr in dem begründet liegt, was euch begegnet ist, als in den Dingen der Vergangenheit, welche die Ursache der Geschehnisse sind. Die Vergangenheit kann zwar vieles erklären, aber das Handeln ist Teil der Gegenwart.«

»Ihr habt klug gesprochen«, antwortete Horn. »Gerne wollen wir Eurem Rat folgen und alles, was geschehen ist, so geordnet wie möglich berichten. Ich will für meine Freunde sprechen und glaube, daß es am besten ist, wenn zuerst ich berichte, denn was ich zu sagen habe, erhellt die Ereignisse der Vergangenheit. Dann mag Tanit fortfahren, denn ihr Teil der Geschichte gab den Anstoß zu unserer Reise, und zuletzt soll Eja erzählen, denn in ihr laufen alle Fäden der Vergangenheit und Gegenwart zusammen.«

Die Gefährten stimmten seinem Vorschlag zu, und so begann Horn mit dem Bericht. Er begann mit dem Tag, an dem Asar zu den Feornern gekommen war, und berichtete von seiner Reise zu den Edrain, die ihn vor Asar warnten, von seiner Rückkehr und der Verwandlung der Feorner in Asari, von seiner Gefangennahme und Flucht und von den Jahren, in denen er sich versteckt hielt und auf eine Möglichkeit zum Widerstand gegen Asar wartete. Dann erzählte er von dem Kind, das er im Wald fand, von Advenas Ende und den Spuren der Asari und wieder von den endlosen Jahren des Wartens bis zu dem Tag, an dem Jock Tanit nach Hause brachte und Eja zum Geschenk machte. Hier endete Horns Bericht, und es war ihm deutlich anzusehen, wie sehr ihn die Ereignisse der Vergangenheit bewegt und aufgewühlt hatten. Er war blaß im Gesicht, als er seinen Bericht schloß.

Nun war die Reihe an Tanit. Auch sie konnte sich dem Schrecken, den die Erinnerung an das Vergangene in ihr wachrief, nicht entziehen. Deutlich hatte sie En'Nuris, das versteckte Tal, vor Augen, in dem ihr Volk den Onduril vor Asar bewahrte. Sie erzählte von dem Wunsch, ein Dolgan zu sein, der in ihr wuchs, von ihrer Sehnsucht, frei zu sein und der Enge des Tales zu entkommen, einmal das zu sehen, was so verlockend außerhalb des Tales zu finden wäre. Dann erinnerte sie sich wieder an das Entsetzen, als sie sich nicht mehr zurückverwandeln konnte, als sie den Diebstahl des Onduril entdeckte und vor ihrem, in der Gestalt der Bäume gefangenen Volk stand. Sie erzählte von dem Versprechen, das sie den Bäumen gab, und von ihrer Reise nach Althaia, von dem sie doch nicht einmal genau wußte, wo es zu finden war, nur, daß es irgendwo im Westen liegen mußte. Dann kam der Sturm, in dem sie sich ins Raunatal verirrte und Jocks Stein sie traf, ein Unglück, das sich als das größte Glück erwies, denn so hatte sie Eja gefunden, die von einem Onduril wußte, und auch Gefährten, so daß sie von nun an nicht mehr allein nach einem Onduril suchen mußte, um ihr Versprechen gegenüber den verwandelten Edrain halten zu können.

Als Tanit verstummte, hob Draba, der lange schweigend zu Boden geblickt hatte, den Kopf und sah Eja an. Sein Gesicht war grau geworden. Das Gehörte schien ihn tief berührt zu haben. Seine Augen waren dunkel, und das Licht, das aus ihrer Tiefe leuchtete, war kalt und hart. Es schien Eja plötzlich, als richteten diese Augen sich zum ersten Mal auf sie, als hätte Draba es bisher vermieden, sie anzusehen, und um so mehr hielt sein Blick sie jetzt gefangen. Doch war die Angst, die in ihr wuchs, als Draba sie so unvermittelt anblickte, nicht vielleicht der Widerschein des Schreckens, den Draba empfunden haben mußte, als er den Erzählungen Horns und Tanits zuhörte? Hatte er nicht Advena, ihre Mutter, gekannt, und mußte er nicht um sie trauern, als er von ihrem Tod hörte? Wie lange schon mußte das Unheil, das die Onduril über die Edrain und die Feorner gebracht hatten, ihn bedrücken und ängstigen? Wie lange schon lebte er mit der Ungewißheit über das, was geschehen sein mochte, ohne daß er davon erfahren konnte? So achtete Eja nicht auf ihre eigene Angst, sondern entschloß sich, diese Angst, die sie für die seine hielt, zu beschwichtigen, indem sie ihm genau berichten wollte, um ihm so zumindest die Kraft zu geben, die das Wissen geben kann.

»Du bist also Eja, Advenas Tochter?« sagte Draba nachdenklich, und wieder war es Eja, als ginge von seinen Augen ein kaltes Licht aus, das sie frösteln ließ. »Und du trägst also das Wissen um den Stein in dir, das dir deine Mutter mitgegeben hat?«

»Ich glaube schon«, meinte Eja unsicher. »Damals, als Tanit zu uns gekommen ist, habe ich ja gesagt, daß ich es wüßte, auch wenn ich mich nicht erinnern kann, wo er zu finden ist. Aber ich hatte gehofft, daß vielleicht Ihr oder ein anderer der Edrahil mir helfen könntet, meine Erinnerung an den Stein wiederzuerlangen.«

»Vielleicht«, meinte Draba. »Ja, ich denke schon, daß es gelingen wird, den Stein zu finden.«

Für einen Augenblick sah Draba eindringlich in Ejas Augen. Eja spürte, wie eine Kraft in ihr nach dem Stein forschte, und ihr Gefühl wehrte sich dagegen. Zu überraschend war der Versuch, die Erinnerung in ihr zu finden, und eine wachsende Angst sperrte sich in ihr gegen den fremden Willen, der ihr aufgezwungen werden sollte.

»Verzeih«, sagte Draba und senkte den Blick. »Ich darf nicht ohne dein Einverständnis in dir nach dem Stein forschen. Aber der Wunsch, den Stein zu finden, ist so übermächtig, daß ich mich einen Augenblick vergessen habe. Doch nicht ohne Grund. Der Onduril, von dem Eja vielleicht weiß, wo er zu finden ist, ist der letzte Stein, den Asar noch nicht besitzt. Lange hatten wir von drei Steinen gewußt, die in seine Hände gefallen sind, doch nach dem, was Tanit über den Diebstahl des Onduril berichtet hat, wissen wir nun, daß nur noch einer geblieben ist. Ihr seht, wie verzweifelt wichtig es ist, daß Eja sich erinnert, denn sonst ist keine Rettung mehr möglich für Tanits Volk, und keine Macht der Welt kann sie aus ihrer Verwandlung befreien.«

Neue Pläne

In ihrem Innersten hatten die Freunde an diese Möglichkeit gedacht, ohne daß sie davon zu sprechen wagten. So traf diese Nachricht sie wie ein unerwarteter Schlag. Fassungslos sahen sie Draba an. So schlimm stand es also schon? So entsetzlich weit waren die Dinge fortgeschritten? War ihr Unglück nur das letzte einer Kette von Unglück und ihre Unternehmung von einer Wichtigkeit, wie sie es sich niemals hatten vorstellen können? Plötzlich schien es ihnen, als wären sie bisher blind, unwissend und allzu sorglos gewesen. Ein einziger falscher Schritt hätte alle Hoffnung zunichte machen können. Wie oft waren sie mit knapper Not entkommen! Doch was hätten sie denn anderes tun können? Vielleicht war es besser, daß sie nicht gewußt hatten, wie schlimm es stand, denn dieses Wissen hätte ihnen viel von ihrem Mut genommen. Drabas Verhalten, seine Kälte, die sie so seltsam angerührt und verwirrt hatte, erschien ihnen nun verständlich. Wie mußte er sich in all dieser Zeit wachsender Gefahr verändert haben, hart geworden sein, um der Not mit der gebotenen Stärke entgegentreten zu können?

»Ich sehe, daß ihr den Ernst der Lage erkannt habt«, brach Draba endlich ihr Schweigen. »Doch bevor wir überlegen, welche Schritte zu unternehmen sind, um den letzten der Onduril zu finden und vor Asar zu bewahren, soll Eja erzählen, was seit eurem Aufbruch aus dem Raunatal geschehen ist, damit wir nichts von dem übersehen, was der Feind vielleicht schon an Vorkehrungen getroffen hat.«

Seine überlegten Worte besänftigten den Schrecken der Freunde, und Eja berichtete Draba, was seit dem Tag ihres Aufbruches geschehen war. Sie erzählte, wie die Asari sie verfolgten, kaum daß sie das Tal verlassen hatten, von den Nebelfeldern und ihrer Flucht vor den Asari, von ihrer Rettung durch die Kiklits und der Befreiung und Wiedervereinigung mit ihren Freunden, von ihrer Fahrt auf dem Floß, von der Wüste, in der sie dem Tod so nahe gewesen waren, von den Tamahu und ihren Geheimnissen, von ihrer Begegnung mit Far-Uhl und den Wolfsmenschen, den Urruru. Dann berichtete sie von ihrer Gefangennahme durch die Übermacht der Asari und der Folter, der ihre Freunde ausgesetzt waren. Auch Eja wurde von der Erinnerung eingeholt. Noch einmal erlebte sie diese Augenblicke in all ihrer Grausamkeit und konnte die Worte für das Erlebte nur mühsam finden. Erst als sie in ihrem Bericht zu der Befreiung durch die Merod der Balhi-jata und zu Kiritavat, der Frühlingsinsel kam, erholte sie sich und sprach frei von ihren Erlebnissen. Bald hatte sie in der Erinnerung den Sandarak erreicht und endete schließlich mit der Durchquerung des Berges, der sie so gefährlich getäuscht hatte.

»Doch wieso treffen wir Euch hier, Draba?« fragte sie am Schluß ihres Berichtes. »Warum seid Ihr nach Norden aufgebrochen?«

»Es würde zu weit führen, euch alles zu erzählen, was in Althaia geschehen ist«, sagte Draba. »Vorerst ist es genug, wenn ihr wißt, daß Althaia seit langem eine belagerte Stadt ist. Doch vor einiger Zeit öffneten sich die Linien des Feindes nach Norden, als würden sie jemanden erwarten, den sie vielleicht in eine Falle locken wollten. Es gelang mir, mich an ihren Posten vorbeizuschleichen, um diejenigen, die nach Althaia kommen mochten, zu warnen. Da es ja möglich war, daß diese Falle einem der Onduril galt, machte ich mich unverzüglich auf den Weg. Wie richtig unsere Vermutung war, hat sich ja jetzt erwiesen.«

»Aber was sollen wir tun?« rief Tanit ängstlich. »Wir können doch nicht nach Althaia. Denn dort wartet der Feind auf uns und auf Eja, die von dem letzten Stein weiß. Oh, es darf einfach nicht geschehen, daß der letzte Stein in Asars Hand fällt, denn sonst ist mein Volk verloren!«

»Das stimmt«, sagte Draba. »Wir dürfen jetzt keinen falschen Schritt unternehmen. Der Weg nach Althaia ist uns versperrt. Allein gelingt es mir vielleicht, wieder an ihren Posten vorbeizukommen, aber wir alle sind zu viele, um unerkannt Althaia zu erreichen. Was schlagt Ihr vor, Horn Elder?«

»Es ist eine schlimme Lage, in der wir uns befinden«, antwortete Horn. »Das Ziel, das wir erreichen wollten, ist uns verwehrt. Wir schulden Euch großen Dank für Eure Warnung. Ihr habt sicher große Gefahren auf Euch genommen, um zu uns zu gelangen. Unser Plan, in Althaia Hilfe zu finden, ist damit zunichte gemacht. Am besten wäre es, Eja an einen sicheren Ort zu bringen, denn solange wir den Stein nicht finden, ja, solange wir nicht einmal wissen, wo der Stein zu finden ist, kann er auch nicht in die Hand des Feindes fallen. Denn wenn der Feind alle fünf Steine hat, so fürchte ich, daß dies schlimme Folgen haben wird, obwohl ich zu wenig über die Macht der Onduril weiß, um die Gefahr ganz zu erfassen. Habe ich recht in meinen Befürchtungen?«

»Ja«, sagte Draba. »Ihr habt recht. Es würde ihm eine Macht verleihen, die ihr euch nicht einmal vorstellen könnt.« Doch mehr sagte er nicht, als wäre es zu entsetzlich, von dieser Macht zu sprechen.

»Es ist also, wie ich sagte«, meinte Horn. »Viel mehr steht auf dem Spiel, als wir ahnen können, aber diese Ahnung allein ist schon genug, um alles daran zu setzen, das Schreckliche zu verhindern. Doch wo wäre Eja sicher?«

»Kiritavat wird ihr jederzeit Schutz gewähren«, sagte Far-Uhl. »Es liegt am nächsten, und sie ist dort so lange sicher, wie es die Jäger der Balhi-jata gibt, die sich jedem Feind entgegenstellen werden, der versucht, ihr ein Leid anzutun.«

»Ich danke dir für dies Angebot«, sagte Horn. »Ich denke auch, daß sie dort vorerst sicher wäre. Denn noch vermuten die Asari sie auf dem Weg nach Althaia, und es wird lange dauern, bis sie Eja in Kiritavat suchen werden. Dann ist es früh genug, einen anderen Unterschlupf zu finden.«

»Aber mein Volk! Wie lange sollen meine Familie und all meine Freunde noch in der Gestalt der Bäume gefangen bleiben? Und was wird aus mir?« rief Tanit verzweifelt und brach in Tränen aus. So nahe schienen sie der Rettung gewesen zu sein, und nun waren all ihre Hoffnungen auf einen Schlag zerstört worden.

Eja nahm sie in die Arme und streichelte sie tröstend. Sie selber schwieg. Zu sehr wurde sie von widerstrebenden Gefühlen zerrissen. Horn blickte betroffen auf Tanit. Er hatte den Grund ihrer Reise angesichts der neuen Gefahren ganz vergessen. Doch war es nicht besser, auf die Rettung der verwandelten Edrain und selbst von Tanit zu verzichten, als bei dem Versuch, sie zu retten, alles aufs Spiel zu setzen und dieses Spiel zu verlieren?

»Ist es denn so schlimm, wenn die verwandelten Edrain noch warten müssen, bis Rettung für sie möglich ist und ungefährlich für alle anderen Bewohner dieser Welt?« fragte er Draba.

Draba wirkte sehr mitgenommen. Schatten lagen unter seinen Augen, die sie vorher nicht bemerkt hatten. Er wirkte unruhig, wie unter einem großen Druck, dem er kaum noch standzuhalten vermochte. Doch sie spürten, wie er sich, wenn auch nur mühsam, in der Gewalt hatte, als er mit rauher, aber beherrschter Stimme sagte:

»Ich will eure Entscheidungen nicht beeinflussen, auch wenn mehr auf dem Spiel steht, als euer Wohl und das Wohl von Tanits Volk. Doch eines müßt ihr wissen, bevor ihr euch entscheidet. Die Zeit drängt. Die Edrain dürfen nicht zu lange in der Gestalt der Bäume bleiben und auch nicht Tanit ein Dolgan, denn je länger diese Verwandlung andauert, desto weniger wird es gelingen, sie rückgängig zu machen, nicht einmal mit der Macht der Onduril. Denn ein Mensch, der zu lange in anderer Gestalt verharrt, findet eines Tages nicht mehr in seine ursprüngliche Gestalt zurück. Er ist für immer zu dem geworden, was er sich gewählt hat. Sein Wesen verändert sich und nimmt mehr und mehr das Wesen dessen an, in das er sich verwandelt hat, bis von seinem anfänglichen Ich nichts mehr übrig geblieben ist und er mit keiner Hilfe mehr den Weg zu sich zurückfinden kann. Wie lange wird aber der letzte Onduril verborgen bleiben? Wie lange müssen die verwandelten Edrain, wie lange Tanit warten? Jahre? Oder gar Jahrzehnte? Dann fürchte ich, wird es keine Rückkehr mehr geben und die Verwandlung endgültig sein.«

Als Draba schwieg, sprach keiner ein Wort. Nur Tanits leises Schluchzen, das unendlich verzweifelt und hoffnungslos klang, durchbrach die Stille. Alle blickten Tanit mit bleichen Gesichtern an. Sie konnten sich vorstellen, was diese Neuigkeiten für Tanit bedeuten mußten. Für immer in diesem Federkleid gefangen sein, nie wieder menschliche Gestalt erlangen, nie wieder die Berührung des Gleichen mit dem Gleichen erleben. Was für ein schreckliches Schicksal!

»Nein«, brach es aus Eja hervor. »Das darf nicht geschehen.« Nur mühsam kamen ihr die Worte über die vom Schrecken trockenen Lippen. »Nichts kann ein solches Urteil rechtfertigen. Auch nicht die größte Gefahr. Ich will es nicht sein, die Tanit und ihr Volk zu einem solchen Dasein verdammt. Und wer weiß, ob es uns nicht doch gelingt, den Stein vor Asar zu bewahren, wenn wir ihn gefunden haben? Wir müssen es wagen, denn wir haben keine andere Wahl. Es ist eine schreckliche Entscheidung, aber wir können gar nicht anders handeln.«

»Sie hat recht, Horn«, sagte Jock. »Das können wir Tanit nicht antun. Mag kommen, was will. Ich scheue die Gefahr nicht.«

Horn hatte sich von ihnen abgewandt und kehrte ihnen den Rücken zu. Doch sie spürten, wie er mit sich kämpfte. Schließlich sagte er, ohne sich umzudrehen und sie anzublicken:

»Auch wenn es gegen alle Vernunft ist und auch wenn ich fest davon überzeugt bin, daß wir einen Fehler begehen, der ganz Erdherz und all seinen Völkern zum Verhängnis werden kann, weiß ich doch auch, daß wir nicht anders können, als das wahrscheinlich Falsche zu tun, denn das Richtige zu tun übersteigt unsere Kräfte. Wir sind Menschen und können nur als solche handeln. So sei es denn, was immer auch geschehen mag!«

»Doch noch haben wir den Onduril nicht gefunden«, wandte Far-Uhl ein. »Eja kann sich ja nicht erinnern, wo er verborgen ist, und ich dachte, nur in Althaia sei Hilfe zu finden.«

Da drehte Horn sich um und erwiderte: »Ja, aber wir müssen nicht mehr nach Althaia gehen, denn Althaia ist zu uns gekommen. Denn wenn jemand Eja helfen kann, das zu finden, was eine Edrahil in ihrer Erinnerung verborgen hat, so kann es nur einer der Edrahil sein. Könnt Ihr es, Draba?«

Es schien ihnen, als wäre durch ihre Entscheidung eine große Last von Draba genommen worden. Vielleicht hatte das Ende der Ungewißheit ihn erleichtert? Waren sie nicht auch froh, daß sie dem Zwiespalt, der sie zerrissen hatte, entkommen waren, indem sie sich für eine der Gefahren entschieden hatten?

»Ja«, sagte Draba. »Vielleicht kann ich es. Zumindest werde ich es versuchen. Doch ist es besser, wenn Eja und ich allein sind, wenn wir nach ihrer Erinnerung an den Stein suchen. Es ist nicht leicht und duldet keine Störung. Aber wir wollen bis morgen warten. Es ist weit in der Nacht. Wir wollen schlafen und morgen mit frischer Kraft alles Weitere unternehmen.«

Sie hatten nicht auf die Zeit geachtet. Längst war es nach Mitternacht, und es blieb ihnen nicht mehr viel Schlaf bis zum nächsten Morgen. So teilten sie rasch die Wachen ein, von der sie Eja und Draba ausnahmen, und legten sich schlafen. Trotz der Aufregungen der Gespräche schliefen sie bald ein, denn das Neue und die Entscheidungen, die zu treffen waren, hatten sie erschöpft, und so fielen sie in einen tiefen Schlaf.

Der folgende Morgen stand an Friedlichkeit und Schönheit den vergangenen Tagen, die sie im Gebirge verbracht hatten, in nichts nach. Es erschien ihnen seltsam und kaum glaubhaft, daß sie sich in so großer Gefahr befinden sollten. Blitzender Tau lag auf den Gräsern, milchweiße Nebel trieben das Tal hinauf und verfingen sich, leuchtend von der Morgensonne, in den Zweigen der Bäume. Vögel sangen, und der Himmel über ihnen war von einem hellen, durchsichtigen Blau, dessen Licht selbst den Bergen um sie herum ihre Schwere nahm.

Draba führte sie in die Mitte des Tales und zeigte ihnen einen Hügel, der sich weiter unten am östlichen Rand des Tales erhob. Dichter Wald bedeckte die Flanken des Hügels, auf dessen Kuppe sie eine Lichtung sahen, um die große Felsen den Vormarsch der Bäume aufgehalten hatten.

»Ich werde mit Eja dort hinaufgehen«, sagte Draba. »Dort sind wir ungestört und haben doch freie Sicht auf den Paß, so daß wir es bemerken, falls Asari sich nähern sollten. Solange wir dort sind, wartet hier auf uns und achtet ebenfalls gut auf den Paß. Wir leben in Zeiten, in denen man sich keine Sorglosigkeit erlauben darf.«

»Ihr habt recht«, meinte Horn. »Dort scheint ihr mir sicher. Ihr habt den Platz gut gewählt. Er ist auch nicht zu weit entfernt, so daß wir wohl bei Gefahr nicht getrennt werden. Wir werden Wache halten und das Tal weder nach Norden noch nach Süden unbeobachtet lassen. Die Asari könnten von beiden Richtungen her kommen.«

»Soll nicht wenigstens ich mitkommen, damit ich Verbindung zwischen euch und den anderen halten kann?« fragte Tanit.

»Nein«, erwiderte Draba und sah sie streng an. »Wir müssen allein sein. Eine Störung durch einen dritten könnte unseren Versuch gefährden und vielleicht bleibenden Schaden bewirken. Ich muß dich auch bitten, keinen Gebrauch von deinen Flugkünsten zu machen. Selbst deine neugierigen Blicke könnten die Kräfte, derer wir uns bedienen müssen, stören, so daß sie sich vielleicht sogar gegen uns richten. Hüte dich also!«

Erschrocken versprach Tanit eilig, der Lichtung fernzubleiben, es sei denn, daß sich Gefahr nähere. So brachen Draba und Eja auf. Die Zurückbleibenden sahen ihnen besorgt nach. Von welchen Kräften Draba wohl gesprochen haben mochte? Waren sie gefährlich für ihn oder für Eja? Die beiden Gestalten entfernten sich rasch und hatten bald die Bäume am Hügel erreicht, zwischen denen sie den Blikken der Freunde entschwanden.

»Wir wollen keine Trübsal blasen, sondern das wenige tun, was uns zu tun bleibt«, sagte Horn und rüttelte sie alle aus ihren Gedanken auf.

Sie suchten sich einige hohe Felsen aus, die sich nicht weit entfernt erhoben. Von dort hatten sie eine gute Sicht über den Paß bis weit nach Norden und Süden. Kein Asari würde ihren Blicken entgehen.

Die Zeit verging nur langsam. Doch hatte Draba ihnen noch am Abend zuvor gesagt, daß es lange dauern würde. Viel Zeit war vergangen, seit Advena das Versteck des Steines in das Gedächtnis des Kindes eingeprägt hatte. Sie würden eine weite Strecke zurückgehen müssen, denn dies war der einzige Weg, der Weg zurück durch die Zeit bis zu dem Augenblick, in dem Advena das Wissen um den Stein in Eja hinterlassen hatte.

Langsam stieg die Sonne am Himmel empor, und ebenso langsam begann sie sich wieder zu senken. Wieder einmal waren sie nur Zuschauer, während Kräfte entfesselt wurden, die ihnen fremd waren. War es nicht schon so am Fuße des Sandarak gewesen, als Eja nach dem richtigen Durchgang zum Djerriba-Paß gesucht hatte? Untätig saßen sie da und blickten über die Paßhöhe, auf der sich nichts regte als die wandernden Schatten und ab und zu ein eiliger Hase oder ein vorbeifliegender Vogel.

Jock stöhnte auf und begann, alle Lieder, die ihm einfielen, vor sich hin zu singen, bis Horn ihn zur Ruhe ermahnte, denn die Stille des Tales war so vollkommen, daß seine Lieder weit tragen mußten und vielleicht Draba und Eja erreichen und stören würden. Hastig verstummte Jock und blickte wieder schweigend in das Tal hinab. Die Sonne brannte auf sie herab, die Lider wurden ihnen schwer, und ihre Augen tränten vom langen Starren. Schließlich hielt Jock es nicht mehr aus, und er brach das Schweigen.

»Was hältst du eigentlich von diesem Draba?« fragte er Horn leise. »Ich meine nicht von dem, was er redet. Ich weiß, daß es gut und klug gesagt ist, aber alles sonst. Er hat ja manchmal eine spitze Zunge, ist eine richtige Spottdrossel.«

Horn lächelte in Erinnerung an den Helden Jock mit seinem Messer in der einen und dem Kochlöffel in der anderen Hand. Er war Jock nicht böse, daß er das Schweigen brach. Es schien keine Gefahr zu drohen, und auch er hatte das Bedürfnis, über die Eindrücke der vergangenen Nacht zu reden.

»Nun, ich bin mir nicht sicher«, sagte er nachdenklich. »Ich kannte ihn ja schon von früher, und so mache ich mir wahrscheinlich weniger Gedanken über ihn als du. Aber wenn du mich schon so fragst, kann ich nur sagen, daß er sich sehr verändert hat, seit wir uns kennengelernt haben. Doch war es damals in Althaia eine andere, friedlichere Zeit. Was seitdem geschehen ist, hat ihn härter gemacht. Er war früher ein heiterer Mann, dessen Klugheit eher Weisheit als nur Schärfe des Verstandes verriet. Aber warum fragst du mich danach?«

»Ach, was weiß ich«, meinte Jock und sah verwirrt drein. »Irgend etwas scheint mir nicht zu stimmen, aber ich weiß nicht was. Dauernd denke ich, daß ich es wissen müßte, aber wenn ich versuche, es zu fassen, ist plötzlich alles leer da oben«, sagte er und zeigte mit dem Finger auf seinen wirren Haarschopf.

Horn strich ihm lachend durchs Haar und meinte: »Was soll denn nicht stimmen, Meister Aiting? An dem, was gesagt wurde, kann ich nichts entdecken, was nicht stimmen sollte.«

Jock schüttelte Horns große Hand ab und sagte etwas brummig: »Es ist auch nicht etwas, was gesagt worden ist. Es war irgendwie, weißt du, ganz am Anfang. Ja, ich weiß es wieder. Er schien gar nicht überrascht zu sein, uns hier anzutreffen, als hätte er gewußt, daß wir hier sind. Aber woher hätte er es denn wissen sollen?«

Horn lachte und meinte: »Vielleicht ist er ein Hellseher, wie Ihr es seid, Meister Aiting, wenn es um den Inhalt von Suppentöpfen geht. Natürlich hat er es nicht wissen können. Er wird ...«

Horn verstummte und wurde plötzlich grau im Gesicht. Er blickte Jock mit großen Augen an, die so voll Entsetzen waren, wie es Jock noch niemals zuvor an ihm gesehen hatte. Er, den selbst der größte Schmerz nicht hatte aus der Fassung bringen können, schien alle Kontrolle über sich verloren zu haben. Seine Lippen waren weiß wie Schnee, und er zitterte am ganzen Leib.

»Was ist denn los mit dir?« rief Jock erschrocken und versuchte zu scherzen. »Du siehst aus, als hätte dich eine Schlange gebissen.«

Auch Tanit und Far-Uhl, die nicht weit entfernt von ihnen saßen, hatten Horns Zustand bemerkt und kamen beunruhigt näher. Horn schien kaum reden zu können, als er endlich die Sprache wiederfand. Er preßte die Worte zwischen den Zähnen hindurch, die er fest zusammenbiß, damit sie nicht aufeinanderschlugen.

»Ich Narr«, stieß er hervor. »Ich dreimal verfluchter Narr. Natürlich hat er nicht wissen können, daß er uns hier antreffen wird. Doch wenn er nicht überrascht war, uns hier zu treffen, muß er es gewußt haben. Also ist Draba nicht Draba, denn Draba kann es nicht gewußt haben. Also ist Draba Asar, denn Asar, und wer sonst außer ihm, hat es gewußt. Und wer sonst könnte Draba außer Draba sein, wenn nicht Asar, der die Onduril in seiner Hand hat. Ich Narr! Hatte ich denn nicht gleich zu Anfang die Stimme Asars erkannt? Wie konnte ich mich täuschen lassen? Und nun ist Asar mit Eja zusammen, und er wird erfahren, wo der letzte Stein zu finden ist, und wird sein Ziel erreichen, weil ich es ihm ja so leicht gemacht habe.«

Verzweifelt ballte Horn die Fäuste, und die Gefährten erkannten ihn nicht wieder. Das Entsetzen hatte seine Züge zerrissen, und es schien, als wäre er in diesem kurzen Augenblick zum Greis gealtert.

»Aber vielleicht ist es ja noch nicht zu spät«, rief Jock mit schriller Stimme, die sich vor Schrecken überschlug. »Vielleicht können wir es ja noch verhindern!«

Horn starrte ihn an und packte ihn mit den Händen so fest an den Schultern, daß Jock vor Schmerz aufschrie.

»Ja«, stieß er hervor, und es schien, als wäre ein Rest Leben in ihn zurückgekehrt, an den er sich nun klammerte. »Vielleicht können wir es noch verhindern. Was warten wir denn noch?« rief er wild und starrte seine Freunde wie rasend an. »Was warten wir? Flieg, Tanit, flieg los. Lauf so schnell du kannst, Far-Uhl. Kommt!«

Und Tanit schoß durch die Luft, Far-Uhl stob davon, daß seine Hufe Funken schlugen, und Horn und Jock rannten, wie sie nie in ihrem Leben gerannt waren, stolperten über Felsen, fielen, schlugen sich wund, achteten nicht darauf, sondern rannten weiter, getrieben von der letzten, unwahrscheinlichen Hoffnung, vielleicht doch noch das Unvermeidliche, das undenkbar Schreckliche zu verhindern.

Der Sturm der Zeit

Eja folgte Draba durch den Wald, der den Hügel bedeckte. Draba ging schweigend voraus. Zielsicher bewegte er sich zwischen den Felsen hindurch. Unbeirrbar fand er stets den richtigen Weg, der sie den Hügel hinaufführte. Bald hatten sie die Lichtung auf der Spitze des Hügels erreicht. Große Steinblöcke erhoben sich rings um die Lichtung. Sie sahen aus, als hätte eine mächtige Hand sie dort aufgestellt, und bildeten einen freien Platz, den sie wie eine natürliche Mauer umschlossen. Durchbrüche zwischen den Felsen gaben den Blick auf den Paß frei, ohne daß man selber von außen gesehen werden konnte. In der Mitte des Platzes lagen einige flache Felsen dicht beieinander, die wie eine große Tafel wirkten, die auf eine festliche Gesellschaft zu warten schien. Doch hatte dieser Ort nichts Fröhliches an sich, und das Fest, das hier wohl hätte stattfinden mögen, wäre ein ernstes gewesen. Still war es. Der Steinkreis schirmte die Laute der Welt ab. Es war ein Ort der Einkehr, der rechte Ort, um nach dem Verborgenen in sich zu suchen, aber auch ein Ort, den zu betreten es Mut erforderte. Eja zögerte. Draba, der ihr Zögern bemerkte, drehte sich um und sagte:

»Ich verstehe dich. Dies ist ein sonderbarer Ort. Wer weiß, welches Volk diese Steine einst aufgerichtet hat und zu welchem Zweck? Laß dir Zeit und gewöhne dich erst daran. Mag es hier auch seltsam sein, so ist es doch ein guter Platz für unser Vorhaben.«

Eja nickte stumm und betrat langsam den freien Raum. Draba war zu den flachen Felsen getreten und setzte sich auf ihren Rand. Er blickte durch eine der Öffnungen über den Paß und vermied es, Eja anzusehen. Doch sie konnte deutlich fühlen, daß dennoch seine ganze Aufmerksamkeit ihr galt. Er wollte sie wohl schonen und nicht bedrängen. Sie trat an die große Felsentafel und blickte auf den Stein.

Neben sich sah sie Drabas kleine Hand, die auf dem Stein ruhte.

Wie seine Hand zittert, dachte sie. Es scheint ihm viel daran zu liegen, den Stein zu finden. Sicher denkt er an die verwandelten Edrain und das traurige Schicksal, das sie ereilen wird, wenn nicht die Macht eines Onduril sie bald befreit.

Sie blickte ihn von der Seite an. Sein Gesicht wirkte gespannt, und sie fühlte die unterdrückte Erregung in ihm. Draba schien ihren Blick zu spüren und sah sie an. Ihre Augen trafen aufeinander. Das Grün in Drabas Augen war so dunkel, daß es fast schwarz erschien. Nur ein mattes Leuchten glühte noch in ihnen. Seine Augen waren von einer bohrenden Kraft erfüllt, die nach Ejas Innerstem zu tasten versuchte, ohne es doch recht zu wagen, und zugleich schienen sie wie tot, als wären alle Regungen bis auf die eine, das Verlangen nach dem Stein, erloschen.

Doch er wandte sich ab, als hätte sie etwas gesehen, was er lieber vor ihr verborgen hätte, und sagte, wie um sich zu rechtfertigen:

»Du kennst die Onduril noch nicht und auch nicht ihre Macht. So weißt du auch nichts von dem Verlangen, sie zu besitzen, das sie entzünden. Doch wenn du willst, können wir den Versuch, die Erinnerung an den Onduril in dir zu finden, ja unterlassen. Vielleicht denkst du, daß ich ein schlechter Führer für dich bin?«

»Nein«, wehrte Eja ab. »Ich verstehe Euch und danke Euch für Eure Rücksicht. Aber Ihr braucht mich nicht zu schonen. Ich will gerne den Versuch mit Euch wagen. Aber was müssen wir tun? Was kann ich dazu beitragen?«

»Gut«, sagte Draba und schien erleichtert. »Ich werde es dir erklären. Wie ich dir und deinen Freunden gestern schon sagte, müssen wir den Weg deiner Erinnerungen zurückgehen, vom heutigen Tag an bis zu dem Augenblick, in dem deine Mutter dir das Versteck des Steines einprägte. Es ist ein langer Weg, der viel Zeit und Kraft erfordert. Wir dürfen nichts übereilen, denn zu große Hast zerreißt den Faden, den wir aufrollen müssen. Stelle es dir wie eine Brücke vor. Fehlt ein Teil in dieser Brücke, so gelangen wir nicht weiter, und der Weg ist uns versperrt. Ich werde dich begleiten und dich leiten, wenn du unsicher wirst, aber du mußt mir vorangehen, denn nur durch dich kann der Weg erstehen, den wir beide beschreiten wollen.«

»Aber wie sollen wir denn die Reise beginnen?« fragte Eja. »Ich kann nicht glauben, daß ich mich an all das, wovon Ihr sprecht, wirklich erinnern kann.«

»Kein gewöhnlicher Sterblicher könnte es«, erwiderte Draba. »Aber bedenke, daß wir das Laurinband haben, das unsere Kräfte sammelt und stärkt. Und du wirst ja nicht allein sein, denn auch ich werde all meine Kraft aufbieten, um dich zu unterstützen. Vertraue deiner Kraft und der Macht des Laurin. Dann muß es gelingen. Hier, lege dich auf diese Steintafel und hülle dich gut in deinen Umhang ein. Denn dir wird wenig Kraft bleiben, um deinen Körper zu wärmen, wenn wir die Reise antreten. Dann überlasse alles Weitere mir. Ich werde dich führen.«

Eja schlug ihren Umhang fest um sich und legte sich flach auf den Stein. Draba setzte sich neben sie und nahm ihre Hand. Dann hieß er sie die Augen schließen.

»Richte deine Gedanken nicht auf das Vergangene«, sagte er, »sondern versuche nur, das Jetzt zu erfassen. Dann laß uns zuerst vorwärtsschreiten, mit dem Fluß der Zeit, bevor wir uns umkehren und in der Zeit zurückgehen wollen. Bald werde ich bei dir sein. Doch dreh dich nicht um. Schau nicht zurück, auch nicht nach mir. Gehe stets voran, welche Richtung in der Zeit die Geschehnisse auch nehmen.«

Eja fühlte, wie eine große Ruhe und Kraft von Draba ausgingen. Jetzt, da sie ihr Unternehmen begonnen hatten, schien alle Ungeduld von ihm abgefallen zu sein, und sicher und stark hielt er ihre Hand. Auch sie hatte ihre anfängliche Angst verloren, und alle Unruhe in ihr hatte sich gelegt. Sie spürte den Stein unter ihrem Körper, die Wärme der Sonne und den leichten Hauch des Windes. Die Stille des Platzes und des Augenblickes nahm sie gefangen und hüllte sie ein. Sie folgte ihrem Atem und vertraute sich der kraftvollen Gegenwart Drabas an. Da erhellte ein Licht das anfängliche Dunkel und trat neben den schwachen rötlichen Schein der Sonne, der durch ihre geschlossenen Augenlider drang. Bald war nur noch dieses Licht zu sehen, und die Außenwelt entschwand. Sie fühlte nicht mehr die Härte des Steines, nicht mehr die Sonne oder den Wind. Es war ihr, als hätte sie eine neue Welt betreten. Und sie selbst war da, in dieser Welt, sah sich in diesem Licht, wie in dem gewohnten Licht des Tages. Sie konnte ihren Arm heben und sah ihre Hand. Sie konnte sich mit ihrer Hand ertasten und sich die Haare aus der Stirn streichen. Sie war wirklich in dieser Welt, ein atmendes, lebendiges, handelndes Wesen. Plötzlich spürte sie, wie jemand hinter sie trat. Doch als sie sich umblicken wollte, legte sich eine Hand auf ihre Schulter, und sie hörte eine Stimme, die sie ermahnte, sich nicht umzudrehen. Die Stimme klang fremd und doch vertraut. Draba war also bei ihr, wie er es gesagt hatte.

»Nun ist es Zeit, umzukehren und den Weg der Erinnerungen zurückzugehen. Ich werde hinter dir bleiben«, sagte Draba.

Eja kehrte sich langsam gegen den Strom der Zeit. Da spürte sie einen Sog, der so stark war, daß sie das Gefühl hatte, von ihm umgerissen zu werden. Etwas Gewaltiges zerrte an jeder Faser ihres Körpers. Ein Sturm blies ihr entgegen, der sie zu zermalmen drohte.

»Ich kann nicht«, rief Eja erschrocken. »Laß uns umkehren. Es wird uns umbringen.«

»Halte durch«, rief Draba hinter ihr, und sie fühlte, daß seine Hand sie festhielt. »Es ist bald vorbei. Gleich wird der Sturm sich legen.«

Wirklich nahm die Kraft, die sie zwingen wollte, sich umzukehren, rasch ab, und auch der Sturm, der so heftig gewesen war, kam zur Ruhe. Stiller und stiller wurde es, bis ein Augenblick kam, in dem alles zu verharren schien, und Eja fühlte, daß sie den Punkt der Umkehr erreicht hatten. Der Sturm, der sich ihr entgegengeworfen hatte, wurde zum sanften Fall durch schwankende Farben und Formen, die sich festigten und wirklich wurden und vertraut. Das Licht, das sie gesehen hatte, als sie die Augen schloß, löste sich auf, und an seine Stelle trat wieder das Licht der Sonne. Der Platz, auf dem sie ihre Reise angetreten hatten, erschien. Es war Eja, als würde alles, was sie gekannt hatte, an ihr vorbeigleiten. Vielleicht war aber auch alles zugleich in Bewegung, sie und der Reigen der Erinnerungen. Sie hätte nicht sagen können, ob diese Bewegung sich schnell oder langsam vollzog, denn sie hatte alles Maß und jedes Gefühl für die Zeit verloren. Der Wald, durch den sie vor kurzem noch den Hügel hinaufgegangen waren, tauchte auf und entschwand wieder. Sie sah den Paß, ihre Freunde, den Aufbruch, die Nacht, die Gespräche, das Auftauchen Drabas aus dem Wald, und weiter und immer weiter zurück in Zeit und Raum ging die Reise. Dabei war es ihr, als würden nicht nur Landschaften und Wesen, die sie gekannt hatte, an ihr vorbeiziehen im Wechsel von Tag und Nacht, sondern als würden auch Gefühle und Gedanken von damals wieder erwachen, die sich aufs neue mit diesen Landschaften und Wesen verbanden. Bald sah sie die Gänge in der Tiefe des Sandarak vor sich, dann Bhaskara und die Jäger der Balhi-jata, bald war es die Frühlingsinsel Kiritavat und die Schönheit der Eneti, die an ihr vorbeizogen, und so immer fort spulte der Lauf ihres Lebens sich ab und erschien wirklich und unwirklich zugleich. Wirklich, da alles lebendig und vertraut war und ihre Gefühle und Gedanken bewegte. Unwirklich, weil alles wie ein flüchtiges Spiel von Formen, Farben und Lichtern war, die sich nur für kurz zusammenfanden, um ihren Erinnerungen Gestalt zu verleihen, und sie fühlte, daß ein Windhauch genügt hätte, um die Bilder in bunte Funken zersplittern zu lassen.

So drangen sie immer weiter vor oder, nein, zurück in der Zeit, in Ejas Zeit, in Ejas Leben. Eja sah die Wüste und die Tamahu, die Schluchten des Atlangebirges und all das, was darin geschah, sie sah die Nebelfelder und die Felswand, an der Jock beinahe in den Tod stürzte, sie stand an der Quelle der Rauna und blickte in eine Ferne, die sie noch nicht kannte und in der alle Abenteuer und Gefahren noch auf sie warteten, noch unbekannt und ungeschehen. Das Raunatal wurde lebendig und der Geburtstag, an dem Tanit zu ihnen kam. Dann gab es keine großen Abenteuer mehr, sondern nur noch die kleinen Freuden und Leiden, das Alltägliche ihrer sorglosen Kindheit, die sie an der Seite von Una und Lars Tordal verbrachte, in der sie mit Jock spielte, mit dem Hofhund Suso und den Kindern aus der Nachbarschaft, die Zeit, in der die Geschichten des alten Alva Aiting sie begleiteten und in der sie sprechen, laufen und verstehen lernte. Schließlich tauchten Bilder vor ihr auf, an die sie sich lange nicht mehr erinnert hatte. Seltsame Bilder, welche die Augen eines Kleinkindes sahen. Bilder, die erfüllt waren von Wärme, von Fürsorge und Liebe, und die sich mit Gedanken und Gefühlen verbanden, die einfach waren und nichts verlangten als Nahrung, Schlaf und Geborgenheit.

So hatten sie endlich die Zeit erreicht, in der Eja erst wenige Wochen alt war, und unaufhaltsam näherten sie sich ihrem Ziel. Ein Wald wurde sichtbar, das Rauschen des Windes in den Bäumen und das Spiel des Sonnenlichtes in den Blättern. Eja fühlte das Verlangen, nach den Strahlen der Sonne zu fassen und mit ihnen zu spielen. Ein sorgloses, unschuldiges Kinderlachen stieg in ihr auf. Sie spürte Arme, längst vergessene und doch vertraute Arme, die sie trugen, und hörte das schnelle Pochen eines aufgeregten Herzens, das nicht ihr eigenes war. Da faßte Drabas Hand, die auf ihrer Schulter lag, wieder fester zu, und eine weit entfernte Stimme rief sie: »Eja, halt an, kehre dich wieder in der Zeit. Wir sind am Ziel angelangt.«

Es fiel ihr schwer, dieser Aufforderung zu folgen. Sie mußte ihre ganze Kraft aufbieten, um sich gegen den Fall durch die Zeit zu stemmen. Wieder fühlte sie einen starken Wind, der sich ihr entgegenstellte, doch hatte er bei weitem nicht die Kraft des Sturmes, der sie an der Reise in die Vergangenheit hatte hindern wollen. Schnell hatte sich der Wind gelegt, und es schien Eja, als würden die Bilder, die sie sah, an Festigkeit gewinnen. Wieder fühlte sie die

Arme, die sie trugen, und die Wärme des Körpers, die sie umfing. Dann tauchte die Krone eines großen Baumes über ihr auf, und die Arme legten sie in das Innere des Baumes und gaben ihr etwas Süßes in den Mund, an dem sie zu saugen begann. Ein Gesicht neigte sich über sie, das ihr fremd war und von dem sie doch wußte, daß sie es kannte.

Mutter, dachte sie, nicht mehr, und dieses Wort, das zu dem Gesicht nicht zu passen schien, war doch das einzige Wort, das ihr einfallen wollte. Da hörte sie eine Stimme, die ihr Herz schmerzhaft und süß zugleich berührte.

»Verzeih mir, mein Kind, aber ich kann nicht anders. Ich muß dich verlassen, um dich zu retten. Doch etwas werde ich bei dir zurücklassen. Worte, die du noch nicht verstehst. Aber eines Tages wirst du sie verstehen und tun, was ich dir sage. Also höre und merke es dir für alle Zeit. Es wird der Tag kommen, da wirst du den Edrahil den Weg zu dem Onduril zeigen, den ich verstecken mußte. Aber sage es niemals dem einen, dem Verräter, Asar. Hüte dich vor Asar. Ihm zeige den Weg nicht, niemals. Doch jetzt höre und vergiß es nicht. Du findest den Stein ...«

Doch da verstummte die Stimme, und Eja fühlte, wie das Bild des Kindes, das sie erfüllt hatte, versank. Die Gestalt, ihre Mutter, Advena, richtete sich auf, und es war, als würde sie etwas hinter Eja erblicken, etwas Schreckliches, eine große Gefahr. Doch war es wirklich Advena, die vor ihr stand und mit der Hand hinter sie wies, um sie zu warnen? War es nicht sie selber, Eja, die sich wie ein Spiegelbild vor ihr erhoben hatte, wie eine Gestalt gewordene innere Stimme, die sie rief und aufforderte, sich umzudrehen und der Gefahr hinter ihr zu begegnen. Da spürte sie, wie Drabas Hand sich schmerzhaft in ihre Schulter krallte. Doch sie riß sich los und wandte sich um·

Wer war das? Es war nicht Draba, der hinter ihr stand, und plötzlich wußte Eja, daß es nie Draba gewesen war, der sie geführt hatte, und daß sie es immer gewußt hatte, aber nicht hatte wissen wollen. Daß er, Asar, sie getäuscht hatte. Nein, daß sie selber sich getäuscht und nicht auf die Warnungen ihrer Gefühle geachtet hatte. Hier aber, in diesem anderen Licht, dessen blendendes Strahlen jede Maske zerschlug, hatte die Täuschung keine Gewalt mehr über sie. Die wahre Gestalt Asars zeigte sich in diesem Licht, sein Wesen, das sich in dieser Welt, die sie gemeinsam betreten hatten, hinter keiner Maske und keiner Täuschung verbergen konnte, wurde sichtbar. Dunkel war die Gestalt, und Gier und Haß gingen von ihr aus. Das kalte Feuer aus Asars Augen durchdrang sie, und eine schneidende, vor Wut überschnappende Stimme schrie sie an:

»Gib ihn mir! Er gehört mir! Kein anderer hat ein Recht auf ihn. So nah waren wir, so nah. Wie kannst du es wagen, den Pfad der Erinnerung so kurz vor dem Ziel zu verlassen? Hast du mich also doch noch durchschaut!« Und mit häßlichem Lachen fuhr Asar fort: »Dabei war es so leicht, dich und deine Spießgesellen zu täuschen, meine Taube, weil ihr getäuscht sein wolltet. Auch du, Advenas Balg. Glaubst du wirklich, schon eine dieser erbärmlichen Edrahil zu sein, nur weil du das Laurinband deiner Mutter trägst? Du verstehst nicht einmal, um was es geht in diesem Spiel. Was bedeutet dir schon dieser Onduril? Nichts kann er dir bedeuten. Wie kannst du dich überhaupt vermessen, dich mir entgegenzustellen? Aber es wird dir nichts nützen. Ich werde dir das Geheimnis entreißen, mit oder gegen deinen Willen. Du hättest es leichter haben können, jetzt wird es qualvoll sein, aber ich werde siegen. Oder willst du Vernunft annehmen und freiwillig die Erinnerung an den Stein preisgeben?«

»Nein«, rief Eja, und ihre Stimme zitterte vor Angst. »Niemals. Du wirst den Stein nicht bekommen, solange ich lebe, um es zu verhindern.«

»Das wird vielleicht nicht mehr lange sein, meine Taube«, sagte Asar höhnisch. »Nun gut, du hast es nicht anders gewollt.«

Die Gestalt Asars wurde noch dunkler und wuchs zu einem riesenhaften, schwarzen Schatten an, der sie umschlang und die Helligkeit vernichtete. Von allen Seiten drang ein fremder Wille auf sie ein, der sie verbrannte und zugleich wie mit eisigen Klingen durchbohrte. Eja schrie auf vor Schmerz, doch ihr Schrei erstickte im Dunkel des Schattens, der nichts mehr zuließ, kein Licht, keinen Schrei, keine Bewegung. Es war ihr, als versuche der Schatten, selbst ihr Denken und Fühlen zu zerbrechen, um den Resten dieser Vernichtung das Verborgene, die Erinnerung an das Versteck des Onduril zu entreißen. Was kümmerte es dieses entsetzliche Gegenüber schon, ob Eja dabei den Tod fand?

Da floh Eja an den letzten Zufluchtsort, der ihr noch blieb. Jetzt, da alles um sie nur Dunkel und Schmerz war und kein Ausweg mehr blieb, zog sie sich in sich selbst zurück. Hier fand sie den letzten Glanz eines Lichtes, das unter dem Ansturm der Gewalt zu erlöschen drohte. Für einen Augenblick gelang es ihr, sich von ihrer Angst zu befreien. Der Angst vor den Schmerzen, die sie schlimmer noch als die Schmerzen selbst lähmte und ihr die Kräfte raubte. Da spürte sie, wie die Kraft zurückkehrte, wie sie ihre Kräfte wieder nutzen konnte und nicht mehr nur wie ein Spielball der fürchterlichen Gewalt Asars ausgeliefert war. Hier fand sie einen Anfang, von dem aus sie sich zur Wehr setzen konnte. Sie vergaß ihre Angst und achtete nicht auf den Schmerz. Mochte es sie auch zerstören, sie würde standhalten und Asar das, wonach er so sehr verlangte, nicht geben.

Doch plötzlich, im gleichen Maße, wie ihre Kraft wuchs, schwand der Schmerz und die dunkle Macht des Schattens, den Asar über sie geworfen hatte. Das Netz der Schmerzen, das sie gefangenhielt, zerriß, und der Schatten schrumpfte zusammen, bis es nur noch die Gestalt Asars war, die ihr gegenüberstand. Sie hatte seine Macht gebrochen.

»Nie wirst du den Stein durch mich erlangen«, rief sie, und jedes ihrer Worte traf Asar wie ein Peitschenhieb. »Du kannst die Erinnerung an den Stein in mir nicht finden. Du nicht. Niemals!«

Da zerbrach die Welt, in die sie eingetaucht waren. Eja fand sich auf der Felsentafel wieder. Vor ihr stand Asar in Drabas Gestalt. Sein Gesicht war verzerrt von Haß, Enttäuschung, Verzweiflung und der Demütigung, die er erlitten hatte. Er hatte den Kampf gegen sie verloren. Er, Asar, der sich für unüberwindlich gehalten hatte. Er, der die Macht der Onduril so verzehrend begehrte und der das Ziel, das so nah gewesen war, so knapp verfehlt hatte. Der Kampf hatte ihn schwer gezeichnet. Er war grau im Gesicht und konnte sich kaum auf den Beinen halten.

»Geh«, rief Eja, und auch sie fühlte, wie ihre Kräfte schwanden. »Du hast verloren.«

»Ich könnte dich töten«, keuchte er und zog ein Messer unter seinem Umhang hervor.

»Ja«, erwiderte Eja. »Das könntest du. Aber dann wäre der Stein für immer verloren. Gib auf, Asar!«

»Für diesmal mag es so sein«, sagte Asar mit vor Haß verzerrter Stimme. »Aber wir sehen uns wieder. Und dann wird der Stein mein sein. Du wirst ihn finden. Der Tag wird kommen, denn du hast keine andere Wahl, dafür habe ich gesorgt. Wir sehen uns wieder!«

Dann drehte er sich um und taumelte auf die Felsen zu, die den Platz umschlossen. Kaum war er zwischen den Steinen verschwunden, fiel Eja auf die Felsplatte zurück. Der Kampf hatte sie überfordert. Ihr Körper war eiskalt. Sie zitterte, und ihre Zähne schlugen aufeinander. Die Umgebung verschwamm ihr vor den Augen, und sie stammelte sinnlose Worte. So fanden sie ihre Freunde, als sie kurz darauf die Lichtung erreichten.

Die Jagd

Nein, es darf nicht sein! dachte Horn verzweifelt und rannte keuchend den Hügel hinauf. Das kann noch nicht das Ende sein. Wie konnte ich mich nur so täuschen lassen? Nie werde ich mir das verzeihen.

Hinter ihm lief Jock, der kaum mit Horns langen Beinen Schritt halten konnte. Doch die Angst trieb ihn an und ließ ihn über sich hinauswachsen. Es gelang ihm, Horn nicht aus den Augen zu verlieren und in diesem wilden Rennen mitzuhalten. Zwischen den Bäumen hatten sie Far-Uhl, der ihnen vorausgeeilt war, wieder eingeholt. Über ihnen flog Tanit und wies ihnen den Weg durch die Felsen. So hasteten sie den Hügel hinauf, und bald sahen sie die hohen Steine vor sich, die den Platz auf dem Hügel umschlossen.

»Eja«, hörten sie Tanit erschrocken rufen. Gleich darauf erreichten sie den Platz und sahen Eja auf der Felsentafel liegen. Tanit flatterte um sie herum und suchte nach Verletzungen. Eja war schneeweiß im Gesicht und zitterte am ganzen Leib. Deutlich konnten sie hören, wie ihre Zähne aufeinanderschlugen. Hilflos standen sie bei ihr und wußten im ersten Augenblick nicht, was sie tun sollten. Horn faßte sich schließlich und gab rasche Anweisungen:

»Hier, Jock, nimm meinen Umhang und wickle sie hinein. Nimm auch noch deinen dazu. Dann setz dich zu ihr und halte sie in deinen Armen. Versuch ihr soviel Wärme wie nur möglich zu geben. Far-Uhl, geh und sammel Holz. Wir müssen ein Feuer machen.«

Far-Uhl rannte los und verschwand zwischen den Felsen. Jock wickelte Eja in die beiden Umhänge, dann setzte er sich hinter sie und zog ihren Körper auf seinen Schoß. Er hielt sie in den Armen und wärmte sie mit seinem Körper. Tanit flatterte unglücklich und voll Angst um Eja herum. Horn stand verzweifelt neben ihnen und streichelte Ejas Hand. Stumm lauschten sie auf jedes Wort, das Eja hervorstieß. Wenig war zu verstehen, und das wenige ergab keinen Sinn. Manchmal bäumte sich Eja auf und drohte, aus Jocks Armen zu gleiten. Doch Jock hielt sie fest und zart zugleich und sprach beruhigend auf sie ein.

Nach kurzer Zeit schon kehrte Far-Uhl zurück, die Arme voll mit trockenem Holz. Rasch schichtete er das Holz neben Eja auf und entzündete ein Feuer. Die Wärme des Feuers und die Nähe ihrer Freunde schienen Eja gutzutun. Ihr Körper entspannte sich. Die Zähne schlugen nicht mehr aufeinander, und sie wurde allmählich still.

»O Eja«, sagte Horn mit tonloser Stimme. »Es tut mir so leid. Ich hätte es merken müssen. Ich werde es mir nie verzeihen, daß ich mich von Asar täuschen ließ.«

»Wir haben uns alle täuschen lassen«, sagte Far-Uhl. »Du trägst die Schuld an dem, was geschehen ist, nicht allein.«

»Und doch trage ich den Hauptteil der Schuld«, widersprach Horn. »Ich bin der einzige unter uns, der Asar gekannt hat. Ich hätte ihn wiedererkennen müssen, auch in Drabas Gestalt. Ich habe seine Stimme ja auch erkannt. Doch ich habe mich selbst getäuscht. Und nun ist alles aus. Er weiß, wo der Stein zu finden ist. Sicher ist er schon unterwegs, um ihn zu holen. Das wird das Ende sein für Erdherz und alle seine Völker.«

Betroffen blickten die Freunde sich an. War wirklich keine Hoffnung mehr?

Eja schien ihre Worte gehört zu haben. Plötzlich schlug sie die Augen auf und sah die Freunde mit verschleiertem Blick an.

»Horn?« fragte sie kaum hörbar. »Wo bist du?«

»Hier, Eja, hier bei dir«, sagte Horn und beugte sich dicht über sie, damit ihm keines ihrer Worte entging. »Und die anderen sind auch da.«

Eja lächelte ganz kurz und schwach. Dann verschwand das Lächeln wieder, und sie versuchte zu sprechen. Horn beugte sein Ohr bis zu ihren Lippen herab.

»Horn, er hat ihn nicht«, flüsterte sie. »Hörst du? Asar hat verloren. Er weiß nicht, wo der Stein zu finden ist. Ich habe ihn erkannt und besiegt. Er ist geflohen. Hörst du mich? Horn! Horn?«

»Ja, ja, ich habe dich verstanden«, rief Horn, und Freude und Erleichterung erfüllten ihn und trieben ihm die Tränen in die Augen. »Er hat ihn also nicht. Gute Eja, tapfere Eja. Was mußt du durchlitten haben? Aber jetzt ist alles wieder gut. Er hat ihn nicht. Asar hat den Stein nicht gefunden!« wandte er sich strahlend vor Glück an seine Freunde.

Tanit vollführte jubelnd Purzelbäume in der Luft. Auch Far-Uhl und Jock stand die Erleichterung über diese Neuigkeit ins Gesicht geschrieben. Eine berauschende Kraft durchströmte sie. Die lähmende Verzweiflung fiel von ihnen ab, und mit blitzenden Augen sagte Horn:

»Jock, du bleibst hier bei Eja und gibst auf sie acht. Far-Uhl, Tanit und ich werden Jagd auf Asar machen. Vielleicht erwischen wir ihn noch. Wir dürfen diese Gelegenheit nicht ungenutzt lassen. Eja, hörst du mich? Ist er schon lange fort? In welche Richtung ist er gegangen?«

Mühsam versuchte Eja, sich zu erinnern. Schwach schüttelte sie den Kopf und flüsterte: »Ich weiß nicht. Ich glaube, nicht lange, und, Horn, er ist schwach. Es war ein schrecklicher Kampf. Aber wohin er gegangen ist, weiß ich nicht mehr.«

»Er wird nach Süden geflohen sein«, meinte Horn. »Er ist nicht an uns vorbeigekommen, und wir haben ihn auch nicht gesehen. Also kann er noch nicht lange fort sein, denn die Sicht auf den Paß war frei.«

Horn schien wieder ganz der alte zu sein. Hoch aufgerichtet und voller Kraft stand er vor ihnen. »Worauf warten wir noch? Auf, Freunde! Jagen wir den Verräter!«

Da schwang sich Tanit in die Lüfte, und Horn und Far-Uhl stürmten davon. Sie verließen den Steinkreis und eilten den Südhang des Hügels hinab. Als sie den Wald durchquert hatten, blieb Horn kurz stehen und rief zu Tanit hinauf: »Siehst du ihn?«

Tanit hatte sich hoch in die Luft erhoben und hielt Ausschau nach Asar. Plötzlich schoß sie herab und jubelte: »Ja, ich kann ihn sehen. Nur wenige Pfeilschüsse entfernt in südlicher Richtung. Ihr könnt ihn einholen!«

Dann erhob sie sich wieder in die Luft und jagte davon.

»Besser, wir bleiben zusammen«, sagte Horn zu Far-Uhl gewandt. »Wer weiß, was uns erwartet?«

Far-Uhl nickte, und sie liefen los. Vor ihnen war der Paß nur von vereinzelten Bäumen bewachsen, die keinen Schutz und kein Versteck boten. Erst weiter unten erhob sich dichter Wald, der das Tal abschloß.

»Hoffentlich fassen wir ihn, bevor er den Wald erreicht«, rief Horn Far-Uhl zu. »Er wird versuchen, dorthin zu entkommen.«

Wieder nickte Far-Uhl ihm nur zu, denn die Merod sind schweigsame Jäger. Bald konnten sie Asar sehen. Er lief schwankend auf den Waldrand zu. Doch sein Vorsprung schmolz rasch zusammen. Er schien am Ende seiner Kräfte zu sein, und zudem unternahm Tanit alles, um seine Flucht zu behindern. Sie flog dicht um ihn herum und versuchte, ihm das Gesicht zu zerkratzen oder ihn zu Fall zu bringen, indem sie ihm zwischen die Beine flog. Asar schlug wild mit den Händen nach ihr und konnte sich kaum noch aufrecht halten. »Wir kriegen ihn«, rief Horn. »Er schafft es nicht bis zum Wald. Gebrauche deine Pfeile nicht, wir wollen ihn lebend fassen.«

Wirklich hatten sie sich ihm bis auf wenige Mannslängen genähert. Jetzt verdoppelte Far-Uhl seine Geschwindigkeit und umlief Asar in einem kurzen Bogen, um sich ihm in den Weg zu stellen.

Asar hatte sich bis auf einen Pfeilschuß dem Wald genähert. Immer wieder blickte er sich ängstlich um und sah bald, daß er ihnen nicht entkommen konnte. Sein Gesicht war verzerrt, und er rang nach Atem. Nur noch stolpernd konnte er die Füße voreinander setzen. Gleich mußten sie ihn erreicht haben. Da brachen die Asari aus dem Wald hervor. Pfeile flogen über Asar hinweg und schwirrten um Horn, Far-Uhl und Tanit. Noch waren es ungezielte Schüsse, denn die Asari konnten es nicht wagen, besser zu zielen, solange Asar in der Schußlinie lief.

»Schieß, Far-Uhl!« rief Horn. »Er darf nicht entkommen!« Und er selber zog sein Schwert und versuchte, sich hinter Asar zu halten, um so den Pfeilen der Asari zu entgehen.

Far-Uhl riß einen Pfeil aus dem Köcher, legte an, spannte den Bogen und schoß nach Asar. Doch der Boden war uneben, und sein Pfeil verfehlte den Fliehenden. Zwei, drei Pfeile der Asari erreichten ihn und trafen ihn am Oberkörper, doch prallten sie wirkungslos an seinem Lederpanzer ab. Schnell legte er einen zweiten Pfeil an, doch ehe er noch zum Schuß kam, traf ihn ein feindlicher Pfeil am rechten Oberarm und machte ihn kampfunfähig.

Asar hatte die Lage erkannt und handelte rasch. Er warf sich flach auf den Boden. Sein Körper war nun kein Hindernis mehr für die Pfeile seiner Helfer und gab Horn schutzlos preis. Horn sah, daß ihm keine andere Wahl als die Flucht blieb.

»Fort!« rief er Tanit und Far-Uhl zu. »Wir müssen außer Reichweite ihrer Pfeile gelangen!«

Wie ein Hase lief er im Zickzack den Paß hinauf, während die Pfeile der Asari an ihm vorbeiflogen. Far-Uhl folgte ihm rasch, und auch Tanit, an der die Pfeile immer dichter vorbeischwirrten, flog um ihr Leben.

Glücklich gelangten sie außer Schußweite. Jetzt wandten sie sich um und hielten Ausschau nach den Feinden. Die Asari hatten Asar erreicht und halfen ihm auf. Mit ihren Körpern eine lebende Schutzmauer um ihn bildend, zogen sie sich langsam in den Wald zurück. Keiner von ihnen nahm die Verfolgung der Freunde auf. Es schien ihnen wichtiger, Asar in Sicherheit zu bringen.

»Da geht er hin«, sagte Horn grimmig. »Vielleicht war es ein Fehler, ihn nicht zu töten. Aber irgendwie scheue ich mich, einem Feind in den Rücken zu schießen.«

»Es war recht getan«, sagte Far-Uhl, der seinen verletzten Arm an den Körper preßte. »Es ist nicht gut, es dem Feind gleichzutun und seine eigene Ehre zu vergessen. Wir haben gehandelt, wie wir handeln mußten. Wer weiß, ob sich dies nicht eines Tages als das bessere erweist?«

»Oder als das verkehrteste«, seufzte Horn. »Doch es ist zwecklos, darüber nachzudenken. Die Jagd ist vorbei. Das Wild ist entkommen. Aber wie ich sehe, bist du verletzt.«

»Es ist nicht so schlimm«, meinte Far-Uhl. »Nur ein Steckschuß. Aber hilf mir, den Pfeil herauszuziehen.«

»Es ist besser, wir warten damit, bis wir zurück sind«, antwortete Horn. »Ich habe nichts, um die Wunde zu verbinden, und du wirst sicher Blut dabei verlieren.«

Far-Uhl gab ihm recht, und so machten sie sich langsam auf den Rückweg zu dem Hügel, auf dem sie Jock bei Eja zurückgelassen hatten. Die Sonne sank schon hinter die Berge, als sie den freien Platz erreichten. Sie fanden Jock in großer Sorge, nicht nur um sie und den Ausgang ihrer Jagd, sondern auch um Eja, deren Zustand sich zusehends verschlechterte. Abwechselnd wurde sie von Schüttelfrost und hohem Fieber geschüttelt. Sie war bewußtlos und regte sich kaum noch. Besorgt gab Horn die nötigen Anweisungen. Gemeinsam mit Jock stieg er den Paß hinauf und holte ihre Beutel, die sie zurückgelassen hatten, als sie so wild losgerannt waren. Jock schürte das Feuer, und Horn zog den Pfeil aus Far-Uhls Arm. Er reinigte und verband die Wunde. Dann setzten sie sich zusammen und berieten, was nun zu tun sei.

»Es ist am besten, wenn wir diese Nacht auf dem Hügel bleiben«, meinte Horn. »Es ist ein sicherer Platz, und die Felsen geben uns Deckung, falls die Asari doch noch versuchen sollten, uns anzugreifen. Auch wenn das Licht uns verrät, sollten wir das Feuer brennen lassen, denn Eja braucht Wärme, und die Nacht ist kalt. Ich glaube auch nicht, daß die Asari zurückkehren werden, denn zuerst müssen sie Asar in Sicherheit bringen. Morgen werden wir aufbrechen und Eja auf dem schnellsten Weg nach Althaia bringen.«

»Aber ist das nicht zu gefährlich für Eja? Sie ist doch viel zu schwach für eine solche Reise«, wandte Jock ein. »Und vergiß nicht, was Asar gesagt hat. Althaia ist eine belagerte Stadt. Wir rennen doch den Asari in die Arme.«

»Ich habe nicht vergessen, was Asar gesagt hat«, erwiderte Horn. »Aber ich habe auch nicht vergessen, daß es Asar war, der uns das gesagt hat. Ich glaube nicht, daß er die Wahrheit gesprochen hat. Überlege doch einmal. Warum sollten die Asari Althaia belagern. Wenn Asar wirklich vier der Onduril hat, und das glaube ich ihm sogar, dann ist es sinnlos, die Stadt zu belagern. Wahrscheinlich werden sie die Stadt nur beobachtet haben, um dem Verbleib des letzten Steines auf die Spur zu kommen.«

»Aber er könnte doch auch hierbei gelogen haben«, meinte Far-Uhl.

»Vielleicht«, sagte Horn. »Aber irgendwie glaube ich nicht daran. Es ist nur ein Gefühl, aber wenn Asar sich in so große Gefahr begibt, indem er allein versucht, die Erinnerung Ejas an den Stein zu erfahren, dann könnte es durchaus sein, daß dies der letzte Stein ist, den er noch nicht hat. Natürlich kann ich mich täuschen. Ich gebe zu, es wäre nicht das erste Mal. Das haben wir ja gerade erst erlebt. Asar ist ein schlauer Fuchs und zu jeder List fähig. Aber wir werden vorsichtig vorgehen und nicht blindlings in eine Falle laufen. Wir sind gewarnt.«

»Glaubst du nicht, daß sie alles versuchen werden, um Eja gefangenzunehmen?« fragte Tanit besorgt.

»Warum sollten sie?« fragte Horn. »Erstens ist Asar viel zu geschwächt, um sich auf einen zweiten Versuch, den Stein zu finden, einzulassen, und außerdem ist es ihm beim ersten Mal nicht gelungen. Eja hat den Kampf gewonnen, und ich denke, daß Asar nun weiß, daß er nichts ausrichten kann. Er wird Althaia beobachten lassen und auf unseren nächsten Schritt warten. Ich glaube, er wird nicht wieder eingreifen, bevor Eja den Stein gefunden hat. Bis dahin werden wir sicher vor ihm sein. Dann aber beginnt die Jagd von neuem, und die Gefahr wird am größten sein.«

»Nun gut«, meinte Jock. »Vielleicht hast du recht. Das, was du sagst, klingt gut. Aber damit bleibt immer noch Ejas schlechter Zustand. Sollten wir nicht warten, bis es ihr bessergeht, bevor wir nach Althaia aufbrechen?«

»Nein«, sagte Horn und blickte besorgt auf Eja. »Sieh sie dir an. Was wissen wir von den Kräften, denen sie ausgesetzt war? Wie sollten wir ihr helfen? Ihr Zustand scheint sich immer weiter zu verschlechtern. Es wird das beste sein, sie auf dem schnellsten Weg nach Althaia zu bringen, denn dort wird sie die Hilfe finden, die wir ihr nicht geben können.«

Das mußte auch Jock einsehen, und er stimmte Horn schweren Herzens zu. Sie teilten die Wachen für die Nacht ein. Jock bat darum, von der Wache ausgenommen zu werden, denn er wollte Eja nicht aus den Augen lassen. Horn ließ ihn gerne gewähren.

So setzte sich Jock neben Eja und lauschte auf ihre Atemzüge, die nur schwach zu hören waren. Er spürte kein Verlangen nach Schlaf, denn die Sorge um Eja vertrieb jede Müdigkeit. Geduldig legte er feuchte Tücher auf ihre Stirn, wenn das Fieber kam, und wärmte sie, wenn Schüttelfrost sie packte. Tanit hatte sich dicht neben Eja gelegt und schlief unruhig. Immer wieder schreckte sie auf und blickte mit angstvollen Augen auf Ejas blasses Gesicht. Horn und Far-Uhl wachten zugleich, denn auch sie fanden keinen Schlaf. Sie gingen an den Felsen entlang und spähten durch die Öffnungen in die Dunkelheit. Zwischendurch traten sie zu Eja, um nach ihr zu sehen, und nahmen dann wieder ihren Rundgang auf. So verging die Nacht voller Sorge und Unruhe, und sie waren übernächtigt, aber auch erleichtert, als sich endlich die Sonne zeigte und der Morgen dämmerte.

Aus Baumschößlingen und ihren Umhängen fertigten sie eine Trage, auf die sie Eja, warm in Decken eingewikkelt, betteten. Aus Ästen und Stoff spannten sie einen kleinen Baldachin über ihrem Kopf, der sie vor den Strahlen der Sonne schützte. An den Enden der Bahre befestigten sie kurze Stricke, die Horn und Far-Uhl sich über die Schultern legten. So konnten sie die Bahre sicher halten, denn Far-Uhl konnte nur einen seiner Arme gebrauchen, und Jock wäre nicht stark genug gewesen, um die Bahre so ausdauernd wie Horn und Far-Uhl zu tragen. Er ging nebenher und fuhr fort, Eja mit allem Nötigen zu versorgen.

Horn schickte Tanit voraus. Sie sollte nach den Asari

Ausschau halten und die Freunde warnen, wenn sie irgendwelche Anzeichen einer Gefahr entdeckte. Auch wenn er nicht glaubte, daß die Asari ihnen auflauerten, wollte er doch nicht zu leichtsinnig sein. Sie selber zogen langsam den Paß hinab und achteten darauf, daß ihre Schritte Eja nicht erschütterten. Horn ging voran, und Far-Uhl folgte am Ende der Bahre. Bald hatten sie den Saum des Waldes erreicht, vor dem Asar ihnen entkommen war. Tanit hatte niemanden im Wald entdecken können. Von Asar und seinen Helfern war weit und breit nichts zu sehen.

Ungefährdet durchquerten sie den Wald, der, wie Far-Uhl wußte, die letzte Grenze zwischen dem Djerriba-Paß und der Hochebene von Samiria, dem Land der Edrain, bildete. Als sie den jenseitigen Waldrand erreichten und zwischen den Bäumen hervortraten, blieben sie überrascht stehen.

Die Berge öffneten sich zu ihren Seiten und zogen sich weit bis nach Westen und Osten hin. Im Westen war das Meer zu sehen, an dessen dunkelblauer Linie die Felsen endeten. Sie standen am Scheitel eines letzten Abhanges und hatten das Ende des Passes erreicht. Der Grenzwald setzte sich nach Osten fort und bildete in der Ferne eine Linie, in deren dunkle Schatten sich ein seltsamer, silbern schimmernder Glanz mischte. Vor ihnen lag Samiria.

»Habt ihr so etwas Schönes je gesehen?« jubelte Tanit über ihnen. »Jetzt verstehe ich, warum die Edrain Samiria das grüne Meer nennen.«

Tanit hatte recht. Die ganze Ebene war von einer Grasart bewachsen, die sie noch nie gesehen hatten. Hoch ragte das Gras über die Erde und wogte im Wind wie Wellen, die sich nicht unterschieden von den Wellen des nahen Meeres. Es war, als gingen die beiden Meere fließend ineinander über. Was für ein Schauspiel! Was für ein herrliches Land!

Doch sie hielten sich nicht lange bei diesem Anblick auf. Die Sorge um Eja trieb sie weiter. Horn ermahnte Tanit, die Augen offenzuhalten und sich nicht von der Schönheit des Landes zu Unachtsamkeit verführen zu lassen. In diesem hohen Gras konnten sich leicht Asari versteckt halten.

Das Gras, durch das sie zogen wie durch einen See, dessen Wellen sie umspülten, reichte Horn und Far-Uhl bis zur Brust, und von Jock sah man oft nicht mehr als seinen wilden Haarschopf, der wie ein seltsames Tier zwischen den Gräsern auf und nieder stieg. Die Ebene war nicht so flach, wie es ihnen geschienen hatte, als sie über sie hinwegblickten. Sanfte Hügel hoben und senkten sich, und sie sahen nur in die Weite, wenn sie auf der Höhe der Hügel gingen.

Tanit hielt sich in ihrer Nähe, denn obwohl sie in der Ferne schon den Atarat und die Stadt Althaia erkennen konnte, zügelte sie doch ihre Ungeduld und kreiste wachsam über ihnen, um keine verdächtige Bewegung zu übersehen. Doch es war nicht nur die Gefahr, die sie zurückhielt. Sie wollte ihren Freunden auch nichts voraushaben, sondern die Stadt gemeinsam mit ihnen erreichen, so wie sie auch den weiten Weg dorthin gemeinsam gegangen waren.

Als die Sonne ihren höchsten Stand überschritten hatte und sich wieder langsam zu senken begann, sahen sie, daß der silbern schimmernde Wald, dessen Linie sich im Osten ohne Unterbrechung hinzog, näher heranrückte und die freie Ebene zwischen Meer und Wald sich verengte.

»Kannst du Althaia sehen?« rief Jock.

»Schon lange«, antwortete Tanit und ließ sich für einen Augenblick auf seiner Schulter nieder. »Ihr werdet bald die Felder erreichen, die den Atarat und die hohe Stadt umgeben.«

»Bleibe auf jeden Fall noch in unserer Nähe, solange wir durch das Hochgras ziehen«, meinte Horn. »Wenn wir die Felder erreichen, ist die Gefahr vorbei. Solange wir in diesen Hügeln wandern, sind wir nicht sicher.«

Die Schatten wurden länger, und der Rand der Sonne berührte schon fast den Spiegel des Meeres, als sie den letzten Hügel erstiegen, der sie noch von den Feldern der Edrain trennte. In der Ferne hatten sie schon den Atarat sehen können und undeutlich auch die Stadt Althaia. Aber jetzt erst, als sie auf dem Hügel ankamen, öffnete sich das Land der Edrain vor ihren Augen, und die Stadt zeigte sich in ihrer ganzen Schönheit. Sie hatten ihr Ziel erreicht.

»Flieg, Tanit!« rief Horn. »Hol Hilfe!«

Da erhob sich Tanit in die Lüfte und flog im Schein der untergehenden Sonne über das Land der Edrain. Weite Felder erstreckten sich zwischen dem Wald des Ostens und dem Fuße des Atarat. Zahlreiche Flüsse und lange Alleen, deren Ufer und Wegränder von mächtigen Bäumen gesäumt wurden, durchzogen das Land. Althaia selbst aber überragte das Land und überstrahlte noch seine Pracht.

Die Stadt war zur Gänze auf den Hängen des Atarat erbaut. Keine Behausung war in der Ebene zu sehen. Doch auch die Häuser der Stadt waren nur schwer zu erkennen, denn zwischen ihnen erhoben sich Bäume, deren Kronen sie verhüllten, und Pflanzen vieler Arten füllten den Raum, den die Bäume freiließen. Nicht ohne Grund hieß die Stadt der Edrain Althaia, die Blühende.

Horn und Far-Uhl hatten ihre Last abgesetzt und ruhten sich neben der Bahre aus. Jock beugte sich über Eja und sprach zu ihr:

»Wir sind da, Eja. Hörst du? Es wird alles wieder gut werden. Du wirst wieder gesund. Du mußt wieder gesund werden. Gib nicht auf! Bitte!«

Und zärtlich strich er ihr die Haare aus der feuchten Stirn und lehnte seine Wange an ihr Gesicht. Die Sorge um sie, die Angst, sie zu verlieren, legten sich kalt um sein Herz.

Tanit blieb nicht lange aus. Noch ehe die Sonne halb untergegangen war, kam sie zu ihnen zurück.

»Sie kommen!« rief sie schon von weitem.

Jetzt sahen auch die Freunde den Zug der Gestalten, der die Stadt verlassen hatte und durch die Felder auf sie zukam. Horn und Far-Uhl erhoben sich, um den Edrain entgegenzutreten. Nur Jock blieb neben Eja und hatte sein Messer gezogen. Nach allem, was sie erlebt hatten, traute er keinem Frieden mehr und würde sein Messer erst wieder wegstecken, wenn er ganz sicher sein konnte, daß keine Gefahr drohte und keine Täuschung sie narren wollte.

Die Gestalten, die sich ihnen näherten, schienen unbewaffnet und hoben zum Zeichen des Willkommens die Hand zum Gruße, als sie die Freunde erreichten. Doch Horn nahm die Hand nicht vom Griff seines Schwertes, und auch Far-Uhls gesunde Hand hielt den Griff seines Kurzschwertes. Gespannt blickten sie den Ankömmlingen entgegen.

Es war vor allem der Mann, der an der Spitze des Zuges schritt, der ihr Mißtrauen wachrief.

»Asar!« rief Jock, als er den Mann erkannte, und er sprang mit gezücktem Messer zwischen Horn und Far-Uhl.

»Nein, nicht Asar«, erwiderte der Mann. »Tanit hat mir schon in kurzen Worten berichtet, was und wer euch begegnet ist. Ich verstehe also euren Argwohn, auch wenn ich ihn nicht verdiene. Nein, nicht Asar«, wiederholte er, und seine Augen schienen wie von großer Trauer erfüllt und erinnerten die Freunde so gar nicht an die kalten Augen, die sie auf dem Djerriba-Paß kennengelernt hatten. »Nicht Asar, aber Draba, und deshalb für euch Asar. Es wird an euch sein, zu entscheiden, wen von uns beiden ihr vor euch habt. Denn wie sollte ich euch Draba anders zeigen, als Asar Draba für euch gewesen ist. Doch seid ihr gekommen, um Hilfe zu finden, und ihr seid willkommen und sollt alles erhalten, was wir euch geben können. Entscheidet also, ob ihr bereit seid, unsere Hilfe anzunehmen.«

Jock und Far-Uhl blickten auf Horn, der zögerte. Er sah Draba zweifelnd an und versuchte, seine Gefühle und Gedanken zu prüfen. Wurde er wieder getäuscht? Doch er war sich so sicher, in dem Mann, der ihm gegenüberstand, wirklich Draba zu erkennen, gealtert zwar, aber doch so, wie er ihn vor langer Zeit kennengelernt hatte. Es waren Drabas Augen, Drabas Stimme, und auch die Worte klangen vertraut und waren weise und freundlich wie früher. Nur die Erinnerung an das, was sie auf dem Djerriba-Paß erlebt hatten, an das Entsetzen, als er bemerken mußte, daß er getäuscht worden war, stellte sich zwischen ihn und den Mann, den er doch als den wahren Draba zu erkennen glaubte. Er kämpfte mit sich.

Nur nicht noch einmal ein so schrecklicher Fehler, dachte er. Aber ich muß mich entscheiden. Eja braucht Hilfe. Ihr Leben ist in Gefahr. Wieder bin ich dort angelangt, wo nur noch mein Gefühl entscheiden kann. Ich bin nur ein Mensch, ein Sterblicher, ein Unwissender. Und nur als solcher kann ich handeln. Also, Jäger, folge deinem Gefühl, wohin auch immer es dich führen mag.

Und langsam nahm Horn die Hand vom Griff seines Schwertes und hob sie zum Gruß.

»Ich kann nichts anderes in Euch sehen als den wahren Draba. So bitte ich um die Hilfe der Edrain und gebe uns in eure Hand. Möge das Schicksal uns gewogen sein, daß wir diesen Schritt niemals zu bereuen haben.«

»Ich danke Euch, Horn Elder, Sohn der Feorner«, erwiderte Draba. »Es freut mich, daß Ihr den Freund aus alten Zeiten wiedererkennt. Ich bin glücklich, Euch zu sehen. Seid willkommen. Doch laßt uns nun keine Zeit mehr verlieren.«

Draba trat zu Eja und kniete neben der Bahre nieder. Jock hatte sein Messer noch nicht aus der Hand gelegt und verfolgte jede Bewegung Drabas mit scharfen Blicken. So schnell wie Horn konnte er Draba sein Vertrauen nicht schenken.

Draba legte Eja die Hand auf die Stirn und schloß die Augen. Sein Schweigen schien für Jock kein Ende nehmen zu wollen. Endlich öffnete Draba die Augen und richtete sich auf. Sein Gesicht war ernst und besorgt.

»Es ist gut, daß ihr so schnell gekommen seid. Es geht ihr sehr schlecht.«

»Aber sie wird doch wieder gesund«, stammelte Jock, und Tränen stiegen ihm in die Augen.

Da trat Draba, ohne auf das Messer in Jocks Hand zu achten, zu ihm, legte ihm die Hand aufs Haupt und blickte ihm freundlich in die Augen.

»Ich weiß es nicht. Aber wir werden alles versuchen, um ihr zu helfen. Das verspreche ich dir.«

Jock blickte Draba an, und er spürte die Güte des Mannes. Sein Mißtrauen schwand dahin. Ja, dachte er. Das ist Draba. Er steckte sein Messer weg und ging an Drabas Seite nach Althaia. Sie waren endlich angekommen.

Teil 2

Der fünfte Stein

Erwachen

Das erste, was Eja sah, als sie die Augen aufschlug, war Jock, der an ihrem Bett saß. Auf seiner Schulter hockte Tanit, die mit seitlich geneigtem Kopf vor sich hin döste. Im ersten Augenblick glaubte Eja, zu Hause im Raunatal zu sein. Alles, was wie eine ferne Erinnerung durch ihre Sinne zog, alles, was geschehen war, seit Jock ihr den Vogel geschenkt hatte, schien ihr nur ein Traum gewesen zu sein. Vielleicht hatte sie die seltsamen Worte in dieser fremden Sprache nie gesagt. Vielleicht war alles nie gewesen. Sie war nicht Advenas Tochter, war keine Edrain. Nie hatten sie das Raunatal verlassen, und alle Abenteuer, Verfolgungen, Begegnungen, fremden Landschaften, Lebewesen und Sprachen waren nichts anderes gewesen als die Bilder eines Traumes, den eine seltsame Müdigkeit sie hatte träumen lassen. Nichts von dem Schrecklichen war ihr zugestoßen, keine Verletzung, keine Folter, kein Kampf. Sie lag zu Hause in ihrem Bett. Gleich würde sie aufstehen und mit Jock und dem hübschen Vogel, den er ihr geschenkt hatte, zu ihren Eltern laufen. Wie hatte sie nur am hellichten Tag einschlafen können? Die Sonne schien, und grüne Lichter tanzten an der Decke.

Doch schon die ersten Worte, die Jock an sie richtete, zerrissen den Schleier der Täuschung und machten den Traum zur Wirklichkeit.

»At ena laat, Eja«, sagte er und lächelte schüchtern.

Die Erkenntnis, daß sie nicht geträumt hatte, daß sie tatsächlich alles erlebt hatte, das Schöne und das Schreckliche, traf Eja wie ein betäubender Schlag. Benommen konnte sie keine Antwort auf Jocks Begrüßung geben.

»Erkennst du uns denn nicht?« fragte Jock besorgt. »Weißt du nicht, wo wir sind?«

Eja schloß die Augen und versuchte, dem Sturm der Bilder und Gefühle, der über sie hereinbrach, standzuhalten und sich in der verwirrenden Vielfalt der Erinnerungen zurechtzufinden. Doch sie fand keinen Anfang, kein Jetzt und keinen Halt in diesem Wirbeln der Bilder. Alles tanzte und drehte sich vor ihr. Rasch öffnete sie wieder die Augen, um diesem Blitzgewitter zu entgehen. Nur langsam beruhigte sich das Flimmern vor ihren Augen, und sie nahm den Raum und die Wesen um sich herum deutlich wahr.

Sie sah ein Gesicht neben Jock auftauchen, ein Gesicht, das sie erkannte.

Asar! dachte sie entsetzt, und eine schreckliche Angst durchzuckte sie. Sie waren in seiner Gewalt! Er bedrohte sie! Wie konnte Jock nur so ruhig dasitzen?

Eja versuchte sich aufzurichten, doch sie war zu schwach und sank hilflos zurück. Die rechte Hand hatte sie wie abwehrend vor ihre Augen gehoben, um sich vor dem Anblick des Gesichtes zu schützen, das Erinnerungen an die schrecklichen Qualen und Schmerzen des Kampfes mit Asar wachrief.

Da sagte eine freundliche Stimme: »Fürchte dich nicht vor mir. Ich bin nicht Asar. Ich bin der, für den Asar sich ausgab, um dich zu täuschen. Frage deine Freunde, wenn du meinen Worten keinen Glauben schenken kannst.«

Eja ließ die Hand sinken und blickte auf. Sie sah, wie Jock und Tanit nickten, als wollten sie die Worte des Mannes bestätigen.

Er hat sie in seinen Bann geschlagen, dachte sie. Wir sind verloren!

Doch war es wirklich so? Warum fühlte sie dann nichts von der Macht dieses Banns? Warum war es nur das Gesicht, das sie ängstigte und keine fremde, bedrohliche Kraft? Sie spürte nichts als Frieden und Geborgenheit. Selbst das Gesicht, das sie so sehr an Asar erinnerte, schien ohne Trug und Grausamkeit. Und diese Augen! Wo waren die Kälte, die Gier und der Haß, die sie darin gesehen hatte? Warum waren sie so sanft und klug und voller Zuneigung und Sorge? Wer war dieser Mann?

»Entscheide selber, Eja, Advenas Tochter«, sagte die

Stimme, die so wohltuend war und der sie sich so gern ergeben hätte. »Folge deinen Gefühlen, wenn deine Freunde dein Mißtrauen nicht besänftigen können. Du selber mußt erkennen, wer ich bin, damit ich für dich wirklich der sein kann, den du gesucht hast. Nur dann wirst du wieder gesund werden. Du bist noch immer sehr krank. Ohne deinen Willen kann niemand dir helfen.«

Draba? dachte Eja zögernd, als dürfe sie den Namen nicht einmal denken, um sich durch seinen Gebrauch nicht selbst zu täuschen. Ja, es könnte Draba sein. Doch wie soll ich wissen, ob ich nicht wieder betrogen werde, mich nicht selber betrüge?

Da trat noch eine Gestalt neben ihr Bett. Horn Elder! Er setzte sich zu ihr, nahm ihre Hand und sagte: »Ich weiß, was du empfinden mußt. Ich kenne deine Zweifel. Mir ist es nicht anders ergangen. Doch ich mußte einsehen, daß der Augenblick kommt, in dem nur das Gefühl uns leiten kann und wir uns ohne Gewißheit den Folgen einer solchen Entscheidung überlassen müssen. Wenn du fühlst, daß es Draba ist und nicht Asar, dann handle danach. Nichts kann dir die Last der Entscheidung abnehmen, auch nicht das Laurin. Hab keine Angst. Angst ist ein schlechter Ratgeber.«

Eja nickte schwach und blickte an Horn vorbei auf Draba. Ihre Augen begegneten sich, und es war ihr plötzlich zumute wie damals, als sie zum ersten Mal in Tanits Augen geblickt hatte. Diese Augen waren ohne Hehl gewesen, und eine innere Verwandtschaft verband sie einander mit gleichen Gefühlen und Gedanken. Auch mit Drabas Augen erging es ihr so. Doch was sie besonders in ihrem Glauben bestärkte, daß dieser Mann wirklich Draba sein konnte, war die Stille in seinen Augen. Ruhig blickte er sie an, und sie wurde in keiner Weise bedrängt. Nichts forschte in ihr. Kein Geheimnis sollte ihr entrissen werden. Seine Augen blickten sie voll Achtung an, blickten ihr wartend, auf sie wartend, entgegen. Ja, es war Draba, oder alles, was sie selber, Eja, war, täuschte und betrog sie. Wenn ihr Glaube ihr zum Verhängnis werden sollte, dann mußte es eben so sein. Sie vermochte nicht mehr. Und sie sagte leise:

»At ena laat, Draba.«

Da lächelte Draba und antwortete:

»At ena laat, styria Edrain. Ich grüße dich, Tochter der Edrain. Und ich danke dir für dein Vertrauen. Doch mehr soll heute nicht von dir verlangt werden. Es wird noch lange dauern, bis du gesund bist. Aber jetzt bin ich zuversichtlich, daß es gelingt. Denn du bist bereit, mit uns den Weg der Genesung zu gehen. Schlaf nun. Wir sehen uns bald wieder.«

Da spürte Eja, wie müde sie war, und leicht und ohne Angst versank sie in einen tiefen Schlaf, in dem keine Träume sie verfolgten.

Ihre Freunde blickten gemeinsam mit Draba auf die Schlafende. Zum ersten Mal in der langen Zeit, seit sie Althaia erreicht hatten, schöpften sie wieder Hoffnung. Viele Tage und Nächte hatten sie an Ejas Krankenlager gewacht, ihr geduldig Nahrung und zu trinken eingeflößt, und nur selten hatten sie sich ablösen lassen, um kurz zu schlafen. Vierzehn Tage lang hatten sie so bei ihr gesessen und jede Regung, zwischen Hoffnung und Verzagtheit hin und her gerissen, verfolgt. Meist war Eja still gewesen, mit flachem, kaum sichtbarem Atem. Diese Leblosigkeit wurde nur von Anfällen unterbrochen, in denen sie so unruhig gewesen war, daß ihre Freunde sie festhalten mußten, damit sie nicht aus dem Bett fiel. Wirre, unverständliche Worte hatte sie gemurmelt, und das hatte ihre Freunde noch mehr geängstigt als die Zeiten der totengleichen Stille, obwohl doch diese Anfälle wenigstens ein Lebenszeichen gewesen waren. Doch waren die Anfälle seltener geworden, als würde sie immer tiefer in den totenähnlichen Schlaf sinken und vielleicht nie wieder daraus erwachen. Draba war jeden Tag an ihrem Lager erschienen, hatte sich zu ihr gesetzt und seine Hände an ihre Schläfen gelegt. Lange verharrte er dann mit geschlossenen Augen, und wenn er sich wieder aufrichtete, schien er erschöpft und müde, und in seinem Gesicht zeigten sich die Spuren eines geheimnisvollen Kampfes. Fragend sahen ihn die Freunde danach an, doch hatte er nur den Kopf geschüttelt und ihnen seine Besorgnis nicht verborgen.

»Sie ist tiefer verwundet worden, als je eine Waffe sie hätte verletzen können«, sagte er. »Dort, wo sie und Asar waren, war sie ihm schutzlos ausgeliefert. Nur Vertrauen und Freundschaft hätten dort herrschen dürfen, nicht Haß und Gewalt, denen sie ausgesetzt war. Ihr Wesen ist verwundet worden, und ich weiß nicht, ob sie die Kraft hat, dies zu überstehen. Daß auch Asar dabei schweren Schaden genommen haben muß, ist kein Trost für uns.«

Dann hatten die Anfälle ein Ende genommen, und drei Tage lang war kaum ein Lebenszeichen zu entdecken gewesen. Bleich und reglos lag Eja da, und ihre Haut hatte sich so kalt angefühlt, daß man sie für eine Tote hätte halten können. Auch nahm sie nichts mehr zu essen oder zu trinken an. Doch Draba sagte ihnen, daß Ejas Lebenskraft noch nicht erloschen sei. Für ihn war sie fühlbar, wenn auch nur sehr schwach.

Endlich kamen Besserung und Erlösung. Eines Morgens richtete sich Draba, nachdem er seine Hände an ihre Schläfen gelegt hatte, schon nach kurzem wieder auf und sagte überrascht und freudig zugleich:

»Sie erwacht!«

Ungläubig drängten sich die Freunde heran und umringten Eja. Sie hatten die Hoffnung fast aufgegeben und waren nun kaum zu halten.

»Nicht so stürmisch«, mahnte sie Draba. »Seid vorsichtig.«

Tanit legte den Kopf an Ejas Hand, die kraftlos auf der Decke lag. Die Haut war warm, nicht mehr so kalt und totengleich wie in den vergangenen Tagen. Rasch brachte Horn Far-Uhl, der sich nicht überwinden konnte, einen geschlossenen Raum zu betreten und deshalb die Zeit des Wartens im Freien verbrachte, die frohe Botschaft, dann kehrte er sogleich wieder an Ejas Lager zurück.

So standen sie nun um die Schlafende, und die Freude über Ejas Erwachen und ihre Worte belebten sie. Vergessen waren die durchwachten Nächte, die übernächtigt verbrachten Tage. Eja würde wieder gesund werden.

»Geht ihr nun auch schlafen«, sagte Draba. »Ich werde bei ihr bleiben. Macht euch keine Sorgen. Das Schlimmste hat sie überstanden.«

Da legten sich die Freunde schlafen, endlich mit der Gewißheit, daß sich alles zum Guten wenden würde. Sie schliefen wohl ebenso tief und traumlos wie Eja, und obwohl es erst früh am Nachmittag gewesen war, als sie Eja verließen, erwachten sie doch nicht vor dem nächsten Morgen, gestärkt und ausgeruht.

Als sie sich zum Essen trafen, gesellte sich Draba zu ihnen. Sie bestürmten ihn mit Fragen nach Eja, und Jock wäre am liebsten sogleich zu ihr gelaufen.

»Langsam, immer nur langsam«, hielt Draba ihn zurück. »Eja geht es gut. Sie hat die ganze Nacht geschlafen und ist nur einmal erwacht, um etwas zu essen und zu trinken. Sie muß nun in Ruhe zur Besinnung kommen.

Wir wissen noch nicht, was die Auseinandersetzung mit Asar ihr alles angetan hat, welche tiefen Spuren der Kampf in ihr hinterlassen hat. Ungestüm und unbedachte Worte könnten jetzt großen Schaden anrichten. Ich will versuchen, euch eine Vorstellung von dem zu geben, was Eja zugestoßen ist.

Wie ihr berichtet habt, hat Asar in meiner Gestalt sich mit ihr zurückgezogen, um den Weg der Erinnerung zu gehen. Eja ist mit ihm gegangen, voller Vertrauen. Asar und sie sind sich in einer Welt begegnet, in der keine schützende Hülle ihr Wesen umgeben hat, in einer Welt zwischen Traum und Wirklichkeit. Lange haben sie sich dort aufgehalten, lange sind sie zusammen durch Ejas Erinnerungen gegangen. Ejas ganzes Leben bis zu dem Augenblick, in dem ihre Mutter Advena ihr die Erinnerung an den Stein hinterlassen hat, ist an ihnen vorbeigezogen.

Dann muß sie Asar erkannt haben. Wir wissen nicht genau, was geschehen ist, aber wir können es erraten. Es muß zum Kampf gekommen sein, Asars Wesen gegen Ejas Wesen. Niemand, der dies nicht erfahren hat, kann sich vorstellen, welche Schmerzen Eja erlitten hat. Es ist ein Wunder, daß sie es überlebt hat, ein noch größeres Wunder ist es, daß sie Asar besiegt hat. Welche Stärke muß sie in ihrem Wesen haben, daß es ihr gelungen ist, diesen Kampf zu bestehen.

Doch auch wenn sie gesiegt hat, so ist ihr dennoch Schreckliches zugestoßen, und dieses Schreckliche kann viel in ihr zerstört haben. Wer weiß, was in ihr Schaden genommen hat? Wieviel Kraft hat sie verloren? Wie viele Erinnerungen sind zerstört worden oder wenn nicht zerstört, so doch in unerreichbarer Dunkelheit versunken? Wieviel von ihrem Leben ist ihr geblieben? Wieviel hat von der Eja, die ihr gekannt habt, diesen Kampf unbeschadet überstanden?«

Durch die Blätter der Bäume, unter denen sie saßen, schien helles Licht, und ein kühler Frühlingswind wehte über den Platz. Aber die Freunde nahmen die Schönheit, die sie umgab, kaum wahr. Blaß und stumm hörten sie Draba zu und wußten nichts zu sagen. Draba fuhr fort:

»Ich wollte euch nichts von meinen Befürchtungen verbergen. Doch es muß ja nicht zum Schlimmsten gekommen sein. Das herauszufinden bedarf es aber der Zeit und Ruhe. Darum muß ich euch um etwas bitten, was zu gewähren euch vielleicht schwerfallen wird. Laßt mich einige Zeit, vielleicht einige Tage, mit Eja allein. Eure Nähe bedrängt ihre erwachende Erinnerung. Manches, was erst allmählich wieder in ihr wach werden sollte, würde durch euch emporgerissen, schnell und flüchtig. Was langsam zusammenwachsen muß, würde in Splittern auftauchen und nicht zu einem Ganzen werden. Ich will ihr Erwachen begleiten und ihr helfen, ohne Hast das Vergangene zu überwinden. Wollt ihr mir diese Zeit gewähren?«

Jock fühlte, wie das anfängliche Mißtrauen, das er gegen Draba empfunden hatte, wieder in ihm erwachte. Selbst jetzt, da er wußte, daß es Draba war und nicht Asar, der diese Bitte an sie richtete. Auch Draba war einer der Edrahil, wie Asar es war oder doch einmal gewesen war. Konnten sie ihm wirklich vertrauen? War es nicht nur wieder ein Versuch, in den Besitz des Steines zu gelangen, zu Ejas Schaden und ohne Rücksicht auf ihr Leben? Was wußten sie von den Edrain und ihren Geheimnissen?

Aber auch Tanit und Eja waren Edrain. Und Draba hatte recht, denn sie brauchten den Onduril, um die verwandelten Edrain und Tanit zu befreien. Durfte er, Jock, sich in die Angelegenheiten der Edrain einmischen? Ging es ihn etwas an, nur weil ihm so viel an Eja lag? War dies nicht ein zu großes Spiel für ihn?

Was hatte Horn zu Eja gesagt? Daß einmal der Augenblick kommt, an dem nur noch das Gefühl entscheiden kann und alle Vernunft nicht weiterführt. Was half ihm, Jock, noch seine Vernunft? Die Gedanken, die Ängste und Zweifel überstürzten sich in seinem Kopf, und es gelang ihm nicht, den richtigen Weg zu erkennen. Verwirrt blickte er von Horn zu Tanit und endlich zu Draba. Er vertraute Draba doch. Draba war gut zu ihnen und Eja gewesen. Konnte das denn Täuschung sein? Konnten sie ihm Eja überlassen? Doch wenn er die Wahrheit sagte, und es klang wie die Wahrheit, was konnte er, Jock, dann schon anderes tun, als zuzustimmen? Eja brauchte Hilfe. Er wollte doch so gern, daß sie wieder gesund würde.

»Ich kann euch nicht helfen«, sagte Draba. »Ihr müßt selbst entscheiden. Und es ist keine leichte Entscheidung, die ihr treffen müßt, denn es geht um mehr als nur um Ejas Gesundheit. Denn wird sie gesund, und wir finden den Stein, so können die Edrain aus der Gestalt der Bäume zu menschlicher Gestalt zurückkehren. Doch ist dann der Stein auch eine große Gefahr, denn Asar wird alles daran setzen, ihn in seine Hand zu bekommen. Dieser Stein ist der letzte, der Asar noch fehlt, um die Macht zu erlangen, die Erdherz und all seine Völker ins Verderben stürzen kann. Asar hat nicht gelogen, als er behauptete, die anderen vier Steine schon zu besitzen.

Doch dieser Gefahr ließe sich begegnen. Horn hat es schon richtig erkannt. Wenn wir den Stein nicht finden, so ist er für Asar unerreichbar und verloren, und seine Pläne sind durchkreuzt. So sollte uns also viel daran gelegen sein, daß Eja sich nicht mehr erinnert, daß Eja nicht gesund wird. Doch können wir das wirklich wollen?

Ich denke nicht, daß wir darüber noch entscheiden müssen. Ihr selber habt diese Entscheidung schon einmal getroffen und euch für die Rettung der verwandelten Edrain ausgesprochen. So folgenschwer diese Entscheidung war, so glaube ich doch, daß sie richtig war.«

Er hat recht, dachte Jock. Wir haben schon entschieden und müssen nun diesen Weg weitergehen. Wenn er wirklich weiß, wie Eja zu helfen ist, so soll er es auch tun.

Und laut sagte er: »Ich weiß nicht, wie ihr denkt, aber ich bin damit einverstanden, daß Draba versucht, Eja zu helfen. Und meinetwegen soll er auch mit ihr allein sein. Auch wenn ich nicht weiß, was richtig ist, so weiß ich doch nicht, was besser sein könnte.«

Horn und Tanit sahen Jock überrascht an. Dann nickte Horn und sagte: »Ich habe mich nicht in dir getäuscht, Jock, als ich sagte, daß ich es nicht bereue, dich damals am Felsen mitgenommen zu haben. Deine Entscheidung soll gelten. Du hast für uns alle gesprochen.«

Jock blickte Horn dankbar an.

»Gut«, sagte Draba. »Ich freue mich, daß wir einer Meinung sind. Ich weiß, daß ihr noch nicht viel von den Dingen wißt, um die es in dieser großen Auseinandersetzung geht. Doch ich verspreche euch, daß ihr alles erfahren werdet, was es zu wissen gibt, sobald Eja genesen ist. Dann wollen wir gemeinsam den Weg der Geschichte gehen und danach beraten, was zu tun ist.

Bis dahin seid ihr unsere Gäste und könnt euch die Stadt ansehen. Ihr seid keine Fremden unter uns.«

Und während Horn Elder, Jock Aiting und der Dolgan Tanit sich gemeinsam mit Far-Uhl daran machten, die Stadt Althaia und das Land der Edrain kennenzulernen, begab sich Draba zu Eja. Still setzte er sich neben ihr Bett und bewachte ihren Schlaf und ihr Erwachen.

Erinnerung

Eja schlug die Augen auf. Wieder wußte sie im ersten Augenblick nicht, wo sie war. Es dauerte lange, bis sie ihre Umgebung deutlich wahrnahm. Ihr Blick war verschleiert, und sie konnte nicht gleich sagen, ob sie noch träumte oder schon wach war.

Das erste, was sie sah, war helles Sonnenlicht, das erste, was sie fühlte, ein sanfter, kühler Wind. Dann nahm der Raum um sie Gestalt an. Sie sah die weißen Wände zu ihren Seiten und die Decke über sich, an denen Schatten und Lichter schwankten. Die Bewegung des Windes und der Fluß des Lichts verbanden sich. Der Raum um sie erschien ihr wie eine aus Wind und Licht geformte Welt, die nicht greifbarer war als der Flug ihrer Gedanken und nur so lange wirklich, wie sie die Augen offen hielt.

Dann fühlte sie das weiche Bett und die Decken, die sie umhüllten. Ihr Kopf lag erhöht auf einem Kissen. Als sie ihn zur Seite wandte, sah sie einen kleinen Tisch, auf dem ein Krug und eine Schale mit Brot und Früchten standen. Ihr Blick wanderte von dem kleinen Tisch zurück zu den schmucklosen Wänden. Sie sah einen Eingang, den eine feste Tür verschloß. Nicht weit von dieser Tür entfernt stand ein Stuhl mit einem Hocker daneben. Auf dem Hocker lag eine seltsame Rolle. Sie war etwas geöffnet, und Eja sah, daß Zeichen die Rolle bedeckten.

Sie schien allein zu sein. Eja versuchte, sich aufzurichten. Doch sie fühlte eine große Schwäche in ihren Gliedern. Es gelang ihr nur, den Kopf zu heben, so daß sie über den Rand des Bettes hinweg zum Fenster blicken konnte. Sie erschrak, denn sie sah eine dunkle Gestalt am Fenster. Sie kehrte ihr den Rücken zu und erschien im hellen Licht wie ein von Sonne umstrahlter Schatten.

Die Gestalt wandte sich um, und eine freundliche, warme Stimme sagte: »Ich freue mich, daß du erwacht bist. Gesundheit und Glück seien mit dir.«

Draba! dachte Eja und sank zurück. Die Angst legte sich. Sie fühlte sich sicher und geborgen. Draba zog den Stuhl an ihr Bett und setzte sich zu ihr. Er legte ihr seine kleine Hand auf die Stirn, und Eja spürte, wie Wärme und Kraft durch ihren Körper strömten. Die Augenlider wurden ihr schwer und schlossen sich. Doch sie schlief nicht ein. Ihre Gedanken blieben hell und klar, und sie hörte Drabas Stimme sagen:

»Du bist sehr krank gewesen, und es wird lange dauern, bis du wieder ganz gesund bist. Lange hast du mit den Schatten und dem Tod gerungen, doch du hast gesiegt. Du bist in einer Welt verletzt worden, die du nicht mit offenen Augen sehen kannst. So kannst du auch nur in den Träumen der Nacht und des Tags genesen.

Du bist den Weg der Erinnerungen gegangen, doch es war kein Freund, der dich begleitet hat. Gier, Haß und ein grausames Begehren haben dich in dieser Welt bedroht. Schatten und Schmerzen haben sich über deine Erinnerungen gelegt. Was einmal dein war, dein Leben, wie es sich in dir bewahrt hat und dich zu dem gemacht hat, was du bist, dieses Leben mußt du dir wiedergewinnen, mußt es von den Schatten und den Schmerzen befreien und das, was von dem Fremden, Kalten und Toten berührt wurde, wieder zu dem deinen, Lebendigen machen.

Übereile nichts. Es wird eine schwere Zeit für dich sein. Jede Erinnerung wird ein Schmerz sein, jeder Gedanke an Vergangenes wie eine dunkle Bedrohung. Nur langsam wird das Dunkle sich erhellen, nur langsam deine Vergangenheit dir wieder lieb und vertraut werden. Zögere nie, mich zu rufen, wenn Angst dich zu sehr bedrängt, wenn die Erinnerung dich bestürmt und du im Vergangenen zu versinken drohst. Die Erinnerung darf dich nicht überfluten, du mußt sie dir mit Stärke zurückrufen.

Erst wenn der Sturm der Erinnerungen sich legt, erst wenn du fühlst, daß du ihrer Herr werden kannst, dann wollen wir von ihnen sprechen. Bis dahin schweige über sie. Laß ihnen Zeit, Gestalt zu gewinnen und sich mit dir aufs neue zu verbinden, nicht schmerzlicher und dunkler, als sie es immer gewesen sind, und ebenso so hell und freundlich, wie sie einmal waren.

Nun sage, ob du mich verstehst und weißt, was du zu tun hast?«

Eja öffnete ihre Augen und blickte zu Draba auf. Sie sah die Zuneigung in Drabas Augen. Doch es war noch mehr, was sie erblickte. Eine Aufforderung, eine Ermutigung, Stärke zu zeigen und sich dem Kampf, der ihr bevorstand, zu stellen. Und auch Sorge sah sie und Kummer über das, was geschehen war, und das, was es bewirkt haben mochte.

»Ja, ich habe dich verstanden«, sagte sie leise. »Glaubst du, daß es mir gelingen wird? Werde ich wieder ganz gesund?«

»Die Antwort auf diese Frage kannst nur du dir geben«, antwortete Draba. »Dein Glaube daran wird deine Stärke sein.«

Eja nickte, und ihr Blick schweifte ab. Draba verstand, wonach sie suchte.

»Deinen Freunden geht es gut. Lange Zeit haben sie bei dir gewacht und dich erst verlassen, nachdem sie sahen, daß du wieder gesund werden wirst. Sie waren da, als du erwacht bist. Doch nun ist es besser, wenn sie nicht hier sind, damit ihr Anblick die Ruhe deiner Genesung nicht gefährdet. Sie haben es verstanden. Du wirst sie wiedersehen, wenn du selber fühlst, daß du bereit dazu bist. Dann wollen wir gemeinsam Vergangenes und Zukünftiges bereden.«

Die Tage, die nun folgten, waren für Eja eine schwere und schmerzliche Zeit. Jede Erinnerung, die emporstieg, war scharf, kalt und dunkel und stürzte sie in Angst und Verzweiflung. Anfangs gelang es ihr nicht, auch nur eine der Erinnerungen für sich zu gewinnen. Sie kamen und schlugen eine Wunde in sie und versanken wieder, ohne daß sie diese Erinnerungen halten konnte. Ohne Unterlaß saß Draba bei ihr und half ihr, der Angst und Verzweiflung standzuhalten und nicht aufzugeben in ihren Bemühungen, sich zu erinnern und die Erinnerungen von der Dunkelheit zu befreien.

Wenn ihre Kraft sie verließ, legte Draba seine Hände an ihre Schläfen und sandte sie in einen traumlosen Schlaf. Nur im Wachen und im Dahindämmern konnte er sie begleiten, führen und schützen. So war es besser für sie, sich im Schlaf zu erholen, ohne daß Träume sie bedrängten.

Doch es waren nicht nur die Erinnerungen, die sie erschreckten. Viel mehr noch beängstigte sie die Leere, die sie in sich fühlte, wenn die Erinnerungen wieder versanken. Wer war sie? Lebte sie überhaupt? Hatte sie je gelebt und sich erinnert? In diesen Augenblicken der verzweifelten Suche und bangen Fragen hatte sie das Gefühl zu fallen, ohne Ende zu fallen, in einen Abgrund, der so schwarz war, wie keine Nacht es je sein konnte, und in dem nicht ein einziger Lichtschimmer ihr einen Weg wies.

Dann, als der Glaube an Besserung sie schon verlassen wollte, kam endlich die Veränderung. Erinnerungen kamen, die heller waren, freundlicher, die sie nicht bedrängten, sondern sich mit ihr verbanden wie etwas Vertrautes. Nur wenige waren es zu Beginn, und die dunklen waren noch lange in der Überzahl. Doch die lichten Erinnerungen mehrten sich. Die Leere in ihr füllte sich, erhellte sich, und im Fallen fand sie Halt und Zuversicht.

Nun überließ Draba sie sich selber, denn an ihrer eigenen Stärke sollte sie gesunden. Seine Hilfe durfte sie nicht schwach und abhängig machen. Sie mußte wieder Eja werden. Doch er blieb im Zimmer und saß in dem hohen Stuhl neben der Tür, die zeichenbedeckte Rolle in den Händen. Wann immer sie ihn rief, war er sogleich bei ihr und half ihr, wenn die Schmerzen zu groß waren oder wenn die guten Erinnerungen zu heftig in sie zurückzukehren versuchten.

Endlich legte sich der Sturm. Alles Dunkle hatte sich ins Helle verkehrt, und das Helle fand ohne Hast seinen Platz in ihr. Es wurde Zeit, die nächste Probe zu bestehen. Draba überließ sie auch im Schlaf ihren Träumen. Dort, wo sie ohne ihn sein mußte, begann ein erneuter Kampf mit den eisigen Bildern der Vergangenheit. In ihren Träumen wiederholte sich der Kreis der Angst und Verzweiflung, und sie begegnete Schreckensbildern, denen sie aufschreiend ins Erwachen entfloh. Dann lag sie heftig atmend, mit weit aufgerissenen Augen da, und nur Drabas beruhigende Nähe und seine Kraft gaben ihr den Mut, wieder in den Schlaf, den sie so fürchtete, zurückzukehren und sich den Gestalten ihrer Träume zu stellen.

Endlich hatte sie auch diese Probe bestanden. Ihre Träume bargen nicht mehr an Schrecknissen als die Träume eines jeden Träumenden. Wie früher schöpfte Eja Erleichterung und Verstehen aus ihren Träumen, und sie erwachte ohne Angst, erfrischt und gestärkt.

Es war ein schöner Frühlingstag, als sie die Augen aufschlug und fühlte, daß der Kampf überstanden war. Vor dem Fenster, dessen Rundbögen durch eine schlanke Säule unterteilt wurden, sah sie die Blätter eines hohen Baumes, die sich im Wind bewegten. Sie hörte die Stimmen der Vögel, das Summen der Bienen über den Blüten, und ab und zu drang ein heller Ruf oder das Schreien eines Kindes herein.

Draba saß bei ihr. Ohne daß sie etwas sagte, fühlte er, daß sie soweit war, von ihren Erinnerungen zu sprechen, von dem Schönen, wie auch von dem Schrecklichen. Sie begann zu erzählen.

Sie erzählte Draba von ihrem Leben im Raunatal, von ihren Eltern, Una und Lars Tordal, von ihren Spielgefährten, von Alva und Jock Aiting und dem Hund Suso, von den Bergen, den Feldern und Wiesen und den Häusern, die Tag für Tag ihre Welt gewesen waren. Dann gab sie die Geschichte der Duna wieder, wie sie diese in der weiten Halle auf dem Moosbühel von dem alten Gorre gehört hatte und wie sie sich ihr fest eingeprägt hatte. Altsiedelland und die Baumwesen, die Odradek, wurden lebendig, die Flucht nach Süden und über das Hurnenriff nach Erdherz, die Tiefen Lande und ihr Untergang, der lange Winter und die Entdeckung des Raunatals. Endlich wagte sie sich an die Erlebnisse, die sie nach Althaia geführt hatten. Sie sprach von dem Geschenk, das Jock ihr gemacht hatte, von dem Vogel, der ihr Leben so verändert hatte. Alles kam zur Sprache, Tanits Bericht vom Raub des Onduril und von der Gefangenschaft der Edrain in der Gestalt von Bäumen, die Enthüllung von ihrer, Ejas, wahrer Herkunft, Horn Elders Geschichte von Asars Verrat, der Aufbruch aus dem Raunatal, die Verfolgung durch die Asari, die Kiklits und die Flucht der Freunde, die Fahrt auf dem Floß bis in die Wüste, die Tamahu und ihr seltsames Leben, die Rettung Far-Uhls vor den Urruru, der Überfall der Asari und die Folter der Gefährten, der Sieg der Merod, Bhaskara, die Frühlingsinsel Kiritavat, die Eneti und Ker-Imea, die Weiterreise durch die Höhlen des Sandarak, der Djerriba-Paß und endlich, die Begegnung mit Asar.

Hier stockte Ejas Erzählung. Für einen Augenblick wollte der alte Schrecken wieder Macht über sie gewinnen. Doch ohne daß Draba ihr hätte helfen müssen, gewann sie ihren Mut und ihre Stärke zurück, und ruhig schilderte sie den Weg der Erinnerung, den sie mit Asar gegangen war, die Entlarvung Asars und den Kampf mit ihm, ihren Sieg und seine letzten Worte, bevor es dunkel in ihr wurde und die Wunden, die sie im Kampf davongetragen hatte, sie in eine tiefe Nacht stürzten. Sie bemerkte nicht, wie seltsam und nachdenklich Draba sie ansah, als sie erzählte, wie sie Asar hinter sich entdeckt hatte. Sie sei mit ihm bis in die Zeit zurückgegangen, in der Una sie als kleines Kind in den Armen gewiegt hatte. Dort, so glaubte sie sich zu erinnern, hätte der Weg nicht weiter zurückgeführt, denn als sie versuchten, in die Zeit zu gehen, in der sie mit Advena zusammen gewesen sein mußte, hätte eine innere Stimme sie gewarnt und sie aufgefordert, sich umzuwenden. So hätte sie Asar erkannt, und es sei zum Kampf gekommen. Als sie geendet hatte, schlief sie ein, und ihre Träume waren freundlich und schön. Und als sie wieder erwachte, aß sie so viel, wie sie lange nicht mehr gegessen hatte.

Dann stellte Draba ihr viele Fragen. Er schien kein besonderes Ziel mit seinen Fragen zu verfolgen, doch ohne daß sie es merkte, führte er sie, oft sprunghaft durch Erinnerungen und Zeiten, langsam aber bestimmt dahin zurück, wohin sie mit Asar gegangen war. Aber als er sie nach Advena fragte und nach dem Stein, da wußte sie nichts davon. Das letzte, woran sie sich erinnerte, waren die Tage ihrer Kindheit im Raunatal. Doch sie widersprach sich einige Male, denn nachdem sie zuerst gesagt hatte, daß sie Asar erkannt habe, weil eine innere Stimme sie gewarnt hätte, war es ein anderes Mal eine unbekannte Frau, die sie warnte, und dann wieder ein baumähnliches Wesen mit grünen Augen. Je mehr Draba sie danach fragte, desto unsicherer wurde sie. Eine seltsame Angst ergriff sie, bis sie plötzlich in Tränen ausbrach. Da beruhigte Draba sie und drang nicht weiter in sie.

»Wir wollen fürs erste nicht weiter danach forschen«, sagte er. »Aber sicher ist, daß du nicht sagen kannst, was wirklich geschehen ist, weil du es nicht willst. Etwas in dir versucht, die Wahrheit zu verbergen. Es ist nicht schwer, zu verstehen, warum du dies tust. Das, wonach Asar gesucht hat, das Geheimnis, wo der Stein zu finden ist, ist nun, nach der Gewalt, mit der er versucht hat, es dir zu entreißen, tiefer verborgen, als es zuvor schon verborgen war. Der schmale Weg ist versperrt.«

»Werde ich mich nie wieder daran erinnern?« fragte Eja erschrocken. »Ist der Stein für immer verloren?«

»Ich weiß es nicht«, antwortete Draba. »Noch bleibt uns ein Weg, dies zu erfahren, aber ich weiß nicht, ob du wieder stark genug bist, diesen Weg zu gehen.«

»Der Weg der Erinnerung«, flüsterte Eja, und sie fühlte den Schrecken, den sie bei dieser Vorstellung empfand.

»Ja«, sagte Draba. »Derselbe Weg, den du mit Asar gegangen bist. Glaubst du, daß du den Mut und die Kraft dazu hast?«

Eja schwieg lange und sah zum Fenster hinaus auf die tanzenden Blätter. Durfte sie diesen Weg wagen? Würden Schatten und Schmerzen nicht wiederkehren? Und doch wollte sie es gerne. Mit Draba würde es anders sein. Er war ein Freund. Vielleicht würde dieser Versuch gemeinsam mit ihm sogar die letzten Wunden heilen. Ja, sie wollte es versuchen.

Sie blickte Draba ruhig und gefaßt an und sagte: »Wenn du mit mir gehst, will ich es gerne wagen.«

Da nahm Draba ihre Hand und sagte: »Natürlich werde ich mit dir gehen. Doch eines mußt du mir versprechen. Wenn wir an einen Punkt in deinen Erinnerungen gelangen, an dem du fühlst, daß du nicht weitergehen willst und kannst, dann halte ein, und versuche es nicht zu erzwingen, denn daraus könnte großer Schaden für dich und für deine Gesundheit entstehen. Dann laß uns umkehren und einen anderen Weg suchen.«

Eja nickte, und Draba hieß sie, die Augen zu schließen. Wieder versank nach kurzer Zeit die Welt um sie, und sie fand sich im Licht einer anderen Welt wieder, in der sie sich fühlen und bewegen konnte. Auch Draba war da, doch er stand nicht hinter ihr, sondern sichtbar neben ihr. Er verbarg sich nicht, sondern ging an ihrer Seite. Gemeinsam wandten sie sich um und stellten sich dem Sturm der Zeit entgegen. Schneller als damals mit Asar legte sich der Sturm, und der Weg zurück in die Vergangenheit begann. Landschaften, Lebewesen und Erlebnisse, die sich mit Gefühlen und Gedanken verbanden, zogen an ihnen vorbei. Wieder gab es keine andere Zeit als die der Erinnerungen, die nicht schnell ist und nicht langsam. So erreichten sie die Zeit, in der Eja ein Kind gewesen war, die Zeit der Spiele, der einfachen Bedürfnisse nach Nahrung, nach Liebe und Geborgenheit. Da plötzlich begann ein Nebel sie zu umgeben, der immer dichter wurde, je weiter sie gingen. Der Wald, in dem sie sich wiederfanden, war undeutlich und die Bäume nur wie schwankende Schatten. Nur ganz schwach spürte Eja das heftige Klopfen eines fremden Herzens und die warme Berührung von Armen, die sie trugen. Dann wurde es dunkel um sie, und Eja fühlte nichts als die Nähe Drabas, der wie sie im Dunkeln ging und nichts mehr sah.

»Es geht nicht weiter«, sagte Eja in das Dunkel hinein. »Laß uns diese Welt verlassen.«

»Gut«, hörte sie Draba sagen. »Aber laß uns zurückgehen durch die Zeiten der Vergangenheit bis in die Gegenwart. Es ist gefährlich, diese Welt an diesem Punkt zu verlassen. Du bist zu weit entfernt von dem, was du einmal sein wirst. Mit Asar hast du diesen Sprung getan, und so war es nicht nur der Kampf mit Asar, der dich verwundet hat, sondern auch die gewaltsame Rückkehr in die Gegenwart.«

Sie kehrten sich um. Aus Vergangenheit wurde Zukunft, an deren Ende die Gegenwart lag. Als sie das jetzt erreichten, fanden sie ohne Mühe zurück in die wirkliche Welt. Es war nicht viel mehr als ein Erwachen, als das Öffnen der Augen wie nach einem traumreichen Schlaf.

Eja war enttäuscht, daß es ihr nicht gelungen war, den Weg der Erinnerung zu Ende zu gehen und das Ziel zu erreichen. Doch sie war auch glücklich, es ohne Schaden überstanden zu haben. Müde lächelte sie Draba an und sagte leise: »Es tut mir leid. Ich kann mich nicht erinnern.«

»Es ist nicht deine Schuld«, erwiderte Draba. »Es ist, wie ich befürchtet habe. Asar hat den Weg zurück verschlossen, auch wenn dies sicher niemals seine Absicht gewesen ist. Wir werden einen anderen Weg finden müssen.«

»Gibt es einen anderen Weg?« fragte Eja.

»Ich weiß es nicht«, sagte Draba. »Schlaf jetzt. Es war ein anstrengender Tag für dich. Morgen werden wir weitersehen.« Vor dem Fenster hüllte die Abenddämmerung die Blätter ein. Die ersten Sterne blitzten durch die Zweige. Draba war nichts von den Anstrengungen anzusehen, doch Eja spürte eine große Erschöpfung. Sie schlief bald ein. Draba saß noch lange bei ihr und überlegte, was nun zu tun sei. Wie sollten sie den Stein finden? War ihnen die Entscheidung abgenommen worden? Sollte der Stein verborgen bleiben, um keine Gefahr zu werden? Sollten die verwandelten Edrain und auch Tanit in ihrer Gestalt gefangen bleiben, was auch immer dies für Folgen haben mochte?

Draba seufzte und begab sich zur Ruhe. Er schlief in einem Raum gleich neben Ejas Zimmer. Die Nachtwache überließ er einer alten Edrain, der er auftrug, ihn sogleich zu wecken, wenn sie etwas Ungewöhnliches an Eja bemerkte. Doch Eja schlief ruhig, und die Nacht verging ereignislos. Noch ehe Eja erwachte, war Draba wieder bei ihr und schickte nach ihren Freunden.

»Guten Morgen«, sagte er freundlich, als sie die Augen aufschlug. »Ich habe lange nachgedacht und möchte dir folgendes vorschlagen. Wir wollen nicht weiter in dich dringen und nach dem Stein forschen. Vielleicht kommt die Erinnerung von selbst und leichter, wenn wir nicht nach ihr suchen. Abwechslung, Ablenkung wird dir guttun. Du hast lange in diesem Zimmer gelegen. Du mußt dich bewegen und wieder zu Kräften kommen. Es wird Zeit, daß du Althaia und die Edrain kennenlernst. Auch habe ich deine Freunde gerufen, damit sie dir Gesellschaft leisten. Glaubst du, daß du aufstehen kannst?«

»Ja, gewiß«, rief Eja glücklich. »Ich kann es kaum erwarten, mich wieder frei zu bewegen und meine Freunde zu sehen.«

»Dann komm«, sagte Draba. »Wir wollen für eine Weile alle Sorgen vergessen.«

Mit Drabas Hilfe stand Eja von ihrem Bett auf und ging mit ihm zum Fenster. Sie war noch sehr geschwächt und konnte sich nur mühsam auf den Beinen halten. Doch mit jedem Schritt kehrte die Kraft in ihre Glieder zurück, und das Schwindelgefühl, das sie schwanken ließ, legte sich. Vom Fenster aus sah Eja zum ersten Mal Althaia, Advenas Stadt, ihre zweite Heimat.

Althaia

Mit einem hellen Jubelruf grüßte Jock, als er Eja am Fenster erscheinen sah. Neben ihm standen Horn Elder und Far-Uhl. Tanit saß auf Jocks Schulter. Kaum hatte sie Eja erblickt, flog Tanit zu ihr hinauf und in ihre Arme. Glücklich über das Wiedersehen drückte Eja den Vogel an sich und streichelte die glänzenden Federn.

»Komm herunter, du Siebenschläferin«, rief Jock. »Der Winter ist vorbei, du kannst aufwachen.«

Wie Eja nun sah, lag das Zimmer, in dem sie die vergangenen Tage verbracht hatte, im zweiten Stockwerk eines hohen Hauses. Nie hatte sie solche Häuser gesehen, denn die Höfe der Brasen kannten nur Räume zu ebener Erde. Sie konnte weit über die Dächer vieler anderer Häuser blikken, die auf den Hängen des Atarat standen. Dichtes Grün verhüllte und schmückte sie zugleich. Wie in Stufen senkte sich die Stadt zum Fuße des Atarat und gab den Blick frei auf das Land der Edrain, über die Felder und Äcker bis hin zum Silberwald, der als schimmernde Grenze am Horizont zu sehen war.

Jock und die anderen standen unter dem Fenster auf einem schönen Platz, der mit roten, grünen und grauen Steinen bunt bepflastert war. Überall waren hochgewachsene Bäume, in denen Vögel zwitscherten, zu sehen und Beete mit Sträuchern und Blumen. Ein heller Bach plätscherte über den Platz und ergoß sich in einen schönen Brunnen aus kunstvoll behauenen Steinen.

»Ich komme gleich«, rief Eja und kleidete sich mit Drabas Hilfe an.

Draba verließ mit ihr das Zimmer. Sie gingen durch den angrenzenden Raum, in dem Draba geschlafen hatte. Dann stiegen sie die Treppe hinab und gelangten zu ebener Erde in einen schönen, großen Raum, in dem ein Herd stand, über dem zahlreiche Kessel und Töpfe hingen. Niemand außer einer alten Frau war zu sehen, die sich am Herd zu schaffen machte. Sie grüßte freundlich, so als würde sie Eja kennen, und wandte sich dann ganz selbstverständlich wieder ihrer Arbeit zu.

»Sie war bei dir, wenn ich schlief«, sagte Draba, als Eja ihn fragend anblickte.

Sie traten zur Tür des Hauses hinaus und standen nun auf dem Platz, den Eja durch das Fenster gesehen hatte. Ein warmer Frühlingstag empfing sie. Die Freunde hatten neben dem Brunnen einen Tisch aufgestellt, der reich gedeckt war. Glücklich begrüßte Eja die Gefährten. Lachend und scherzend setzten sich alle an den Tisch und griffen herzhaft zu. Die Freunde hatten Eja viel zu erzählen, denn während sie krank in ihrem Zimmer lag, hatten sie die Gegend erkundet und schon viel gesehen.

Es fiel Eja auf, daß die Freunde sie nie danach fragten, was sie und Draba erlebt und getan hatten. Sicher hatte Draba sie gebeten, Geduld zu haben und darüber zu schweigen. Eja war ihnen dankbar für die Rücksicht. Es tat so gut, die schweren Stunden zu vergessen und im Kreis der Freunde dem munteren Geplauder zuzuhören und nur von den schönen Dingen des Lebens zu sprechen. Einer versuchte den anderen mit seinen Berichten zu übertreffen, so daß Eja von all dem Gehörten schließlich ganz schwindlig wurde.

»Halt, halt«, rief sie schließlich. »Ich komme ja nicht mehr mit. Habt Geduld mit mir. Ich will mich ja beeilen, euer Wissen aufzuholen.«

»Ja, laßt Eja Zeit«, ermahnte sie Draba. »Sie soll sich nur selber alles ansehen. Ihr könnt sie ja begleiten und ihr erklären, was sie wissen möchte.«

Die vier verstummten und hatten ein schlechtes Gewissen. Dabei hatten sie es nur gut gemeint. Sie hatten Eja ablenken wollen, wie Draba sie gebeten hatte, doch hatten sie wohl des Guten zuviel getan.

Eja sah die betretenen Gesichter ihrer Freunde und verstand ihr plötzliches Schweigen. »Ich danke euch«, sagte sie. »Ich weiß, was ihr für mich getan habt, und ich verstehe nur zu gut, daß ihr mir helfen wollt. Ihr braucht euch nicht zu schämen. Laßt uns lieber aufbrechen. Zeigt mir die Stadt. Ich bin gespannt, all das kennenzulernen, was ihr schon gesehen habt.«

»Tut das«, sagte Draba. »Aber haltet euch in den unteren Vierteln der Stadt. Die oberen Bezirke dürfen nicht ohne weiteres betreten werden. Wenn es an der Zeit ist, werde ich euch die obere Stadt zeigen. Ich überlasse dich nun deinen Gefährten.«

Draba erhob sich und ging ins Haus. Rasch beendeten sie ihre Mahlzeit, denn die Freunde brannten darauf, Eja die Stadt zu zeigen.

Ein schöner Garten umgab den Platz, auf dem sie saßen. Dicht belaubte Bäume versperrten die Sicht auf die Stadt. So hatten sie ihre Mahlzeit ungestört vom Treiben der Stadt eingenommen. Als sie nun den Garten durchquerten, sah Eja die ersten Häuser durch das Laub der Bäume schimmern. Bald gingen sie durch die Gassen Althaias.

Es war schwer zu sagen, ob die Häuser in einem Wald standen oder ob ein Wald sich zwischen den Häusern erhob, so zahlreich waren die Bäume, die in Althaia wuchsen. Überall blühten Blumen. Efeu und Weinranken kletterten an den Mauern empor und rankten sich um schlanke Säulen. Von bunten Steinen eingefaßte Bäche rieselten durch die Gassen und über die Plätze. Kleine künstliche Wasserfälle waren zu sehen, und auf den Plätzen und in den Höfen der Häuser plätscherten schön verzierte Brunnen. Vögel gaukelten durch die Zweige der Bäume und tranken aus den Brunnen.

Die Häuser der Edrain waren von schöner, erdig roter Farbe. Weiße Verzierungen schmückten die Fenster und Türen. Viele der Häuser hatten große Terrassen und Lauben, deren Bögen von schlanken Säulen getragen wurden. Flache Dächer mit bunten Ziegeln in immer neuen Mustern bedeckten die Häuser. So fest und sicher die Häuser auf dem Hang des Atarat zu ruhen schienen und sosehr sich ihre rote Farbe und das wuchernde Grün auch mit dem Erdboden verbanden, so luftig und leicht wirkten sie doch zugleich durch ihre vielgestaltige und verspielte Bauweise.

Wo immer die Freunde auf die Bewohner der Stadt trafen, wurden sie freundlich wie alte Bekannte begrüßt. Die Erwachsenen neigten den Kopf zum Gruß, und die Kinder liefen zusammen und begleiteten sie ein Stück. Vor allem Jock und der Vogel Tanit schienen sehr beliebt zu sein und wurden von den Kindern lachend umringt. Horn und Far-Uhl begegneten sie mit Achtung, doch nicht weniger herzlich.

Nur Eja betrachteten sie mit Scheu und hielten Abstand. Zu vieles war an Eja, was besonders war und fremd. So jung sie war, so schien sie doch eine der Edrahil zu sein, zumindest in den Augen der Edrain, der Erwachsenen wie der Kinder. Trug sie nicht das Laurinband? Und doch stand sie ihnen nicht so nahe wie die Edrahil, die sie kannten. Hatte sie nicht die Kleidung der Brasen an? Eja war eine der ihren und zugleich eine Fremde. So machten das Besondere und Ungewöhnliche an ihr sie geheimnisvoll und verwirrten die Edrain. Eja spürte, daß sie nicht wirklich zu ihnen gehörte. Schmerzlich empfand sie wieder das Gefühl der Verlorenheit. Was war sie? Eine Brasin oder eine der Edrain? Wann würde sie sich endlich wieder zu Hause fühlen?

Langsam wanderten sie durch die Gassen und über die Plätze Althaias. Es dauerte lang, bis sie den Rand der Stadt erreichten und ins Freie traten. Die Stadt bedeckte die Hänge des Atarat bis weit hinauf zu seiner Kuppe. Das Haus, in dem Eja die vergangenen Tage verbracht hatte, stand nur wenig unterhalb der obersten Bezirke, die sie noch nicht betreten hatten.

Schließlich aber erreichten sie den Stadtrand und gingen eine breite Allee entlang, welche die Stadt nach Osten hin verließ. Mächtige Kastanien säumten den Weg. Es schien, als öffnete sich ein endlos tiefes, grünes Tor vor ihnen. Auf den Feldern sahen sie die Edrain bei der Arbeit. Auch hier wurden sie freundlich gegrüßt, und als sie gegen Mittag Rast machten, reichten ihnen die Edrain zu essen und zu trinken.

Sie hatten die Allee verlassen und saßen auf einem kleinen Hügel im Schatten einer alten Kastanie. Von dort hatten sie einen guten Blick über das Land der Edrain und auf die Stadt im Westen.

»Siehst du die Kuppe des Atarat?« fragte Horn Eja. »Man kann sie von hier aus gut erkennen. Sie ist ganz flach, und es scheinen dort keine Häuser zu stehen. Wir sind um den Berg herumgegangen und haben einen Teil der oberen Stadt sehen können.

Die Kuppe des Atarat fällt etwas nach Westen hin ab. Althaia liegt auf der Ostseite des Berges. Im Westen ist der Berg zu steil und felsig.

Unter der Kuppe des Atarat zieht sich ein Ring von Häusern hin, die von den Edrain Sin'illar, die Häuser des Wissens, genannt werden. Dort leben die Edrahil und unterweisen die jungen Edrain. Die Kette der Häuser, die rund um den Berg läuft, wird im Westen von einer Säulenhalle abgeschlossen. Dahinter liegt der Ratssaal der Edrain und ein Platz, auf dem die Edrain sich versammeln, wenn es gilt, Beschlüsse zu fassen. Tanit hat aus der Luft einiges beobachten können, und manches hat man uns erzählt. Nun, wir werden es ja bald aus der Nähe sehen. Ach ja, und daß ich es nicht vergesse. Oberhalb des Ratsgebäudes liegt eine große Höhle. Die Edrain nennen die Höhle Hor'riach, den Mund der Erde. Eine gewaltige Quelle sprudelt daraus hervor, welche die ganze Stadt mit Wasser versorgt. Daraus werden die vielen Bäche und Brunnen gespeist, die wir in Althaia gesehen haben. Welch eine ungeheure Kraft das sein muß, die das Wasser im Innern des Berges hinauftreibt und an seiner Spitze so gewaltig hervorsprudeln läßt.«

»Und was sind das für seltsame Türme, die oben um den Berg herumstehen? Sie sind so hoch, daß sie sogar über den Berg hinausragen«, meinte Eja.

»Ich weiß es nicht«, antwortete Horn. »Wir haben diese Türme natürlich gesehen, sogar aus der Nähe. Aber wir können nicht verstehen, wozu sie gebaut worden sind. Es gibt zwölf Türme, die rings um die obere Stadt verteilt sind. Von der Ebene, auf der die Häuser des Wissens stehen, spannen sich Brücken bis zu den Türmen hin. Die Türme scheinen nur aus Säulen, Treppen und geschwungenen Decken zu bestehen. Keine Wand verschließt sie vor Wind und Wetter. Man muß eine herrliche Aussicht in alle Himmelsrichtungen haben, wenn man auf ihnen steht, aber wozu sie dienen, wollte uns keiner sagen. Ein Geheimnis umgibt sie, das die Edrain verschweigen. Aber sicher werden wir bald mehr hören.«

»Ja«, sagte Eja. »Es ist an der Zeit, daß wir mehr von den Geheimnissen der Edrain erfahren. Vielleicht öffnet uns das Wissen um diese Geheimnisse einen Weg, der alles zum Guten wendet.«

»Oder einen Weg, der die Völker von Erdherz in den Abgrund führt«, sagte Far-Uhl leise und beklommen.

Die Freunde schwiegen betroffen. Nun war also doch zur Sprache gekommen, was sie voreinander verborgen hatten. Vielleicht war es auch besser so. Sie durften sich nicht über die Wahrheit hinwegtäuschen. Zuviel stand auf dem Spiel.

»Laßt uns zurückkehren«, sagte Eja. »Wir wollen Draba bitten, uns die obere Stadt zu zeigen und uns Auskunft über alles zu geben, was wir erfahren müssen, um unseren Weg weitergehen zu können, wohin auch immer er führen mag.«

Langsam gingen die Freunde über die Felder zurück nach Althaia und durch die Gassen der Stadt den Atarat hinauf. Die Schatten waren lang geworden und die Edrain von den Feldern zurückgekehrt. Aus den Häusern drangen Stimmen, und in den Fenstern waren die ersten Lichter zu sehen. Eine friedliche Abendstimmung, die den Freunden wohltat, lag über der Stadt. Je höher sie stiegen, desto stiller wurde es, denn in den oberen Bezirken lagen die Häuser weit verstreut, und große Gärten trennten sie voneinander. Manchmal, wenn die Bäume die Häuser ganz verbargen, hatten die Gefährten das Gefühl, durch einen Wald zu gehen, den eine unbekannte Hand zu einem schönen, aber verlassenen Garten geformt hatte. Als die ersten Sterne am Himmel sichtbar wurden, erreichten sie das Haus, in dem Draba auf sie wartete.

Draba nickte, als sie ihn baten, ihnen die obere Stadt zu zeigen und mehr von den Edrain zu erzählen. Er erklärte sich bereit, sie am nächsten Morgen hinaufzuführen. Nachdem sie auf dem Platz vor dem Haus eine stille Mahlzeit eingenommen hatten, gingen sie auf ihre Zimmer und legten sich schlafen. Nur Far-Uhl blieb wie in all den Tagen zuvor im Freien und suchte sich zwischen den Bäumen ein passendes Lager.

Am nächsten Morgen brachen sie zeitig auf und folgten Draba. Er führte sie auf einem Pfad hinter das Haus und von dort zwischen dichtstehenden Bäumen hindurch bis zu einem der Türme, die sie von weitem gesehen und über deren Bedeutung sie gerätselt hatten. Wie Horn berichtet hatte, war der Turm offen und luftig gebaut. Nur in seinem untersten Teil, den sie nicht hatten sehen können, befand sich ein geschlossener Raum. Hier wurden die Mauern nur von vergitterten Fenstern durchbrochen. Durch eine kleine Pforte traten sie ein und stiegen eine steile, steinerne Treppe bis zur ersten Plattform hinauf. Schon von dort hatten sie einen weiten Blick über die Stadt, das Land und das Meer. Schlanke Säulen trugen das Dach über ihnen, und niedrige, durchbrochene Steinbrüstungen schlossen die Plattform ringsum ab. Runde Bögen schwangen sich von Säule zu Säule und gaben den Blick in alle Richtungen wie durch weit geöffnete Fenster frei. Der Berg war kaum einen halben Steinwurf entfernt. Deutlich konnten sie unter dem dichten Gebüsch die steilen Felsen erkennen.

Plattform um Plattform stiegen sie hinauf. Alle Stockwerke waren gleich gebaut, mit Säulen, Brüstungen und Rundbögen. Nirgends war anderes zu entdecken, was den Zweck des Turmes verraten hätte, als die steilen Treppen, deren steinerne Stufen sie immer weiter hinaufführten. Endlich, als sie den vierten Stock erreicht hatten, öffnete sich der Turm zur Bergseite hin. Sie sahen eine freischwebende, gewölbte Brücke aus dichtgefügten Steinen, die zu ihren Seiten von den gleichen Brüstungen abgeschlossen wurde wie die Stockwerke des Turmes. Die Brücke schwang sich bis zum Berg hinüber. Auf ihrer anderen Seite lag ein freier, von hellem Sand bedeckter Platz. Der Platz zog sich wie ein leuchtendes Band in beiden Richtungen um den Berg herum. Gegenüber lagen niedrige, weitgestreckte Gebäude, die dicht an die Felswand gebaut waren. Wie der Platz setzten sie sich in beiden Richtungen um den Berg herum fort. Ein schöner Säulengang schloß sie nach vorne hin ab. Die Häuser des Wissens hatten nur ein Erdgeschoß und ein erstes Stockwerk, das sich, etwas zurückversetzt, über dem Säulengang erhob und von einem schrägen Dach bedeckt wurde, das so dicht an die Felsen anschloß, daß der Ring der Häuser aus dem Berg hervorzuwachsen schien. Die gleichen Rundbogenfenster mit der teilenden Mittelsäule, welche die Freunde schon aus der unteren Stadt kannten, waren im ersten Stockwerk zu sehen.

Draba führte sie über die Brücke. Als sie den Berg erreicht hatten, wandten sie sich um und warfen einen Blick zurück auf den Turm. Noch drei weitere Stockwerke erhoben sich über der Ebene, auf der sie standen. Bis hinauf zum obersten Stock führten die steilen Treppen. Eine Kuppel schloß den Turm ab. Hinter der Brüstung des obersten Stockwerkes glaubten sie einen Steinblock zu erkennen.

In beiden Richtungen konnten sie in einiger Entfernung die nächsten Türme sehen und halb schon verborgen von der Krümmung des Berges die übernächsten Türme, die alle gleich wie der Turm gebaut waren, den sie eben erstiegen hatten.

Draba forderte sie auf, ihm zu folgen. Er führte sie dicht am Rand des Platzes entlang, den die gleiche steinerne Brüstung abschloß, die sie schon auf dem Turm und der Brükke gesehen hatten. In der Mitte des Platzes sahen sie einen Weg, der den Berg umlief. Er schien aus kleinen bunten Steinen zusammengesetzt zu sein, und die Freunde glaubten, Gestalten erkennen zu können. Doch als sie sich den Weg näher besehen wollten, hielt Draba sie zurück und meinte nur kurz angebunden: »Später!«

So gingen sie hinter Draba um den Berg herum. Noch an vier weiteren Türmen und Brücken kamen sie vorbei, bis sie den Westhang des Atarat erreichten und vor sich die Säulenhalle sahen, hinter welcher der Ratssaal der Edrain liegen mußte. Die Halle umschloß in einem gewaltigen Bogen, der sich weit nach Westen hin schwang, einen großen Platz. Der Weg, den sie bemerkt hatten, wandte sich nicht weit vor der Halle dem Berg zu und verschwand zwischen den Häusern. Draba führte sie in die Säulenhalle. Die Mächtigkeit des Baues mit seinen unzähligen steinernen Säulen und seinen Rundbögen, die sich zum Meer hin öffneten, schlug die Gefährten in Bann. Staunend folgten sie Draba, der mit ihnen schweigend zum Westrand der Halle ging. Still standen sie dort zwischen den Säulen und blickten über die Weite des Meeres.

Wie Horn es beschrieben hatte, fiel der Atarat an seiner Westflanke steil ab. Am Fuße des Berges brachen sich die Wellen des Meeres an schroffen Klippen. Doch schwangen sich zwei breite Felsenbänder bis weit ins Meer hinaus und bildeten einen natürlichen Hafen. Hier ankerten die großen Schiffe, mit denen die Edrain übers Meer fuhren. Die kleineren Fischerboote waren ausgelaufen. Die Freunde sahen die Fischer, die auf dem Meer ihre Netze auswarfen.

Draba ließ ihnen Zeit, den Anblick des Meeres zu genießen. Dann führte er sie hinaus auf den weiten Platz, den die Halle umschloß. Das Gebäude, das sie auf der gegenüberliegenden Seite sahen, war ein hoher Rundbau. Es schien, als wiederholte sich in ihm die Rundung der Säulenhalle. Durch seine Form erschien der Platz wie ein großer Sichelmond. Eine breite Treppe führte zu einem mächtigen Tor. Dahinter mußte der Ratssaal der Edrain liegen.

Wieder durchquerte Draba mit ihnen die Säulenhalle, doch diesmal in südlicher Richtung dem Berg zu. Sie trafen erneut auf die Häuser des Wissens, die hier ihren Bogen um den Berg schlossen. Der seltsame Weg lag nun zwischen ihnen und der Brüstung. Hier aber wandte er sich nicht dem Berg zu, sondern nach Westen, wo er durch eine Öffnung in der Brüstung den Platz verließ. Auch er schien den Berg einmal in seiner vollen Rundung umlaufen zu haben.

Zwischen den Häusern des Wissens und dem südlichen Rand der Säulenhalle sahen sie eine breite Treppe, die den Berg hinaufführte. Dorthin wandte sich Draba, und die Freunde folgten ihm über die Stufen hinauf. Es waren wohl an die hundert Stufen, die sie ersteigen mußten, bevor sie das Ende der Treppe erreichten. Als sie endlich oben angelangt waren, standen sie auf einem weiteren Platz, an dessen Ende sich eine Höhle öffnete, deren steinernes Tor gewaltiger war als alles, was die Freunde je gesehen hatten. Ein dumpfes Rauschen drang aus dem Dunkel der mächtigen Höhle. Vor der Höhle lag ein Wasserbecken, das von breiten Steinplatten eingefaßt wurde. In zwei Kanälen floß das Wasser des Beckens über den Platz. Aus diesen Kanälen, die nach Norden und Süden führten, wurde Althaia mit Wasser versorgt.

Im Norden sahen die Gefährten den Weg wieder, der vor der Säulenhalle zwischen den Häusern verschwunden war. Hier lief er über den Platz auf die Mitte des Beckenrandes zu und teilte die Wasserfläche, durch die er bis zur Öffnung der Höhle lief, um sich dort in ihrem Dunkel zu verlieren.

»Kommt«, forderte Draba sie auf. »Aber achtet nicht auf das, was der Weg euch erzählt. Nur aus dem Innern des Atarat kommend, sollt ihr seine Geschichte hören.«

Beklommen folgten sie Draba, der am Rand des Beckens den Weg betrat und auf ihm in das Innere der Höhle ging. Der Steg war schmal und erhob sich nur wenig über den Spiegel des Wassers. Je tiefer sie in die Höhle kamen, desto kühler und feuchter wurde die Luft und desto ohrenbetäubender das Rauschen des Wassers.

Es fiel den Freunden nicht schwer, der Weisung Drabas zu folgen. Zu sehr wurde ihre Aufmerksamkeit von der ungeheuren Höhle in Anspruch genommen, deren tropfende und glänzende Decke sich gewaltig über ihnen erhob. Ein seltsames Licht erhellte die Höhle, brach sich in unzähligen Kristallen, welche die steinernen Wände bedeckten, und warf einen funkelnden Regen auf die Oberfläche des Wassers.

Endlich endete der Steg und verbreiterte sich zu einer runden Plattform. Vor ihnen sprudelte das Wasser in schäumenden Wirbeln aus dem Inneren des Atarat empor. Bis dicht an diese gewaltige Quelle hatte der Weg sie geführt. Wie gebannt standen sie vor den tosenden Wassermassen, deren ohrenbetäubendes Donnern von den Wänden der Höhle zurückgeworfen und vielfach verstärkt wurde. Sie fühlten sich einer Macht ausgeliefert, der sie nichts entgegenzusetzen hatten. Klein, verloren und ohnmächtig standen sie am Rande des reißenden Strudels. Nun verstanden sie, warum die Edrain diese Höhle und diese Quelle Hor'riach, den Mund der Erde, nannten. Es war ihnen, als würde die Erde selbst unendlich lang ausatmen, um eines Tages ebenso unendlich lang wieder einzuatmen und alles in ihre Tiefe zu reißen. Vielleicht im nächsten Augenblick schon würde das Schauspiel sich umkehren und, anstatt Wasser und Leben zu spenden, Tod und Verderben denen bringen, die sich in seine Nähe gewagt hatten. Ein seltsamer Taumel erfaßte die Gefährten und zog sie dichter und dichter an den Rand der Plattform, als fordere die Erde ihre Opfer schon vor der Zeit.

Drabas Stimme riß sie aus diesem Bann und rief sie in die Wirklichkeit zurück. Trotz des tosenden Wassers und ohne daß er lauter als gewöhnlich zu sprechen schien, erreichte seine Stimme sie klar und deutlich.

»Wendet euch um und geht mit mir den Weg der Geschichte. Denn dies und nicht weniger ist der Pfad, der uns bis an diesen dunklen Ort des Ursprungs allen Lebens geführt hat. Der Weg der Geschichte wurde vor langer Zeit, als das Volk der Edrain nach Erdherz kam, begonnen, und er wird wachsen, solange unser Volk besteht. In ihm ist die Geschichte der Edrain von ihren Anfängen an festgehalten. Manches, was euch geheimnisvoll und unbegreiflich erscheint, werdet ihr hier verstehen lernen.«

Da wandten sich die Freunde um und kehrten der Quelle den Rücken zu. Sie sahen ein langes Mosaik vor sich, zusammengesetzt aus unzähligen, farbigen Steinen, welche die Bilder der Geschichte formten. Zu ihren Füßen erkannten sie einen Wald, der ihnen seltsam vertraut vorkam, als hätten sie ihn vor langer Zeit einmal gekannt. Und während sie dem Weg folgten und die Welt um sie versank, begann Draba ihnen die Geschichte der Edrain zu erzählen.

Der Weg der Geschichte

Hört die Geschichte des Volkes, das, nicht von Menschen geboren, sich sehnt nach lang vergangner Zeit. Ohne Namen waren wir einst und kein Volk, wie es die Menschen sind. Wald waren wir, Teil des Waldes aller Wälder, in einer Welt, die es nicht mehr gibt. Ihr mögt sie Altsiedelland nennen, wir hatten einst viele und andere Namen, doch gingen sie verloren wie die Welt, die keiner mehr nennt.

Wald waren wir, lange Zeit vor allem Denken. Wann hörten wir auf, Wald zu sein? Wann begannen wir, Bäume zu sein und nicht mehr nur Wald? Wann sahen wir die ersten, die ohne Wurzeln waren und frei? Wann liebten wir die, welche ohne Wurzeln waren und frei? Wer kann solche Zeiten messen?

Was wollten wir, als wir unsere Wurzeln aus der Erde zogen und denen gleichen wollten, die ohne Wurzeln waren, und als wir frei sein wollten wie sie? Nun, eines Tages geschah es, und es gab kein Zurück mehr. Frei wurden wir, doch an demselben Tag war es, daß die Sehnsucht begann. Denn kein Baum verläßt den Wald, ohne den Schmerz der Trennung für immer zu empfinden.

Wie jene, die ohne Wurzeln waren, wollten wir sein und mit ihnen sein. Doch die, welche keine Wurzeln kannten, fürchteten und mieden uns. Denn wenn wir sie berührten, verletzten wir sie, und viele von ihnen blieben liegen und wollten nicht mehr mit uns sein. In jener Zeit hörten wir das Wort, das der Anfang unserer Worte wurde. »Odradek, Odradek«, riefen die Wurzellosen, wenn sie vor uns davonliefen, und es klang voller Angst und Furcht vor uns. Da blickten wir zum ersten Mal auf uns selber. Und wir lernten uns verstehen und waren die Odradek.

Wenige waren wir zu Beginn, doch bald folgten uns mehr und wurden unseresgleichen. Da flohen die Wurzellosen und verließen uns und den Wald. Wir wußten nicht, wohin sie gegangen waren, denn wir kannten nur den Wald und glaubten nicht, daß es noch ein Anderswo geben könne. So blieben wir lange allein, doch die Erinnerung an die Wurzellosen veränderte uns. Unsere Wurzeln und Zweige schlossen sich zu Gliedern, und wir konnten uns frei und schnell bewegen. Unsere Krone wurde Sitz unseres Verstandes, und unsere Augen, die so grün waren wie das lebendige Licht der Erde, fanden neue Wege.

Doch dann kam die Kälte. Schnee und Eis wuchsen von Norden her und raubten uns den Wald. Bald war der Wald zu eng für die Odradek, und wir entdeckten das Anderswo. Wir verließen den Wald und fanden die Wurzellosen. Unsere Freude war groß, und wir wollten sie berühren und mit ihnen sein. Doch wieder blieben viele von ihnen liegen, und die anderen flohen uns. Dann erhoben sie ihre scharfen Äste gegen uns, die uns verwundeten, und es kam zum Kampf. Wir siegten, denn wir waren die Odradek, und die Odradek waren stark, stärker als die Wurzellosen. Die Wurzellosen verließen uns, und wir fanden sie nicht wieder.

Doch viel hatten sie zurückgelassen. Dinge und einen anderen Boden, auf dem alles so wuchs, wie sie es wollten. Wir lernten von ihnen, auch als sie nicht da waren. Wir lernten den Boden bestellen und die Dinge gebrauchen. Immer schneller wurden wir wie die Wurzellosen und glichen ihnen bald ganz und gar. Wir hatten Beine und Arme wie sie, Haut und Haare wie sie, und wir wurden verletzlich und schwach wie sie. Unser Mund öffnete sich und sagte »Odradek« und unsere Sprache begann. Unser Volk wuchs und bevölkerte das Land. Im Wandel der Zeit wurden aus den Odradek die Edrain. Unsere Sprache wurde reich und fand Namen für alles. Unser Wissen mehrte sich rasch, denn wir verstanden viel von der Erde und allem Wachstum. Wir bauten Städte und fuhren mit Schiffen aufs Meer hinaus. Wir entzweiten uns und führten Kriege untereinander. Wir schufen Waffen, die scharf waren wie die Waffen der Wurzellosen. Und alles vergrößerte den Abstand zwischen uns und dem, was wir einst gewesen waren. Und die Sehnsucht wuchs.

Da begannen wir nach der Quelle der Wandlungen zu suchen, die uns zu dem gemacht hatte, was wir nun waren. Wir suchten einen Weg zurück, denn die Sehnsucht machte uns krank und schwach. Und wir fanden diese Quelle und faßten ihre Kraft in die Onduril, die Steine der Wandlung. Nun konnten wir zurückkehren in das Vergangene. Wann immer wir wollten, verwandelten wir uns in die Bäume, die wir einst gewesen waren, und die Kraft der Erde floß durch unsere Wurzeln und gab uns unsere alte Stärke wieder. Wir hatten beides vereint, die Freiheit und die Kraft.

Doch der Hader zwischen uns setzte der Zeit der Blüte ein Ende. Einige suchten einen Weg, die Kraft der Onduril gegen ihre Feinde zu richten, und sie fanden diesen Weg, und die Onduril wurden zur furchtbaren Waffe. Denn alles konnten sie nun mit ihnen verändern, nicht mehr nur sich selbst. Sie lenkten das Wasser und das Feuer gegen ihre Feinde und vernichteten sie. Und alle, welche die Waffe nicht hatten, mußten sich ihnen unterwerfen und waren ihnen untertan.

Dann aber brach Streit aus unter denen, welche die Waffe besaßen, und der Krieg wurde fürchterlicher als alles, was je dagewesen war. Sie spalteten die Berge, weckten das Innere der Erde und erzeugten die Blitze des Himmels, um einander zu besiegen. Keine Macht ließen sie unversucht. Doch plötzlich konnten sie den Kräften, die sie entfesselt hatten, nicht mehr Einhalt gebieten, und das Chaos verschlang sie und mit ihnen das ganze Land und alle, denen es nicht gelang, zu fliehen. Nur wenige konnten auf Schiffen die untergehende Welt verlassen. Der Himmel brannte, und das Meer erhob sich. Die Erde bebte und zerriß. Eine lange Nacht folgte und ein Winter, der drei Jahre andauerte.

Diejenigen aber, die fliehen konnten, kamen nach Ad'na Veljaha, das die Völker dieser Welt Erdherz nennen. Das Unheil hatte Erdherz schwere Wunden zugefügt, und manches Volk war untergegangen oder hatte seine Heimat verloren. Als wir die Westküste erreichten, war sie verlassen, und nur wenige Spuren waren von denen geblieben, welche diesen Teil von Erdherz einst bewohnt haben mochten. Es sollte lange dauern, bis wir auf andere Wesen trafen.

Wir Edrain brachten einen kostbaren Schatz mit uns. Zwölf der Onduril hatten wir aus dem Untergang gerettet, und mit der Kraft, die sie uns gaben, überstanden wir den langen Winter. Wir trieben die Wölfe in die Wälder des Nordens zurück und besiedelten die Westküste. Wir bauten Althaia und faßten die Quelle des Atarat, mit deren Wasser wir unsere Stadt versorgten.

Zwölf Türme bauten wir, in deren Spitzen wir die zwölf Onduril legten. Die Türme überragten die Kuppe des Atarat, auf der die Edrain sich einmal im Jahr versammelten und die Gestalt der Bäume annahmen, um Kraft und Stärke zu schöpfen. So blühte und gedieh das Volk der Edrain und war stark und gesund.

Drei Familien waren dem Untergang entgangen. Wechselweise stellten diese Familien den Fürsten, der das Volk anführte. Nicht selten brach Streit über die Nachfolge aus, doch konnte er immer beigelegt werden, und bald wechselten sich die Fürsten aus den drei Familien in regelmäßiger Folge ab, so daß keine Ungerechtigkeit entstand. Zehn Jahre herrschte ein Fürst, dann nahm ein anderer seine Stelle ein.

Eines Tages aber wollte einer der Fürsten sein Amt nicht weitergeben. Doch stellten sich viele gegen ihn und zwangen ihn, den Fürstentitel abzulegen. Da erstieg er in der Nacht die Türme und stahl die Onduril, denn er wollte die Macht um jeden Preis wiedergewinnen. Doch als er eben den siebten Stein gestohlen hatte, wurde der Raub entdeckt, und der Dieb floh, nachdem er zwei Wächter der Stadt getötet hatte. Er wurde verfolgt, weit bis nach Süden durch die Sümpfe von Cycros, und als er sie durchquert hatte, stürzte er in einen der Vulkane, die jenseits der Sümpfe schwelen, und verbrannte und mit ihm sieben der Onduril.

Da setzten wir, um jeglichen Zwist und weiteres Unheil zu vermeiden, an Stelle des einen Fürsten die zwölf Edrahil, vier aus jeder Familie, die gemeinsam das Volk führen sollten. Und wir schufen das erste Gesetz der Edrain ›Tara onel lait kelem it Edrahil naim‹, ›Es sei zu keiner Zeit unter den Edrahil einer der Eine‹, denn niemals mehr sollte einer sich über die anderen erheben. Die übriggebliebenen fünf Onduril aber nahmen wir von den Türmen, und im steten Wechsel bewahrten fünf der Edrahil sie auf und legten sie nur am Tag der Wandlung zusammen. Die Türme selber aber blieben erhalten und mahnen uns heute noch an den Verlust der sieben und daran, was Machtgier bewirken kann.

In jener Zeit entdeckten wir die Herstellung des Laurin, das die Kräfte seines Trägers entfaltet, und für jeden der Edrahil wurde ein Laurinband geschaffen. So konnte ein Teil des Verlustes, der dem Volk durch den Raub der sieben Onduril entstanden war, aufgewogen werden.

Dennoch war das Volk der Edrain als Ganzes schwächer und verletzlicher geworden, und die Wissenden bemühten sich, neue Onduril herzustellen. Doch das alte Wissen war verlorengegangen, und es gelang ihnen nicht, das Geheimnis der Onduril zu entdecken.«

Draba verstummte. Sein Schweigen weckte die Freunde aus dem Tagtraum, in den seine Erzählung sie entführt hatte. Ohne es zu bemerken, waren sie den ganzen Weg der Geschichte gegangen. Sie hatten das Quellbecken verlassen und waren dem Pfad zwischen den Häusern des Wissens hindurch gefolgt. Sie hatten mit ihm den Berg umkreist und waren von Süden her wieder auf die Säulenhalle getroffen. Dann hatte der Pfad sie vorbei an der Säulenhalle und in scharfen Windungen an den steilen Felsen der Westflanke des Atarat hinabgeführt.

Sie waren am Fuße des Atarat angelangt. Der Weg war zu Ende, doch wenn Drabas plötzliches Verstummen sie nicht geweckt hätte, so hätten sie es nicht bemerkt. Denn es schien ihnen, als müßte der Weg noch endlos weitergehen, als könnten sie noch unendlich viele Bilder sehen, die bis in eine entfernte Zukunft führten. Doch nun versank der Weg, und der Blick in die Zukunft verschloß sich.

Keiner von ihnen sprach ein Wort. Wie Draba blickten sie auf die Wogen des Meeres und die weit entfernten Fischerboote, die auf den Wellen tanzten. Endlich fuhr Draba fort und sagte, während er mit der Hand auf den Weg zu ihren Füßen zeigte:

»Bis hierher hat die Geschichte der Edrain sich vor meiner Zeit abgespielt. Doch alles, was nun folgt, habe ich selber miterlebt. Es ist noch zu nah, als daß es in diesen Steinen festgehalten worden wäre. Ich will es euch mit meinen eigenen Worten erzählen.

Es ist noch nicht lange her, da nahm die Geschichte der Edrain und mit ihr die Geschichte der Völker von Erdherz eine neue Wende. Es war zu der Zeit, als ich und einige andere zu Edrahil wurden. Wir waren jung und voller Eifer, Ersatz für die verlorengegangenen Steine zu schaffen.

Ich werde diese Zeit nie vergessen. Wie unbekümmert wir waren. Wie begeistert von unserer neuen Verantwortung. Unter den anderen Edrahil bildeten wir einen Bund. Die anderen waren alt und verschlossen sich unseren stürmischen Ideen.

Wir waren zu fünft. Advena, Iva, Eria, Asar und ich. Gemeinsam suchten wir in den alten Schriften nach Hinweisen für die Herstellung der Onduril. Oder wir saßen beisammen und versuchten, auch ohne Hilfen das Rätsel zu lösen.

Ihr hättet uns sehen sollen. Mit erhitzten Köpfen, die sich kaum mit der neuen Würde, die wir bekleideten, vertrugen, saßen wir da und bemühten uns, die Rätsel der Welt zu lösen. Allen voran Asar. Ihr habt ihn nicht gesehen, wie wir ihn damals gesehen haben. Ihr kennt ihn nur als den Feind, den Verbrecher und als den von seinem Wahn und seiner Grausamkeit Gezeichneten. Damals war er der Begabteste, und alle liebten und bewunderten wir ihn. Wenn ich an ihn denke, tut mir das Herz weh, weil ich weiß, was uns an ihm verlorengegangen ist. Was immer auch geschehen mag, ich werde meine Liebe zu ihm nie aufgeben.

Asar zeigte uns einen neuen Weg, der mehr versprach als nur die Herstellung neuer Onduril. Er kam auf den Gedanken, die Kraft der Onduril mit der Kraft des Laurin zu verbinden. Denn die Onduril verwandelten nur den, der sich ihrer bediente. Das Laurin dagegen ließ seinen Träger nach außen wirken. Wenn es nun gelingen würde, beide Kräfte zu vereinen, so mußten die Onduril alles verwandeln, worauf ihre Kraft sich richtete.

Wie verführerisch war der Gedanke, eine solche Kraft entfalten zu können und unserem Volk eine Macht zu geben, die größer war als die Kräfte der Onduril oder auch des Laurin. Hatten wir denn die Geschichte unseres Volkes, den Untergang der alten Welt vergessen? Hatten denn die Onduril nicht schon einmal ein unvorstellbares Unheil angerichtet, als sie so wirkten, wie wir es mit ihnen versuchen wollten? Waren wir blind, daß wir Asars Ideen so willig folgten? Oder wollten wir blind sein, weil wir der Versuchung erlagen?

Was unternahmen wir nicht alles, um unsere Idee, Asars Idee, zu verwirklichen. Wie oft verzweifelten wir, weil wir scheiterten, und wie oft trieb uns nicht Asars Wille weiter, bis wir wie er von dieser Idee besessen waren und nicht eher ruhen wollten, als bis es uns gelang.

Eines Tages fügte es der Zufall oder vielleicht auch ein unheilvolles Schicksal, daß wir alle zugleich zu Bewahrern der Onduril wurden. So blieb uns ein ganzes Jahr, um mit ihnen unsere Versuche anzustellen und dem Geheimnis auf die Spur zu kommen. Das Laurin herzustellen war uns immer ein leichtes gewesen, doch nun hatten wir auch die Onduril zur freien Verfügung und konnten die Teile zusammenfügen, sooft wir wollten.

Asar formte aus Laurin das Sitra, das man sich aufs Haupt setzen konnte. Im Sitra ruhte der Onduril und war dem Denken seines Trägers nahe. Doch scheiterten die ersten Versuche. Immer noch verwandelte der Stein nur seinen Träger.

Doch auch diese Aufgabe löste Asar. Heute denke ich oft, daß wir im Vergleich zu ihm wie spielende Kinder waren. Was hatten wir zum Gelingen dieser Idee denn jemals beigetragen? Nichts. Es war stets Asar, der den richtigen Weg fand, stets Asar, der niemals aufgab, wenn ein Versuch gescheitert war. Und wir folgten ihm in allem, was er unternahm.

Eines Tages fanden wir ihn allein vor den Steinen sitzen und lachen. Die ganze Nacht hatte er sie vor sich liegen gehabt und neben ihnen das Sitra. Jetzt saß er mit glühenden Augen da und wollte nicht aufhören zu lachen. Endlich beruhigte er sich und erklärte uns die Lösung, die so einfach war.

Die Lösung war der Kreis. Nie hatten wir daran gedacht, mehr als einen Stein zu benutzen. Ein Stein war nur wie ein in sich ruhender Punkt. Doch auch zwei Steine bildeten nicht mehr als eine Linie, an deren Enden die Kraft sich ins Leere verströmte. Drei und vier Steine schwächten den Strom der Kraft an den Ecken des Dreiecks und Vierecks. Erst fünf Steine bogen den Fluß der Kraft zum Kreis, denn erst das Fünfeck ist der Anfang des Kreises.

Im Kreis gerät der Fluß der Kraft in eine unentwegte Bewegung und steigert die Kraft der einzeln wirkenden Onduril ins Vielfache. Die Kraft, die hieraus entsteht, verleiht eine Macht, die sich über den, der sich ihrer bedient, erhebt und die mehr vermag, als nur ihn selber zu verwandeln. Das Laurin leitet diese Kraft nach seinem Willen und läßt ihn alles verwandeln, worauf sein Denken und sein Wille sich richten.

Es war uns gelungen. Wir hatten unser Ziel erreicht. Nun ja, es war Asar gelungen, und er hatte sein Ziel erreicht. Doch das sahen wir nicht, und wir wußten auch nicht, was mit dieser neu gewonnenen Macht anzufangen sei. Ich glaube, Asar wußte es in diesem Augenblick selber noch nicht. Noch waren wir vom Gefühl des Erfolges so beseelt, daß wir uns keine Gedanken über die Verwendung der Kraft, die wir gefunden hatten, machten. Wir brannten nur darauf, dem Rat der Edrahil das Sitra vorzuführen, und waren sicher, Lob und Anerkennung zu finden.

Doch es kam alles anders, als wir gedacht hatten. Der Rat der Edrahil war entsetzt über das, was wir entdeckt hatten, und stellte sich geschlossen gegen uns. Die sieben überstimmten uns. Sie verboten uns, unsere Versuche jemals zu wiederholen. Ja, sie wollten nicht einmal einen Versuch sehen. Sie erinnerten uns an den Untergang der alten Welt und warfen uns vor, nichts anderes erschaffen zu haben als eben jene Kraft, welche die alte Welt zerstört hatte.

Wie hart war der Sturz aus unseren Träumen zurück in die Wirklichkeit! Wir mußten einsehen, daß die anderen Edrahil recht hatten, und versprachen, die Versuche zu beenden. Wir gingen auseinander, ohne einander anzusehen, um nicht die eigene Scham im Blick der anderen zu sehen. Lange mieden wir einander und trafen uns nur, wenn die Ratsversammlung uns zusammenrief.

Die Jahre vergingen, und andere Edrahil bewahrten die Onduril. Nie wieder traf es sich, daß unser einstiger Bund zugleich die Steine in Händen hielt. Und selbst wenn dies so gewesen wäre, so hätten wir es nicht gewagt, sie wieder im Sitra zusammenzufügen.

In diesen Jahren lernten wir die Feorner aus dem Volk der Duna kennen, die mit ihren Schiffen von Süden her nach Althaia gekommen waren. Wir nahmen sie freundlich auf, doch verbargen wir die Geheimnisse unserer Kräfte vor ihnen. Damals begegnete ich Horn, der die Feorner anführte. Die Neugier auf andere Völker erwachte wieder in mir und auch in manchen anderen der Edrain. Schon immer waren wir gerne gewandert und hatten die Balhijata im Norden und selbst die Tamahu in der Wüste des Ostens kennengelernt. Doch nun erfuhren wir noch von einem anderen Volk, und die Bekanntschaft mit den Feornern und die Reisen zu ihnen verdrängten lange Zeit jeden Gedanken an das Sitra.

Doch Asar konnte die Macht, die so greifbar nahe gewesen war, nicht vergessen. Eines Tages rief er den alten

Bund zusammen. Auf seine Bitte hin fanden wir uns bei ihm ein. Ich war überrascht, daß er wieder von dem Sitra sprach, denn ich hatte geglaubt, daß er jeden Gedanken daran aufgegeben hätte. Doch nun mußte ich hören, daß nicht nur er allein noch immer an das Sitra dachte. Advena war wie er noch immer von der Idee besessen, und auch Iva und Eria ließen sich allzuleicht von ihm bereden. Er bat uns, mit ihm gemeinsam den Rat zu überzeugen, das Sitra und seine Kraft noch einmal vorführen zu dürfen, um so beweisen zu können, daß es möglich sei, die Macht, die es verlieh, zu beherrschen und zum Guten zu nutzen.

Ich sträubte mich lange gegen seinen Vorschlag, doch als auch Advena, Iva und Eria mich bestürmten, gab ich schließlich nach und willigte ein, mit ihnen vor den Rat zu treten und um eine Gelegenheit, das Sitra vorzuführen, zu bitten. Ich selbst war der einzige unseres Bundes, der in diesen Tagen einen der Onduril bewahrte, doch ich erklärte mich bereit, den Stein für den Versuch herzugeben.

Es ging leichter, als wir gedacht hatten. Einige der alten Edrahil waren inzwischen gestorben, und jüngere waren an ihre Stelle getreten, die wie wir damals leicht für eine neue Idee zu begeistern waren und die ebenso gerne, blind für das Vergangene, der Versuchung erlagen. Die Alten wurden überstimmt und der Tag festgesetzt, an dem das Sitra vorgeführt werden sollte.

Die Zeit bis zum festgesetzten Tag verging rasch. Doch wenige Tage, bevor es soweit war, hatte ich ein Erlebnis, das mir die Augen für Asars wahre Absichten öffnete. Ich wollte spät am Abend noch eine Schriftrolle aus der Bibliothek holen. Als ich dort eintrat, sah ich Asar am Fenster stehen. Er bemerkte mich nicht, denn es brannte nur wenig Licht. Asar hielt das Sitra in den Händen. Ich konnte sein Gesicht sehen und seine Augen, die seltsam und bedrohlich funkelten. Plötzlich hob er mit einer jähen Bewegung das Sitra hoch über sein Haupt und setzte es sich auf. Dann streckte er einen Arm aus und machte eine gebieterische Geste. Sein Gesicht war hart geworden, und seine Augen blickten kalt. Ich begriff nur zu gut, was in ihm vorging. Das Sitra sollte seine Krone sein und die Macht des Sitra ihn zum unumschränkten Herrscher machen. Wenn der Tag der Vorführung kam, würde er alle Onduril im Sitra vereinen, und niemand würde sich seiner Macht widersetzen können. Er würde die Onduril nicht wieder aus der Hand geben. Niemals!

Unbemerkt zog ich mich zurück. Fieberhaft überlegte ich, was zu tun sei. Ich konnte Asars Verrat nicht beweisen, denn es würde nur mein Wort gegen das seine stehen. Es mußte mir gelingen, ihn vor allen zu entlarven. Ich faßte einen Plan. In aller Heimlichkeit stellte ich einen falschen Onduril her, der dem echten täuschend ähnlich sah, aber natürlich nicht seine Kraft in sich barg. Doch Asar würde die Steine nicht voneinander unterscheiden können, bevor er nicht ihre Kraft nutzen wollte.

Endlich kam der Tag der Vorführung, und der Rat trat zusammen. Asar bat uns in aller Form, ihm die Steine für diesen Versuch zu überlassen, damit er beweisen könne, daß die Macht des Sitra zum Wohle des ganzen Volkes zu nutzen sei. Er wirkte bescheiden und hatte sich in der Gewalt. Es gelang ihm, seine wahren Absichten vor der Prüfung der Edrahil zu verbergen. Selbst ich konnte nichts an ihm bemerken, was meinen Argwohn hätte bestätigen können. Wäre das Erlebnis in der Bibliothek nicht gewesen, ich hätte mich wie alle täuschen lassen.

So übergaben ihm alle Ondurilbewahrer die echten Steine und ich ihm meinen falschen. Wenn ich mich getäuscht hatte und seine Absichten ehrbar waren, so wollte ich gerne zugeben, mit der Vertauschung der Steine unrecht gehandelt zu haben. Doch Asar bestätigte all meine Befürchtungen.

Kaum hatte er die Steine im Sitra vereint, setzte er sich das Sitra auf das Haupt und schien vor unseren Augen zu wachsen, eine solch große Bedrohung strahlte plötzlich von ihm aus. Deutlich fühlten alle die Verwandlung, die mit ihm vorging, und wichen entsetzt zurück. Nur Advena stürzte auf ihn zu und wollte ihm die Steine entreißen.

›Zurück!‹ fuhr er sie mit verzerrter Stimme an. ›Keiner

wage es, mir zu nahe zu kommen, oder er soll eine Gestalt annehmen, die er nie wieder verlassen wird. Alles liegt nun in meiner Macht. Ihr könnt euch aussuchen, ob ihr zur Schlange, zu Stein oder gar in Nichts verwandelt werden wollt. Hütet euch, mir in den Weg zu treten. O ihr Kleinmütigen, die ihr euch vor der Macht des Sitra fürchtet, weil sie zu groß ist für euch. Nur Asar ist dieser Macht würdig, nur Asar hat das Recht, sie zum Wohle aller zu nutzen. Doch wer das Gute, das ich zu geben weiß, nicht will, der mag erfahren, daß ich auch die dunkle, die vernichtende Seite der Macht zu gebrauchen weiß. Ich, Asar, bin euer aller Herr. Die Zeit der Weichheit und Feigheit ist vorbei. Die alte Stärke der Edrain kehrt endlich wieder zurück!‹

Da trat ich ihm entgegen.

›Was ist mit dir, Draba? Guter Draba. Zögernder Draba‹, sagte er mit höhnischer Stimme und lachte über mich. ›Willst du dich mir widersetzen? Nun, ich bin großzügig. Du kannst wählen, in welche Gestalt du verwandelt werden willst.‹

Ich antwortete ihm nicht, sondern zeigte ihm nur schweigend den echten Onduril. Asar erbleichte, und es schien, als müßte er auf der Stelle zusammenbrechen. Er schwankte und konnte sich kaum auf den Beinen halten. Ohne ein Wort von mir hatte er begriffen, was ich getan hatte. Widerstandslos ließ er sich das Sitra und die Onduril abnehmen. Er wurde auf sein Zimmer geführt und die Tür versperrt. Wächter standen vor der Tür. Der Rat beschloß, das Urteil über ihn am nächsten Tag zu fällen.

Doch noch in dieser Nacht entfloh Asar. Die Wächter fanden wir tot vor seiner Tür. Er hatte sich in den Ratssaal geschlichen und das leere Sitra, das dort zurückgeblieben war, mit sich genommen. Wir waren zu leichtsinnig gewesen.

Wir wußten, daß Asar alles unternehmen würde, um die Steine an sich zu bringen und sich an uns zu rächen. Doch noch glaubten wir, daß er keine große Gefahr sein konnte, und verstärkten nur die Bewachung der Onduril. Selbst Asar würde die Steine nicht entwenden können. Es war ihm nicht gelungen, ein Schiff zu stehlen, und so hatte er über Land fliehen müssen. Wir fanden seine Spuren und folgten ihnen bis zu den Sümpfen von Cycros. Dort verloren sie sich, und wir dachten, daß er in den Sümpfen oder den Vulkanen den Tod finden würde.

Doch dann kam Horn zu uns und berichtete uns von Asars Ankunft bei den Feornern. Nun war er eine wirkliche Bedrohung geworden, denn die Feorner würden seinem Willen nicht standhalten können und seine Werkzeuge sein. Ich war damals nicht in Althaia, sonst hätte ich Horn niemals zurückkehren lassen. Doch die anderen Edrahil warnten Horn nur vor Asar, ohne ihm allerdings die ganze Wahrheit zu sagen. So ließen sie ihn unwissend in sein Verderben laufen. Als ich zurückkehrte, war es zu spät, um ihn noch erreichen und aufhalten zu können.

Was sollte nun geschehen? Sollten wir die Feorner angreifen und versuchen, Asar gefangenzunehmen? Doch viele Feorner würden dabei fallen, und nicht wenige der Edrain müßten ihr Leben lassen. Niemand von uns wollte dieses Blutvergießen und vor allem nicht den Tod der schuldlosen Feorner. Wir mußten einen anderen Weg finden.

So beschlossen wir, die Steine über ganz Erdherz zu verteilen und an sicheren Orten zu verbergen. Fünf Gruppen der Edrain brachen mit je einem der Steine auf und sollten erst wieder zurückkehren, wenn Asar nicht mehr lebte und die Gefahr vorbei war. Denn auch ein Asar ist nicht unsterblich und seine Zeit begrenzt. Keine der Gruppen wußte vom Versteck der anderen, und auch die in Althaia Zurückgebliebenen kannten nicht die Verstecke der fünf Onduril. So glaubten wir uns in Sicherheit, denn wir waren überzeugt, daß es ihm nicht gelingen würde, auch nur einen der Steine zu entdecken. Und wenn doch? Nun, selbst wenn er einen oder sogar zwei von ihnen fand, die Spanne seines Lebens würde zu kurz sein, sie alle zu finden.

Noch aber galt es, die Stadt Althaia vor einem unsinnigen Angriff Asars und der Feorner zu schützen und unnötiges Blutvergießen zu vermeiden. Also verrieten wir Asar unseren Plan. Deutlich sichtbar hängten wir rings um die Stadt Botschaften an die Bäume, denn wir ahnten, daß Asar Späher vorausschicken würde, um unsere Vorkehrungen gegen einen Angriff auszukundschaften. Wirklich war eine der Botschaften bald verschwunden, und Asar schenkte ihr Glauben und griff die Stadt nicht an. Die Jagd nach den Onduril hatte begonnen.

Doch nur ein Jahr war vergangen, als auch schon die erste der Gruppen zurückkehrte und berichtete, daß Asar ihr Versteck entdeckt und den Stein gestohlen hatte, obwohl sie den Stein gut bewacht hatten. Im dritten Jahr kehrte die zweite Gruppe zurück und nur ein Jahr später die dritte. War unser Plan gescheitert? Würde Asar die Steine doch alle finden? Drei waren schon in seiner Hand. Viel fehlte nicht mehr, und der Kreis des Sitra würde sich schließen.

Dann aber vergingen viele Jahre, ohne daß eine weitere Gruppe zurückkehrte. Seltsam war nur, daß Asar nach vier Jahren Wachen rund um die Stadt aufstellte und Althaia beobachten ließ. Warum erst nach vier Jahren und nicht gleich zu Beginn? Nun, inzwischen wissen wir es. Er hatte die Gruppe um Advena gefunden. Der Versuch, den Onduril zu stehlen, muß entdeckt worden sein, und es hat ein Kampf stattgefunden, dem nur Advena mit Eja und dem Onduril entkommen ist. Ich glaube nicht, daß noch andere der Edrain den Kampf überlebt haben, denn nie ist einer nach Althaia zurückgekehrt. Auch Advena ließ auf der Flucht am Raunafall ihr Leben. Doch da Asar nicht wußte, daß Eja noch lebte, mußte er annehmen, daß Advena uns eine Botschaft schicken würde, damit wir erfuhren, wo sie den Stein versteckt hatte. Asar war überzeugt, daß Advena den Stein nicht vernichten würde. Er mußte es einfach glauben, denn sonst wären all seine Bemühungen vergeblich gewesen.

So stellte er Wachen um Althaia auf, welche die Botschaft abfangen sollten oder uns beobachten, wenn wir versuchen würden, den Stein zu finden. Doch keine Nachricht erreichte uns, niemand verließ Althaia, um den Stein zu holen, und Asar suchte viele Jahre vergeblich das Versteck des fünften Onduril. Eja wuchs bei den Brasen auf, ohne von ihrer wahren Herkunft zu wissen und ohne daß Asar etwas von ihr erfuhr. Wie muß Asar gelitten haben? Er wußte nicht genau, ob Advena den Stein nicht vernichtet hatte. Er konnte nur hoffen, daß sie es nicht getan hatte. Er fand den letzten Onduril nicht, und seine Lebenszeit lief ab.

Doch eines Tages fanden seine Schergen endlich das letzte Versteck. Asar wandte eine List an, um uns zu zwingen, das Versteck des vierten Steines aufzusuchen und somit zu verraten. Denn er mußte annehmen, daß wir es kannten, aber nicht nach dem Stein suchten, um ihn nicht zu verlieren. Was hätte er anderes denken sollen? Wußten wir nicht, wo der Stein Advenas war, war all sein Tun vergeblich.

So stahl er den Stein, als die Edrain sich in Bäume verwandelt hatten, um Kraft für die lange Zeit des Wartens zu finden. Doch zuvor beeinflußte er Tanits Denken und gab ihr den Wunsch ein, wie einer der Dolgan zu werden, die sie täglich über sich hinwegfliegen sah. Ich habe lange mit Tanit darüber gesprochen, wie sie auf diesen Wunsch gekommen ist. Ich bin mir sicher, daß sie es nicht selber war, die auf diesen Wunsch verfiel, sondern daß ihre Gedanken von Asar gelenkt wurden. Daß er sich Tanit ausgesucht hat, ist kein Wunder, denn sie war jung und empfänglicher für seinen Einfluß als die erwachsenen Edrain. Auch war dies ihre erste Wandlung, so daß es ein leichtes war, sie vom vorgeschriebenen Weg abzubringen. Es ist klar, was er damit bezweckte. Denn Tanit würde nach Althaia fliegen, um Hilfe für die verwandelten Edrain zu holen. Doch Asar vergaß dabei, daß Tanit den Weg nach Althaia nicht kannte, denn sie war nicht in Althaia geboren und hatte nur von der Stadt gehört. Hier machte er einen Fehler, der seinen Plan vollkommen zunichte hätte machen können.

Doch das Schicksal spielte in Asars Hände. Tanit verirrte sich und kam ins Raunatal, wo sie mit Eja zusammentraf. Mit Eja, die wußte, wo der letzte Onduril zu finden ist. Gemeinsam seid ihr nach Althaia aufgebrochen, um Ejas Erinnerung an das Versteck des Steines zu wecken. So kam die Botschaft durch euch unwissentlich nach Althaia und mehr noch, denn Asar erfuhr von Eja. Doch auch wenn er mit seinem Versuch, Eja das Geheimnis selber zu entreißen, gescheitert ist und die Erinnerung nun noch tiefer verborgen liegt, so hat sich für uns doch nichts geändert. Noch immer müssen wir in seinem Sinne handeln, denn wenn wir die Edrain und auch Tanit nicht ihrer Verwandlung überlassen wollen, müssen wir versuchen, Ejas Erinnerung wiederzugewinnen und den Stein zu finden.«

Draba war am Ende seiner Erzählung angelangt und schwieg. Sie saßen am Meer auf den von der Sonne erwärmten Felsen und blickten auf die goldene Straße, welche die untergehende Sonne auf die Wellen legte.

Was hatte das Gehörte mit dieser friedlichen Welt zu schaffen? War es nicht nur ein Märchen, das die Amme den Kindern vor dem Schlafengehen erzählt? Nein, es war mehr, war wirklich und legte sich wie ein unsichtbarer, aber fühlbarer drohender Schatten über das friedliche Bild des Abends.

Horn brach als erster das Schweigen. Leise sagte er: »So sind wir gezwungen, in Asars Sinn zu handeln, weil wir nicht anders können. Sein Plan ist vollkommen und läßt uns keinen Ausweg.«

»Ja«, antwortete Draba. »Uns bleibt keine andere Wahl, denn keiner von uns will ein Blutvergießen. Natürlich könnten wir die Asari angreifen, und vielleicht würde es uns sogar gelingen, sie und Asar zu besiegen. Aber um welchen Preis?«

»Und doch wäre dieser Preis nicht zu hoch, um Erdherz vor dem Untergang zu bewahren«, meinte Far-Uhl.

»Das stimmt«, sagte Draba. »Doch wer fällt das Urteil über die, welche diesen Blutzoll zu zahlen haben? Und wer gibt uns die Gewißheit, daß wir siegen werden? Auf freiem Feld sind die Asari zu besiegen, das haben die Merod bewiesen. Doch im Schutz ihrer Schildburg sind sie stark und können ausharren, ohne daß es gelingen mag, Asar die Onduril abzunehmen.«

»Ich wollte mit dem, was ich sagte, nicht das Schicksal der Edrain und der Asari gering achten, nur um mein eigenes Volk zu retten«, erwiderte Far-Uhl. »Die Balhi-jata sind tapfer und fürchten keine Gefahr. Niemals würden sie andere opfern, um sich selbst zu retten. Wir werden zu euch stehen, wohin das Schicksal uns auch führen mag.«

»Ich habe nie an euch gezweifelt«, sagte Draba. »Die Freundschaft unserer Völker ist alt und wird auch diese Probe bestehen. Doch es wird Zeit, den Rat entscheiden zu lassen, was nun geschehen soll. Morgen wird der Rat zusammentreten. Er bittet euch alle, an seiner Versammlung teilzunehmen. Ihr kennt nun die Geschichte der Edrain und die Geschehnisse der Vergangenheit. Ihr wißt um die Ursachen der Gefahr, in der wir uns heute befinden. Überdenkt das, was ihr gehört habt. Morgen wollen wir gemeinsam über die Zukunft unserer Völker beraten.«

Der Rat der Edrahil

»Eja, schläfst du noch?« flüsterte Tanit.

»Nein«, antwortete Eja. »Ich bin schon lange wach. Ich konnte nicht mehr schlafen.«

Tanit rückte dicht an sie heran und schmiegte sich an Ejas Hals. Das erste zaghafte Sonnenlicht drang durch die Läden des Fensters, und vereinzelt waren schon die Stimmen der Vögel zu hören. Eja spürte, daß Tanit zitterte.

»Was ist mit dir?« fragte sie leise.

»Ich habe Angst«, antwortete Tanit. »Erst seit gestern, seit all dem, was Draba uns erzählt hat, verstehe ich die Gefahr, in der wir uns befinden. Es ist alles so schrecklich, so unfaßbar und so groß. Hast du denn keine Angst?«

»Doch«, sagte Eja und lächelte schmerzlich. »Doch, ich habe auch Angst. Aber nach all dem, was ich erlebt habe, nach all den Schmerzen und dem Kampf, fürchte ich mich nicht mehr vor meiner Angst. Es ist anders jetzt. Die Angst ist etwas, was mir Kraft gibt, mich zu wehren und nicht aufzugeben.«

»Du hast dich sehr verändert, Eja. Du bist so anders als damals, als ich ins Raunatal gekommen bin.«

»Ja, ich weiß«, sagte Eja. »Es ist so viel geschehen. So viel Schönes und Schreckliches. Ich habe viel verloren und viel dazugewonnen. Ich habe keine Heimat mehr, denn ich bin weder eine Brasin noch eine Edrain. Und ich habe wertvolle Erinnerungen verloren. Doch in mir wurden auch Kräfte erweckt, die ich vorher nicht kannte. Das Laurinband, die lange Wanderung, der tiefe Schlaf im Tal der Kiklits, der Kampf mit Asar, all das hat mich stark gemacht. Es ist noch nicht einmal ein Jahr vergangen, seit wir das Raunatal verlassen haben, und doch fühle ich mich um viele Jahre älter. Aber du, Tanit, bist auch nicht mehr die alte, nicht wahr?«

»Ja«, sagte Tanit. »Ich bin wirklich nicht mehr die alte.«

Plötzlich begann sie zu weinen. Ihr Körper wurde von einem wilden Schluchzen geschüttelt.

»Tanit, liebe kleine Tanit. Was ist denn?« fragte Eja und nahm den zarten Vogelkörper fest in die Arme. »Weine doch nicht. Es wird ja alles gut.«

»Ach, Eja«, schluchzte Tanit. »Ich möchte so gerne wieder ein Mensch werden. Ich will kein Vogel mehr sein. Und ich will meine Familie und meine Freunde wiedersehen, als Menschen und nicht als Bäume. Ich halte das nicht mehr aus.«

Eja biß sich auf die Lippen. Sie hatte großes Mitleid mit Tanit und hätte ihr gerne geholfen. Doch was sollte sie tun? Nur ein Onduril konnte Tanit und ihr Volk befreien.

»Kannst du dich denn gar nicht erinnern, wo der Stein ist?« fragte Tanit.

»Nein«, antwortete Eja. »Es tut mir leid, daß ich dir nicht helfen kann. Aber ich kann mich nicht erinnern. Seit dem Kampf mit Asar ist es noch schlimmer geworden. Immer wenn ich versuche, mich an meine Mutter und das Versteck des Onduril zu erinnern, wird es dunkel in mir. Es geht einfach nicht.«

Tanit schluckte ihre Tränen herunter und versuchte, sich zu beruhigen. Nun wollte sie Eja trösten.

»Du kannst ja nichts dafür«, sagte sie. »Aber vielleicht finden die Edrahil ein Mittel, dir die Erinnerung zurückzugeben.«

»Ja, vielleicht«, meinte Eja. Doch sie sagte nicht, was sie wirklich dachte. Denn wenn Draba keinen Weg wußte, dann würden es die anderen Edrahil auch nicht wissen. Sie konnte nicht recht glauben, daß sie sich je wieder erinnern würde.

Jock kam in ihr Zimmer und scheuchte sie aus dem Bett. Eilig aßen sie gemeinsam im Hof und warteten darauf, daß Draba sie abholen würde. Doch es war nicht Draba, der sie holte, sondern einer der Wächter der Stadt. Wie alle Edrain hatte er ein einfaches Gewand aus festem grünen Leinen an, doch trug er darüber einen geschwärzten Brustpanzer und einen ebensolchen Helm. An seiner Seite hing ein langes Schwert. In der Hand hielt er die Botschaft der Edrahil, die sie feierlich zur Versammlung rief.

Tanit las ihnen die Botschaft vor, denn sie war die einzige, die lesen gelernt hatte. Dann folgten sie dem Wächter zum Ratssaal. Wieder gingen sie hinter das Haus und erstiegen den Turm, der sie zu den Häusern des Wissens führte. Dort wandten sie sich nach Westen, bis sie die Säulenhalle erreichten und den Platz vor dem Ratsgebäude betraten. Das Tor stand offen. Zu beiden Seiten standen Wachen mit langen Lanzen. Der Wächter, der sie begleitet hatte, verließ sie am Fuße der Treppe und übergab sie den Wachen am Tor. Langsam stiegen die Gefährten die Stufen hinauf und betraten den Ratssaal.

Es dauerte eine Weile, bis sich ihre Augen an das Dunkel gewöhnt hatten. Das Licht, das die Sonne durch das hohe Tor warf, drang nur ein Stück weit in den Saal. Alles andere dahinter versank in einem grünlich schimmernden Dunkel. Doch als die Wächter das Tor hinter ihnen schlossen, trat an die Stelle des Sonnenlichts ein anderes Licht, in dem sie bald alles deutlich erkennen konnten.

Staunend standen sie da und vergaßen ganz, wozu sie gekommen waren und wer sie hier erwartete. Der Saal erhob sich so hoch über ihnen und war so weitläufig, daß sie sich klein und verloren vorkamen. Durch Fenster, die sich erst weit oben an den Wänden öffneten, fiel helles grünes Licht. Es war, als würden große Kristalle die Fenster ausfüllen. Eja faßte unwillkürlich nach dem Laurinband an ihrem Hals. Die Freunde bemerkten ihre Bewegung und verstanden sogleich. Es war Laurin, was sie sahen. Dünne Platten aus Laurin schlossen die Fenster und ließen das Licht der Sonne grün erscheinen.

Erst allmählich wandten sich die Freunde von dem Spiel des Lichtes ab, das sie zu verzaubern schien. Ihr Blick sank an den Wänden herab. Mächtige Säulen teilten die Wände, und hohe Bilder mit Darstellungen aus der Geschichte der Edrain schmückten sie. Dann erst bemerkten sie die große Tafel in der Mitte des Saales, an der die Edrahil geduldig und lächelnd auf sie warteten. Ein seltsames Leuchten erhellte die gewaltige Tafel, und wieder erkannten die Freunde das Laurin. Der Fuß und die runde Platte des Tisches waren ganz aus demselben Kristall gebildet. Das Licht, das durch die Fenster fiel, fing sich in der durchscheinenden Form der Tafel und erfüllte sie mit einem magischen Leuchten. Es schien, als würde ein geheimnisvolles Leben von der Tafel ausgehen. Zwölf hohe Sessel aus demselben leuchtenden Kristall standen um den Tisch verteilt und waren der Sitz der Edrahil. Doch es waren nur neun Edrahil, die sich hier versammelt hatten. Drei der Sitze blieben leer. Dort hatten einst Asar, Advena und die Edrahil Irea, die Tanits Volk nach En'Nuris, dem verborgenen Tal der Vögel, geführt hatte, gesessen.

Eja blickte die Gesichter der Edrahil an. Sie sah alte und junge Gesichter, von denen sie nur Draba kannte. Doch alle waren sie von derselben Ruhe erfüllt, die sie an Draba bewunderte. Freundlich blickten sie ihr entgegen, und nichts ließ den ernsten Grund und die große Gefahr vermuten, die sie hier zusammengeführt hatten.

Als die Freunde an die Tafel herantraten, erkannten sie ein Band aus Schriftzeichen, das mit silbernen Lettern in das Grün des Laurins eingelassen worden war. Tanit versuchte, die Buchstaben zu lesen, doch da ergriff Draba das Wort und lenkte ihre Aufmerksamkeit von den Zeichen der Schrift ab.

»Ich bin gebeten worden, euch im Namen des Rates willkommen zu heißen und, da ich euch kenne, dem Brauch entsprechend, eure Namen und eure Herkunft vor dem Rat zu nennen.

Sei willkommen, Horn Elder vom Stamm der Feorner aus dem Volk der Duna. Tief in eurer Schuld steht unser Volk, doch ist der heutige Rat gewillt, diese Schuld, wie immer es nur möglich ist, zu tilgen. Dreifachen Schaden haben die Edrain den Duna gebracht. Wir haben euch aus Altsiedelland vertrieben, als ihr uns noch die Odradek nanntet, durch unsere Schuld sind euch die Tiefen Lande verlorengegangen, und endlich hat Asar die Feorner in seinen Bann geschlagen und großes Unglück über euer Volk gebracht.

Sei willkommen, Jock Aiting vom Stamm der Brasen aus dem Volk der Duna. Was wir Horn schulden, gilt auch für dich. Dir und Horn und eurem ganzen Volk sagen wir Dank für das, was ihr für unser Volk getan habt. In eurer Obhut lebte Eja, Advenas Tochter. Durch euren Mut und eure Tapferkeit hat sie Althaia erreicht.

Sei auch willkommen, Far-Uhl aus dem Volk der Balhijata. Alte Freundschaft hat dein Volk vermehrt durch das, was es für Eja und also für alle Edrain getan hat. Gerne denken die Edrain an Kiritavat, die Frühlingsinsel, und an die Eneti, die weisen Herrinnen. Dank sei euch für eure Gastfreundschaft und die Tapferkeit eurer Jäger.

Sei willkommen in der alten Heimat, Tanit, zurückgekehrte Tochter der Edrain. Ein großes Opfer hat deine Familie, haben deine Freunde zum Schutze des ganzen Volkes gebracht. Was immer wir vermögen, soll getan werden, um dich und deine Familie aus der langen Verwandlung zu befreien.

Sei willkommen, Eja, Advenas Tochter, Kind der Edrain und der Brasen. In dir kehrt uns die verlorene Freundin zurück. Du trägst das Laurinband, das Advena getragen hat. Auf dir lastet die Aufgabe, die Advena auf sich genommen hatte. Was geschehen ist, hat dich zur Edrahil gemacht und würdig, das Laurin zu tragen. Es bedarf keiner Zustimmung des Rates, um dir diese Würde zu gewähren. Das Schicksal hat dich zu dem gemacht, was du bist, und es ist nicht an uns, die Wege des Schicksals zu mißachten. So nimm denn den Platz ein, den deine Mutter einst innehielt. Viel hast du geleistet, und noch vieles wird dir abverlangt werden.«

Zögernd nahm Eja auf dem Sessel Platz, den die Edrahil ihr zuwiesen. Noch trug sie die Kleidung der Brasen und fühlte sich als Fremde unter den Edrahil. Zwei Wächter brachten Stühle für Horn und Jock. Tanit blieb auf Ejas Schulter sitzen, und Far-Uhl stellte sich hinter die Freunde. Er war unruhig geworden, als die Tore hinter ihnen zufielen, doch war der Saal so hoch und weit, daß er den Aufenthalt in diesem geschlossenen Raum ertrug.

Eja fühlte, daß die Edrahil ihre Antwort erwarteten.

»Ich weiß nicht, ob ich wirklich eine Edrahil bin, und auch nicht, was es heißt, eine zu sein«, sagte sie. »Ich weiß nicht einmal, wohin ich gehöre und wer ich eigentlich bin. Die Heimat, in der ich aufwuchs, ist mir fremd geworden, und die Heimat meiner Mutter und des Volkes, dem ich entstamme, ist mir nicht weniger fremd und auch kaum bekannt. Was weiß ich von den Sitten der Edrain? Nie habe ich in den Häusern des Wissens gelernt. Ich kann nicht einmal die Schrift auf dieser Tafel lesen. Wollt ihr mich dennoch aufnehmen und als eine der euren betrachten, trotz alledem?«

Die Edrahil lächelten, und eine von ihnen sagte:

»Mein Name ist Iva. Ich habe wie deine Mutter zu dem Bund gehört, der die Schuld mit Asar zu teilen hat. Glaubst du, ich sei würdiger, eine Edrahil genannt zu werden, als du? Nicht das, was du weißt oder was du bist, macht dich zur Edrahil, sondern das, was du getan hast, und die Bürde, die dir gegen deinen Willen auferlegt wurde. Was du nicht weißt, kannst du noch erlernen, und die Heimat, die du suchst, wirst du eines Tages finden. Doch die Aufgabe, die das Schicksal dir auferlegt hat, ist größer noch als die Würde, die wir dir zugestehen. Du bist mehr als eine Edrahil, denn in dir ruht die Hoffnung unseres Volkes und aller Völker von Erdherz.«

»Iva hat wahr gesprochen«, sagte Draba. »Niemand kann ganz ermessen, was die Zukunft bringen mag. Doch die Kraft des Laurin verleiht den Edrahil die Gabe, Dinge zu sehen, die anderen verborgen bleiben. Wir wissen nicht, ob dich dein Weg in eine glückliche Zukunft oder in den Untergang führen wird, aber wir wissen, daß du vom Schicksal bestimmt bist, die Zukunft von Erdherz zu entscheiden. Dies ist eine große Verantwortung, aber niemand kann sie dir abnehmen. Man kann seiner Bestimmung nicht entgehen.«

Eja war blaß geworden. Sie erkannte, daß sie insgeheim, ohne sich selbst darüber im klaren zu sein, immer gehofft hatte, in Althaia von der Last, die sie so lange getragen hatte, befreit zu werden. Sie fühlte sich so jung und schwach. Plötzlich kam sie sich allein und verlassen vor.

Jock schien ihren Kummer zu spüren und zu verstehen. Er hatte, während Iva und Draba sprachen, immer wilder in der Runde umhergeblickt und konnte nun nicht mehr an sich halten. Entschlossen sprang er auf und sagte grimmig: »Also jetzt hört sich doch alles auf. Ihr tut ja so, als müßte Eja das Schicksal der ganzen Welt allein auf ihren Schultern tragen. Ich weiß ja nicht, wie es mit euch steht, aber ich kann euch sagen, daß Eja Freunde hat, die sie nicht allein lassen werden. Es soll nur kommen, das Schicksal, ich bin dabei. Ich pfeife auf die Zukunft und das ganze Gemunkel drumherum.«

Heftig setzte er sich wieder und schickte zornige Blicke um sich. Die Edrahil sahen ihn erstaunt an. Draba aber lächelte und sagte: »Nun, Freund Aiting, an eurer aufrichtigen Treue zweifelt niemand. Wir wissen alle, was gute Freunde wert sind. Wir haben euch nicht vergessen und wollten euch auch nicht ausschließen. Die Zukunft, auf die du so pfeifst, wird weisen, welchen Anteil ihr am Gelingen unserer Unternehmungen haben werdet. Dennoch wollen wir, mit deiner Erlaubnis, nichts unbedacht lassen und alles, wie es not tut, zur Sprache bringen.«

Jock wurde rot bis zu den Ohren. Nun ja, er für sein Teil hatte gesagt, was er sagen mußte, und wenn er zu weit gegangen war, dann konnte er es auch nicht ändern. Stumm nickte er nur und zog trotzige Falten auf der Stirn.

Da erhob sich Eja und trat zu Jock. Sie schloß ihn in die Arme und küßte ihn voll Dankbarkeit auf die Stirn.

Wie rot kann ein Brase werden? Nun, Jock gab sich alle Mühe, dies zu erproben und glühte wie ein reifer Apfel. Da lachten alle, und auch Jock schloß sich ihrem Lachen an, und die Spannung im Saal legte sich.

Lange währte die Versammlung, die nun folgte. Asars Taten und Listen wurden besprochen und die Vorkehrungen und Fehlschläge der Edrain. Große Landkarten wurden hervorgeholt und auf ihnen die Bewegungen der Asari und die Reise der Freunde nachgezeichnet. Zum ersten

Mal sahen die Freunde Landkarten und hatten Erdherz vor Augen. Was sie sich nur hatten vorstellen können, war hier sorgfältig festgehalten. Sie sahen das große Atlangebirge, das sich von Nordwesten bis weit nach Osten und Süden erstreckte, mit vielen Ausläufern in die entlegensten Teile der bekannten Welt. Sie sahen das Raunatal, die Wüste und die Stadt der Tamahu, das Nordmeer und Kiritavat, die Frühlingsinsel. Sie konnten ihren Weg durch das Gebirge verfolgen und fanden den Sandarak und den Djerriba-Paß wieder. Samiria und Althaia waren zu sehen und weit entfernt im Südosten der Tarnafjord und die Schildburg der Asari. Dort verbarg sich Asar, dort wurden die Gedanken geboren, die Erdherz bedrohten. Dazwischen lagen hohe Gebirge, der Silberwald, die Sümpfe und Vulkane, und doch war nichts hoch und unwegsam genug, um die Gefahr zu bannen.

Doch gab es auch weiße Flecken auf diesen Landkarten, denn viele Gegenden von Erdherz hatte noch kein Edrain betreten, und selbst vieles, das verzeichnet war, kannten die Edrain nur aus Berichten anderer. Auch jetzt wieder fügten die Edrahil den Landkarten das hinzu, was sie von den Freunden erfuhren. So wurden zum ersten Mal die Nebelfelder und die Schluchten zwischen ihnen und der Wüste und zum ersten Mal auch das Tal der Kiklits auf den Karten der Edrain verzeichnet, und einige der weißen Flecken schlossen sich. Doch immer noch blieb vieles unbekannt.

Endlich versuchten sie, den Weg, den Advena auf ihrer Flucht vor den Asari gegangen sein mußte, zurückzuverfolgen. Doch sie wußten nur wenig über die Gebirge des Ostens, aus denen Advena gekommen zu sein schien, so wie es ihre Spuren Horn verraten hatten. Es war auch ungewiß, ob sie auf ihrer Flucht nicht die Richtung geändert hatte und das Versteck der Edrain nicht ganz woanders zu suchen sei. Sie gaben es auf. Auf diese Weise ließ sich nicht feststellen, wo der Onduril zu finden wäre, geschweige denn, das genaue Versteck erraten.

Es war vergeblich. Die Karten wurden wieder zusammengerollt und von den Wächtern mitgenommen. Die Versammlung mußte nun den Beschluß fassen, was zu tun sei. Draba ergriff nach kurzem Schweigen das Wort:

»Einst glaubten die Edrain, sie könnten allen Hader und Zwist aus der Welt schaffen und durch gerechte Gesetze und eine gute Verfassung andauernden Frieden finden. Die zwölf Edrahil traten an die Stelle des Einen, des Fürsten, denn in seiner Macht glaubten wir den Grund allen Unheils zu sehen.

In dieser Tafel der Versammlung wurde unser erstes Gesetz festgeschrieben. Diese Schrift, die ihr zu lesen versucht habt, nennt dieses Gesetz. Tara onel lait kelem it Edrahil naim. Es sei zu keiner Zeit unter den Edrahil einer der Eine. Gleichheit sollte herrschen und keiner sich über die anderen erheben.

Doch die Kraft, auf die wir unsere Stärke und unsere Gerechtigkeit bauten, war zugleich unsere größte Versuchung. Einer unter uns erlag dieser Versuchung, und blind folgte ihm manch anderer ein Stück seines unheilvollen Weges. Asars Schuld ist immer auch die Schuld aller Edrain, denn sie ist Teil der Geschichte unseres Volkes und wird uns nicht verlassen, solange wir die Onduril besitzen. Und lange noch wird der Platz Asars in dieser Runde leer bleiben und uns an unsere Schuld mahnen.

Nun droht sich die Macht der Onduril wieder gegen uns zu richten, wie sie es einst schon einmal getan hat. Damals ging die Welt unter, die wir kannten, und wieder droht ein gleiches Schicksal uns und viele andere Völker zu ereilen.

Fünf Onduril schließen den Kreis im Sitra der Macht. Vier der Onduril hat Asar bereits im Sitra vereint. Nur einer der Steine entscheidet noch über das Schicksal von Erdherz. Besser wäre es, er käme nie wieder zum Vorschein. Doch Asars List zwingt uns, gegen besseres Wissen zu handeln, wenn wir nicht die opfern wollen, die wir mit Hilfe des einen Onduril befreien und retten können. Doch dies müssen wir nicht mehr entscheiden, denn die Entscheidung ist bereits gefallen. Wir wollen sie nicht opfern. Wir können nicht handeln wie Asar, und Asar weiß dies.

Doch Asar selbst hat den Weg zu dem letzten der Onduril versperrt, als er versuchte, ihn an sich zu reißen. Ejas Erinnerung an das Versteck des Onduril liegt im Verborgenen, und es scheint keinen Weg dorthin zu geben. Doch wenn einer weiß, wie wir die Erinnerung wiedererwecken können, so erhebe er sich und spreche!«

Niemand antwortete ihm. Alle blickten einander nur ratlos an. Nur Far-Uhl schien einen Augenblick das Wort ergreifen zu wollen, doch dann schüttelte er den Kopf und schwieg. Keiner hatte es bemerkt, und so fuhr Draba fort:

»Niemand weiß also einen Weg. Aber dennoch muß der Stein nicht verloren sein. Denn noch kann Ejas Erinnerung zurückkehren ohne besondere Mittel. Auch wenn die Zeit drängt, rate ich doch, Eja noch Zeit zu gewähren. Vielleicht kommt von selber wieder zutage, wonach wir so vergeblich suchen. Mein Vorschlag ist, einen Mond lang zu warten und dann wieder zusammenzukommen, um zu entscheiden, was geschehen soll. Kehrt Ejas Erinnerung an den Stein zurück, ist uns der Weg vorgegeben. Wenn nicht, mag die nächste Versammlung uns einen anderen Weg weisen.«

Drabas Vorschlag wurde für gut befunden und einstimmig angenommen. Die Versammlung löste sich auf, und Draba begleitete die Gefährten in das Haus zurück, in dem sie untergebracht waren. Es war schon spät, aber dennoch saßen sie noch eine Weile im Schein einiger Fackeln im Freien beisammen.

»Wir sollten nicht versuchen, die Erinnerung an das Versteck des Steines zu suchen«, sagte Draba. »Das gilt für Eja wie für alle anderen. Jede Anstrengung kann den Weg noch mehr verschließen. Doch wenn wir den Gedanken ihren freien Lauf lassen, so kann schon der geringste Anlaß, ein Bild, ein Wort, ein Gefühl, genügen, um die verlorene Erinnerung wiederzubeleben. Hoffen wir, daß es auf diese Weise gelingt, damit wir nicht gezwungen sind, andere, dunklere Wege zu gehen.«

»Was wären denn das für Wege?« fragte Jock beklommen.

»Wir wollen noch nicht davon sprechen«, antwortete Draba. »Vielleicht kommt schon bald eine Zeit, in der wir dazu gezwungen sind. Nur soviel sei gesagt: Es werden blutigere Wege sein und andere, als wir sie jemals gehen wollten.«

Jock schwieg betroffen und wagte nicht mehr zu fragen.

»Geht jetzt schlafen«, sagte Draba. »Versucht, alles Bedrückende abzulegen. Wir wollen die nächsten Tage so heiter verbringen, wie es uns nur immer möglich ist. Und dir, Eja, werde ich versuchen, von dem zu geben, was du versäumt hast. Ich lade dich ein, in den Häusern des Wissens zu lernen. Ich selber werde dein Lehrer sein und deine Ausbildung überwachen. Vielleicht wirst du dich dann nicht mehr so fremd bei uns fühlen.«

Nur ein Märchen

Rasch verging die Frist, die der Rat gewährt hatte. Die Tage flogen vorbei. Draba unterrichtete Eja in den Häusern des Wissens. Diese Tage des Lernens, zwischen alten Karten und Schriftrollen, waren eine neue und herrliche Erfahrung für Eja. Sie lernte lesen und schreiben und viel vom Wissen der Edrain. Es war eine sorglose und glückliche Zeit für sie, in der sie alles, was sie bedrückte, von sich fernhielt.

Horn, Jock und Far-Uhl unternahmen indessen große Wanderungen, auf denen sie das Land um Althaia erkundeten. Oft blieben sie mehrere Tage fort. Sie erforschten den Silberwald und wanderten nach Süden bis zu den Sümpfen von Cycros. Nicht selten fanden sie Spuren der Asari, die nach wie vor Althaia und jede Bewegung der Edrain beobachteten. Doch sie vermieden jedes Aufeinandertreffen mit den Wandernden, und auch Horn und die anderen waren darauf bedacht, den Asari aus dem Weg zu gehen.

Tanit begleitete sie auf ihren Wanderungen oder besuchte mit Eja den Unterricht in den Häusern des Wissens. Sie war keine so gute Schülerin wie Eja, und ihre Vogelnatur trieb sie bald wieder von den Schriftrollen fort ins Freie hinaus. Auch wenn sie gerne wieder ein Mensch werden wollte, so hatte sie doch nichts dagegen, frei wie ein Vogel zu sein.

Einige Tage vor Ablauf der Frist stieg Draba mit Eja und ihren Freunden auf den Gipfel des Atarat. Zum ersten Mal standen sie am Ort der Wandlung. Dichtes Gras wuchs auf der leicht nach Westen, zum Meer hin abfallenden Kuppe des Atarat. Sonst war nichts außer einem glatten Felsen zu sehen, der in der Mitte des Feldes stand. Als sie näher traten, entdeckten sie fünf Höhlungen. Hier hatten die fünf Onduril nach dem Raub der sieben in den Zeiten der

Wandlung geruht. Auf diesem Platz hatte die Verwandlung der Edrain in Bäume stattgefunden, und die Kraft der Erde war durch ihre Wurzeln in sie geflossen und hatte sie stark gemacht.

Leise begann Draba einige Verse zu sprechen:

Hoch überm Wind, dem Meer zugewandt,
steht frei das Volk und lauscht,
bis im Licht des Steins es wiedererkannt,
was so seltsam und stark in ihm rauscht,
und wieder die alte Rindenhaut
überzieht die atmende Brust,
und jeden, der an sich niederschaut,
erfüllt die vergangene Lust.
Zu Blättern wird Haar, zu Zweigen
die Arme und auch die Beine,
sieh, wie sie sich neigen
der Erde zu und zwischen die Steine
sich drängen zur alten Kraft,
die aufwärts steigt zum Wipfelhaupt
und von neuem erschafft,
was die Zeit uns geraubt.
Lang ist es her, doch wir kehren zurück,
nichts ging verloren, es bleibt kein Traum,
und wir gewinnen das einstige Glück,
denn im Wald lebt wieder der Baum.

Der Wind wehte ihnen ins Gesicht. Sie konnten weit übers Meer sehen. Das Rauschen des Meeres schien ihnen wie das Rauschen des Windes in den Blättern, und sie fühlten den Zauber dieses Ortes. Fast schien es ihnen, als stünden um sie herum die Edrain in der Gestalt der Bäume, so wie Drabas Verse es beschrieben.

»Die Frist ist noch nicht abgelaufen«, sagte Draba. »Aber ich frage dich dennoch, Eja. Kannst du dich erinnern?«

»Nein«, antwortete Eja. Aber sie fühlte nichts dabei, zu sehr nahm der Zauber des Ortes sie gefangen. Was sie erlebt hatte und was sie bewegte, erschien gering angesichts der Zeiten, die sich mit diesem Ort verbanden. Hier hatte sich die Gegenwart der Edrain mit den fernen Zeiten ihres Ursprungs vereint. Was war dagegen die kurze Spanne ihres Lebens?

Schweigend blickten sie über das Meer, und jeder hing seinen Gedanken nach. Doch ihre Gedanken bewegten sich langsamer, als sie es gewohnt waren, in einem gleichmäßigen Takt, der sich nur wenig vom Stillstand der Zeit und des Denkens unterschied.

So müssen Bäume denken, ging es Tanit durch den Kopf. So langsam und in einer anderen Zeit als wir eiligen Lebewesen. Plötzlich seufzte Far-Uhl, und er sagte langsam und wie betäubt:

»Jetzt müßten wir den Baum der Träume finden können. Wie schade, daß es ihn nicht wirklich gibt.«

»Was ist denn das für ein Baum?« fragte Jock schwerfällig.

»Ach, es ist nur ein Märchen, das sich die Balhi-jata erzählen«, antwortete Far-Uhl. »Es heißt darin, daß in der Mitte des schattenlosen Landes ein Baum steht, der einen tiefen Schatten wirft, obwohl er keine Blätter hat. Wer sich in diesen Schatten legt, der träumt so tief, daß er alle verlorenen Erinnerungen wiederfinden kann.«

»Wer sagt, daß es nur ein Märchen ist?« fragte Draba so rasch und eindringlich, daß die Freunde aus ihren Träumen und ihrer Betäubung aufschreckten.

»Was soll es denn sonst sein?« meinte Far-Uhl verwirrt. »Ich weiß nichts anderes, als daß es ein Märchen ist. Die Eneti haben es uns vor dem Schlafengehen erzählt, so wie andere Märchen auch. Es ist mir schon damals in der Ratsversammlung eingefallen, aber es kam mir zu albern vor, davon zu sprechen. Ich hatte gar nicht mehr daran gedacht.«

»Nun gut«, sagte Draba. »Mag sein, daß es nur ein Märchen ist. Aber laß mich dennoch mehr von diesem Märchen hören. Sagen wir, weil ich neugierig bin.«

Far-Uhl schien verlegen zu sein. Doch er folgte Drabas Wunsch und sagte:

»Es heißt, daß dieser Baum, in dessen blätterlosen Schatten jedes Wesen so tief träumt, in einem Land im Süden von Erdherz, weit hinter den Vulkanen, liegt. Kein Fels, kein Strauch und kein Tier wirft dort auch nur den geringsten Schatten. Doch es ist gefährlich, dieses Land zu betreten, denn es hausen entsetzliche Ungeheuer dort, die jedes Wesen, das einen Schatten wirft, hassen und töten. Diese Ungeheuer wagen sich nicht in den Schatten des Traumbaumes, denn dort müßten sie sterben. Doch hüten sie den Baum und verwehren jedem den Zutritt.«

»Hm, hm«, brummte Draba. »Weiter, weiter! Erzähle nur. Was weißt du noch von diesem Land.«

»Aber es ist doch nur ein Märchen«, wandte Far-Uhl ein.

»Das wissen wir ja. Das hast du uns nun oft genug gesagt«, trieb ihn Draba an. »Ich habe nichts gegen eine gelegentliche Märchenstunde. Nur weiter!«

Far-Uhl seufzte und fuhr fort:

»Es heißt weiter, daß ein kluger Wanderer den Baum erreichen kann, wenn er die Waffe findet, die selbst diese Ungeheuer besiegt. Das Märchen endete immer mit einigen Versen. Mal sehen, ob ich mich noch erinnern kann. Doch ich kann die Verse nur in unserer Sprache wiedergeben.

Im Land ohne Schatten unterm kahlen Baum,
da findest in Schatten du den Traum,
der tief ist und voll Erinnerung,
dort bist du alt zugleich und jung.

Doch hüte dich, denn Gor-Num wacht,
sein Feueratem bringt Tod und Nacht.
Dann ziehe rasch das Schattenschwert,
das selbst Gor-Num das Fürchten lehrt.

Mehr weiß ich wirklich nicht über dieses Land zu sagen. Aber warum willst du denn soviel darüber wissen?«

Draba schüttelte heftig den Kopf:

»Ein Märchen. Unfug! Was die Wesen dieser Welt immer alles für Märchen halten. Selbst wenn sie vier Beine haben, stehen sie nicht fest auf dem Boden der Tatsachen. Aber erstens bergen alle Märchen ein Körnchen Wahrheit, das man nur finden muß, zweitens wird in den sogenannten Märchen immer wieder ein altes Wissen überliefert, das sonst längst verlorengegangen wäre, und drittens steckt in diesem Märchen, wie du es nennst, so viel Verstand, daß es ganz offensichtlich ist, daß es sich hier um mehr als nur um ein Märchen handeln muß.«

Die Freunde sahen Draba erstaunt an. Nie hatten sie ihn so aufgeregt gesehen. Es war, als hätte ihn ein Fieber ergriffen, das ihn seine gewohnte Ruhe verlieren ließ.

»Ja, seht mich nur so erstaunt an«, sagte Draba und lachte über ihre Gesichter. »Ich habe wahrhaft verdient, so angestarrt zu werden. Ich habe das Gefühl, daß ich auf meine alten Tage noch einmal so hitzköpfig und stürmisch werde wie zu Zeiten des alten Bundes. Aber ihr versteht den Grund noch gar nicht. Ihr begreift nicht, welcher Hoffnungsschimmer sich da zeigt. Denn was Far-Uhl uns erzählt hat, ist nicht nur ein Märchen. Wenn es aber mehr als ein Märchen ist, so haben wir einen Weg gefunden, Ejas Erinnerung an das Versteck des Onduril wiederzuerwekken. Begreift ihr das?«

Die Freunde sahen Draba sprachlos an. Horn gewann seine Fassung als erster wieder und meinte:

»Vielleicht hast du recht. Doch wenn das Märchen mehr als ein Märchen ist, dann ist auch die Gefahr, von der es berichtet, nicht nur ein Märchen. Ich weiß nicht, was genau Gor-Num ist, aber es hört sich nicht gut an. Es scheint kein Kinderspiel zu sein, den Baum zu finden und seinen Schatten zu betreten.«

»Ja, vielleicht kein Kinderspiel«, sagte Eja nachdenklich. »Aber doch auch die einzige Hoffnung, die wir haben. Denn ich glaube nicht, daß ich meine Erinnerung je wiederfinden werde, wenn nicht irgendein Wunder geschieht. Dieser Baum der Träume scheint das Wunder zu sein, das wir brauchen.«

»Ach, du liebe Güte. Da kommen wir ja vom Regen in

die Traufe«, jammerte Jock. »Wie kommst du eigentlich darauf, Draba, daß es mehr als ein Märchen ist?«

»Es gibt in diesem Märchen zu genaue Angaben über die Lage dieses Landes. Mag sein, daß vieles daran märchenhaft erscheint, aber dennoch glaube ich, daß das meiste der Wahrheit entspricht.

Überlege doch einmal. Ein Land im Süden von Erdherz, das hinter den Vulkanen liegt. Nun, im Süden Samirias findest du die Sümpfe von Cycros und gleich dahinter eine Landschaft voller Vulkane. Du hast ja von dem Untergang der sieben gestohlenen Onduril gehört. Aber ich habe mehr als nur eine Vermutung, ich habe sogar einen Beweis dafür, daß es dieses Land gibt. Kommt mit, ich werde es euch zeigen.«

Gespannt folgten ihm die Gefährten. Draba führte sie die Stufen hinab, die den Gipfel des Atarat mit den Häusern des Wissens verbanden. In einem dieser Häuser gab es einen Raum, in dem Draba seine Studien betrieb und in dem er all die Dinge und Schriften aufbewahrte, die er im Laufe seines Lebens angesammelt hatte. Es war nicht leicht, Far-Uhl dazu zu bringen, die Treppe zu Drabas Studierzimmer hinaufzusteigen und einen geschlossenen Raum zu betreten, aber schließlich siegte Far-Uhls Neugier über seinen Widerwillen. Als sie in Drabas Studierzimmer angelangt waren, suchte Draba in alten Kisten lange nach dem Beweis, den er ihnen versprochen hatte. Endlich holte er einen staubigen Stein hervor, den er ihnen freudestrahlend entgegenhielt. Es war nichts Besonderes an dem Stein zu entdecken. Er war schwarz und rissig unter dem grauen Staub.

»Das soll ein Beweis sein?« fragte Jock, und man sah ihm an, daß er an Drabas Verstand zu zweifeln begann.

Draba blies den dicken Staub von dem Stein in seiner Hand und sagte nur: »Kommt!«

Er trat mit ihnen vor das Haus und legte den Stein in den hellen Sand.

»Na!?« sagte er. »Ist das kein Beweis?«

Im ersten Augenblick sahen die Freunde nur verständnislos auf den Stein, der so bedeutungslos vor ihnen lag. Dann aber begriffen sie, wovon Draba sprach. Der Stein warf keinen Schatten! Obwohl die Sonne hell schien und jeder von ihnen einen deutlichen, scharfen und langen Schatten hatte.

Jock bückte sich nach dem Stein und drehte ihn vorsichtig um. Es schien ein Stein wie jeder andere zu sein, vielleicht dunkler und auch etwas leichter als die meisten anderen Steine, die er kannte. Jock nahm eine Handvoll Sand und ließ ihn auf den Stein rieseln. Da endlich fand das Sonnenlicht einen Widerstand, und der Sand warf einen feinen Schatten. Jock richtete sich wieder auf und meinte zu Draba: »Ich muß mich bei dir entschuldigen. Ich begann schon, an deinem Verstand zu zweifeln. Doch jetzt zweifle ich nicht weniger an meinem eigenen Verstand. Auf jeden Fall aber glaube ich dir. Dies scheint wirklich der Beweis zu sein, daß es das Land ohne Schatten gibt.«

»Und sehr wahrscheinlich auch den Baum der Träume«, sagte Draba. »Far-Uhl! Für dieses Märchen werden die Edrain dir immer großen Dank schulden. Wir haben einen Weg für Eja gefunden, noch vor Ablauf der Frist. Keinen leichten Weg, wie es scheint, aber auch keinen unmöglichen Weg. Denn wer diese Verse erdacht hat, der muß den Schatten des Baumes betreten und das Schattenschwert gefunden haben. Oder er hat jemanden gekannt, der in diesem Land gewesen ist und es auch wieder lebend verlassen hat.«

»Aber woher hast du diesen Stein?« fragte Far-Uhl.

»Es ist lange her«, erzählte Draba, »da kam ich auf einer meiner Wanderungen bis zu den Vulkanen hinter den Sümpfen von Cycros. Die Neugier trieb mich weit in das Land der Vulkane hinein. Da plötzlich bebte die Erde. In der Ferne sah ich einen Vulkan ausbrechen, der gewaltiger war als alle Vulkane, die ich je gesehen hatte. Obwohl er sehr weit entfernt war, schleuderte er Steine und Lava bis an den Ort, an dem ich stand. Ich konnte gerade noch Schutz in den Felsen suchen und den heißen Steinen entkommen. Als der Vulkan sich endlich beruhigt hatte, folgte ein heftiges Gewitter. Ich war froh, vor den Wasserfluten, die vom Himmel stürzten, sicher zu sein. Ich wartete, bis das Gewitter sich verzogen hatte. Endlich brach die Sonne zwischen den Wolken hervor, und ich konnte meinen Schutz verlassen. Dabei rutschte ich auf einigen losen Steinen aus und stürzte schwer. Ich muß die Besinnung verloren haben. Als ich wieder zu mir kam, lag dieser Stein vor meiner Nase. Zuerst dachte ich, daß ich bei meinem Sturz zu Schaden gekommen sei, denn obwohl die Sonne schien, warf der Stein keinen Schatten. Dann aber sah ich andere Steine und Felsen, die Schatten warfen. Also schien mit meinem Verstand doch noch alles in bester Ordnung zu sein. Ich nahm den Stein mit und untersuchte ihn, als ich nach Althaia zurückkam. Doch ich konnte sein Geheimnis nicht enträtseln, und schließlich legte ich ihn beiseite und vergaß ihn. Erst heute, als Far-Uhl seine Geschichte erzählte, fiel mir dieser Stein wieder ein, und ich wußte, daß er der Beweis dafür ist, daß es dieses Land, von dem Far-Uhl berichtet hat, wirklich gibt.

Ich werde den Rat der Edrahil gleich für morgen zusammenrufen. Nun müssen wir nicht erst auf das Ende der festgesetzten Frist warten, denn wir haben den Weg, den wir suchten, gefunden.«

Gleich am nächsten Tag traten sie wieder vor den Rat und berichteten den Edrahil, was sie entdeckt hatten. Alle waren erleichtert, denn niemand mochte daran denken, wozu sie gezwungen gewesen wären, wenn Far-Uhls Märchen ihnen nicht einen Weg gewiesen hätte. Der Rat erteilte den Gefährten, die das Schicksal zusammengeführt hatte, den Auftrag, das Land ohne Schatten zu suchen, damit Eja unter dem Baum der Träume ihre Erinnerung wiederfinden könne. Es war besser, wenn nur diese kleine Gemeinschaft aufbrach, denn eine zu große Schar würde den Spähern Asars nie entgehen. Selbst ihnen würde es nicht leichtfallen, unbemerkt an den Wachposten vorbeizukommen.

»Ich werde mit euch gehen«, sagte Draba, als sie nach der Versammlung wieder in seiner Studierstube saßen.

»Damit ist die Gemeinschaft zwar noch größer, aber ich kenne den Weg bis zu den Vulkanen besser als jeder andere. Die Sümpfe von Cycros sind tückisch, und es ist tödlich, sich in ihnen zu verirren.«

»Ich bin froh, daß du mit uns kommst«, meinte Eja. »Ich hatte gehofft, daß du diesen Vorschlag machen würdest.«

Alle stimmten ihr bei und nahmen Draba glücklich in ihre Gemeinschaft auf.

Lange saßen sie noch beisammen und sprachen über das, was sie erwarten, und über das, was folgen mochte, wenn Eja unter dem Baum der Träume ihre Erinnerung wiederfinden würde. Plötzlich fragte Jock, der lange Zeit vor sich hin gebrütet und sich nicht an ihrem Gespräch beteiligt hatte: »Draba. Wie sehen die Onduril eigentlich aus? Ich habe nun so viel über sie gehört, daß ich wirklich zu gerne wüßte, wie sie aussehen.«

»Ach, diesen Wunsch kann ich dir leicht erfüllen«, meinte Draba. »Irgendwo muß ja noch der falsche Onduril liegen, von dem ich euch erzählt habe. Er hat zwar nicht die Kraft eines echten Onduril in sich, aber er sieht ihm doch täuschend ähnlich.«

Wieder suchte Draba in seinen Kisten. Diesmal wollte es noch länger dauern als bei dem Stein ohne Schatten. Endlich fand er ihn in einer kleinen Schachtel, die unter einem Berg von Schriftrollen und Landkarten versteckt lag. Draba blickte nachdenklich auf den Stein und sagte: »Es ist wirklich lange her, daß ich ihn zum letzten Mal in der Hand hielt. Aber trotzdem sind mir die Ereignisse, die sich mit ihm verbinden, so nah, als wäre alles erst gestern geschehen.«

Neugierig drängten sich die Freunde um Draba. Der Stein in seiner Hand war nicht sehr groß. Sein Durchmesser maß nicht viel mehr als der Mittelfinger eines erwachsenen Mannes. Er war von ovaler Form. Seine Farbe war ein dunkles Grün, das fast schwarz wirkte. Eine feine Linie schlang sich in regelmäßigen Windungen von einem bis zum anderen Ende. Es war wunderschön, zu sehen, wie gleichmäßig die Linie in den Stein eingeschnitten war. Dabei war sie so fein, daß sie den Glanz der glatten Oberfläche kaum brach.

Tanit zog scharf den Atem ein, als sie den Stein erblickte. Außer Draba war sie die einzige unter ihnen, die je einen Onduril gesehen hatte.

»Er sieht aus wie ein echter Onduril«, sagte sie mit heiserer Stimme. »Bis du sicher, Draba, daß es nicht ein echter ist?«

Draba lächelte bitter und antwortete: »Versuch es.«

Tanit holte tief Luft und richtete ihren Blick fest auf den Stein. Bloß wieder ein Mensch sein, dachte sie. Aber nichts geschah. Enttäuscht entspannte sich Tanit und meinte: »Nein, es ist kein echter Onduril. Das ist mir nun klar. Schade.«

»Geduld, Schwarzvogel«, tröstete Horn sie. »Wir werden einen echten Onduril finden, und du wirst wieder deine menschliche Gestalt erlangen. Gib die Hoffnung nicht auf.«

Tanit sah ihn dankbar an. Draba legte den falschen Onduril achtlos neben einige Schriftrollen und nahm eine große Karte hervor. Gemeinsam beugten sie sich über die Landkarte, und Draba zeigte ihnen, welchen Weg sie bis zu den Vulkanen nehmen würden. In wenigen Tagen würden sie aufbrechen. Es gab keinen Grund mehr, länger zu warten. Sie würden in der Nacht ein Schiff besteigen und nur bei Nacht an der Westküste entlangfahren. So würden sie am ehesten unbemerkt an den Spähern Asars vorbeigelangen.

»Es wird eine gefährliche Reise werden«, meinte Horn nachdenklich, »das sollte uns allen immer wieder bewußt sein. Wer weiß, was alles geschehen kann. Vielleicht werden wir getrennt, das wäre nicht das erste Mal. Wir sollten uns Gedanken machen, was in so einem Fall zu tun ist.«

»Am besten auf getrennten Wegen versuchen, das Land ohne Schatten zu finden oder, wenn dies aus irgendwelchen Gründen nicht möglich ist, nach Althaia zurückkehren«, sagte Far-Uhl. »Althaia ist der einzige Ort, an dem wir uns ohne Gefahr wieder treffen können.«

»Nein«, sagte Draba, »das ist es nicht, was wir tun sollten.«

Alle sahen Draba überrascht an. Er schien zu zögern, dann wies er auf einen Punkt auf der Landkarte, der inmitten von Erdherz lag. Das Raunatal!

»Was?« rief Jock erstaunt. »Wir sollen uns im Raunatal treffen. Aber wieso denn?«

»Weil es einen gewichtigen Grund gibt, über den wir schon lange nicht mehr gesprochen haben. Mit Bedacht nicht gesprochen haben, weder ich noch ein anderer der Edrahil. Wir wollten Eja nicht unter Druck setzen, solange wir hoffen konnten, daß sie ihre Erinnerung allein wiederfinden könnte.«

»Was für ein Grund denn?« fragte Tanit.

»Ich weiß den Grund«, sagte Eja. »Die Zeit.«

»Ja, die Zeit«, bestätigte Draba. »Denkt daran, was Asar euch gesagt hat. Es darf nicht zuviel Zeit vergehen, bis die verwandelten Edrain und auch Tanit wieder befreit werden. Und er hat nicht einmal die ganze Wahrheit gesagt. Der Zeitdruck ist viel größer, als ihr wissen könnt. Ich will euch und vor allem Tanit ungern beunruhigen, aber es wäre doch gefährlich, diese Tatsache zu verheimlichen. Die Frist, die uns noch bleibt, ist knapp bemessen. Denn wer länger in einer anderen Gestalt gefangen ist als von Wandlung zu Wandlung, ist in großer Gefahr, den Weg zurück nicht mehr gehen zu können.«

»Nur ein Jahr!« rief Tanit erschrocken und verzweifelt. »Aber das ist ja fast um!«

»Nein«, beschwichtigte sie Draba. »Noch bleiben uns vier Monde. Die Wandlung findet an der Wende des Sommers zum Herbst statt. Noch haben wir Frühling. Also bleibt uns genug Zeit. Aber dennoch sollten wir nicht zu viel dieser Zeit unnötig verlieren. Die Wege, die vor uns liegen, sind noch weit, auch wenn wir auf keine Hindernisse stoßen sollten. Wir müssen durch Sümpfe und Vulkane bis ins Land ohne Schatten und dann ins Raunatal, um von dort aus den Weg, den Advena gegangen ist, zurückzuverfolgen. Und wenn wir das Versteck des Onduril endlich gefunden haben, müssen wir den Stein noch bis nach En'Nuris, dem Tal der Vögel, zu den verwandelten Edrain bringen. Warum also erst den Umweg über Althaia nehmen? Nein, ich sage es noch einmal, unser Treffpunkt ist das Raunatal, genauer, der Wald oberhalb des Raunafalls, dort, wo Horn das Kind Eja im Baum verborgen gefunden hat. Und es ist auch besser, wenn niemand im Raunatal von unserem Kommen erfährt, denn zu großes Aufsehen könnte Asars Späher auf unsere Spur bringen.«

Das sahen alle ein, und so wurde der Wald über dem Raunafall als Treffpunkt vereinbart, auch wenn sie hofften, nicht getrennt zu werden.

Es war schon spät geworden, als sie Drabas Studierstube verließen, um sich zur Ruhe zu begeben. Horn, Eja und Tanit, gefolgt von Far-Uhl, waren schon vorausgegangen. Als Draba das Licht löschen wollte, sah er, daß Jock zurückgeblieben war.

»Na, Meister Aiting, seid Ihr noch nicht müde? Sonst fallen Euch die Augen doch immer so leicht zu«, meinte Draba.

»Ich komme gleich«, sagte Jock und bückte sich. »Ich muß nur noch meinen Schuh zubinden.«

»Ist gut. Aber bitte lösch das Licht sorgfältig. Ich möchte nicht, daß heute nacht meine Schriften in Flammen aufgehen«, sagte Draba und folgte den anderen.

Jock richtete sich rasch auf, als Draba den Raum verlassen hatte, und trat zu den Schriftrollen, zwischen denen der falsche Onduril lag. Wie hübsch er war! Jock nahm ihn in die Hand und bewunderte die feinen Linien und die schöne Form des Steines. Seufzend legte er ihn wieder zurück und wandte sich zum Gehen. Doch einmal noch kehrte er sich um, und als er den Raum verließ, lag der Stein nicht mehr an seinem Platz.

Südwärts

Rasch glitt das kleine Boot durch das dunkle Wasser. Der Wind stand günstig und blies stetig und kräftig von Nordwest. Sie hatten Althaia nach kurzem Abschied, ohne großes Aufsehen, verlassen, um die Aufmerksamkeit von Asars Spähern nicht auf ihre Abfahrt zu lenken. Über ihnen blähte sich ein tiefschwarzes Segel, das im Dunkel der Nacht kaum zu sehen war. Ihre Gesichter und Hände hatten sie mit Ruß geschwärzt. Sie sprachen kein Wort miteinander, sondern verständigten sich nur mit Gesten. So hofften sie unbemerkt nach Süden zu gelangen.

Far-Uhl lag dicht an den Boden ihres Bootes gekauert. Noch nie hatte einer aus dem Volk der Balhi-jata den unsicheren Boden eines Schiffes betreten. Sie waren zur Seefahrt nicht geschaffen. So blieb er während der ganzen Fahrt still liegen und versuchte, seine Angst im Zaum zu halten. Es war besser für ihn, nicht aufzustehen, denn er hätte das Boot mit seinem Gewicht leicht aus dem Gleichgewicht bringen können.

Draba kannte die Küste sehr genau. Nach seinen Anweisungen steuerte Horn ihr Boot sicher an allen Klippen und Untiefen vorbei. Als der Morgen dämmerte, verbargen sie ihr Boot unter einem Felsüberhang und teilten die Wachen ein. Doch nichts deutete darauf hin, daß sie entdeckt worden wären. Kein Zeichen eines Spähers war zu sehen. Doch war dies nur eine trügerische Sicherheit, denn natürlich würden die Asari sich stets im Verborgenen halten und nur beobachten und Asar alles Gesehene melden. Sie würden niemals Gewißheit haben, ob ihre Reise den Augen der Späher entging oder nicht. Sie konnten nur das Beste hoffen und alle Vorkehrungen treffen, um unbemerkt zu bleiben.

Nur zwei Nächte dauerte ihre Fahrt auf dem kleinen Kahn. Am Morgen des zweiten Tages gingen sie an Land und versenkten das Boot. Die Sümpfe von Cycros begannen ganz in ihrer Nähe. Far-Uhl war froh, wieder festen Boden unter den Füßen zu haben. Er hätte den schwankenden Boden von hundert Sümpfen nur zu gerne gegen das dünne Holz ihres Bootes vertauscht.

Noch einmal verbargen sie sich während des Tages, denn die Strecke bis zu dem Weg, der durch die Sümpfe führte, wollten sie nur im Schutze der Nacht überwinden. Die Sümpfe selbst würden sie bei Tag durchqueren müssen. Bei Nacht würde selbst Draba sich verirren, und sie würden den sicheren Tod finden.

Kaum sahen sie die ersten Sterne, brachen sie auf. Als sich wenig später der Mond über Erdherz erhob, erreichten sie den Rand der Sümpfe und wandten sich ins Innere des Landes. Das Mondlicht half Draba, den Weg wiederzufinden. Doch zugleich fürchteten sie auch den hellen Schein, der sie allzuleicht verraten mochte. Aber diese Gefahr mußten sie auf sich nehmen.

Als der Morgen dämmerte, entdeckte Draba den Weg, den er einst vor langer Zeit gegangen war. Es hatte sich nichts verändert, als wäre die Zeit an diesem dumpfen Ort stehengeblieben. Der Geruch von Moder und Fäulnis drang ihnen unangenehm in die Nasen und ließ sie vor den Sümpfen zurückschrecken. Doch ein anderer Weg führte nicht ans Ziel. So traten sie denn die gefährliche Wanderung über den trügerischen Boden der Sümpfe von Cycros an.

Draba ging voran und richtete seine ganze Aufmerksamkeit auf den schwankenden Boden unter seinen Füßen. Sie sprachen kein Wort, um Draba, der den Weg wie im Traum fand, nicht zu stören. Wie durch ein Wunder konnte er alle unsicheren Stellen erkennen.

Nur einmal erwies sich der Boden als zu schwach, um den schweren Körper Far-Uhls zu tragen. Seine scharfen Hufe zerrissen plötzlich die weichen Grassoden, und erschreckend schnell begann Far-Uhl im stinkenden Schlamm zu versinken. Blasen stiegen um ihn auf und platzten mit häßlichem Schmatzen. Nur mit größter Anstrengung gelang es ihnen, den schweren Hirschmenschen wieder auf sicheren Boden zu ziehen.

Außer Atem blieben sie eine Weile liegen, bis die Angst, die der Zwischenfall in ihnen wachgerufen hatte, sich wieder legte. Lautlos war alles geschehen, denn trotz der Gefahr wollten sie durch nichts die Späher Asars auf sich aufmerksam machen. Der geringste Laut trug hier weit über das düstere und unheilvolle Schweigen der Sümpfe. Erst als ihre Herzen wieder ruhiger schlugen, erhoben sie sich und setzten ihre Wanderung fort.

Endlich, als sich die Sonne schon tief im Westen neigte, erreichten sie das Ende der Sümpfe, die ihnen so unendlich erschienen waren. Glücklich betraten sie den felsigen Boden und suchten sich ein sicheres Lager für die Nacht. Der Boden war mit Geröll bedeckt. Es war ein staubiges und trockenes Land, das sie betraten. In der Ferne sahen sie die Kette der Vulkane, von der aus ein feuriger Schein das Dunkel der Nacht mit fahlem rötlichen Licht durchdrang. Hinter einem hohen Felsen, der sich zwischen ihnen und den Sümpfen erhob und sie vor unliebsamen Beobachtern schützte, entzündeten sie ein kleines Feuer, an dem sie ihre feuchten Kleider trockneten und sich eine warme Mahlzeit zubereiteten. Erschöpft sanken sie in tiefen Schlaf, nachdem sie noch rasch die Wachen für die Nacht eingeteilt hatten.

In den folgenden zwei Tagen durchquerten sie das breite Geröllfeld, das sie von den Vulkanen trennte. Sie gingen sparsam mit ihren Vorräten um, denn sie konnten nicht wissen, wann sie in dieser trostlosen Welt auf Wasser oder Eßbares stoßen würden.

Der Himmel verdüsterte sich, je näher sie den Vulkanen kamen. Asche und Rauch verdunkelten ihn. Dichte Wolken zogen auf, und am Nachmittag des zweiten Tages begann ein heftiger Regen zu fallen. Der Regen wusch den Staub der Reise von ihnen ab, und sie konnten das Regenwasser auffangen und ihre Schläuche füllen. Dankbar begrüßten sie diese unverhoffte Erfrischung. Dennoch waren sie froh, als sie am Abend den Schutz der Felsen erreichten, denn der Regen wurde immer dichter, und ein Gewitter entlud sich, dessen Blitze die Nacht erhellten und dessen Donner von den Felswänden widerhallte.

Den ganzen folgenden Tag und die nächste Nacht hielt der Sturm sie im Schutze einer großen Höhle gefangen. Holz gab es keines hier, und es war empfindlich kalt geworden. Mit feuchten und klammen Kleidern warteten sie auf das Ende des Gewitters und hielten sich warm, so gut es eben ging.

Endlich legte sich das Gewitter, und es hörte auf zu regnen. Doch seltsamerweise stand die Luft auch nach dieser heftigen Entladung mit Regen, Blitz und Donner unter einer merkwürdigen Spannung. Es war düster und schwül. Der Druck legte sich auf sie, und es fiel ihnen schwer zu atmen. Doch ließen sie sich von diesen Vorboten, die sie nicht zu deuten wußten, nicht aufhalten und suchten sich einen Weg durch das Land der Vulkane.

Den ganzen Tag irrten sie durch die Schluchten und über die Hänge der Vulkane. Irgendwie gelang es ihnen, sich in Richtung Süden zu halten. Sie durchquerten Schluchten, die so tief waren, daß kein Tageslicht ihren Grund erreichte, und erstiegen Felshänge, die entweder mit Geröll bedeckt waren, das sich unter ihren Füßen löste und, andere Steine mit sich reißend, donnernd in den Abgrund stürzte, oder die so glatt waren, daß sie kaum einen Halt fanden. Es war ein beschwerlicher und gefährlicher Weg. Ohne Horns Erfahrung wären sie oft nicht mehr weitergekommen. Immer wieder gelang es ihm, selbst in den ausweglosesten Augenblicken einen Pfad zu entdecken, der sie weiterführte. Mit seinem Seil sicherte er sie und bewahrte sie mehr als einmal vor tödlichen Stürzen. Am sichersten nach Horn erwies sich Far-Uhl. Seine Hufe fanden selbst noch die kleinsten Tritte, die ihnen mit bloßem Auge kaum aufgefallen wären. Tanit flog ihnen voraus und erkundete die Gegend. Doch konnte sie den Weg zwar erkennen, aber nicht seine Gefahren verringern.

Drei Tage zogen sie durch die endlose Steinlandschaft. Doch nichts deutete auf das Land ohne Schatten hin. Alle

Steine, alle Felsen warfen Schatten. Gingen sie überhaupt in die richtige Richtung? Draba erstieg einen hohen Vulkan bis nahe an seinen Gipfel und erblickte in der Ferne den gewaltigen Vulkan, der einst den Stein ohne Schatten bis vor seine Füße geschleudert hatte. Sie waren also auf dem rechten Weg.

Am zehnten Tag ihrer Reise verdichtete sich die Spannung, die sie in all den Tagen zuvor schon bedrückt hatte, noch mehr. Die Luft war geladen, und sie erwarteten ein heftiges Gewitter. Der Himmel wurde fast schwarz, und kein Sonnenstrahl durchdrang die Wolken. Doch ein fahles, seltsam unruhiges Licht erhellte auch weiterhin ihren Weg, und sie setzten ihre Wanderung durch die Felsen fort. Wenn das Gewitter kam, konnten sie immer noch einen Unterschlupf suchen.

Als sie meinten, daß es Mittag sein mußte, machten sie Rast. Sie hatten einen hohen Felshang erstiegen und saßen nicht weit unterhalb eines Vulkangipfels auf einer kleinen Plattform. Die Unruhe des Lichts und die Spannung hatten sich auch auf sie übertragen. Kaum ein Wort fiel während ihrer dürftigen Mahlzeit. Beklommen blickten sie in den Abgrund und suchten am Himmel nach den ersten Anzeichen des nahenden Sturmes. Doch als der Sturm begann, war es nicht der Himmel, der sich auftat.

Plötzlich sprang Far-Uhl auf. Seine spitzen Ohren waren in heftiger Bewegung. Seine Augen waren weit aufgerissen. Das Weiß seiner Augen leuchtete gespenstisch durch das Dämmerlicht. Sein Fell schien sich zu sträuben, und kleine blaue Funken knisterten über seinen Körper.

»Was ist, Far-Uhl?« riefen sie alle, und eine unbestimmte Furcht trieb sie auf die Beine.

»Gefahr«, keuchte Far-Uhl. »Große Gefahr.«

»Wo denn?« riefen sie durcheinander.

»Ich weiß nicht, aber ich fühle es«, sagte Far-Uhl. »Unheil, Verderben.«

Stumm blickten sie sich um und versuchten im schwindenden Licht etwas zu entdecken, was Far-Uhls Verhalten hätte erklären können. Doch plötzlich wurden alle von der gleichen Vorahnung ergriffen. Gleichzeitig faßten Draba und Eja unwillkürlich nach dem Laurinband an ihrem Hals. Das Entsetzen, das sie erfüllte, war namenlos. Sie verstanden es nicht zu deuten.

Da kniete Draba nieder und legte die Hände flach auf den Boden. Er schien auf etwas zu lauschen. Dann sprang er rasch wieder auf und rief: »Jetzt erkenne ich es wieder. So war es auch damals, als der große Vulkan ausbrach. Hoffen wir, daß der Ausbruch nicht in unserer Nähe stattfindet. Davor gibt es kein Entkommen.«

Sie spürten alle, wie der Boden unter ihren Füßen zu beben begann. Unmerklich, aber stetig, wurde das Beben stärker, und bald fiel es ihnen immer schwerer, sich auf den Beinen zu halten. Weit und breit war keine Höhle in Sicht, in der sie hätten Schutz finden können. Aber selbst wenn sie eine Höhle gefunden hätten, wären sie nicht unter die Felsen geflüchtet. Würden sie dort nicht lebendig begraben werden?

Plötzlich hörten sie ein entsetzliches Fauchen, das ihren Ohren weh tat. Es klang, als hätte ein furchtbares Ungeheuer sie entdeckt, das sich gleich auf sie stürzen würde. Das Fauchen verstummte ebenso plötzlich, wie es begonnen hatte. Doch dann war es wieder aus einer anderen Richtung zu hören. Bald waren sie umgeben von unentwegtem Fauchen, Zischen und heulenden Geräuschen, die ihnen wie hungrige Wölfe erschienen und ihnen kalte Schauer über den Rücken jagten. Dann sahen sie die Ursache dieser gräßlichen Laute. Mal näher, mal weiter von ihnen entfernt, drangen gelbe und weiße Dampfschwaden aus den Spalten und Rissen der Felsen. Ein furchtbarer Gestank hüllte sie ein, und sie spürten, wie sich ihnen der Magen umkehren wollte.

Zitternd setzten sie sich auf den Boden und versuchten, Halt aneinander zu finden. Es war unmöglich geworden, zu stehen. In diesem wütenden Sturm der Elemente waren sie zu einem jämmerlichen Nichts geworden, ausgeliefert und hilflos. Jetzt konnte nur das Schicksal über ihr Glück oder Unglück entscheiden.

Da begann der Berg über ihnen Feuer zu speien. Ein feiner heißer Aschenregen senkte sich auf sie herab und versengte sie. So gut es ging, schützten sie sich mit ihren Umhängen vor dem feurigen Regen. Leuchtende Ströme brennenden Gesteins kamen aus dem Inneren des Vulkans und flossen an den Hängen herab. Dicht an ihrer Felsplattform vorbei drängte sich die glühende Lava, und bald waren sie wie auf einer letzten Felseninsel gefangen. Doch diese Insel bot ihnen nicht mehr länger festen Halt. Mit häßlichem Krachen zerbarst das Gestein um sie, und die Felseninsel, auf der sie sich aneinanderklammerten, trieb auf dem Strom der Lava abwärts. Noch war die Insel groß und trieb sicher auf der brennenden Flut. Doch der Boden unter ihnen begann sich zu erwärmen und wurde ein schmerzhaftes Lager. Entsetzt sahen sie, wie an den Rändern die Felsen Stück für Stück abbrachen und zischend im Lavastrom versanken. Kleiner und kleiner wurde ihr Eiland, und es würde nur noch eine Frage der Zeit sein, bis auch sie in den Gluten verbrennen mußten.

Giftige Dämpfe hüllten sie ein. Eja und Tanit verloren die Besinnung. Hilflos hielt Far-Uhl Eja in den Armen, und Jock barg die bewußtlose Tanit unter seinem Wams, um sie wenigstens vor den Funken zu schützen, die auf sie herabfielen. Sie waren stumm vor Entsetzen und konnten kaum noch die Augen in dieser Hitze und diesen Giftschwaden offenhalten. Vielleicht würden Benommenheit und die Nacht ihrer Gedanken sie wenigstens vor den Schrecken des Todes, der ihnen drohte, bewahren.

Da plötzlich zerbrach die Insel, auf der sie trieben, in drei Teile und riß die Gemeinschaft auseinander.

»Horn, Draba, Far-Uhl!« rief Jock verzweifelt und suchte mit entsetzten Blicken nach seinen Gefährten, die in den dichten Dämpfen kaum zu erkennen waren. Das Feuer beleuchtete die dahintreibenden Inseln mit seinem gespenstisch flackernden Licht. Schwach nur hörte er die Rufe seiner Gefährten durch das Tosen des brennenden Berges. Da trieb seine Insel an den Rand des Lavastromes, und eine plötzliche Welle warf die kleine Scholle auf die Felsen. Jock wurde herabgeschleudert. Das letzte, was er sah, war, wie der Felsen, auf dem sie getrieben waren, sich von der Wucht der Welle emporgeschleudert in die Luft erhob und mit einem gewaltigen Krachen über ihn senkte. Dann wurde es Nacht um ihn. Auch das Bruchstück, auf dem Draba und Horn aneinandergeklammert trieben, stieß nach kurzer Fahrt an den Rand des Lavaflusses. Der Aufprall war so heftig, daß Draba und Horn auf die Felsen am Rande des Stromes geschleudert wurden. Draba richtete sich, noch benommen von dem schweren Sturz, wieder auf und sah, wie die Insel hinter ihnen zerbrach und die Teile zischend in den Gluten versanken. Von Jock konnte er nichts entdecken, und undeutlich nur sah er, wie Far-Uhl und Eja, die auf dem größten Bruchstück geblieben waren, weiter auf dem feurigen Fluß hinabgetrieben wurden und sich endlich im Dunkel und in den Schwaden verloren.

Draba wollte sich an Horn wenden und ihn fragen, was zu tun sei, da sah er, daß der große Mann nicht weit von ihm entfernt bewegungslos auf den Felsen lag. Erschrokken erhob sich Draba auf dem schwankenden Boden und eilte stolpernd an Horns Seite. Mühsam drehte er den schweren Körper um. Aus einer tiefen Wunde am Kopf strömte Blut über Horns Gesicht. Rasch riß Draba einen Streifen von seinem Gewand und bemühte sich, die heftige Blutung zu stillen. Kaum war ihm dies gelungen, da trieb ein heißer Luftstrom wieder dichten Aschenregen heran. Draba blickte sich verzweifelt nach einem schützenden Felsen um. Endlich konnte er im schwachen Licht einen Felssturz erkennen, unter dem sie Schutz vor dem feurigen Regen finden würden. Er war ziemlich weit entfernt, doch sie mußten es schaffen, wenn die brennende Asche sie nicht ersticken sollte.

Draba packte den bewußtlosen Horn und zerrte ihn unter Aufbietung all seiner Kräfte über den schwankenden Boden zu den sicheren Felsen. Er keuchte, und grelle Lichter tanzten vor seinen Augen. Die giftigen Dämpfe raubten ihm den Atem und drohten ihn bewußtlos zu machen. Draba blieb kurz stehen, um sich auszuruhen. Wieder riß er ein großes Stück Stoff von seinem Umhang und befeuchtete es mit etwas Wasser. Den feuchten Stoff band er sich vor Mund und Nase. Nun würde es besser gehen. Er atmete weniger Dämpfe ein. Mit letzter Kraft schaffte er es endlich, den schweren Körper bis unter die Felsen zu ziehen. Kaum waren sie angelangt, da brach er neben Horn zusammen und verlor die Besinnung.

Als Draba wieder zu sich kam, war alles still. Er mußte lange ohne Besinnung gewesen sein. Fahles Tageslicht drang durch die Öffnung der Felsen, unter denen sie lagen. Draba erhob sich. Er taumelte. Horn hatte das Bewußtsein noch nicht wiedererlangt. Blaß und schwach atmend lag er so da, wie Draba ihn hingelegt hatte. Vorsichtig flößte Draba dem Bewußtlosen etwas Wasser ein und nahm selbst einen kleinen Schluck der so kostbaren Flüssigkeit. Dann erhob er sich und trat vor die Höhle.

Der Vulkan hatte sich beruhigt. Weiße Asche bedeckte den Berg wie Schnee. Ab und zu trieb ein Windstoß die Asche in Wirbeln vor sich her. Die Lavaströme waren nur teilweise an der Oberfläche erkaltet. Deutlich war das Glühen des heißen Gesteins durch die dünne Kruste zu erkennen. Nur noch selten drangen kurze Dampfstöße aus den Rissen des Berges. Doch waren sie zahm im Vergleich zu den Entladungen, die sie vor dem Ausbruch des Vulkans gesehen hatten.

Der Himmel war von dichten Wolken bedeckt, die nur ein fahles, trostloses Licht hindurchließen. Es war heiß von der Glut aus der Tiefe der Erde. Der Berg war noch warm und erhitzte die umgebende Luft. Blitze zuckten unerwartet und lautlos zwischen den Felsen. Nur selten war ein fernes Donnergrollen zu hören. Es war nicht auszumachen, ob es aus der Tiefe der Erde oder aus den Wolken kam.

Dann begann ein feiner Regen zu fallen, der zischend auf den noch heißen Felsen und dem unterirdisch glühenden Lavafluß verdampfte. Nur allmählich wurde der Regen dichter, und endlich öffneten sich die Schleusen des Himmels. Schmutziggraue Ascheströme flossen träge den Berg hinab, und langsam wurden die Felsen blank gewaschen. Über den erstattenden Lavamassen bildeten sich dichte, weiße Dampfwolken, die wie luftige Schlangen die Hänge hinabkrochen oder von dem immer heftiger werdenden Wind, der sich nun erhob, in sonderbare Formen zerrissen wurden.

Draba hatte sich vor dem Regen unter die Felsen geflüchtet und bemühte sich um den bewußtlosen Horn. Horn fieberte, und Schüttelfrost ließ ihn heftig erzittern. Aus seinem Beutel holte Draba einige getrocknete Blätter, die er zwischen zwei flachen Steinen zu feinem Pulver zerrieb. Dieses Pulver mischte er mit Wasser und flößte es dem Kranken behutsam ein. Bald legte sich der Schüttelfrost, und das Fieber sank. Doch noch immer erlangte Horn sein Bewußtsein nicht wieder.

Vorsichtig tastete Draba den Kopf Horns ab, dann richtete er sich mit besorgtem Gesicht wieder auf.

»Er hat einen Schädelbruch«, murmelte er. »Da gibt es keinen Zweifel. Nun, dies ist wahrhaft ein hübsches Plätzchen für eine solch schwere Verletzung.«

Draba atmete tief durch und schloß die Augen. Reglos saß er da und ließ den Strom der sich überschlagenden Gedanken gewähren. Allmählich kam sein Denken zur Ruhe, und er wurde frei von Angst und den Schrecken der Welt, die sie umgab. Lange saß er so da, und es wurde hell in ihm. Als er die Augen wieder öffnete, erfüllte ihn Stille.

Ruhig tat er, was zu tun war, und keine Verzweiflung beschwerte oder lähmte ihn. So gut es ging, bettete er Horn und deckte ihn warm zu. Er achtete darauf, daß Horns Kopf weich gelagert war und doch stillgehalten wurde. Nur Warten und Geduld konnten dem Kranken jetzt Heilung bringen.

Als er Horn mit dem Notwendigsten versorgt hatte, trat er vor die Höhle. Der Regen hatte aufgehört. Die Luft hatte sich gereinigt und ihre Spannung verloren. Die Wolken lichteten sich, und helle Sonnenstrahlen machten die trostlose Gegend etwas freundlicher. Nur noch wenige Nebelschwaden trieben die Hänge hinab und zeugten vom Feuer, dem sie so knapp entronnen waren.

Draba kletterte auf die Felsen, unter denen sie Zuflucht gefunden hatten. Von hier aus hatte er einen weiten Blick über die zerklüftete Landschaft. Doch sosehr er sich auch bemühte, er konnte kein Lebenszeichen von den Gefährten entdecken. Laut rief er ihre Namen, doch keine Antwort kam zurück. Nichts regte sich zwischen den Steinen, nur hin und wieder eine Eidechse, die über einen sonnenwarmen Felsen huschte, oder ein Stein, der sich löste und geräuschvoll in die Tiefe stürzte. Lebten die Gefährten denn noch?

Draba schloß die Augen und dachte fest an Eja. Vielleicht verriet ihm das Laurin, ob sie noch lebte. Auch sie trug das Band um den Hals, und manchmal vermochte es die Edrahil über nicht zu weite Entfernungen zu verbinden. Lange konnte er nichts vernehmen, kein Zeichen, keine Regung. Dann plötzlich war etwas da, nur ganz schwach, aber doch spürbar, ja, es kam ihm entgegen. Eja versuchte wie er, Verbindung aufzunehmen. Für einen kurzen Augenblick wußten sie voneinander, daß sie lebten. Und Draba wußte, daß Far-Uhl noch bei Eja war. Dann zerriß die Verbindung, und nur schwach spürte er Ejas letzte Worte. Wo sind Horn, Jock und Tanit? Tiefer Graben! Können nicht zu euch! Dann war es still.

Eja lebt also. Und Far-Uhl ist bei ihr, dachte Draba voll Erleichterung. Doch wo Jock und Tanit sind, wer weiß das zu sagen? Das Schicksal hat unsere Wege getrennt und jedem seine eigene Aufgabe zugewiesen. Uns bleibt nur die Hoffnung, daß wir uns wiedersehen.

Nun kann ich dir nicht mehr helfen, Eja, deine schwere Aufgabe zu bewältigen. Du mußt ohne mich das Land ohne Schatten betreten. Ich muß einen anderen Weg gehen, denn Horn braucht mich jetzt. Und Jock und Tanit? Möge das Schicksal sie beschützen, so wie es uns trotz all seiner Härte beschützt hat.

Viele Tage vergingen, in denen Draba den kranken Horn pflegte, ohne diesen Ort verlassen zu können. Er entdeckte in der Nähe eine Quelle, so daß sie genug Wasser hatten. Dort fand er auch Beeren und eßbare Wurzeln. Er fing Eidechsen, die er auf den sonnenheißen Felsen briet. Ihre Höhle schützte sie vor Wind und Regen.

Geduldig flößte Draba dem bewußtlosen Horn Nahrung und Wasser ein. Als er keine der heilenden Blätter mehr hatte, kühlte er Horns Fieber mit kalten Wickeln oder wärmte ihn, wenn der Schüttelfrost ihn plagte, mit Steinen, die er in die Sonne legte.

Allmählich kam Horn wieder zu sich. Anfangs nur für kurze Augenblicke, in denen er nicht ganz klar war und versuchte, sich zu erheben. Draba fiel es schwer, den geschwächten, aber immer noch starken Mann ruhigzuhalten und zu verhindern, daß er sich unabsichtlich Schaden zufügte. Horn sprach viel in seinen Fieberträumen. Dann schlug er um sich und wollte Eja und den anderen zu Hilfe eilen. Das Herz wurde Draba schwer, wenn er daran dachte, was sein mochte, wenn Horn wieder erwachte. Würde er schwere Schäden davongetragen haben?

Oft legte Draba seine Hände auf Horns Kopf und richtete seine Kraft auf ihn, um die Kräfte der Heilung zu stärken. Die Wunde verheilte schneller, als Draba gehofft hatte, und langsam begannen auch die Knochen wieder zusammenzuwachsen. Horn schien große Heilkräfte in sich zu haben. Draba erhoffte sich viel von Horns Stärke für die Genesung.

Endlich kam Horn wieder zur Besinnung. Draba hatte mit geschlossenen Augen an seiner Seite gesessen und Ruhe und Erholung in der Freiheit von allen Gedanken gefunden.

Plötzlich fragte Horn: »Ist es Nacht?«

»Nein«, sagte Draba erstaunt über diese Frage und zugleich glücklich darüber, daß Horn endlich wieder erwacht war. »Warum fragst du?«

Horn schwieg eine Weile, doch als er wieder sprach, gab er keine Antwort auf Drabas Frage, sondern stellte eine neue Frage: »Ich höre nur deinen Atem. Wo sind die anderen? Leben sie noch?«

»Eja und Far-Uhl leben noch. Doch von Jock und Tanit weiß ich nichts«, antwortete Draba.

»Was ist geschehen?« fragte Horn wieder.

Draba erzählte ihm, wie sie auf dem Lavastrom getrennt worden waren und wie Horn lange krank gewesen war und er ihn gepflegt hatte. Auch erklärte er ihm, woher er wußte, daß Eja und Far-Uhl noch lebten.

»Aber von Jock und Tanit weißt du nichts?«

»Nein«, sagte Draba. »Wir können nur das Beste für sie hoffen.«

Horn nickte. Dann fragte er: »Du hast gesagt, daß es Tag ist. Wo sind wir? Ist es hier dunkel?«

»Nein«, antwortete Draba. Er begann zu begreifen, warum Horn so seltsame Fragen stellte. »Wir sind in einer Höhle. Durch die Öffnung dringt genug Licht, daß es auch hier hell ist.«

Horn lag ruhig da. Aber seine Augen waren weit geöffnet und bewegten sich ziellos hin und her.

»Du kannst nichts sehen, nicht wahr?« fragte Draba und bemühte sich, sein Erschrecken nicht preiszugeben.

»Ja«, sagte Horn. Seine Stimme zitterte. »Es scheint so.«

Lange sagten sie nichts mehr. Drabas Gedanken überstürzten sich. Wenn Horn wirklich blind war, würden sie dann den Rückweg nach Althaia bewältigen können? Denn dorthin mußten sie zurück. Es war sinnlos, mit einem blinden Mann den Versuch zu wagen, ins Raunatal zu gelangen oder gar Eja zu folgen. Aber vielleicht war Horns Blindheit nur vorübergehend.

»Du wirst sicher bald wieder sehen können«, sagte Draba und bemühte sich, seine Stimme zuversichtlich klingen zu lassen.

»Ja, sicher«, sagte Horn, doch es klang ohne wirkliche Hoffnung.

An den beiden folgenden Tagen führte Draba Horn umher, damit er wieder zu Kräften kam. Er verband ihm die Augen, um sie nicht zu früh wieder dem grellen Licht auszusetzen. Die Reise, die sie vor sich hatten, würde lang und beschwerlich sein und noch gefährlicher durch Horns Blindheit.

Sie beschlossen, am dritten Tag nach Horns Erwachen

aufzubrechen und zurückzukehren. Sie würden versuchen, nach der Durchquerung der Sümpfe ungesehen Althaia zu erreichen. Als sie sich an diesem letzten Abend in der Höhle zur Ruhe legten, sagte Horn nach einer Weile:

»Laß uns ehrlich miteinander sein. Es ist gut möglich, daß ich nie wieder sehen werde. Daß du nicht damit einverstanden sein wirst, mich hier zurückzulassen, um Eja zu helfen, ist mir klar, denn ich würde nicht anders handeln. Wir beide wissen auch, daß Eja dies nie erlauben würde. Also werden wir gemeinsam nach Althaia zurückkehren.

Aber machen wir uns nichts vor. Das Schicksal wird entscheiden, ob ich wieder sehen werde oder blind bleibe. Du brauchst nicht so zu tun, als wärest du sicher, daß ich genese. In all den Jahren des Wartens nach der Vertreibung aus meiner Heimat, in all den Jahren des Wartens auf die Gelegenheit, Asars Pläne zu durchkreuzen, habe ich gelernt, mit der Verzweiflung zu leben. Nur die Stärke, die ich selber in mir trage, kann mir den Halt geben, den ich in dieser Dunkelheit brauche.«

»Du hast recht«, sagte Draba. »Ich will dich nicht weiter belügen. Meine Hoffnung, daß du wieder sehen wirst, ist gering. Es ist besser, sich den Tatsachen zu stellen. Versuch dennoch zu schlafen, Horn. Wir haben einen schweren Weg vor uns.«

Als sie am nächsten Morgen aufbrachen, kamen sie wie vermutet nur langsam voran. Horn hielt sich an Drabas Schulter fest, und so leitete ihn Draba über die Felsen und Geröllhalden. Sorgfältig wählte Draba jeden Schritt und ging oft ein Stück voraus, um den günstigsten Weg zu erkunden. In solchen Momenten brauchte Horn all seinen Mut, um den Schrecken der Vorstellung, daß Draba abstürzen und nicht mehr zurückkehren könnte, standzuhalten. Allein würde er in diesen Felsen den sicheren Tod finden.

Die Landschaft hatte sich durch den schweren Vulkanausbruch verändert. Als sie eine Schlucht, durch die sie doch erst vor wenigen Tagen gekommen waren, versperrt vorfanden, mußten sie eine andere Richtung einschlagen und sich einen neuen Weg zurück suchen.

Als sie fünf Tage gegangen waren, horchte Horn plötzlich auf und sagte: »Laß uns einen Augenblick stillstehen. Ich glaube, ich höre ein Rauschen. Hier muß irgendwo ein Fluß sein.«

Draba blieb stehen und lauschte. Horn hatte recht. Die geschärften Ohren des Blinden hatten mehr als seine gehört. Nordöstlich vor ihnen schien irgendwo ein Fluß zu fließen. Er hielt auf die Richtung zu, aus der sie das Rauschen hörten. Gegen Abend erreichten sie eine breite Schlucht, durch die wildschäumend ein mächtiger Fluß strömte.

Vorsichtig kletterten sie hinab und verbrachten die Nacht am Ufer des Flusses. Am nächsten Morgen wandten sie sich auf der Talsohle in Richtung Norden. Auf der Seite des Flusses, die sie entlanggingen, erstreckte sich ein nur wenig abfallendes, mit glatt geschliffenen Steinen bedecktes Ufer. Einige Felsen, die ihnen den Weg versperrten, konnten sie ohne große Mühe überwinden.

Nach zwei Tagen stießen sie auf ein natürliches Becken, dessen seichtes Wasser die Sonne erwärmt hatte. Dort nahmen sie ein Bad und wuschen sich den Staub aus den Kleidern. Plötzlich rutschte Horn auf einem glatten Stein aus und fiel rücklings hin. Das Wasser schlug über ihm zusammen. Angst ergriff ihn, als er das Gefühl für die Richtung verlor. Da löste sich der Verband über seinen Augen. Horn sah ein helles Licht und dicht vor sich ein silbernes Blitzen. Unwillkürlich faßte er nach dem Glitzern vor seinen Augen und spürte etwas Weiches und Geschmeidiges, das sich wild gegen seinen Zugriff wehrte. Ein Fisch, dachte er. Ich habe einen Fisch gefangen. Seine Füße fanden Halt auf den Steinen, und es gelang ihm, sich aufzurichten. Heftig rang er nach Atem, als er endlich wieder stehen konnte. Das Wasser reichte ihm bis an die Brust. Hoch hielt er die Hand mit dem sich windenden Fisch über seinen Kopf. Da hörte er Drabas Lachen.

»O Horn«, rief Draba, und das Glück, das ihn erfaßte,

mischte sich mit seinem Lachen über den Anblick, den Horn bot. »Du bist mir ja ein seltsamer Jäger. Und wenn du tausendmal keine Augen hättest und nicht einmal Hände, so würdest du einen Fisch noch mit den Zähnen fangen.«

Dann zog Draba Horn und den Fisch an Land, und der Fisch schien ihnen die köstlichste Festmahlzeit, die sie je verspeist hatten. Sorgfältig verband Draba wieder Horns Augen, denn noch mußten sie geschont werden. Aber nun war es gewiß. Horn würde wieder sehen. Jeden Tag ging es ein wenig besser. Immer länger konnte er den Verband ablegen, bis seine Augen endlich ihre alte Sehkraft wiedergewonnen hatten.

Als Draba den Verband endgültig abnahm, fragte Horn: »Sollen wir umkehren? Sollten wir nicht versuchen, Eja zu helfen oder Jock und Tanit zu finden?«

Draba blickte an den Felsen empor, die sich um sie bis hoch in den Himmel türmten.

»Wer weiß, wie sehr der Vulkanausbruch den Weg verändert hat. Das letzte, was mir Eja mitteilen konnte, war ja auch, daß ein tiefer Graben ihnen den Weg zu uns versperrte. Und dann ist ihr Vorsprung auch viel zu groß.«

Schweren Herzens sah Horn ein, daß Draba recht hatte. Hier konnten sie nichts mehr ausrichten. Nur Tanit, wenn sie noch lebte, hätte eine Chance, einen der Gefährten wiederzufinden. Doch wer wußte schon, wo sie und Jock steckten und wie es ihnen ergehen mochte?

»Aber wäre es denn nicht besser, wenn wir wenigstens am Rand der Sümpfe auf sie warten würden? Denn wenn sie den Weg zu den Sümpfen zurückfinden, so brauchen sie Hilfe, um sie zu durchqueren«, meinte Horn.

»Das stimmt«, antwortete Draba. »Daran habe ich gar nicht gedacht, weil es mir immer nur das wichtigste schien, dich sicher nach Althaia zu bringen, um dich dort gesund pflegen zu können. Aber es ist schon lange her, daß wir getrennt wurden. Durch deine Krankheit und unsere Wanderung sind viel zu viele Tage vergangen. Vielleicht sind Eja und Far-Uhl schon wieder aus dem Land ohne Schatten zurückgekehrt und längst auf dem Weg zu unserem Treffpunkt im Raunatal.«

»Vielleicht«, meinte Horn nachdenklich. »Auch Jock und Tanit könnten, wenn sie noch leben, schon zu den Sümpfen zurückgekehrt sein. Oder sie warten dort auf uns. Alles ist möglich. Vielleicht können die Spuren, die ich bei den Sümpfen finde, uns verraten, ob unsere Freunde schon dort gewesen sind, wenn wir sie nicht gar dort treffen.«

»Du hast recht«, sagte Draba. »Also auf zu den Sümpfen.«

Keine drei Tage vergingen, da senkten sich die Felsen, die das Tal, in dem sie gingen, einschlossen. Der Fluß wurde langsam und seicht und verlor sich unmerklich in immer sumpfigerem Gebiet. Sie wandten sich nach Westen, dem Beginn des Weges durch die Sümpfe zu. Schon am frühen Vormittag des folgenden Tages erreichten sie den Punkt, an dem sie die Sümpfe verlassen hatten. Sorgfältig untersuchte Horn den weichen Boden nach Spuren ihrer Freunde. Obwohl mehr als ein Mond vergangen war, seit sie die Sümpfe verlassen hatten, konnte er noch die Spuren entdecken, welche die Gemeinschaft hinterlassen hatte, bevor sie getrennt worden war. Doch neue Spuren waren keine zu entdecken. Keiner der Freunde schien vor ihnen hier gewesen zu sein.

»Es wird das beste sein, wenn wir hier warten«, sagte Horn. »Natürlich können sie versucht haben, die Sümpfe an einer anderen Stelle zu durchqueren. Wenn aber nicht, so werden sie hierher zurückkehren und unsere Hilfe brauchen.«

»Doch wie lange sollen wir warten?« fragte Draba. »Wenn sie einen anderen Weg genommen haben, so können sie das Raunatal längst erreicht haben.«

»Ja, ich weiß«, antwortete Horn. »Wir wissen nichts Genaues. Ich schlage vor, daß wir noch drei Tage warten und dann ins Raunatal aufbrechen, um die anderen zu treffen oder zu erwarten.«

Damit war Draba einverstanden. Aus Schilf baute Horn eine Hütte, die sie vor den sengenden Strahlen der Sonne schützte. Im Schatten ihrer kleinen Behausung warteten sie geduldig auf die Rückkehr ihrer Freunde. Sie wußten nicht, ob sie hierherfinden würden. Sie wußten nicht, ob sie die Freunde je wiedersehen würden. Sie wußten nicht einmal, ob sie überhaupt noch lebten. Das untätige Warten fiel ihnen schwer. Aber sie hatten keine andere Wahl.

Der Gang

»Nun, Jock Aiting. Noch scheinst du zu leben. Also rappel dich auf, und schau nach, ob noch alles an dir dran ist. Und mach endlich die Augen auf! Du liegst ja da wie eine verschreckte Maus, mit der die Katze spielt«, murmelte Jock und versuchte, das Zittern in seiner Stimme zu unterdrükken. Er fühlte, wie sehr ihm der Schreck über das, was geschehen war, in den Gliedern steckte. Er wußte nicht, wie lange er ohne Besinnung gewesen war. War es Tag? War es Nacht?

Vorsichtig versuchte er, sich zu bewegen. Er schien Glück gehabt zu haben. Nichts schien gebrochen zu sein. Dann erinnerte er sich wieder. War nicht der große Felsen, auf dem sie getrieben waren, über sie gestürzt? Hätte er sie nicht zermalmen müssen? Was hatte sie gerettet? Ihn und Tanit.

Tanit! Ein neuer Schreck durchzuckte ihn. Wo war sie? Er tastete mit der Hand unter sein Wams. Sie war nicht mehr da. Sie mußte herausgefallen sein, als sie auf die Felsen geschleudert wurden. Es war dunkel um ihn herum, und er konnte nichts erkennen.

»Tanit«, rief er. »Wo bist du?«

Seine Stimme verhallte in der dunklen Stille. Stille? Also war der Vulkanausbruch vorbei. Doch wo konnte Tanit nur sein? Und die anderen? Das letzte, was er von ihnen gesehen hatte, war, wie sie auf dem Lavastrom davongetrieben waren. Dann war ihre Scholle auf die Felsen geworfen worden. Wie es ihnen wohl ergangen sein mochte? Ob sie noch lebten?

Doch er mußte jetzt Tanit finden. Vorsichtig begann er mit den Händen die Umgebung abzutasten. Er lag auf glatten Felsen. Er konnte nichts sonst ertasten. Tanit war nicht zu finden. Als er sich aufzurichten versuchte, stieß er mit dem Kopf an Stein. Fluchend legte er sich wieder hin und rieb sich den Kopf. Dann drehte er sich auf den Rücken und tastete mit den Händen die steinerne Decke über sich ab. Sein Herz schlug wild und voller Angst, als er die geschlossene Decke fühlte. War er unter den Felsen lebendig begraben worden? Gab es einen Ausweg? Und wo war Tanit?

Der Felsen über ihm schien schräg aufzuliegen. Gegen seine Kopfseite hin stieg er an.

Natürlich, dachte Jock. Das muß der Felsen sein, auf dem wir durch die Lava getrieben sind und der über uns gestürzt ist. Er muß auf anderen Steinen aufliegen. Das hat uns gerettet.

Nun ja, es hatte ihn gerettet. Und Tanit? Er mußte sie einfach finden. Er kroch vorsichtig auf dem Boden herum und tastete seine Umgebung ab. Bald stieß er auf den Stein, auf dem die große Platte über ihm auflag. Er wandte sich nach rechts und traf nach einer Weile auf weitere Felsen, welche die Höhlung undurchdringlich verschlossen. Jock atmete tief durch, um nicht vor Angst den Verstand zu verlieren. Die pechschwarze Dunkelheit, das Wissen um das Gewicht des Gesteins über ihm, raubten ihm den Atem und legten sich wie eine eiserne Klammer um seine Brust.

Leise begann Jock zu singen und wandte sich im Dunkeln um. Wieder bewegte er sich an der Kopfseite der Steinwand entlang und erreichte bald das andere Ende der Höhlung. Hier trafen seine Hände wieder auf harten Widerstand. Doch war es keine geschlossene Wand, sondern loses Geröll, das den Weg versperrte. Vielleicht war hier ein Durchkommen? Vielleicht konnte er die Steine beiseite räumen und ins Freie gelangen?

Die stürmische Hoffnung ließ ihn fast in Tränen ausbrechen und erfüllte ihn mit unbeschreiblichem Jubel. Dann durchfuhr ihn wieder der Gedanke an Tanit. Er mußte weiter nach ihr suchen. Er durfte nicht zuerst an sich denken. Vielleicht brachte er sie in Gefahr, wenn er einen Steinrutsch auslöste. Fieberhaft fuhren seine Hände an dem Geröll entlang. Plötzlich schrie er auf. Seine Finger hatten Federn berührt.

»Tanit! Tanit!« rief er und lauschte verzweifelt auf eine Antwort. Er tastete vorsichtig die Steine ab, unter denen Tanit lag. Es waren einige größere Brocken dabei, die Tanit davor bewahrt haben konnten, erdrückt zu werden. Jock klammerte sich an diese geringe Hoffnung wie ein Ertrinkender. Behutsam nahm er einen Stein nach dem anderen und legte ihn zur Seite. Er hatte große Angst, mit einer falschen Bewegung die Steine ins Rutschen zu bringen und Tanit endgültig unter ihnen zu begraben. Doch es gelang ihm, Tanit Stück für Stück zu befreien. Bald hatte er ihren Kopf und einen Großteil ihres Körpers freigelegt. Plötzlich spürte er, wie die Steine in Bewegung gerieten. Hastig packte er den leblosen Körper und riß Tanit unter den letzten Steinen hervor. Er preßte sie an sich, warf sich zurück und versuchte, Tanit mit seinem Körper zu schützen. Krachend gaben die Steine hinter ihm nach, und eine dichte Staubwolke wirbelte in die Höhlung. Jock schnappte keuchend nach Luft und hielt sich mit der einen Hand seinen Umhang vors Gesicht, während er in der anderen Hand Tanit barg und sich über sie beugte.

Dann wurde es plötzlich still. Langsam verzog sich der Staub. Licht drang durch Jocks geschlossene Augenlider. Überrascht öffnete er die Augen und drehte sich um. Der Weg war frei. Die Steine, die den Ausgang verschüttet hatten, waren verschwunden. Dichter Regen fiel vor der Öffnung. Jock kroch zum Ausgang und blickte hinaus. Nur eine Armlänge vor dem Eingang der Höhle endete der Felsen, auf dem sie lagen, und ein steiler Abhang öffnete sich vor seinen Augen. Tief unten konnte Jock die Steine liegen sehen, welche die Öffnung verschlossen hatten. Nicht auszudenken, was geschehen wäre, wenn sie von der Lava nur ein Stück weiter geschleudert worden wären. Sie hätten einen solchen Sturz niemals überlebt.

Jock kroch in das Innere der Höhle zurück. Ängstlich untersuchte er Tanit, die kraftlos in seinen Händen lag. Er konnte keine Wunden an ihr entdecken. Als er ihre Flügel bewegte, schien auch nichts gebrochen zu sein. Ob sie innere Verletzungen hatte? Er beugte sich über sie und lauschte auf ihren Herzschlag. Langsam, aber deutlich konnte er Tanits Herz pochen hören. Sie lebte! Tränen liefen über Jocks staubbedecktes Gesicht und gruben kleine Gräben in die graue Schicht. Sie lebte und atmete noch!

Er blickte sich um und entdeckte seinen Beutel in einer dunklen Ecke. Er band seine Deckenrolle ab und formte ein weiches Lager für Tanit. Dann durchsuchte er seinen Beutel. Seinen kleinen Kochtopf stellte er vor die Höhle, damit sich das Regenwasser darin sammeln konnte. Er nahm einen tiefen Schluck aus seinem Wasserschlauch und widmete sich wieder der bewußtlosen Tanit. Tropfen für Tropfen flößte er Wasser in ihren Schnabel.

Plötzlich floß eine dicke, gelbe Flüssigkeit aus Tanits Schnabel. Jock erschrak. Was war mit Tanit? Er versuchte, sich genau zu erinnern, was alles geschehen war, seit die Erde gebebt und die Felseninsel sie über die Lava getragen hatte. Hatten nicht Eja und Tanit das Bewußtsein in den Dämpfen verloren? War es vielleicht zu viel für den Vogel gewesen? Hatte sich nicht auch ihm beinahe der Magen umgedreht von dem Gestank? Vielleicht war Tanit vergiftet worden. So ein kleiner Vogel mochte viel weniger aushalten als ein Mensch. Was sollte er bloß tun? Wie konnte er ihr helfen? Irgendwie mußte es ihm gelingen, das Gift aus ihrem Körper herauszubekommen. Aber wie?

Wenn er sie zum Erbrechen bringen könnte! Mit seinen Fingern? Das ging nicht. Dazu war ihr Hals zu schmal. Er traute sich nicht, mit seinen groben Fingern da hinein zu fassen. Nachdenklich sah er sich um und blickte dann ratlos auf Tanit. Zärtlich wischte er ihr den Staub von den Federn. Federn! Natürlich, das war es. Damit konnte er es versuchen.

»Entschuldige, Tanit«, sagte Jock. »Aber es muß sein.«

Behutsam zog er an einer ihrer Flügelfedern, bis sie sich löste. Tanit schien nichts gespürt zu haben und rührte sich nicht. Jock hielt Tanit so, daß ihr Kopf herabbaumelte, und öffnete ihren Schnabel mit den Fingern. Er biß sich auf die Lippen, als er mit der Feder vorsichtig in ihren Schnabel fuhr und sie tief im Schlund kitzelte. Krampfhaft begann der Vogel zu würgen. Erst kamen nur wenige Tropfen der gelben Flüssigkeit aus Tanits Schnabel, doch dann schoß plötzlich ein dicker Strahl hervor, und rasch zog Jock die Feder wieder heraus. Als nichts mehr von der gelben Flüssigkeit nachzukommen schien, legte er Tanit sorgsam auf die Decke zurück und deckte sie liebevoll zu.

»Hoffentlich hat das geholfen«, murmelte er. »Werde wieder gesund, kleine Tanit. Bitte!«

Jock kroch wieder zur Öffnung der Höhle und blickte hinaus. Zähflüssige Aschebäche flossen über die Felsen zur Seite der Höhle und stürzten den Abhang hinab. Nebelschwaden zogen über die heiße Erde. Jock kroch vor die Höhle und richtete sich auf.

Als er sich umdrehte, sah er, daß noch weitere Felsen sich über der Platte türmten, unter der sie lagen. Der Ausbruch des Vulkans hatte hier eine neue Mauer aus riesigen Steinblöcken gebaut. Wie sollten sie dieses Hindernis überwinden? Sosehr sich Jock auch bemühte, er konnte keinen Weg entdecken, den sie hinaufsteigen konnten. Enttäuscht und besorgt zog er sich wieder in den Schutz ihrer kleinen Höhle zurück und sah nach Tanit. Sie schlief, und es schien ihm, als ginge ihr Atem kräftiger als zuvor. Als er sich über sie beugte und auf ihren Herzschlag lauschte, war auch dieser schneller und kräftiger. Die Hoffnung, daß Tanit wieder gesund wurde, gab ihm neuen Mut.

Er lehnte sich an die Steinwand am Rand der Höhle und blickte in den dichten Regen hinaus. Trotz der Wärme der Erde, über welcher der Regen noch immer verdampfte, war es kühl geworden, und Jock hüllte sich fest in seinen Umhang. So saß er still da und schaute dem Regen zu, der die Felsen blank wusch und die Asche durch die Schluchten davonschwemmte. Die Nebel verzogen sich, und die heiße Erde erstarrte. Bald verriet nichts mehr die Schrekken des Vulkanausbruchs.

Dann hörte es auf zu regnen, und die ersten Sonnenstrahlen drangen durch die schwindende Wolkendecke. Jock trat wieder vor die Höhle. Kein Laut war zu hören.

»Draba, Horn, Eja, Far-Uhl!« rief er immer wieder. Doch sosehr er auch lauschte, es kam keine Antwort. Wenn er gewußt hätte, wie nah die Freunde waren. Doch die Felswand hinter ihm schirmte Drabas Rufe ebenso ab, wie sie die seinen in der falschen Richtung verhallen ließ. So ahnte er nichts von ihrer Nähe, und Draba, der nicht weit entfernt auf den Felsen stand und nach ihnen rief, erhielt wie Jock keine Antwort.

»Ich hoffe, es geht euch gut«, murmelte Jock, und Tränen füllten seine Augen. »Jetzt kann ich euch nicht mehr helfen und ihr mir auch nicht. Ich muß nun sehen, daß ich mit Tanit heil und gesund ins Raunatal komme. In dieser Wildnis werde ich euch niemals finden. Ihr müßt das Land ohne Schatten schon ohne mich finden. Es wird schwer genug für mich sein, einen Weg zurück zu finden. Wünscht mir Glück. Das wünsche ich euch auch.«

Doch wie sollten sie hier fortkommen? Jock trat nahe an den Felsabhang und blickte hinab. Wie tief er war. Das Seil, das er in seinem Beutel hatte, würde niemals bis nach unten reichen, und er konnte nirgends ein Felsenband entdecken, das es möglich gemacht hätte, die Strecke in Teilen zu überwinden. Nachdenklich legte er sich auf den Bauch und blickte über den Rand. Wie konnte ein Abhang nur so glatt und ohne Halt für Hände und Füße sein?

Da schien es ihm plötzlich, als sähe er nicht weit unter sich einen dunklen Fleck. Was mochte das sein? War hier der Fels nur dunkler als sonst? Jock strengte seine Augen an. Da rissen plötzlich die Wolken weit auf, und die Sonne schien ungehindert auf die Felsen herab. Jetzt konnte Jock deutlich erkennen, daß der dunkle Fleck ein Loch in der Felswand war.

»Was hilft uns das schon?« seufzte er. »Aber ich will es mir doch anschauen. Schaden kann es nicht.«

Er holte sein Seil aus der Höhle und band es an einem Felsvorsprung fest. Dann schwang er sich vorsichtig über den Rand hinaus. Er schluckte schwer, als er plötzlich so hoch über dem Abgrund hing, und bemühte sich, nur die Steinwand anzublicken. Langsam ließ er sich an den Felsen hinab. Bald hatte er das Loch, das er gesehen hatte, erreicht. Jock blickte in einen dunklen Gang.

»Wo der wohl hinführen mag?« sagte er. »Ob er überhaupt irgendwo hinführt und nicht bald zu Ende ist?«

Er sicherte sich mit seinem Seil, holte seine Schleuder hervor und einen seiner geliebten runden Steine. Geschickt holte er aus und schleuderte den Stein tief und pfeilgerade in die dunkle Öffnung hinein. Der Stein flog weit, bis er auftraf, und rollte dann noch eine ganze Weile auf einem abschüssigen Boden hinab.

Jock schwang sich in die Öffnung hinein und überlegte.

»Versuchen können wir es ja«, dachte er laut nach. »Es schmeckt mir zwar gar nicht, ohne Fackel durch einen dunklen Gang zu kriechen, aber einen anderen Weg gibt es nicht. Wenn der Gang nirgendwo hinführt, kann ich immer noch zurückkehren und mein Glück an den Felsen über der Höhle versuchen.«

Er packte sein Seil und kletterte wieder die Felsen zu der Höhle hinauf. Er beschloß, am nächsten Tag den Weg durch den dunklen Gang zu versuchen. Er aß und trank und versorgte Tanit. Mit dem Wasser aus seinem Kochtopf füllte er seinen Schlauch. Die Zeit verging. Die Sonne senkte sich und verschwand hinter den Vulkanen. Jock beobachtete das Längerwerden der Schatten und das Spiel der Farben auf den Felsen. Als es Nacht wurde, erhellte wieder der trübe rötliche Schein der Vulkane den Himmel. Da kroch Jock in die Höhle zurück und legte sich dicht neben Tanit.

»Gute Nacht, Tanit«, sagte er leise, und mit dem Gedanken an seine Freunde fiel er in tiefen Schlaf.

Am nächsten Morgen band er sich seine Decke so um, daß er Tanit vor dem Bauch tragen konnte. Selbst wenn er auf allen vieren würde kriechen müssen, war sie sicher untergebracht, und er hatte die Hände frei. Er warf sich seinen Beutel über und begann den Abstieg zu dem Loch in der Felswand.

Wieder band er sein Seil fest um den Steinblock und ließ sich an der Wand herab. Dann schwang er sich in die Öffnung des Ganges. Sein Seil mußte er zurücklassen. Er würde es vermissen, wenn der Gang sie ins Freie führen sollte, aber er konnte es nicht mitnehmen, denn wenn der Gang sich als Fehlschlag erwies, war das Seil der einzige Weg, um wieder zu ihrer Höhle zurückzugelangen.

Einen Augenblick ruhte sich Jock von dem Abstieg aus und wartete, bis sein Atem sich beruhigt hatte. Unsicher starrte er in das Dunkel des Ganges vor sich. Das Licht der Sonne erhellte den Gang nur ein Stück weit, und bald schon hüllte tiefes Dunkel den Weg in undurchdringliche Finsternis. Jock spürte, wie sich sein ganzes Gefühl gegen diese Finsternis auflehnte. Er mußte sich zwingen, um auch nur den ersten Schritt zu tun.

Der Gang war hoch genug, daß Jock aufrecht gehen konnte. Zögernd begann er seinen Weg. Als das Dunkel ihn verschlang und ihn von den letzten Strahlen des Lichts trennte, drehte er sich noch einmal um und verabschiedete sich mit einem sehnsüchtigen Blick von dem hellen Fleck, der hinter ihm schimmerte. Wer wußte, wann er wieder ein Licht sehen würde? Jock gab sich einen Ruck und wandte sich der pechschwarzen Dunkelheit des Ganges zu.

»Nun denn, Jock Aiting«, sagte er laut, wie um sich Mut zuzusprechen. »Du kannst hier nicht stehenbleiben und Maulaffen feilhalten. Du weißt, was zu tun ist. Also geh schon!«

Kein Laut war zu hören, als er verstummte. Die Finsternis verschlang jedes seiner Worte und warf nicht das geringste Echo zurück. Jock spürte, wie sein Herz wild schlug, und jeder Schlag schien in seinem Kopf wie ein Donnern. Als wollte er diesen betäubenden Schlägen in sich selbst entkommen, begann Jock, sich vorwärtszutasten. Er ging langsam und tastete mit seinen Händen und Füßen sorgfältig die Decke, die Wände und den Boden vor sich ab. Wer wußte, ob sich nicht plötzlich vor ihm ein unsichtbarer Abgrund auftat, in dem er sich den Hals brechen würde? Und wer wußte, ob sich die Decke nicht plötzlich senkte und er sich seinen Kopf einrennen würde?

Jeder Schritt in dieser undurchdringlichen Nacht war ein Wagnis.

So ging Jock durch das Dunkel. Tasten, Schritt, wieder Tasten, wieder ein Schritt. Kein anderes Maß für die Zeit hatte er nun mehr, als dieses Tasten, Schritt, wieder Tasten, wieder Schritt. Wurde er müde, ruhte er sich aus. Hatte er Durst, trank er einen Schluck oder aß ein wenig von seinen Vorräten, wenn er Hunger hatte. Sonst gab es nichts, keine Tageszeit, keine Sonne, keine Sterne, nichts anderes als Tasten, Schritt, wieder Tasten, wieder Schritt und Essen, Trinken, Schlafen. In den kurzen Pausen, die er sich gönnte, versorgte er Tanit und flüsterte ihr ermutigende Worte zu, die in Wahrheit ihm selber galten. Jedes Wort war ein Ort der Zuflucht in diesem Nichts, dieser Leere in der Tiefe dieser steinernen, erdrückenden Welt. Manchmal sang er leise vor sich hin, manchmal sprach er mit sich selber, manchmal legte er sich auf den nackten Stein und schlief. Wenn er aufwachte, wußte er nicht, wie lange er geschlafen hatte. Nur seine Müdigkeit regelte seinen Schlaf, kein Wechsel von Hell und Dunkel. Er hatte jedes Zeitgefühl verloren, und nur die leise Hoffnung auf Licht und auf ein Ende des Ganges trieben ihn noch vorwärts. Manchmal spürte er, wie ein seltsamer Schwindel sich in seinem Kopf breitzumachen versuchte und seine Gedanken verwirrte. Dann schnürte Angst ihm die Kehle zu, und er fürchtete, in dieser Dunkelheit und Ausweglosigkeit den Verstand zu verlieren. Er schimpfte mit sich und nahm all seine Kraft zusammen, bis er fühlte, daß wieder Klarheit in seinem Kopf herrschte und er mit zusammengebissenen Zähnen unbeirrbar seinen Weg fortsetzen konnte.

Dieser Weg durch das Dunkel war sicher die größte Bewährungsprobe, die Jock in seinem Leben zu bestehen hatte. Alles andere, was er zuvor erlebt hatte, verblaßte neben diesem einsamen Kampf mit sich selbst. In dieser vollkommenen Leere gab es keinen anderen Halt, aber auch keinen größeren Feind als ihn selber. Daß er diesen Kampf bestand, war eine Tat, die ihn veränderte.

Tanit kam in diesen dunklen Tagen nicht zur Besinnung. Doch obwohl er sich danach sehnte, wieder mit jemandem sprechen zu können, war er froh, daß sie nicht erwachte und ihr diese entsetzliche Zeit erspart blieb. Vielleicht wäre es für sie zu viel gewesen, schwach und krank, wie sie sein mußte, selbst wenn sie erwachte. So trug er die Bewußtlose, sorgsam in seine Decke gehüllt, durch das Dunkel und versorgte sie mit allem Nötigen. Wenn er schlief, barg er sie in seinen Armen und fand wenigstens in ihrer Nähe und im feinen Schlagen ihres Herzens einen Trost, der ihn in seinen dumpfen Schlaf leitete. Er war nicht allein.

Er wußte nicht, wieviel Zeit, wieviel Tage und Nächte vergangen waren, als er plötzlich spürte, wie der Gang sich abwärts neigte. Der Weg hatte immer ein leichtes Gefälle gehabt, aber nun begann er sich noch deutlicher zu neigen. Es war Jock nicht wohl bei dem Gedanken an die Masse der Felsen, die sich immer höher über ihm türmen mußte, je weiter er in die Tiefe vordrang. Und doch war ihm auch jede Veränderung recht, die vielleicht ein Ende dieser Finsternis bedeuten konnte. Von den Wänden begann Wasser zu rieseln. Jock kostete davon. Es schmeckte stark eisenhaltig, schien aber gut zu sein. An einer Stelle, an der das Wasser in einem kleinen Rinnsal herabfloß, konnte er seinen Schlauch auffüllen, dessen Inhalt schon bedrohlich zur Neige gegangen war. Verdursten mußten sie also nicht.

Aber das Wasser machte auch den Boden schlüpfrig, und Jock setzte seine Schritte mit noch größerer Vorsicht, um nicht auszurutschen. Doch wurde es immer schwieriger für ihn, sich auf den Beinen zu halten, denn der Tunnel senkte sich mehr und mehr. Jock fand kaum einen Halt auf dem glatten Boden und an den abgeschliffenen Wänden. Ein kühler Lufthauch drang aus dem Dunkel herauf und ein feines Rauschen, das sich zusehends verstärkte.

Dann ging plötzlich alles sehr schnell. Jock verlor den Halt auf dem schlüpfrigen Boden und fiel rücklings auf die abschüssigen Felsen. Er stieß einen Schreckensschrei aus und suchte mit den Händen verzweifelt nach einem

Felsvorsprung, an dem er sich hätte halten können. Doch es gab kein Halten mehr, und eine immer schneller werdende Rutschfahrt durch das Dunkel begann. Es blieb Jock nichts anderes mehr zu tun, als sich so gut wie möglich auf dem Rücken zu halten, damit wenigstens Tanit nicht unter ihn geriet. Mit einer Hand hielt er den Vogel, mit der anderen Hand und seinen Beinen versuchte er das Gleichgewicht zu wahren. Wenigstens verletzte er sich nicht an den glatten Felsen, über die er dahinglitt. Mehr und mehr senkte sich der Gang auf ihrer steilen Schußfahrt, bis er endlich zu einem senkrechten Kamin wurde und Jock im freien Fall in die Tiefe stürzte. Doch der letzte Fall war kurz. Gerade noch konnte Jock in dem Rauschen unter sich Wasser erkennen und nach Luft schnappen, da stürzte er auch schon in die reißende Flut und wurde quer zu seinem Fall von dem Strom eines unterirdischen Baches davongerissen. Er spürte, wie Tanit sich in seiner Hand wild zu regen begann, und sein einziger Gedanke galt ihr. Sie wird ertrinken! dachte er noch verzweifelt, da wurde es plötzlich hell, und Jock schloß geblendet die Augen, als das Wasser die engen Felsen verließ, ihn in einen freien Raum ausspie und er vom Wirbel des Wasserfalls in einen See gerissen wurde. Heftig zerrten die Strudel an ihm und zogen ihn in die Tiefe des unterirdischen Sees. Jock riß die Augen auf und begann wild mit seinen Beinen und seiner freien Hand zu strampeln. Plötzlich ließen ihn die Strudel frei, und unendlich langsam, wie es ihm schien, stieg er durch die hellen, grünen Fluten dem Licht an der Oberfläche entgegen. Die Hand, die Tanit hielt, streckte er hoch über sich dem Licht und der Luft entgegen. Endlich brach die sich heftig wehrende Tanit durch die Oberfläche des Wassers, und hinter ihr folgte Jock, der glücklich nach Luft schnappte, als er auftauchte. In seiner Hand, die er immer noch so weit wie möglich über dem Kopf hielt, strampelte die hustende und spuckende Tanit, die plötzlich rief:

»Was soll das, Jock? Willst du mich ertränken?«

»Hurra! Du sprichst wieder! Ich bin ...« Der Rest ging mit Jock unter, der für einen Augenblick vergessen hatte mit den Beinen zu strampeln und sich und Tanit über Wasser zu halten.

Als sie nach Luft schnappend wieder auftauchten, rief Tanit: »Paß doch auf! Sonst spricht bald keiner mehr von uns beiden. Wo sind wir hier eigentlich? Wieso sind wir im Wasser?«

Doch Jock lachte nur, glücklich, daß Tanit wieder zu sich gekommen war, und gab ihr keine Antwort. Er hielt sie beide mit seinen rudernden Beinen, so gut es ging, über Wasser und sah sich um.

Es dauerte eine Weile, bis er wieder klar sehen konnte. Zu lange waren seine Augen an das Dunkel gewöhnt gewesen. Geblendet versuchte er seine Umgebung zu erkennen. Endlich sah er über sich die Decke einer gewaltigen Höhle. Am Scheitelpunkt der Decke öffneten sich die Felsen zu einem weiten runden Kamin. Hoch oben, am Ende des langen Kamins, war wie ein klares, blaues Auge der Himmel zu sehen. Gleißendes Sonnenlicht drang durch den Kamin in die Höhle herab und brach sich im hellen Grün des unterirdischen Sees, in dem Jock und Tanit trieben.

»Wer ist das?« rief Tanit plötzlich. »Was wollen die von uns?«

»Wer?« fragte Jock, während ihm Wasser in den Mund schwappte. »Wo?« Er konnte nicht so gut sehen wie Tanit, denn noch war er vom Licht geblendet, und Wasser spritzte ihm in die Augen. Er hatte seine liebe Not, sie beide über Wasser zu halten. Seine nassen Kleider und sein Beutel hingen wie Bleigewichte an ihm und drohten sie in die Tiefe zurückzuziehen. Er spürte, wie seine Kräfte nachließen und seine Bewegungen langsamer wurden.

»Wir müssen raus hier«, keuchte er. »Ich kann uns nicht mehr lange über Wasser halten. Kannst du fliegen?«

»Ja, ich glaube schon«, sagte Tanit. »Laß mich los.«

Mit einer schnellen Bewegung warf Jock Tanit in die Luft. Dabei drückte ihn seine eigene Kraft unter Wasser. Diesmal war es noch schwerer, wieder hochzukommen. Er hielt sich nur noch mit schwachen Bewegungen knapp an der Oberfläche. Schon begannen die vollgesogenen Kleider und der Beutel ihn hinabzuziehen. Doch in dem Augenblick, als das Wasser ihm über die Augen stieg, hörte Jock, wie etwas neben ihm auf den See klatschte. Rasch griff er danach. Ein Seil! Jemand hatte ein Seil nach ihm geworfen! Wer? Egal wer! Bloß festhalten!

Jock klammerte sich mit letzter Kraft an das Seilende und wurde sogleich durch das Wasser gezogen. Jetzt endlich sah er das Ufer des Sees. Kleine, dunkle Gestalten standen in einer weiten Reihe am Ufer. Feine, aber kräftige Hände packten den tropfenden Jock und zogen ihn auf die Felsen. Keuchend und triefend blieb Jock liegen und hatte nicht die Kraft, sich aufzurichten und nach seinen Rettern umzusehen.

Flinke Hände kamen ihm zu Hilfe, nahmen ihm den Beutel von den Schultern und setzten ihn auf. Über sich sah Jock im gleißenden Licht, das durch den steinernen Kamin fiel, undeutlich Tanits Schatten, die sich in sicherer Entfernung hielt. Dann blickte er in dunkle, faltige Gesichter und kleine, dicht zusammenstehende Augen, die ihn neugierig ansahen.

Wer …? dachte Jock noch, da überfiel ihn plötzlich eine bleierne Müdigkeit, die ihn schwerer noch als alle nassen Kleider dieser Welt in die schwankende Tiefe eines Schlafes zog, in dem ihn die Erschöpfung wie in einem unergründlichen, grünschimmernden See der Träume empfing.

Die Brücke

Der Himmel brannte vom Widerschein der glühenden Lava, auf der die kleine Insel trieb, die Far-Uhls und Ejas letzte Zuflucht in diesem Untergang der Welt zu sein schien. Gespenstisch flackerte das Licht auf ihren Gesichtern. Beißende Dämpfe und dunkle Rauchschwaden raubten ihnen den Atem. Far-Uhl hielt die bewußtlose Eja fest in den Armen und sah mit entsetzten Blicken, wie die beiden Felsen, auf denen ihre Freunde trieben, in den Rauchschwaden und Dunstwolken verschwanden. Sie waren allein.

An den Rändern ihrer Insel brach ein Stück nach dem anderen ab und versank in der feurigen Flut. Der Felsen, auf dem Far-Uhl kauerte, wurde heißer und heißer, bis er es nicht mehr aushielt und sich trotz des schwankenden Bodens aufrichtete. Noch schützten ihn seine Hufe vor der Hitze des Steins. Doch schon drang ihm der beißende Geruch verbrennenden Horns in die Nase. Far-Uhl blickte sich gehetzt um. Es mußte einen Ausweg geben, sonst würde es bald aus sein mit ihnen. Doch sie trieben in der Mitte des Lavastromes, und die Ufer waren für einen rettenden Sprung zu weit entfernt. Da plötzlich machte der Lavastrom eine Biegung, und der klägliche Rest ihres Eilands wurde gegen das Ufer getrieben.

Nur noch ein Stück, nur noch ein wenig näher, dachte Far-Uhl voll Hoffnung, da begann eine zähe Welle die Insel wieder in die Mitte zurückzutreiben. Die letzte Gelegenheit schien ihnen geraubt zu werden. Da spannte Far-Uhl all seine Kräfte an, und mit einem lauten Schrei sprang er aus dem Stand in einem wilden Satz auf das rettende Ufer. Wie durch ein Wunder gelang es. Nie war ihm ein solcher Sprung geglückt, doch die Not hatte ihm Flügel verliehen. Schwer knickte Far-Uhl in den Beinen ein, als sein massiger Körper auf die Felsen traf, und er stürzte vornüber. Hinter ihnen versank die Insel in den Gluten des brennenden Gesteins.

Schwankend erhob sich Far-Uhl. Eja lag nur wenig von ihm entfernt reglos auf den Felsen. Hatte sie sich bei diesem Sturz verletzt? Far-Uhl wollte an ihre Seite eilen, da barst genau unter Eja das Gestein mit einem ohrenbetäubenden Krachen. Eine gewaltige Schlucht öffnete sich, in die sich die Lavaflut augenblicklich zischend, dampfend und wirbelnd ergoß. Ejas Beine hingen in die glühende Tiefe, und ihr Körper rutschte unaufhaltsam dem Abgrund entgegen. Far-Uhl warf sich zu Boden. Gerade noch konnte er Ejas Hand packen, kurz bevor sie in die klaffende Öffnung stürzte. Der Boden, auf dem Far-Uhl lag, hob sich und neigte sich gefährlich dem Abgrund zu. Sich mit einer Hand an einem Riß im Boden haltend, zog Far-Uhl Eja zu sich hoch und legte sie sich mit letzter Kraft über die Schulter. Dann stand ihnen das Glück bei und bewahrte sie beide davor, in den Abgrund zu stürzen. Noch einmal schwankte der Boden zurück, und Far-Uhl kam auf die Beine. Mit einer Geschicklichkeit, wie nur ein Hirsch sie aufbringen kann, sprang er von Felsplatte zu Felsplatte, und es gelang ihm, all die Risse, die den Boden spalteten, sicher zu überwinden. Es war ein Wettlauf mit der Zeit, denn hinter ihnen barst Felssturz um Felssturz und neigte sich krachend der glühenden Flut am Grunde der sich gewaltig auftuenden Schlucht entgegen. Zischend versanken die mächtigen Felsen, die in der Riesenhaftigkeit der neugeschaffenen Schlucht doch nur wie Kieselsteine wirkten. Es war, als formte sich die Welt ein neues Gesicht. Was waren da die beiden fliehenden Gestalten inmitten dieser ungeheuren Veränderungen?

Endlich fand Far-Uhl sicheren Boden, in dem sich keine Risse mehr bildeten. Er hatte den Rand eines hohen Vulkans erreicht. Schnell stieg er an der Flanke des Vulkans empor, bis er den schwankenden Boden und die berstenden Felsen weit hinter sich gelassen hatte. Erst auf halber Höhe des Vulkans machte er auf einer kleinen Felsplattform halt und ließ Eja zu Boden gleiten. Dann brach er völlig erschöpft an ihrer Seite in die Knie. Mit großen Augen, in deren Weiß sich die Flammen unter ihnen spiegelten, blickte er gebannt in die Tiefe.

Der breite Lavastrom, auf dem sie getrieben waren, hatte an Kraft verloren und war zum Stillstand gekommen. Nur die leuchtende Spur, die das glühende Gestein zwischen den Felsen zog, bewahrte noch die Macht seines Laufs. Dort, wo der heiße Strom die rettende Biegung gemacht hatte, die Far-Uhl den Sprung ans Ufer ermöglichte, klaffte die gewaltige Schlucht, deren Aderlaß den Lavafluß zum Versiegen gebracht hatte. Aus der Tiefe der Schlucht drang das düstere Schwelen des nur langsam erkaltenden Gesteins empor. Zu Seiten der Schlucht durchzogen zahlreiche Risse die Felsen, in denen sich kleine Lavabäche gefangen hatten. Wie ein leuchtendes Spinnennetz durchzog dieses Wirrwarr glühender Spuren die Felsen und bot einen entsetzlichen und doch auch fesselnden Anblick, von dem Far-Uhl sich kaum loszureißen vermochte.

Da regte sich Eja an seiner Seite und stöhnte. Far-Uhl schalt sich selber. Wie hatte er die Gefährtin vergessen können? Rasch öffnete er seinen Beutel und flößte Eja Wasser aus seinem Schlauch ein. Zitternd öffneten sich Ejas Augen. Sie lächelte schwach.

»Wo sind wir?« flüsterte sie so leise, daß Far-Uhl sie kaum verstehen konnte. »Und wo sind die anderen?«

Rasch berichtete Far-Uhl, was geschehen war. Eja setzte sich mit seiner Hilfe auf und lehnte sich an ihn. Sie starrte in das schwelende Licht, in der vergeblichen Hoffnung, irgendwo da draußen die Freunde entdecken zu können. Die Angst um sie trieb ihr Tränen in die Augen. Sie blickte zu Far-Uhl auf, der wie sie Ausschau hielt.

»Glaubst du, daß sie noch leben?« fragte sie beklommen.

»Ich weiß es nicht«, antwortete er. »Aber ich hoffe für sie. Mehr können wir nicht tun.«

Eja nickte. Dann sah sie wieder auf das gespenstische Schauspiel, das sich ihnen bot.

»Danke für das, was du getan hast«, sagte sie und faßte nach Far-Uhls Hand.

Far-Uhl lächelte still und drückte, ohne zu antworten, ihre Hand. Dann sah er sich um und meinte: »Es wird Zeit, daß wir uns einen Unterschlupf suchen. Wer weiß, was noch geschieht.«

Sie erhoben sich. Far-Uhl stützte Eja, bis sie wieder zu Kräften gekommen war, und langsam stiegen sie den Vulkan noch ein Stück weiter hinauf. Bald erreichten sie einen geräumigen Seitenkrater, in dem sie Schutz fanden. Der Vulkan, auf dem sie standen, zeigte keine Anzeichen eines bevorstehenden Ausbruchs. Diese Höhle schien ein sicherer Ort zu sein.

Dicht beieinander sitzend, blickten sie auf das Ende des Vulkanausbruchs, auf das Tageslicht, das so schwach und fahl durch die dichten Wolken drang, und das Glimmen der erstarrenden Lavaströme. Blitze zuckten über die Felsen, und schwacher Donner wehte aus der Ferne heran. Dann fiel der Regen.

So saßen die beiden unter dem Dach ihrer Höhle und blickten, wie ihre weit entfernten Freunde, auf die weißen Nebelschlangen, die sich über den erstarrenden Lavaströmen wanden, und auf die Ascheströme, die der Regen in kleinen und großen Bächen über die Felsen schwemmte. Wind kam auf und zerriß die Nebel. Die Sonne brach durch die Wolken. Es hörte auf zu regnen, und langsam neigte sich dieser Tag der Schrecken und der Trennung seinem Ende entgegen.

Plötzlich erhob sich Eja und trat vor die Höhle. Far-Uhl blickte sie überrascht an. Was hatte sie vor? Er sah, daß sie mit der Hand nach dem Laurinband faßte und die Augen geschlossen hielt. Suchte sie nach den Freunden? Konnte sie Verbindung mit ihnen aufnehmen? Gespannt verfolgte Far-Uhl jede Bewegung Ejas. Ruhig stand sie da. Dann plötzlich richtete sie sich mit einem Ruck auf. Sie schien auf etwas zu lauschen. Doch bald entspannte sie sich wieder. Es schien vorbei zu sein.

Als sie sich umdrehte, leuchteten ihre Augen, und doch zeigte ihr Gesicht zugleich auch tiefe Sorge.

»Was ist?« fragte Far-Uhl. »Leben sie noch?«

»Draba ja«, antwortete sie. »Und auch Horn, wenn auch schwer verletzt. Aber wo Jock und Tanit sind, weiß Draba nicht.«

»Gute und schlechte Nachricht«, meinte Far-Uhl. »Was sollen wir tun?«

Eja zuckte mit den Schultern und blickte wieder über die Felslandschaft.

»Ich habe versucht, ihm zu sagen, daß die Schlucht uns von ihnen trennt. Vielleicht hat er es noch verstanden. Ich fürchte, es hat keinen Sinn, zu versuchen, zu ihnen durchzukommen, und es ist auch vergeblich, nach Jock und Tanit zu suchen. Vielleicht gelingt es ja den anderen, zueinander zu finden. Es ist geschehen, was Horn befürchtet hat, und wir müssen tun, was wir verabredet haben. Wir sind getrennt worden, und nun muß jeder seine eigenen Wege gehen. Die Zeit drängt. Es gibt nur einen Weg für uns beide. Den Weg ins Land ohne Schatten zu suchen und den Baum der Träume zu finden. Wenn uns dies gelingen sollte, werden wir uns hoffentlich alle im Raunatal wiedersehen.«

»Ja«, sagte Far-Uhl. »Hoffen wir, daß das Schicksal uns von nun an gnädiger ist.«

Die Nacht verbrachten sie in der Höhle. Am nächsten Morgen brachen sie früh auf und suchten sich den Weg durch die Felsen. Sie stiegen den Vulkan hinauf und konnten von dort aus den großen Vulkan sehen, den Draba ihnen gezeigt hatte. Dort mußte das Land ohne Schatten liegen.

Tag für Tag zogen sie nun weiter durch die zerklüfteten Felsen und über die Hänge der Vulkane. Die Nächte verbrachten sie in Höhlen oder unter einem Felssturz, manchmal sogar unter freiem Himmel. Diese Nächte waren warm und sternenklar. Sie stießen auf Quellen, in denen sie ihre Schläuche füllen konnten. Nahrung fanden sie kaum, und so ernährten sie sich meist von den Vorräten aus ihren Beuteln.

Es war kein leichter Weg, und nicht selten versperrte ihnen ein unüberwindliches Hindernis den Pfad. Sie verloren viel Zeit, wenn sie umkehren mußten, um einen neuen Pfad zu suchen. In dieser unübersichtlichen Landschaft half ihnen Ejas Gefühl nur wenig. Die Zerrissenheit der Felsen und die unentwegte Spannung, die sie in den Vulkanen fühlen konnte, verwirrten sie und führten sie in die Irre. Wie sehnten sie sich nach ihren Freunden und nach Tanit, die ihnen den Weg durch die Felsen hätte weisen können.

Dennoch kamen sie voran, und jeden Tag sahen sie den großen Vulkan, der ihr Ziel war, näher rücken. Endlich erreichten sie den letzten Vulkan, der sich noch vor ihrem Ziel erhob. Als sie ihn erstiegen hatten, bot sich ihnen ein prächtiger Anblick. Vor ihnen ragte der mächtige Vulkan, der sie seit Beginn ihrer Weges durch diese wüste Landschaft geleitet hatte, weit in den Himmel hinein. Der Krater mußte, gemessen an der Länge seines sichtbaren Randes, gewaltige Ausmaße haben.

»Zum Glück waren wir nicht hier, als dieser Vulkan ausgebrochen ist«, meinte Far-Uhl. »Der Zwerg, den wir erlebt haben, war schon schlimm genug. Den Ausbruch dieses Riesen muß man bis Kiritavat gesehen haben.«

Eja nickte nur, und Far-Uhl spürte, daß die Erinnerung an Kiritavat ihren Kummer um die Trennung von den Freunden noch verstärkte. So schwieg er lieber, denn auch er war nicht unempfänglich für die Schwermut der Erinnerungen.

Sie machten sich an den Abstieg die Südflanke des Vulkans hinab. Gerade als sie über ein Geröllfeld gingen, lösten sich plötzlich über ihnen einige Steine, die andere Steine mit sich rissen und schon bald eine ganze Lawine auslösten.

»Schnell!« rief Far-Uhl. »Dort hinter den Felsen!«

Sie rannten stolpernd zu einem hohen Felsen, der wie ein grauer Einzelgänger das Geröllfeld überragte. Far-Uhl hatte ihn bald erreicht und drehte sich nach Eja um. Eja war bis auf eine Armlänge herangekommen, da gaben einige Steine unter ihren Füßen nach, und sie stürzte. Noch im Sturz warf sie sich nach vorne und griff nach der Hand, die Far-Uhl ihr entgegenstreckte. Gerade noch rechtzeitig gelang es ihm, sie hinter den rettenden Felsen zu ziehen, da brauste auch schon die Steinlawine an ihnen vorbei und hüllte sie in eine dichte Staubwolke. Schutzsuchend drückten sie sich an den Felsen und bedeckten ihre Gesichter. Dann war es vorüber. Die letzten Steine sprangen an dem Felsen vorbei und schlugen weit unter ihnen auf. Als sie sich aufrichteten, saß ihnen der Schreck noch in den Gliedern. Dennoch mußten sie über ihre grauen Gesichter und Haare lachen.

»Na, dann kann's ja weitergehen«, meinte Far-Uhl gut gelaunt. »Solches Glück kommt uns wie gerufen und ist herzlich willkommen.«

Eja stand auf und machte einen Schritt auf Far-Uhl zu. Plötzlich stieß sie einen Schmerzenslaut aus und lehnte sich mit verzerrtem Gesicht an den Felsen.

»Was ist?« fragte Far-Uhl erschrocken.

»Ich weiß nicht«, sagte Eja mit zusammengebissenen Zähnen. »Mein rechter Knöchel schmerzt. Ich kann nicht auftreten.«

Far-Uhl hieß Eja, sich auf den Boden setzen, und half ihr, vorsichtig den Stiefel auszuziehen. Far-Uhl beugte sich über ihren Knöchel. Er war dick angeschwollen und hatte eine rötlichblaue Farbe.

»Wahrscheinlich hast du dir bei deinem Sturz vorhin den Fuß verdreht. Wir wollen hoffen, daß er nicht gebrochen ist«, sagte Far-Uhl mit besorgter Miene.

Dann betastete er vorsichtig den Knöchel. Eja biß sich auf die Lippen vor Schmerzen.

»Ich bin nicht sicher«, meinte Far-Uhl. »Aber gebrochen scheint nichts zu sein. Glaubst du, daß du gehen kannst?«

Eja schüttelte nur stumm den Kopf.

»Tja«, meinte Far-Uhl. »Da ist nun guter Rat teuer. Wir werden uns wohl eine ganze Weile hier niederlassen müssen, denn bis ins Land ohne Schatten kann auch ich dich nicht auf meinen Armen tragen.«

Eja war vor Schreck und Schmerzen ganz blaß im Gesicht geworden.

»Aber dann verlieren wir doch viel zuviel Zeit«, sagte sie verzweifelt. »Wie konnte ich mich nur so dumm anstellen?«

»Du mußt dir keine Vorwürfe machen«, sagte Far-Uhl. »Du kannst nichts dafür. Das hätte jedem passieren können. Aber du hast natürlich recht. Wir werden sicher viel Zeit verlieren, Zeit, die wir eigentlich nicht haben.«

Er richtete sich auf und wandte sich dem großen Vulkan zu, der sich plötzlich so unerreichbar vor ihnen erhob. Irgendwo dahinter mußte das Land ohne Schatten liegen. Vielleicht zum Greifen nah. Eja sah, daß Far-Uhl mit sich selbst kämpfte. Sie fühlte, daß er mit einem Entschluß rang, den er für richtig hielt und gegen den er sich doch mit seinem ganzen Wesen zu wehren schien. Was hatte er vor? Plötzlich sagte er mit heiserer Stimme:

»Ich bin auf diese Reise mitgegangen als Botschafter des Volkes der Balhi-jata. Ich habe gelobt, alles, was in meinen Kräften steht, zum Gelingen unserer Reise beizutragen. Als sichtbares Zeichen für meine Aufgabe und mein Versprechen trage ich den Stirnreif der Herrin Ker-Imea. Ich wußte, daß es schwer werden würde und daß mir vielleicht Handlungen abverlangt werden könnten, die über alles Maß, das ich gewohnt bin, hinausgehen würden. Und vielleicht ist selbst das, was mir als eine Schmach erscheint, das, was ich geben muß, um mein Versprechen zu erfüllen.

Du weißt, daß nie einer der Merod einen Reiter auf seinem Rücken duldet. Doch die Zeit ist gekommen, in der selbst diese Erniedrigung keine Schmach mehr ist, sondern die notwendige Tat, die ein Freund zu leisten hat. Ich bin als Botschafter der Balhi-jata von Kiritavat aufgebrochen, und ich werde alles tun, um mich dieser Aufgabe würdig zu erweisen.«

»Das kann ich nicht von dir verlangen«, sagte Eja erschrocken.

»Du mußt es gar nicht verlangen«, erwiderte Far-Uhl. »Ich tue es freiwillig. Es gibt keinen anderen Weg.«

Far-Uhl hatte recht. Wie sonst hätten sie die Reise fortsetzen können? Sie konnte nicht allein gehen, und er konnte sie nicht auf seinen Armen über die Felsen tragen.

»Komm«, sagte Far-Uhl. »Laß es uns versuchen.«

Eja richtete sich mühsam auf und trat dicht an Far-Uhls Seite. Sie sah, wieviel Überwindung der Gedanke an eine Reiterin auf seinem Rücken Far-Uhl kostete. Er zitterte am ganzen Körper, und weiße Schweißflocken bildeten sich auf seinem Fell. Langsam legte Eja einen Arm um Far-Uhl und zog sich sachte auf seinen Rücken hinauf. Dann richtete sie sich vorsichtig auf und hielt sich an seinen Schultern fest. Lange regten sie sich beide nicht. Nur allmählich beruhigte sich Far-Uhl, und sein Atem ging wieder regelmäßiger. Doch noch konnte Eja fühlen, wie sein Herz wild schlug und wie Far-Uhl mit seinen widerstrebenden Gefühlen kämpfte.

Far-Uhl setzte langsam einen Schritt vor den andern. Er sprach kein Wort, sondern versuchte, sich Schritt für Schritt an das Gewicht und die Berührung seines Rückens zu gewöhnen. Als sie den Fuß des Vulkans erreicht hatten, fühlte er, wie ihm das Atmen wieder leichterfiel.

»Nun, wenigstens bist du kein Schwergewicht«, meinte er scherzend. »Das macht die Sache immerhin leichter für mich.«

Eja beugte sich vor und umarmte Far-Uhl. Sie hatte schon gefürchtet, daß sich das Geschehene zwischen sie beide stellen würde und ihre Freundschaft trüben könnte.

Far-Uhl spürte ihre Erleichterung und sagte: »Nein, es ändert nichts an unserer Freundschaft. Aber nun habe ich noch eine ganz persönliche Rechnung mit Herrn Asar zu begleichen.«

So vergingen die nächsten Tage. Auch wenn sich Far-Uhl nie wirklich an seine Reiterin gewöhnen konnte, mußte er sich doch bald nicht mehr überwinden, wenn sie auf seinen Rücken stieg. Trotz Ejas Verletzung kamen sie gut voran und suchten sich einen Weg an den Flanken des hohen Vulkans, hinter dem sie ihr Ziel, das Land ohne Schatten, vermuteten. An den Seiten des Vulkans war kein Durchkommen, denn Schluchten machten die Landschaft im Westen und Osten des Vulkans unpassierbar. So stiegen sie denn immer höher an seinen Flanken hinauf und umgingen ihn auf halber Höhe. Nach zwei Tagen hatten sie die Südflanke erreicht.

Die Sonne senkte sich im Westen. Die Vulkane warfen lange Schatten über das Felsengewirr, als sie nach Süden über die Landschaft blickten, die sich vor ihnen weitete. Zu Füßen des großen Vulkans öffnete sich eine tiefe Schlucht, in der sie einen reißenden Fluß sahen, der Richtung Osten strömte. Auf der anderen Seite der Schlucht breitete sich eine karge, staubige Landschaft aus, in der sich nur wenige hohe Felsen erhoben. Lange Strecken waren von nichts anderem bedeckt als von Staub und Steinen. Ein trostloses Land, das nicht einmal im milden Licht der untergehenden Sonne etwas von seiner Erbarmungslosigkeit verlor.

»Wie weit es noch bis zum Land ohne Schatten sein mag?« fragte Eja nachdenklich.

Far-Uhl lachte und hob einen Stein vom Boden auf. In einem hohen Bogen schleuderte er den Stein auf die andere Seite der Schlucht.

»Nur noch einen Steinwurf weit entfernt liegt das Land ohne Schatten«, meinte er lächelnd.

Eja sah ihn erstaunt an, dann begriff sie. Natürlich, wie hatte sie so blind sein können? Keiner der Felsen auf der anderen Seite der Schlucht warf auch nur den geringsten Schatten. Sie hatten ihr Ziel erreicht.

»Aber wie wollen wir über diese Schlucht kommen?« fragte sie Far-Uhl.

Far-Uhl schätzte die Felsen im Westen und Osten ab. Am östlichen Fuß des Vulkans türmten sich hohe, unüberwindliche Steinblöcke übereinander und versperrten ihnen den Weg. Im Westen dagegen bot sich ihnen ein anderes Bild. Eine große Felsplatte spannte sich wie eine gewaltige Brücke über die Schlucht. Doch auch dort, wo diese natürliche Brücke begann, versperrten riesige Felsbrocken den Zugang. Es schien nicht möglich zu sein, die Schlucht an dieser Stelle zu überqueren. Vielleicht mußten sie sich einen Weg weiter im Westen oder Osten suchen? Doch plötzlich stutzte Far-Uhl und wies mit der Hand auf eine Stelle in den Felsen tief unter ihnen.

»Siehst du das Felsenband unter uns?« fragte er Eja. »Es führt an der Flanke des Vulkans entlang bis zu der großen Brücke. Und auch an der Felsenbrücke kann man einen Pfad erkennen, der fast ohne Unterbrechung bis auf die andere Seite führt. Das wird unser Weg hinüber sein.«

Eja schauderte, als sie Far-Uhls Hand folgte. Der Pfad an der Felsenbrücke war schmal, und unter ihm öffnete sich der schreckliche Abgrund. Ein Sturz in die reißende Flut mußte den sicheren Tod bedeuten. Sie hatten schon viele gefährliche Stellen auf ihrer Wanderung durch die Vulkane überwunden, und mancher Engpaß hatte sie bis dicht an einen Abgrund geführt, aber nichts schien ihr im Vergleich mit dem, was vor ihnen lag, auch nur annähernd so gefährlich gewesen zu sein. Doch sie nickte nur stumm. Hier bot sich ein Weg, wie erschreckend auch immer, und sie hatten nicht die Zeit, eine andere Wahl zu treffen.

In dieser Nacht saßen sie lange wach und blickten über die düstere Landschaft auf der anderen Seite der Schlucht. Das Land ohne Schatten machte auch im hellen Mondlicht seinem Namen alle Ehre. Kein noch so feiner Schatten war zu sehen, und bald empfanden die Freunde ihren eigenen Schatten wie etwas Ungebührliches, Verbotenes, das am Rand dieser fremden Welt ein Vergehen war. Unter ihnen schimmerte das Weiß des rauschenden Stromes und zog eine unheilvolle, geisterhafte Spur durch das undurchdringliche Dunkel der tiefen Schlucht.

»Wieviel wäre uns erspart geblieben, wenn ich mich nur hätte erinnern können«, sagte Eja bedrückt.

»Ja, gewiß«, meinte Far-Uhl. »Aber mach dir deswegen keine Vorwürfe. Es lag nicht in deiner Macht, dich zu erinnern. Der Lauf der Dinge und Zeiten hat dies verhindert. Es ist dein Schicksal, den schweren Weg zu nehmen, und dieses Schicksal ist dir auferlegt worden ohne deine Schuld. Wenn du diesen Weg gehst, gegen jedes Hindernis, erfüllst du die Aufgabe, die in deiner Macht steht. Anderes bleibt dir nicht zu tun, doch ist dies mehr als genug. Doch komm, laß uns schlafen. Besser, wir gehen den Weg des Schicksals mit wachen Augen.«

Sie verbrachten die Nacht am Hang des Vulkans und machten sich in der Frühe an den Abstieg. Wieder ritt Eja auf Far-Uhls Rücken, denn noch mußte sie ihren Fuß schonen. Die Schwellung war zwar abgeklungen, und sie konnte auch wieder schmerzfrei auftreten, aber noch war der Knöchel zu schwach, als daß sie ihn allzusehr hätte belasten dürfen. Far-Uhl hatte ihr den Knöchel fest eingebunden, und auch der Stiefel, den sie nun wieder hatte überstreifen können, gab ihr zusätzlichen Halt. So konnte sie immerhin an besonders schwer passierbaren Stellen absteigen und Far-Uhl den Weg erleichtern.

Gegen Mittag erreichten sie das Felsenband, das sie an der Südflanke nach Westen bis zur Felsenbrücke führte. Dort mußten sie sich mühsam zwischen hohen Steinblökken hindurchzwängen, die den Weg versperrten. Beinahe wäre Far-Uhl steckengeblieben, doch gelang es mit vereinten Kräften, ihn zu befreien. Dann hatten sie das Felsenband an der Ostseite der steinernen Brücke erreicht. Es war wirklich erschreckend schmal und bot vor allem Far-Uhl wenig Raum, um sich sicher bewegen zu können.

Eja ließ sich von Far-Uhls Rücken gleiten und sagte: »Es ist besser, wenn ich hier selber gehe. Ich will vorausgehen und versuchen, ob die Felsen halten.« Und sie fügte hinzu, als sie sah, daß Far-Uhl ihr widersprechen wollte: »Es ist besser so. Ich bin leichter.«

Far-Uhl fügte sich, wenn auch widerwillig, und so trat Eja zuerst auf das schmale Felsenband. Zögernd tat sie einige Schritte, wobei sie sich dicht an die Felswand lehnte und es vermied, in den Abgrund zu sehen. Dann blickte sie zurück und nickte Far-Uhl ermutigend zu. Behutsam jeden Huf vor den anderen setzend, folgte ihr Far-Uhl. Wo immer es möglich war, ertastete er sich an feinen Unebenheiten einen Halt für seine Hufe. Unter ihnen schäumten die Wirbel des Flusses. Sie sahen, daß er nicht weit entfernt eine Biegung nach Südosten machte und dort im

Dunkel einer großen Höhle verschwand. Wie ein hungriges Maul klaffte die Höhle zwischen den Felsen und schien auf ihre Opfer zu warten.

Eja schonte ihren Fuß, so gut es ging, und sie legten immer wieder Pausen ein, in denen sie sich ausruhen konnte. Manchmal war der Pfad unterbrochen oder setzte sich etwas tiefer oder höher wieder fort, doch nie waren die Unterbrechungen zu groß oder die Spalten zu weit, so daß sie, wenn auch mit klopfenden Herzen, hinübergelangten. Schon hatten sie die Mitte der Felsenbrücke hinter sich gelassen, da brach der Weg plötzlich ab, und die Lücke vor ihnen würde nur mit einem Sprung zu überwinden sein. Sie blickten beide schaudernd in die Tiefe der Schlucht und das Wirbeln des reißenden Stromes unter ihnen, dessen Rauschen dumpf zu ihnen heraufdrang.

Far-Uhl schätzte die Breite der Lücke und suchte in den Felsen auf der anderen Seite nach einem Halt.

»Es ist möglich«, meinte er. »Für mich ist die Entfernung nicht zu groß, und dir kann ich helfen, indem ich dir mit meinen Armen mehr Schwung für den Sprung gebe. Siehst du die Felsabbrüche auf der anderen Seite? Such dir einen aus, der dir sicher genug erscheint, um dich daran festzuhalten, wenn du auf der anderen Seite landest. Bist du bereit?«

Eja atmete tief ein, dann nickte sie. Sie trat dicht an die Lücke heran, und Far-Uhl faßte sie von hinten. Sie spannte ihre Muskeln an und sammelte sich zum Sprung. Fest richtete sie ihre Augen auf ihr Ziel, einen besonders großen Felsabbruch, der ihr sicher genug erschien, um ihr Gewicht zu halten. Dann rief sie »jetzt!« und schnellte mit der eigenen Kraft und dem Schwung, den Far-Uhl ihr gab, hinüber. Es gelang. Sie landete auf ihrem gesunden Fuß und konnte den Felsbruch sicher fassen. Da hörte sie hinter sich einen Schreckensschrei. Entsetzt drehte sie sich um und sah, daß Far-Uhl den Halt verlor. Der Schwung ihres Sprunges hatte ihn aus dem Gleichgewicht gebracht. Seine Hufe fanden keinen Widerstand mehr auf den glatten Steinen. Schwer schlug der Körper des Hirschmenschen auf die Felsen und rutschte über den Rand. Verzweifelt versuchte Far-Uhl, sich mit den Händen an kleinen Vorsprüngen festzuhalten, doch der massige Hirschkörper war zu schwer für die Kraft seiner Arme, und unaufhaltsam zog es ihn in die Tiefe. Far-Uhl drehte den Kopf mit letzter Kraft zu Eja, die hilflos und wie versteinert zu ihm herüberblickte.

»Geh«, keuchte er. »Du mußt es ohne mich schaffen. Das Glück sei mit dir.«

Dann verlor er den Halt und stürzte lautlos in den Abgrund. Eja sah, wie Far-Uhl zwischen den Wirbeln des reißenden Stromes verschwand. Noch zweimal tauchte er auf, dann rissen ihn die Wasserfluten in das Dunkel der alles verschlingenden Höhle.

Eja wollte schreien, seinen Namen rufen, aber nur ein heiseres Krächzen kam ihr über die trockenen Lippen. Fassungslos starrte sie auf die Höhle, in welcher der Freund für immer verschwunden war. Die Kraft verließ sie, und sie sank zu Boden. Sie zog die Knie dicht an ihren Körper und barg ihr Gesicht in den Armen. Ein wildes, verzweifeltes Schluchzen schüttelte sie. Far-Uhl! Lieber Far-Uhl! dachte sie immer wieder und konnte es nicht fassen, daß er verloren sein sollte. Für immer! Immer! Was für ein entsetzliches Wort.

Sie war allein. Inmitten dieser Einöde aus Steinen, Staub und Hitze. Reglos saß sie über dem Abgrund und war nicht mehr als ein dunkler Punkt in der endlosen Weite der felsigen Landschaft, ein unscheinbarer Punkt, den nicht einmal der Raubvogel bemerkte, der in großen Kreisen über den Vulkanen schwebte.

Der Silberwald

»Es ist sinnlos, noch länger zu warten«, sagte Draba und blickte über die Steinwüste zu den Vulkanen, die sich in der Ferne erhoben. »Ich glaube nicht, daß unsere Freunde hier durchkommen werden.«

Horn trat neben ihn und nickte. »Du hast recht, es wird Zeit, daß wir aufbrechen. Hier können wir nichts mehr ausrichten. Hoffen wir, daß es ihnen gutgeht und daß sie einen anderen Weg zu unserem Treffpunkt im Raunatal finden.«

Die drei Tage, die sie sich zu warten entschlossen hatten, waren vorbei. Sie machten sich auf und überquerten die Sümpfe. Draba fand ohne große Mühe den sichersten Pfad durch das tückische Moor, und am späten Nachmittag hatten sie das Ende der Sümpfe erreicht. Hier ruhten sie im Schutze des dichten Schilfs und warteten auf die Nacht, die sie vor den Spähern Asars verbergen sollte.

Als es dunkel wurde, folgten sie dem Rand der Sümpfe nach Osten. Sie versuchten, sich im Schatten des Schilfs zu halten, um im Mondlicht nicht gesehen zu werden. Sie gingen nur nachts und schliefen tagsüber, wobei sie einander in der Wache ablösten. Nach drei Nächten endeten die Sümpfe. Vor ihnen erhoben sich die Flanken eines der Ausläufer des Atlangebirges, in dessen Mitte sicher das Raunatal verborgen lag. In Licht der Morgendämmerung blickten sie nach Südosten.

»Siehst du den Einschnitt, der zwischen den Bergen hinaufführt?« fragte Draba. »Dort haben die Asari den einzigen Zugang, der die Ufer der Eller mit Samiria verbindet. Es ist ein mühseliger Pfad, und doch wäre es für Asar einfacher gewesen, auf ihm den Tarnafjord zu erreichen, als die Wanderung durch die Sümpfe, die Vulkane und wer weiß durch welch unwirtliche Gegenden noch. Doch als wir ihn nach seiner Flucht verfolgten, schnitten wir ihm hier den Weg ab und drängten ihn in die Sümpfe. Kein Wunder, daß er mehr tot als lebendig in der Heimat der Feorner ankam. Ein Wunder aber, daß er diese Marter überlebt hat.«

»Auch Haß und Gier nach Macht können ungeahnte Kräfte verleihen«, meinte Horn nachdenklich.

»Das stimmt«, sagte Draba. »Daran hat es Asar nie gefehlt.«

»Und wohin sollen wir uns wenden?« fragte Horn. »Es scheint mir ein weiter Umweg zu sein, wenn wir erst bis zur Eller gehen, um von dort aus nach Norden zu gelangen.«

»Das ist auch nicht die Richtung, die wir einschlagen werden«, antwortete Draba. »Wir müssen versuchen, ungesehen durch den Silberwald zu kommen und dann einen Weg über das Gebirge ins Raunatal zu finden.«

»Kennst du einen solchen Weg durch das Gebirge?« fragte Horn.

»Nein«, sagte Draba. »Leider nicht. Aber ich bin zuversichtlich, daß wir ihn finden werden.«

»Es wird nicht leicht sein, an den Asari vorbei durch den Silberwald zu gelangen, ohne bemerkt zu werden«, meinte Horn.

»Nein, wahrhaftig nicht«, sagte Draba. »Ich hoffte aber, daß wir hierbei auf deine Erfahrungen als Jäger und Waldläufer zählen können.«

»Nun, ich will sehen, was ich tun kann«, sagte Horn lächelnd. »Aber es wird wohl vor allem an deiner Fähigkeit zu lernen liegen, ob wir ungesehen den Silberwald durchqueren können oder nicht. Traust du dir zu, unhörbar durch einen Wald zu gehen?«

Dabei betrachtete er Drabas Gestalt mit einem deutlichen Seitenblick auf Drabas Bauch, der nicht zu verbergen war. Draba legte die Hände über seine Leibesmitte und meinte schmunzelnd:

»Nun, seid Ihr mir ein guter Lehrer, mein lieber Herr Elder, dann sollt Ihr schon sehen, daß auch ein wenig Beleibtheit mich nicht daran hindert, auf Flügeln zu reisen.«

Sie lachten beide und wandten sich nach Nordosten, wo sich schon die ersten Bäume des Silberwaldes zeigten, der Samiria von den Bergen trennte. Bald waren sie zwischen den Bäumen verschwunden, und Horn suchte ein sicheres Versteck. Zwischen einigen Bäumen, die nahe den ersten Felshängen des Gebirges standen, fanden sie im dichten Unterholz einen geeigneten Unterschlupf. Hier begann er, sich und Draba möglichst gut zu tarnen.

Seine eigene Kleidung, die aus dunklem Leder und ebenso dunklem festen Stoff bestand, war zwischen den Bäumen kaum auszumachen, und auch Draba, der wie alle Edrain eine einfache dunkelgrüne Kleidung trug, würde nicht sehr auffallen. Doch zerrieb Horn feuchte Rinde und etwas Moos und Erde und beschmierte ihre Gesichter und Hände mit dieser Mischung, bis diese kaum noch von der Rinde der Bäume, die um sie standen, zu unterscheiden waren. Auch Drabas Kleidung färbte er damit, bis sie so fleckig gemustert war, daß sie sich nicht mehr von dem bewegten Spiel von Licht und Schatten, das ihn umgab, abhob.

»Es wird nicht leicht sein, die Asari rechtzeitig zu bemerken«, sagte Horn warnend. »Ein Mann, der ruhig auf der Lauer liegt, ist schwer auszumachen. Kannst du die Anwesenheit der Asari denn nicht mit Hilfe des Laurinbandes fühlen?«

»Nein, leider nicht«, antwortete Draba. »Sie sind durch Asars Bann nicht wie gewöhnliche Lebewesen. In ihnen ist alles so stumpf und unbelebt, daß kaum etwas von ihnen ausgeht, was wir Edrahil spüren können. Wir können sie zwar täuschen, denn sie sind durch den Bann geschwächt und haben keinen starken eigenen Willen mehr, aber wenn nichts, wie zum Beispiel Angst oder Unsicherheit, ihre Stumpfheit durchbricht, sind sie für uns kaum mehr wahrzunehmen als leblose Steine. Der Bann verbirgt sie vor uns, und wir sind auch nicht in der Lage, ihn zu brechen, ohne sie zu töten.«

»Was meinst du damit, ohne sie zu töten?« fragte Horn.

»Wir haben einmal versucht, einen der Asari von Asars

Bann zu befreien. Wir nahmen ihn gefangen und brachten ihn nach Althaia. Doch es war vergeblich. Nur Asar kann die Asari aus dem Bann entlassen oder sein Tod den Bann brechen. Als wir den Asari zu befreien versuchten, nahm er sich, wie einem inneren Befehl folgend, das Leben. Wir haben nie wieder versucht, einen Asari gefangenzunehmen oder gar Asars Bann zu brechen.«

Horn blickte finster zu Boden. Dann sagte er mit rauher Stimme: »Es wird Zeit. Wir sollten aufbrechen.«

Draba folgte Horn, der ihn darin unterwies, sich lautlos durch den Wald zu bewegen und am Boden liegende Zweige und trockenes Laub zu umgehen. Auch zeigte er ihm, wie er jede Deckung nutzen konnte und an welchen Zeichen man die Nähe eines Spähers erkannte. Draba war ein gelehriger Schüler, und sein großes Einfühlungsvermögen, welches das Laurin noch verstärkte, machten ihn bald zu einem ebenbürtigen Meister in der Kunst der lautlosen Fortbewegung.

Sie konnten nur bei Tag gehen, denn in der Nacht war es zu dunkel, um sich sicher durch den Wald zu bewegen. Allzuleicht hätten sie den Asari in die Hände fallen können. Auch wenn die Zeit drängte, mußten sie sich doch mit großer Vorsicht bewegen und durften nichts überhasten. Immer wieder blieben sie lange reglos in einem sicheren Versteck und beobachteten das Treiben der Tiere des Waldes, das ihnen die Nähe der Asari verriet. Es gelang ihnen, die Asari rechtzeitig zu bemerken und ungesehen zu umgehen. So drangen sie immer weiter nach Norden vor und waren bald mit Althaia auf gleicher Höhe. Aus dem Schutz der Bäume heraus blickten sie nach Althaia. Deutlich zeichnete sich der Atarat gegen den Himmel im Westen ab.

Sie hatten nicht weit von sich einen größeren Trupp der Asari entdeckt und zogen sich deshalb rasch wieder in die Tiefe des Waldes zurück. Immer weiter drangen sie vor und wandten sich geradewegs den Bergen zu. Hoch über sie ragten die Gipfel der mächtigen Bäume, deren Rinde silbern schimmerte und die wie die mächtigen Säulen eines herrlichen Palastes erschienen.

»Was für ein prächtiger Wald«, sagte Horn leise. »Er erinnert mich an den Wald, den wir vor Kiritavat durchquert haben. Auch dort waren die Bäume so hoch, und es schien, als würden unsichtbare Hände den Wald pflegen.«

»Ja, ein wunderbarer Wald«, sagte Draba. »Einer der letzten der alten Wälder von Erdherz. Es gibt nicht mehr viele von ihnen, denn die große Katastrophe hat vieles zerstört. Doch dieser Wald und der Wald von Kiritavat, ja auch die Frühlingsinsel selbst und vielleicht noch ein paar andere weit verstreute Wälder sind die Überreste eines mächtigen Waldes, der einst ganz Erdherz bedeckte und den es seit Urzeiten gab, lange vor allen anderen Lebewesen dieser Welt. Nur die Kiklits, die lebenden Steine, von denen Eja erzählt hat, mögen so alt oder vielleicht noch älter als diese Wälder sein. Nach dem zu schließen, was Tanit von En'Nuris, dem Tal der Vögel, berichtet hat, scheint auch dort einer dieser alten Wälder überdauert zu haben.«

»Woher weißt du soviel über diese Wälder?« fragte Horn erstaunt.

»Komm mit«, antwortete Draba nur. »Ich werde dir zeigen, warum. Von nun an werde ich die Führung übernehmen.«

Horn folgte Draba, der sich leicht nach Norden wandte. Bald erreichten sie eine große Lichtung, auf der vereinzelt einige mächtige, uralte Bäume standen. Ein frischer Quell kam von Osten her und sammelte sich in einem kleinen Weiher in der Mitte der Lichtung, bevor er weiter nach Westen plätscherte. Die Tiere schienen diesen Ort zu meiden. Es herrschte eine ehrfurchtgebietende Stille.

»Vor langer Zeit«, sagte Draba leise, »als das Volk der Edrain Erdherz besiedelte, war es der Brauch, daß die Edrahil, wenn sie alt geworden waren und fühlten, daß sie dem Tode nahe waren, sich an diesen Ort zurückzogen und mit Hilfe der Onduril ein letztes Mal in Bäume verwandelten. Denn so kehrten sie für immer zum Ursprung unseres Volkes zurück und starben nicht als Menschen, sondern als Bäume. Sie begaben sich damit in eine andere

Zeit, und heute noch sind einige von ihnen am Leben und warten darauf, daß der Tod sie auch in dieser letzten Gestalt ereilt. Dieser Brauch wurde eines Tages aufgegeben, denn die Bindung an die Vergangenheit ist schwach geworden. Die Edrahil ziehen den Tod in Menschengestalt vor, denn sie sind dem Menschsein näher als ihrer einstigen Gestalt.

Wir kommen nicht oft an diesen Ort, denn wir wollen die Ruhe der Alten nicht stören. Doch haben uns die Alten viel Wissen über Erdherz und seine Wälder gegeben, denn sie sind den Bäumen sehr nahe und verstehen ihr Wesen und können ihre Erinnerungen lesen. Die Bäume, die nie anderes waren als Bäume, haben keine Worte oder Gedanken, aber sie haben Erinnerungen, die ihre Geschichte für den offenbaren, der sie zu lesen vermag.

Daher wissen wir von den alten Wäldern von Erdherz, und wir haben gelernt, sie zu achten. Auf ihre schweigende Weise schützen sie unser Land und tragen bei zu seinem Reichtum und seiner Schönheit.

Heute ist der Zeitpunkt gekommen, an dem wir zum ersten Mal die Alten um Hilfe bitten wollen. Erdherz ist vom Untergang bedroht. Sie werden uns die Hilfe nicht verweigern, so weltabgewandt sie zumeist auch sind. Vielleicht können sie uns einen Weg weisen, der uns ins Raunatal führt. Ich werde zu ihnen in der alten Sprache der Odradek sprechen, denn sie haben das Edrami vor langer Zeit vergessen und wissen mit den Worten der Kurzlebigen nichts anzufangen.«

Horn zog sich an den Rand der Lichtung zurück und beobachtete Draba voller Hoffnung. Draba ließ sich am Ufer des kleinen Weihers nieder und schwieg lange Zeit. Dann begann er in einer Sprache zu den Bäumen zu reden, die nichts mit irgendeiner Sprache gemeinsam hatte, die Horn je gehört hatte. Die Worte waren jenseits all seiner Vorstellungskraft, und er spürte, wie etwas ihn berührte, was über seinen Verstand hinausreichte und was er selbst mit dem Gefühl nicht zu fassen vermochte. Schwer atmend lehnte er sich an den nächsten Baum. Die Worte in der

Sprache der Odradek raubten ihm den Atem. Es ging eine Kraft von ihnen aus, die Horn betäubte und hilflos machte. Dies mußte die Kraft sein, mit denen die Wurzeln der Bäume selbst den härtesten Stein zu sprengen vermochten. Wie sollte er standhalten können? Horn war sich noch nie so verletzlich und ohnmächtig vorgekommen. Gebannt und unfähig, sich zu rühren, verfolgte er Drabas Gespräch mit den Bäumen.

Antworteten die Bäume? Horn konnte es nicht sagen. Doch auch wenn Draba schwieg, brach die Gewalt der Sprache nicht ab und füllte die Lichtung mit Worten, deren Herkunft nicht zu erkennen war. Das Gespräch schien endlos zu dauern, als hätte sich Draba in eine andere, langsamer ablaufende Zeit begeben und als wäre Horn mit in diese Zeit gerissen worden. Endlich überstieg das Gehörte Horns Kräfte, und eine große Erschöpfung und unendliche Müdigkeit überwältigten ihn und senkten ihn in einen tiefen, traumlosen Schlaf. Als er erwachte, saß Draba still neben ihm und begrüßte ihn mit einem Lächeln.

»Verzeih«, sagte Draba. »Ich hatte nicht bedacht, daß die Sprache der Odradek nur für die Ohren der Edrahil bestimmt und zu ertragen ist. Aber sei guten Mutes. Die Bäume des Silberwaldes werden uns den Weg ins Raunatal weisen. Komm!«

Horn erhob sich und folgte Draba, der sich nach Osten wandte. Als sie die Lichtung verließen, merkte Horn, daß Draba sich nach Zeichen richtete, die ihm die Bäume zu geben schienen. Horn mußte seine ganze Erfahrung und Aufmerksamkeit aufbieten, um die Zeichen der Bäume zu erkennen. Manchmal war es ein unmerkliches Neigen des Wipfels, dann wieder ein Ast, der sich gegen den Wind bewegte. Ein andermal löste sich eine Wolke von Blättern und fiel zu Boden, als wolle sie den Weg markieren, den sie zu gehen hatten. Ohne jede Abweichung von der einmal eingeschlagenen Richtung führten die Bäume sie durch den Wald. Nicht lange, und sie hatten die Felsen erreicht.

Vor ihnen erhob sich eine hohe Steilwand, über die

dichter Efeu wucherte, der die Felsen bis weit hinauf bedeckte. Nirgends konnten sie einen Spalt in den Felsen erkennen oder sonst etwas, was der Anfang eines Weges hätte sein können. Sie suchten in dem dichten Efeu nach verborgenen Höhleneingängen. Nichts! Keine Höhle, kein Pfad, der über die Berge geführt hätte. Nur der wuchernde Efeu, dessen knorriges Wurzelgeflecht zuweilen Armdicke erreichte.

»Ich verstehe das nicht«, sagte Horn schließlich entmutigt. »Bist du sicher, daß wir den richtigen Weg genommen haben. Vielleicht hast du die Zeichen der Bäume falsch gedeutet?«

Draba schüttelte den Kopf und blickte nachdenklich die Felsen empor: »Nein, wir sind nicht in die Irre gegangen. Der Übergang muß hier beginnen. Sieh dir doch den Efeu einmal genau an. Sieht er nicht aus wie ein Netz, das die Felsen überzieht? Glaubst du nicht, wir könnten da hinaufklettern?«

Horn musterte erstaunt die Windungen, in denen der Efeu die Felsen emporwuchs. Dann trat er auf die Felsen zu und packte eine der armdicken Wurzeln. So fest er konnte, rüttelte er an der Wurzel, aber sie gab nicht nach, und keine Kraft konnte sie von dem Stein, in den sie sich verkrallt hatte, lösen.

»Nun, einen einfacheren Weg haben uns die Bäume wohl nicht zu bieten?« meinte er stirnrunzelnd.

»Es scheint der einzige zu sein«, antwortete Draba. »Also?«

Horn atmete tief durch und schwang sich in den dichten Efeu hinauf. Er fand überall einen guten Halt für Hände und Füße. Draba folgte ihm, und rascher, als sie es für möglich gehalten hatten, erstiegen sie die hohen Felsen und ließen den sicheren Erdboden weit unter sich. Bald waren sie über den Baumwipfeln angelangt und sahen hinter sich in der Ferne den Atarat und das offene Meer. Einen Augenblick ruhten sie und genossen den schönen Ausblick, dann nahmen sie den Aufstieg wieder in Angriff. Höher und höher stiegen sie. Waren sie müde, konnten sie sich mühelos in den Windungen der Wurzeln ausruhen.

Sie hatten die Lichtung der alten Bäume kurz nach Mittag verlassen. Nun wurde es Abend. Hinter ihnen senkte sich die Sonne dem Meer zu und tauchte Himmel und Wellen in ein goldenes Licht. Feine rote Farbschichten mischten sich in das Gold des Abends, bis ein strahlendes Purpur die untergehende Sonne färbte. Die letzten Strahlen des Lichts erhellten ihren Weg, als sie das Ende der Steilwand erreicht hatten und sich über den Rand zogen. Als die Nacht anbrach, saßen sie sicher auf einem breiten Felsenband und blickten über das dunkle Meer, auf dem das reine Silber der Sterne trieb. Hinter ihnen erhoben sich die Schatten der ersten hohen Gipfel, und deutlich war ein Pfad zu erkennen, der zwischen den Felsen verschwand.

Früh am nächsten Morgen brachen sie auf und folgten dem Pfad. Hoch und steil erhoben sich die Felsen über ihnen. Der Weg war schmal und machte scharfe Wendungen. Doch führte er sie deutlich nach Osten. Er stieg stetig an, und oft war er so steil, daß sie die Felsen auf allen vieren erklimmen mußten. Endlich erreichten sie das Ende der engen Schlucht. In einer letzten Steigung führte sie der Weg auf eine hohe Steinplatte. Als sie diese erstiegen hatten, sahen sie sich auf allen Seiten von schwindelerregend hohen Felsstürzen, Zinnen, Türmen und Gipfeln umgeben. Vor sich aber sahen sie den Paß, der zwischen den Felsriesen nach Osten führte.

»Wenn dieser Paß wirklich bis ins Raunatal führt, frage ich mich, warum ich ihn nicht kenne?« meinte Horn nachdenklich. »Ich hatte nun wirklich viele Jahre Zeit, die Berge um das Raunatal zu erkunden, und dachte immer, daß ich jeden Steg, jeden Paß und jeden Übergang kenne. Aber der Weg nach Westen war versperrt.«

»Wer weiß, wie es am anderen Ende dieses Passes aussehen mag?« sagte Draba. »Vielleicht finden wir dort eine Antwort auf deine Frage. Viel mehr wüßte ich gern, ob die Asari diesen Paß kennen. Wir sollten auf der Hut sein, denn hier in den Bergen könnten wir ihnen leicht in die Hände fallen.«

Horn nickte, und sie setzten ihre Wanderung fort. Wachsam musterten sie die Berge, Spalten und Felswände. Doch sie entdeckten keinerlei Anzeichen dafür, daß die Asari in der Nähe waren, und fanden auch keine Spuren, die ihnen verraten hätten, ob die Asari je hier gewesen waren. Fast schien es, als hätte nie eines Menschen Fuß diese Gegend betreten. Horn hatte große Zweifel, daß dieser Paß sie ins Raunatal führen würde, aber es blieb ihm gar nichts anderes übrig, als den alten Bäumen, die ihnen diesen Weg gewiesen hatten, zu vertrauen. Wenn der Weg von Samiria aus so schwer zu entdecken war, so würde es wohl auch auf der Seite des Raunatals nicht anders sein.

Drei Tage waren sie nach Osten gezogen, da wechselte der Paß plötzlich die Richtung und wandte sich nach Südost.

»Glaubst du, daß wir dem Paß weiter folgen sollten?« fragte Horn. »Oder sollten wir nicht besser nach einem anderen Weg suchen? Es scheint doch so, als ob wir von der Richtung abkommen würden.«

»Nein, ich glaube nicht, daß wir vom richtigen Weg abweichen«, meinte Draba.

Er bückte sich, hob einen Zweig vom Boden auf und trat an das Ufer eines Baches, an dem sich feiner Sand abgelagert hatte. Er begann mit wenigen Strichen eine Karte zu zeichnen.

»Sieh her«, sagte er. »Hier haben wir die Westküste mit Samiria und dem Atarat. Hier oben das Nordhorn, in dem das Atlangebirge endet. Weiter östlich die Nordküste, Bhaskara und Kiritavat. Darunter den Grenzwald und wieder das Atlangebirge, das hier einen großen Bogen in das Innere von Erdherz macht und ganz Erdherz bis hinab ins Land der Feorner und bis weit nach Südosten bedeckt. Oberhalb dieses Bogens, den das Gebirge im Südosten Bhaskaras beschreibt, sehen wir endlich die Nebelfelder und die große Felsplatte, durch deren Schluchten ihr bis in die Wüste und zu den Tamahu gekommen seid. Verfolgen wir nun die Berge unterhalb der Nebelfelder, so finden wir den Raunafall und die Heimat der Brasen. Nun vergleiche die Lage des Raunatals und diejenige Althaias.«

»Das Raunatal liegt nach deiner Zeichnung tiefer im Süden als Althaia«, sagte Horn.

»Genau. Also führt dieser Paß in die richtige Richtung, und ich glaube mehr denn je, daß die alten Bäume sich nicht geirrt haben.«

»Gut, ich sehe, daß du recht hast«, meinte Horn. »Und ich verspreche, daß ich meine Zweifel nun endlich begraben werde.«

Sie wandten sich also nach Südost und folgten weiterhin zuversichtlich dem Paß durch die Berge. Nach wie vor fanden sie keine Spuren der Asari, und bald waren sie sicher, daß keine Gefahr drohte. Nach zwei Tagen hatten sie die Paßhöhe erreicht. Weit konnten sie über die Kette der Berge blicken, und Horn sah viele Gipfel, die er kannte. Er wies mit der Hand auf sie und nannte Draba ihre Namen:

»Das da ist der Altenberger, daneben Roßkopf, Schreckhorn und Ortel. Die Berge im Osten des Raunatals, die Gelfen oder den Ziegenspitz, kann man noch nicht sehen, nur die Weißzinne, die überragt natürlich alle und ist klar zu erkennen. Wenn ich mich nicht irre, kann man im Süden sogar das Rothorn sehen, über dessen Paß einst die Duna ins Raunatal gekommen sind. Kein Zweifel, wir sind fast am Ziel. Es ist schön, die vertrauten Berge wiederzusehen. Es ist wirklich lange her, daß wir von hier aufgebrochen sind. Bald ein Jahr.«

»Ja, bald ein Jahr«, sagte Draba beklommen. »Doch zum Glück noch kein ganzes Jahr. Denn dann wäre die Zeit, die uns bleibt, schon abgelaufen. Doch noch bleiben uns zweieinhalb Monde. Das ist nicht viel, aber wenn wir unsere Freunde bald wiedersehen und Eja den Baum der Träume gefunden hat, so kann diese Zeit gerade noch ausreichen, um unsere Aufgabe zu erfüllen, bevor es zu spät ist.«

Das Gesagte war wie eine Mahnung, die sie vorantrieb. Jetzt, da sie ihrem Ziel so nahe waren, beschleunigten sie ihre Schritte und eilten den Paß hinab. Plötzlich machte der Paß eine scharfe Wendung nach Nordost. Als sie die Biegung hinter sich hatten, blieben sie erschrocken stehen. Nicht weit vor ihnen schlossen sich die Felsen. Wieder einmal erhob sich eine steile Wand vor ihnen und versperrte den Weg. Der Paß war zu Ende, und ein Weiterkommen schien unmöglich. Vergeblich suchten sie nach einer Möglichkeit, die Felswand zu ersteigen. Doch selbst Horn konnte in der schroffen, glatten und überhängenden Steilwand keinen Weg entdecken, der sie über die Felsen geführt hätte. Entmutigt suchten sie sich einen Lagerplatz und berieten, was nun zu tun sei.

»Ich kann nicht glauben, daß dies eine Sackgasse ist«, sagte Draba. »Eine innere Stimme sagt mir, daß wir nur zu blind sind, um den Weg erkennen zu können.«

»Ich war ja bisher immer ein großer Zweifler«, meinte Horn. »Aber ich glaube auch, daß du recht hast. Ich habe ein seltsames Gefühl, das ich nicht erklären kann. Es sagt mir auch, daß es nur an uns liegt, den richtigen Weg zu finden. Aber wie und wo?«

Nachdenklich betrachteten sie die hohe Felswand. An ihrem Fuße hatten sich im Laufe der Zeit viele Geröllhalden gebildet. Einige wenige verkrüppelte Bäume wuchsen auf dem steinigen, verkarsteten Boden. Plötzlich stutzte Draba und neigte den Kopf zur Seite. Mit zusammengezogenen Augenbrauen blickte er auf einen bestimmten Punkt am Fuße der Steilwand.

»Was ist?« fragte Horn. »Hast du etwas entdeckt?«

»Ich weiß nicht«, sagte Draba zögernd. »Es kann ja gar nicht sein. Nicht in so weiter Entfernung. Woher sollte er es wissen?«

»Wer? Was wissen?« fragte Horn wieder. »Du sprichst in Rätseln, Draba.«

»Verzeih«, antwortete Draba. »Vielleicht täusche ich mich ja, aber sieh dir doch einmal die kleine Kiefer an, die neben der Geröllhalde steht. Da, etwas weiter rechts«, und er wies mit der Hand auf einen der Bäume.

Horn sah die Kiefer an. Es fiel ihm nichts Ungewöhnliches an ihr auf. Es war nichts weiter als eine etwas kümmerliche Kiefer, die hin und wieder eine ihrer buschigen Nadeln verlor, die auf die Steine neben ihr fielen. Plötzlich begriff er es. Wieso sollte die Kiefer Nadeln verlieren? Es wehte kein starker Wind, und die Kiefer wirkte auch nicht so vertrocknet, daß es den Verlust der Nadeln hätte erklären können. Aber das konnte doch nicht möglich sein! Ein Baum, der ihnen ein Zeichen gab? In dieser Entfernung vom Silberwald und den alten Bäumen, die Draba um Hilfe gebeten hatte? Wenn dies ein Zeichen war, welche Macht stand den alten Bäumen dann zu Gebote? Es war ein Rätsel. Doch warum es zu lösen versuchen? Hauptsache, sie hatten Hilfe gefunden.

Rasch erhoben sie sich und liefen zu der Kiefer. Doch sie sahen nur die Steine, die sich übereinandertürmten, und die Nadeln, die auf sie gefallen waren.

»Was soll das Zeichen des Baumes bedeuten, wenn es wirklich eines ist?« fragte Horn und blickte sich ratlos um.

Draba sah nachdenklich auf die Steine. Dann schlug er sich mit der Hand an die Stirn und rief: »Aber natürlich! Das ist es! Horn, es ist doch ganz einfach. Diese Steine lagen nicht immer hier. Stück für Stück sind sie im Laufe einer langen Zeit herabgefallen und haben diese Halde gebildet. Wer weiß, was vorher hier war? Wer weiß, was unter diesen Steinen zu finden ist?«

»Du könntest recht haben«, sagte Horn und fügte kopfschüttelnd hinzu: »Ich sehe schon, unsere Ratgeber haben wahrhaftig den Fleiß vor den Preis gesetzt. Also, fangen wir an.«

So begannen sie denn, die Steine zur Seite zu räumen. Es war eine mühselige Arbeit. Viele Steine waren klein und leicht, andere aber hatten ein solches Gewicht, daß sie diese kaum zu zweit hochheben konnten. Bald waren sie in Schweiß gebadet. Die Sonne brannte stechend auf sie herab, und der Staub, der von den Steinen aufwirbelte, legte sich wie eine dicke Kruste, durch die der Schweiß kleine Bäche grub, auf ihre Gesichter. Doch sie gönnten sich keine Pause. Die Hoffnung trieb sie an. Plötzlich, als sie gerade wieder einen großen Stein hervorzogen, gab die Halde nach, und die Steine prasselten ihnen entgegen. Horn ließ den Stein fallen und gab, als er zur Seite sprang, Draba einen heftigen Stoß, der ihn außer Reichweite des Steinrutsches schleuderte.

Als die Steine wieder zur Ruhe kamen und die dichte Staubwolke sich gelegt hatte, setzten sie sich auf und rieben sich die Augen. Dann sahen sie es. Dort, wo eben noch die Geröllhalde den Felsen verdeckt hatte, öffnete sich ein dunkler Spalt.

»Eine Höhle! Ein Gang!« rief Horn jubelnd. »Das also wollte uns der Baum zeigen.«

Horn sprang auf und umarmte den staubbedeckten Baum, ohne auf die spitzen Nadeln zu achten. Draba saß lachend am Boden und staunte nicht schlecht über Horns Ausgelassenheit. War es die Nähe des Raunatals, die Horn so jung machte?

Horn ließ es nicht bei der Umarmung bewenden. Er ging zu ihrem Lagerplatz und zog den Wasserschlauch aus seinem Beutel. Dann kehrte er zu der Kiefer zurück und übergoß sie mit Wasser. Mehrmals ging er zwischen der Kiefer und dem nächsten Bach hin und her und ruhte nicht eher, bis der ganze Staub von den Nadeln abgewaschen war und die Kiefer grün und glänzend dastand.

Draba trat zu ihm und sagte ernst: »Nur wenige der Edrain verstehen es, sich so bei einem Baum zu bedanken, Horn. Dabei sind wir den Bäumen auch ohne ein Wunder wie dieses Dank schuldig. Was wäre die Welt ohne ihre Kraft, ihren Reichtum und ohne die Fruchtbarkeit, die sie uns schenken? Wenn noch andere der Duna wie du sind, so ist es an der Zeit, daß unsere Völker sich verbinden. Wenn es uns gelingt, unsere schwere Aufgabe zu erfüllen und Erdherz vor dem Untergang zu bewahren, so wollen wir dies nicht vergessen, und es soll eine neue Zeit der Freundschaft beginnen.«

Sie kehrten an ihren Lagerplatz zurück und verbrachten die letzte Nacht auf dem Paß. Horn fertigte Fackeln an, denn sie wußten nicht, was sie in der Dunkelheit des Ganges erwartete und wann sie wieder Licht sehen würden.

Diese letzte Nacht auf dem Paß verging ihnen wie im Fluge. Erwartungsvoll brachen sie am nächsten Morgen auf. Horn entzündete eine Fackel, und sie betraten den Gang. Der Boden senkte sich leicht, und der Gang machte schon nach wenigen Schritten einen deutlichen Bogen nach rechts. Sie drangen immer tiefer in den Berg vor. Gleichmäßig und ohne Abweichung zog sich die Biegung weiter, und sie schätzten, daß sie allmählich in Richtung Osten gingen und schließlich immer mehr nach Süden geleitet wurden. Dann wurde der Gang wieder gerade. Ein feines Rauschen kam ihnen entgegen, das immer lauter wurde. Die Luft war feucht. Sie waren noch nicht lange gegangen, da sahen sie vor sich ein Licht. Der Gang weitete sich zu einer geräumigen Höhle, die in einem großen steinernen Tor endete, das ein funkelnder Wasserfall verschloß. Das Licht der Sonne brach sich im stürzenden Wasser und verzauberte die Wanderer mit seinen funkelnden Farben. »Ein Wasserfall!« rief Horn. »Es gibt nur einen solchen Wasserfall im Raunatal. Draba, das muß der Raunafall sein. Wir müssen uns in einer Höhle hinter ihm befinden. Kein Wunder, daß ich diesen Weg nie entdeckt habe. Ein besseres Versteck kann es gar nicht geben. Wir sind am Ziel, Draba!«

Das Land ohne Schatten

Reglos kauerte Eja auf dem schmalen Felsenband. Die Zeit verrann. Unter ihr strömte der reißende Fluß, der Far-Uhl mit sich genommen hatte. Hinter der Felsenbrücke versank die Sonne im Westen und hüllte Eja in das schützende Dunkel der Schatten. Sie war kaum noch zu sehen. Doch wer hätte auch nach ihr Ausschau halten sollen? Sie war allein, verloren in der Unendlichkeit dieses wüsten Landes. Allein und unfähig, einen klaren Gedanken zu fassen. Der Schock, den einzigen verbliebenen Freund verloren zu haben, lag wie ein erdrückendes Gewicht auf ihr und nahm ihr alle Kraft. Stumpf blickte sie vor sich auf die Felsen und rührte sich nicht.

Zähflüssig zogen Bilder der Vergangenheit durch ihre bleiernen Gedanken. Eines der Bilder tauchte immer wieder aus dem Wirrwarr der Erinnerungen auf und bedrängte sie. Eja sah den Onduril vor sich, den Draba ihnen in seiner Studierstube gezeigt hatte. Die feine Linie, die in seine glatte Oberfläche geschnitten war, schien sich zu winden und zog Eja mit sich in einen tiefen Strudel. Irgendwo, am Ende dieses Strudels, leuchtete ein mattes Licht auf, und eine Stimme kam ihr entgegen, die kaum zu hören war, die verwehte, bevor Eja die Worte verstehen konnte. Tiefer und tiefer wurde sie hinabgezogen, und immer drängender wurde die Stimme. Allmählich verstand Eja die Worte, auch wenn sie sich gegen sie wehrte, sie nicht verstehen wollte. »Geh!« rief die Stimme. »Geh!« Eine andere Stimme antwortete. Eja erkannte ihre eigene Stimme, die ihr leer und kraftlos erschien. »Ich kann nicht!« rief sie. Doch wieder mahnte sie die andere Stimme: »Du mußt es ohne mich schaffen!« Eja fühlte, wie ihre Gegenwehr schwächer wurde. Nur halbherzig klang ihr Nein, und die Stimme bedrängte sie aufs neue. »Geh! Das Glück sei mit dir!« Da wußte Eja, wer sie rief, und sie sehnte sich nach der Stimme und nach dem, den sie in dieser Stimme erkannte. Far-Uhl? dachte sie, und sie schreckte hoch: »Far-Uhl!«

Sie erblickte die Felsen, hörte das erbarmungslose Rauschen des Stromes in der Tiefe und sah, wie der Tag sich seinem Ende zuneigte. Ihre Erstarrung löste sich. Tränen flossen ihr über die Wangen. »Far-Uhl, lieber Far-Uhl«, flüsterte sie heiser, »es ist gut. Ich gehe ja.« Er hatte nur an sie gedacht, obwohl er gewußt hatte, daß nichts seinen Sturz verhindern konnte. Wie sollte sie seinen letzten Worten denn nicht folgen?

Zitternd erhob sie sich und lehnte sich an die Felsen. Auch ohne hinabzublicken, fühlte sie den Abgrund deutlich unter sich. Es war, als zöge er sie magisch an, als wollte er auch dieses Opfer nicht entkommen lassen. Sie atmete tief und versuchte, zu ihrer Kraft zurückzufinden. Sie würde so stark sein, wie Far-Uhl es gewesen war. Das war sie sich und ihm schuldig. Sie hatte eine Aufgabe zu erfüllen. Allein. Das Schicksal hatte es so entschieden.

Zögernd wandte sie sich um und ging Schritt für Schritt das Felsenband entlang. Es war nicht mehr weit bis zur anderen Seite der Schlucht. Ohne Unterbrechung setzte sich das Band fort, und bald hatte sie wieder sicheren Boden unter den Füßen. Sie hatte das Land ohne Schatten betreten. Was würde sie hier erwarten?

Die Sonne versank hinter den Vulkanen. Die Nacht senkte sich schützend über sie. Nahe der steinernen Brükke kauerte sich Eja in den Winkel zweier Felsen. Sie kämpfte verzweifelt gegen das Gefühl der Einsamkeit, der Furcht vor dem Alleinsein an. Wieder zog sie sich in ihr Inneres zurück und suchte nach dem Quell ihrer Kraft, welche sie schon im schrecklichsten Augenblick ihres Lebens, im Kampf gegen Asar, gesucht hatte und die sie damals gerettet hatte und es auch jetzt wieder tun würde. Was immer auch geschehen mochte, solange sich in ihr selbst noch ein Funken Leben regte, war Hoffnung. Es gab keinen anderen Mut als den, den sie in sich selber fand. Es gab keine andere Kraft als jene, die sie aus sich selber schöpfte. Sie wußte, daß sie Mut und Kraft wiedergewinnen würde, und als dieses Wissen in ihr Gestalt annahm, kehrten Mut und Kraft zurück. Ruhig und geborgen, inmitten der Trostlosigkeit dieses Landes, schlief sie ein.

Als sie erwachte, stand die Sonne schon hoch am Himmel. Sie mußte sehr lange geschlafen haben. Sie konnte sich nicht erinnern, geträumt zu haben. Der tiefe Schlaf hatte sie beschützt, vor der Angst, den Zweifeln, der Trauer.

Kein Schatten aber schützte sie nun vor der sengenden Sonne, die auf sie und dieses schutzlose Land herniederbrannte. Sie spürte, wie ihre Haut, wie ihr Gesicht glühten, und zog sich die Kapuze ihres Umhangs über den Kopf. Was für ein seltsames Wunder dieser Schatten war, den der Stoff über ihrem Haupt warf. Was für ein sonderbares Gefühl, wie eine fremde, eigene Welt zu sein, die sich durch diese so anders geartete Welt bewegte.

Eja erstieg den Felsen, unter dem sie geschlafen hatte, und blickte sich um. Weit und breit nichts als Sand und Steine. Vereinzelt sah sie Gruppen windzernagter Felsen. Nichts anderes als einige vertrocknete Dornenbüsche schien hier zu gedeihen, und selbst von diesen hatten viele den Kampf ums Überleben aufgegeben und jeden Halt verloren, und der Wind jagte sie vor sich her über die staubige Ebene.

Eja zog ihren Wasserschlauch hervor und nahm einen vorsichtigen Schluck, um ihre trockenen Lippen zu befeuchten. Sie würde sparsam mit dem Wasser umgehen müssen. Wer wußte, wann sie wieder welches fand? Vielleicht kannte dieses Land gar keine Quellen. Doch brauchten nicht selbst Dornenbüsche Wasser, um zu gedeihen? Auch in diesem ausgedörrten Land gab es Leben.

Doch wo sollte sie den Baum der Träume finden? Was hatte Far-Uhl erzählt, als sie noch alle gemeinsam auf dem Gipfel des Atarat standen? Daß der Baum der Träume inmitten des Landes ohne Schatten stehen mußte. Eja blickte auf die Gipfel, die sie in der Ferne sah. Berge vielleicht. Vielleicht auch Vulkane, wie jene, die hinter ihr aufragten. Sie erhoben sich im Osten gleich wie im Westen. Eja versuchte abzuschätzen, wo etwa die Mitte dieses Landes war. In dieser Richtung wollte sie sich halten. Dort mußte der Baum zu finden sein. Sie würde sich etwas nach Südosten halten müssen, um den Baum nicht zu verfehlen.

Eja stieg von dem Felsen herab und schlug die Richtung ein, für die sie sich entschieden hatte. Doch weit kam sie nicht. Die Hitze betäubte sie und machte jeden Schritt zu einer übermenschlichen Anstrengung.

»Es hat keinen Sinn«, murmelte sie. »Ich hätte gleich daran denken müssen. Ich kann hier nur in der Nacht gehen. Es ist nicht anders als damals in der Wüste.«

Mühsam schleppte sie sich zu den nächsten Felsen. Sie legte ihren Umhang über zwei große Steine und verbrachte den Rest des Tages in seinem dürftigen Schatten. Sie versuchte sich auszuruhen, um ihre Kraft für die Nacht zu sparen. Wie betäubt dämmerte sie vor sich hin. Sie trank so wenig wie möglich, aber dennoch sah sie, daß ihr Vorrat an Wasser nicht weit reichen würde. Trinken mußte sie, um in dieser Hitze zu überleben. Sie konnte nur hoffen, bald auf Wasser zu stoßen.

Manchmal fiel sie in einen kurzen Schlaf voll fiebriger Träume. Immer wieder sah sie die schrecklichen Bilder der vergangenen Tage vor sich. Den Ausbruch des Vulkans, den glühenden Lavastrom, die immer kleiner werdende Insel, die Trennung der Gefährten und immer wieder Far-Uhl, der sie mit entsetzten Augen ansah und ihr etwas zurief und dann in den Abgrund stürzte, in die Fluten, die ihn mit sich rissen, in das Dunkel der Höhle, in den sicheren Tod, immer und immer wieder. Dann schreckte sie aus ihren Träumen auf und floh in die Wirklichkeit der brütenden Hitze. Wie sehnte sie die Nacht herbei.

Endlich wurde es dunkel, und sie setzte ihren Weg fort. Es wurde kaum kühler in der Nacht, aber daß die Sonne nicht mehr auf sie niederbrannte und daß ab und zu ein Windstoß Linderung brachte, war schon eine Erleichterung. Die ganze Nacht wanderte sie durch dieses Land, in dem das Licht des Mondes ohne Schönheit war. In seinem kalten Silber glichen die Felsen bleichen Knochen, und die Sterne am Himmel blickten hart und gleichgültig herab.

Wieder verbrachte sie den nächsten Tag im Schatten ihres Umhanges. Als der Abend kam, blieben ihr nur einige wenige Schlucke Wasser, gerade noch genug für die Nacht. Sie mußte auf eine Quelle stoßen!

Wieder ging sie die ganze Nacht hindurch. Doch als der Morgen kam, suchte sie sich keinen Unterschlupf, sondern hielt verzweifelt Ausschau nach Wasser. Schneller, als sie gehofft hatte, erreichte die Hitze ihren Höhepunkt und lähmte ihre Glieder. Taumelnd schleppte sie sich weiter, bis sie endlich keinen Schritt mehr tun konnte und stehenblieb. Als sie den Kopf hob und vor sich blickte, glaubte sie plötzlich nicht weit entfernt einen dunklen Fleck auf dem staubigen Boden zu sehen. Wasser?

Eja stolperte mit letzter Kraft auf den Fleck zu. Endlich hatte sie ihn erreicht und sank neben ihm in die Knie. Aber es war kein Wasser, nur ein wenig feuchte Erde. Die Enttäuschung traf sie wie ein Keulenschlag. Nun war alles aus. Wie blind starrte sie auf die dunkle Stelle, die sie so genarrt hatte. Wer wußte, wie tief verborgen das Wasser in der Erde ruhen mochte. Doch vielleicht nicht zu tief. »Gib doch nicht so schnell auf!« schalt sie sich selbst und begann, mit den Händen in der Erde zu graben. Eine Handvoll nach der anderen schaufelte sie beiseite. Und wirklich, nur eine halbe Armlänge tief stieß sie auf Wasser. Doch es war ungenießbar, nur dünnflüssiger Schlamm. Was sollte sie tun?

Fieberhaft überlegte sie, dann wußte sie, was zu tun war. Sie zog aus ihrem Beutel ein Tuch hervor und legte es neben das Erdloch. Dann öffnete sie ihren Schlauch. Nun schöpfte sie den dünnen Schlamm aus dem Loch und ließ ihn auf das Tuch tropfen. Als genug auf dem Tuch lag, legte sie es zu einem Beutel zusammen und hob ihn über den Schlauch, den sie zwischen den Knien hielt. Schon rann ein dünner Strahl trüben Wassers hinein. Eja kostete. Es schmeckte herrlich, etwas erdig zwar, und Sand knirschte zwischen ihren Zähnen, aber es war Wasser. Endlich! Geduldig wiederholte sie diesen Vorgang, bis der Schlauch voll war. Dann ließ sie die nächsten Rinnsale direkt in ihren Mund fließen, bis sie genug getrunken hatte. Das Tuch säuberte sie und packte es wieder ein. So würde es gehen. So gab es Hoffnung für sie, zu überleben.

Während des ganzen Vorgangs hatte sie ihre Umgebung außer acht gelassen. Plötzlich hörte sie ein fürchterliches Fauchen, das sie erstarren ließ. Es klang so bedrohlich, daß Ejas Herzschlag für einen Augenblick auszusetzen schien. Langsam hob sie den Kopf und sah sich einem entsetzlichen Wesen gegenüber, das sie aus schmalen, gelblichen Augen anstarrte. Es duckte sich zu Boden, und seine gewaltigen Muskeln waren zum Sprung bereit. Breite schuppenartige Platten bedeckten seinen Körper, der auf mächtigen Vorderbeinen und kurzen Hinterbeinen ruhte. Der langgestreckte Hals endete in einem schmalen, wie plattgedrückten Kopf. Gebannt starrte Eja auf die grausamen Krallen und Zähne des Ungeheuers. Sein heißer feuriger Atem schlug ihr entgegen. Wie aus der Ferne hörte sie Far-Uhls Stimme:

> Doch hüte dich, denn Gor-Num wacht,
> sein Feueratem bringt Tod und Nacht.

Dieses Wesen mußte Gor-Num sein. Doch warum stürzte es sich nicht auf sie? Warum zögerte es? Spielte es sein grausames Spiel mit ihr? Das Schattenschwert, dachte sie. Ich muß das Schattenschwert finden. Doch wo?

Langsam näherte sich das Ungeheuer. Es würde nicht mehr lange dauern, bis es angriff. Doch kampflos wollte Eja sich nicht aufgeben. Vorsichtig griff sie nach dem Messer an ihrem Gürtel und zog es heraus. Dann richtete sie sich ebenso langsam auf. Das Tier zögerte und verharrte einen Augenblick. Schmale gelbe Augen beobachteten jede ihrer Bewegungen. Dann war es soweit. Eja sah, wie die gewaltigen Muskeln sich spannten. Das Tier sprang sie an. Eja warf sich zur Seite und stieß mit ihrem Messer nach dem Ungeheuer. Nutzlos glitt das Messer an den steinharten Schuppen ab, ohne dem Tier auch nur einen Kratzer zuzufügen. Das Tier war an ihr vorbeigesprungen und drehte sich brüllend um. Eja sprang auf die Beine und erwartete den nächsten Angriff. Was konnte sie gegen dieses Ungeheuer ausrichten? Was half ihr schon das nutzlose Messer?

Da griff das Tier sie wieder an. Noch einmal gelang es Eja, auszuweichen. Schützend hob sie die Arme vor ihr Gesicht, als sie zurücktaumelte. Noch im Fallen hörte sie, wie das Tier vor Schmerzen brüllte. Mühsam kam sie wieder auf die Beine und kehrte sich ihrem Gegner zu. Da sah sie, daß das Tier aus einer tiefen Schulterwunde blutete. Als sie aufstand, wich es entsetzt vor ihr zurück. Eja konnte sich nicht erklären, was geschehen war. Sie hatte das Tier nicht einmal berührt. Wie hätte sie es verletzen sollen? Plötzlich bemerkte sie, daß das Ungeheuer gar nicht sie selber entsetzt anstarrte, sondern den Boden hinter ihr. Eja blickte sich um. Sie konnte nichts sehen, außer ihrem Schatten. Aber ja! Das mußte es sein! Ihr Schatten! Sie hatte das Schattenschwert gefunden. Ihr eigener Schatten war in diesem Land die fürchterlichste Waffe, geschaffen, um selbst Gor-Num in die Flucht zu schlagen. Bei seinem letzten Sprung hatte sie die Sonne im Rücken gehabt und als sie sich mit den Armen schützte, mußte ihr Schatten seine Schulter berührt und ihn verwundet haben.

Langsam bewegte sich Eja in einem Kreis um Gor-Num herum, bis sie die Sonne wieder in ihrem Rücken hatte. Nun hob sie die Arme und näherte sich dem Untier mit ihrem Schatten. Bebend wich das Tier zurück. Weiter und weiter trieb Eja es vor sich her. Rückwärts näherte sich das Untier einigen hohen Felsen. Als es den Stein hinter sich spürte und sich in die Enge getrieben fühlte, brüllte es verzweifelt auf. Dann warf es sich herum und sprang an den Felsen empor. Es gelang ihm, sich über den Rand der Felsen hinaufzuziehen. Oben angekommen, drehte es sich um und blickte auf Eja herab. Doch das war Eja nicht genug. Sie wollte, daß das Tier ganz verschwand und keine Gefahr mehr für sie bedeuten konnte. Eja lief ein Stück um den Felsen herum und entdeckte einen einfachen Aufstieg. Rasch kletterte sie hinauf und näherte sich wieder dem Untier. Wieder achtete sie darauf, daß sie die Sonne hinter sich hatte. Unaufhörlich kam sie dem Tier näher. Doch warum floh es nicht? Es fürchtete doch ihren Schatten? Immer wieder versuchte es, in Richtung des Wasserlochs auszuweichen.

Eja blieb stehen. War dies sein Wasserloch? Wollte es das Loch nicht aufgeben? Wasser in dieser Einöde entschied über Tod oder Leben. Was für ein Recht hatte sie, ihm sein Wasser streitig zu machen? Hatte sie nicht genug getrunken?

»Es ist gut«, sagte sie beruhigend. »Ich gehe, und du kannst hier bleiben. Wir wollen nicht weiter kämpfen. Es ist dein Wasserloch. Ich werde es dir nicht wegnehmen.«

Langsam begann sie rückwärts zu gehen. Doch plötzlich merkte sie, daß sie dem Rand der Felsen zu nahe gekommen war und beinahe hinabgestürzt wäre. Sie erschrak, stolperte über einen Vorsprung und fiel zu Boden. Das Tier erkannte die Gelegenheit und griff sofort wieder an. Brüllend warf es sich über sie. Doch es war zwar stark, aber schwerfällig und nicht schnell genug für Eja. Eja drehte sich zweimal um sich selbst, und das Untier verfehlte sie. Seine Krallen rutschten über den Fels, und es schlitterte über den Rand hinaus. Noch im Sturz warf es sich herum und versuchte, sich an den Steinen festzukrallen. Doch es gab nur wenige Vorsprünge, an denen es sich halten konnte. Sein eigenes Gewicht zog es hinab. Es würde nicht mehr lange dauern, bis es in die Tiefe stürzte.

Eja erhob sich und blickte auf das Untier, das um sein Leben kämpfte. Sie hatte doch nicht seinen Tod gewollt. War nicht sie es, die ihm sein Wasser genommen hatte? Mit einem Mal erkannte sie, wie ähnlich das Schicksal, das Gor-Num drohte, dem Schicksal war, das Far-Uhl ereilt hatte. So hatte auch Far-Uhl über dem Abgrund gehangen. Gor-Num sah sie plötzlich mit seinen schmalen gelben Augen an, in denen Todesangst stand. Es war ihr, als würde Far-Uhl sie anblicken. Sie fühlte wieder das Entsetzen und die Ohnmacht dieses schrecklichen Augenblicks. Nein, sie würde, sie mußte Gor-Num helfen.

Doch was sollte sie tun? Gehetzt blickte sie um sich. Da sah sie die graue, staubige Wurzel einer ihr unbekannten Schlingpflanze, die sich über den Stein schlängelte. Rasch lief sie dorthin und versuchte, die Wurzel loszureißen. Doch sie saß fest, hielt sich mit unzähligen winzigen Saugnäpfen an dem Stein fest. Eja zog ihr Messer und begann eilig, die feinen Verbindungen zu zerschneiden. Bald schon hatte sie ein langes Stück der Wurzel von den Felsen gelöst. Sie zertrennte die Wurzel und zog das freie Ende in Gor-Nums Richtung. Es würde ein gutes Stück über den Rand der Felsen hinausreichen. Noch zögerte sie. Würde er sich nicht wieder auf sie stürzen, wenn sie ihn rettete? Sie mußte es wagen.

»Für Far-Uhl«, rief sie, als sie Gor-Num das Ende der Wurzel zuwarf. Gor-Num zuckte erst zurück, als die Wurzel plötzlich neben ihm aufschlug. Dann schien er zu verstehen. Mit dem Maul packte er die Wurzel und zog sich so, indem er sich abwechselnd mit den Krallen weiterzog und mit seinem Maul an der Wurzel nachfaßte, auf die sicheren Felsen zurück. Als er oben anlangte, blieb er hechelnd und zitternd liegen. Auch Eja lag erschöpft von den Strapazen auf den heißen Felsen und rührte sich nicht. Still lagen sie sich gegenüber und beobachteten einander. Die Zeit verrann, und Eja spürte, daß sie der Hitze nicht mehr lange standhalten konnte. Sie mußte sich ein Schutzdach bauen.

Als sie sich erhob, sprang Gor-Num auf die Beine. Wollte er sie wieder angreifen? Das nächste Mal konnte sie vielleicht nicht mehr entkommen? Hatte sie einen Fehler gemacht?

Doch Gor-Num machte keinerlei Anstalten, sich ihr zu nähern. In einem weiten Bogen umkreiste er sie und kletterte die Felsen hinab. Immer wieder verharrte er und blickte sie verwirrt an. Dann war er am Boden angelangt und trottete zu seinem Wasserloch. Eja folgte ihm langsam. Gor-Num kauerte sich so neben das Wasserloch, daß er sie jederzeit sehen konnte. Verwirrung und Argwohn schienen in ihm zu kämpfen. Dann siegte der Durst. Mit seiner Tatze grub er die Erde auf und trank. Als er genug getrunken hatte, schaufelte er das Loch wieder zu. Er legte sich neben die Wasserstelle, leckte seine Wunden und beobachtete verständnislos das seltsame Treiben dieses zweibeinigen Wesens.

Eja hatte sich rasch ihr Schutzdach gebaut und streckte sich darunter aus. Durstig trank sie aus ihrem Schlauch. Dann blickte sie zu Gor-Num hinüber.

»Gut machst du das«, sagte sie. »Wenn du das Loch wieder zuschaufelst, verdunstet das Wasser nicht so schnell, und es ist für andere auch nicht leicht zu entdecken. Du weißt wohl, wie man hier überleben kann. Ich würde es gern von dir lernen. Aber so gut werden wir uns wohl nie verstehen.«

Eja sprach immer weiter, denn sie hoffte, daß ihre Stimme Gor-Num besänftigen würde und vielleicht sogar so etwas wie eine Verbindung schaffen könnte.

»Du wunderst dich sicher, warum ich dich nicht habe sterben lassen, um dir dein Wasser wegzunehmen? Ich weiß ja nicht, ob du das verstehen kannst, aber es ist genug Wasser für uns beide da. Wir müssen nicht gegeneinander kämpfen.«

Eja lachte über sich selbst. Wieso sagte sie solche Dinge? Gor-Num konnte sie ja doch nicht verstehen und auch nicht begreifen. Wenn er nicht der einzige seiner Art war, was sie nicht glaubte, dann mußte er ja nichts anderes als den Kampf um das kostbare Wasser kennen.

Eja wollte Gor-Num eigentlich nicht aus den Augen lassen, doch die Hitze schläferte sie ein, und immer wieder ertappte sie sich dabei, daß sie einnickte. Doch Gor-Num schien keine Gefahr mehr zu bedeuten, und so schlief sie ein. Als sie erwachte, lag er noch genau so da wie zuvor.

So verging dieser heiße Tag. Gor-Num rührte sich nicht von der Stelle. Die Hitze schien ihm nichts anzuhaben. Still lag er da und beobachtete Eja. Wenn Eja nicht vor sich hin döste, sprach sie zu Gor-Num. Sie erzählte ihm von ihren

Freunden, von all dem Schrecklichen, das ihnen zugestoßen war, von ihren Hoffnungen und Ängsten. Er konnte ihr nicht antworten. Sie wußte nicht einmal, ob er verstand, daß sie es gut mit ihm meinte. Dennoch tat es ihr wohl, zu jemandem sprechen zu können, das Gefühl zu haben, daß es jemanden in dieser Einsamkeit gab, der ihr zuzuhören schien.

»Ich glaube fast, ich werde dich vermissen«, sagte Eja zu Gor-Num. »Aber ich muß bald gehen. Ich muß mein Ziel, den Baum der Schatten und der Träume erreichen. Vielleicht weißt du sogar, wo er zu finden ist. Schade, daß du nicht sprechen kannst.«

Es wurde Nacht. Eja brach ihr Lager ab und machte sich bereit, das Wasserloch zu verlassen. Gor-Num beobachtete sie unruhig. Als Eja ihm Lebewohl sagte und sich nach Südosten wandte, sprang er auf, lief um sie herum und versperrte ihr den Weg.

»Möchtest du etwa, daß ich hierbleibe?« fragte Eja erstaunt. »Aber das kann ich nicht. Ich muß gehen.«

Sie ging auf Gor-Num zu. Fauchend wich er zurück. Er fürchtete ihren Schatten, und doch wollte er sie nicht ziehen lassen. Schritt für Schritt zog er sich vor ihr zurück, aber immer noch versuchte er, sich ihr in den Weg zu stellen.

Eja schüttelte den Kopf und sagte: »Sei vernünftig. Wir passen doch überhaupt nicht zusammen. Denke doch daran, wie ich dich verwundet habe. Es tut mir leid, aber wenn du mich nicht freiwillig gehen läßt, muß ich dich zwingen.«

Eja wandte sich so, daß das Mondlicht ihren Schatten gegen Gor-Num warf und näherte sich ihm mit erhobenen Armen, die ihn wie zwei lange Schattenschwerter bedrohten. Gor-Num hob den Kopf und brüllte. Noch rührte er sich nicht von der Stelle, sondern wiegte sich wimmernd hin und her. Es klang fast klagend. Wollte er Eja nicht verlieren? Empfand er Dankbarkeit oder gar Zuneigung?

Gor-Num sah ängstlich auf die Schatten, die sich ihm bedrohlich näherten. Plötzlich drehte er sich um und blickte in Richtung Südost. Mehrmals wandte er den Blick zwischen Ejas Schatten und Südosten hin und her. Dann schien er einen Entschluß gefaßt zu haben. Er kehrte sich um und trottete in die Richtung, in die er geblickt hatte. Immer wieder blieb er stehen und sah sich nach Eja um, als wollte er sich vergewissern, daß sie ihm folgte.

Verblüfft ging Eja ihm nach. Wohin führte Gor-Num sie? Dies war doch die Richtung, in welcher der Baum der Träume liegen mußte? Kannte er den Baum? Wußte er, wo er zu finden war? Doch warum hätte er sie dorthin führen sollen? Brachte er ihren Schatten mit dem Schatten in Verbindung, den er unter dem Baum gesehen hatte? Glaubte er vielleicht, daß sie dort hingehörte, dorthin zurückkehren wollte? Dies schien die einzige Erklärung zu sein. Sie hatte einen Führer gefunden, vielleicht sogar einen Freund, unerwartet und wie durch ein Wunder. Ausgerechnet ihn, Gor-Num, das Ungeheuer, den Schrecken dieses wüsten Landes. Was für seltsame Wege ging doch das Schicksal.

Die ganze Nacht hindurch folgte Eja ihrem neuen Führer, der ihr zielstrebig voranging. Als der Tag anbrach, legte er sich geduldig zwischen die Felsen, während Eja unter ihrem kleinen Schutzdach auf die Nacht wartete. Es war, als wachte er über sie. Unverwandt sah er sie an, und wenn Eja einschlief, lag er unverändert da, wenn sie wieder erwachte. Schlief er denn nie? Und wovon lebte Gor-Num? Wie genügsam mußte er sein, daß er so lange ohne Nahrung auskam.

Der Tag verging, und wieder führte Gor-Num sie durch die Nacht. Am nächsten Morgen, als Eja unter ihrem Schutzdach lag, trank sie den letzten Schluck aus ihrem Schlauch. Sie brauchte Wasser. Ob Gor-Num wußte, wo welches zu finden war? Sie zeigte ihm den leeren Schlauch und machte die Geste des Trinkens. Mehrmals wiederholte sie es, bis er den Kopf hob und sie fragend anblickte. Plötzlich richtete er sich auf und begann, am Rande der Felsen entlangzustreifen. Dabei hielt er seinen Kopf tief geneigt und beschnüffelte den Boden. Lange und geduldig suchte er die Gegend ab. Dann schien er etwas entdeckt zu haben. Er blieb stehen und begann, mit seinen Krallen den Erdboden aufzureißen. Er schien sehr tief graben zu müssen, doch endlich hatte er das Gesuchte gefunden. Er richtete sich auf und kehrte zu Eja zurück. Außerhalb der Reichweite ihres Schattens blieb er stehen und legte einige runde Gegenstände, die er in seinem Maul getragen hatte, vor sie hin. Was mochte das sein? Früchte? Saftige Wurzeln?

Als Gor-Num sich zurückgezogen hatte, holte sich Eja die dunklen Knollen. Sie waren etwa faustgroß und hatten eine harte, von Furchen durchzogene Schale. Eja zog ihr Messer hervor und versuchte, die Knollen zu öffnen. Doch sie rutschte immer wieder ab. Da nahm sie zwei flache Felsbrocken, legte eine Knolle dazwischen und schlug mit einem der Brocken erst sachte, dann immer fester auf die Schalen. Aber es war vergeblich. Sie konnte die Knollen nicht öffnen.

Eja nahm die Knollen in die Hände und streckte sie Gor-Num bedauernd entgegen.

»Ich kann sie nicht öffnen«, sagte sie enttäuscht. »Entweder du kannst mir helfen, oder sie sind nutzlos für mich.«

Sie legte die Knollen wieder dorthin, wo er sie für sie abgelegt hatte, und zog sich unter ihr Schutzdach zurück. Wieder hob Gor-Num seinen Kopf, legte ihn schräg zur Seite und blickte sie aus seinen schmalen gelben Augen fragend an. Dann erhob er sich, trottete zu den Knollen und nahm eine von ihnen zwischen seine Klauen. Geschickt setzte er seine Krallen an und brach die Schale mühelos auf. So machte er es mit allen Knollen, dann kehrte er an seinen Platz zurück. Eja holte sich die Knollen und untersuchte sie aufgeregt. Unter der Schale kam ein zartes, gelblichweißes Fruchtfleisch zum Vorschein. Eja kostete davon. Es schmeckte frisch, leicht süßlich und war so saftig, daß Eja, wenn sie an den Früchten sog, reichlich zu trinken hatte. Es schmeckte einfach herrlich, und Eja trank und aß sich satt. Dann hielt sie plötzlich inne. Und Gor-Num? Wollte er denn selber nichts haben? Eja erhob sich und näherte sich mit dem Rest der Früchte Gor-Num. Erschrocken sprang er auf und wich mißtrauisch einige Schritte zurück. »Du brauchst keine Angst zu haben«, sagte Eja mit beruhigender Stimme. »Ich will doch nur mit dir teilen. Du mußt doch auch Hunger und Durst haben.«

Sie legte die Früchte auf den Boden und kehrte in den Schatten zurück. Zögernd schlich Gor-Num zu den Früchten. Dann, mit einem letzten zweifelnden Blick, legte er sich wieder hin und begann zu fressen. Wieder schien er verwirrt zu sein. Eja sah und fühlte es. Auch wenn Gor-Num nicht sprechen konnte, so spürte Eja doch seine Gefühle, seine Angst und Verwirrung, aber auch seine wachsende Anhänglichkeit und Zuneigung.

»Was sind wir doch für ein seltsames Paar«, meinte Eja lachend. »Jeder von uns stark und schwach auf seine Weise. Aber allmählich scheinen wir uns näherzukommen. Nicht zu nahe natürlich, das wäre weder für mich noch für dich ratsam.«

Wieder verging ein Tag, und sie setzten ihre Wanderung fort. Sie trafen auf keine anderen Lebewesen. Vielleicht war dies Gor-Num zu verdanken. Oft blieb er kurz stehen, schnüffelte an einem Felsbrocken und machte dann einen großen Bogen. Hatte er das Revier eines seiner Artgenossen erkannt? Ging er Kämpfen aus dem Weg? Wie auch immer, sie kamen ungefährdet voran.

In der Hitze und Eintönigkeit des Landes verlor Eja jedes Gefühl für die Zeit. Sie hätte nicht sagen können, wie viele Tage und Nächte vergangen waren. Tagsüber schlief sie, bewacht von Gor-Num, nachts führte er sie durch das dunkle Land. Wann immer sie Hunger oder Durst hatte, holte er für sie die saftigen Knollen aus der Erde. Geduldig wartete er, bis sie satt war, und nahm erst dann von den Früchten, die sie ihm übrigließ. Bald schien er jede ihrer Gesten zu verstehen. Er liebte es, wenn Eja zu ihm sprach. Dann sah er sie unverwandt an, und manchmal fauchte er sogar leise, wenn sie verstummte, wie um sie aufzufordern, weiterzusprechen. Wenn Eja nicht mehr wußte, was sie sagen sollte, sang sie ihm die Lieder ihrer Kindheit vor. Diese Melodien schienen ihn aufs höchste zu entzücken und in große Erregung zu versetzen. Oft setzte er sich auf, wenn sie sang, und wiegte sich gebannt hin und her. Sie waren unzertrennlich geworden.

Dann kam eine Nacht, in der Gor-Num unruhig zu werden begann. Manchmal blieb er unvermittelt stehen und schien sich nicht entschließen zu können, weiterzugehen. Er schien Angst zu haben. Aber wovor?

»Was ist denn?« fragte sie ihn.

Doch Gor-Num gab nur ein tiefes Knurren von sich und setzte, wenn auch widerwillig, seinen Weg fort. Als der Morgen kam, wollte Eja sich wieder ihr Schutzdach zwischen den Felsen bauen, doch Gor-Num lief immer wieder ein Stück davon, kehrte zurück und entfernte sich, knurrte leise, als wollte er sie auffordern, ihm zu folgen. Schließlich gab Eja nach. Noch war die Hitze nicht zu groß, und sie konnte ihm ja ein Stück weit folgen.

Gor-Num führte sie zwischen den Felsen hindurch. Plötzlich endeten die Felsen, und Eja blickte in einen weiten Talkessel. In der Mitte der Senke erhob sich ein gewaltiger Baum, dessen kahle Äste hoch in den Himmel ragten. Kein Blatt hing an den Zweigen, und doch warf der Baum einen dichten, lückenlosen Schatten. Sie war am Ziel. Sie hatte den Baum der Träume gefunden.

Die Höhlen der Prazûl

Raunen, Flüstern, leises Stimmengewirr, unverständliche Laute drangen durch das Dunkel, das Jock einhüllte. Als er die Augen aufschlug, sah er über sich die steinerne Wölbung einer Höhle. Durch die Öffnung in der Mitte der Dekke fiel nicht mehr das helle Sonnenlicht, an das sich Jock undeutlich erinnern konnte. Doch es war nicht dunkel. Ein mildes, klares Licht erfüllte die Höhle und warf weiche Schatten an die Felsen. Schatten, die sich bewegten. Lange Arme, verzerrte Gestalten. Jock richtete sich heftig auf, sprang auf die Beine und blickte sich erschrocken um. Er war gerettet worden. Von wem? Und wo war Tanit?

Kleine Wesen, dunkelhäutig, mit faltigen Gesichtern und feinen, langgliedrigen Händen umringten ihn. Selbst er überragte sie noch um zwei Köpfe. Dicht nebeneinanderstehende Augen mit faltigen Lidern blickten ihn neugierig an. Diese seltsamen Augen erinnerten ihn, obgleich sie so klein waren, doch an die Nachtaugen der Eulen. Ebenso langsam wie bei den Eulen hoben und senkten sich die Lider über ihnen. Dann sah Jock, daß nur die Gesichter und Hände der Wesen nackt und dunkelhäutig waren. Ansonsten war ihr ganzer Körper und auch die Füße mit einem dichten, kurzen dunkelbraunen bis schwarzen Fell bedeckt. Die Wesen schienen über ihn zu sprechen, aber Jock konnte ihre Sprache nicht verstehen. Wie froh wäre er gewesen, wenn jetzt Eja oder Draba mit ihren Laurinbändern dagewesen wären. Doch sie waren weit weg, lebten vielleicht gar nicht mehr. Nur er und Tanit waren übriggeblieben. Wo Tanit nur steckte?

Jock sah sich nach ihr um. Endlich entdeckte er sie hoch über sich auf einem steinernen Sims in den Felsen. Als sie sah, daß er sie bemerkt hatte, nickte sie ihm zu. Ihr war also nichts geschehen. Nun gut, dann wollte er, Jock, mal sehen, was er bei diesen Erdbewohnern ausrichten konnte. Sie schienen keine bösen Absichten zu hegen. Immerhin hatten sie ihn vor dem Ertrinken gerettet.

Plötzlich drängten sich einige der Wesen, die sonderbare, leuchtende Gegenstände in den Händen hielten, durch die Reihen der Neugierigen. Kristalle! Es waren große, klare Kristalle, in denen ein seltsam waberndes, blendendes Licht schwebte. Das mußte das Licht sein, das die Höhle auch nachts erhellte. Die Kristalle wurden ihm entgegengestreckt, und feine Hände betasteten seine Kleidung. Vielleicht hielten sie seine Kleider für eine ihnen unbekannte Art Fell? Jock gefiel es nicht, wie sie an ihm herumpatschten, und ärgerlich wehrte er sich gegen ihre Berührungen.

»Nun mal langsam, Freunde«, sagte er. »Es ist ja nett, daß ich euch gefalle, aber es wird mir doch etwas zuviel.«

Die Wesen wichen zurück und schienen zu beraten. Diese Gelegenheit nutzte Jock. Er verneigte sich vor ihnen und sagte:

»Ich grüße euch, Erdbewohner. Mein Name ist Jock, Jock Aiting. Ich bin ein Brase aus dem Volk der Duna. Und das da oben ist Tanit aus dem Volk der Edrain, in der Gestalt eines Dolgan. Wir sind von unseren Freunden getrennt worden und müssen zu unserem Treffpunkt im Raunatal. Könnt ihr uns dabei helfen?«

»Sie verstehen dich doch nicht«, rief Tanit von oben herab. »Gib's auf!«

»Willst du etwa mit ihnen reden?« rief Jock ärgerlich zu ihr hinauf. »Irgendwie muß ich doch versuchen, mit ihnen zurechtzukommen.«

Die Wesen hatten ihren Wortwechsel stumm und aufmerksam verfolgt. Nun trat einer von ihnen aus der Gruppe hervor und begann zu sprechen. Dabei wies er mit der Hand auf sich und die anderen und wiederholte vor allem ein Wort immer wieder.

Jetzt flog Tanit doch herab und setzte sich auf Jocks Schulter. Es schien keine Gefahr von den freundlichen Wesen auszugehen.

»Hast du es verstanden?« fragte Jock. »Ich glaube, er meint sich und seine Leute. Es klang so ähnlich wie Prazil, nein, Pirzlu … ach, das kann doch kein Mensch aussprechen.«

Tanit lachte und sagte: »Es heißt Prazûl, du taube Nuß.«

Das Wesen, das ihnen gegenüberstand, nickte eifrig und wiederholte mehrmals: »Prazûl, Prazûl!«

»Na, meinetwegen Prazûl«, sagte Jock. »Das ist auch nicht viel besser, aber wenigstens kann man es aussprechen. Also Prazûl!«

Und Jock verneigte sich wieder und sagte höflich: »Ich grüße Euch, Herr Prazûl.«

Das Wesen nickte zufrieden. Dann wußte keiner mehr, was er sagen sollte. Wie sollten sie sich auch verständigen? Plötzlich winkte er seinen Gefährten und gab einige Befehle. Die Reihen der Prazûl lösten sich auf, und jeder schien wieder an seine Arbeit zurückzukehren oder sein Nachtlager aufzusuchen. Noch einmal wies das Wesen auf sich und sagte wieder ein Wort mehrmals hintereinander.

Jock blickte Tanit nur fragend an und versuchte erst gar nicht, das Wort nachzusprechen.

»Ich glaube, er will uns sagen, daß er Mirza heißt«, meinte Tanit.

Mirza nickte und gab ihnen mit Winken zu verstehen, daß sie ihm folgen sollten. Er führte sie in einen Seitengang und dort durch eine Öffnung in eine kleine Höhle, in der Felle auf dem Boden lagen. Einer der Lichtkristalle steckte in einer Halterung und erhellte die Höhle mit seinem Glanz. Selbst für ihre Maßstäbe war die Höhle gemütlich und bequem eingerichtet. Mirza wies auf die Höhle, dann auf sich und machte schließlich eine einladende Geste.

»Schon verstanden«, sagte Jock schnell. »Es ist seine Höhle, und er lädt uns ein, hierzubleiben. – Das ist sehr freundlich von Euch, Mirza Prazûl«, sagte er zu ihrem Gastgeber und verneigte sich wieder. »Und wenn Ihr auch noch eine Kleinigkeit für uns zu essen habt, so werde ich Euch gerne weiterempfehlen«, fuhr er fort und rieb sich dabei mit der Hand seinen Bauch, der plötzlich vernehmlich knurrte.

Mirza nickte und ließ sie allein. Als er wieder zurückkam, stellte er einen geschlossenen Topf vor sie hin.

»Hurra!« rief Jock. »Endlich etwas zu essen. Ich glaube, er hat die Sprache meines Bauches verstanden. Ich sterbe vor Hunger.«

Tanit lachte. Jock beugte sich über den Topf und hob in Erwartung eines Leckerbissens den Deckel hoch. Entsetzt prallte er zurück und wandte sich, leicht grün im Gesicht, ab. Tanit blickte überrascht in den Topf hinein und zuckte zurück. Dicke weiße Maden wanden sich im Inneren des Topfes und begannen, über den Rand hinauszuklettern. Mirza konnte gar nicht begreifen, was sie hatten. Immer wieder rieb er sich den Bauch und führte nickend seine Hand an den Mund. Schließlich nahm er sogar eine der Maden aus dem Topf und schlürfte sie genüßlich hinunter.

Doch Tanit schüttelte heftig den Kopf und spürte, wie es ihr den Magen umzukehren begann. Sie würgte und wandte sich ab. Mirza nahm den Deckel und schloß enttäuscht den Topf. Dann verließ er mit dem Topf die Höhle.

»Das kann ja heiter werden«, stammelte Jock. »Da halte ich mich doch lieber an unsere Vorräte. Wenn sie wieder trocken sind«, fügte er hinzu und breitete den Inhalt seines Beutels auf dem Boden aus. Da betrat Mirza wieder mit einem Topf die Höhle.

»O nein«, jammerte Jock. »Nicht schon wieder. Mir ist noch vom Anblick des letzten Topfes ganz schlecht.«

Doch Mirza schüttelte beruhigend den Kopf und hob den Deckel hoch. Ein verlockender Duft breitete sich in der Höhle aus.

»Pilze«, rief Jock und sog den Duft genießerisch ein. »Mirza Prazûl, Ihr steigt in meiner Achtung.«

Mirza sah sie glücklich an. Dann sah er Jock zu, der den Topf nahm und sich suchend umblickte.

»Ob die Prazûl Feuer kennen?« fragte er zweifelnd.

»Ich denke schon«, meinte Tanit. »Sieh dir doch einmal die Halterung an, in der das Lichtkristall steckt. Sie ist aus Eisen, also kennen sie Feuer. Wie sonst hätten sie das Eisen bearbeiten sollen?«

»Du hast recht«, sagte Jock. Dann entdeckte er in einem Winkel der Höhle die Feuerstelle, über der ein Haken in der Felswand steckte, an dem Jock seinen Topf aufhängen konnte. Mirza hatte begriffen, was sie wollten, und brachte ihnen Holz, das er geschickt in Brand setzte. Jock schnitt die Pilze klein und gab sie zusammen mit etwas Wasser in den Topf. Dann suchte er in seinen Vorräten nach Kräutern. Bald kochte das Pilzgericht vor sich hin, und glücklich rührte es Jock mit seinem geliebten Holzlöffel um.

»So läßt es sich leben«, seufzte er behaglich und schenkte Mirza ein anerkennendes Lächeln, das dieser freundlich erwiderte, wobei er sich die Lippen leckte. Als das Essen fertig war, teilten sie die Portionen gerecht auf und ließen es sich schmecken. Bald lagen Jock und Mirza nebeneinander auf den Fellen und hielten sich die satten Bäuche. Nur Tanit ging unruhig auf und ab.

»Jock, wir können nicht so faul herumliegen«, sagte sie streng. »Wir müssen einen Weg ins Raunatal finden, mit oder ohne Hilfe der Prazûl. Am liebsten mit ihrer Hilfe, denn vielleicht kennen sie einen Weg. Wer weiß, wie viele Höhlen und Gänge es unter der Erde gibt, die vielleicht sogar bis ins Raunatal führen? Wir müssen versuchen, ihnen unseren Wunsch verständlich zu machen.« Tanit wurde immer heftiger: »Wir haben doch nicht so große Opfer gebracht, um jetzt nur auf der faulen Haut zu liegen. Denk an unsere Freunde. Vielleicht brauchen sie uns. Und denk an die Aufgabe, die wir zu erfüllen haben, und an die Zeit, die verrinnt.«

»Entschuldige, Tanit«, sagte Jock und setzte sich schuldbewußt auf. »Du hast recht. Wir haben keine Zeit zu verlieren. Ich will es auch wiedergutmachen. Vielleicht fällt mir ja ein, wie wir die Prazûl um Hilfe bitten können. Bitte verzeih mir. Der Weg hierher, alles was passiert ist in den vergangenen Tagen, war so schwer und so schrecklich, daß ich einen Augenblick lang glücklich war, nur einfach so dazuliegen und das Leben zu genießen.«

»Verzeih du mir«, sagte Tanit betreten. »Und ich habe

dich noch nicht einmal gefragt, was alles geschehen ist. Bitte, erzähl es mir.«

Jock berichtete Tanit, was geschehen war, seit sie der Ausbruch des Vulkans von den Freunden getrennt hatte. Er erzählte von der Felseninsel, die über sie gestürzt war, von ihrer Krankheit und langen Bewußtlosigkeit, von dem Gang und der endlosen Wanderung durch die schreckliche Finsternis und endlich von dem Sturz in den unterirdischen See, aus dem die Prazûl sie herausgefischt hatten.

Als Jock seinen Bericht beendet hatte, schwieg Tanit betroffen. Dann sagte sie leise: »Es tut mir leid, Jock. Es war unrecht von mir, dich so zu tadeln. Du hast viel durchgemacht und viel für mich getan. Danke, Jock. Ich schäme mich für meine harten Worte.«

»Schon gut«, murmelte Jock verlegen und streichelte ihr Gefieder. »Du konntest es ja nicht wissen. Das wichtigste ist, daß wir leben, daß es dir wieder gutgeht und daß wir neue Freunde gefunden haben, die uns vielleicht sogar weiterhelfen können. Komm, wir wollen uns ein wenig umschauen.«

Mirza war eingeschlafen. Leise traten sie vor die Höhle und gingen den Gang zur Haupthöhle zurück. Grünlich leuchtete der See, und das Licht, das sich in ihm spiegelte, flackerte geheimnisvoll über die Felsen. Die Lichtkristalle, welche die Höhle erleuchteten, sahen aus wie Sterne an einem steinernen Himmel. Ein Zauber lag über der Höhle, der die Freunde berührte und in seinen Bann zog. Schweigend blickten sie lange Zeit auf die Schönheit dieser unterirdischen Welt.

Endlich raffte Jock sich auf und sah sich um. Die Felsen waren durchzogen von Erz, und sie sahen Kristalle neben Granit und Schiefer neben Kreideschichten. Gänge öffneten sich in alle Richtungen, und das Rauschen des Wasserstrahls, der sie in das funkelnde Becken ausgespien hatte, hallte von den Wänden wider.

Plötzlich sagte Jock: »Jetzt weiß ich, wie wir zu den Prazûl sprechen können.«

»Wie denn?« fragte Tanit überrascht.

»Du wirst schon sehen«, erwiderte er geheimnisvoll. »Morgen. Ich muß erst in Ruhe nachdenken. Laß uns schlafen gehen.«

Tanit wollte sich mit dieser Antwort nicht zufriedengeben, doch Jock hüllte sich in Schweigen und wehrte ihre Fragen ab. So mußte sich Tanit bis zum nächsten Tag gedulden. Sie kehrten in Mirzas Höhle zurück und legten sich neben ihn auf die weichen Felle. Bald waren sie eingeschlafen, und jeder ging in seinen Träumen seine eigenen verschlungenen Wege.

Am Morgen weckte sie das geschäftige Treiben der Prazûl, die ihrem Tagwerk nachgingen. Hammerschläge erklangen aus den Gängen, in denen die Prazûl nach Erzen suchten. Junge Mütter liefen ihren Kindern nach, die sich vor ihnen im Gewirr der Gänge versteckten. Hin und wieder erklang das Weinen eines Traglings, der sich bei seinen Spielen verirrt hatte und nun nach seiner Mutter schrie. Es war ein Kommen und Gehen, dessen Lebendigkeit die Freunde überraschte. Mirza war nicht zu sehen. Er mußte schon vor ihnen erwacht sein.

Wieder kehrten sie in die Haupthöhle zurück und setzten sich auf eine Felsenbank, um den Prazûl nicht im Wege zu stehen. Jock sah nachdenklich vor sich auf die Erde. Tanit stellte ihm keine Fragen. Wenn er nichts sagen wollte, dann bitte! Sie konnte auch Geduld zeigen!

Die Zeit verging. Mirza brachte ihnen zu essen, nein, nichts Lebendiges, sich Ringelndes, sondern saftige Wurzeln. Wasser gab es genug, und so fehlte es ihnen an nichts. Durch die Öffnung in der Decke der Höhle drang wieder helles Sonnenlicht, dessen Strahl im Laufe des Tages langsam durch die Höhle wanderte. Niemand schien sich um sie kümmern zu wollen, und sie fragten sich, ob sie vergessen worden seien. Endlich, am späten Nachmittag, nahm das geschäftige Treiben ein Ende, und viele der Prazûl, alt und jung, versammelten sich in der Haupthöhle. Sie schienen auf etwas zu warten. Es herrschte ein großes Gedränge. Kichernd stießen sie einander in die Seiten, reichten sich Wurzeln und anderes, was die Freunde lieber nicht genauer wissen wollten, und plauderten miteinander, wobei sie immer wieder neugierige Blicke auf die fremden Gäste warfen.

Plötzlich erschien Mirza, den sie schon eine ganze Weile vermißt hatten. Er trat vor die Versammlung der Prazûl und hielt eine Rede, die anscheinend von den Fremden handelte, denn oft blickte er zu diesen oder deutete mit den Händen auf sie. Die Rede schien kein Ende nehmen zu wollen, doch hörten ihm die Prazûl geduldig und unter beifälligem Gemurmel und Zustimmungslauten zu.

»Was er bloß alles über uns zu erzählen hat«, flüsterte Tanit verwundert. »Wir haben doch kaum drei Worte mit ihm gewechselt.«

»Nun, entweder er versteht es, das wenige auszuschmücken, oder er holt ihnen das Blaue vom Himmel herunter«, meinte Jock grimmig. »Es wird Zeit, daß ich etwas unternehme.«

Jock erhob sich. Sofort richtete sich die Aufmerksamkeit aller Anwesenden auf ihn, und Mirza unterbrach seinen Redefluß. Ohne verärgert zu sein, setzte er sich zu seinen Zuhörern, die es nicht zu stören schien, daß er seine Rede nicht beendet hatte. Möglich, daß bei den Prazûl das Erzählen wichtiger war als das Erzählte.

Jock brach ein Stück Kreidestein aus einer der Adern, welche die Felsen durchzogen, und trat an eine große Schieferplatte, die nicht weit entfernt die Wand bedeckte.

»Was hast du vor?« fragte Tanit.

»Laß mich nur machen«, sagte er. »Du wirst schon sehen. Ich habe dir ja gesagt, daß ich einen Weg weiß, wie wir die Prazûl um Hilfe bitten können.«

Was nun folgte, verblüffte Tanit so sehr, daß sie Jock mit offenem Schnabel zuschaute. Jock begann auf den Schiefer zu zeichnen. Nie hätte Tanit gedacht, daß Jock ein solcher Meister im Zeichnen war. Er war wirklich immer wieder für eine Überraschung gut.

Jock zeichnete eine große dunkle Gestalt, die eine Krone auf dem Haupt trug. In dieser Krone waren deutlich fünf Steine zu erkennen. Jock wies auf die Gestalt und sagte: »Asar, Asar.« Die zuhörenden Prazûl murmelten wie zum Zeichen, daß sie verstanden hätten: »Asar.«

Nun zeigte Jock auf die Steine in der Krone und sagte: »Onduril, Onduril«, und die Prazûl wiederholten auch dieses Wort. Gebannt folgten sie seinen Bewegungen und bestaunten seine Magie. Vielleicht gab es unter ihnen keinen, der es verstand, solche Gestalten zu erschaffen. Jock schien in ihren Augen ein großer Zauberer zu sein.

Jock zeichnete einen Mann neben Asars Gestalt und zog von den Steinen aus eine spiralförmige Linie, die sich um den Mann wand. Ein Nebel bedeckte den Mann und machte ihn unsichtbar, und am Ende der Linie erschien ein Baum. Die Prazûl hielten den Atem an. Sie begriffen, was Jock ihnen sagen wollte. Die Steine, die Onduril, hatten den Mann in einen Baum verwandelt.

Jetzt drehte sich Jock nach seinen Zuschauern um und wies auf einen der Prazûl. Zögernd erhob sich der kleine Erdmensch. Jock betrachtete ihn kurz, dann zeichnete er rasch einen kleinen Prazûl an die Wand. Wieder ging eine Spirallinie von den Steinen aus. Ein weiterer Kreidenebel verdeckte den Prazûl, und am Ende der Linie erschien ein sich windender Wurm. Mit einem Schreckensschrei warf sich der Prazûl zu Boden und verbarg sich zwischen den anderen. Er fürchtete wohl, durch Jocks Magie sogleich in einen Wurm verwandelt zu werden. Wimmernd versteckte er sich und kam nicht mehr zum Vorschein. Angsterfüllt verfolgten die Prazûl jede von Jocks Bewegungen.

Jock wandte sich einen Augenblick von der Schieferwand ab und hob fünf faustgroße, glatte Steine vom Boden auf. Rasch zog er mit der Kreide um jeden eine feine, sich windende Linie und legte dann die Steine in einem Kreis auf einen Felsbrocken. Er wies auf die Steine und wiederholte: »Onduril!« Dann nahm er einen der Steine, trug ihn ein Stück weit weg und verbarg ihn unter einer Felsplatte. Nun tat er so, als suche er den Stein, aber könne ihn nicht finden.

Wieder trat er an die Wand und malte die vier Steine, die in einem Kreis lagen. Deutlich war zu erkennen, daß der Kreis unvollkommen war, daß der fünfte Stein fehlte. Nun malte Jock wieder einen Prazûl neben die vier Steine, doch die Spirallinie, die nun den Prazûl umwand, endete wieder in einem Prazûl. Erleichtert atmeten die Zuschauer auf. Da wies Jock auf Asar und nahm eine drohende Haltung an. In dieser Haltung suchte er nach dem fünften Stein, und diesmal fand er ihn. Er nahm ihn unter der Felsplatte hervor und näherte sich dem Kreis der vier Steine. Drohend sah er die Prazûl an, als er langsam den fünften Stein in den Kreis legte. Dann machte er mit der Hand eine große Spiralbewegung und ging auf die Prazûl zu. Entsetzt sprangen die Prazûl auf und wichen zurück. Da schüttelte Jock den Kopf und lächelte. Er nahm den fünften Stein und versteckte ihn wieder hinter der Felsplatte. Ein erleichtertes Raunen ging durch die Menge. Zugleich ängstlich und gespannt auf die Fortsetzung, setzten sie sich wieder auf ihre Plätze.

Nun trat Jock wieder an die Schieferwand und zeichnete erst sich mit Tanit auf der Schulter, dann Eja, Horn, Draba und schließlich Far-Uhl. Alle standen in einer Reihe und hielten sich an den Händen. Jock wies auf jeden einzelnen von ihnen und wiederholte beschwörend ihre Namen, die ihm die Prazûl leise nachsprachen. Dann ging er in der Höhle umher, wobei er immer wieder die Namen der Freunde wiederholte, und suchte nach dem Stein. Endlich fand er ihn. Er holte ihn hervor und näherte sich wieder den vier Steinen. Noch immer sprach er die Namen der Freunde vor sich her, doch als er den Kreis der Steine erreicht hatte, schloß er ihn nicht mit dem fünften Stein, sondern fegte mit der Hand die Steine herunter und hob stolz und selbstbewußt den letzten Stein empor. Begeistert jubelten die Prazûl. Da legte Jock die vier Steine wieder zurück auf den Felsen, versteckte den fünften Stein wieder hinter der Felsplatte und trat zurück an die Schieferwand.

Von den Gefährten aus zeichnete er eine Straße. Die Straße endete an einem hohen Vulkan, der plötzlich Feuer zu speien begann. Wieder zeichnete er die Freunde, doch diesmal in Zweiergruppen übereinander. Zuoberst Horn und Draba, dann Eja und Far-Uhl und schließlich Jock mit Tanit auf der Schulter. Scharfe Linien trennten nun die Gruppen der Freunde, und drei getrennte Straßen liefen nebeneinander über den dunklen Stein. Die Straße, die Horn und Draba gingen, und diejenige, die von Far-Uhl und Eja aus weiterführte, endeten beide an zwei geschwungenen Linien, dem Zeichen des Flusses. Neben den Fluß zeichnete er Eja, Far-Uhl, Draba und Horn, die sich alle wieder an den Händen hielten. Die Straße aber, auf der Jock und Tanit gingen, machte einen großen Bogen und wurde plötzlich zu einem Wasserfall, der in einem See endete. Um das Ufer des Sees standen einige der Prazûl. An einem Seil zogen sie Jock und Tanit heraus. Eine schwache Linie, kaum noch eine Straße, verband den See und den Fluß. Nun war alles Wichtige gesagt, und Jock drehte sich um, wies mit der Hand auf sich und Tanit und dann auf die Linien des Flusses. Dann streckte er hilfesuchend seine Hände den Prazûl entgegen.

Tanit flog auf seine Schulter und flüsterte: »Jock, du warst einfach großartig. Das müssen sie verstanden haben.«

»Danke«, gab Jock ebenso leise zurück. »Ich hoffe es. Ich habe getan, was ich konnte.«

Sie sahen auf die Prazûl, die sich berieten. Endlich schienen sie zu einem Entschluß gekommen zu sein. Mirza trat vor und ging zur Schieferwand. Er wies auf den Fluß und sah sich suchend um. Dann blickte er Jock fragend an.

Jock verstand, nahm ein letztes Mal die Kreide und begann zu zeichnen. Er zeichnete einen Berg, an dessen Spitze eine Quelle aus dem Stein hervortrat. Das Wasser floß den Berg hinab und wurde breiter. Dann stürzte es in einem großen Fall die Felsen hinab und wurde zu einem mächtigen Fluß. An den Ufern des Flusses standen Bäume und Häuser. Berge, die deutlich als die Berge des Brasenlandes zu erkennen waren, umschlossen das Tal. Rechts unterhalb dieser Zeichnung malte er eine kleine Gruppe der Prazûl und setzte sich und Tanit daneben. Zu beiden Seiten des Tales malte er eine halbe Sonne, die von einer

Horizontlinie durchschnitten wurde. Osten und Westen, Sonnenaufgang und Sonnenuntergang. In der Mitte, nordöstlich der Heimat der Prazûl, lag das Raunatal. Mirza blickte die Zeichnung lange an, dann nickte er. Er faßte Jock an der Hand und wandte sich mit ihm den anderen Prazûl zu. Gemeinsam ging er mit ihm auf den Felsbrokken zu, auf dem die vier Steine lagen, und fegte mit Jocks Hand, die er führte, die Steine hinab. Es war klar, was er sagen wollte. Die Prazûl würden ihnen helfen, die Macht der Steine zu besiegen.

Mirza führte Jock schräg durch die Höhle, auf einer Linie, an deren Ende das Raunatal im Nordosten liegen mußte. Dann blieb er stehen und nickte Jock und Tanit lächelnd zu. Da wurden sie von den jubelnden Prazûl umringt, und es begann ein ausgelassenes Fest. Die Prazûl tanzten und bliesen dazu auf allerlei sonderbar geformten Flöten. Ein klares Getränk wurde herumgereicht, das auch den Gästen angeboten wurde. Zu spät erkannten die Freunde die berauschende Wirkung dieser so harmlos schmeckenden Flüssigkeit. Längst tanzte Jock schwankend in den Reihen der Prazûl und versuchte sein Glück auf den Flöten ihrer neuen Freunde. Als sie endlich, stolpernd und lachend, in ihre Schlafhöhle zurückwankten und auf die Felle fielen, sagte Tanit, kurz bevor sie einschlief:

»Wie schade, daß dein schönes Bild bald verschwunden sein wird. Wirklich schade! Findest du nicht auch, Jock?«

Dann war sie auch schon eingeschlafen, und nur Jocks lautes Schnarchen gab ihr eine Antwort. Manchmal schreckten sie auf, weil sie glaubten, laute Hammerschläge zu hören. Doch gleich sanken sie wieder zurück und schliefen ihren Rausch aus.

Als sie am nächsten Morgen erwachten, hielten sie sich ihre schweren Köpfe und blinzelten gegen die Helligkeit des Lichtkristalls, die ihren Augen weh tat. Jock rappelte sich auf und setzte sich die jammernde Tanit auf die Schulter. Dann schlich er sich durch den Gang und die Haupthöhle zum See, beugte sich vornüber und tauchte seinen Kopf tief ins kalte Wasser. Tanit verlor den Halt und purzelte in den See. Prustend und mit den Flügeln um sich schlagend, tauchte sie wieder auf und zeterte: »Jock, du altes Trampeltier. Kannst du nicht aufpassen? Du willst mich wohl endlich doch noch ertränken?«

Jock lachte und fischte Tanit aus dem Wasser.

»Wenigstens sind wir jetzt wach. Dieses Zeug, das wir gestern nacht getrunken haben, hatte es wirklich in sich. Puh!«

Tanit würdigte ihn keiner Antwort und schüttelte nur das Wasser von ihren Federn ab. Dabei fiel ihr Blick auf die Schieferwand, auf die Jock seine Bilder gezeichnet hatte. Erstaunt klappte ihr der Schnabel auf, und sie stammelte: »Jock, sieh doch nur. Deine Bilder!«

Jock drehte sich um und war nicht weniger verblüfft als Tanit. Wo gestern noch die Kreidestriche auf dem Schiefer zu sehen gewesen waren, leuchteten ihnen nun kristallene Linien entgegen. Jock und Tanit traten dicht an die Felswand heran. Jeden Strich, jede feinste Linie, jede Schattierung hatten die Prazûl ausgemeißelt und mit klarem Kristall gefüllt. Staunend wie ein Kind fuhr Jock mit den Händen über die Bilder, und Tränen traten ihm in die Augen. Jetzt verstanden sie die Hammerschläge, die sie im Schlaf gehört hatten. Die ganze Nacht mußten die Prazûl gearbeitet haben, um Jocks Bilder vor der Vergänglichkeit zu bewahren.

»Wenn ich das gewußt hätte«, flüsterte Jock. »Dann hätte ich mir mehr Mühe gegeben.«

»Ach, Unsinn!« sagte Tanit. »Die Bilder sind wunderschön. Was für eine herrliche Idee, sie so für alle Zeit festzuhalten.«

Es wurde Zeit, aufzubrechen. Mirza und zwei weitere Prazûl würden sie begleiten. Aus allen Gängen strömten die Prazûl zusammen, um sich von ihnen und ihren Führern zu verabschieden. Mirza führte sie in einen großen, langen Gang hinein, und bald hatten sie die jubelnde Menge zurückgelassen. Die drei Prazûl trugen Lichtkristalle in den Händen, die ihnen den Weg leuchteten.

So wanderten Jock und Tanit an der Seite ihrer Begleiter

unter der Oberfläche von Erdherz. Lange Gänge taten sich vor ihnen auf, und immer wieder trafen sie auf große Höhlen. Manchmal schlossen sich viele Höhlen zusammen, und sie gingen staunend durch die Pracht dieser unterirdischen Welt. Spiegelnde Seen, Wasserfälle, klare Flußläufe, kristallüberkrustete Wände, Tropfsteine, die wie lange Bärte von den Decken herabhingen oder wie Wälder vom Boden emporwuchsen, unendlich vielgestaltig war der Reichtum dieser lichtlosen Welt, die im hellen Schein ihrer kristallenen Laternen aufblitzte und hinter ihnen wieder in ewiger Nacht versank.

Sie wußten nicht, wie viele Tage oder Nächte vergangen waren, als sie am Ende einer großen Höhle auf eine geschlossene Felswand trafen. Kein Gang öffnete sich vor ihnen. Der Weg schien zu Ende zu sein. Sie würden umkehren und sich einen anderen Weg suchen müssen. Doch noch ehe Jock etwas sagen konnte, sah er, daß seine Begleiter einfach auf die Felswand zugingen und ungehindert in ihr verschwanden.

Jock lachte und sagte zu Tanit: »Na, den Trick kennen wir ja schon. Erinnerst du dich an die Wand im Sandarak, als wir auch dachten, in eine Sackgasse geraten zu sein? Das wird wieder so eine Täuschung sein. Laß uns also weitergehen.«

»Bist du sicher?« fragte Tanit zögernd und flatterte von seiner Schulter auf einen steinernen Sims.

»Aber ja doch«, meinte Jock. »Ich werde es dir zeigen.«

Schnurstracks ging er auf die Steinwand zu und wollte hindurchgehen. Hart und deutlich hörbar schlug seine Stirn an den Stein, und Jock stürzte hintenüber. Verblüfft setzte er sich auf und rieb sich die Stirn, auf der eine stattliche Beule zu wachsen begann.

»Das gibt's doch nicht«, stammelte er. »Die Prazûl sind doch auch hindurchgegangen.«

Da kehrten ihre Begleiter zurück, verwundert, daß die Freunde ihnen nicht gefolgt waren. Mirza winkte ihnen und verschwand in den Felsen. Wieder kehrte er um, als die Freunde keinerlei Anstalten machten, ihm zu folgen.

Fragend sah er sie an. Da erhob sich Jock und trat an die Felsen heran. Deutlich sichtbar für Mirza und die anderen Prazûl drückte er seinen Körper fest an die für ihn undurchdringliche Steinwand. Mirza verstand. Jock und Tanit konnten nicht wie die Prazûl durch Felsen gehen. Was für sie eine Selbstverständlichkeit war, war für die Freunde ein Ding der Unmöglichkeit. So blieb ihnen nichts anderes übrig, als ein Stück zurückzugehen und einen anderen Weg zu nehmen. Die Prazûl mußten sich damit abfinden, daß sie keine Abkürzungen mehr nehmen konnten.

Während sie zurückgingen, sprach Jock mit Tanit über ihr Erlebnis.

»Wie ist es denn möglich, daß die Prazûl einfach durch die Felsen gehen? Ich habe das Gefühl, meinen Augen nicht mehr trauen zu können«, sagte er verwirrt.

»Ach, weißt du«, erwiderte Tanit. »Warum sollten sie es denn nicht können? Gehen wir nicht durch Luft? Schwimmen Fische nicht durch Wasser? Warum sollte es nicht Lebewesen geben, die sich ohne weiteres durch Erde und sogar Felsen bewegen können? Denke doch mal an die Tamahu oder an die Kiklits, von denen Eja erzählt hat. Es gibt in Erdherz so viele erstaunliche Wesen, das uns eigentlich gar nichts mehr wundern sollte. Nichts ist unmöglich, auch wenn es undenkbar zu sein scheint.«

So zogen sie mit ihren Begleitern weiter, durch die Gänge und Höhlen von Erdherz, tagelang. Als Jock schon befürchtete, daß sie das Raunatal verfehlt hätten und zu weit gegangen waren, betraten sie einen Gang, der sie aufwärts führte. Sie mußten sich ihrem Ziel nähern. Mirza schien genau zu wissen, wohin er zu gehen hatte. Plötzlich machte der Gang eine scharfe Biegung, und grelles Licht schlug ihnen entgegen. Vor ihnen öffneten sich die Felsen, und geblendet blieben sie stehen. Sie hatten das Innere von Erdherz verlassen.

Der Baum der Träume

Ich weiß ja, daß du mich nicht verstehen kannst«, sagte Eja zu Gor-Num, der nicht weit von ihr entfernt auf dem Boden lag und sie aus seinen schmalen gelben Augen anblickte, »aber ich möchte dir dennoch danke sagen. Ohne deine Hilfe hätte ich den Baum nie gefunden. Allein hätte ich nie überlebt. Danke.«

Eja saß unter ihrem einfachen Sonnendach und blickte auf den Baum in der Mitte der Talsenke unter ihnen. Noch zögerte sie, seinen Schatten zu betreten. Nach all den Mühen und Gefahren, die sie auf sich genommen hatte, um ihn zu finden, spürte sie, wie sehr sie sich davor fürchtete, in seinem Schatten ihren verborgensten Erinnerungen gegenüberzutreten. Eine sonderbare und unerwartete Angst lähmte sie. Fürchtete sie sich vor den Folgen ihres Kampfes mit Asar? Vor der Wiederkehr der Schmerzen? Oder hielt eine innere Stimme sie zurück und wollte sie zwingen, das Geheimnis zu wahren? War es nicht besser, den Onduril im Verborgenen zu lassen, als durch ihn größte Gefahren heraufzubeschwören?

All die Fragen und Zweifel, die sie und ihre Freunde in Althaia bewegt hatten, zogen wieder durch Ejas Gedanken und bedrängten und verwirrten sie. Sie fühlte, daß sie an einem Scheideweg angelangt war. Hier entschied sich das Schicksal von Erdherz. Hier mußte sie wählen zwischen ihrer Vernunft, die sie warnte und zurückhielt, und ihrer Menschlichkeit, die sich gegen die Aufopferung der verwandelten Edrain auflehnte. Folgte sie der Stimme der Vernunft, so war Asars Spiel aus, aber dann würde sie eine Schuld auf sich laden, die ihr Leben und das Leben der Geopferten zerstören würde. Folgte sie der Stimme der Menschlichkeit, so würde sie die Edrain und auch Tanit aus ihrer Verwandlung befreien können, aber ihre Schuld würde vielleicht um noch vieles größer und entsetzlicher sein, wenn sie das Spiel verlor und damit Erdherz dem Untergang preisgab.

Was soll ich tun? dachte sie verzweifelt. Was soll ich bloß tun? Aber niemand war da, der ihr einen Rat hätte geben können. Sie war allein, und was auch immer in Althaia gesagt und entschieden worden war, so fühlte sie doch, daß die letzte Entscheidung ihr überlassen blieb, hier, inmitten dieser Einöde, mußte sie den letzten Schritt tun.

Lange saß sie still da, die Beine schützend herangezogen, und verbarg ihr Gesicht in den Armen. Die Gesichter ihrer Freunde zogen an ihrem inneren Auge vorbei. Hatten nicht auch sie große Gefahren auf sich genommen, nur damit sie den Baum erreichen konnte? Hatte nicht Far-Uhl sein Leben dabei verloren? Und wer wußte denn, ob Jock und Tanit noch lebten? Sollten all diese Mühen und Opfer vergeblich gewesen sein? Gemeinsam mit ihren Freunden hatte sie sich entschieden, welchen Weg sie gehen wollten, und ganz gleich, ob sie noch lebten oder nicht und ob sie bei ihr waren oder nicht, ihre Aufgabe war es, das, was sie begonnen hatten, zu einem Ende zu führen und zu hoffen, daß es ein gutes Ende sein würde.

Eja richtete sich entschlossen auf. Nun war alles wieder klar. Sie würde den letzten und entscheidenden Schritt tun und den Schatten unter dem Baum der Träume betreten. Sie fürchtete sich nicht mehr.

Als sie sich erhob, richtete sich auch Gor-Num auf und folgte ihr unruhig und zögernd den Weg hinab in die Senke. Es war kein weiter Weg mehr, und bald stand sie an der Grenze des Schattens. Sie blickte sich nach Gor-Num um. Er war in sicherer Entfernung stehengeblieben und knurrte leise. Fürchtete er sich vor dem Schatten? Oder hatte er Angst, sie zu verlieren? Glaubte er, daß in dem Schatten eine Gefahr auf sie lauerte?

»Sorge dich nicht um mich«, sagte Eja. »Ich komme wieder.« Ihre Stimme schien ihn zu beruhigen. Langsam legte er sich nieder und nahm wieder die wartende Stellung ein, die sie schon so gut kannte. Unverwandt blickte er sie aus seinen schmalen Augen an. Er würde hier auf sie warten und sich nicht vom Fleck rühren, bis sie zurückkehrte.

Eja drehte sich um und überschritt die Grenze zwischen Licht und Schatten. Verblüfft blieb sie stehen. Hatte sie nicht unter dem Baum denselben steinigen Boden wie in der ganzen Ebene gesehen? War der Baum nicht kahl gewesen und Rinde und Wurzeln grau und rissig? Hier, im Schatten, sah alles ganz anders aus. Weiches Gras bedeckte den Boden. Dichtes Laub füllte die Krone des Baumes, und Rinde und Wurzeln hatten eine glatte, glänzende Haut. Ein milder Frühlingswind spielte in den Blättern, und die Sonne schien durch die Zweige. Es war ihr, als hätte sie Kiritavat, die Insel des Frühlings, betreten. War dies Wirklichkeit? Träumte sie schon? Sie wußte es nicht zu sagen.

Eja ließ ihren Beutel zu Boden gleiten und legte sich unter den Baum in das dichte, weiche Gras. Ein unbeschreibliches Glücksgefühl überkam sie, und es schien ihr, als wäre alle Last von ihr genommen. Sie fühlte sich leicht und voll Kraft und Lebensfreude. Über sich sah sie die tanzenden Blätter und hörte das sanfte Rauschen des Windes. Erinnerungen verbanden sich mit der Schönheit dieses Anblicks. In diesem Baum schienen sich all die Bäume ihrer Kindheit zu vereinen, all die Bäume, unter denen sie gelegen hatte, der Baum im Hofe der Tordals, ihre geliebte Kastanie auf dem Fennerjoch hoch über dem Tal der Rauna und noch viele andere Bäume, die ihr Leben umgeben hatten. Ihre Augen schlossen sich. Aber es wurde nicht dunkel um sie. Unverändert sah sie den Baum, die Blätter, das Blau des Himmels, das Licht und den Wind in den Zweigen. Schlief sie? Träumte sie? Oder gab es hier keinen Unterschied zwischen Schlaf und Wachen?

Plötzlich sah Eja, daß der Baum über ihr zu wachsen begann. Eine sanfte Macht hob sie empor, und sie schwebte durch ein dunkles Tor, das sich im Stamm des Baumes geöffnet hatte. Im Inneren des Baumes sank sie herab auf weiches, duftendes Laub. Durch die Öffnung der Höhlung drang grünschimmerndes Licht. Etwas Süßes füllte ihren Mund. Sie fühlte sich sicher und geborgen.

Da beugte sich ein Gesicht über sie, das sie erkannte. Es war das Gesicht, das sie von Geburt an gesehen hatte, das ihr nahe gewesen war im Hellen und Dunkeln. Es verband sich mit einer Stimme, die alles für sie war. Geborgenheit, Schutz und die Quelle, an der sie sich satt trinken konnte. Und die Stimme sprach zu ihr. Sie verstand die Worte nicht, denn sie wußte noch nicht, was Worte anderes hätten sein können als zärtliche Laute, Wärme und das Gefühl der Liebe. Aber sie fühlte, daß sie diese Worte nicht vergessen durfte und auch nie vergessen würde. Die Worte hatten Macht, und auch als die Stimme nicht mehr sprach und das Gesicht verschwand, blieb die Macht der Worte in ihr.

Das Bild, das sie sah, veränderte sich. Wieder lag sie unter dem Baum und sah den Wind in den Zweigen. Sie öffnete die Augen und nichts, was sie sah, war anders. Eja setzte sich auf und lehnte sich an den Stamm des Baumes. Sie wußte, daß der Weg nicht mehr versperrt war. Sie würde sich an die Botschaft erinnern können, die Advena ihr mitgegeben hatte. Ruhig ließ sie den Erinnerungen ihren freien Lauf, und wieder hörte sie die Stimme ihrer Mutter, und diesmal verstand sie die Worte, die sie sprach:

»Verzeih mir, mein Kind, aber ich kann nicht anders. Ich muß dich verlassen, um dich zu retten. Doch etwas werde ich bei dir zurücklassen. Worte, die du noch nicht verstehst. Eines Tages aber wirst du sie verstehen und tun, was ich dir sage. Also höre, und merke es dir für alle Zeit. Es wird der Tag kommen, da wirst du den Edrahil den Weg zu dem Onduril zeigen, den ich verstecken mußte. Aber sage es niemals dem einen, dem Verräter, Asar. Hüte dich vor Asar. Ihm zeige den Weg nicht, niemals. Doch jetzt höre, und vergiß es nicht. Du findest den Stein im Südosten dieses Tales, in dem meine Flucht nun endet. Wenn der Tag gekommen ist, kehre zu diesem Baum zurück und gehe den Weg, den ich gegangen bin. Du wirst ihn erkennen, denn ich gebe dir meine Erinnerung. Am Rande dieses Weges wirst du einen See finden, der wie ein dunkles Auge in den Himmel blickt. Suche den steinernen Pfeil im Herzen des Sees, den nur das Licht des Mondes dir zeigt. Dort, in der Spitze des Pfeils, wirst du den Stein finden. Eleni maat, miana. Hüte den Stein, mein Kind.«

Die Erinnerung war zurückgekehrt. Eja wiederholte leise die Worte, die sich in all den Jahren, in denen sie nichts von dem Geheimnis in sich gewußt hatte, wie ein schützender Ring um dieses Geheimnis gelegt hatten: »Eleni maat, miana. Hüte den Stein, mein Kind. Ich habe ihn gehütet, Mutter.«

Es war geschehen. Nun gab es kein Zurück mehr. Sie würde den Ort aufsuchen, an dem ihre Mutter sie verborgen hatte, den Weg nehmen, den Advena gegangen war, und den Stein finden. Noch einmal blickte sie auf die Schönheit des Baumes, unter dem sie saß, dann erhob sie sich entschlossen und verließ den Schatten.

Es war Nacht geworden. Eja war erstaunt, daß schon so viel Zeit vergangen sein sollte. Ihr Aufenthalt unter dem Baum der Träume schien ihr viel kürzer gedauert zu haben. Aber sie wunderte sich nicht wirklich darüber. Sie hatte es aufgegeben, sich zu wundern. Zuviel Sonderbares und Unerklärliches war ihr geschehen, und sie hatte gelernt, die seltsamen Erscheinungen so hinzunehmen, wie sie waren, und nicht nach Erklärungen zu suchen, die sie ohnehin nicht finden konnte.

Gor-Num lag da, wie sie ihn verlassen hatte. Als sie aus dem Schatten trat, richtete er sich auf und blickte sie fragend an.

»Wir gehen zurück«, sagte sie. »Dorthin, wo wir uns getroffen haben, und dann weiter bis zu der Felsenbrücke, über die ich in meine Welt zurückkehren werde.«

Und sie wies mit der Hand nach Nordwesten, in die Richtung, aus der sie gekommen waren. Gor-Num legte den Kopf schräg und schien verwirrt zu sein. Hatte er sie nicht zu dem Baum geführt? Gehörte sie nicht zu den Schatten? Warum wollte sie nicht hier bleiben?

Eja wartete nicht darauf, daß Gor-Num sie verstand,

sondern ging in die Nacht hinein Richtung Nordwesten. Nach einer Welle bemerkte sie, wie Gor-Num sie überholte und ihr wieder vorauslief. So wurde er erneut ihr Führer und leitete sie sicher durch das Land ohne Schatten, wartete geduldig am Tag, wenn sie unter ihrem Sonnendach ruhte, und grub für sie die saftigen Knollen aus dem harten Erdboden.

Als sich die zweite Nacht nach ihrem Aufbruch vom Baum der Träume ihrem Ende näherte, blieb Gor-Num plötzlich stehen. Er schien etwas gehört zu haben. Langsam begann er in Richtung Osten zu gehen. Dabei hielt er sich in der Deckung der Felsen und beschnüffelte aufgeregt den Boden. Besorgt folgte ihm Eja. Wohin ging er? Was hatte er gehört? Drohte ihnen Gefahr?

Wieder blieb Gor-Num stehen. Vor ihnen erhob sich ein mächtiger Felsblock. Mit einem gewaltigen Satz sprang Gor-Num auf den Stein und legte sich sogleich flach hin. Eja fand genügend Halt, und sie kletterte hinterher. Der Felsen war so breit, daß Gor-Num und sie Platz nebeneinander fanden, ohne daß ihr Schatten ihn berührte und verletzte. Wie er hatte sie sich sogleich flach auf den Stein gelegt und spähte nun über den Rand hinaus in die Nacht.

Vor ihnen öffnete sich eine weite Ebene, die keinerlei Deckung bot. Zuerst konnte Eja weder etwas hören noch sehen, doch dann glaubte sie plötzlich aus der Ferne ein schwaches Gebrüll zu hören und das Geräusch schneller Schritte. Seltsam, es klang wie Hufe. Gab es in diesem Land Lebewesen, die auf Hufen liefen? Rasch näherten sich die Schritte, und auch das Brüllen wurde immer lauter. Es schienen mehrere Tiere zu sein, die sie brüllen hörte. Waren Wesen wie Gor-Num auf der Jagd? Doch was jagten sie?

Inzwischen begann der Morgen zu dämmern, und die Sonne erhob sich am Horizont. Als die ersten Strahlen aufleuchteten, glaubte Eja einige dunkle Gestalten zu erkennen, die sich im Gegenlicht rasch auf sie zubewegten. Gor-Num begann unruhig zu werden, und er machte Anstalten, den Felsen zu verlassen. Doch Eja schüttelte energisch den Kopf und zischte: »Bleib!«

Gor-Num schien sie zu verstehen und blieb widerstrebend liegen. Die dunklen Gestalten kamen immer näher. Ja, es schienen Wesen wie Gor-Num zu sein, vier, nein, drei. Eja blinzelte gegen das Licht und versuchte zu erkennen, wen sie verfolgten. Es war … Far-Uhl! Ja, es sah aus wie Far-Uhl. Das war doch nicht möglich, er war doch tot! Eja blickte wie erstarrt auf die Gruppe, die sich ihnen näherte. Die Freude war wie ein Schock, der sie lähmte.

Far-Uhl! dachte sie nur und blieb reglos liegen. Dann schüttelte sie die Lähmung ab und sprang auf. »Er ist in Gefahr. Er braucht meine Hilfe.«

Sie schwang sich über den Rand des Felsens und ließ sich zu Boden fallen. Über sich hörte sie ein verzweifeltes Brüllen, doch sie achtete nicht darauf. Rasch sprang sie auf und lief der Gruppe entgegen. »Far-Uhl!« rief sie laut.

»Eja!« Far-Uhl hatte sie erkannt. »Lauf weg, Eja!« rief er. »Schnell, bevor es zu spät ist!«

Doch Eja hörte nicht auf ihn, und bald hatte sie ihn erreicht. Far-Uhl blieb stehen und stellte sich seinen Verfolgern entgegen, um Eja zu schützen. Eja stand neben ihm und lachte und weinte vor Freude. Sie schien die Gefahr, in der sie schwebten, ganz vergessen zu haben.

»Far-Uhl«, sagte sie. »Ich bin so glücklich, dich wiederzusehen. Ich habe gedacht, daß du tot bist. Wie kommt es, daß du lebst? Und wie bist du hierhergekommen?«

»Später«, keuchte Far-Uhl. »Jetzt ist keine Zeit dafür. Wir müssen sehen, daß wir heil davonkommen.«

Die Verfolger waren, verwirrt durch Ejas plötzliches Auftauchen, stehengeblieben. Nun duckten sie sich und begannen, die beiden zu umkreisen.

»Wir müssen versuchen, zu den Felsen durchzukommen«, sagte Far-Uhl. »Rasch, spring auf meinen Rücken.«

Eja schwang sich auf Far-Uhls Rücken. »Halt dich fest«, rief Far-Uhl, nahm einen kurzen Anlauf und sprang zwischen zwei der Bestien hindurch in Richtung des Felsens, von dem Eja gekommen war. Hinter ihnen heulten die Verfolger auf und jagten ihnen nach. Schon hatten sie den Felsen erreicht, da hörten sie ein fürchterliches Brüllen über sich. Auf dem Felsen erhob sich Gor-Num und duckte sich zum Sprung.

»Wir sitzen in der Falle«, rief Far-Uhl. »Da ist noch einer.«

Doch bevor Eja antworten konnte, setzte Gor-Num mit einem gewaltigen Sprung über sie hinweg und warf sich ihren Verfolgern entgegen. Far-Uhl wirbelte herum und blickte verblüfft auf die kämpfenden Ungeheuer. Der plötzliche Angriff hatte die drei Verfolger überrumpelt, und es gelang Gor-Num, mehrere gewaltige Bisse und Hiebe auszuteilen, bevor sie sich gefaßt hatten. Dann aber stürzten sie sich gemeinsam auf den Angreifer. Lange würde er dieser Übermacht nicht standhalten können. Schon blutete er aus mehreren tiefen Wunden, und seine Gegenwehr wurde schwächer.

»Wir müssen ihm helfen, Far-Uhl«, rief Eja. »Sie werden ihn töten.« Sie glitt von seinem Rücken herab und wollte Gor-Num zu Hilfe eilen.

»Halt, bleib hier! Wo willst du hin? Wieso helfen?« rief Far-Uhl erstaunt und hielt sie am Arm fest. »Besser, wir verschwinden hier, bevor sie ihn besiegt haben.«

»Aber er hat uns doch geholfen«, sagte Eja. »Er ist mein Freund und hat mir das Leben gerettet. Bitte, Far-Uhl.«

»Aber was können wir denn gegen diese Ungeheuer ausrichten?«

»Das Schattenschwert, Far-Uhl. Wir haben doch das Schattenschwert«, sagte Eja.

»Was? Du hast es gefunden? Wo ist es denn?«

»Hier«, rief Eja und hob ihm ihre Arme entgegen.

»Ich verstehe nicht, was du meinst«, sagte Far-Uhl und sah sie an, als hätte sie den Verstand verloren.

»Komm mit, ich zeige es dir«, sagte Eja drängend. »Aber wir müssen die Sonne im Rücken haben.«

Rasch lief sie in einem Bogen um die Kämpfenden herum. Far-Uhl folgte ihr widerstrebend. Als die Sonne hinter ihnen stand, sagte Eja:

»Hebe deine Arme, und triff sie mit deinen Schatten.«

Dann lief sie zu den Kämpfenden und begann, mit den

Schatten ihrer Arme nach ihnen zu schlagen. Brüllend ließen die Bestien von Gor-Num ab und wandten sich der neuen Bedrohung entgegen. Doch schon war Far-Uhl, der endlich begriffen hatte, an ihrer Seite, und nun trafen vier Schwerter und schlugen den Gegnern tiefe Wunden. Entsetzt wichen die Ungeheuer zurück. Doch Eja und Far-Uhl setzten ihnen unerbittlich nach und versetzten ihnen Schlag um Schlag. Blitzschnell war der Angriff auf die Bestien erfolgt, und schon bluteten sie aus vielen klaffenden Wunden. Da warfen sie sich herum und flohen, so schnell es ihre Verletzungen zuließen. Bald waren sie zwischen den Felsen verschwunden, und Eja und Far-Uhl hörten nur noch ihr Schmerzgebrüll, das sich rasch entfernte.

Far-Uhl setzte ihnen noch einige Schritte nach, um sicher zu sein, daß sie nicht zurückkehrten, da hörte er hinter sich den erschrockenen Schrei Ejas. Eilig lief er an den Kampfplatz zurück. Er sah Eja nahe bei Gor-Num knien. Gor-Num rührte sich nicht. Reglos und aus zahlreichen Wunden blutend, lag er im Staub. Far-Uhl trat zu Eja und blickte auf das sterbende Tier herab.

»Far-Uhl, ist er tot?« fragte Eja mit bebender Stimme. Tränen liefen ihr über das staubige Gesicht.

»Noch nicht, Eja«, sagte Far-Uhl. »Seine Wunden bluten noch. Aber ich glaube nicht, daß er es überleben wird.«

Far-Uhl wollte sich zu Gor-Num hinunterbeugen, da sprang Eja auf und stellte sich zwischen ihn und den Sterbenden.

»Faß ihn nicht an«, sagte sie hastig. »Du verletzt ihn mit deinem Schatten.«

»Verzeih, das hatte ich ganz vergessen«, sagte Far-Uhl und blickte hilflos auf Gor-Num. Gor-Num hatte ihnen geholfen, sie gerettet und sich geopfert, aber sie konnten nichts für ihn tun. Er gehörte zu einer anderen Welt, die sie nicht berühren durften.

»Gor-Num!« rief Eja mit zärtlicher Stimme. »Gor-Num! Hörst du mich?«

Ein Beben lief durch Gor-Nums blutenden Körper. Mühsam hob er den Kopf und blickte Eja aus seinen schmalen gelben Augen an, die ein sonderbarer Schleier getrübt hatte. Ein leises Knurren kam aus der Tiefe seines Körpers.

»Was bedeutet das?« fragte Far-Uhl leise. »Es scheint, als wolle er etwas von dir.«

Eja versuchte, zu sprechen. Tränen füllten ihre Augen und machten sie blind. Endlich atmete sie zitternd ein und flüsterte:

»Er hat immer so geknurrt, wenn er wollte, daß ich weiter zu ihm spreche oder ihm etwas vorsinge.«

Far-Uhl legte seinen Arm um Ejas Schultern und sagte: »Dann sing, Eja. Mehr kannst du nicht für ihn tun.«

So kauerte Eja sich vor Gor-Num auf den staubigen Boden und begann ein Lied aus ihrer Kindheit zu singen, das ihr Una vorgesungen hatte. Es war ihr liebstes Lied gewesen und hatte für sie, wann immer die Melodie in ihr erklang, ihre glückliche Kindheit an den Ufern der Rauna lebendig werden lassen. Inmitten dieser Einöde, inmitten von Hitze und Staub sang sie für Gor-Num von der Schönheit ihrer Heimat, in der ein milder Wind durch die Zweige wehte und die Blätter der Bäume ihren endlosen Reigen tanzten.

Plötzlich legte Far-Uhl ihr die Hand auf den Arm und brachte sie zum Schweigen.

»Es ist vorbei«, sagte er leise.

Eja blickte auf ihren toten Freund. Die gelben Augen, die nun ohne Leben waren, sahen sie unverwandt an. Es schien, als wäre Gor-Num nicht tot, sondern als würde er nur auf sie warten, so wie er immer auf sie gewartet hatte in den Tagen ihrer Wanderung durch seine wüste Heimat. Wie eine schwarze Woge überkam sie die Trauer um ihren gefallenen Freund, der einst ihr Feind gewesen und nun für sie gestorben war.

»Komm«, sagte Far-Uhl. »Wir müssen Schutz vor der Sonne suchen.«

Eja erhob sich. Teilnahmslos folgte sie Far-Uhl zwischen die Felsen, wo er ein Schutzdach für sie baute. Schweigend saßen sie im Schatten ihres Unterschlupfs. Far-Uhl ließ ihr

Zeit, damit sich Trauer und Schmerz legen konnten. Endlich sagte er: »Wenn alles ein gutes Ende nehmen sollte und ich nach Kiritavat zurückkehre, werde ich eine neue Geschichte über das Land ohne Schatten zu erzählen haben, und den Versen über Gor-Num werden neue, bessere hinzugefügt werden. Darum erzähle mir von Gor-Num und was geschehen ist, seit du über die Felsenbrücke in das Land ohne Schatten gekommen bist.«

Eja nickte und begann leise zu sprechen. Sie erzählte Far-Uhl von dem Entsetzen, das sie empfunden hatte, als er gestürzt war und die reißenden Fluten ihn mit sich gerissen hatten. Dann schilderte sie ihren Weg durch das Land ohne Schatten, den Kampf mit Gor-Num am Wasserloch, die wachsende Freundschaft zwischen ihnen und von den Tagen und Nächten, in denen er sie geführt und beschützt hatte. Endlich erzählte sie ihm vom Baum der Träume und von dem, was sie in seinem Schatten erlebt und erfahren hatte. Leise wiederholte sie die Worte ihrer Mutter, an die sie sich jetzt frei und ohne Hindernis zu erinnern vermochte.

»Alles andere weißt du ja, Far-Uhl«, beendete sie ihren Bericht. »Wir hatten den Baum der Träume noch nicht lange verlassen, da haben wir dich getroffen, und Gor-Num ist im Kampf gefallen. Er wollte mich beschützen, so wie er es in all den Tagen unserer Wanderung getan hat.«

Sie schwiegen, und Eja fühlte, wie wohl es ihr getan hatte, von Gor-Num und ihrer Freundschaft zu erzählen. Ihre Trauer hatte sich gewandelt, war nun nicht mehr schwarz und lähmend, sondern zog sich in sie zurück und wurde Erinnerung. Tief in ihr bewahrte sie das Bild Gor-Nums, wie er wartend dalag und sie aus seinen schmalen gelben Augen ansah, wenn sie zu ihm gesprochen oder für ihn gesungen hatte. Sie würde ihn nie vergessen.

»Nun erzähle du, Far-Uhl«, sagte sie mit gefestigter Stimme. »Wie hast du deinen Sturz überlebt? Und wie bist du hierhergekommen?«

Far-Uhl blickte still vor sich hin und begann endlich mit leiser Stimme zu erzählen:

»Als ich von der Felsenbrücke in den reißenden Strom stürzte, dachte ich wie du, daß es aus sei mit mir. Strudel zogen mich immer wieder unter Wasser, und ich war dem Ertrinken nahe. Noch einmal kam ich an die Oberfläche, und es gelang mir ein letztes Mal tief Luft zu holen, dann wurde es dunkel um mich. Das Wasser hatte mich in die Höhle getrieben, die wir von der Felsenbrücke aus gesehen hatten. Der Strom jagte mich mit reißender Gewalt durch die Dunkelheit, und ich spürte, daß es nicht mehr lange dauern würde, bis ich einatmen mußte. Die Atemnot ließ feurige Kreise vor meinen Augen tanzen, und meine Bewegungen wurden immer langsamer. Hilflos mußte ich es geschehen lassen, daß die unterirdischen Wirbel ihr Spiel mit mir trieben. Da wurde es plötzlich hell. Ein glücklicher Schwung riß mich an die Oberfläche des Wassers, und ich bekam wieder Luft. Doch noch mußte ich um mein Leben kämpfen. Unverändert rissen die Wirbel mich unter Wasser, und nur für kurze Augenblikke konnte ich nach Luft schnappen, bevor sie mich wieder in die weiß schäumende Tiefe hinabstießen. Ich weiß nicht, wie lange es dauerte, wie lange ich verzweifelt um mein Leben kämpfte, als auf einmal ein Donnern zu hören war, das immer lauter wurde. Ich stürzte einen tosenden Wasserfall hinab, und ein letztes Mal rissen gewaltige Strudel mich in eine unergründliche, lichtlose Tiefe. Dann war ich plötzlich frei und kämpfte mich dem Licht über mir entgegen. Es ging so langsam, so unendlich langsam. Doch endlich tauchte ich auf, und mit bleiernen Bewegungen konnte ich mich mühsam über Wasser halten. Ich trieb in einem großen Becken, in das sich der tosende Wasserfall ergoß. Mit letzter Kraft schwamm ich an den Rand des Beckens und blieb erschöpft im seichten Uferwasser liegen. Ich war gerettet und fiel in einen tiefen Schlaf.

Als ich erwachte, ging gerade die Sonne unter, und lange Schatten trafen auf die Felsen. Über mir erhoben sich schroffe, hohe Felswände. Ich befand mich in einer tiefen Schlucht, die von Nordosten kam und weiter nach Südwest führte. Von Süden her mündete ein schmaler Bach in das Becken, an dessen Rand ich lag, und verließ nach Norden hin wieder den See.

Als ich mich erhob, spürte ich die Folgen der Anstrengungen und suchte mir ein trockenes Lager für die Nacht. Es war warm, und ich fand eine Stelle mit etwas dürrem, aber weichem Gras. Ich überlegte, was ich tun sollte, und beschloß, am nächsten Tag der Schlucht nach Südwesten zu folgen. Dort hoffte ich einen Weg in das Land ohne Schatten zu entdecken, wo ich versuchen wollte, dich wiederzufinden.

Viele Tage zog ich durch die Schlucht, die sich in einem sanften Bogen immer mehr gegen Westen neigte. Ich wußte nicht genau, wo ich mich befand, denn die Felswände waren zu steil, als daß ich sie hätte ersteigen können. Unverändert warfen die Felsen ihre wandernden Schatten, und ich begann immer mehr daran zu zweifeln, daß ich mich auf dem richtigen Weg befand. Doch endlich, als ich schon nahe daran war, aufzugeben und umzukehren, begann die Schlucht anzusteigen. Auf mittlerer Höhe des Hangs traf ich auf eine Quelle, an welcher der Bach, dem ich so lange gefolgt war, entsprang. Ich füllte meinen Wasserschlauch vorsichtshalber auf und trank aus der Quelle. Dann ging ich weiter.

Als ich das Ende der Schlucht erreichte, befand ich mich inmitten einer staubigen, wüsten Landschaft. Vereinzelt sah ich Felsgruppen, die sich über die Ebene erhoben. Es dauerte eine Zeitlang, bis ich bemerkte, daß die Felsen keine Schatten warfen und daß ich mein Ziel, das Land ohne Schatten, erreicht hatte. Hinter mir zog sich die Schlucht durch die Einöde. Bis weit hinein in dieses glühende Land waren die Schatten vorgestoßen und hatten sich dieser so anderen Welt entgegengestellt.

Ich spürte die Erbarmungslosigkeit der Sonne, die schon begann, gnadenlos auf mich herabzubrennen. So zog ich mich wieder in den schützenden Schatten der Schlucht zurück und beschloß, nur bei Nacht zu wandern. An den Gipfeln, die ich am Horizont gesehen hatte, schätzte ich ab, wo etwa die Mitte dieses Landes sein mochte, der Ort, an dem ich den Baum der Träume vermutete.

Der Abend kam, und ich brach auf. Doch ich kam nicht weit. Es war noch nicht Mitternacht, als ich an die drei Bestien geriet, die sich sogleich an meine Fersen hefteten. Tja«, meinte Far-Uhl und beendete seinen Bericht, »und als der Morgen dämmerte, traf ich auf dich und Gor-Num, und den Rest der Geschichte kennst du ja. Es kam zum Kampf, und nun sitzen wir hier wieder beisammen, und ich bin froh, daß ich dich wiedergefunden habe.«

Eja lächelte und sagte: »Das bin ich auch. Ich hatte geglaubt, dich für immer verloren zu haben. Doch was wird nun? Sollen wir versuchen, uns zur Felsenbrücke durchzuschlagen?«

»Nein«, sagte Far-Uhl. »Das auf gar keinen Fall. Ohne Gor-Nums Hilfe können wir in diesem Land nicht überleben. Es wird das beste sein, zu der Schlucht zurückzukehren, durch die ich gekommen bin. Dort finden wir Wasser und Schatten und sicher auch einen Weg nach Norden.«

»Aber sollten wir nicht versuchen, zu den Sümpfen von Cycros zurückzukehren, um unsere Freunde zu treffen?«

»Nein«, antwortete Far-Uhl. »Selbst wenn unsere Freunde zu den Sümpfen zurückkehren konnten, so glaube ich nicht, daß sie dort noch auf uns warten. Zuviel Zeit ist vergangen, seit wir getrennt worden sind. Nein, unser Treffpunkt ist das Raunatal, und wir sollten versuchen, so schnell wie möglich dorthin zu gelangen. Jetzt, da du weißt, wo der Stein zu finden ist, sollten wir keine Zeit mehr verlieren.«

Als es Nacht wurde, brachen sie nach Osten auf. Far-Uhl ließ Eja aufsitzen und lief in vollem Lauf den Weg zurück, den er gekommen war. Eja genoß den Ritt durch die Nacht. Ihre Haare flogen im Wind. Über ihr spannte sich der sternenübersäte Himmel, der ihr nun, da Far-Uhl wieder bei ihr war, nicht mehr so kalt und abweisend erschien wie in den langen Nächten ihrer einsamen Wanderung. Früh am nächsten Morgen erreichten sie die Schlucht, die das Land in einem weiten Bogen durchschnitt.

Far-Uhl stieg den Abhang hinab, und sie erreichten die Quelle, die er beschrieben hatte. Im Schutz der tiefen Schatten folgten sie dem Bach, der sie weiter und weiter nach Osten und bald auch nach Norden führte. Als sie nach Tagen den See erreichten, in den der mächtige Wasserfall sich tosend ergoß, stieg Eja ab, und sie nahmen beide ein Bad. Endlich konnte Eja sich von der dicken Staubschicht befreien, unter der sie alt und grau erschienen war. Alle Ängste, Gefahren und Schrecken des wüsten Landes ohne Schatten lösten sich von ihr und sanken als trübe Wolke auf den Grund des Sees.

Sie zogen weiter nach Norden. Über ihnen neigten sich die Felsen einander zu und schlossen sich endlich ganz. Sie wanderten wie durch einen endlosen, unglaublich hohen steinernen Saal. An manchen Stellen war die Felsendecke zusammengebrochen, und gewaltige Steintrümmer lagen am Grunde des Tales. Ein dämmriges Licht, das durch die Öffnungen in der Decke fiel, erhellte ihren Weg. Über weite Strecken wuchs fahles, dürres Gras, und Far-Uhl lief ausdauernd und schnell über die Ufer des Baches, der unermüdlich in Richtung Norden strömte. Nur wenn zu viele der gewaltigen Trümmer ihnen den Weg versperrten, saß Eja ab, und gemeinsam suchten sie sich einen Weg über die Felsen.

Die Tage vergingen, und sie legten weite Strecken zurück. Far-Uhl schätzte, daß es nicht mehr lange dauern konnte, bis sie auf der Höhe des Raunatals sein mußten. Aber unerreichbar hoch wölbte sich die steinerne Decke über ihnen, und nirgends fand sich eine Möglichkeit, nach oben zu gelangen. Was für ein unglaublicher Weg durch die Felsen! Welch seltsame Straße sie gen Norden führte! Doch wo waren sie? Sie wußten es nicht. Es blieb ihnen nichts anderes übrig, als geduldig ihren Weg durch das ungeheure Felsental fortzusetzen und zu hoffen, daß er sie an ihr Ziel führen würde.

Advenas Weg

»Nur noch eine Stufe«, sagte Far-Uhl ermutigend und zog Eja zu sich empor. Dann stand sie neben ihm, und sie blickten in die Schlucht hinab, durch die sie so viele Tage gewandert waren und die sie so weit nach Norden geführt hatte.

Es mochten ein gutes Dutzend Tage vergangen sein, seit sie den See am Wasserfall verlassen hatten und durch die endlose Halle der Schlucht gegangen waren, als sie endlich auf eine Möglichkeit stießen, die Schlucht zu verlassen. Je weiter sie nach Norden gekommen waren, ohne einen Ausweg aus der Schlucht zu finden, desto größer war ihre Furcht geworden, das Raunatal zu verfehlen. Die Schlucht schien ohne Ende immer weiter nach Norden zu führen, als würde erst das Meer sie aufhalten können. Dann sahen sie die gewaltige Treppe. Leicht wandte sich das tiefe Tal nach Osten, und an seiner westlichen Biegung türmten sich gewaltige Felsstufen übereinander, die wie von Riesenhand geformt bis hinauf zur steinernen Decke führten. Dort mußte sich ein Ausstieg finden und endlich eine Möglichkeit, festzustellen, wohin die Schlucht sie geführt hatte.

Sogleich machten sie sich daran, die mehr als mannshohen Stufen zu ersteigen. Es fanden sich nur wenige Vertiefungen, Spalten oder Risse, die sie emporklettern konnten. Oft gingen sie lange auf einer der Stufen entlang auf der Suche nach einer Aufstiegsmöglichkeit. Sie verloren viel Zeit bei ihrer Suche und mußten sogar eine Nacht auf der Felsentreppe verbringen. Doch sie kamen voran, stiegen höher und höher. Stufe um Stufe bezwangen sie und ließen den Boden des Tales immer weiter unter sich. Endlich hatten sie es geschafft und blickten hinab in die Tiefe, in der sich der Bach, dem sie gefolgt waren, nur noch wie ein dünner, glitzernder Faden hinzog. Über ihnen spannte sich die gewaltige Decke von Felswand zu Felswand.

Sie wandten sich auf der obersten Stufe nach Norden. Ganz in der Nähe hatten sie ein Loch in der Decke gesehen. Ein tiefer Felsbruch durchzog die steinerne Wand an dieser Stelle, an der die herabstürzende Decke große Gesteinsmassen mit sich gerissen hatte. Sie kletterten hinauf und standen endlich wieder unter freiem Himmel. Hohe Berge erhoben sich um sie herum. Wie ein felsiges Hochtal wand sich die steinerne Decke zwischen den Bergen hindurch. Nichts ließ die tiefe Höhlenschlucht vermuten, die sich unter dem trügerisch festen Boden verbarg. Doch wo waren sie?

Eja und Far-Uhl blickten an den schroffen Bergwänden empor, die sich über ihnen türmten. Gerade auf der Höhe, auf der sie die Höhlenschlucht verlassen hatten, sahen sie über sich einige scharfkantige Felsentürme, die wie eine Reihe gewaltiger Zähne nebeneinander standen. Plötzlich lachte Eja glücklich auf und rief: »Far-Uhl, wir sind am Ziel! Das sind die Gelfen. Ich kenne diese Berge. Ich habe sie oft genug gesehen. Auch wenn wir auf der Rückseite stehen, erkenne ich sie wieder.« Sie wies auf einen mächtigen Berg, dessen Gipfel von ewigem Schnee bedeckt war. »Das da hinten ist die Weißzinne, unser Hausberg. Es gibt keinen höheren bei uns. Wir sind zu Hause, auf der anderen Seite dieser Berge liegt das Raunatal.«

»Das Schicksal hat es diesmal gut mit uns gemeint«, sagte Far-Uhl erleichtert, »und wir wollen uns auch nicht beklagen, daß wir auf der falschen Seite der Berge stehen. Suchen wir uns also einen Weg hinüber.«

Sie entschlossen sich, nach Norden zu gehen und nach einem Durchgang zwischen den Gelfen und der Südwand der Weißzinne zu suchen. Wieder blieb ihnen das Glück treu. Schon nach kurzer Zeit stießen sie auf einen Steinsims, der an der Nordseite der äußersten Zinne hinaufführte. Der Weg war breit, und sie stiegen sicher und ohne größere Mühen höher und höher hinauf. Noch am selben Abend erreichten sie den höchsten Punkt des Felsenbandes und verbrachten im Schutze einer kleinen Höhle die Nacht. Über ihnen ragten die dunklen Türme der Gelfen in das Lichtermeer der Sterne empor.

Am nächsten Morgen erreichten sie das Ende des Felsenbandes. Eine letzte steinerne Barriere versperrte ihnen den Weg. Doch Far-Uhl betrachtete nur kurz die Felsen, die sich übereinandertürmten, nahm Anlauf und sprang mit einem mächtigen Satz auf einen der nächsten Felsen hinauf. Dann zog er Eja zu sich herauf. Er hatte ihren Weg klug gewählt. Stets fand er eine gute Gelegenheit zum Sprung, bis hinauf zu den höchsten Felsen. Weit unter sich sahen sie endlich das Tal der Rauna.

Schweigend blickten sie hinab. Es war still hier oben. Ein milder Wind wehte. Blau und strahlend spannte sich der Himmel über ihnen. Wenige weiße Wolken zogen vorbei und ließen ihre Schatten über die Felder und Wälder des Raunatales gleiten. Kein Laut drang aus der Tiefe zu ihnen herauf. Schön und friedlich lag das Tal wie im Schlaf unter ihnen.

Wie lang es her ist, dachte Eja. Wie es wohl Una und Lars gehen mag, und Alva und all den anderen?

Sie mußte an sich halten, um nicht zu rufen oder auf kürzestem Wege zu ihren Eltern und Freunden hinabzulaufen. Nein, sie durfte nicht dorthin. Jetzt noch nicht. Die Gefahr, Aufsehen zu erregen und von den Asari bemerkt zu werden, war zu groß. Jetzt galt es, auf dem schnellsten Wege zum vereinbarten Treffpunkt oberhalb der Raunafälle zu gelangen. Sie hatten keine Zeit zu verlieren. Wenn alles gut ausging, würde sie ins Raunatal zurückkehren. Und wenn es nicht gut ausging ... Eja schüttelte den Kopf, um sich von diesen düsteren Gedanken zu befreien. Daran durfte sie nicht denken. Sie mußte an das glückliche Gelingen glauben. Alles andere raubte ihr nur die Kraft.

»Komm, Far-Uhl«, sagte sie entschlossen. »Gehen wir!«

Wieder hielten sie nach Norden und begannen ihren Abstieg an der Westflanke der mächtigen Weißzinne. Der Weg war nicht leicht, aber doch nicht mit den Gefahren zu vergleichen, die sie hinter sich gelassen hatten. Überall fanden sich Felsbänder und große Steinplatten, über die sie weiter hinab und nach Norden gelangten. Bald hatten sie die Baumgrenze erreicht, und immer sanfter und müheloser wurde die Wanderung.

Plötzlich hörten sie unter sich ein Rauschen, das immer mächtiger wurde. Sie hatten den Raunafall erreicht. Schon sahen sie durch die Bäume hindurch sein weißes Schäumen und die Strahlen des Lichts, die sich an ihm brachen und in wilden Tänzen durch den Wald taumelten. In einem weiten Bogen umgingen sie die Felsen, die den Raunafall umgaben, und erreichten wohlbehalten den Wald oberhalb der Fälle.

Langsam schritten sie zwischen den Bäumen hindurch, und Eja sagte leise: »Dieser Ort ist so still, und doch haben so viele Ereignisse hier stattgefunden. Er ist ein sonderbarer Mittelpunkt der Geschehnisse, auch wenn es nicht so scheinen mag. Hier hat Advena mich versteckt, und sie hat hier den Tod gefunden. Hier hat mich Horn entdeckt, und von hier aus hat unsere Reise begonnen, die uns so weit durch Erdherz und doch wieder hierher zurück geführt hat. Wie viele Geheimnisse mag dieser Wald noch in sich bergen? Geheimnisse, die wir nicht kennen oder deren Zeit nur noch nicht gekommen ist?«

Nachdenklich gingen sie weiter und kamen an die Stelle, an der Horn, Eja und Tanit am Beginn ihrer großen Reise ihr erstes Lager aufgeschlagen hatten.

Plötzlich hörten sie eine Stimme sagen: »Na, ihr habt euch aber Zeit gelassen.«

Überrascht drehten sie sich um. Diese Stimme kannten sie nur zu gut. Jock! Er saß an einen dicken Baumstamm gelehnt, hinter dem sie ihn nicht hatten sehen können, als sie an ihm vorbeigingen. Er hielt die Arme hinter dem Kopf verschränkt, kaute auf einem Grashalm und gab sich den Anschein, als gäbe es nichts Natürlicheres auf der Welt, als daß er hier säße und auf sie wartete. Es kam ihnen so vor, als seien sie nur kurz fort gewesen, kaum einen Tag lang, und als würde Jock hier gelangweilt auf sie gewartet haben, weil sie sich etwas verspätet hatten. Der Eindruck war so stark, daß sie ihn bloß sprachlos ansahen. Da erklang plötzlich lautes Lachen. Draba und Horn traten hinter den Bäumen hervor, und Tanit flog von dem Ast herab, auf dem sie sich versteckt hatte.

Jetzt sprang auch Jock auf und rief lachend: »Na, die Überraschung ist gelungen. Ich hab euch ja gesagt, daß ich sie zum besten halten könnte. Schaut euch doch bloß ihre Gesichter an.«

»O Jock«, konnte Eja nur rufen. Ihr war viel eher zum Weinen als zum Lachen zumute. Glück, Erleichterung und die verborgenen Ängste der vergangenen Tage überstürzten sich in ihr, und so stand sie lachend und weinend zugleich da und umarmte endlich die wiedergefundenen Freunde.

Lange dauerte es, bis sich alle beruhigt hatten. Die Wiedersehensfreude ließ sie wild durcheinanderreden. Jeder fragte und erzählte zugleich, bis Horn und Draba sie schließlich lachend ermahnten und ihr überschäumendes Glück in ruhigere Bahnen lenkten.

Inzwischen war es Abend geworden, und sie führten Eja und Far-Uhl zu ihrem Versteck, wo sie auf sie gewartet hatten. Bei einem einfachen Mahl hatten sie Zeit und Ruhe genug, um einander die Erlebnisse zu erzählen, die geschehen waren, seit der Ausbruch des Vulkans sie voneinander getrennt hatte.

Draba und Horn waren als erste wieder im Raunatal angelangt. Dann, nur wenige Tage später, waren Jock und Tanit eingetroffen, und gemeinsam hatten sie auf Eja und Far-Uhl gewartet. Es war nicht leicht gewesen, Jock davon abzuhalten, den alten Alva Aiting aufzusuchen oder gar nur den Hund Suso heranzupfeifen. Schließlich hatte Jock eingesehen, daß dies nicht gut sein würde, und sich murrend in sein Schicksal ergeben. Ungeduldig und voller Sorgen hatten sie auf ihre Freunde gewartet.

Die Tage waren vergangen, ohne daß Tanit sie hatte entdecken können, obwohl sie weite Ausflüge unternahm. Endlich, als sie die Hoffnung schon beinahe aufgegeben hatten, hatte Tanit sie in den Felsen der Weißzinne entdeckt. Es war Jocks Idee gewesen, sie ein wenig zu foppen, und er freute sich königlich darüber, daß ihm sein Spaß gelungen war. Er war eben ein echter Aiting. Unverbesserlich!

Nun saßen sie wieder beisammen und konnten ihr Glück noch gar nicht so recht fassen. Draba begann mit dem Bericht ihrer Wanderung, denn sie folgten in ihren Erzählungen der Reihenfolge ihrer Ankunft. Jeder schilderte den seltsamen Weg, den er gekommen war, Draba und Horn auf dem Pfad, den ihnen die Bäume gewiesen hatten, Jock und Tanit durch die Höhlen der Prazûl, und schließlich Eja und Far-Uhl, die von allen die weiteste Reise hinter sich hatten, denn nur sie hatten das Land ohne Schatten betreten und waren von dort aus durch die Höhlenschlucht ins Raunatal zurückgekehrt. Als Eja und Far-Uhl ihren Bericht beendet hatten, schwiegen die Freunde lange.

Dann sagte Eja: »Es ist ein Wunder, daß wir uns hier alle wiedergefunden haben. Und ein viel größeres Wunder scheint es mir, daß all die seltsamen Wege, die wir gegangen sind, jeden von uns doch ins Raunatal geführt haben. Und selbst das scheint mir noch gering zu sein im Vergleich mit dem Wunder, daß wir uns wiedersehen, als hätten wir uns nur auf einem kurzen Spaziergang getrennt. Hier ist alles so friedlich, als könnten die Gefahren, die uns bedrohen, dieses Tal nicht berühren, als hätten wir sie hinter uns gelassen und hätten eine Welt betreten, die frei ist und ohne jede Gefahr.«

»Wenn das nur keine Täuschung ist«, sagte Horn. »Denk daran, wie es damals war, als wir von hier aufgebrochen sind. Kaum hatten wir uns auf den Weg gemacht, folgten uns die Asari. Und denk an all die Jahre deiner glücklichen und sorglosen Kindheit. Hättest du damals geahnt, daß das Raunatal von den Spähern der Asari umgeben war, ja, daß es aufmerksam und ohne Unterlaß beobachtet wurde? Nein, wir dürfen uns nicht zu sicher fühlen, selbst nicht in diesem Frieden. Und wir sollten uns auch nicht zu lange hier aufhalten. Wir haben eine Aufgabe zu erfüllen, und die Zeit drängt noch immer.«

»Horn hat recht«, meinte Draba. »Jetzt, da wir alle wieder beisammen sind und Eja weiß, wo der Stein zu finden ist, sollten wir uns sogleich auf den Weg machen. Vielleicht haben wir noch einen Vorsprung. Vielleicht haben die Späher Asars uns noch nicht entdeckt. Aber es kann auch das Gegenteil der Fall sein. Asar weiß, was wir vorhaben, und auch wenn er die Wege, die wir gegangen sind, nicht kennt, so sind wir doch in größter Gefahr. Es ist möglich, daß seine Späher uns hier erwarten. Denn irgendwann mußten wir hierherkommen. Nur von hier aus können wir den Weg gehen, den Advena gekommen ist. Doch Asar weiß nicht, wann wir kommen. Vielleicht gelingt es uns deshalb, seinem Netz zu entgehen. Aber wir müssen wachsam bleiben. Ich werde das Gefühl nicht los, daß wir beobachtet werden.«

Eja sah besorgt in die Dunkelheit des Waldes. Es schien ihr plötzlich, als wäre die Nacht voller Augen. Aber hatte Horn ihnen nicht auch gesagt, daß er und Tanit keine Spuren der Asari entdeckt hatten? Hatten sie nicht, während sie auf die Freunde gewartet hatten, vorsichtig den Wald durchsucht? Vielleicht hatten sie ja Glück. Vielleicht waren sie nicht entdeckt worden. Zu verborgen waren die Wege gewesen, die sie gekommen waren. Sie mußten das Beste hoffen.

Da sprach Horn und riß sie aus ihren Gedanken: »Eja, wiederhole doch noch einmal die Worte deiner Mutter.«

Eja nickte und gab die Worte wieder, an die sie sich im Schatten des Baumes erinnert hatte:

»Du findest den Stein im Südosten dieses Tales, in dem meine Flucht nun endet. Wenn der Tag gekommen ist, kehre zu diesem Baum zurück und gehe den Weg, den ich gegangen bin. Du wirst ihn erkennen, denn ich gebe dir meine Erinnerung. Am Rande dieses Weges wirst du einen See finden, der wie ein dunkles Auge in den Himmel blickt. Suche den steinernen Pfeil im Herzen des Sees, den nur das Licht des Mondes dir zeigt. Dort, in der Spitze des Pfeils, wirst du den Stein finden.«

»Das klingt ja wie ein Rätsel«, meinte Jock verdrossen. »Seid ihr sicher, daß wir den Stein so finden werden?«

»Ich glaube, ja«, sagte Draba. »Advena wird sich ihre Worte gut überlegt haben. Wenn es soweit ist, wirst du sehen, daß sie das Versteck des Steines gar nicht besser hätte beschreiben können. Es klingt wie ein Rätsel und scheint mir gerade darum viel klarer als jeder noch so genaue Plan. Ja, ich bin sicher, daß wir den Stein finden werden. Aber laßt uns jetzt schlafen, die Nacht ist bald vorbei.«

Doch keiner von ihnen konnte in dieser Nacht ruhig schlafen. Die Erzählungen ihrer Freunde drängten sich in ihre Träume. Sie konnten es kaum erwarten, aufzubrechen und den Stein zu finden, nach dem sie nun schon so lange gesucht hatten. Endlich würde es soweit sein. Endlich!

Kaum graute der Morgen, da brachen sie ihr Lager ab und verwischten alle Spuren. Dann traten sie gemeinsam zu dem Baum, in dem Horn einst das weinende Kleinkind gefunden hatte, und blickten Eja erwartungsvoll an. Doch Eja war unsicher geworden und zögerte.

»Hab keine Angst«, sagte Draba. »Gehe einfach den Weg, den du gerne gehen möchtest. Das wird der richtige sein. Du wirst ihn leichter finden, wenn du dich nicht zu sehr bemühst.«

Eja blickte sich um. Es war ein schöner Morgen. Ein sanftes Licht drang durch die Wipfel der Bäume. Tautropfen hingen in den Spinnennetzen. Morgennebel wanden sich zwischen den Stämmen und schienen zuweilen an Zweigen und in Büschen hängenzubleiben. Wie hatte sie diese frühe Tageszeit in ihrer Kindheit geliebt. Wie gern war sie durch die noch dämmrigen Wälder gestrichen und hatte das Erwachen der Welt beobachtet. Wie selbstverständlich begann sie zu gehen, als wäre sie wieder ein Kind und ginge wie damals zum Vergnügen durch den Wald. Sie wußte genau, wohin sie wollte, ohne sich zu fragen, warum sie gerade diese Richtung und nicht eine andere einschlug. Sicher und zielstrebig führte sie ihre Freunde durch den Wald.

»Sie scheint genau zu wissen, wohin sie gehen muß«, flüsterte Jock Tanit zu, die wieder auf seiner Schulter saß.

»Ja«, flüsterte Tanit zurück. »Aber sei jetzt still. Wir wollen sie nicht stören.«

So folgten die Freunde Eja. Horn und Far-Uhl sicherten ihre Seiten und hielten auch weiterhin Ausschau nach Zeichen, die ihnen die Nähe der Asari verraten mochten. Doch sie konnten nichts entdecken. Niemand schien sie zu beobachten, niemand ihnen zu folgen. Und doch fühlten sich Horn und Far-Uhl nicht sicher. Mit dem Gespür der Jäger fühlten sie die unsichtbare Gefahr, die sie ahnten, auch wenn sie sich noch so gut verbarg. Beide hielten sie Pfeil und Bogen schußbereit in den Händen und zogen in großen Kreisen um den Weg, den Eja sie führte.

Eja hielt sich nach Osten. Rechter Hand über sich sahen sie die Weißzinne. Dann endete der Wald, und sie hatten die Felsen erreicht. Sie konnten keinen Weg entdecken, doch Eja ging, ohne zu zögern, weiter. Plötzlich sahen sie einen mächtigen Felsvorsprung, der einen undurchdringlichen Schatten auf die Steinwand warf. Auf diesen Schatten hielt Eja zu. Sie trat unter den Felsvorsprung und wartete, bis ihre Freunde aufgeschlossen hatten. Als sich ihre Augen an das Dunkel gewöhnt hatten, sahen sie vor sich einen breiten Spalt, den sie nie entdeckt hätten, wenn sie den Schatten nicht betreten hätten. Sie traten hindurch und gingen auf einem steinigen Pfad, der steil anstieg, weiter. Schroffe Felswände erhoben sich über ihnen.

Der tiefe Spalt wirkte sonderbar zerrissen. Es war, als hätte eine gewaltige Kraft die Berge entzweigebrochen und diesen Spalt wie eine Wunde hinterlassen. Der Pfad war uneben, und oft machte er scharfe Richtungswechsel. Dann senkte er sich ein letztes Mal, und sie betraten das Felsental, in dem Far-Uhl und Eja vor noch nicht langer Zeit gestanden waren, als sie die Höhlenschlucht verlassen hatten.

Als sie das Tal durchquerten, war ihnen nicht wohl bei dem Gedanken an den Abgrund unter ihnen. Würde die Decke halten? Oder betraten sie eine zu dünne Stelle, die unter ihrem Gewicht zusammenbrechen würde?

Nur Eja schien von solchen Gedanken nicht bedrückt zu werden. Ohne sich aufzuhalten, setzte sie ihren Weg fort. Die Erinnerung, die Advena ihr gegeben hatte, war stark und lebendig und leitete sie sicher durch die verwirrende Gestalt dieser gewaltigen Gebirgslandschaft.

Auf der anderen Seite des Felsentals fanden sie wieder einen breiten Spalt, der sie nun deutlich nach Südosten führte. Wieder folgten sie einem zerrissenen Pfad zwischen steilen Wänden, die sich bedrohlich über sie neigten, als wollten die Berge die alte Wunde endlich wieder schließen. Über sich sahen sie den Himmel nur wie eine schmale blaue Spur, die ihnen wie ein verlockender Fluchtweg aus der Tiefe dieser Felsen erschien. Doch selbst Tanit, die als einzige den freien Himmel hätte erreichen können, widerstand der Verlockung und blieb auf Jocks Schulter sitzen. Sie fürchtete sich davor, die Freunde in diesen Felsen zurückzulassen und vielleicht zu verlieren.

Zwei Tage zogen sie durch die Felsen, dann hatten sie das Ende des engen Pfades erreicht. Plötzlich öffneten sich die Felsen, und ein überwältigender Anblick bot sich ihnen. Vor ihnen erstreckte sich ein weites, grünes Land von einer Schönheit und Fruchtbarkeit, die sie inmitten dieser Berge nie erwartet hätten. Sprachlos blickten sie auf dieses unbekannte Land. Und doch kam es ihnen auch vertraut vor. Es erschien ihnen wie der Zwilling des Raunatales, doch war es breiter, kein Tal, sondern eher ein weites Bekken, an dessen Grenzen sich kaum sichtbar die Berge verloren. Ausgedehnte Wälder wechselten sich mit weiten Graslandschaften ab. Nicht weit von ihnen entfernt sahen sie einen klaren Bach, der aus den Felsen sprudelte und sich seinen Weg zwischen den Bäumen bahnte. Wer mochte in diesem Land wohnen? Was für Wesen würden sie diesmal treffen?

Doch auch hier, trotz ihrer Überraschung, schlug Eja, ohne zu zögern, eine neue Richtung ein. Sie wandte sich dem Bach zu und folgte seinem Lauf durch den dichten Wald. Wie schön es hier war. Welch herrlicher alter Wald, durch den sie gingen. Von überall her hörten sie Vögel, und sie scheuchten immer wieder Wild auf, das die Jägerherzen von Horn und Far-Uhl höher schlagen ließ.

Tiefer und tiefer drangen sie in den Wald vor. Tage und Nächte vergingen, in denen sie durch dieses Land wanderten und ihr Lager am Ufer des Baches aufschlugen. Es war ein leichtes für Horn und Far-Uhl, Beute zu machen, denn die Tiere schienen keine Jäger zu kennen. War dieses Land unbewohnt? Sie fanden keinerlei Anzeichen, die auf irgendwelche Bewohner hingewiesen hätten. Auch als sie den Wald verließen und eine weite Grasebene überquerten, lag diese leer und verlassen vor ihnen. Selbst Tanit, die in weiten Flügen das Land erkundete, konnte nichts entdecken.

»Wie schön. Wie wunderschön«, sagte Jock wieder und wieder. »Ich sage euch, wenn wir alles gut überstehen sollten, werde ich eines Tages hierher zurückkehren. Wie herrlich müßte es sein, hier zu leben und dieses Land zu besiedeln. So nah dem Raunatal. Wenn ich denke, daß es dieses Land immer schon gegeben hat. Zum Greifen nah. Ein Jammer, daß wir es nicht schon früher entdeckt haben.«

Draba lächelte und meinte: »Ich bin erstaunt, einen Brasen so reden zu hören. Seit wann sucht ein Brase neues Land und bleibt nicht an seinem Herd, an dem seine Väter schon seit eh und je gesessen haben. Habt Ihr, Meister Aiting, etwa vor, ein neues Kapitel im Buch der Geschichte Eures Volkes aufzuschlagen?«

»Warum nicht?« sagte Jock trotzig. »Warum sollte sich nicht auch ein Brase ändern können? Es ist so viel geschehen, daß es an der Zeit wäre, einmal an einen anderen Ort zu ziehen, nicht nur weil das Schicksal uns aus der Heimat vertrieben hat, sondern weil wir unser Schicksal in die eigenen Hände nehmen sollten.«

Da blieb Draba stehen und legte seine Hände auf Jocks Schultern. Fest blickte er ihm in die Augen und sagte: »Du hast gut gesprochen, Jock. Verzeih meinen Spott. Und halte fest an deinen Worten. Die Welt wird sich ändern. Die alten Zeiten, die wir gewohnt waren, gehen zu Ende. Im Guten oder im Bösen. Doch wenn im Guten, werden es Menschen wie du sein, die unserer Welt ein neues Gesicht geben werden.«

Jock erwiderte seinen Blick ebenso fest und ruhig. Und zum ersten Mal überzog keine Röte sein Gesicht.

Da kehrte Tanit zurück und kreiste über ihren Köpfen. »Ich glaube, ich habe den See gefunden«, rief sie.

»Wo denn?« fragte Horn.

»Nicht weit vor euch«, rief Tanit. »Eja ist genau den richtigen Weg gegangen. Beeilt euch.«

Tanit war in heller Aufregung. So nah schienen sie dem Ziel zu sein. Endlich würden sie den Stein finden, und sie würde ihr Versprechen erfüllen können und ihr Volk befreien. Sie konnte es kaum erwarten, und ihre Freunde, die nicht wie sie auf Flügeln dahineilten, schienen ihr auf einmal viel zu langsam.

Sie verließen das flache Grasland und folgten dem Lauf des Baches wieder durch Wald. Doch schon bald erreichten sie den See, von dem Tanit gesprochen hatte. Still lag er vor ihnen. Nur das Plätschern des Baches, der in den See mündete, und die Rufe der Tiere waren zu hören. Die Form des Sees war leicht oval. Sanfte grüne Ufer umgaben ihn, und die Bäume neigten sich über ihr glitzerndes Spiegelbild. Doch trotz des hellen Himmels, der sich auf der glatten Oberfläche spiegelte, erschien der See dunkel und unergründlich. Er mußte sehr tief sein. Aber er wirkte nicht bedrohlich, sondern still und friedlich.

»Wie ein großes, dunkles Auge, das in den Himmel blickt«, flüsterte Far-Uhl und sprach mit seinen Worten auch die Gedanken seiner Freunde aus.

»Du hast recht gehabt, Draba«, sagte Jock. »Advena hätte den See nicht besser beschreiben können. Jetzt glaube ich auch, daß wir den Stein finden werden. Wir müssen nur noch warten, bis der Mond scheint und uns den steinernen Pfeil im Herzen des Sees zeigt.«

Da schlugen die Freunde ihr Lager am Ufer des Sees auf und warteten auf die Nacht und auf das Licht des Mondes.

Gut«, sagte Horn. »Wir sind bereit. Der Mond kann kommen.«

Er richtete sich auf und blickte zufrieden auf seine Arbeit. Aus Baumstämmen und seinem Seil hatten sie ein einfaches Floß gebaut, ähnlich dem, das sie damals durch die Schluchten des Nordens bis in die Wüste der Tamahu getragen hatte.

»Glaubst du denn, daß wir ein Floß brauchen?« fragte Far-Uhl, der das unsichere Gefährt mit ängstlichen Blicken bedachte. »Advena hat doch sicher kein Floß gehabt.«

»Wahrscheinlich nicht«, antwortete Horn. »Aber sie konnte wohl schwimmen oder hat sich mit Hilfe eines treibenden Baumstammes über Wasser gehalten. Jedenfalls wird sie nichts verwendet haben, was ein verräterisches Zeichen für das Versteck des Steines hätte sein können. Aber«, fügte er lachend hinzu, »du mußt unser Floß nicht betreten. Ein Merod der Balhi-jata wird wohl nie auf Schiffen und Flößen zu Hause sein.«

Inzwischen war es Nacht geworden. Sie saßen unter den Bäumen am Ufer des Sees und blickten still zu den Sternen hinauf. Noch war der Mond nicht aufgegangen, und sie mußten sich in Geduld fassen.

Jock brach endlich das Schweigen: »Warum haben die Asari den Stein nicht schon lange gefunden? Sie müssen doch danach gesucht haben?«

»Ja«, antwortete Draba. »Und wie sie danach gesucht haben. Jahrelang. Aber bedenke den Hergang der Ereignisse. Advena wird auf ihrer Flucht vor den Asari hier eine Nacht verbracht haben. Dann muß sie das Versteck entdeckt haben. Der Mond schien, und sie sah den steinernen Pfeil. Sie hatte einfach Glück, daß sich ihr ein so besonderes und sicheres Versteck bot. Die Asari aber, die nach dem Stein suchten, den ganzen Weg entlang, den sie Advena verfolgt hatten, suchten bei Tag. Wie hätten sie ahnen sollen, daß nur die Dunkelheit und der Mond ihnen das Versteck hätten zeigen können. Wann würdest du suchen, bei Tag oder bei Nacht?«

»Du hast recht«, meinte Jock. »Natürlich bei Tag. Erst recht, wenn ich etwas so Kleines wie den Onduril zu suchen hätte. Advena hätte wirklich kein besseres Versteck finden können.«

Eja unterbrach ihr Gespräch. Sie legte Jock die Hand auf den Arm und sagte leise: »Der Mond.«

Gebannt verfolgten die Gefährten den Aufgang des Mondes. Langsam stieg er über die dunklen Wipfel der Bäume und überzog das Land mit seinen silbernen Strahlen. Der Mond dieser Nacht zeigte nur eine schmale Sichel, doch war sie groß und hell. Wie verzaubert folgten die Freunde dem Lauf des Mondes, dessen Licht über die Bäume hinweg nach der dunklen Fläche des Sees tastete. Dann erreichten seine Strahlen den Rand des Sees, und das Schauspiel, das sich den Freunden nun bot, verschlug ihnen den Atem. Dort, wo der See das Mondlicht spiegelte, entstand ein zweiter, wachsender Mond. Silbern erstrahlte erst eine schmale Sichel, dann wuchs dieser Zwilling des Mondes im Spiegel des nächtlichen Sees, und aus Neumond wurde Vollmond. Höher und höher stieg der Mond über die Bäume und stand endlich mitten über dem See, dessen Wellen das flüssige Silber schwanken ließen. Dann, als der Mond seinen höchsten Stand erreicht hatte, verblaßte der Spiegel, und der See würde wieder zum dunklen Auge, in dessen Zentrum die Sichel des Mondes zu sehen war. Nun drangen die silbernen Strahlen durch die Oberfläche und hinab in die Tiefe des Sees. Plötzlich sahen es die Freunde. Es war, als hätten die Strahlen des Mondes etwas gefunden, etwas, was zu schimmern begann und im dunklen Wasser wie ein leuchtender Pfeil erschien.

»Der steinerne Pfeil im Herzen des Sees, den das Licht des Mondes zeigt«, flüsterte Eja. »Wir haben Advenas Versteck gefunden.«

»Dann laßt uns keine Zeit verlieren«, sagte Horn und

drängte sie, sich zu beeilen. Rasch bestiegen sie das Floß und ließen nur Far-Uhl am Ufer zurück. Mit kräftigen Ruderschlägen trieben Horn und Jock ihr Gefährt durch die dunklen Fluten, und bald hatten sie die Mitte des Sees erreicht. Deutlich sahen sie die steinerne Nadel, die ihnen vom Ufer aus wie ein schimmernder Pfeil erschienen war. Horn steuerte ihr Floß dicht heran, und Eja beugte sich über das Versteck. Die Felsnadel, deren helles Gestein matt leuchtete, reichte bis nahe an die Wasseroberfläche. Eja tastete die Spitze vorsichtig ab und fand eine kleine Höhlung. Langsam, um den Stein nicht aus Versehen in die Tiefe zu stoßen, griff sie hinein und fühlte die glatte Rundung des Onduril. Sie wagte kaum zu atmen, als sie sich aufrichtete und den tropfenden Stein, den fünften Onduril, ihren Freunden entgegenhielt. Sie hatten ihn endlich gefunden.

Im ersten Augenblick war keiner von ihnen fähig, auch nur ein Wort der Freude auszusprechen. Stumm blickten sie auf den Stein in Ejas Händen, der im Licht des Mondes silbern glänzte und von dem blitzende Tropfen wie Edelsteine herabfielen. Deutlich war die feine Linie zu sehen, die den Stein umwand. So lange war nach diesem Stein gesucht worden, so lange war er verborgen geblieben, und das Schicksal von Erdherz verband sich mit ihm, der so klein und unscheinbar wirkte. Und doch fühlten alle eine geheimnisvolle Kraft, die von dem Stein ausging, die sie in Bann zog und sie bis in ihr Innerstes ergriff. Es schien ihnen, als würde das, was sie mit dem See, den Bäumen und dem nächtlichen Himmel verband, anwachsen, stärker werden, als käme ihnen das Andere näher. Die Form ihres Körpers schien ihnen nicht mehr so fest, nicht mehr so selbstverständlich. Alles hätten sie sein können. See, Himmel, Bäume. Alles war wandelbar und nur vorübergehend. Und selbst Horn, Jock und Eja fühlten die Sehnsucht der Edrain in sich, die Sehnsucht zurückzukehren zu den Bäumen, dem Himmel und dem See.

Endlich sagte Eja mit heiserer Stimme: »Nimm du ihn, Draba.«

»Nein«, antwortete Draba. »Das Schicksal des Steines ist

mit dem deinen verbunden. Trage du ihn, wie deine Mutter Advena ihn getragen hat.«

Dann zog er aus einer Tasche seines Gewandes einen einfachen Beutel, den er eigens für diesen Zweck mitgenommen hatte. Eja legte den Stein hinein, hängte sich den Beutel an einer Schnur um den Hals und verbarg ihn unter ihrer Kleidung. Sie fühlte das Gewicht des Steines, und seine Nähe tat ihr wohl.

Sie setzten ihr Floß in Bewegung und steuerten zurück ans Ufer. In diesem Augenblick schoß ein brennender Pfeil aus dem Wald in den Nachthimmel hinauf und tauchte in einem feurigen Bogen in den See, in dem er zischend erlosch. Horn hielt ihr Floß an. Sie blickten sich erschrocken an. Was war das? Was bedeutete dieses Zeichen?

»Die Asari«, rief Jock entsetzt. »Das müssen sie sein. Sie sind uns also doch gefolgt. Und haben in diesem Land auf uns gewartet. O diese Ungeheuer!«

Jock ballte die Fäuste vor Wut, und sein Gesicht leuchtete den Freunden bleich entgegen. Doch ehe sie antworten konnten, hörten sie am Ufer ein Kampfgetümmel.

»Far-Uhl!« rief Eja erschrocken. »Wir müssen ihm helfen. Schnell, Horn!«

»Nein«, sagte Horn bitter. »Wir können ihm nicht helfen. Wir müssen versuchen, zu fliehen.«

Sie kehrten das Floß und trieben es so rasch wie möglich gegen das andere Ufer. Immer neue brennende Pfeile stiegen aus dem Wald empor und zogen ihre leuchtenden Spuren bis in den See. Ein grausiges Schauspiel, ein erschreckendes Feuerwerk bot sich den Fliehenden. Hell wurde die Nacht erleuchtet und bot den Fliehenden keinen Schutz. Doch sie hatten kaum die Mitte des Sees überquert, da zischten ihnen auch vom anderen Ufer brennende Pfeile entgegen, die dicht neben ihrem Floß in den Fluten erloschen. Nun kamen ringsum vom Ufer des Sees die brennenden Pfeile geflogen. Doch sie trafen ihr Floß nicht, sondern zwangen es nur an Land. Noch einmal kehrte Horn das Floß, und sie lenkten es langsam an die Stelle des Ufers, an der sie Far-Uhl zurückgelassen hatten. Es gab keinen Ausweg. Jeder Fluchtversuch war vergeblich.

»Tanit«, rief Jock plötzlich. »Noch ist nicht alles verloren. Nimm du den Stein und flieg davon. Dann fällt der Stein wenigstens nicht in Asars Hände, und du kannst vielleicht dich und dein Volk befreien.«

Rasch zog Eja den Beutel mit dem Onduril unter ihren Kleidern hervor und band ihn Tanit um den Hals. Tanit zögerte einen Augenblick. Sie wollte die Freunde nicht im Stich lassen. Doch was sollte sie anderes tun? Dies war die letzte Gelegenheit. Sie schwang sich empor und flog über den See. Aber es war zu hell, und die Asari, die nun sicherlich wußten, was sie von dem Vogel, den sie bei den Freunden sahen, zu halten hatten, schossen mit ihren Pfeilen nach Tanit. Sooft sie versuchte, höher zu fliegen, um außer Reichweite ihrer Pfeile zu gelangen, zischte ein brennender Pfeil über sie hinweg, und die Flammen versengten ihre Federn. Vergeblich suchte sie nach einem Ausweg. Wie ein dichtes Netz umschwirrten sie die feurigen Pfeile, und bald mußte sie einsehen, daß an ein Entkommen nicht zu denken war. Mutlos kehrte sie zum Floß zurück.

Eja nahm den Onduril wieder an sich und streichelte Tanit, die erschöpft und zitternd in ihren Armen lag. Sie hatte getan, was sie konnte.

Als sie das Ufer erreichten, wurden sie sogleich von den dunklen Gestalten der Asari umringt. Die Asari nahmen ihnen die Waffen ab und legten ihnen Fesseln an. Tanit, die auf einen hohen Baum flog, beachteten sie nicht mehr, als sie sahen, daß sie nichts bei sich trug. Ein großes Feuer wurde entfacht. In seinem Licht sahen sie Far-Uhl, der gefesselt am Boden lag. Er blutete aus einigen leichten Wunden, doch schien er keinen ernsten Schaden genommen zu haben. Die Asari stießen sie in die Nähe des Feuers, um sie in seinem Licht besser bewachen zu können. Immer wieder traten Asari, die von den brennenden Pfeilen herbeigerufen worden waren, unter den Bäumen hervor. Als der Morgen graute, zählten die Gefährten an die hundert Mann.

Niemand sprach ein Wort, weder die Asari noch ihre Gefangenen, die von den Schrecken der Nacht wie gelähmt waren. So nah waren sie ihrem Ziel gewesen! So sicher hatten sie sich einen Augenblick lang gefühlt! Und nun schienen sie das Spiel verloren zu haben. Sie konnten nichts tun, als abzuwarten. Nun war Asar am Zug.

Am frühen Morgen brachen die Asari auf und führten sie nach Süden. Doch drängten sie ihre Gefangenen nicht mit der Eile, die sie an den Asari sonst gekannt hatten. Sie schienen sich ihrer Beute sicher zu sein. Hier waren keine Merod zur Stelle, welche die Gefährten hätten befreien können. Und an den Blicken, die sie Tanit, die über ihnen flog, zuwarfen, war deutlich abzulesen, daß von Tanits Seite keine Hilfe mehr zu erwarten war. Ein zweites Mal würden sie sich von dem Dolgan nicht täuschen lassen. Eine Flucht war ausgeschlossen. So zogen sie durch dieses schöne Land, das Jock vor kurzem noch so begeistert hatte und auf das er nun nur noch mit traurigen Augen blicken konnte. Es war ihm, als müßte er für immer Abschied von diesem Land und von seinen Träumen nehmen. Die Wälder und Wiesen erschienen ihm trotz all ihrer Schönheit trostlos und nutzlos, und selbst, als sie einen herrlichen Fluß überquerten, ließ der Anblick sein Herz nicht höher schlagen, sondern erfüllte ihn nur noch mit mehr Schmerz und Bitterkeit.

Am dritten Tag erreichten sie die Südgrenze des Landes und wandten sich an den Bergen entlang nach Westen. Nicht weit entfernt fanden sie einen Paß, an dem sie die Berge überqueren konnten. Tag um Tag zogen sie durch tiefe Schluchten, über Pässe und auf schmalen Felspfaden und über unsichere Geröllfelder. Die Asari schienen den Weg genau zu kennen und führten ihre Gefangenen zielstrebig nach Süden.

»Sie scheinen sich hier gut auszukennen«, flüsterte Horn Draba eines Abends zu.

»Ja«, sagte Draba. »Es ist ein Jammer, daß dieses Wissen so schlechten Zwecken dient. Sie müssen in all den Jahren ihrer Suche nach den Verstecken der Onduril Erdherz erkundet haben. Wahrscheinlich kennt niemand diese Welt so gut wie sie. Sie wären sicher imstande, die weißen Flekken auf den Karten der Edrahil zu füllen. Es ist wirklich ein Jammer!«

Doch er sprach mit ruhiger Stimme. Draba und auch Eja schienen sich mit ihrem Schicksal abgefunden zu haben und wirkten nicht so mutlos wie ihre Gefährten. Selbst Horn wurde durch die Enttäuschung und die Angst niedergedrückt. Es war nicht nur die Erschöpfung auf dieser schweren Wanderung, sondern das Gefühl, verloren zu haben, das ihm die Kraft raubte. Er fragte sich, woher die beiden ihre Hoffnung und Kraft nahmen. Bereiteten sie sich auf eine Auseinandersetzung, einen letzten Kampf vor? Doch was glaubten sie noch ausrichten zu können?

Am siebten Tag erreichten sie eine Paßhöhe, auf der sich die Asari nach Westen wandten. Bald standen sie am Rand einer tiefen Schlucht, an deren Grund sich ein breiter Fluß nach Südosten wand. Am Ufer sahen sie drei Schiffe liegen.

»Die Eller!« entfuhr es Horn. »Wie lang ist es her, daß ich diesen Fluß gesehen habe? Nun ist es nicht mehr weit.«

Sie kletterten den steilen Abhang hinab und bestiegen die Schiffe, die sogleich ablegten und sich vom Strom der Eller nach Südosten tragen ließen. Die Asari nahmen ihren Gefangenen die Fesseln ab und beschränkten sich darauf, sie scharf zu beobachten. Wohin hätten sie auch fliehen sollen? Der Fluß wand sich breit zwischen hohen, schroffen Felswänden. Selbst ein guter Schwimmer wäre eine leichte Beute für die Pfeile der Asari gewesen. Nachts wurden sie unter Deck gebracht und die Tür hinter ihnen fest verriegelt.

Sie schliefen unruhig in diesen Nächten des Wartens. Das Schiff schlingerte, und sie hörten das Wasser an die Planken schlagen. Far-Uhl litt sehr unter ihrem Gefängnis. Die Enge und das Wasser beängstigten ihn und waren eine größere Folter als selbst die schlimmsten Vorstellungen, die er sich von der Zukunft, die sie erwartete, machen konnte.

Jock grübelte vor sich hin oder unterhielt sich manchmal leise mit Tanit, die es längst aufgegeben hatte, hinter ihnen herzufliegen und freiwillig zu ihnen gekommen war. Sie hatte begriffen, daß sie die Freunde nicht befreien konnte, daß die Asari nur zu gut wußten, wer sie war, und sich nicht überraschen lassen würden. So teilte sie mit ihren Gefährten das enge Gefängnis und fühlte sich doch dort wohler als allein in der Dunkelheit.

Eja und Draba bewahrten dieselbe Ruhe, die sie seit ihrer Gefangennahme gezeigt hatten, und auch Horn schien wieder zu seiner alten Stärke gefunden zu haben. War es die Nähe der Eller, die ihm Kraft gab? Die Aussicht, bald wieder in Feornerland zu sein? Nach all den Jahren? Hatte er nicht einmal zu Beginn ihrer Reise zu Eja gesagt, wie sehr es ihn schmerze, daß er nicht in Feornerland sterben könne? Tröstete ihn die Hoffnung auf einen Tod in der Heimat?

So hing jeder seinen Hoffnungen und Ängsten nach, während sie über den mächtigen Strom Asar und der letzten Entscheidung immer näher kamen. Jeder von ihnen stellte sich auf seine Weise diesem Ereignis, das so unvorstellbar war. Wer konnte ganz ermessen, was es bedeutete, wenn Asar die fünf Steine im Sitra der Macht zusammenfügte? Draba? Ja, Draba vielleicht. Wahrscheinlich als einziger unter ihnen. Denn auch wenn er ihnen die Geschichte der Edrain erzählt hatte, damals in Althaia, in besseren Zeiten, so war dies doch nur eine Geschichte für sie, ein schreckliches Märchen aus einer vergangenen Zeit. Nur Draba verstand den Inhalt dieses Märchens. Nicht einmal Horn, der Asar doch kannte, und auch nicht Eja, die mit Asar gekämpft hatte, konnten wirklich begreifen, welche Gefahr Erdherz drohte. Zu groß, zu unvorstellbar war diese Gefahr.

Wieder einmal hatten sie einen Punkt erreicht, an dem die Zeit stillzustehen schien. Auch wenn es diesmal kein Aufschub war, der ihnen vergönnt wurde, sondern nur ein unaufhaltsames Treiben auf einen Abgrund zu, das sie nicht verhindern konnten. Es war, als würde das Schicksal den Atem anhalten. Tag und Nacht kamen und gingen, aber es war kein Wechsel mehr, kein Hell und Dunkel, nur eine einzige mächtige Bewegung, die sie unaufhaltsam mit sich riß.

Wieder ging ein Tag zu Ende, als sie die Mündung der Eller erreichten. Sie standen an Deck und sahen, wie die letzten mächtigen Felsen sich öffneten und in einem weiten Rund die Küste der Feorner umschlossen. Vor sich sahen sie den Tarnafjord. Hoch in den Felsen erhob sich die Schildburg und ragte über die Stadt. Dunkel und massig klammerten sich ihre Mauern an die schroffe Steilküste und schienen sich dem Wind und dem Meer trotzig entgegenzustellen. Eine herbe, karge Schönheit lag über der Burg und den Häusern der Stadt, die sich unter den Schutz der Felsen und der Feste duckten, als könnten sie nur dort davor bewahrt werden, von den Wellen ins Meer gerissen zu werden. Welcher Widerstandsgeist mußte in den Erbauern dieser Stadt und dieser Burg gelebt haben, daß sie sich diesen stürmischen Ort ausgesucht hatten, um hier zu leben! Und doch war auch dieser starke Geist der dunklen Macht Asars erlegen. Und die Stärke der Bewohner war mißbraucht worden.

Schweigend blickten die Gefährten über die Stadt und den zerrissenen Fjord. Sie spürten die totengleiche Stille, die von diesem Land ausging. Als wäre kein Leben in diesen Häusern, kein Lachen in diesen schmalen Straßen und keine Liebe und Wärme unter ihren Bewohnern. Vielleicht war dies einmal ein helles, hoffnungsvolles Land gewesen, inmitten der Stürme und der Macht der rauschenden Wogen, die an die felsige Küste peitschten. Aber nun war alles Leben erloschen, und sie erkannten Asars Fluch.

Dann sahen sie die andere Burg, Asars Feste. Nicht weit vor der Küste lag eine kleine Insel. Einst hatte sie den Feornern als Vorhafen gedient, und ein Leuchtturm hatte ihnen den Weg zurück in den Hafen gewiesen. Jetzt aber erhob sich ein dunkler und doch auch leuchtender, im Licht der untergehenden Sonne grün funkelnder Berg auf dieser Insel. Scharf und schlank ragte die Burg in den Himmel, der sich an ihren Kanten blutig zu schneiden schien. Es war ein Berg und eine Burg zugleich, gleichermaßen Turm neben Turm, wie Fels an Fels. Bedrohlich erhob sich die Feste über das Meer, unzerstörbar, mächtig. Doch so starr und gewaltig sie war, so wirkte sie doch zugleich leicht und durchscheinend. Das Licht der Sonne fing sich in ihren Türmen und Winkeln, spiegelte sich in ihr und durchleuchtete sie. Wie schrecklich und prachtvoll zugleich sie ihnen erschien. Das grüne Licht, das die Burg erfüllte, blendete sie und zog sie in Bann.

»Es ist unglaublich«, sagte Eja mit tonloser Stimme. »Aber die Burg scheint ganz und gar aus Laurin erbaut zu sein.«

Draba nickte nur, und die Gefährten starrten gebannt auf die Kälte und grausame Schönheit von Asars Feste. Sie fühlten die Macht, die von ihr ausging, als würde das Laurin die Kraft Asars um vieles verstärken und alles, was sich ihm näherte, zerbrechen. Wie sollten sie dieser Macht widerstehen?

Sie sahen, daß sich von der Küste aus eine Brücke in einem weiten Bogen zu der Insel hinüberspannte, auch sie aus dem gleichen leuchtenden Kristall, dem Laurin, erbaut. Dort würde man sie hinüberführen, zu Asar, der sie sicher schon ungeduldig erwartete. Welches Siegesgefühl mußte er empfinden und welchen Haß.

Die Asari brachten sie an Land und in ihre Stadt. Als die Gefangenen durch die Straßen geführt wurden, glaubten sie blasse Gesichter unter den Türen und in den Fenstern zu sehen, die sie aus leblosen Augen anblickten. Doch konnten sie in der Dunkelheit nichts Genaues erkennen. Die Asari führten sie in eines der Häuser und sperrten sie in einen kahlen, niedrigen Raum.

Schweigend saßen sie beisammen und brachten kaum einen Bissen von dem Essen hinunter, das ihnen die Asari gebracht hatten. Was sollten sie auch sagen? Welche Pläne hätten sie schmieden können? Sie zermarterten sich ihre Köpfe, aber keinem von ihnen wollte etwas einfallen. Und doch war es ihnen, wenn sie sich ansahen, als würden sie in den Augen der anderen dieselbe, sonderbare Kraft sehen, eine letzte Hoffnung, an die sie sich klammerten, die Hoffnung an ein Wunder vielleicht.

Es waren keine guten Träume, die sie in dieser Nacht begleiteten, in dieser Nacht, die vielleicht ihre letzte sein würde und eine der letzten Nächte vor dem Untergang von ganz Erdherz und all seiner Völker.

Asar

Erst am späten Nachmittag des nächsten Tages öffnete sich die Tür ihres Gefängnisses. Die Asari führten sie, ohne ihnen Fesseln anzulegen, durch die Stadt zum Meer. Als sie durch die Straßen gingen, sahen sie die Menschen, deren Gesichter sie am Abend zuvor nur undeutlich hatten erkennen können. Männer, Frauen und Kinder standen vor den Häusern und sahen die Fremdlinge mit leblosen Augen an.

Eja schauderte, als sie in die Gesichter der Kinder blickte. Mit der Fähigkeit, die ihr das Laurinband verlieh, spürte sie die stumme Qual in diesen Kindern, die von allem Spiel, allem Lachen ferngehalten wurden. Und sie spürte auch in den Erwachsenen eine große Hilflosigkeit, als würden ihnen die Bedürfnisse nach Liebe und Wärme nicht fehlen, sondern nur, kaum daß sie entstanden waren, in einen dunklen, kalten Abgrund gezogen werden.

Sie begreifen nicht, was mit ihnen geschieht, dachte sie. Es ist, als wären sie blind und würden Licht und Schönheit nicht mehr erkennen. Aber die Sehnsucht danach ist nicht tot, nur ohne Ziel und ihnen unbegreiflich.

Eja blickte in Horns Gesicht. Es war grau und wirkte wie versteinert. Welche Qualen mußte er empfinden? Sie sah, daß sich seine Fäuste unentwegt öffneten und schlossen, und mit Besorgnis spürte sie in ihrem Freund einen Haß, der ihn seinem Feind so erschreckend ähnlich machte. Es ist nicht gut, dem Haß zu erliegen, dachte sie. Auch wenn wir im Recht zu sein glauben, zerstört doch der Haß das Beste in uns.

Sie trat dicht neben Horn und faßte seine Hand. Seine Hand tat ihr weh, aber sie fühlte doch, wie er sich allmählich beruhigte. Als er sie nach einer Weile anblickte, sah sie zum ersten Mal Tränen in seinen Augen, und sie war froh darüber. Bald hatten sie die Brücke zu Asars Burg erreicht. Hoch über ihnen erhoben sich die Zinnen und Türme der kristallenen Feste. Das Licht der Sonne, das sich in den Mauern fing, schien wie eine leuchtende Flut durch die Burg zu strömen und hielt die Formen in einer schwindelerregenden Bewegung. Die Asari führten sie über die Brücke, durch deren grünen Kristall sie die Wellen des Meeres sehen konnten. Vor ihnen öffnete sich ein weites Tor. Sie gingen hindurch und betraten eine Halle von ungeheuren Ausmaßen. Sie erkannten, daß die ganze Burg nicht mehr in sich barg als diese eine gewaltige Halle. Es sah aus, als würden sie im Innern eines Berges in einer riesigen Höhle stehen. Die Wände wirkten wie von der Natur geformt, mit Vertiefungen, Wülsten, Vorsprüngen und Brüchen, die sich in nichts von Felsen unterschieden. Ja, selbst Tropfsteine hingen von der spitz zulaufenden Decke herab. Und alles war durchscheinend, ließ ein helles, grünes Licht herein, das wie flüssig erschien und sie glauben ließ, am Grunde eines Sees zu wandeln. Vor Staunen vergaßen sie für einen Augenblick, wo sie waren und was sie hier erwartete.

Da riß sie eine brüchige und doch harte Stimme aus ihren Träumen, eine Stimme, die voller Hohn war und ihnen kalt entgegenwehte:

»Nun, gefällt euch mein bescheidenes Heim? Laßt euch nicht stören. Wir haben Zeit, viel Zeit. Ich freue mich, daß ihr den Weg zu mir gefunden habt. Ich habe auf euch gewartet. Seid meine Gäste.«

Ihre Blicke richteten sich auf Asar. Inmitten des gewaltigen Saales stand ein hoher Thron aus Laurin, der wie aus dem Boden gewachsen zu sein schien. Keine Fuge war zu sehen. Alles war wie aus einem Guß geformt. Der Thron stand auf mehreren hohen Stufen. Vor ihm sahen sie einen einfachen Kristallblock, auf dem eine Krone lag. Das Sitra der Macht! In ihm ruhten die vier Onduril, die Asar schon besaß. Nur eine Höhlung war noch frei, die bald den fünften und letzten Stein empfangen würde, um den Kreis der Macht zu schließen und die Kraft des Sitra zu entfalten.

»Ja, seht nur hin«, fuhr die Stimme schneidend fort.

»Gewiß, es ist noch ein Platz frei. Aber mit eurer gütigen Hilfe soll auch hier eingefügt werden, was einen langen Weg endlich vollendet. O ja, der Weg ist lang gewesen, sehr lang.«

Die Stimme Asars war immer leiser geworden und endete in einem kaum hörbaren Flüstern. Er sank auf den Thron zurück und schien sich in Gedanken zu verlieren. Die Gefährten traten näher und erschraken über den Anblick, der sich ihnen bot. Alt war Asar, entsetzlich alt. Seine Hände lagen dürr, schmal und ausgetrocknet auf den breiten Lehnen des Thrones. Sie wirkten blutlos und ohne Kraft. Seine hagere Gestalt, die ein langes schwarzes Gewand umhüllte, saß zusammengesunken in der Tiefe des Thrones, der viel zu groß für Asar zu sein schien. Lange, strähnige, schlohweiße Haare hingen ihm über das Gesicht, das einer Totenmaske mehr glich als dem Gesicht eines lebendigen Menschen. Die Knochen traten hervor und schienen die Haut, die dünn war wie Herbstlaub, jeden Augenblick durchbrechen zu wollen. Dann sahen sie seine Augen, die sie lauernd beobachteten. Diese Augen waren von einer dunklen, glühenden Kraft erfüllt, die nicht zu diesem schwachen Körper zu gehören schien. Die dünnen, blassen Lippen verzogen sich zu einem höhnischen Lächeln. Plötzlich richtete Asar sich hoch auf und schien auf einmal den Thron zu füllen, ja, beinahe zu sprengen. Er hatte sie getäuscht. Er hatte nur mit ihnen gespielt. Er war nicht schwach. Hell funkelte das Laurinband an seinem faltigen Hals, und Asar, das Band, der Thron und die Burg waren ein Ganzes, eine Macht, drohend und unüberwindlich.

»Habt ihr wirklich geglaubt, einen alten, gebrechlichen Mann hier zu finden?« rief er mit mächtiger Stimme. »Einen alten Mann, dem man nehmen kann, was sein ist? O ihr Kleinen, Unwürdigen, ihr sollt den alten Mann und seine Schwäche kennenlernen. Aber bevor ich euch vernichte, sprecht nur. Vielleicht habt ihr ja noch etwas zu sagen. Ich bin neugierig auf eure Gedanken.«

Da trat Draba vor und blickte Asar fest an.

»Nein«, sagte er, »wir haben nicht geglaubt, einen Mann zu finden, dessen Alter und dessen Schwäche uns dazu dienen könnten, ihm etwas zu nehmen, auch wenn es ihm nicht gehört. Aber ich, ich habe geglaubt, einen Mann zu finden, der dem Mann ähnlich ist, den ich einst, vor langer Zeit, geliebt und bewundert habe, so wie alle Edrahil, die ihn kannten, ihn geliebt haben. Ich habe geglaubt, einen Mann zu finden, dessen Klugheit noch so groß ist wie damals und größer als eine unselige Begierde. Ich habe geglaubt, einen Mann zu finden, der bereit ist, ein Vorhaben aufzugeben und nicht zu einem Ende zu führen, das diese Welt, seine wie unsere Welt, dem Untergang weiht. Und ich glaube, daß ich diesen Mann hier gefunden habe. Laß ab, Asar, um unserer alten Freundschaft willen, um unseres alten Bundes willen, laß ab. So viel Unheil ist geschehen, und Advena, die wir beide geliebt haben, hat ihr Leben dabei verloren. Laß es hier ein Ende finden, bevor es zu spät ist.«

Es schien, als hätten Drabas Worte ihre Wirkung nicht verfehlt. Asar schien zu wanken. Sehnte er sich nach all den Jahren der Einsamkeit danach, wieder geliebt zu werden? Sah er ein, daß er Fehler begangen hatte? Würde er sich überzeugen lassen und umkehren?

Da lachte Asar, und dieses Lachen war schaurig und kalt und ließ die Halle erbeben. Wenn sie je an Asars Entschlossenheit gezweifelt hatten, so wurden alle Zweifel von diesem Lachen hinweggefegt. Dann verstummte das Lachen wie abgeschnitten, und Asar sagte mit harter Stimme:

»O Draba. Draba, der Listige, Draba, der Scheinheilige. Glaubst du wirklich, ich würde deinen Schlichen noch einmal erliegen? Glaubst du, ich hätte vergessen, wer mich damals betrogen hat? War es nicht Draba, der mir den falschen Stein gab und mich verriet? Und habe ich es etwa nicht Draba zu verdanken, daß ich Althaia verlassen mußte und in den Sümpfen und Vulkanen beinahe mein Leben und meinen Verstand verlor? O nein, all dies ist nicht vergessen worden und wird zu seiner Zeit bestraft werden. Ich habe nichts vergessen, nichts.

Doch genug jetzt. Wenn ihr mir nichts Besseres zu sagen habt, so schweigt. Es ist Zeit. Gebt mir, was mir gehört! Gebt mir endlich, worauf ich so lange gewartet habe!«

Eja fühlte, wie Asars Blicke nach ihr suchten. Wie damals am Djerriba-Paß fiel ihr auf, daß er sie bisher noch kein einziges Mal angesehen hatte. Wieder spürte sie seine lauernde Gier und eine unsichtbare, kalte Hand, die nach ihr griff. Doch sie erschrak nicht mehr und hielt stand.

»So, du hast ihn also«, sagte Asar mit schleppender Stimme und versuchte, sie mit seinem Spott zu treffen und zu verunsichern. »Nun, hast du dich also doch an das Versteck erinnert. Ich habe dir zu danken. Du hast viel für mich getan, mir viel Arbeit und Mühen erspart. Dafür verzeihe ich dir gerne, daß du mir damals nicht sagen wolltest, wo der Stein zu finden ist. Ich verstehe das. Du wolltest ihn selber holen, auf den Spuren deiner Mutter. Ich gönne dir das von Herzen. Aber nun hast du deinen Spaß gehabt und kannst den Stein ruhig mir überlassen, mein Täubchen.«

Asar streckte die Hand mit scheinbar freundlicher, väterlicher Miene nach ihr aus. Doch Eja spürte die Macht, die er auf sie richtete und mit der er versuchte, ihr seinen Willen aufzuzwingen. Da hörte sie in sich die Stimme ihrer Mutter, die zu ihr sagte:

»Hüte dich vor Asar. Eleni maat, miana. Hüte den Stein, mein Kind.«

Eja schüttelte den Kopf. Sie würde den Stein niemals freiwillig herausgeben. Sie konnte es nicht. Das Gebot ihrer Mutter war stärker als Asars Wille.

Es schien, als würde Asar verstehen und als könnte er Advenas Worte hören. Sein Gesicht verzerrte sich vor Wut, und mit überschlagender Stimme schrie er gellend:

»Gib ihn mir! Er gehört mir! Mir allein!«

Die Wachen, die an den Wänden des Saales bereitstanden, zogen ihre Schwerter und näherten sich. Die Freunde stellten sich um Eja. Sie hatten keine Waffen, aber sie würden dennoch alles tun, um Eja und den Stein zu schützen.

Doch Asar hielt die Wachen mit einer gebieterischen Geste zurück.

»Es ist gut«, sagte Eja leise zu ihren Freunden. »Ich fürchte ihn nicht.«

Horn und Jock zögerten und sahen Eja zweifelnd an. Doch Draba nickte ihnen zu, und so öffneten sie den Kreis um Eja. Wieder standen Eja und Asar sich gegenüber.

Warum sucht Asar den Kampf mit mir? dachte Eja. Kann er die Demütigung nicht verwinden, von mir besiegt worden zu sein? Warum setzt er sich dieser Gefahr aus? Hat er neue Kräfte gewonnen? Fühlt er sich hier in seiner Burg sicherer und stärker? Ich darf ihn nicht unterschätzen. Diesmal könnte ich den Kampf verlieren.

Doch Asar unterbrach ihre Gedanken.

»So, du fürchtest mich also nicht?« sagte er mit drohender Stimme. »Glaubst du, daß du mich auch diesmal besiegen kannst? Wir wollen sehen.«

Asar richtete sich hoch auf. Der Saal um sie herum schien in Dunkelheit zu versinken. Nur noch sie und Asar waren hier. Es gab keine Burg mehr, keinen Tag und keine Nacht, keine anderen Wesen, nur noch sie beide. Aber Eja fürchtete sich nicht. Ruhig sah sie Asar entgegen, und immer noch wunderte sie sich, daß er den Kampf nicht vermied. Warum? dachte sie. Dann begriff sie plötzlich, daß Asar einen Fehler beging. Er hätte diesem Kampf aus dem Weg gehen sollen. Er hatte nicht bedacht, daß sie ihn kannte, ihn sah, wie er war, sein Innerstes und nicht nur die Hülle des Schreckens und der Macht, die er sich zu geben versuchte. Keine Maske, keine Täuschung konnten in dieser Welt bestehen. Schon einmal waren sie sich so gegenübergestanden, schutzlos, jeder dem Wesen des anderen preisgegeben. Und Eja sah Asars Angst und Zweifel. Sie verstand, daß er sich vor dem Augenblick, an dem die Macht in seine Hände fallen würde, fürchtete, daß er sich voll Entsetzen fragte, ob er diese Macht würde beherrschen können oder ob sie ihn vernichten würde, weil sie stärker war als all sein Wille. Und sie fühlte ihre eigene Sicherheit, die so viel stärker war als seine Gier nach der Macht. Er stand ihr allein gegenüber, sie aber war nicht allein. Es war, als würden ihr all diejenigen zur Seite stehen, die den langen Weg mit ihr gegangen waren, die ihr geholfen hatten und deren Hoffnungen auf ihr ruhten. Sie hatte Freunde, die ihr beistanden, Asar aber schien im kalten Hauch der Einsamkeit zu erfrieren. Nur sein besessener Wunsch nach dem letzten der Onduril, nur der durch die Jahre angewachsene Wahnsinn hielten ihn noch aufrecht. Und Eja richtete ihre ganze Kraft auf Asar und verweigerte ihm den Stein.

Asar schwankte. Er schien zu begreifen, daß er einen Fehler begangen hatte, daß sie ihn wieder besiegen würde. Da bäumte er sich auf und schrie wie ein verwundetes Tier. Die neuerliche Demütigung, der Haß und die verzehrende Gier nach dem Stein ließen ihn jeden Stolz vergessen. Er wollte den Stein um jeden Preis. Die Dunkelheit, die sie umhüllt hatte, zerriß. Eja sah, wie Asar sich taumelnd auf die Lehne seines Thrones stützte. Speichel trat ihm über die Lippen, und er schrie mit verzerrter Stimme:

»Packt sie! Nehmt ihr den Stein!«

Da nutzte Horn die Gelegenheit und stürzte sich auf Asar. Er würde ihn töten, wenn es sein mußte, mit bloßen Händen. Jetzt war Asar geschwächt und besiegbar. Er warf sich auf ihn und umklammerte Asars Hals mit den Händen. Doch er hatte Asars Kraft unterschätzt. Mit der Macht seines Hasses und seiner Wut schleuderte er Horn zurück und richtete seinen Willen wie einen sengenden Strahl auf ihn. Horn schlug die Hände vors Gesicht und taumelte mit einem Schrei zurück. Wäre Asar bei vollen Kräften gewesen, so hätte dieser Schlag Horn auf der Stelle getötet. So aber brach er nur zusammen und verlor das Bewußtsein. Jock warf sich über ihn, um den Hilflosen zu schützen. Dann waren die Asari bei ihnen und griffen nach ihnen. Far-Uhl bäumte sich wild auf und versuchte mit seinen scharfen Hufen, sich und seinen Freunden die Asari fernzuhalten. Doch sie waren in der Überzahl und zogen ihre Schwerter, als sie erkannten, daß sie Far-Uhl nicht festhalten konnten.

Eja sah, daß ihre Freunde in Gefahr waren, getötet zu werden und rief: »Halt! Hört auf. Es hat keinen Sinn.« Und an die Asari gewandt, fuhr sie fort: »Es ist gut. Wir ergeben uns. Ihr braucht eure Schwerter nicht gegen uns zu erheben.«

Die Asari zögerten und sahen zu ihrem Meister. Asar wischte sie mit einer einzigen Bewegung zur Seite. Gehorsam kehrten sie auf ihre Posten zurück.

Asar ließ sich keuchend auf seinen Thron zurücksinken und blickte schweigend auf die Gefährten. Eja und Draba bemühten sich um Horn, der bald wieder zu sich kam. Da erhob sich Jock und blickte Asar verächtlich an.

»Feigling«, sagte er und spuckte vor Asar aus.

Asar zuckte zusammen wie unter einem Peitschenhieb und gab keine Antwort. Für einen Augenblick war die Schmach, die er empfand, stärker als sein Haß. Draba trat neben Jock und legte ihm die Hand ermahnend auf die Schulter. Es war besser, Asar nicht noch mehr zu reizen.

Mühsam richtete Horn sich auf und trat mit Eja zu den Freunden. Asar blickte sie der Reihe nach an. Far-Uhl, dessen Flanken noch bebten und dessen Augen weit aufgerissen waren. Jock, der Tanit auf der Schulter trug und ihn voll Verachtung anblickte. Draba, der in dem ganzen Wirbel als einziger die Ruhe bewahrt hatte, und Eja, die Horn stützte. Sie sahen, daß sie ihn nicht mehr erreichen konnten. Nicht mit Worten und nicht mit Gewalt. Er hatte sich wieder gefangen, und härter noch als zuvor blickten seine Augen, in denen unvermindert ein kaltes Feuer glühte.

»Nun gut«, sagte er mit leiser Stimme. »Dann gib ihn mir!«

Eja sah Draba an und bat ihn: »Hilf mir. Ich kann Asar den Stein nicht geben.«

Draba nickte und nahm ihr den Beutel ab. Er öffnete ihn und nahm den Stein heraus. Ruhig trat er zu Asar und legte den Stein neben das Sitra. Dann kehrte er zu seinen niedergeschlagenen Freunden zurück. Es war vorbei.

Asar blickte lange, ohne sich zu rühren, auf den Stein. Dann erhob er sich und trat an den Kristallblock heran.

Sanft nahm er den Stein in die zitternde Hand. Hoch hob er ihn empor, und sie sahen seine Augen, in denen nichts mehr den Wahnsinn zurückhielt. Er leckte sich über die trockenen Lippen und senkte langsam die Hand über das Sitra, um den fünften Stein an seinen Platz zu legen. Doch im letzten Augenblick zögerte er. Wild blickte er auf und stieß hervor: »Wer sagt mir, daß dies der richtige Stein ist? Schon einmal bin ich getäuscht worden. Mir scheint, daß es euch viel zu leicht gefallen ist, mir den Stein zu geben. Zwar scheint in ihm die Kraft der Onduril zu sein, aber wer weiß, ob dies nicht nur wieder ein neuer Trick von dir ist, Draba. Das möchtest du wohl gerne, daß der falsche Stein im Sitra mich vernichtet, wenn die Macht sich gegen mich richtet.«

Die Freunde sahen sich verwirrt an. Doch Asar mißverstand ihre Blicke und rief: »Also doch. Ich sehe es euch an, daß ich euch auf die Schliche gekommen bin. Gebt mir den echten Stein.«

»Aber es ist der echte«, sagte Eja.

»Und das soll ich euch glauben?« sagte Asar. »Nun gut, wenn es wirklich der echte ist, so beweist es mir!«

»Wie denn?« fragte Eja und sah Asar verständnislos an.

»O du Unschuldskind«, rief Asar höhnisch lachend. »Wie denn? Nun, wandle dich. Nimm eine andere Gestalt an. Zeige mir die Kraft des Steins. Oder ein anderer von deinen Spießgesellen, wenn du selber es nicht kannst.«

»Gut«, sagte Draba, »ich werde es dir beweisen.«

Doch als er den Stein nehmen wollte, hielt Jock ihn zurück und sagte: »Nein, laß mich das machen. Durch halb Erdherz bin ich gelaufen und habe mir Blasen an den Füßen geholt, nur um diesen vermaledeiten Stein zu finden. Jetzt will ich wenigstens einmal wissen, was wirklich in ihm steckt. Wenn schon jemand eine andere Gestalt annehmen muß, warum nicht ich? Um es zu beweisen, ist jeder recht.«

Draba wollte widersprechen, doch Asar unterbrach ihn und sagte höhnisch: »Oh, sieh an. Der tapfere kleine Mann. Ja, warum nicht? Warum nicht dieser kleine Narr? Das wird sicher sehr unterhaltsam sein. Aber kann er das denn auch, der kleine Mann?«

»Aber kann er das denn auch, der kleine Mann?« äffte Jock ihn empört nach. »Was soll denn schon so besonderes daran sein?«

»Nun«, meinte Asar mit spöttischer Stimme. »Es braucht so eine gewisse Vorbereitung. Aber das wirst du ja sicher schon lange getan haben. Es muß dir doch ein leichtes sein, so eine Kleinigkeit zu vollbringen. Und was gedenkst du, uns vorzuführen?«

»Ja, Jock«, meinte Eja leise. »Welche Gestalt willst du denn annehmen? Wie willst du die Echtheit des Onduril beweisen? Willst du dich denn wirklich opfern?«

»Ach, was ich sein will, das ist nicht so schwer, wie ihr denkt«, sagte Jock und blickte nachdenklich auf den Stein in seiner kleinen braunen Hand. »Und ob es ein Opfer ist, das wird sich noch zeigen. Wer weiß, was der Meister der Scharlatane erst mit uns anstellt, wenn er die Steine beisammen hat? Wißt ihr«, fuhr er fort, »auf all unseren endlosen und mühseligen Wanderungen habe ich oft an unseren Hund Suso denken müssen. Wie gerne hätte ich vier Beine gehabt, um nicht auf meinen zwei kurzen Beinen immer der Langsamste zu sein. Ich denke, es sollte mir schon gelingen, so auszusehen wie ein Hund. Das ist auch gar kein so schlechtes Los.«

Da beugte sich Eja vor und gab Jock einen Kuß auf die Stirn. Jeder der Freunde berührte ihn kurz, strich ihm übers Haar oder klopfte ihm auf die Schulter, wie zum letzten Mal. Dann traten sie zurück.

Jock schluckte ein paarmal schwer, dann atmete er tief durch und schloß die Augen. So gut er konnte, versuchte er, seinen Willen auf den Stein zu richten und an Suso zu denken.

Die Gefährten beobachteten Jock und verfolgten die Verwandlung, die langsam, aber deutlich mit ihm geschah. Sein Mund stülpte sich vor, und seine Zähne wurden länger. Seine Nase schwand und wurde dunkel und feucht. Sein Körper krümmte sich zusammen, und er sank vornüber auf seine Hände, die sich zu Pfoten verwandelt hatten. Seine Finger waren nur noch kurze Krallen, und dichtes Fell bedeckte seine Haut. Zuletzt platzte seine Hose auf, und ein dichter, buschiger Schwanz wurde sichtbar. Schwach begann Jock mit dem Schwanz zu wedeln, und winselnd kauerte er sich auf den Boden, zog die Pfoten zu sich heran und verbarg sie an seiner Brust. Schließlich begann er sich, wie um das Maß voll zu machen und endgültig den Beweis für die Echtheit des Steines zu erbringen, mit der Pfote hinter dem Ohr zu kratzen.

»Ein Meisterstück«, rief Asar, und sein kaltes Lachen hallte durch den weiten Saal. »Fürwahr ein Meisterstück. Dafür will ich dich auch belohnen. Dir soll die Gestalt, die du dir gewünscht hast, erhalten bleiben. In diesen unruhigen Zeiten kann ich einen solchen Wächter gut gebrauchen. Doch nun sei brav und bring mir den Stein.«

Ungelenk und auf allen vieren eilte Jock an Asars Seite und legte ihm den Stein zu Füßen. Dann stolperte er zurück zu seinen Freunden und verbarg sich zwischen ihren Beinen.

Diesmal zögerte Asar nicht. Er fügte den Stein in das Sitra und setzte sich die Krone auf sein Haupt. Nun hatte er die Macht. Er, Asar, war Herr über die Welt. Er gebot allem Leben und hatte die Schöpfung in der Hand. Und seine Feinde würden vernichtet werden.

»Endlich!« rief er und blickte Draba und seine Gefährten drohend an. »Erinnerst du dich, Draba? Damals, vor langer Zeit, in Althaia, vor dem versammelten Rat der Edrahil, bot ich dir die Wahl an, in welche Gestalt ich dich verwandeln sollte. Diesmal werde ich nicht so großmütig sein. Eure Strafe ist beschlossene Sache. Ihr habt euch mir widersetzt. Mir, Asar. Dies soll euch nie wieder gelingen. In dieser Halle wirst du mit deinen Freunden bleiben, für immer. Als Statuen aus reinem Laurin werdet ihr diese Halle zieren und ein Zeichen sein für meinen endgültigen Sieg über alle Widersacher. Nichts soll uns mehr trennen!«

Asar schloß die Augen und richtete seinen ganzen Willen auf sie. Eja spürte die Kraft, die sie traf. Gleich würde es vorbei sein. Doch sie fühlte keine Angst, nur eine unendliche Traurigkeit. Seltsam, daß sie keine Veränderung an sich wahrnahm. War die Wandlung denn etwas so Unmerkliches? Da sah sie, daß Asar sich plötzlich zu verändern begann. Er wurde durchscheinend, und seine ganze Gestalt, sein Körper und die Falten seines Gewandes wurden hart und unbeweglich. Ein grünes Licht durchflutete ihn.

Das Laurin, dachte sie. Wie ist das möglich? Asar wird zu Laurin. Warum er? Warum nicht wir?

Auch Asar erkannte, was mit ihm geschah. Er riß entsetzt die Augen auf, doch es war zu spät. Auch sein Gesicht wurde zu Kristall, und er konnte sich nicht mehr bewegen und konnte die Verwandlung nicht mehr rückgängig machen. Hoch und starr stand er vor ihnen, und nur noch sein letzter Atemzug bewegte die Luft. Dann verflüchtigte sich auch dieser letzte Lebenshauch.

Sprachlos blickten die Gefährten auf Asars Standbild. Was war geschehen?

»Er scheint tot zu sein«, sagte Horn fassungslos. »Aber wieso bricht dann der Bann nicht, den er den Asari auferlegt hat? Du sagtest doch, daß er mit seinem Tod endet.«

Draba sah sich erstaunt nach den Asari um. Unverändert hielten sie Wache und schienen die Veränderung Asars nicht wahrzunehmen. Immer noch blickten ihre Augen so leblos und steinern wie zuvor.

»Vielleicht ...«, murmelte Draba. Aber er sprach nicht aus, was er dachte, sondern trat zu der Statue und faßte nach dem Laurinband an Asars Hals. Sorgsam löste er das Band, das keinen Widerstand bot. Im selben Augenblick hörten sie rings um sich ein lautes Stöhnen, und sie sahen, wie die Asari schwankten. Einige sanken auf die Knie, andere stützten sich taumelnd und wie blind an die Wände, und wieder andere fielen hilflos zu Boden.

»Also doch«, sagte Draba. »Ich dachte es mir. Das Laurinband hat Asars Willen aufrechterhalten. Doch nun ist der Bann gebrochen.«

Da hörten sie plötzlich einen hohen singenden Ton,

kaum hörbar erst, doch wurde er lauter und lauter, bis er schmerzte und sie sich mit verzerrten Gesichtern die Ohren zuhielten.

»Was ist das?« rief Far-Uhl entsetzt. Seine feinen Ohren mußten wahre Qualen ausstehen.

»Ich weiß es nicht«, gab Draba zurück und blickte sich mit bleichem Gesicht um.

Unter den hohen singenden Ton mischte sich ein feines Knirschen, und sie sahen, daß sich, ausgehend von Asars Statue, feine Risse bildeten, die über den Boden liefen und die Wände emporstiegen. Dichter und dichter wurde das Netz der Risse, und das Kristall wurde trüb und undurchsichtig.

»Wir müssen hier raus!« rief Draba. »Die Burg zerbricht. Versucht den Asari zu helfen. Schnell! Wir dürfen sie nicht hier zurücklassen.«

Sie trieben die Hilflosen vor sich her und drängten sie zum Ausgang.

»Die Onduril«, rief Tanit plötzlich erschrocken. »Wir müssen sie mitnehmen.«

Sie waren schon unter dem Tor, und Tanit wollte zurückfliegen.

»Bleib!« rief Draba. »Es ist zu spät. Du kannst die Onduril nicht mehr retten.«

Hinter ihnen brachen große Stücke aus der Decke, die krachend herabstürzten und Asars Statue zerschlugen. Gerade noch gelang es ihnen, aus dem Tor herauszuspringen, als der Torbogen über ihnen zerbrach. Noch hielt die Brücke, doch auch sie zeigte schon ein dichtes Geflecht aus Rissen, welches das Kristall verdunkelte. Sie rannten um ihr Leben. Als die letzten das Ufer erreicht hatten, brach die Brücke zusammen und versank im Meer. Mit entsetzten Gesichtern drehten sie sich um und sahen, wie die Burg in immer kleinere und noch kleinere Stücke zerbarst und in sich zusammenfiel. Es war, als würde ein staubiger Regen langsam auf die Erde sinken, und der Wind blies die dunkle Wolke, die einst eine stolze Burg gewesen war, ins Meer.

»Was war das?« fragte Eja mit zitternder Stimme.

»Das Sitra muß die Onduril zerbrochen haben, und die Kraft in ihnen hat die Burg zerstört. Seht nur!«

In der Abenddämmerung begann das Meer in einem grünen Licht zu leuchten. Als die Nacht begann, weitete sich das Leuchten aus und bedeckte das Meer bis zum Horizont. Heller als der Sternenhimmel strahlte das grüne Licht des Meeres und erhellte die Nacht. Lange standen sie da und blickten auf das schimmernde Licht, das allmählich schwächer wurde und endlich verschwand. Dunkel lag das Meer vor ihnen. Nur noch die weißen Schaumkronen der Wellen und das silberne Licht der Sterne waren zu sehen. Die Kräfte der Wandlung waren dorthin zurückgekehrt, woher sie gekommen waren.

Der kleine und der große Narr

Zitternd und weinend schmiegte Tanit sich in Ejas Arme. Voll Mitleid blickten die Freunde auf ihre Vogelgestalt, die nun für immer ihr Gefängnis bleiben mußte.

»Nun werde ich mein Versprechen nicht halten können«, sagte Tanit schluchzend. »Mein Volk wird für immer in der Gestalt der Bäume gefangen sein. Was soll ich denn nun tun? Was soll ich bloß tun?«

Eja blickte Draba fragend an. Wußte er vielleicht einen Weg der Rettung? Doch Draba schüttelte nur traurig den Kopf und blickte wieder auf das stille Meer, in dem Asar und mit ihm die Onduril untergegangen waren.

Horn sah sich um. Überall lagen oder knieten die Feorner, die nun keine Asari mehr waren, frei von Asars Bann, aber doch tief verwundet von den Jahren der Knechtschaft. Zu lange waren ihnen der freie Wille und das eigene Leben verwehrt worden. Zu lange hatte eine grausame Macht sie wie seelenlose Werkzeuge mißbraucht. Horn blickte auf die dunkle Stadt und hörte das Weinen der Kinder und die Klagen der Frauen. Wie mußten sie sich fühlen, seitdem der Bann gebrochen war? Was empfanden sie nach all den Jahren der Kälte und Dunkelheit? Horn fühlte eine große Angst, die sich in ihm breitmachte. Welche Schäden mochte Asars Bann angerichtet haben? Würden die Feorner wieder gesund und glücklich werden? Oder war sein Volk zum Untergang verurteilt, unfähig, aus eigener Kraft weiterzuleben, weil diese Kraft zerbrochen war? Da spürte Horn, wie sich etwas an seine Beine drückte. Jock! Er hatte Jock ganz vergessen.

Horn beugte sich zu Jock herab und streichelte sein struppiges Fell. Jock drängte sich dicht an ihn heran und winselte.

»Mein armer alter Jock«, sagte Horn liebevoll. »Nun wirst du in dieser Gestalt bleiben müssen. Die Onduril sind verlorengegangen, und es gibt keinen Weg zurück. Es tut mir so leid für dich.«

Jock drängte sich immer heftiger an ihn und winselte laut. Er beugte den Kopf mehrmals nach unten. Dann legte er sich auf den Rücken und kratzte sich mit den Vorderpfoten an seinem Wams.

Die anderen waren auf Jocks sonderbares Verhalten aufmerksam geworden und traten zu ihnen. Jock schien sehr aufgeregt zu sein und versuchte immer wieder, mit seiner Schnauze und seinen ungelenken Pfoten unter sein Wams zu gelangen.

»Was ist denn, mein Alter?« fragte Horn. »Hast du Schmerzen?«

»Ich glaube«, meinte Draba, »er will uns etwas zeigen. Etwas, was unter seinem Wams steckt.«

Horn faßte vorsichtig unter Jocks Wams. Plötzlich schrie er vor Überraschung auf. Langsam zog er seine Hand wieder hervor. Er schien etwas in der geschlossenen Faust zu halten. Er richtete sich auf und blickte die Freunde fassungslos an.

»Was ist denn?« fragte Eja. »Was hast du gefunden?«

Langsam öffnete Horn seine Hand. Ungläubig blickten die Freunde auf den dunklen Stein, der in Horns Handfläche lag. Er war leicht oval geformt, und eine feine Linie wand sich von einem zum anderen Ende.

»Ein Onduril«, rief Tanit keuchend. »Das ist doch nicht möglich? Wieso hat Jock einen Onduril? Sie sind doch alle mit Asar untergegangen.«

Da begann Draba zu lachen. Er schüttelte sich vor Lachen, und Tränen traten ihm in die Augen. Erstaunt und besorgt sahen ihn die anderen an. Jock aber setzte sich mit gespitzten Ohren auf seine Hinterbeine und blickte Draba mit leuchtenden Augen an.

»O Jock«, rief Draba mit erstickter Stimme. »Hast du deinen Schuh gut zugebunden? Und hast du auch das Licht gelöscht? Ich möchte nicht, daß heute nacht meine Schriften in Flammen aufgehen.«

Noch immer lachend, kniete Draba vor Jock. Er packte

seinen Hundekopf und schüttelte ihn. Jock japste glücklich, und die Zunge hing ihm zum Maul heraus. Die anderen blickten auf sie und glaubten, die beiden hätten den Verstand verloren.

»Ich verstehe kein Wort von dem, was du sagst, Draba«, sagte Far-Uhl, und seine Hirschohren zuckten.

Draba richtete sich wieder auf und wischte sich die Tränen aus den Augen. Dann sagte er: »Es ist so einfach. Der kleine Narr hat den großen Narren besiegt. Erinnert ihr euch noch, wie ich euch den falschen Onduril in meiner Studierstube zeigte? An dem Abend verließ Jock als letzter den Raum. Er sagte, das Schuhband sei ihm aufgegangen. Nun, er wird wohl Gefallen an dem hübschen Stein gefunden haben und ihn, sagen wir mal, für eine Weile ausgeliehen haben. Und als Asar den Beweis für die Echtheit des Steins verlangte, nahm Jock den echten, verwandelte sich in einen Hund und tauschte dabei die Steine aus. So hat der große Narr, Asar, den falschen Stein in das Sitra eingesetzt, und das Sitra kehrte die Macht der Onduril gegen Asar, denn der Kreis konnte sich nicht schließen. Und der kleine Narr trug den echten Stein aus dem Untergang und hat ihn gerettet. Dieser einfache Taschenspielertrick ist das Wunder, auf das wir alle insgeheim gehofft haben. Diesen Dienst, Jock, hast du uns allen erwiesen, und ganz Erdherz wird für immer in deiner Schuld stehen.«

Nun drängten sich die Freunde um Jock und überschütteten ihn mit Lob und Zärtlichkeiten. Nie ist ein Hund so hinter den Ohren gekrault worden, wie Jock in diesem Augenblick des Jubels und der Erleichterung, und noch viel später erinnerte sich Jock gern an diese Wonnen und erzählte Freunden am Feuer davon, während er seinem Hund, der neben ihm saß, die gleiche Wohltat erwies.

Endlich ermahnte Draba die anderen, daß es an der Zeit sei, die Macht des echten Onduril zu erproben und Jock aus seiner Hundegestalt zu befreien. Die Freunde traten zur Seite. Draba kniete neben Jock und legte ihm seine Hand über die Augen. Gemeinsam richteten sie ihre Kraft auf den Stein, und mit Drabas Hilfe und Leitung verschwand alles Tierische, und Jocks alte Gestalt nahm ihren rechtmäßigen Platz wieder ein. »So, mein lieber Jock«, sagte Draba. »Nun kannst du wieder auf zwei Beinen laufen.«

Doch Jock blieb sitzen und sah die Freunde mit einem sonderbaren Blick an.

»Was ist denn, Jock?« fragte Eja besorgt. »Kannst du nicht aufstehen?«

»Doch, ich glaube schon«, sagte Jock verlegen. »Aber es geht trotzdem nicht.«

»Warum denn?« fragte Horn und blickte erstaunt auf ihn hinab.

»Weil«, sagte Jock und zögerte. Sein Gesicht wurde rot, wie sie es früher so oft an ihm gesehen hatten. »Weil, wißt ihr, hinten an meiner Hose, dort, wo mir ein Schwanz gewachsen war, da ist ein Loch, das ist ziemlich groß. Ich kann den Boden unter mir fühlen. So kann ich doch nicht aufstehen.«

Alle lachten laut, und mit diesem Lachen verflog der letzte Rest der vergangenen Verzweiflung. Horn stellte Jock auf die Beine und half ihm, mit den Händen seinen Hosenboden zusammenzuhalten. So mußte es für den Anfang gehen, bis sich Nadel und Faden fanden, um den Schaden zu beheben.

Draba wandte sich an Tanit und fragte sie: »Und was ist mit dir? Willst du nicht auch wieder in deine menschliche Gestalt zurückkehren?«

Tanit blickte auf den Stein, den Draba ihr entgegenhielt. Sie fühlte die Sehnsucht, endlich wieder Mensch zu werden, von ihren Federn befreit zu sein. Doch sie schüttelte den Kopf.

»Nein«, sagte sie entschieden. »Ich habe mir geschworen, so lange ein Vogel zu bleiben, bis ich den Stein zu meinem Volk gebracht habe. Nur mit ihnen zusammen möchte ich die Verwandlung rückgängig machen. Wer weiß, ob meine Vogelgestalt uns nicht noch gute Dienste leisten kann, bis es endlich soweit ist.«

Draba nickte und sagte: »Ich kann dich verstehen. So mag es sein. Obwohl es gefährlich ist, denn die Zeit läuft unaufhaltsam ab. Uns bleibt nur noch wenig Zeit, bis sich das Jahr zwischen den beiden Wandlungen zu Ende neigt. Wir wollen hoffen, daß diese Zeit ausreicht. Doch wir sollten uns nun um die Feorner kümmern. Sie werden unsere Hilfe brauchen.«

Während sie mit Jock beschäftigt gewesen waren, hatten sich die Feorner in die Stadt zurückgezogen. Die Gefährten folgten ihnen, um zu sehen, ob sie ihnen helfen konnten. In den dunklen Häusern war das Weinen der Kinder verstummt. Keine Klage drang zu ihnen. Ihre Sorge wuchs.

Da plötzlich traten die Feorner zwischen den Häusern hervor und bauten eine drohende, undurchdringliche Mauer vor ihnen auf. Einer der Feorner, in dem sie den Hauptmann erkannten, der damals die Asari angeführt hatte, trat vor und sagte: »Was wollt ihr noch hier? Ihr seid nun keine Gefangenen mehr und solltet eurer Wege gehen.«

»Wir sind gekommen, um euch zu helfen«, antwortete Draba.

»Ein Edrahil, der uns helfen will?« fragte der Feorner bitter. »War nicht auch Asar einer der Edrahil? Nennt ihr das, was er uns angetan hat, etwa helfen? Nein, nie wieder werden die Edrahil im Land der Feorner geduldet werden. Ihr könnt euch glücklich schätzen, daß wir euch ziehen lassen, denn durch euch ist Asar vernichtet und sein Bann gebrochen worden. Dafür sind wir euch Dank schuldig. Doch seht zu, daß ihr bald geht, bevor wir es uns anders überlegen und uns an einem Edrahil zu rächen wünschen. Geh, Edrahil, und nimm deine Gefährten mit dir!«

»Erkennst du mich denn nicht mehr, Ragar?« fragte Horn und trat aus der Gruppe der Freunde.

Der Anführer der Feorner blickte ihn erstaunt an. Dann verdüsterten sich seine Züge, und er sagte: »Horn Elder! Nein, ich habe dich nicht vergessen. Du bist also zum Verräter geworden und hast dich auf die Seite der Edrahil geschlagen. Darum also hat Asars Bann dir nichts anhaben können. Und darum ist Brago, der dich verfolgte, nie wieder zurückgekehrt.«

»Nein, ich bin kein Verräter«, erwiderte Horn. »Verzerrt nicht die Wahrheit, nur weil die Rache euch blind macht. Ja, Brago kehrt nie wieder zurück, denn er ist tot. Gestorben durch mein Schwert. Oh, wie habe ich ihn beschworen, nicht gegen mich zu kämpfen. Doch Asar in ihm zwang mich dazu, mich zu wehren, und er starb. Doch als ich den Feind traf, erwachte in dem Sterbenden der Freund, und sein letzter Blick hat mir verziehen. Nennst du es Verrat, zwanzig Jahre lang in der Verbannung leben zu müssen und keinen Weg zurück in die Heimat zu finden? Nennst du es Verrat, zwanzig Jahre lang geduldig auf den Tag zu warten, an dem der Kampf gegen Asar beginnen konnte? Nennst du das Verrat?«

Ragar schien verwirrt und blickte Horn nachdenklich an. Sein Gesicht war bleich wie das aller Feorner. Sie spürten seine Schmerzen und seine Unsicherheit. Wem sollte er trauen, nach allem, was geschehen war? Endlich sprach er wieder:

»Wenn es kein Verrat ist, wie kommt es dann, daß wir dich in Begleitung eines Edrahil sehen?«

»Dieser Edrahil ist wie ich gekommen, um Asar zu vernichten und euch zu befreien«, erwiderte Horn. »Glaubt ihr denn, Asar war nur euer Feind? Nein, Asar war der Feind aller Lebewesen von Erdherz. Hätte er sein Ziel erreicht, wäre ganz Erdherz vernichtet worden und mit ihm alle seine Völker. Er hätte keinen Unterschied gemacht zwischen Feornern und Edrain. Und so sind wir gekommen, um uns ihm entgegenzustellen, nicht nur für euch, sondern für uns alle.«

Wieder zögerte Ragar und schien zu schwanken. Hatte nicht auch Asar, als er zu den Feornern kam, freundliche Worte gesprochen? Worte konnten täuschen!

»Wie soll ich euch Glauben schenken? Wer sagt mir, daß ihr nicht lügt?« sagte Ragar. »Nein, die Gefahr, wieder betrogen zu werden, ist zu groß. Aber ihr mögt ziehen, wohin ihr wollt. Wenn ihr fort seid, kann uns auch keine Gefahr von euch drohen.«

»Aber ihr braucht unsere Hilfe«, sagte Draba. »Denkt

an eure Frauen, an eure Kinder. Asars Bann hat sie tief verletzt. Ihr Männer seid vielleicht stark genug, daß eure Wunden auch ohne unsere Hilfe heilen. Aber eure Frauen, eure Kinder, ihnen droht eine tödliche Gefahr.«

Doch Ragar schüttelte nur abwehrend den Kopf und sagte: »Ich darf euch nicht trauen. Wenn ihr also nicht freiwillig geht, so müssen wir euch zwingen.«

Auf seinen Wink zogen die Feorner ihre Schwerter und näherten sich den Freunden mit drohenden Gesichtern. Da plötzlich drängte sich eine Frau durch die Reihen der Feorner. Sie trug ein Kind in den Armen.

Ragar drehte sich heftig um und sagte streng: »Was suchst du hier, Turi? Bleib im Haus! Hier ist kein Platz für Frauen.«

Doch Turi hörte nicht auf ihn. Verzweifelt blickte sie ihn an und hob ihm das Kind entgegen.

»Er stirbt«, sagte sie mit bebender Stimme. »Dein Sohn stirbt. Und auch alle anderen Kinder. Wenn uns niemand hilft, werden sie alle sterben.«

Draba trat zu Turi und sagte: »Laßt mich euch helfen. Ich kann es, und ich und alle Edrain sind es eurem Volk schuldig. Was Asar euch auch immer angetan hat, wir sind bereit, es wiedergutzumachen.«

»Zurück!« fuhr ihn Ragar an und hob sein Schwert gegen Draba. »Kein Edrahil faßt meinen Sohn an. Seht ihr nicht, was ihr angerichtet habt? Glaubt ihr, ich ließe zu, daß ihr ihn noch im Sterben mit eurem dunklen Zauber vergiftet?«

»So laßt mich euch helfen«, sagte Eja und trat zu Turi und dem Kind.

Erstaunt sahen die Feorner sie an. Wer war diese junge Frau in der Kleidung der Brasen? Da sahen sie das Laurinband an ihrem Hals. Ein Raunen ging durch ihre Reihen. Sie war eine Edrahil!

»Wie kommt es, daß eine Edrahil die Kleidung der Brasen trägt?« fragte Ragar voll Argwohn. »Welche neue Hinterlist habt ihr vor?«

»Ja, ich bin eine Edrahil«, sagte Eja, »so wie ich auch

eine Brasin bin und wie ihr zum einen Volk der Duna gehöre. Asar hat meine Mutter, die Edrahil Advena, in den Tod getrieben. Horn fand mich, und Brasen zogen mich auf. Habe ich nicht allen Grund, Asar zu hassen, da er meine Mutter getötet hat? Und müßte ich ihn nicht auch hassen, weil ich nicht in meiner wahren Heimat unter den Edrain aufwachsen durfte? Doch nein, für dieses letzte hasse ich ihn nicht, denn ich fühle und denke als Brasin. Das Raunatal ist meine Heimat geworden, und mit den Geschichten der Duna bin ich aufgewachsen. Es mag sein, daß ich nun eine Edrahil geworden bin. Das Schicksal hat es so gewollt. Ich trage das Laurinband. Aber in mir bin ich eine Duna geblieben und bin euresgleichen. Hört auf, euch durch euren Haß blenden zu lassen. Die Zeit der Dunkelheit ist vorbei. Laßt uns gemeinsam eine neue Zeit begründen, in der kein Haß mehr ist zwischen Feornern und Edrain. Glaubt ihr denn, die Edrain hätten ihre Schuld nicht längst bezahlt? Erinnert ihr euch nicht, wie viele der Edrain ihr im Kampf getötet habt, als ihr den vierten Stein stehlen wolltet, und nur Advena, meine Mutter, entkam? Und wart ihr es nicht, die meine Mutter verfolgt habt, bis sie freiwillig den Tod suchte, um euch zu entkommen? Müßten die Edrain, müßte nicht auch ich euch ebenso hassen wie ihr uns? Doch wir wissen, daß es nicht eure Schuld war. Nicht ihr habt diese Taten verübt, sondern Asar in euch. Und es ist auch nicht die Schuld der Edrain, die Asar knechten wollte, wie er euch geknechtet hat. Es ist Asars Schuld, und die geringe Schuld, die das Volk der Edrain mit seiner Schuld verbindet, wird getilgt werden, wenn ihr erlaubt, daß wir, die Edrahil, euch helfen und euch die Heilung bringen, ohne die eure Kinder dem sicheren Tod entgegengehen. Dann wird es keine Zukunft mehr geben für das Volk der Feorner, sondern nur den Untergang. Nun ist es an euch, zu wählen.«

Alle blickten Eja erstaunt an. Nicht nur die Feorner, die ihre Worte verwirrt hatten, sondern auch ihre Freunde, die sie voll Bewunderung für diese Worte ansahen. Wer immer sie war, sie war eine Edrahil, würdig, das Laurinband zu tragen und dem Rat der Zwölf anzugehören. Draba legte ihr die Hand auf die Schulter, und Eja spürte seine Anerkennung.

Doch noch zögerten die Feorner. Die Entscheidung fiel ihnen schwer. Zu sehr fürchteten sie, wieder einen Fehler zu begehen, der vielleicht noch schrecklichere Folgen haben mochte als der Fehler, einst auf Asar gehört zu haben.

Plötzlich stöhnte Ragars Sohn in Turis Armen. Turi blickte voll Verzweiflung auf ihr Kind und sagte leise: »Bitte, Ragar. Bitte. Er stirbt. Unser Kind stirbt.«

Da wußte sich Ragar nicht mehr anders zu helfen. Er steckte sein Schwert weg und bat Eja mit rauher Stimme: »Hilf uns! Wenn du es kannst, hilf uns. Ich weiß nicht, wie ich wählen soll. Aber ich bitte um deine Hilfe, auch wenn es vielleicht der größte Fehler ist, den ich je begangen habe.«

»Es ist kein Fehler«, sagte Eja. »Du wirst sehen. Die Zeit der Angst und der Täuschung ist vorbei. Kommt jetzt, wir wollen keine Zeit verlieren. Bringt das Kind ins Haus. Und wenn ihr seht, daß ich ihm helfen kann, wird auch nichts mehr dagegenstehen, daß auch Draba euch hilft, denn allein bin ich zu schwach, um alle Kinder zu heilen.«

Turi trug ihren Sohn zurück ins Haus. Nur Draba, Ragar, Turi und Eja betraten den Raum, in dem sie das Kind auf ein weiches Lager betteten. Die Feorner warteten wie eine dunkle, schweigende Mauer. Die Fackeln, die sie entzündet hatten, warfen ein unruhiges, flackerndes Licht auf ihre Gesichter, von denen das Mißtrauen noch nicht gewichen war. Besorgt hielten sich Horn, Far-Uhl, Jock und Tanit abseits. Würde es Eja gelingen, das Kind zu retten? Und wenn nicht, was würden dann die Feorner tun?

Auch Eja spürte das Mißtrauen der Feorner. Es drang auf sie ein wie eine dunkle Wolke. Sie sah die Angst und den Zweifel auf den Gesichtern von Ragar und Turi. Sie wußte, es galt nicht nur, die Schatten Asars zu besiegen, sondern auch den Argwohn der Feorner. Sie sah Draba an, der ihr ruhig zunickte. Er schien auf ihre Kraft zu vertrauen. Es war ihre Aufgabe, nicht an sich zu zweifeln. Plötzlich lächelte sie über sich selbst. Wovor fürchtete sie sich denn? War es nicht immer wieder so gewesen, daß alle auf sie geblickt und von ihr erwartet hatten, das Richtige zu tun? Es schien ihr Schicksal zu sein, von einem Augenblick der Entscheidung zum nächsten zu eilen. Und sie hatte nun wahrhaftig auch Erfahrung darin. Sie fühlte sich sicher. Entschlossen wandte sie sich ihrer neuen Aufgabe zu.

Eja setzte sich neben Turis Sohn und strich ihm mit der Hand über die kalte Stirn. Sie wußte nur zu gut, was in dem Kind vor sich ging, wie es litt. Sie kannte diese Krankheit. War es ihr nicht ebenso ergangen, nachdem sie mit Asar gekämpft hatte, damals auf dem Djerriba-Paß? Auch sie war an den Schmerzen der Erinnerungen, an der Dunkelheit und Kälte fast gestorben. Sie erinnerte sich an alles, was Draba für sie getan hatte. Und sie nahm die Hand des Kindes in ihre Hand und begann, Turis Sohn auf dem schweren Weg aus der Tiefe der dunklen Schatten zurück ins Licht zu leiten.

Die Zeit verging. Immer noch umringten die Feorner schweigend das Haus und rührten sich nicht. Der Morgen graute und warf sein bleiches Licht auf die kranken Gesichter. Durch das Fenster erhellte der Tag die vier Gestalten am Lager des Kindes. Nach langem, geduldigem Warten war das Kind kurz erwacht und hatte seine Eltern erkannt. Ragar und Turi waren überglücklich und faßten wieder Hoffnung. Wärme kehrte in den Körper des Kindes zurück, und als der Morgen kam, senkte Eja das Kind in einen tiefen Schlaf, in dem keine Träume es bedrängten. Es würde noch lange dauern, bis es wieder ganz gesund war, aber der Anfang war gemacht.

Still trat Ragar am Morgen zu Eja und dankte ihr mit einem stummen Blick. Dann trat er vor sein Haus und sagte den Feornern mit wenigen Worten, daß diese Edrahil gekommen seien, um ihnen zu helfen, und daß sie ihnen Glauben schenken konnten, wenn sie kommen würden, um ihre Familien zu heilen. Da kehrten die Feorner in ihre Häuser zurück.

»Puh!« sagte Jock erleichtert. »Sie hat's also geschafft.

Jetzt könnte ich aber etwas Schlaf brauchen. Ich kann mich gar nicht mehr erinnern, wann ich das letzte Mal ein Auge zugemacht habe.«

Horn lachte und sagte: »Ja, geht nur und schlaft. Ruht euch aus, ihr habt es verdient.«

»Und du?« fragte Far-Uhl. »Willst du dir keine Ruhe gönnen?«

»Später«, sagte Horn. »Macht euch keine Sorgen um mich. Daß ich endlich wieder hier sein kann und mein Volk frei ist, gibt mir mehr Kraft, als der tiefste Schlaf mir geben könnte. Ich bin so glücklich, wie ich es noch nie gewesen bin. Und mein Volk braucht mich. Ich könnte kein Auge zutun, bevor ich nicht wüßte, daß sie wieder gesund werden. Also geht nur.«

So gingen die Freunde in das Haus, das noch vor kurzem ihr Gefängnis gewesen war, und schliefen bald ein. Nur Tanit lag noch lange wach und dachte an die Zeit, die verstrich. Würde sie den Stein rechtzeitig zu ihrem Volk bringen können? Doch endlich schlief auch sie ein und entfloh ihren Ängsten und Sorgen für die Dauer eines tiefen Schlafes.

Horn ging zu Draba und Eja, die noch in Ragars Haus waren und sich um seinen Sohn kümmerten. Inzwischen war auch Turi erkrankt. Jetzt, da die Sorge um ihr Kind geringer geworden war, hielt ihre Widerstandskraft den Schatten Asars nicht mehr stand, und die Schmerzen, die der Bann hinterlassen hatte, versenkten sie in den gleichen todesähnlichen Schlaf wie ihr Kind. Längst hatte Ragar jedes Mißtrauen gegen Draba aufgegeben und ließ es zu, daß er sich um Turi kümmerte.

Während Draba und Eja noch bei Ragar blieben, ging Horn durch alle Häuser der Feorner. Überall bot sich ihm das gleiche Schreckensbild. Frauen und Kinder lagen totengleich und kalt in den Häusern, und nur die Schmerzen, die in ihnen wüteten, waren auf ihren zuckenden Gesichtern zu sehen. Sonst war kaum ein Lebenszeichen an ihnen zu erkennen. Auch viele der Männer waren in den dunklen Schlaf gefallen und trieben dem Tod entgegen.

Nur die Stärksten, wie Ragar, hatten genug Widerstandskraft, um sich aus eigener Kraft den Schmerzen entgegenzustellen und Heilung zu finden.

Als Horn zu Draba und Eja zurückkehrte und ihnen berichtete, was er gesehen hatte, sagte Eja verzweifelt: »Es sind zu viele, Draba. Wir schaffen es nicht, alle zu heilen. Was sollen wir bloß tun?«

Draba nickte: »Ja, du hast recht, allein können wir nicht allen Kranken helfen.«

Dann wandte er sich an Horn und fragte: »Wo ist Tanit?«

»Sie schläft.«

»Gut, laß sie bis zu Mittag schlafen, dann weck sie auf und bring sie zu uns. Bis dahin wollen wir zu den anderen Kranken gehen und sehen, was wir ausrichten können.«

Sie gingen von Haus zu Haus und setzten sich überall kurz zu den Kranken, legten ihnen die Hand auf die Stirn und befreiten sie von den tödlichen Träumen und senkten sie in einen besseren, traumlosen Schlaf. Noch war dies keine Heilung, aber es hielt doch wenigstens den Verfall auf und bewahrte sie für kurze Zeit vor den Schmerzen. Es kostete Draba und Eja viel Kraft, so vielen Kranken beizustehen, und selbst Draba war von der Anstrengung bald schwer gezeichnet. Eja taumelte, und manchmal konnte sie ein Weinen nicht unterdrücken. Sie fühlte die Schmerzen und die Verzweiflung der Kranken, als wären es ihre eigenen. Vor allem das Elend der Kinder legte sich wie eine gewaltige Last auf ihr Wesen, und sie mußte ihre ganze Kraft aufbringen, um nicht aufzugeben. Draba sah sehr wohl, wie sehr sie litt und wie müde sie war, aber er durfte sie nicht schonen, denn noch blieb ihnen viel zu tun. Nur sie konnten den Feornern helfen. Er selber war erschöpft, doch gönnte er sich keine Ruhe. Unermüdlich ging er von Haus zu Haus, um Trost und heilsamen Schlaf zu spenden.

Endlich war es Mittag geworden. Horn trat zu Tanit und weckte sie sanft.

»Wir brauchen deine Hilfe, Tanit«, sagte er leise, um die anderen nicht zu wecken.

Schnell suchten Horn und Tanit nach Draba und Eja. Sie fanden sie vor Ragars Haus, vor dem beide schon auf sie warteten.

»Du mußt Hilfe holen«, sagte Draba. »Wir brauchen die anderen Edrahil. Eja und ich können nicht alle heilen. Aber mit Hilfe der anderen Edrahil ist es möglich. Ein Schiff wäre zu langsam, um den Edrahil eine Botschaft zu bringen. Aber du bist schneller als jedes Schiff. Flieg nach Althaia, und hole die Edrahil. Gib ihnen diese Botschaft, die ich geschrieben habe. Sie müssen sich beeilen, denn erst, wenn sie hier sind, können wir nach En'Nuris aufbrechen und dein Volk und dich aus der Verwandlung befreien.«

Draba band das zusammengerollte Schreiben sorgfältig an Tanits Fuß fest.

»Aber ist diese Reise nicht viel zu gefährlich für Tanit?« fragte Eja besorgt.

»Ich weiß, daß es gefährlich ist«, sagte Draba. »Sie soll aber nicht ohne Schutz gehen.«

Er zog einen kleinen Beutel hervor und entnahm diesem ein Laurinband.

»Dies ist das Band, das ich Asar abgenommen habe. Asar lebt nicht mehr, und das Band geht an einen neuen Träger über. Auch dir, Tanit, hat das Schicksal eine große Verantwortung auferlegt. Wie auf Eja, so ruht auch auf dir die Hoffnung unseres Volkes. Und nicht nur unseres Volkes, sondern auch die Hoffnung und das Heil der Feorner. Im Namen des ganzen Rates gebe ich dir dieses Band. Ich bin sicher, daß der Rat der Edrahil diesem Entschluß zustimmen wird. Erweise dich würdig, das Laurinband zu tragen.«

Draba legte Tanit das Band um den Hals. Doch obwohl ihr Hals so viel schlanker war als der Hals eines Menschen, paßte ihr das Band, als wäre es für sie geschaffen worden. Draba lächelte, als er Horns erstauntes Gesicht sah.

»Wundere dich nicht«, sagte er. »Das Band hat viele Eigenschaften. Es schließt sich, ohne daß ein Verschluß zu erkennen ist. Es ist beweglich, ohne Glieder zu haben. Es läßt sich nur öffnen mit dem Willen des Trägers oder nach seinem Tod. Und es paßt sich auch immer der Gestalt seines Trägers an. Aber wir wollen nicht über seine Wunder rätseln, denn dies sind Geheimnisse, die heute kein Mensch mehr versteht.

Das Band wird dir Kraft geben, Tanit. Aber denke immer daran. Vertraue auf deinen Mut und deine Hoffnung. Laß dich nicht von deinen Ängsten und Zweifeln schwächen, denn dann wird dir das Laurinband mehr Schaden als Nutzen bringen. Die Kraft kommt allein aus dir, das Laurin kann sie nur stärken.

Du hast eine weite Reise vor dir. Halte dich am Meer, denn der Weg über Land, über Sümpfe, Berge und Vulkane ist zu gefährlich. Folge der Küste, und du wirst Althaia nicht verfehlen. Dieser Weg ist zwar länger, aber auch sicherer. Bring den Edrahil meine Botschaft und kehre mit ihnen zurück, so schnell ihr könnt. Die Zeit drängt.«

»Ich werde tun, was ich kann«, sagte Tanit. »Ich danke dir für das Laurinband. Ich will es tragen, bis der Rat der Edrahil entscheidet, was mit ihm geschehen soll. Dann mag es auch gerne wieder ein anderer tragen. Lebt wohl, ich bin bald wieder zurück.« Tanit erhob sich in die Lüfte, und sie sahen, wie sie an der Küste entlang nach Westen flog. Bald war sie nur noch ein kleiner Punkt, der sich in der Weite des Himmels verlor.

Warten

Ungewißheit und die Sorge um Tanit begleiteten die Gefährten durch die folgenden Tage. Draba und Eja hatten alle Hände voll zu tun, die Kranken am Leben zu erhalten. Sie leiteten die Kranken ein Stück weit durch die Schatten und die Schmerzen, dann senkten sie diese wieder in einen traumlosen Schlaf, in dem sie für eine Weile sicher vor dem schleichenden Tod waren. Horn, Jock und Far-Uhl konnten wenig zur Heilung der Feorner beitragen. Sie waren zur Untätigkeit verdammt, und dadurch fiel ihnen das Warten besonders schwer. Oft standen sie am Hafen und blickten nach Westen, wo sie die Schiffe der Edrain erwarteten. Aber natürlich war es noch zu früh.

»Was glaubst du, wie lange es dauern wird?« fragte Far-Uhl.

»Tanit wird wohl mindestens fünf Tage brauchen, um Althaia zu erreichen«, meinte Horn nachdenklich. »Wenn nichts sie aufhält. Die Edrain brauchen mit ihren Schiffen etwa zwölf Tage, vorausgesetzt, der Wind steht günstig. Alles in allem werden bis zu achtzehn Tage vergehen, bis sie hier sein können. Und das ist eine sehr knappe Schätzung. Es kann auch viel länger dauern.«

»Das wäre allerdings zu lang«, sagte Jock. »Zu lang für die Rückverwandlung der Edrain und zu lang vielleicht auch für die Rettung der Feorner.«

»Wir wollen das Beste hoffen«, erwiderte Horn. »Das Schlimmste können wir immer noch befürchten, wenn es so weit kommt.«

»Wenn wir nur etwas tun könnten. Dieses Warten ist zum Aus-der-Haut-Fahren«, beklagte sich Jock.

»Ich kann dich gut verstehen«, meinte Far-Uhl. »Mir geht es nicht anders. Versuche von den Jägern zu lernen. Es braucht viel Geduld, bis das Wild sich zeigt und du zum Schuß kommst. Das Warten ist nicht Untätigkeit, es gehört zur Jagd. Es ist die Jagd, mehr noch als der Schuß.«

»Du hast gut reden«, meinte Jock. »Dir steckt das Jagen im Blut. Aber so ein Brase wie ich eignet sich nicht zur Jagd. Ich kann mir bestenfalls vorstellen, ich sei eine Katze, die vor einem Loch sitzt und auf die Maus wartet. Aber, weißt du, ich werde den Eindruck nicht los, daß die Maus schon vor langer Zeit ausgezogen ist.«

Sie lachten und schüttelten den Kopf über Jocks Flausen. Er würde sich nie ändern. Zumindest seine Geschichten nicht. Und wenn er hundert Jahre alt würde, so würde er seine Zuhörer noch zum Lachen bringen.

Die gesunden Feorner hatten inzwischen begonnen, die verwahrloste Stadt wieder instand zu setzen. Vieles war zerfallen. Dächer waren eingestürzt, Mauern hatten Risse bekommen, und keine einzige Blume war in den Jahren der Dunkelheit gewachsen. Nun setzten sie ein Zeichen der Hoffnung, indem sie alles taten, die Stadt zu verschönern und mit Helligkeit und Farben zu versehen. Auch die Freunde packten mit an und fanden eine willkommene Abwechslung in der Eintönigkeit des Wartens.

Die Dächer wurden erneuert, die Mauern verstärkt und weiß gestrichen, die Gärten wurden bepflanzt, und an den Ufern der Eller fanden sich genug Blumen, die behutsam ausgegraben und vor den Häusern wieder eingesetzt werden konnten. Hier zeigte sich, daß Jock ein wahrer Brase war. Wie kaum ein anderer verstand er sich auf den Umgang mit Pflanzen, und überall sah man ihn Anweisungen geben, den Kopf schütteln, sich verzweifelt die Haare raufen, um dann doch mit anzupacken und das, was die ungeschicktesten Hände zu verderben drohten, zu einem glücklichen Ende zu führen. Unter seiner Anleitung wurden ganze Bäume versetzt, und bald zeigte sich die Stadt, die noch vor wenigen Tagen so düster gewesen war, in einem blühenden Kleid und schien sogar Althaia den Rang streitig machen zu wollen.

Unterdessen setzten einige Feorner auch die Hafenmauern instand und bereiteten alles für die Ankunft der Schiffe vor. Andere öffneten die Tore und Fenster der Schildburg, die in den Zeiten von Asars Herrschaft niemand betreten hatte, und ließen Licht und Luft herein. Ihre mächtigen Mauern hatten die Jahre des Vergessens schadlos überstanden, und bald schon wehte Feorns, des Schiffebauers, altes Banner auf dem Turm der Schildburg und entfaltete sich prächtig im Wind.

»Der Wind kommt von Westen«, rief Horn jubelnd. »Das ist ein gutes Zeichen. Der Wind steht günstig für die Schiffe der Edrahil.«

Auch Draba und Eja unterbrachen für einen Augenblick ihre schwere Arbeit, als das Banner der Feorner gehißt wurde.

»Es ist gut, was hier geschieht«, meinte Draba. »Gut für die Gesunden und gut für die Kranken. Die Hoffnung der Feorner und die Blüte der Stadt geben den Kranken eine Kraft, die ihnen hilft, sich dem Tod entgegenzustellen. Vielleicht ist dieser Aufbruch eine größere Hilfe, als wir sie zu geben vermögen. Sage Ragar, daß ihre Arbeit nicht vergeblich ist, sondern ein gutes Heilmittel.«

Dann kehrten Draba und Eja wieder zu den Kranken zurück und setzten mit neuer Hoffnung ihre Arbeit fort.

Sechzehn Tage waren vergangen, seit Tanit nach Althaia aufgebrochen war. Immer öfter gingen die Freunde zum Hafen und blickten unruhig nach Westen. Der Wind blies stürmisch und jagte dunkle Wellen vor sich her. Die Wogen schlugen schwer an die Hafenmauern und überschwemmten die Insel, auf der sich einst so stolz und erschreckend Asars Burg erhoben hatte.

»Es ist gut, daß der Wind so stark bläst«, sagte Horn. »Aber es kann auch des Guten zu viel werden. Hoffen wir, daß die Schiffe nicht an den Felsen zerschellen. Ein solcher Wind ist tückisch.«

Jock blickte wie seine Freunde besorgt über das bleigraue Meer und auf die rollenden Wogen. Möwen kreisten über der Küste und stürzten sich schreiend hinab, wenn sie einen Fisch sahen. Das Weiß ihrer Federn ließ sie wie Schneeflocken erscheinen, mit denen der Wind sein Spiel trieb. Scheinbar hilflos wurden sie emporgehoben und wieder hinabgerissen. Und doch kannten sie den Wind und verstanden es, seine unbändige Kraft zu nutzen. Jock folgte gebannt dem Treiben der Vögel. Ein dunkler Vogel war auch dabei, der wie die anderen durch die Lüfte wirbelte. Er schien aber ein Ziel zu haben und kam rasch näher. Jock stutzte und strengte seine Augen an. Das war doch Tanit! Ja, natürlich!

»Seht doch«, rief er jubelnd. »Tanit ist zurück! Tanit, hier sind wir!« schrie er in den Wind hinein und winkte aus Leibeskräften mit den Armen.

Horn und Far-Uhl folgten seinen Blicken, und jetzt konnten auch sie den Dolgan sehen, der sich rasch näherte.

»Lauf, Far-Uhl«, rief Horn. »Hol Draba und Eja.«

Far-Uhl stob davon und war im Handumdrehen mit Eja und Draba zurück, die keuchend hinter ihm herliefen. Kaum hatten sie den Hafen erreicht, als sich Tanit auf Jocks Schulter niederließ und heftig atmend rief: »Sie kommen! Sie sind bald da! Oh, ihr hättet sie sehen sollen. Nie habe ich Schiffe so schnell segeln sehen. Die Edrain verstehen ihr Handwerk. Es ist, als wäre jedes Schiff ein Sturmwind über den Wellen.«

»Hurra!« rief Jock. »Das hast du gut gemacht, Tanit. Selbst Horn hätte nie gedacht, daß ihr es so schnell schafft.«

»Ja«, sagte Draba ruhiger, aber nicht weniger glücklich. »Das hast du gut gemacht, Tanit.«

Die Nachricht von Tanits Rückkehr verbreitete sich wie ein Lauffeuer in der Stadt. Bald hatten sich die gesunden Feorner am Hafen versammelt, und alle warteten gespannt auf die Ankunft der Schiffe.

Sie brauchten nicht lange zu warten. Schon waren die Segel zu sehen, die sich rasch von Westen her näherten. Es schien, als würden die Schiffe über die Wellen fliegen. Als sie näher heran waren, sahen alle, daß die Segel bis zum Zerreißen gespannt waren. Durch das Heulen der Winde hindurch hörten sie das Knarren der Taue und das Ächzen der Schiffsplanken. Näher und näher kamen die Schiffe, und es schien den Wartenden, als müßten sie jeden Augenblick an den Hafenmauern zerschellen. Doch gerade noch rechtzeitig holten die Edrain die Segel ein und verlangsamten ihre schnelle Fahrt. Sicher erreichten die Schiffe den Hafen und legten an. Taue flogen herüber, und die Schiffe wurden gesichert.

Die Edrain sprangen an Land. Über breite Planken folgten ihnen die Edrahil. Alle Edrahil waren gekommen, um den Feornern zu helfen und die Schuld ihres Volkes abzutragen. Keiner der Edrahil hatte die Gefahren der Reise gescheut.

Draba und Ragar begrüßten die Ankömmlinge. Doch verloren sie keine Zeit mit langen Reden. Die Edrahil ließen sich sogleich zu den Kranken führen und setzten die Heilung, die Draba und Eja begonnen hatten, mit vereinten Kräften fort. Sie hatten Heilkräuter mitgebracht, und die Edrain, die sie begleitet hatten, machten sich unverzüglich daran, aus diesen Kräutern Tränke zuzubereiten. Sie pflegten die Kranken und flößten ihnen geduldig die Heilmittel ein, während die Edrahil von Haus zu Haus gingen und die Kranken auf ihrem Weg durch die Dunkelheit leiteten oder in einen tiefen, befreienden Schlaf versetzten.

Endlich konnten sich Draba und Eja eine längere Ruhepause gönnen, denn sie wußten die Kranken gut versorgt. In dieser Nacht schliefen sie tief und traumlos und erwachten am nächsten Morgen gestärkt und freier von Sorgen. Eine schwere Last war von ihnen genommen worden, und die Zeichen der Erschöpfung begannen aus ihren Gesichtern zu weichen. Nun konnten sie sich endlich wieder ihrer eigentlichen Aufgabe widmen, der Befreiung der verwandelten Edrain. Die Edrahil würden die Kranken heilen, auch ohne ihre Hilfe. Es war Zeit, nach En'Nuris aufzubrechen.

Wieder einmal saßen sie beisammen, um über den Weg zu sprechen, den sie bald gehen würden. Die Freunde waren erstaunt, als Draba auch Ragar zu ihrer Beratung einlud, doch sie hießen ihn in ihrer Runde willkommen.

»Endlich ist der Tag gekommen, an dem der Onduril nach En'Nuris gebracht werden soll«, sagte Draba. »Es bleibt uns nur noch wenig Zeit bis zum Tag der Wandlung, und eine weite Strecke liegt vor uns.«

»Kann denn nicht Tanit mit dem Stein nach En'Nuris fliegen?« fragte Jock. »Das wäre doch der schnellste Weg.«

»Ja, ich weiß«, sagte Draba. »Das wäre wirklich der schnellste Weg. Aber bist du sicher, daß Tanit En'Nuris auch wiederfindet? Tanit, kennst du den Weg?«

Alle blickten Tanit gespannt an. Sie war doch vom Tal der Vögel ins Raunatal gekommen? Sie würde doch sicher zurückfinden. Doch Tanit sah sie nur verwirrt an und brach plötzlich in Tränen aus.

»Nein, ich kenne den Weg nicht«, schluchzte sie. »Ich habe nie darüber nachgedacht. Es schien mir immer nur wichtig zu sein, den Onduril zu finden. Aber ich habe noch nie versucht, mich an den Weg zurück zu erinnern.«

»Weine nicht, Tanit«, tröstete sie Draba. »Nach allem, was du erzählt hast, war mir klar, daß du nicht zurückfinden kannst. Vergeßt nicht«, wandte er sich an die erschrockenen Gefährten, »daß Tanit die Gegend nicht kannte, durch die sie geflogen ist, und daß ein heftiger Sturm sie ins Raunatal verschlagen hat. Es ist kein Wunder, daß sie jedes Gefühl für Richtung und Entfernung verloren hat.«

»Aber wie sollen wir denn den Weg nach En'Nuris finden, wenn nicht einmal Tanit ihn kennt?« fragte Jock besorgt.

»Es gibt einen, der den Weg kennt«, sagte Draba und blickte Ragar an.

»Ragar?« fragte Horn erstaunt. »Wie ist das möglich?«

»Habt ihr denn ganz vergessen, daß die Asari das Tal der Vögel entdeckt haben?« sagte Draba. »Wie sonst hätten sie den Onduril stehlen sollen und Asar Tanits Wunsch bestärken können, sich in einen Dolgan zu verwandeln? Wenn wir nicht wissen, wo En'Nuris zu finden ist, so muß es doch sicher derjenige wissen, der das Tal entdeckt hat. Ragar! Ich habe schon mit ihm darüber gesprochen, und er sagte mir, daß er es gewesen ist, der nach all den Jahren der Suche En'Nuris gefunden hat.«

Die Freunde sahen Ragar erwartungsvoll an.

»Ja«, sagte Ragar. »Aber du hast ihnen noch nicht die ganze Wahrheit gesagt, Draba. Es stimmt, ich habe En'Nuris gefunden und kannte den Weg. Aber eben, ich kannte ihn, denn nun kann ich mich nicht mehr erinnern. Seitdem Asars Bann gebrochen wurde, haben wir Feorner viele Erinnerungen an die Zeit, in der wir als Asari durch Erdherz streiften, verloren.«

»O nein«, stöhnte Jock verzweifelt. »Jetzt fängt das Ganze wieder von vorne an. Ich sehe uns schon auf einer zweiten Reise in das Land ohne Schatten, um unter dem Baum der Träume Ragars Erinnerung wiederzufinden.«

»Ich fürchte, dafür bleibt uns nicht genug Zeit«, sagte Horn. »Der Weg ist viel zu weit. Gibt es denn kein anderes Mittel, Ragars Erinnerung wiederzugewinnen, Draba?«

»Doch, das gibt es«, erwiderte Draba. »Aber es liegt nicht an mir, ob wir dieses Mittel anwenden können oder nicht. Es ist Ragars Entscheidung.«

»Was ich auch tun kann, um euch zu helfen, En'Nuris zu finden, will ich tun«, sagte Ragar. »Ich und mein Volk stehen in eurer Schuld.«

»Nun, dies mag man anders sehen«, meinte Draba. »Aber wir wollen jetzt nicht darüber streiten, wer in wessen Schuld steht. Ich muß dich aber warnen, Ragar, es wird nicht einfach für dich sein.«

»Ich fürchte mich nicht«, erwiderte Ragar. »Nach allem, was Asar uns angetan hat, kann mir nichts Schlimmeres mehr begegnen.«

»Du irrst dich, Ragar«, sagte Draba. »Denn das, was Asar dir angetan hat, ist das Mittel. Nur wenn du dich wieder unter den Bann begibst, wie ihn ein Edrahil über dich verhängen kann, wirst du dich an den Weg erinnern.«

Ragar erbleichte, und sie sahen, wie der Gedanke an den Bann ihn entsetzte. Noch einmal dorthin zurückkehren, woher er so knapp entronnen war? Noch einmal ohne Willen sein und der Willkür eines anderen ausgeliefert? Ragar kämpfte mit sich und sagte nach langem Schweigen mit rauher Stimme:

»Nun gut, wenn es keinen anderen Weg gibt, soll es so sein. Ihr habt das Leben meines Sohnes gerettet, dafür gebe ich gerne meines her.«

»Das wird nicht nötig sein«, sagte Draba. »Es ist nur ein Bann auf Zeit. Nur so lange, bis wir wissen, wo En'Nuris liegt. Dann wirst du wieder befreit werden.«

Ragar nickte. Er war bereit. Draba blickte ihm fest in die Augen. Sie sahen, wie die beiden miteinander kämpften. Ragar schien sich anfangs zu wehren, doch dann gab er freiwillig seinen Willen auf und überließ sich dem Bann, unter den Draba ihn zwang. Wieder sahen sie die leblosen, steinernen Augen, die sie so gefürchtet hatten. Unwillkürlich faßte Jock nach seiner Schulter, in die ihn einst der Pfeil der Asari getroffen hatte.

Draba zog einen Plan von Erdherz hervor, den ihm die Edrahil mitgebracht haben mußten. Er hatte alles eingezeichnet, was sie auf ihrer Reise gesehen und wovon sie ihm berichtet hatten. Viele weiße Flecken waren nun mit Linien bedeckt. Wieder sahen sie die gewaltigen Ausläufer des Atlangebirges, an dessen südöstlichem Ende das Land der Feorner lag.

Mit harter Stimme forderte Draba den willenlosen Ragar auf, ihm den Weg nach En'Nuris zu zeigen. Ragar gehorchte und fuhr ohne zu zögern mit dem Finger über die Landkarte. Die Linie, der sein Finger folgte, führte die Eller hinauf bis zu der Stelle, an der sie die Schiffe der Asari bestiegen hatten. Dann durchquerte der Weg die Berge, durch die sie gewandert waren, und lief mitten durch das verborgene Land, in dem sie das Versteck Advenas und den Onduril gefunden hatten. Wieder kamen Berge, doch hier begann erneut eine weiße Fläche, die leer geblieben war, unbekannt und ohne jede Linie. Doch Ragar nahm den Stift, den Draba ihm reichte, und begann, mit ungelenker Hand Berge zu zeichnen, einen Paß und eine Schlucht, die in vielen Windungen nach Nordosten führte. Dann zögerte er.

»Tu, was ich dir gesagt habe«, herrschte Draba ihn an. »Zeige uns den genauen Ort, an dem das Tal sich befindet.«

Doch Ragar schien nicht weiter zu wissen. Er zeichnete einen großen Kreis und in den Kreis eine ganze Reihe von Berggipfeln, die sich vollkommen gleich sahen. Dann senkte er den Stift und blickte mit leeren Augen auf die Karte.

»Ich glaube nicht, daß Ragar uns mehr verraten kann«, meinte Draba. »Es scheint ihm nicht möglich zu sein, sich an das letzte Stück Weg zu erinnern. Es muß dort Berge geben, die sich sehr ähneln. Mehr werden wir erst erfahren, wenn wir dort sind.«

»Dann befreie ihn aus deinem Bann«, sagte Horn. »Es hat keinen Sinn, ihn unnötig leiden zu lassen.«

Draba nickte. Er erhob sich und legte Ragar die Hand auf die Augen. Als er sie fortnahm, sah Ragar sie wieder mit lebendigen Augen an. Doch waren ihm der Ekel und das Entsetzen, die er empfand, als der Bann endete, deutlich anzumerken, und es dauerte eine geraume Zeit, bis er sie überwinden konnte.

»Danke«, sagte Eja.

»Schon gut«, sagte Ragar mit müder Stimme. »Ich habe es gern getan.«

Dann blickte er aufmerksam auf die Landkarte und auf seine Zeichnung. Er nickte und schien sich nun auch im wachen Zustand wieder erinnern zu können.

»Ja, so war es«, sagte er. »Nun erinnere ich mich. Ich bin sicher, daß ich euch hinführen kann. Nur am Ende des Weges wird es schwer werden. Aber laßt uns erst einmal dorthin gelangen, dann werden wir auch das Tal der Vögel finden.«

»Du willst mit uns kommen?« fragte Eja erstaunt.

»Ja«, antwortete Ragar. »Ich werdet meine Hilfe brauchen. Nur mit dieser Zeichnung könnte es leicht geschehen, daß ihr das Ziel verfehlt. Aber für mich ist es mehr als nur eine Zeichnung. Ich kenne den Weg. Doch laßt uns nun keine Zeit mehr verlieren. Das Schiff ist bereit. Wir können aufbrechen.«

»Welches Schiff?« rief Jock.

Ragar lachte und sagte: »Nun, wir waren inzwischen nicht untätig. Wir haben noch eine weite Reise vor uns, und am schnellsten ist der Weg die Eller aufwärts. Die Feorner sind gute Ruderer, und wenn der Wind günstig steht, werden wir die Berge und den Paß in das verborgene Land bald erreichen. Nun ist der Augenblick gekommen, an dem die Feorner euch die Hilfe geben können, die ihr braucht.«

Sie verloren kein unnötiges Wort mehr. Rasch machten sie sich reisefertig und nahmen Abschied von den Edrahil. Die Heilung der Feorner machte gute Fortschritte, und so konnten sie die Kranken unbesorgt in der Obhut der Edrahil lassen. Sie bestiegen das Schiff der Feorner und legten gegen Mittag ab. Der Wettlauf gegen die Zeit hatte begonnen.

So mächtig die Eller ihnen auch entgegenströmte, die kräftigen Ruderschläge der Feorner und der Wind in den Segeln, der gegen das Landesinnere wehte, brachten sie rascher stromaufwärts, als sie es je für möglich gehalten hätten. Doch würden sie rechtzeitig En'Nuris erreichen? Würden sie es überhaupt finden?

Nur mühsam konnten sie ihre Unruhe bezähmen. Vor allem Tanit litt unter der Langsamkeit des Schiffes, das ihr nicht schnell genug sein konnte. Immer wieder flog sie voraus und kehrte jedesmal nur zögernd zurück. Ohne die Freunde, ohne Ragars Hilfe, würde sie En'Nuris nie finden. Das wußte sie, und so faßte sie sich in Geduld, so gut sie es vermochte.

Acht lange, endlos scheinende Tage trieben der Wind und die Ruder der Feorner das Schiff stromaufwärts. Wann immer der Wind sich legte, wuchs in Tanits Herz die Verzweiflung, und sie zählte die Tage wie Jahre. Doch jedesmal, wenn sich die Segel erneut im Wind blähten und das Schiff schneller stromaufwärts glitt, kehrte auch ihre Hoffnung zurück, und sie atmete erleichtert auf.

Endlich erreichten sie den Aufstieg über die Berge. Nur Ragar und zwei der kräftigsten Feorner kamen mit ihnen.

Die anderen kehrten mit dem Schiff zum Tarnafjord zurück. Eine größere Gruppe konnte nur hinderlich sein. Je weniger sie waren, desto schneller würden sie vorankommen.

Über ihnen erhoben sich die steilen Felsen, welche die Schlucht der Eller von der Paßhöhe trennten. Doch die Feorner führten sie über einen Pfad, der sich nach Osten wandte, hinauf. Als der Weg nach Norden abbog, hatten sie die letzten Berge erreicht, die sie noch vom verborgenen Land trennten. Doch diesmal ließen sie sich nicht so viel Zeit wie damals, als die Asari sie als ihre Gefangenen durch die Berge geführt hatten. Sie eilten über die Berghänge und durch die Schluchten, so schnell sie es vermochten. Kaum gönnten sie sich eine Pause. Die Angst, zu spät zu kommen, trieb sie an und verlieh ihnen ungeahnte Kräfte. Selbst Jock hielt mit, so gut er nur konnte, und wenn ihn seine Beine wirklich nicht mehr weitertrugen, ließ Far-Uhl ihn aufsteigen, bis er sich wieder erholt hatte.

Nach vier Tagen hatten sie die Südgrenze des verborgenen Landes erreicht. Wieder standen sie wie verzaubert und blickten über die Weite dieses schönen, fruchtbaren Landstriches.

»Es sollte einen Namen haben«, sagte Eja leise.

»Es hat schon lange einen Namen«, erwiderte Jock. Und als sie ihn erstaunt ansahen, fuhr er fort: »Damals, als wir den steinernen Pfeil schimmern sahen, wußte ich auf einmal, wie ich es nennen wollte. Mondflur sollte es heißen, denn im Licht des Mondes enthüllt dieses Land seine verborgensten Geheimnisse.«

»Mondflur«, flüsterte Eja. »Was für ein schöner Name. Ja, so soll es von nun an heißen.«

Dann stiegen sie hinab und machten sich auf den weiten Weg durch Mondflur. Draba verhielt sich sonderbar. Seit sie Mondflur betreten hatten, schien er auf etwas zu lauschen und blickte sich aufmerksam um.

Schließlich fragte ihn Horn: »Was ist mit dir, Draba? Es sieht so aus, als ob du etwas erwarten würdest. Oder spürst du eine Gefahr?«

»Nein, keine Gefahr«, erwiderte Draba. »Im Gegenteil, eine Hoffnung.«

Doch bevor er noch weitersprechen konnte, hörten sie plötzlich ein fernes Hufgetrappel, das sich ihnen rasch näherte.

»Da kommt sie schon, meine Hoffnung!« rief Draba.

Sie sahen Gestalten, die aus den Wäldern hervorbrachen und auf sie zuhielten. Da hatte Far-Uhl sie auch schon erkannt.

»Die Merod kommen! Die Balhi-jata!« rief er und stob davon, den Ankömmlingen entgegen. Rasch hatte er sie erreicht und eilte an ihrer Seite zu den wartenden Freunden zurück.

An der Spitze der Merod erkannten die Gefährten Tahûr-Elen, der eine Gruppe von zehn Balhi-jata anführte. Als sie die Wartenden erreicht hatten, hielten sie an und verneigten sich vor ihnen zum Gruß.

Tahûr-Elen trat zu Draba und sagte: »At ena laat, Draba. Wie du siehst, sind wir deinem Ruf gefolgt. Was immer in unserer Macht steht, wollen wir tun, um dir und deinen Freunden zu helfen.«

Dann wandte er sich an die überraschte Eja und sagte: »At ena laat, styria Edrain. Es ist schön, dich und deine Freunde wiederzusehen.«

»Aber wieso seid ihr hier?« rief Eja verwirrt. »Und was soll das heißen, daß ihr Drabas Ruf gefolgt seid?«

Da lachte Draba und meinte: »Es ist Zeit, daß ich dieses Wunder aufkläre. In der Botschaft, die ich an die Edrahil gesandt habe, stand nicht nur die Bitte um Hilfe für die kranken Feorner. Ich habe vorausgesehen, daß wir auch Hilfe brauchen würden, um die weite Reise schnell zurücklegen zu können. Also brach eine Gruppe der Edrain zur selben Zeit wie die Edrahil mit einem Schiff nach Kiritavat auf und überbrachte Ker-Imea meine Bitte, uns einige der Merod zu schicken, die uns hier treffen sollten. Ich beschrieb den Weg in dieses Land, so gut ich konnte, und wie ihr seht, haben die Merod uns rechtzeitig gefunden.«

»Aber wie sollen die Merod uns denn helfen?« fragte Eja verwundert.

»Bist du nicht auf Far-Uhls Rücken geritten?« erwiderte Draba. »Glaubst du nicht, daß auch die anderen Merod in der Stunde unserer Not dazu bereit sind, um uns zu helfen?«

Dann wandte er sich wieder an Tahûr-Elen, der höflich das Ende ihres Gespräches abgewartet hatte, und fragte ihn in der Sprache der Balhi-jata: »Wenn meine Botschaft Kiritavat erreicht hat, so wißt ihr also auch, worum wir euch bitten? Ich weiß, daß es keine geringe Bitte ist.«

»Wir wissen es«, antwortete Tahûr-Elen ruhig. »Und es ist wahr, was du sagst. Es ist keine geringe Bitte. Doch wir sind gerne dazu bereit, wenn wir unsere Schuld dadurch abtragen können. In deiner Botschaft stand auch, daß ihr Asar besiegt habt. Noch wissen wir nicht, wie es euch gelungen ist, aber ihr habt damit unser Volk und alle Völker von Erdherz vor dem Untergang bewahrt. Dafür sind wir euch einen Dank schuldig, vor dem sogar diese Bitte gering erscheint.«

»Ich hatte gehofft, daß ihr so denken würdet«, sagte Draba erleichtert. »Aber laßt uns nun keine Zeit mehr verlieren. Unterwegs können wir euch erzählen, was vorgefallen ist, seit ihr Eja und ihre Freunde an den Grenzen Bhaskaras verlassen habt.«

Mit Tahûr-Elen und Far-Uhl waren es zwölf Merod, die bereit waren, sie auf ihrem Rücken zu tragen. Sie hatten sich breite Lederbänder umgebunden. An zwei eigens dafür angebrachten Schlaufen konnten sich die Gefährten festhalten. Vorsichtig schwangen sie sich hinauf und warteten, bis sich die zitternden Merod, deren glattes Fell sich mit dicken, weißen Schweißflocken bedeckte, beruhigt hatten und das ungewohnte Gewicht ertragen konnten. Dann begannen die Merod in einen langsamen Schritt zu fallen und nur allmählich ihre Geschwindigkeit zu erhöhen. So hatten sie Zeit, sich an ihre Reiter zu gewöhnen, und ihre Reiter, die Kunst zu erlernen, mit der sie sich auf den schwankenden Rücken halten konnten.

Es dauerte nicht lange, bis die Merod weit ausgriffen. Die Gefährten verstanden es bald, auf den Rücken der Merod zu reiten, ohne hinabzufallen und ohne den Lauf der Merod zu behindern. So eilten sie über die freien Grasebenen von Mondflur und kamen schneller voran, als sie es sich jemals erträumt hatten.

Das Tal der Vögel

Mondflur flog vorbei. Seite an Seite streckten sich die Leiber der Hirsche und trugen ihre Reiter pfeilschnell über Land. Sie brauchten keine Rast, denn wenn ein Merod ermüdete, wechselte sein Reiter auf einen frischeren Hirschmenschen über, und unvermindert setzten sie ihren raschen Lauf fort. Sie hielten sich auf freien Ebenen und vermieden es, durch dichten Wald zu reiten, um durch nichts aufgehalten zu werden. Tanit war überglücklich. Endlich einmal ging die Reise so rasch vonstatten, wie sie es sich wünschte. Unter ihr eilten die Merod und ihre Reiter in gestrecktem Galopp dahin und waren so schnell, daß selbst sie sich Mühe geben mußte, um im Fluge mit ihrer Geschwindigkeit mithalten zu können. Das war ein Rennen nach ihrem Geschmack, und im Herzen jubelnd schoß sie über den Reitern durch die Luft.

Sie hatten die Merod am frühen Vormittag getroffen, und als der Tag sich zu Ende neigte, sahen sie vor sich die Kette der Berge aufsteigen. In weniger als einem Tag hatten die Merod sie bis an die Nordgrenze von Mondflur getragen. Hier, am Saum eines dichten Waldes, schlugen sie ihr Lager auf.

Draba zog die Landkarte hervor, um mit Ragar und den anderen über ihre weitere Reise zu beraten. Tahûr-Elen und die Merod hielten sich etwas abseits. Far-Uhl würde ihnen alles berichten, was gesagt wurde.

»Hier sind wir jetzt«, sagte Draba und wies auf einen Punkt auf der Landkarte im Nordwesten von Mondflur. »Wenn die Richtung stimmt, die Ragar eingezeichnet hat, so führt uns diese Schlucht weiter nach Nordost. En'Nuris muß also in diesen Bergen liegen. Dort, weiter im Norden, seid ihr damals auf eurem Floß in die Wüste gefahren. Ihr müßt nicht weit von En'Nuris entfernt gewesen sein. Das Tal der Vögel liegt zwischen Mondflur und den Felsschluchten, die euch nach Osten geführt haben. Morgen früh werden wir durch die Schlucht ziehen, die Ragar gezeichnet hat. In der Nacht wäre es zu gefährlich.«

Dann zögerte Draba plötzlich und sah Ragar nachdenklich an. Endlich fragte er: »Ragar, kannst du dich erinnern, wo ihr das Versteck gefunden habt, in dem sich Advena und ihre Edrain verborgen gehalten haben?«

Ragar nickte und fuhr mit dem Finger über die Landkarte. Er folgte einer Linie, die durch ganz Mondflur nach Osten führte.

»Hier endet Mondflur«, sagte er. »Dort beginnen im Osten wieder die Berge, und über einen schmalen Ausläufer von Mondflur, von dem aus der größte Fluß Mondflurs durch die Berge nach Südosten fließt, führt der Weg bis zu dem Ort, an dem wir Advena und die Edrain entdeckt haben.«

»Erzähle!« bat ihn Draba. »Erzähle, was geschah.«

Ragar zögerte, als koste es ihn Überwindung, sich zu erinnern, als wäre die Erinnerung so schrecklich, daß er sie scheute. Dann begann er zu berichten:

»Immer wenn wir eines der Verstecke der Edrain entdeckt hatten, brachten wir Asar die Nachricht von unserem Fund und warteten, bis er zu uns stieß. Asar war jedesmal dabei und leitete den Raub der Onduril. Unter seiner Führung gelang es uns dreimal, einen Onduril zu stehlen, ohne entdeckt zu werden. Das vierte Mal aber wurden wir bemerkt, und es kam zum Kampf. Die Edrain versuchten Advena, die den Stein trug, zu schützen. Männer und Frauen kämpften gegen uns. Asar war außer sich. Er wollte den Stein um jeden Preis und trieb uns gegen die Edrain an. Es war ein entsetzlicher Blutrausch, in den Asar uns riß. Wir töteten alle Edrain, und auch einige der unseren fielen in dieser Schlacht. Nur Advena gelang die Flucht.

Als der Kampf vorbei war und Asar die Toten und das Blut sah, die den Boden bedeckten, sahen wir ihn das einzige Mal an sich zweifeln. Er stand zwischen den Toten und verfluchte sich und die Onduril. Auf seinen Befehl hin begruben wir die Edrain und errichteten einen großen Grabhügel über ihnen. Auch mußten wir zahlreiche junge Bäume ausgraben und auf dem Hügel einsetzen. Die ganze Zeit stand Asar wie versteinert am Rande des Grabes. Unsere eigenen Toten legten wir mit ihren Waffen auf einen großen Scheiterhaufen und verbrannten sie.

Dann aber, als alles getan war, hetzte Asar uns hinter Advena her, die durch Asars Zweifel einen großen Vorsprung gewonnen hatte. Und fortan hatte er wieder nichts anderes im Sinn als die Onduril und ihre Macht.«

Als Ragar seine Erzählung beendet hatte, schwiegen alle und sahen betroffen in die Flammen des Lagerfeuers. Eja blickte Draba an. Seine Augen, die sonst so leuchteten, hatten sich verdunkelt und erschienen fast schwarz. Sie spürte seine Trauer. Auch sie empfand diese Trauer, aber nicht so tief wie Draba. Sie kannte ihre Mutter nur aus Berichten und aus ihren wenigen Erinnerungen. Und der Tod der Edrain, die in diesem Kampf gefallen waren, war für sie nur eine ferne Erzählung. Endlich brach Draba das Schweigen.

»Ich danke euch, daß ihr die Gefallenen begraben habt«, sagte er. »Ihr Tod ist nicht eure Schuld, und der Tod der Feorner, die in diesem Kampf fielen, ist ein Verlust, der nicht geringer ist als der unsere. Eines Tages werden wir euch bitten, uns das Grab zu zeigen, damit wir unseren toten Freunden die letzte Ehre erweisen können.«

»Wir werden euch dorthin führen, wann immer ihr es wünscht«, sagte Ragar.

Sie legten sich zur Ruhe, und Far-Uhl gesellte sich zu den Merod. Es war eine dunkle Nacht. Nur wenige Sterne waren zu sehen. Das Flackern ihres Feuers spiegelte sich in den nachtschwarzen Blättern über ihnen. Sie waren schon beinahe eingeschlafen, da fragte Tanit mit zitternder Stimme: »Draba?«

»Ja, Tanit.«

»Draba, wieviel Zeit bleibt uns noch bis zum Tag der Wandlung?«

»Nicht mehr viel Zeit«, antwortete er. »Nur noch der

morgige Tag. Der nächste Tag ist schon der Tag der Wandlung.«

»Das ist sehr wenig«, sagte Tanit, und sie hörten, daß sie leise vor sich hin weinte.

»Ja«, sagte Draba mit ruhiger Stimme. »Aber wir werden es schaffen. Es ist nicht mehr weit. Schlaf jetzt. Wir brauchen einen klaren Kopf für dieses letzte Stück des Weges.«

Sie konnten im Dunkeln nicht sehen, ob Tanit noch weinte, aber nach einer Weile spürte Eja, wie Tanit zu ihr kam und sich an sie schmiegte.

»Nutze dein Laurinband«, flüsterte Eja. »Suche nach deinem Mut und deiner Hoffnung.«

Tanit drückte sich an sie und versuchte, ruhig zu atmen. Sie wollte sich ja so gern des Bandes würdig erweisen. Sie dachte an ihre Freunde, ihr Volk, das seit bald einem Jahr auf sie wartete, ohne zu wissen, wo sie war und ob sie je zurückkehren würde. Wie groß mußte ihre Angst sein. Sie dagegen konnte wenigstens handeln, und noch war Hoffnung. Sie spürte, wie ihre Kraft bei diesen Gedanken in sie zurückkehrte. Eja lag neben ihr, ihre Gefährten waren bei ihr, und sie fürchtete sich nicht mehr. Da schlief sie ein.

Früh am nächsten Morgen brachen sie auf und fanden schon nach kurzer Zeit die Schlucht, die sie durch die Berge nach En'Nuris führen mußte. Ragar ritt ihnen voran. Er schien den Weg genau zu kennen. Auch als die Schlucht sich verzweigte, wählte er die Richtung, ohne zu zögern, und führte sie nach Nordosten.

Der Weg war steinig und oft schmal, doch die Merod bewiesen wieder ihre große Geschicklichkeit. Ohne Fehltritt trugen sie ihre Reiter über jeden schmalen Grat und über trügerische Geröllfelder.

Wieder zogen sie den ganzen Tag ohne Rast dahin. Obwohl sie nicht in vollem Lauf durch die Schlucht eilen konnten, kamen sie doch rasch voran. Als es Abend wurde, machten sie halt und verbrachten die letzte Nacht vor dem Tag der Wandlung am Grunde der Schlucht. Ragar beruhigte Tanit und meinte, daß sie morgen gegen Mittag ganz sicher die Berge erreichen würden, zwischen denen das Tal der Vögel lag.

Kaum warf der Morgen sein erstes Licht in die Schlucht, brachen sie wieder auf, und die Merod, die wußten, wie knapp die Zeit war, verdoppelten ihre Anstrengungen. Über ihnen flog Tanit, die all ihre Kraft aufbieten mußte, um nicht ihrer steigenden Angst und Verzweiflung nachzugeben. Endlich, gegen Mittag, erreichten sie das Ende der Schlucht. In einer sanften Steigung hob sich der Boden, und sie gelangten auf eine weite Felsplattform.

»Seht nur!« rief Ragar. »Die Berge! Sehen sie nicht völlig gleich aus?«

Ragar hatte recht. Vor ihnen erhob sich eine Gruppe von Bergen, die sich in der Form so unglaublich ähnlich sahen, daß sie nun verstanden, warum Ragar sich nicht mehr an den genauen Ort hatte erinnern können, an dem er En'Nuris entdeckt hatte.

»Ich werde versuchen, das Tal der Vögel aus der Luft zu finden«, sagte Tanit. Doch als sie schon losfliegen wollte, hielt Ragar sie noch einen Augenblick zurück.

»Ich muß dir aber noch etwas sagen, Tanit«, sagte er. »Es wird auch dir nicht leichtfallen, das Tal der Vögel zu finden. Es gibt hier sehr viele Täler, die En'Nuris so gleichen, wie die Berge einander gleichen. Aber nur in einem der Täler leben die Dolgan. Finde die Dolgan, dann hast du auch En'Nuris gefunden.«

Tanit meinte seufzend: »Es wäre auch zu schön gewesen, wenn es nur ein Tal gegeben hätte. Das Schicksal scheint uns hier auf eine letzte Probe stellen zu wollen.«

Dann flog sie los und schwebte über die Berge und hielt Ausschau nach den Dolgan und nach En'Nuris. Ihre Freunde saßen ab und warteten mit den Merod ungeduldig auf eine gute Nachricht. Tanit verschwand oft hinter den Bergen, doch immer wieder sahen sie ihre Vogelgestalt zwischen den Felsen auftauchen und hoch am Himmel unter der sengenden Sonne ihre Kreise ziehen.

Zweimal kehrte sie zu ihnen zurück, um etwas zu trinken und einen Augenblick zu verschnaufen.

»Es sieht alles so schrecklich gleich aus«, keuchte sie. »Ich begreife nicht, wieso es mir damals, bei meinem ersten Ausflug als Dolgan, nicht schon aufgefallen ist. So viele Berge und so viele Täler, die En'Nuris sein könnten. Aber ich muß es schaffen. Ich muß es einfach schaffen!«

Dann erhob sie sich wieder in die Lüfte und achtete nicht auf ihre Müdigkeit und Erschöpfung. Ihre Flügel waren wie Blei, und immer schwerer fiel ihr das Fliegen.

Die Freunde folgten gespannt und besorgt ihrem Flug. Die Sonne begann sich den Bergen entgegenzuneigen. Es war schon später Nachmittag, und der Abend dieses letzten Tages nahte. Die Schatten der Berge wurden länger, und sie sahen Tanits kleinen Schatten über die Felsen gleiten. Doch plötzlich rief Jock erschrocken: »Seht doch! Ein Adler! Er hat Tanit entdeckt!«

Jetzt sahen alle den großen dunklen Vogel, der weit über Tanit seine immer kleiner werdenden Kreise zog. Bald würde er sich auf Tanit stürzen. Tanit war in tödlicher Gefahr. Die Gefährten winkten und schrien verzweifelt ihren Namen, um Tanit zu warnen, doch Tanit war zu weit entfernt und hörte ihre Schreie nicht. Sie schien den Adler über sich nicht zu bemerken. Ihre ganze Aufmerksamkeit galt den Felsen unter ihr, und sie war taub und blind für ihre Umgebung. Da stieß der Adler herab und griff mit seinen stahlharten Fängen nach Tanit. Doch im letzten Augenblick wich Tanit zur Seite aus und entging dem Angriff des Adlers. Hatte sie den Schatten des Adlers gesehen, der auf sie herabfiel wie ein Stein?

Tanit versuchte zu entkommen, doch ihre Flügel waren schwer, und ihre Kraft reichte kaum aus, um den immer neuen Angriffen des Adlers zu entgehen. Hilflos beobachteten die Freunde den aussichtslosen Kampf. Der Adler trieb sie mehr und mehr in ihre Richtung. Die Merod spannten ihre Bögen, doch noch waren die Vögel außer Reichweite ihrer Pfeile, und selbst wenn sie nahe genug kamen, war ein sicherer Schuß kaum möglich, ohne Tanit zu gefährden.

Sie sahen, daß Tanits Bewegungen langsamer wurden.

Immer knapper entging sie den Klauen des Adlers. Es würde nicht mehr lange dauern. Da plötzlich stieg eine dunkle Wolke von den Felsen auf und näherte sich rasch den Kämpfenden.

»Die Dolgan!« jubelte Eja laut. »Die Dolgan kommen Tanit zu Hilfe!«

Tatsächlich griffen die Dolgan, die Tanit für eine der ihren halten mußten, den Adler an, der ihr Kommen nicht bemerkt hatte. Gegen ihre Überzahl konnte er nichts ausrichten und mußte von seiner Beute, die ihm so sicher geschienen war, ablassen. Er hatte Mühe genug, den wütenden Angriffen der Dolgan zu entgehen. Bald gab er auf und entzog sich seinen Verfolgern, indem er sich in eine Höhe emporschwang, in die sie ihm nicht zu folgen vermochten. Dann wandte er sich nach Westen und verschwand mit kräftigen Flügelschlägen im Licht der untergehenden Sonne.

Die Dolgan kehrten in ihr Tal zurück, und die Freunde merkten sich genau, wo En'Nuris zu finden war. Tanit ließ sich auf die Felsen zu ihren Füßen gleiten, wo sie erschöpft liegenblieb. Eja nahm den zitternden Vogel in ihre Arme und streichelte ihn.

»Das war knapp«, keuchte Tanit, und doch klang ihre Stimme auch voller Jubel. »Habt ihr euch gemerkt, wohin die Dolgan verschwunden sind?«

»Ja, Tanit«, sagte Draba. »Wir wissen nun, wo En'Nuris liegt. Wir brechen sofort auf.«

Die Gefährten schwangen sich auf die Merod und eilten auf dem schnellsten Weg zum Tal der Vögel. Noch war die Sonne ein gutes Stück über dem Horizont zu sehen, da standen sie am Rande des Talkessels.

»Ich muß euch bitten, hier auf uns zu warten«, sagte Draba zu den Gefährten. »Die Wandlung der Edrain zurück in Menschen ist nicht für die Augen anderer bestimmt. Verzeiht, aber es geht nicht anders.«

»Es braucht keine Entschuldigung«, sagte Jock. »Wir warten gerne hier. Das Glück sei mit euch.«

»Ja, das Glück sei mit euch«, sagte auch Horn. Dann

streichelte er Tanit und fuhr fort: »Leb wohl, Schwarzvogel. Wenn wir uns wiedersehen, wirst du keine Federn mehr tragen.«

Draba und Eja kletterten an den Seilen ihrer Freunde ins Tal hinab, gefolgt von Tanit, die sich wieder soweit erholt hatte, daß sie aus eigener Kraft hinabfliegen konnte. Bald standen sie am Grunde des Tals und folgten Tanit zum Platz der Wandlung.

Sie eilten durch den herrlichen Wald von En'Nuris, dessen Bäume sie an die Bäume erinnerten, die sie in Kiritavat und im Silberwald gesehen hatten. Gewaltig erhoben sich die Wipfel über ihnen, und sie spürten die Feierlichkeit und Würde dieser hohen Halle. Mild fielen die letzten Sonnenstrahlen durch die Blätter, während die Schatten schon den Boden in sanftes Dunkel hüllten.

Endlich standen sie auf der Lichtung, in deren Mitte sie den Felsblock sahen, auf dem der Onduril gelegen hatte, bevor die Asari ihn stahlen. Es war still. Kein Vogel war zu hören, als würden sie diesen Ort meiden. Und doch unterschieden sich die Bäume, die den weiten Platz umstanden, in nichts von den Bäumen des Waldes, durch den sie gegangen waren. Aber es dauerte nicht lange, da hörte Eja etwas, was wie ein Wispern in der Luft lag, kaum hörbarer als ein Windhauch, ein Geflecht aus Gedanken, das von allen Seiten auf sie eindrang und immer stärker und lauter wurde. Hatten die Bäume, die verwandelten Edrain, sie erkannt? Begriffen sie, daß Rettung nah war?

Auf einen Wink Drabas hin trat Tanit vor und sagte mit bebender Stimme: »Ich bin zurückgekommen. Auch wenn ein ganzes Jahr dabei vergangen ist, habe ich mein Versprechen gehalten. Und ich habe einen Onduril mitgebracht.«

Draba nickte Eja zu. Eja zog den Beutel hervor, der um ihren Hals hing, und nahm den Onduril heraus. Sie ging zu dem Felsen und legte den Onduril in die kleine Vertiefung in der Mitte des Steines. Dann trat sie wieder zu Draba, der leise zu ihr sagte: »Bleib bei Tanit. Es wird nicht leicht für sie sein. Ich kümmere mich um die anderen.«

Eja nickte und nahm Tanit in ihre Arme. Sie ging mit ihr an den Rand der Lichtung und setzte sich in den Schatten der Bäume. Draba stand allein in der Mitte des Platzes und hob seine Arme empor.

»Die Zeit der Wandlung ist gekommen«, rief er mit klarer Stimme. »Kehrt zurück! Verlaßt diese Gestalt. Eine lange Zeit seid ihr gefangen gewesen, aber noch ist es möglich, die Macht des Onduril zu nutzen. Erinnert euch, wie ihr wart. Löst euch aus der Tiefe der Erde und geht den freien Weg, den einst vor Zeiten die Odradek gingen.

Aus Blatt und Zweig in Licht und Wind
aus Wurzelwerk und Rindenhaut
wird Arm und Bein, wenn Menschenkind
die Welt aus freien Augen schaut
nun kehrt zurück mit Steines Macht
habt wieder Worte und Gedanken
und zählt das Jahr nach Tag und Nacht
in Freiheit, ohne Baumes Schranken

Draba schwieg. Lange geschah nichts. Eja hatte Tanit vor sich auf eine Decke gelegt. Da ging plötzlich ein Beben über den Platz, und Eja sah, daß Tanit zu zittern begann. Doch sie wagte nicht, sie zu berühren. Eine innere Stimme hielt sie davon ab und warnte sie davor, die Wandlung zu stören. Eja sah, wie die Wipfel der Bäume sich schlossen, und die Bäume ihre Wurzeln aus der Erde zogen. Zur selben Zeit begannen Tanits Federn zu schrumpfen, und ihr Körper streckte sich. Rings um sie nahmen die Bäume mehr und mehr menschliche Gestalt an. Die Zweige schlossen sich zu Armen und die Wurzeln zu Beinen. Die geraden Stämme begannen sich zu Körpern zu formen, und die rauhe Rinde glättete sich. Augen wurden sichtbar und stumme Münder öffneten und schlossen sich. Auch an Tanit war die menschliche Gestalt immer deutlicher zu erkennen. Bald war keine Spur der Federn mehr zu entdecken. Dunkelbraunes, dichtes Haar fiel ihr über die Stirn, und ihr zitternder Körper krümmte sich schutzsuchend zusammen. Die Wandlung war vollzogen. Überall lagen die Edrain mit offenen Augen reglos am Boden und versuchten, zu ihrem menschlichen Wesen, ihrer Sprache und ihren Gedanken zurückzufinden.

Eja hüllte Tanit in die Decke ein und nahm sie fest in die Arme. Tanit schien verwirrt zu sein. Sie weinte, und Schauer durchliefen ihren zuckenden Körper. So lange war sie in dieser fremden, anderen Gestalt gefangen gewesen. So lange hatte sie sich von ihrer eigentlichen Gestalt entfernt. Der eigene menschliche Körper erschien ihr nun fremd. Eja fühlte die Schmerzen, die Tanit empfand, und den Ekel, der sie vor ihrem Körper zurückschrecken ließ. Sie streichelte Tanit und versuchte, ihr den Weg zurück zu erleichtern. Als sie ihr die Haare aus der Stirn strich, spürte sie plötzlich eine Narbe. Sie betrachtete die Narbe genauer und fragte sich, woher sie stammen mochte. Dann fiel ihr der Stein aus Jocks Schleuder ein, der Tanit getroffen hatte, als er den sprechenden Vogel für sie als Geburtstagsgeschenk gefangen hatte. Wie lange das her war! Für sie war diese Narbe ein Zeichen für den Tag, an dem alles seinen Anfang genommen hatte. Wenn es auch nur ein scheinbarer Anfang gewesen war, denn der Beginn der Ereignisse lag viel weiter zurück.

Draba ging von Edrain zu Edrain und sprach zu ihnen. Eine der Edrain erhob sich schwankend, und Draba stützte sie, als sie beide zu Eja und Tanit gingen. Es war eine der Edrahil, wie Eja an dem Laurinband, das sie um den Hals trug, erkennen konnte. Sie nickte Eja erschöpft, aber freundlich zu und kniete neben Tanit nieder.

»Tanit«, rief sie leise. »Tanit, hörst du mich?«

Tanit öffnete langsam die Augen und fragte verwirrt: »Irea? Bist du es? Nicht wahr, ich habe mein Versprechen gehalten. Der Stein ist nach En'Nuris zurückgekehrt.«

»Ja«, sagte Irea. »Du hast dein Versprechen gehalten. Wir sind dir sehr dankbar und auch sehr stolz auf dich.«

Tränen füllten Tanits Augen. Doch sie lächelte und fiel sogleich in einen tiefen Schlaf. Liebevoll blickten die drei auf die Schlafende.

»Willkommen, Eja, Advenas Tochter«, sagte Irea und setzte sich zu ihr. »Draba hat mir gesagt, wer du bist. Noch weiß ich nicht alles, aber ich weiß doch schon, daß wir auch dir und deinen Freunden großen Dank schulden. Doch noch ist anderes zu tun, und unser Dank muß warten.«

»Wie geht es den anderen?« fragte Eja.

»Sie werden es gut überstehen«, antwortete Draba. »Wir sind gerade noch zur rechten Zeit gekommen. Und die Kraft, die sie als Bäume in der Tiefe der Erde gefunden haben, wird sie stärken. Wir wollen unsere Freunde holen, damit mehr Hände da sind, die sie pflegen können. Es wird ein paar Tage dauern, bis sie ganz zu sich zurückgefunden haben und wir sie sich selbst überlassen können.«

Irea blieb bei Tanit und wachte über ihren Schlaf. Inzwischen war es dunkel geworden, und sie entfachten ein großes Feuer in der Mitte der Lichtung. Im Licht ihrer Fakkeln fanden sie durch den Wald zurück zu der Stelle, an der sie in das Tal der Vögel hinabgestiegen waren. Sie riefen ihre Freunde, die sich schnell an den Seilen herabließen. Nur Far-Uhl und die anderen Merod mußten zurückbleiben, denn für sie gab es keinen Abstieg in das tiefe Tal. Sie würden auf sie warten.

Fünf Tage verbrachten die Freunde in En'Nuris und pflegten die Edrain, die schon bald wieder zu ihrem menschlichen Wesen zurückfanden und sich zusehends erholten. Anfangs waren sie wie blind und konnten kaum ein Wort sprechen, doch bald stellten sich ihre alten Fähigkeiten wieder ein und erleichterten ihnen die Rückkehr.

Am Abend des sechsten Tages versammelten sich die Edrain auf dem Platz der Wandlung und hörten Draba zu, der ihnen von den Ereignissen des vergangenen Jahres erzählte, das so spurlos an ihnen vorbeigegangen war. Denn in der Gestalt der Bäume waren sie Teil einer anderen Zeit gewesen, einer Zeit, die nicht mit den Tagen und Nächten der Menschen zu messen war, sondern nur mit dem langsamen Wachstum der Bäume.

Als Draba geendet hatte, trat Irea vor die Reihen der Edrain und sagte:

»Tanit hat ihr Versprechen gehalten und ist mit dem Onduril zurückgekehrt. Viele Freunde haben ihr geholfen, und wir sind ihnen dankbar für unsere Rettung. Doch während wir in der Gestalt der Bäume im Schoße der Erde schliefen, hat die Welt sich verändert. Asar ist tot, und es gibt nur noch den einen Onduril. Der Stein wird nach Althaia zurückgebracht, und auch wir müssen uns nicht länger in En'Nuris verborgen halten. Es ist Zeit, daß wir nach Althaia zurückkehren. Einen Mond lang wollen wir noch hierbleiben und alle Spuren tilgen, die an unsere Anwesenheit erinnern. Kein Haus und kein Feld sollen bleiben, denn wir wollen dieses Tal, das uns so gastlich aufgenommen hat, zurücklassen, wie wir es vorgefunden haben. En'Nuris wird wieder den Vögeln gehören.«

Am nächsten Morgen verabschiedeten sich die Gefährten von den Edrain und ließen sie unter der Führung Ireas zurück. Tanit ging mit ihnen. Sie kletterten an den Seilen die Felsen empor, zurück zu den wartenden Merod. Dort schwangen sie sich auf die Rücken der Hirsche.

»Wohin geht es jetzt?« fragte Horn.

»Zurück ins Raunatal«, antwortete Draba. »Von dort wollen wir über Kiritavat nach Westen gehen, um den letzten der Steine nach Althaia zu bringen.«

»Gut«, sagte Horn. »Also auf ins Raunatal. Dorthin, wo unsere Reise begann.«

Die Merod wandten sich nach Westen und trugen die Gefährten im Licht der aufgehenden Sonne.

Der Erzähler

Drei Tage dauerte die Reise, dann standen die Gefährten wieder in den Wäldern oberhalb des Raunatals. Sie hatten die Schlucht durchquert, die sie von En'Nuris nach Mondflur brachte, wandten sich von dort nach Nordwest und flogen auf den Rücken der Merod über Mondflurs grüne Ebenen, bis sie den Felsspalt erreichten, der durch die Berge ins Raunatal führte. In zügigem Trab trugen die Hirschmenschen sie durch die Felsen. So kam es, daß sie die weite Reise, für die sie zu Fuß so viele Tage gebraucht hatten, schon nach kurzer Zeit beenden konnten.

Frei von allen Sorgen, scherzend und lachend, hatten sie diese Tage auf den Rücken der Merod verbracht. Endlich ohne Gefahren die blühenden Wiesen und Wälder von Mondflur und die wilde Schönheit der Felsen zu genießen, schien ihnen der größte Lohn für all die Mühen und Schrecken des vergangenen Jahres zu sein. Hatten sich nicht all ihre Hoffnungen als stärker erwiesen als ihre Ängste und selbst ihre schlimmsten Befürchtungen? Die Macht des Sitra war gebrochen, und Erdherz war frei.

Als sie in den Wäldern über den Raunafällen standen, fragte Tanit: »Wißt ihr eigentlich, was heute für ein Tag ist?«

»Nein«, antwortete Jock für alle.

»Nun, du vor allem solltest dich eigentlich erinnern«, meinte Tanit und drohte ihm scherzhaft. »Oder ist heute nicht etwa der Tag, an dem ein gewisser Jock mit einem gewissen Stein einen gewissen Vogel getroffen hat?«

»Aber natürlich«, rief Jock. »Heute ist Ejas Geburtstag. Der Tag, an dem alles begonnen hat. Aber kein Wunder, daß ich es vergessen habe. Mir fehlt der Dolgan, dessen Federn mich daran erinnern könnten.«

Lachend blickte er auf Tanits langes, braunes Haar und ihre schlanke, aufrechte Gestalt. Dann beugte er sich zu ihr hinüber und fuhr mit seiner kleinen, rauhen Hand zart über die Narbe an ihrer Stirn. Tanit nahm seine Hand und drückte sie. Beide lächelten und fühlten, wieviel Zeit vergangen war zwischen dem Wurf des Steines und dem heutigen Tag.

»Das ist ja wirklich der richtige Augenblick, um zurückzukommen«, meinte Horn. »Na, die Brasen werden nicht schlecht staunen, wenn sie unsere bunte Gesellschaft sehen. Dieser Tag wird sicher in die Geschichte eingehen.«

»Ja«, sagte Eja. »Aber meint ihr nicht auch, wir sollten zuerst zu Lars und Una gehen? Und am besten nicht alle auf einmal, damit wir sie nicht erschrecken?«

»Du hast recht«, sagte Draba. »Wir haben uns ja längst an unseren wilden Haufen gewöhnt, aber für ungeübte Augen mögen wir wohl eher ein erschreckender Anblick sein. Seht euch doch nur an. Sehen wir nicht aus wie die reinsten Strauchdiebe?«

Die Freunde blickten an sich herab. Staubig von der langen Reise, mit zerschlissenen Kleidern und den Waffen, die sie bei sich trugen, würden sie auf ein friedliches Volk wie die Brasen wohl eher wie ein kriegerischer Überfall als ein harmloser Besuch wirken. Sie lachten über ihren Anblick und beschlossen, sich zu trennen. Nur die vier Gefährten, die vom Raunatal aufgebrochen waren, wollten in Drabas Begleitung die Tordals aufsuchen und sie auf ihr Kommen vorbereiten. Auch war es ihnen lieber so, weil sie sich nicht zu viele Zuschauer für das Wiedersehen wünschten.

»Wir treffen uns bei den Tordals wieder«, meinte Far-Uhl. »Gebt uns ein Zeichen mit einer Fackel, wenn wir euch folgen sollen. Wir werden uns einen Weg über die Felsen unterhalb der Weißzinne suchen, denn der Abstieg, den ihr nehmt, ist nicht für uns Merod gemacht. In den Wäldern in der Nähe des Hulzenhofes werden wir auf euer Signal warten.«

Sogleich brachen die Gefährten auf. Sie umgingen die Felsen neben den Raunafällen und stiegen den steilen Abhang hinab, auf dem Eja Horn vor einem Jahr hinterhergeklettert war. Unverändert lag noch immer der mächtige Baum über der Rauna, der ihnen auch diesmal wieder als schlüpfrige Brücke diente. Eja konnte es kaum erwarten, Una und Lars wiederzusehen, und eilte ihnen stets ein Stück voraus. Auch Jock freute sich auf sein Zuhause, auf den alten Alva und auf Suso, auf den ganz besonders. Nach allem, was geschehen war, fühlte er sich seinem alten Spielgefährten um vieles näher. In gewisser Weise sah er in Suso seit den Ereignissen auf Asars Burg einen Verwandten.

Es war Abend geworden, als sie die Lichter des Hulzenhofes durch die Bäume sahen. Mit klopfendem Herzen ging Eja durch das Tor und näherte sich über den Hof leise der Türe. Einen Augenblick blieb sie stehen und zögerte. Dann gab sie sich einen Ruck und klopfte kräftig gegen das Holz. Sie hörte Schritte, und die Tür öffnete sich. Blendend fiel das Licht aus der Stube in das Dunkel der hereinbrechenden Nacht. Vor ihr stand Una.

Una sah sie fassungslos an. Dann nahm sie Eja ohne ein Wort in die Arme und drückte sie lange stumm an sich.

»Was ist denn?« hörten sie Lars' Stimme aus dem Hintergrund. »Wer ist denn gekommen, Una?«

Una faßte Eja bei den Schultern und schob sie in die Stube. »Sieh selber, wer hier rechtzeitig zum Geburtstagsfest erschienen ist«, sagte sie mit tränenerstickter Stimme.

Lars sprang auf, und wie Una zog er Eja wortlos in seine Arme und hielt sie lange fest. Dann faßte er sich. Eja sah, daß seine Augen feucht schimmerten.

»Ich glaube, Una, daß noch mehr Gäste vor der Türe stehen«, sagte er mit heiserer Stimme. »Wir wollen sie doch nicht vergessen und hereinbitten.«

»Ja, natürlich«, sagte Una, noch ganz verwirrt. »Kommt herein. Verzeiht.«

Lachend betraten Horn und Jock die Stube und umarmten die Tordals. Dann zog Horn auch Draba und Tanit zur Tür herein und sagte: »Nun, darf ich euch Draba vorstellen? Ein alter Freund und wackerer Reisegefährte. Und diese junge Dame kennt ihr, auch wenn ihr sie nicht erkennt.

Sie hat sich inzwischen ein wenig umgezogen. Bisher kanntet ihr sie nur in einem schwarzen Federkleid. Doch ihr Hunger ist wohl derselbe geblieben.«

»Tanit«, rief Una. »Ist es denn zu glauben? Aber was wundere ich mich? Wenn es möglich ist, daß ein Vogel sprechen kann, sollte es mich nicht erstaunen, wenn aus diesem Vogel eines Tages eine schöne junge Frau wird.«

Una umarmte Tanit und hieß sie herzlich willkommen.

»Aber nun kommt, setzt euch«, sagte sie besorgt. »Ihr müßt müde von der Reise sein. Bleibt doch nicht stehen. Ich vergesse ja ganz meine Pflichten als Gastgeberin.«

Und Una ruhte nicht eher, bis alle ihre Gäste einen Platz gefunden hatten und um den Tisch vor einer dampfenden Schale voll Suppe saßen. Doch wie sehr sie auch zwischen Herd und Tisch hin und her eilte, so blieb ihr doch genug Zeit, um immer wieder stehenzubleiben und Eja zu betrachten. Keine Gelegenheit ließ sie aus, in der sie Eja nicht kurz über die Haare strich oder ihre Hand einen Augenblick auf ihrer Schulter liegen ließ. Endlich zog Eja sie lachend auf einen Stuhl neben sich und hielt ihre Hand. Wild schwirrten die Stimmen ihrer Gäste durch den Raum. Jeder hatte zu erzählen und zu fragen, und alle wollten es zur gleichen Zeit. Nur Una saß stumm auf ihrem Platz und blickte Eja mit großen Augen an. Endlich faßte sie sich ein Herz und sagte leise: »Wie groß du geworden bist. Eine richtige Frau. Du bist kein Kind mehr, Eja. Du bist erwachsen geworden.«

Die anderen hatten ihre Worte gehört, und plötzlich schwiegen alle.

»Ja«, sagte Eja. »Ich bin kein Kind mehr. Aber was auch immer geschehen sein mag, ich bin immer noch Eja, Tordals Tochter, und werde es immer sein.«

Eja streichelte Unas Hand und sah auf ihre Gestalt, die ihr auf einmal so klein vorkam. Aber nicht Una war kleiner geworden, sie, Eja, hatte sich verändert. Sie war gewachsen, nicht nur größer geworden. Sie sah mit anderen Augen und blickte mit anderen Gedanken auf die vertraute Umgebung. Alles erschien ihr so viel kleiner. Doch wie hätte es auch anders sein können, nach all den Entfernungen, die sie zurückgelegt hatten?

Es war still geworden in dem kleinen Raum. Alle hingen ihren Gedanken nach und spürten die Enge und doch auch die Geborgenheit und Ruhe dieses Hauses. Plötzlich hörten sie am Tor einen Hund bellen.

»Das ist doch Suso?« rief Jock aufgeregt.

»Ja«, antwortete Lars Tordal. »Alva Aiting wollte uns heute besuchen, um mit uns Ejas Geburtstag zu feiern.«

Jock sprang auf und wollte zur Türe stürzen. Doch plötzlich blieb er stehen und drehte sich mit leuchtenden Augen um. Ein verschmitztes Lächeln erschien auf seinem Gesicht.

»Seid alle ganz ruhig«, sagte er. »Ich will Alva eine Überraschung bereiten, an die er noch lange denken wird.«

Rasch setzte er sich wieder zu ihnen an den Tisch und wartete gespannt auf den alten Aiting. Die Freunde lächelten und fragten sich, was Jock wohl vorhatte. Sie brauchten nicht lange zu warten. Schon klopfte der alte Alva mit seinem Stock an die Tür.

Da ahmte Jock die knarrende Stimme Alvas nach und rief mit denselben Worten, mit denen Alva ihn vor einem Jahr empfangen hatte: »Nur herein mit dir, Alva. Nur herein mit dir und der ganzen Zeit der Welt, die du dir genommen hast, um uns armen Tröpfen das Leben sauer zu machen.«

Die Tür öffnete sich, und alle sahen einen Alva Aiting, dessen Mund offen stand und der mit ungläubigen Augen auf die Versammlung blickte. Doch Jock ließ ihm keine Zeit, sich zu fassen, und sagte mit verstellter Stimme. »Nein, du bist noch nicht zu spät. Eja Grünauge allein hast du das zu danken. Lieber hätte sie uns alle verhungern lassen, als zuzugeben, daß ihr Alva Aiting, der Freund der Schnecken und Einbeinigen, zu spät zu ihrem Geburtstagsfest erscheint. Ei nein, ei niemals, also hat sie uns verhungern lassen, um nur ja im Recht zu bleiben.«

Da brach die ganze Gesellschaft in Gelächter aus, und Eja zog den verdutzten Alva herein, dem es zum ersten Mal in seinem Leben die Sprache verschlagen hatte. Er wußte nicht, wie ihm geschah, und sie sahen, wie die Freude über ihre Rückkehr und der Ärger über den Streich, den Jock ihm gespielt hatte, in ihm kämpften. Doch schließlich siegte die Freude, und er umarmte Jock und die anderen, wobei er es sich nicht nehmen ließ, Jock ein paar mehr als liebevolle Knüffe zu versetzen. Doch Jock nahm seine blauen Flecken wie Auszeichnungen entgegen. Noch einmal sprang die Türe auf, und Suso sauste um den Tisch herum und warf Jock vor lauter Freude auf den Boden. Dann setzte der große Hund seine Pfoten auf Jocks Brust und leckte ihm den ganzen Reisestaub vom Gesicht.

Das Lachen wollte kein Ende nehmen, doch schließlich bat Horn um Ruhe und sagte: »Wir wollen doch unsere Freunde nicht länger warten lassen, sonst glauben sie noch, daß wir sie vergessen haben.«

»Ja, sind denn noch mehr mit euch gekommen?« rief Una erstaunt.

»O ja, Mutter«, sagte Eja. Und sie nahm Una, Lars und den alten Aiting zur Seite und erklärte ihnen, wer die Gefährten waren, die in den Wäldern auf ihr Zeichen warteten. Inzwischen hatte Horn eine Fackel entzündet, trat vor das Tor des Hulzenhofes und schwenkte die Fackel. Bald darauf hörten sie Hufgetrappel, und die Merod stürmten in den Hof.

Obwohl Eja die Tordals und Alva auf die Balhi-jata vorbereitet hatte, erschraken diese doch nicht schlecht, als sie sich plötzlich von einer Horde von Wesen umgeben sahen, die sie sich nicht einmal in ihren kühnsten Träumen hätten vorstellen können. »Aber wie sollen wir die denn alle zu uns hereinbitten?« stammelte Una fassungslos.

Da trugen Horn und die Feorner, die mit den Merod gekommen waren, kurzerhand alle Tische, die sie finden konnten, auf den Hof hinaus, entzündeten Fackeln, und bald war um den Brunnen des Hulzenhofes herum eine lärmende Gesellschaft versammelt. Una tischte mit Ejas und Tanits Hilfe auf, was immer sie in ihrer Vorratskammer finden konnte, und Lars rollte das größte Faß Bier heran, das sein Keller zu bieten hatte.

In dieser Nacht schlief keiner von ihnen. Es wurde gegessen und getrunken, gelacht und gescherzt, und Una, Lars und Alva hörten mit offenem Munde den Geschichten zu, die ihnen erzählt wurden. Sie wußten bald nicht mehr, was sie denken sollten, denn mit fortschreitender Nacht wurden die Erzählungen immer wilder und zusammenhangloser, und bald wußten die Tordals und der alte Aiting nicht mehr, ob sie träumten oder wachten. Wäre nicht Eja dagewesen und Horn und Jock, sie hätten geglaubt, eine unbekannte Macht hätte sie mit sich fortgerissen, weit entfernt in eine fremde Welt unter lauter seltsame Fabelgestalten.

Endlich, als schon der Morgen graute, suchte sich jeder einen Schlafplatz und ließ sich fallen, wo immer er gerade ein wenig Stroh oder ein Stück weiches Gras fand, und Ruhe kehrte ein im Hulzenhof. Nur Lars und Una vergaßen nicht ihre tägliche Arbeit und versorgten das Vieh in den Ställen, das, vom Lärm der Nacht erschreckt, unruhig auf sie wartete. Eja half ihnen, denn sie freute sich an diesen einfachen Handgriffen, die ihr so viel Zuhause bedeuteten. Schließlich mußte Una sie überreden, ins Bett zu gehen, und als sie Eja versprach, daß auch sie beide noch ein wenig schlafen würden, ging diese endlich in ihr Zimmer und schlief ein, kaum daß sie die Kissen berührt hatte. Lange standen Una und Lars schweigend neben dem Bett und blickten voll Glück auf die Schlafende. Dann gingen sie durch das Haus und über den Hof und räumten leise die Unordnung auf, die das nächtliche Fest hinterlassen hatte.

Inzwischen hatte sich im Raunatal herumgesprochen, daß sonderbare Gäste auf dem Hulzenhof eingetroffen waren. Der nächtliche Lärm war nicht unbemerkt geblieben. Eja sei zurückgekehrt, hieß es, und Jock und Horn, aber sonst seien nur sonderbare Fabelwesen mit ihnen gekommen, wie noch kein Brase sie je zu Gesicht bekommen habe. Wie ein Lauffeuer liefen die wildesten Gerüchte von Hof zu Hof, und die Neugier der Brasen trieb die seltsamsten Blüten. Doch keiner hatte den Mut, nachzusehen, was denn nun an diesen sonderbaren Nachrichten Wahres dran sei, und so mußten sie sich gedulden, bis die fremden Gäste sich von selber zeigen würden. Beinahe wären die Vorbereitungen für das große Deichfest versäumt worden, doch die Besonnensten unter ihnen setzten dem allgemeinen Durcheinander ein Ende, und die Brasen kehrten an ihre Arbeit zurück. Aber immer wieder entwischten ein paar besonders Neugierige und warfen heimliche Blicke in Richtung des Hulzenhofes, um nur ja nicht den Augenblick zu verpassen, in dem eines der Fabelwesen sich zeigen mochte.

Doch erst gegen Abend öffnete sich das Tor des Hulzenhofes, und rätselhafte Gestalten näherten sich Palmükken, in dem das alljährliche Deichfest schon in vollem Gange war. Für einen Augenblick vergaßen die Musiker ihre geliebten Preßsäcke, und die Tänzer drängten sich um die seltsamen Wesen. Jeder hatte etwas zu sagen:

»Da sind doch Feorner dabei?« – »Sieh doch nur mal die Ohren, welche diese Hirschmenschen haben!« – »Das ist doch Jock!« – »Was ist denn das für ein Halsband, das Eja da trägt?« – »Die sehen ja ganz schön heruntergekommen aus!« – »Die Tordals sind auch dabei!« – »Und Alva, sieh doch mal, der alte Alva!« – »Mach doch mal Platz, ich kann ja gar nichts sehen!« – »Was wollen die denn hier bei uns?«

Neugierig verfolgten die Brasen jede der Bewegungen der Ankömmlinge. Die Ratsherren der Brasen traten den Fremden entgegen und begrüßten sie. Niemand sollte den Brasen nachsagen, daß sie nicht wüßten, was sich schickte. Diese Fremden mochten zwar höchst sonderbar aussehen, doch schließlich war Gastfreundschaft ein Gesetz, das nicht leichtfertig gebrochen werden durfte. Doch kaum hatten die Ratsherren mit Draba, Horn, Eja und den anderen die ersten Begrüßungsworte gewechselt, als neue Kunde die Brasen erreichte. Von den Schiffländen an der Rauna waren laute Rufe zu hören.

»Die Feorner kommen! Seht doch nur, die Schiffe!«

Alle drängten sich Hals über Kopf zur Rauna hinab, um die Schiffe der Feorner zu sehen. Was für ein Tag! Erst diese sonderbaren Fremden und nun auch noch die Schiffe der Feorner, die seit über zwanzig Jahren nicht mehr in Palmücken gesehen worden waren. Was waren das für Zeiten, in denen alles sich zu ändern schien?

Auch die Gefährten und die Ratsherren folgten der Menge zum Hafen hinab und sahen gerade noch, wie die Schiffe der Feorner anlegten. Ragar und die beiden Feorner, die sie begleitet hatten, drängten sich zwischen die Brasen hindurch und begrüßten ihre Landsleute. Und auch die Brasen hießen die Feorner überglücklich willkommen. Es war, als wäre ein Schatten verschwunden, der all die Jahre unsichtbar über den Menschen gelegen hatte. Die Feorner waren wieder da! Das Volk der Duna würde sich wieder vereinen!

Verwandte, die sich über zwanzig Jahre nicht gesehen hatten, umarmten sich. Viele Brasen und Feorner standen, überwältigt von der Wiedersehensfreude, nur stumm da und weinten. Was für ein Tag!

Die Ratsherren, die von Horn und Eja das Allernötigste erfahren hatten, luden alle in die Halle auf dem Moosbühel ein, Brasen, Feorner und Merod, alle ohne Unterschied. Gemeinsam betraten sie die natürliche Halle unter dem rauschenden Blätterdach der gewaltigen Eichen.

In der Halle herrschte ein dichtgedrängtes Durcheinander. Nie zuvor schien sie so viele Gäste gesehen zu haben. Wo immer sich ein Platz fand, saßen oder standen Brasen, Feorner und Balhi-jata. Zum ersten Mal seit vielen Jahren würden Brasen und Feorner die Geschichte der Duna wieder gemeinsam hören, und zum ersten Mal in der Geschichte ihres Volkes wohnten Wesen eines anderen Volkes diesem Ereignis bei. Was für eine Zeit!

Wie vor einem Jahr saßen Horn, Jock, Eja und die Tordals auf einer Bank nebeneinander und der alte Alva Aiting hinter ihnen. Doch diesmal hatte sich auch Tanit zu ihnen gesellt. Seit sie das Laurinband trug, konnte auch sie sich rasch in einer anderen Sprache verständigen und würde die Geschichte der Duna ohne Hilfe verstehen. Draba hielt sich bei den Merod, die am Ende der

Halle standen, um niemandem die Sicht durch ihre Größe zu versperren. Er würde ihnen alles Gehörte übersetzen.

Endlich betrat der alte Gorre den Platz des Erzählers und nahm den Stab in die Hand. Stille senkte sich über die weite Halle. Nur das Rauschen des Windes in den Blättern war zu hören. Gespannt warteten die Zuhörer auf Gorres Erzählung, die ihnen dieses Jahr als etwas ganz Besonderes erschien. Gorre erhob seine Stimme, die noch immer nichts an Kraft und Klarheit eingebüßt hatte:

»Hört her, ihr Brasen und Feorner aus dem einen Volk der Duna, und auch ihr, willkommene Gäste, hört her, und achtet auf meine Worte.«

Wie vor einem Jahr führte die Stimme des alten Gorre seine Zuhörer weit durch die Zeit und die Geschichte der Duna. Sie sahen Altsiedelland und die Kämpfe mit den Odradek. Sie flohen mit ihm nach Süden und über den schmalen, schlüpfrigen Pfad des Hurnenriffs. Mit ihm betraten sie Erdherz und besiedelten die Tiefen Lande. Dann erlebten sie wieder die Schrecken der Großen Katastrophe, als die Deiche brachen und Mensch und Tier in den Fluten ertranken. Sie zogen mit ihm auf den wenigen geretteten Schiffen nach Norden und ertrugen den endlosen dunklen Winter. Endlich sahen sie wie zum ersten Mal das Tal der Rauna vor sich, und sie ließen sich nieder und gründeten eine neue Heimat. Und Gorre endete seine Erzählung mit den Worten:

»Einen weiten Weg hat das Schicksal die Duna geführt. Nur noch Erinnerung sind die Lande, die einst Dunaland waren. Mit Wind und Wolf hat uns das Geschick gezeichnet. Doch der Wind hat sich gelegt. Der Wolf ist verstummt, und neues Land hat Erdherz gegeben. Und auch der dunkle Schatten, der über unserem Volke lag und die Stämme trennte, ist gewichen. Die Zeit ist gekommen, da Brasen und Feorner sich endlich wieder das eine Volk der Duna nennen. Doch wie konnte das Licht die Dunkelheit besiegen? Davon weiß ich euch nichts zu sagen. Aber vielleicht findet sich ein anderer Erzähler, der an meiner Statt die Geschichte der Duna fortzuführen versteht. Ich frage euch also, wer will den Stab des Erzählers aus meiner Hand entgegennehmen und erzählen, was noch erzählt zu werden verdient?«

Ein Raunen ging durch die Halle, und alle blickten sich erstaunt um. Wer würde Gorres Platz einnehmen? Da erhob sich Jock und drängte sich durch die Menge nach vorne. Er ließ sich nicht von den erstaunten und zweifelnden Blicken und den ungläubigen Rufen der Brasen abhalten. Ohne zu zögern, trat er vor Gorre und bat ihn um den Stab des Erzählers. Gorre sah ihn aus seinen weisen, alten Augen prüfend an. Dann nickte er freundlich, gab ihm den Stab und überließ ihm seinen Platz.

Jock blickte über die unruhige Menge der Zuhörer und zögerte einen Augenblick. Dann atmete er tief ein und hob den Stab. Erwartungsvolles Schweigen senkte sich herab. Und Jock begann seine Erzählung:

»Hört, ihr Brasen und Feorner aus dem einen Volk der Duna, und hört auch ihr, Merod aus dem Volk der Balhijata, die Geschichte einer großen Wanderung. Geht mit mir den Weg der Gefährten, der seinen Anfang in den Schatten der Vergangenheit nahm und dessen Ende der Beginn einer neuen Zeit sein wird. Denn die Gefährten haben die Grenzen überschritten, welche die Völker von Erdherz voneinander trennten. So folgt meinen Worten. Hier, an diesem Ort, an dem die große Reise begann. Hört meine Geschichte, die ich so erzählen will, wie ich sie mit den Augen eines Brasen sah und mit den Worten eines Brasen zu erzählen vermag.

Lange lebten die Stämme der Duna in Frieden. Nur in den alten Geschichten blieb die Erinnerung an die vergangenen Zeiten von Wind und Wolf. Dann aber ließ sich ein Wolf in Feorns Burg nieder, hungriger als alle Wölfe, die Erdherz je gesehen hatte. Die Stämme der Duna wurden getrennt, und Feorns Söhne überzogen wie Wölfe nach Beute das Land. Ein Wind erhob sich in Feorns Burg, der sich anschickte, gewaltiger als alle Stürme zu werden, die je das Gesicht der Welt gezeichnet hatten. Im Auge des

Sturms saß der Wolf und heulte das Lied der Macht. Dreimal sandte er Feorns Söhne aus, und dreimal brachten sie ihm die Steine der Wandlung und legten sie in den Kreis der Macht. Dann aber ging der vierte Stein verloren, und aus Wolfes Bosheit wurde Wolfes List. Und der Sturm aus dem Rachen des Wolfs trieb einen Vogel vor sich her bis an die Ufer der Rauna. So kam Tanit, der Dolgan, in die Heimat der Brasen und fand Eja, die zweier Völker Tochter war. Und eine friedliche Macht brach auf, den Wind und den Wolf zu besiegen.«

Eja, Horn und Tanit sahen Jock mit großen Augen an. War das wirklich der Jock, den sie kannten? Der Jock, der immer zu einem Scherz aufgelegt war und dem Schlaf und Essen über alles gingen? Wer war dann dieser junge Mann, der den Stab des Erzählers in der Hand hielt und ernst und ruhig seine Zuhörer in Bann schlug? Hinter sich hörten sie Alva, der unverständliche Worte in seinen Bart murmelte und sich heftig schneuzte. Dann versanken auch sie im Strom der Erzählung und begleiteten Jock auf dem langen Weg ihrer eigenen Vergangenheit.

War wirklich ein ganzes Jahr vergangen? War wirklich nur ein einziges Jahr vergangen? Wenn sie zurückblickten, schien es ihnen viel kürzer als ein Jahr gewesen zu sein. Und doch war so viel geschehen, daß ein einziges Jahr nicht auszureichen schien. Wie in einem bunten Reigen reihten sich die Bilder der Vergangenheit aneinander und schienen ihnen zugleich nah und fern zu sein. Hatten sie dies alles wirklich erlebt? Die Nebelfelder, die Asari, die Flucht, die Kiklits, die Wüste und die Tamahu? Das Meer des Nordens, Bhaskara, die Frühlingsinsel Kiritavat, die Eneti? Doch es mußte wahr sein! Standen nicht die Merod der Balhi-jata mitten unter ihnen und folgten wie sie Jocks Worten, die Draba ihnen leise übersetzte? Draba! Auch er war ja hier. Auch er war zugleich nahe Wirklichkeit und ferne Erzählung. Und sie sahen den Weg durch den Sandarak vor sich und die Begegnung am Djerriba-Paß. Mit ihm, mit Asar, der sie in Drabas Gestalt so grausam getäuscht hatte. Dann hielt der reißende Strom der Geschichte an und verharrte in Althaia. Ejas langsames Erwachen und der schmerzhafte Kampf um ihre Erinnerung wurden lebendig. Zeit der Erinnerung, Zeit des Lernens, Zeit auch der Entschlüsse. Und die alte Geschichte der Duna wurde neu erzählt, denn zum ersten Mal hörten sie die Geschichte der Edrain, und die Geschichten ihrer Völker verbanden sich von den Anfängen bis in die Gegenwart. Doch dann spürten sie, wie der Strom wieder an Macht gewann und sie weiter mit sich riß. Weit nach Süden, wo die Freunde in den Vulkanen getrennt wurden. Drei Wege zogen sich nun durch Erdherz, drei Geschichten, die sich erst nach langer Zeit wieder vereinten. Sie folgten Draba und Horn auf dem Pfad, den ihnen die Bäume des Silberwaldes wiesen, sie wanderten mit Jock und Tanit durch die Höhlen der Prazûl und verloren Far-Uhl an der Grenze zum Land ohne Schatten. Doch die Geschichte blieb nicht stehen, niemals, an keiner Stelle. Nichts hielt sie auf, keine Trauer, keine Verzweiflung, keine Hoffnungslosigkeit. Unaufhaltsam floß der breite Strom der Erinnerung, der Erzählung. Und Eja traf Gor-Num. Gor-Num, den Schrecklichen, der sie durch das Land ohne Schatten unter den Baum der Träume führte. Gor-Num, der für sie kämpfte und der für sie starb. Und auch Gor-Num war Erinnerung, und der Strom floß weiter. Sie wanderten durch die endlose Höhlenschlucht, und als sie die gewaltige Felsentreppe erreicht hatten, vereinten sich die drei Wege, welche die Freunde nach ihrer Trennung gegangen waren, im Wald bei den Raunafällen, in dem sie ihre Reise begonnen hatten. Und sie zogen nach Osten und fanden in Mondflur den verlorenen Stein. Da schlug die Pranke des Wolfes zu. Wolfes List hatte gesiegt, und seine Häscher brachten den Stein in das Auge des Sturms. Und wieder heulte der Wolf sein grausames Lied und senkte den letzten Stein über den Kreis der Macht. Doch der Wolf war schwach, und seine Zweifel besiegelten sein Schicksal. Der kleine Narr täuschte den großen Narren, und der Hund besiegte den Wolf. Da legte sich der Wind, und Feorns Söhne wurden frei. Die Zeit des Friedens und der Heilung begann. Und ein letztes Mal brachen die Gefährten auf und brachten den Stein nach En'Nuris, ins Tal der Vögel. Müde von der Jagd war der Strom der Erzählung geworden, und breit und ruhig wandte er sich zurück in die Heimat der Brasen. Nun stand er still und teilte sich in kleine, murmelnde Bäche, die sich im milden Licht friedlicherer Tage verloren. Und Jock fuhr fort:

»Der Wind hat sich gelegt, der Wolf ist verstummt. In Frieden leben Erdherz' Völker, und eine neue Zeit bricht an. Denn von nun an werden die Völker gemeinsam das Schicksal von Erdherz bestimmen, und gemeinsam besiegen sie jede Gefahr. Und ich sage euch, ihr Brasen und Feorner aus dem einen Volk der Duna, auch für euch beginnt die neue Zeit. Nie wieder werden Wind und Wolf uns aus der Heimat vertreiben. Frei werden wir den Ort wählen, an dem wir leben wollen, wann immer wir es wünschen. Und ich sage euch auch: Ein Land habe ich gesehen, schön wie das Tal der Rauna. Mondflur habe ich gesehen und werde es nie vergessen.

Dies ist das Ende meiner Erzählung. Lange Zeit endete die Geschichte unseres Volkes in Trauer. Doch der Schatten, der das Licht getrübt hat, ist nicht mehr. Und so endet die Geschichte der Duna endlich wieder, wie sie es vor den dunklen Zeiten immer tat, mit einem Versprechen.«

Als Jock sich erhob und Gorre den Stab des Erzählers zurückgab, brach ein Jubel aus, wie ihn die Halle auf dem Moosbühel noch nie gehört hatte. Gorre umarmte Jock und lobte ihn für seine Erzählung. Langsam bahnte sich Jock durch die Menge einen Weg zu seinen Freunden. Er fand kaum ein Durchkommen. Alle wollten sie ihm auf die Schulter klopfen und ihm viele Fragen stellen. Endlich kam er keuchend bei seinen Freunden an. Im dichten Gedränge und dem Lärm der Stimmen umarmten sie ihn und fanden kaum Worte für ihre Bewunderung.

»Hat es euch gefallen?« fragte er verwirrt und beschämt von soviel Lob, das von allen Seiten auf ihn einstürmte. »Glaubt ihr, daß ich alles so erzählt habe, wie es geschehen ist? Habe ich auch nichts vergessen?«

»O Jock«, rief Eja durch das Stimmengewirr. »Du warst

großartig. Es war, als würde ich alles noch einmal erleben. Jock, wir sind so stolz auf dich!«

Da stahl sich, vielleicht zum letzten Mal, eine feine Röte auf Jocks Gesicht, und er strahlte vor Freude. Der alte Alva hatte sich endlich einen Weg zu ihnen gebahnt. Er gab Jock eine sanfte Kopfnuß und brummte: »Nicht übel, Jock. Gar nicht übel. Aber es gab da ein paar Sachen, die schon sehr gewagt waren. Da hast du dir doch einige Freiheiten zuviel herausgenommen. Also, hör mal ...«

Weiter konnten die Freunde nicht hören, was Alva sagte. Eine große Gruppe junger Brasen drängte sich zwischen sie und die beiden und bestürmte Jock mit Fragen nach Mondflur. Das letzte, was sie von den beiden sahen, war, wie sie heftig mit den Armen gestikulierten und sich zu streiten schienen.

Horn schüttelte lachend den Kopf und sagte, als sie eine ruhigere Ecke gefunden hatten: »O diese Aitings! Sie werden sich nie ändern. Nun werden sie die ganze Nacht nur über ein paar Wörter und Sätze streiten.«

Draba, der zu ihnen trat, hatte seine Worte gehört und meinte lächelnd: »Ich glaube nicht, daß sie Zeit dazu finden. Alva vielleicht, aber Jock wohl kaum. Ich habe eine Menge junger Brasengesichter gesehen, die darauf brannten, mehr über das Versprechen zu erfahren, von dem Jock gesprochen hat.«

»Und ich glaube, daß er dieses Versprechen auch halten wird«, sagte Eja. »Erinnert euch nur an seine Augen, als er Mondflur sah. Er wird dieses Land nie vergessen. Und ich müßte mich sehr irren, wenn nicht bald ein zweites Brasenland gegründet wird.«

»Na«, meinte Horn. »Er liegt ja auch wahrhaft vor der Haustür. Da werden selbst die flügellahmsten Brasen es über sich bringen, die Reise anzutreten.«

Die Freunde lachten und überließen Jock seiner neuen, selbstgewählten Aufgabe. Gemeinsam mit den Tordals und den Merod gingen sie unter dem weiten, klaren Sternenhimmel dieser unvergeßlichen Nacht zum Hulzenhof zurück.

Die Trennung des Bundes

Am nächsten Morgen nahmen die Freunde Abschied voneinander. Horn würde mit den Feornern an den Tarnafjord zurückkehren.

»Es gibt noch viel zu tun«, sagte er. »Asar hat großen Schaden angerichtet. Aber dank der Hilfe der Edrahil ist das Schlimmste überstanden, und die alte Kraft ist zu den Feornern zurückgekehrt.«

»Bist du glücklich?« fragte ihn Eja, die ihre Trauer über den Abschied nicht verbergen konnte.

»Ja«, antwortete Horn. »Mein alter Wunsch geht nun in Erfüllung. Wenn meine Tage gezählt sein werden, weiß ich, daß Feorns Erde mich bergen wird. Aber sei nicht traurig«, fügte er lächelnd hinzu, »noch ist dieser Tag fern, und ich bin sicher, daß wir uns bald wiedersehen werden. Denke daran, was Jock gesagt hat. Von nun an stehen uns alle Wege offen. Es gibt keine Trennung mehr zwischen den Völkern.«

»Stimmt«, sagte Jock und mischte sich in ihr Gespräch. »Wir sehen uns wieder. Und wenn ich das ganze Atlangebirge überqueren müßte.«

Eja nickte nur stumm und dachte: ja, sicher sehen wir uns wieder. Aber es wird nicht mehr wie früher sein. Nun wird jeder seine eigenen Wege gehen. Aber das ist auch gut so.

Dann wandte sie sich an Tanit und umarmte sie. Lange blickte sie Tanit an, und wieder sah sie, wie ähnlich ihre Augen sich waren. Einen Augenblick lang glaubte sie, sie stünden noch einmal am Anfang ihrer langen Reise und sie würde in die Augen des Dolgan blicken.

»Du willst wirklich allein nach En'Nuris zurückkehren?« fragte sie besorgt.

»Ja«, sagte Tanit. »Mach dir keine Sorgen um mich. Die Gefahr, die uns so lange bedroht hat, ist vorbei, und ich kenne den Weg. Mein Volk wartet in En'Nuris auf mich. Ich werde sie nach Althaia zurückführen. Dort sehen wir uns wieder.«

Lange hielten sie sich in den Armen. Das Schicksal hatte sie zu Schwestern gemacht. Und jeder von ihnen war früh schon eine Last auferlegt worden, die sie aus ihrem Volk erhoben hatte. Als Tanit sich von Eja löste, lächelte sie und berührte das Laurinband an ihrem Hals.

»Es wird Zeit, daß ich es besser kennenlerne«, meinte sie. »Da ist es gut, wenn ich eine Weile allein wandere. Der Rat in Althaia mag dann entscheiden, ob mir die Ehre gebührt, die Draba mir verliehen hat.«

»Gut, so soll es sein«, sagte Draba. »Mag in der Zeit des Friedens bestätigt werden, was dir in der Zeit der Not gegeben wurde. Aber ich zweifle nicht daran, daß die Wahl richtig war. Führe die Edrain sicher aus En'Nuris nach Althaia. Wenn ihr den Raunafall durchschritten habt, ist der Weg, den die Bäume des Silberwaldes uns gewiesen haben, nicht zu verfehlen.« Dann wandte sich Draba an Jock und fragte: »Und du, Jock Aiting? Wann erfüllst du das Versprechen, das du deinem Volk gegeben hast?«

»Oh, das wird noch eine Weile dauern«, sagte Jock lachend. »Brasen brauchen länger als Edrain, bis sie ihre Wurzeln aus der Erde ziehen. Noch werden sie erst einmal Tage und Nächte lang reden. Aber du wirst sehen, wenn sie sich müde geredet haben, wird mein Traum wahr und ein neues Brasenland Wirklichkeit.«

»Wenn es soweit ist, werde ich kommen und dich besuchen«, sagte Far-Uhl. »Es war schön, auf Mondflurs Wiesen dahinzujagen. Du hast eine gute Wahl getroffen.«

Ein letztes Mal umarmten sich die Freunde, dann trennten sich Horn und Jock von ihnen. Horn ging zu den Schiffen der Feorner, und Jock kehrte ins Wirtshaus von Palmücken zurück, um den jungen Brasen, die dort auf ihn warteten, geduldig die immer selben Fragen zu beantworten. Sie sahen den beiden nach, wie sie gemeinsam den Dreieichenweg entlanggingen. Ein Stich ging durch Ejas Herz, als sie die beiden vertrauten Gestalten sah, die so unterschiedlich waren und ihr doch gleich lieb. Dann verschwanden sie hinter einer Wegbiegung.

Ragar trat zu ihnen und weckte sie aus ihren Gedanken. »Wenn ihr erlaubt, werde ich euch mit einigen der Feorner begleiten und euch einen Weg nach Bhaskara zeigen, den auch die Merod gehen können. Denn die Felsen, die Eja und ihre Gefährten damals hinabgestiegen sind, als sie zu den Nebelfeldern aufbrachen, sind nicht für die Jäger der Balhi-jata geschaffen.«

Ragar hatte recht, und dankbar nahmen sie sein Angebot an. Die Merod erboten sich, sie auch weiterhin auf ihren Rücken zu tragen. So würden sie den langen Weg nach Kiritavat schneller zurücklegen. Ragar nahm neun Feorner mit sich. So waren sie stark genug, um später den Rückweg von Kiritavat ins Raunatal sicher allein gehen zu können.

Eja umarmte Una und Lars. Lange standen sie schweigend beisammen. Es fiel Eja schwer, sich von den beiden zu trennen. Sie wußte nicht, was sie sagen sollte. Da nahm Una ihr diese Aufgabe ab.

»Geh mit unserem Segen, mein Kind«, sagte sie. »Du bist erwachsen geworden und mußt deine eigenen Wege gehen. Du wirst immer Eja, Tordals Tochter, bleiben, aber du bist auch Eja, Advenas Tochter, und mußt die Pflichten tragen, die dir auferlegt worden sind. Du hast uns viel Glück geschenkt, nun erfüllst du uns auch mit großem Stolz.«

»Ich komme wieder«, sagte Eja und küßte ihre Eltern zum Abschied. Dann schwang sie sich rasch auf Far-Uhls Rücken und gab das Zeichen zum Aufbruch. Noch einmal blickte sie zurück, bevor sie die Wälder erreichten, und sah ihre Eltern und Tanit, die immer kleiner wurden, bis die Bäume ihr die Sicht versperrten.

Ragar ritt ihnen auf Tahûr-Elens Rücken voran. Er hielt sich am westlichen Ufer der Rauna und überquerte diese auch nicht, als sie den Raunafall erreichten. Er wandte sich den Felsen im Westen zu, und sie fanden einen Pfad, der hinter dichten Büschen verborgen, selbst Horn entgangen war, als er noch im Tal der Rauna jagte. Steil wand sich der Pfad in scharfen Kurven die Felsen hinauf. Doch für die geschickten Hufe der Merod war es ein leichtes, den Pfad zu erklimmen, und bald standen sie in einem kleinen Tal, das nach Nordwesten führte. Sie folgten dem Tal, das sich in einem Bogen nach Norden wandte. Der Boden war weich mit Gras bedeckt, und so konnten die Merod weit ausgreifen, und sie kamen rasch voran.

Am zweiten Tag ihrer Reise endete das Tal, und Ragar führte sie durch tiefe Schluchten und über weite Felshänge. Wieder einmal wanderten sie durch die gewaltige Steinlandschaft des Atlangebirges. Doch diesmal war ihnen das Ziel bekannt, und ein wegkundiger Führer leitete sie sicher durch die Berge.

Sie sprachen nicht viel auf dieser Wanderung. Eja hing ihren Gedanken nach und versuchte, all das Erlebte mit sich in Einklang zu bringen. Auch Draba war schweigsam. Doch blickte er aufmerksam um sich, und Eja ahnte, daß er im Geiste die Landkarten der Edrahil Linie um Linie füllte. Nichts störte ihre Gedanken. Die Suche nach dem richtigen Weg konnten sie getrost den Feornern und den Merod überlassen.

Fünf Tage zogen sie durchs Gebirge, dann verließen sie die Region der Felsen und erreichten die Wälder an der Südgrenze Bhaskaras. Hier begannen die Merod unruhig und wachsam zu werden. Sie hatten Urrurugebiet betreten, und mit größter Aufmerksamkeit achteten die Merod auf den Wind und auf jeden Laut. Vorsichtig zogen sie durch den hohen Wald und hielten ihre Bögen zum Schuß bereit in den Händen.

Doch sie trafen auf keinen der Urruru, und keiner ihrer Wölfe trat ihnen in den Weg. Eja sah, daß Tahûr-Elen beunruhigt war und sie zu größerer Eile ermahnte.

»Glaubst du, daß Kiritavat in Gefahr ist, weil wir auf keine der Urruru treffen?« fragte sie ihn. »Hoffentlich haben wir euer Volk nicht ins Unglück gestürzt, als wir euch zu Hilfe riefen.«

»Nun, wir haben sie nicht schutzlos zurückgelassen, als

wir sie verließen«, antwortete Tahûr-Elen. »Die Edrain, die uns Drabas Botschaft gebracht haben, sind in Kiritavat geblieben, und es waren nicht wenige. Dennoch bin ich beunruhigt. Wenn die Urruru beobachtet haben, wie wir abgezogen sind, haben sie vielleicht geglaubt, nun leichtes Spiel zu haben, denn sie wußten nichts von den Edrain. Wir wollen uns beeilen, so gut es uns die nötige Vorsicht erlaubt. Wir dürfen nicht in eine Falle laufen.«

Mit einem Schlag war die friedliche Stimmung der letzten Tage verflogen. Wieder einmal drohte Gefahr.

Wird denn nie wirklicher Friede in Erdherz herrschen? dachte Eja traurig.

Am nächsten Morgen verließen sie die Wälder und näherten sich Kiritavat. Da hörten sie in der Ferne Kampflärm. Nun hielt die Merod nichts mehr zurück. In gestrecktem Galopp jagten sie über die Hügel Bhaskaras und kamen dem Ort des Kampfes rasch näher. Plötzlich hob Tahûr-Elen die Hand und brachte die Gruppe der Merod zum Stehen. Sie standen hinter der Kuppe eines hohen Hügels und konnten auf Kiritavat herabsehen, ohne selbst gesehen zu werden.

Rund um Kiritavat sahen sie die dunklen Haufen der Urruru, die sich gerade zurückzuziehen schienen. Nicht wenige der Wölfe lagen tot am Ufer des Flußarmes, der Kiritavat noch von den Urruru trennte. Pfeile staken in ihren Körpern. Es mußte gerade ein Angriff abgewehrt worden sein.

»Es sind viele«, stieß Tahûr-Elen hervor. »Kein Wunder, daß die Wälder leer waren. Es scheint, als hätten alle räudigen Hunde ihre Schlupflöcher verlassen.«

Eja erschrak, als sie den Haß in Tahûr-Elens Stimme bemerkte. Nie hatte sie ihn so reden hören. Immer hatte sie seine Stimme nur freundlich und ruhig gekannt. Doch nun verzerrten sie der Haß und der Ekel vor den Urruru. Wieder spürte sie die Trauer über das, was der Haß einem ihrer Freunde antat, wie er Tahûr-Elen veränderte und entstellte. Warum konnte der Haß nicht enden? Für immer!

»Was sollen wir tun?« fragte sie. »Glaubst du, daß die Urruru Kiritavat erobern können?«

»Nein«, sagte Tahûr-Elen mit harter Stimme. »Das wohl nicht. Aber wir dürfen dennoch die Gefahr, die unserem Volk und den Edrain droht, nicht gering schätzen. Einige von ihnen könnten in diesem Kampf ihr Leben lassen.«

»Was sollen wir also tun?« wiederholte Eja ihre Frage besorgt.

»Ich glaube, ich weiß, was zu tun ist«, meinte Far-Uhl. »Nicht umsonst hat mich ein großer Meister der Jagd gelehrt, wie man mit Wölfen umzugehen hat.«

»Wen meinst du?« fragte Eja und war erstaunt, wie ruhig und frei von Haß Far-Uhl sprach.

»Nun, hat nicht Horn Elder die Urruru schon einmal das Fürchten gelehrt?« antwortete Far-Uhl. »Wir wollen es ihm gleichtun. In jeder Weise«, fügte er noch hinzu und sah Eja mit einem sonderbaren Blick an.

Eja begriff, was er ihr sagen wollte, und war überglücklich. Hatte nicht Horn das Leben der Urruru geschont? Far-Uhl schien ihm darin folgen zu wollen.

Far-Uhl wandte sich an Tahûr-Elen und erklärte ihm seinen Plan. Dann teilten sie die Merod in Gruppen zu je zweien auf und trennten sich. Nur Far-Uhl und Eja blieben zurück, nachdem Draba sie zur Vorsicht gemahnt hatte.

Als die anderen verschwunden waren, lief Far-Uhl rasch im Schutze der Hügel weiter nach Osten, so daß er sich nun genau im Süden gegenüber Kiritavat befand. Dann wandte er sich nach Norden und überquerte den Hügel, der sie noch von den Urruru trennte. Zuerst bemerkten die Urruru, die mit gierigen Blicken Kiritavat belagerten, sie nicht, und sie kamen sehr nah an sie heran. Dann aber hörten die Wölfe den Hufschlag und wirbelten herum. Far-Uhl blieb stehen, als wäre er überrascht und erschrocken und wandte sich zur Flucht. Plötzlich stolperte er, und Eja fiel von seinem Rücken. Mühsam erhob er sich, und eines seiner Beine hing kraftlos herab. Bisher hatten sich nur wenige der Wölfe vorsichtig genähert, doch als die Urruru sahen, daß Far-Uhl verletzt war und eine leichte Beute für sie sein würde, erwachte der Blutdurst in ihnen, und sie trieben ihre Wölfe mit grausamen Schreien vor sich her. Vergessen war Kiritavat, vergessen der Angriff, sie sahen nur noch das sichere Opfer vor sich, und Blut färbte ihre Augen.

Da schwang sich Eja rasch auf Far-Uhls Rücken, und als die ersten Wölfe sie beinahe erreicht hatten, wandte sich Far-Uhl zur Flucht. Aufheulend vor Gier folgte ihnen die hungrige Meute. Far-Uhl ließ ein Bein auch weiterhin kraftlos hängen, und er stachelte, nur auf drei Beinen laufend, die Blutgier der Wölfe bis zur Raserei. Schon glaubten die Verfolger, ihn erreicht zu haben, als ein langgezogener Ruf sie zurückprallen ließ.

»Ialla-i-iallaah!« hallte der Kampfruf der Merod in ihren Ohren, und die vordersten Wölfe stemmten sich gegen ihren Lauf und suchten nach der Gefahr, die sie spürten, ohne sie entdecken zu können. Doch die Wölfe und Urruru, die ihnen folgten, konnten ihren Lauf nicht rechtzeitig abbremsen, und es entstand ein wirbelndes Durcheinander stürzender und wild um sich beißender Wölfe. Immer und immer wieder ertönte der Ruf, der ihnen das Blut in den Adern gefrieren ließ. »Ialla-i-iallaah! Ialla-i-iallaah!« Auf allen Hügeln erschienen die Merod, und von allen Seiten richteten sich Pfeile auf die Urruru. Sie merkten in ihrer Verwirrung und Angst nicht, daß es anfangs nur wenige waren, die auf den Hügeln erschienen, doch bis sie sich gefaßt hatten, waren die Merod aus Kiritavat dem Schlachtruf gefolgt, hatten den Schutz der Insel verlassen und in schnellem Lauf den Kreis um die Urruru geschlossen. Sie waren umzingelt und sahen sich einer undurchdringlichen Reihe gespannter Bögen gegenüber.

Far-Uhl hatte, als der Ruf der Merod ertönte, die Täuschung aufgegeben und stand nun ohne das geringste Anzeichen einer Verletzung neben Tahûr-Elen.

»Und nun?« fragte Tahûr-Elen ihn. »Wie soll es weitergehen?«

»Eja wird mit ihnen reden«, antwortete Far-Uhl.

»Mit den Urruru reden?« rief Tahûr-Elen. »Nie ist zwischen den Balhi-jata und den Urruru ein Wort gesprochen worden. Wozu auch mit ihnen reden? Jetzt können wir ihrem grausamen Treiben für alle Zeiten ein Ende setzen.«

»Ihrem grausamen Treiben?« fragte Eja und sah Tahûr-Elen fest in die Augen. »Und wie nennst du das, was du vorhast? Wo ist der Tahûr-Elen, den ich kannte? Der besonnene Führer der Merod? Ich erkenne ihn nicht wieder. Aber ich sehe in seinen Augen dasselbe Blut wie in den Augen der Urruru. Wer ist nun grausamer?«

Tahûr-Elen senkte beschämt und verwirrt den Blick.

»Glaubst du denn wirklich, es würde euch heute gelingen, alle Urruru zu töten?« fuhr Eja fort. »Sicher, es werden viele sein, denn viele haben ihre Wälder verlassen. Aber einige mögen in den Wäldern geblieben sein und einige wenige euren Pfeilen entkommen. Wird dann nicht der Haß zwischen den Völkern der Balhi-jata und der Urruru für alle Zeiten besiegelt sein? Das Volk der Urruru wird sich von diesem Schlag erholen, und nie wird der Krieg um Kiritavat enden. Wollt ihr das? Ist das die Zukunft, die ihr euch wünscht?«

Betreten schwieg Tahûr-Elen. Endlich hob er den Blick, und Eja sah, wie er mit sich kämpfte. Zu lange hatte der Haß geherrscht. Zu lange hatte er nichts anderes gekannt, als den Kampf zwischen den Völkern des Nordens. Schließlich sagte er mit leiser Stimme:

»Nun gut, es mag sein, daß eine neue Zeit begonnen hat. Auch für die Balhi-jata und vielleicht sogar für die Urruru. Und es mag sein, daß ich noch zu sehr der alten Zeit angehöre und es mir deshalb schwerfällt, den neuen Weg zu gehen. Aber dennoch ist es nicht mein Wunsch, daß die Fehde zwischen den Balhi-jata und den Urruru ohne Ende sei. Wenn du glaubst, daß eine bessere Zukunft möglich ist, dann bitte ich dich, im Namen meines Volkes, den ersten Schritt zu tun.«

Da beugte sich Eja zu Tahûr-Elen hinüber und legte ihm die Hand auf die Schulter.

»Den ersten Schritt hast du schon getan«, sagte sie. »Und er war eines Führers der Merod würdig.«

Dann ließ sie sich von Far-Uhls Rücken gleiten. Draba trat neben sie und sagte: »Paß auf dich auf. Die Urruru könnten in ihrer Angst jede Vorsicht und Vernunft vergessen. Auch kennen wir sie und ihre Gedanken nicht. Dennoch handelst du richtig, und ich glaube, daß es gelingen kann. Viel Glück!« Eja atmete tief durch. Dann ging sie langsam den Hügel hinab und näherte sich den Urruru. Sie spürte sich von allen Seiten von Angst und Unsicherheit umgeben. Auf den Hügeln standen die Merod und spannten voller Sorge um sie ihre Bögen, und vor sich sah sie die sich windenden Urruru und ihre Wölfe. Sie erschrak vor der Wildheit in den halb tierischen, halb menschlichen Gesichtern der Urruru. Was mochten sie denken? Was fühlen? Würden sie zulassen, daß sie mit ihnen sprach?

Eja blieb stehen. Sie war nur noch wenige Schritte von den vordersten Wölfen entfernt, und einige von ihnen begannen, sich ihr geduckt zu nähern. Sie sah die gefletschten Zähne, hörte ihr Keuchen und roch den scharfen Geruch der Angst. Plötzlich trat der größte der Urruru zwischen den Reihen der Wölfe hervor und trieb die Wölfe mit seiner Peitsche zurück. Dann blickte er Eja stumm und mit blutunterlaufenen Augen an. Eja fühlte seine Verwirrung. Er konnte sich nicht erklären, was sie von ihnen wollte und warum sie sich freiwillig in so große Gefahr begab.

Eja hob die Hand an ihren Mund und bewegte lautlos ihre Lippen. Dann wies sie mit der Hand auf die schwärzlichen Lippen ihres Gegenübers. Der Urruru schien zu begreifen und sagte einige Worte, die für Eja zunächst nicht mehr waren als ein drohendes Knurren. Dann verstummte der Urruru, doch Eja forderte ihn mit einem Zeichen auf, fortzufahren. Der Urruru sah sie fragend an. Da sah Eja die Klugheit in seinen Augen, und alle Furcht, die sie empfunden hatte, verschwand. Es war kein wildes Tier, das ihr gegenüberstand, sondern ein vernunftbegabtes Wesen.

Der Urruru sprach langsam weiter. Er schien zu begreifen, daß er ihr Zeit lassen mußte, seine Sprache zu verstehen. Das bloße Knurren wandelte sich in Eja zur Sprache, und als sie spürte, daß sie soweit war, sich mit ihm verständigen zu können, brachte sie ihn mit einem Zeichen zum Schweigen und sagte: »Ich grüße das Volk der Urruru im Namen der Balhi-jata und der Edrain. Ich heiße Eja und bitte dich, mir deinen Namen zu nennen. Ich komme in Frieden und wünsche eurem Volk kein Leid.«

Verblüfft sah der Urruru sie an. Ein Winseln und leises Knurren ging durch die Reihen der Wölfe und der anderen Urruru, die sich nun dichter herandrängten. Wenn je ein anderes Wesen mit den Urruru gesprochen hatte, so mußte dies in Zeiten gewesen sein, an die sich die Urruru kaum noch erinnern mochten. Doch hier trat ihnen ein fremdes Wesen schutzlos entgegen und sprach zu ihnen in ihrer Sprache.

Der große Urruru, der ihr Anführer zu sein schien, faßte sich zuerst und sagte: »Fremde, die uns Urruru nennt. Wir kennen diesen Namen nicht. Unsere Namen sind nicht Worte. Unsere Namen sind Lieder, die wir singen unter dem Mond. Jäger ohne Namen sind wir am Tag. Das Wild jagen wir. Jedes Wild, auch das Wild, das den Tod aus seinen Händen nach uns wirft. Aber du trägst den Tod nicht in den Händen. Warum kommst du zu uns? Warum sprichst du mit uns?«

»Ich bin gekommen, um euch den Frieden anzubieten«, antwortete Eja. »Den Frieden zwischen euch und den Wesen, die den Tod in den Händen halten. Sie werden den Tod aus ihren Händen legen, wenn ihr den Frieden wollt. Sie werden euch das Leben nicht nehmen.«

»Wie kann Frieden sein? Frieden war nie. Nur Jagd und Tod. Warum sollen wir dir glauben?« fragte der Urruru und blickte zu den Merod hinauf und zu den Pfeilen, die auf sie gerichtet waren.

»Wenn wir euren Tod wollten, hätten wir ihn dann nicht längst haben können?« fragte Eja. »Aber ich will dir ein Zeichen geben, dem ihr Glauben schenken könnt.«

Eja hob die Hand und gab den Merod ein Zeichen, die Bögen zu senken und ihre Pfeile wegzustecken. Die Merod zögerten. Doch als sie sahen, daß Tahûr-Elen seinen Bogen senkte, folgten sie seinem Beispiel. Die Urruru und ihre Wölfe begannen wieder unruhig zu werden. Sie verstanden nicht, was geschah, und sahen selbst in diesem Ereignis nur eine neue Gefahr.

»Nun?« fragte Eja. »Glaubst du mir? Der Tod ist nicht mehr in den Händen der Merod. Ihr könnt gehen und euer Leben mit euch nehmen. Geht ihr in Frieden, wird sich der Weg ohne Kampf für euch öffnen.«

»Gut«, antwortete der Urruru. »Die Jagd ist zu Ende. Wir nehmen unser Leben mit uns.«

Da drehte sich Eja um und kehrte zurück in die Reihe der Merod. Als sie die Jäger erreicht hatte, traten die Merod um Tahûr-Elen zurück und öffneten den Kreis. Schweigend und mit zweifelnden Blicken sahen sie die Urruru an sich vorbeiziehen. Es fiel ihnen schwer zu glauben, daß nun ein Ende der Kämpfe sein sollte. Sie trauten den Urruru nicht. Würden sie Kiritavat nicht bei nächster Gelegenheit wieder angreifen? War es nicht ein Fehler, sie ziehen zu lassen?

»Glaubst du wirklich, daß die Urruru den Frieden wollen?« fragte Tahûr-Elen.

»Wenn sie glauben, daß ihr ihn wollt, dann vielleicht«, antwortete Eja. »Es liegt also auch an euch, ob dieser Anfang Früchte trägt oder nicht.«

Sie sahen, wie die lange Reihe der Urruru sich den Wäldern näherte. Da drehte sich ihr Anführer noch einmal um und hob nach einem kurzen Zögern die Hand zum Gruß. Dann verschwand er hinter den anderen zwischen den Bäumen.

Da sagte Tahûr-Elen leise: »Nun glaube auch ich daran.«

Sie verließen die Hügel und zogen nach Kiritavat. Bald hatten sie die Frühlingsinsel erreicht, und wieder war es Eja, als würde sie dieses Land zum ersten Mal betreten, so schön und unberührt erschienen ihr die Bäume, die Wiesen und Blumen. Die Luft wehte rein und frisch und das Licht des Himmels warf goldene und silberne Lichter auf die Blätter. Der Frieden Kiritavats schien unvergänglich zu sein, und es war kaum zu glauben, daß noch vor kurzem Kampf und Gefahr die Insel umgeben hatten.

Die Eneti erwarteten sie am Ufer des Sees. Wieder war zu Ehren der Gäste ein großes Halbzelt aufgeschlagen worden. Diesmal sahen sie nicht nur die Mütter und die Kinder auf der Wiese, sondern auch die Merod, die sich am Rande der Lichtung versammelt hatten, und neben ihnen die Gruppe der Edrain, die mit ihnen die Frühlingsinsel verteidigt hatten.

Eja und Draba näherten sich gemeinsam mit Tahûr-Elen und Far-Uhl den Eneti, in deren Mitte sie Ker-Imea erkannten, die noch immer das einfache Stirnband Far-Uhls trug. Als sie das Zelt erreichten, trat Far-Uhl vor, nahm den Stirnreif ab und hielt ihn Ker-Imea entgegen. Dann sagte er:

»Ich bitte Euch, Herrin, nehmt das Zeichen des Botschafters zurück. Die Aufgabe ist erfüllt worden.«

Ker-Imea nahm den Stirnreif entgegen und löste das Band Far-Uhls von ihrem Haupt. Sie band es ihm wieder um und setzte sich selber den Stirnreif auf.

»Ich danke dir und heiße euch alle willkommen«, sagte sie. »Gerne wollen wir hören, wie es euch ergangen ist und wie es euch gelang, die Aufgabe zu erfüllen. Doch bevor wir davon Näheres erfahren, sei euch zuerst für die Tat gedankt, die ihr gerade vollbracht habt. Es ist uns berichtet worden, was ihr getan habt. Nie wird eure Weisheit vergessen werden, denn diese Weisheit hat den Frieden nach Kiritavat gebracht. Ein neues Zeitalter bricht an, in dem die alten Fehden keinen Platz mehr finden. Doch nun ruht euch aus, und wenn ihr bereit seid, wollen wir euch zuhören.«

Auf ihr Zeichen hin begannen die Eneti zu singen, und es wurden reichlich Speise und Trank herbeigetragen. Bald hatten sich die Gefährten erholt und brauchten kaum eine Aufforderung, den Eneti zu berichten. Draba und Eja überließen es Far-Uhl, den Eneti von ihrer Reise zu erzählen, denn sie spürten deutlich, wie sehr er darauf brannte. So hörten die Eneti all das, was auch Jock den Brasen, Feornern und Merod unter dem rauschenden Dach auf dem

Moosbühel erzählt hatte. Gespannt folgten sie dem Bericht von ihren Wegen, ihren Abenteuern, von den Gefahren und den Wesen, die sie getroffen hatten, von ihrer Rettung und ihren Verzweiflungen und vom glücklichen Ausgang all ihrer Unternehmungen. Längst war die Sonne hinter den Bäumen versunken, und der Mond hatte ihren Platz am Himmel eingenommen, als Far-Uhl seine Erzählung beendete. Es war still geworden auf der Lichtung. Schweigend waren die Balhi-jata den Worten Far-Uhls gefolgt, während die jüngsten schon in den Armen der Eneti schliefen.

Ker-Imea erhob sich, und alle folgten ihrem Beispiel. Mit klarer Stimme begann sie zu sprechen:

»Wahrhaftig, eine neue Zeit ist angebrochen! Gemeinsam haben Edrain, Brasen, Feorner und Balhi-jata die große Gefahr besiegt. Und sonderbare Wesen sind ihnen zu Hilfe gekommen. Die Kiklits, die Prazûl und auch Gor-Num, der für sie sein Leben ließ. Nie sind solche Geschichten an den Feuern der Balhi-jata gehört worden. Doch nun sind diese Geschichten, die lange für Märchen gehalten worden wären, Wirklichkeit geworden und verbinden sich mit der Zukunft aller Völker von Erdherz. Und der Friede, den die Gefährten mit sich trugen, hat selbst Kiritavat erreicht und seine Saat zwischen die Balhi-jata und die Urruru gestreut. Wir wollen die Saat pflegen, und der Friede soll gedeihen und Früchte tragen. Wenn wir diese Aufgabe erfüllen, wird es der Dank sein, den wir denen schulden, die uns vor dem Untergang bewahrt haben.«

So ging das Fest der Balhi-jata zu Ende, und alle begaben sich zur Ruhe. Noch bewachten die Merod die Grenzen Kiritavats. Doch eine große Hoffnung begleitete sie in dieser Nacht. Die Hoffnung auf eine neue Zeit des Friedens.

Rückkehr nach Althaia

Nur drei Tage blieben Edrain und Feorner in Kiritavat, obwohl die Eneti sie gerne noch länger bei sich gesehen hätten. »Wir müssen zurück nach Althaia«, sagte Draba zu Ker-Imea. »Dort wartet noch eine letzte Aufgabe auf uns.«

Doch was diese Aufgabe sei, das sagte er nicht. Ker-Imea schien ihn zu verstehen und nickte.

»Ja, ihr müßt gehen«, sagte sie. »Doch seid gewiß, daß die Balhi-jata euch immer willkommen heißen werden. Das Glück sei mit euch!«

Draba lud Ragar und die Feorner ein, auf dem Schiff der Edrain nach Althaia zu segeln. Von dort aus würde das Schiff sie sicher in ihre Heimat bringen.

»Es ist besser, wenn ihr mit uns kommt«, meinte er. »Wenn ihr durch die Wälder der Urruru ziehen würdet, könnten diese es mißverstehen. Es ist nicht der richtige Augenblick, um sie zu stören. Und mit dem Schiff könnt ihr auch schneller in eure Heimat zurückkehren.«

Ragar gab ihm recht und nahm das Angebot dankend an.

Sie verabschiedeten sich von den Balhi-jata. Eja und Far-Uhl hielten sich lange in den Armen. Sie fühlten, wie sehr die gemeinsam überstandenen Ängste und Gefahren sie verbanden.

Dann löste sich Far-Uhl sanft von ihr, legte ihr die Hände auf die Schultern und sagte lächelnd: »At ena laat, styria Edrain. Ich danke dem Schicksal, das dich an Bhaskaras Küste geführt hat. Mein Leben ist reich geworden durch die Wege, die wir gemeinsam gegangen sind.«

Er legte die Hand auf seine Brust und verneigte sich so, wie er es damals getan hatte, als die Gefährten ihn vor den Urruru gerettet hatten. Mit Tränen in den Augen tat Eja es ihm gleich. Leise sagte sie: »Wir sehen uns wieder.«

Dann wandte sie sich um und ging an den Strand. Draba wartete schon auf sie. Ein Boot brachte sie auf das Schiff der Edrain. In Kiritavat gab es keinen Hafen, und so ankerte das Schiff weit vor der Küste, um im seichten Gewässer der Flußmündung nicht zu stranden. Die Balhi-jata hatten sich am Ufer versammelt und winkten und sangen ihre Lieder zum Abschied. Als Eja sich umdrehte und zurückblickte, sah sie Far-Uhl mitten unter ihnen. Doch er winkte nicht, sondern sah ihr nur nach, und auch Eja saß reglos in dem kleinen Boot. Wieder ließ sie einen Gefährten ihres Bundes zurück.

Sie hatten das Schiff bald erreicht. Die Edrain setzten die Segel, die ein günstiger Wind sogleich füllte. Rasch gewann das Schiff an Fahrt und steuerte an der Küste entlang nach Westen. Eja und Draba standen an der Reling und sahen, wie die Balhi-jata und Kiritavat in der Ferne versanken.

Die Feorner fühlten sich auf dem Schiff wie zu Hause und gingen den Edrain in allem zur Hand.

»Holzplanken unter den Füßen zu haben ist uns Feornern immer noch lieber als der schönste Ritt auf dem schwankenden Rücken eines Balhi-jata«, meinte Ragar zu Draba und atmete den salzigen Duft des Meeres tief ein. »Der Wind steht günstig, und wir haben ein gutes Schiff«, fuhr er fort. »Wir werden Althaia in wenigen Tagen erreichen.«

Zum ersten Mal sah Eja die gewaltigen Ausläufer des nördlichen Atlangebirges von der See her. Wie klein sie gewesen waren, als sie es gewagt hatten, diese mächtigen Berge zu bezwingen. An der zerrissenen Küste brachen sich die Wellen zu schäumender Gischt. Möwen umkreisten ihr Schiff und jagten nach Beute. Die wilde Schönheit des Meeres schlug Eja in Bann, und sie spürte, wie der würzige Wind ihre Gedanken klärte. Ihre Traurigkeit verflog, und sie verstand es wieder, Freude über den glücklichen Ausgang ihrer Reise zu empfinden und in Freundschaft an ihre Gefährten zu denken. Ich werde sie wiedersehen, dachte sie, und dieser Gedanke erfüllte sie mit Wärme und Glück. Über ihr blähten sich die Segel im Wind. Sie hörte das Knarren der Taue und die Rufe der Schiffer. Sie fühlte Freiheit und Geborgenheit, und es war ihr, als flöge sie auf weißen Schwingen übers Meer Althaia entgegen.

Sie umsegelten das Horn des Nordens und fuhren nach Süden. Bald sahen sie die letzten Berge, die immer weniger hoch in den Himmel ragten. Dann erblickten sie Samiria. Das hohe Gras Samirias wogte im Wind, und die Wellen des Meeres und des Landes wurden eins. Als sich wieder ein Tag dem Ende zuneigte, sahen sie den Atarat im Licht der untergehenden Sonne. Sie waren in Althaia angekommen.

Sie steuerten ihr Schiff in den sicheren Hafen und wurden von den Edrahil, die aus dem Land der Feorner zurückgekehrt waren, willkommen geheißen. Die Reise war zu Ende. Eja war zurückgekehrt. Eine große Müdigkeit überkam sie, und sie nahm die Begrüßungen, Fragen und Antworten um sie herum kaum wahr. Draba bemerkte ihren Zustand und führte sie in sein Haus. In demselben Zimmer, in dem er sie gesund gepflegt hatte, sank sie ins Bett und schlief ein, kaum daß ihr Kopf die Kissen berührt hatte. Draba legte ihr besorgt die Hand auf die Stirn und lauschte einen Augenblick mit geschlossenen Augen. Dann richtete er sich beruhigt wieder auf. Es war nichts als Müdigkeit. Nichts als die Folge all der Erlebnisse der vergangenen Tage.

Als Eja am nächsten Morgen erwachte, wußte sie im ersten Augenblick nicht, wo sie sich befand. Sie sah die weißen Wände und ein helles Licht, das durch das Fenster fiel. Sie fühlte den milden Wind und hörte den Gesang der Vögel. Als sie sich aufsetzte, fiel ihr wieder alles ein, was geschehen war. Das Zimmer war ihr vertraut, und sie blickte zum Fenster mit der schlanken Mittelsäule, die den Bogen des Fensters teilte. Neben ihrem Bett stand ein Stuhl, und Eja sah, daß jemand Kleider für sie zurechtgelegt hatte. Kleider, wie die Edrain sie trugen. Sie lächelte und verstand, was Draba ihr damit sagen wollte. Althaia sollte ihr eine Heimat sein, so wie das Tal der Rauna.

Da erhob sie sich, streifte die zerschlissenen Kleider der

Brasen ab und wusch sich in einem Wasserbecken, das sie auf dem Tisch entdeckte. Dann zog sie die Kleidung der Edrain an. Noch war sie ungewohnt, und Eja bewegte sich nur unsicher in ihr, aber allmählich wurde sie ihr vertraut, und sie wuchs in sie hinein.

Als sie die Treppen hinablief und vor das Haus auf den Hof hinaustrat, sah sie Draba an dem Tisch sitzen, an dem auch ihre Freunde gesessen hatten. Doch der Gedanke an ihre Freunde tat ihr nicht mehr weh, sondern war zu einer schönen Erinnerung geworden. Draba begrüßte sie freundlich, und sie setzte sich zu ihm und aß hungrig von den Speisen, die auf dem Tisch standen.

Die folgenden Tage vergingen ruhig und friedlich. Die Feorner verließen Althaia und kehrten an den Tarnafjord zurück. Mit ihnen fuhren die Grüße, die Eja an Horn sandte. Eja saß mit Draba in seiner Studierstube und half ihm, die Landkarten zu verbessern. Gemeinsam versuchten sie sich an alles zu erinnern, was sie gesehen hatten, an Berge, Wälder, weite Ebenen und Flüsse. Eja sah, welch große Freude Draba daran hatte. Er war ein Gelehrter und mit ganzem Herzen bei der Sache. Doch Eja hatte nicht die Geduld, nur in der dämmrigen Stube zu sitzen und Karten zu füllen. Oft streifte sie durch die Stadt und durch das Land. Die Edrain begegneten ihr nun nicht mehr wie einer Fremden. Nicht nur, weil sie ihre Kleidung trug, sondern auch, weil sie wußten, was sie getan hatte, und sie in ihr die Edrahil ehrten, die als eine der ihren dem Rat der Zwölf angehörte. Doch fehlten Eja die Freunde. Wie gerne wäre sie mit ihnen durch Althaia und Samiria gewandert. Wie gerne hätte sie mit ihnen gesprochen und über Jocks Scherze gelacht. In diesen Augenblicken kehrte die alte Traurigkeit wieder. Dann ging sie zu Draba, und in den gemeinsamen Versuchen, sich zu erinnern, fand sie wieder zu sich zurück, und die Traurigkeit wurde ihr leichter.

Endlich kam der Tag, auf den sie gewartet hatten. Tanit und die ihren kehrten zurück. Glücklich umarmten sich die Schwestern und waren von nun an unzertrennlich. Endlich wieder zusammen, liefen sie durch die Straßen Althaias und gesellten sich zu den Edrain auf den Feldern. Hatten die Edrain Eja bisher nur aus Achtung als eine der ihren angenommen, so begannen sie nun, sie und Tanit, deren Lachen und Glück so ansteckend wirkten, zu lieben und empfingen sie, wo immer sich die beiden zeigten, mit großer Herzlichkeit. Sie waren so gleich und doch auch so verschieden. Eja war stiller, besonnener, Tanit dagegen ein Ausbund an Fröhlichkeit. Sie liebte es, wild über die Felder zu jagen und mit ausgestreckten Armen wie ein Vogel über einem scheinbaren Abgrund zu kreisen. Dann liefen ihr die Kinder nach und bettelten so lange, bis sie ihnen zum hundertsten Mal von den Tagen erzählte, in denen sie als Dolgan frei über die Berge und Wälder geflogen war. Dann sahen die Kinder sie mit großen Augen an, und die Kleinsten von ihnen brachen nicht selten in Tränen aus vor lauter Staunen. Eja saß still neben ihr und lächelte über ihre Schwester. Nie zuvor hatte sie sich in Althaia so zu Hause gefühlt wie in diesen ausgelassenen Tagen.

Zehn Tage waren seit Tanits Rückkehr vergangen, da riefen die Edrahil alle Edrain zu einer großen Versammlung auf den Platz vor dem Saal des Rates. Vor dem ganzen Volk bestätigte der Rat die Wahl Ejas und Tanits zu Edrahil und nahm sie feierlich in ihren Kreis auf. Noch nie hatten die Edrain so junge Edrahil gesehen, doch auch noch nie schien es Edrain gegeben zu haben, die würdiger gewesen wären, das Laurinband zu tragen und dem Rat der Zwölf anzugehören. Jubelnd gab das Volk der Edrain seine Zustimmung.

»Hoffentlich heißt das nicht, daß ich jetzt immer ernst sein muß und nur langsam gehen darf«, flüsterte Tanit Eja zu. Eja verkniff sich das Lachen. Sie sahen, daß Draba schmunzelte. Er schien Tanits Worte gehört zu haben und drohte ihr heimlich mit dem Finger. Tanit errötete und nahm sich zusammen.

Dann trat Draba vor und hielt den letzten der Onduril in der Hand. Eine große Stille legte sich über den Platz. Auf einmal wurde allen die Gefahr, die ihnen gedroht hatte, wieder bewußt, und sie gedachten der Edrain, die den

Kampf um die Onduril mit ihrem Leben bezahlt hatten. Mit klarer Stimme begann Draba zu sprechen:

»Dies ist der letzte der Onduril, der aus dem Untergang Asars gerettet werden konnte. Die vier sind zerstört worden, nur der eine ist uns geblieben. Der eine aber kann nicht unserem ganzen Volk die Kraft der Bäume geben. Doch die Zeiten haben sich geändert, das Gesicht von Adna'Veljaha hat sich gewandelt. Ich frage euch nun: Brauchen wir noch die Macht der Onduril? Haben nicht viele von uns lange Zeit ohne sie gelebt? Sind die Steine nicht viele Jahre fern von uns gewesen? Und ich frage euch auch: Ist die Macht der Onduril nicht eine zu große Gefahr? Haben nicht viele der Edrain ihr Leben gelassen? Ist nicht Advena um des Steines willen in den Tod getrieben worden? Und wäre nicht beinahe vielen der Edrain der Weg zurück zur menschlichen Gestalt für immer verwehrt geblieben?

Vielleicht werdet ihr sagen: Es ist doch nur noch der eine. Doch wer sagt, daß nicht auch von diesem einen Gefahr droht, wenn nicht heute, so doch vielleicht eines nicht zu fernen Tages? Einst waren es zwölf Steine, doch es kam einer, der die Macht für sich allein wollte, und er stahl sieben von ihnen. Für diese sieben tötete er und fand auch selber den Tod. Dann waren es nur noch fünf, doch wieder kam einer, der die Macht über alle anderen wollte und Leid und Elend über die Völker von Erdherz brachte. Und der gleiche Untergang, der schon die alte Heimat der Edrain zerstört hatte, drohte auch ihrer neuen Heimat. Doch noch einmal konnte die Gefahr abgewehrt werden, und wieder zählen wir die Toten. Nun ist es nur noch der eine. Doch ich frage euch: Was wird uns dieser eine bringen? Wann wird wieder einer kommen, der die Macht will und einen Weg findet, sie mit diesem einen zu erlangen? Sind wir es nicht allen Völkern von Erdherz schuldig, dieser Gefahr für alle Zeiten ein Ende zu setzen?

Als die Edrain in alten Zeiten die Macht der Wandlung in den Steinen einfingen, luden sie eine große Schuld auf sich. Niemand kann sich ungestraft dieser Macht bedienen.

Und wir wurden bestraft. Die alte Welt ging unter, die neue Welt stand nahe am gleichen Abgrund. Die alte Schuld wurde weitergereicht, von Zeitalter zu Zeitalter. Und immer brachte sie Tod und Verderben. Ich frage euch: Ist die Kraft, die wir gewannen, diese Opfer wert gewesen?

Die Zeit der Entscheidung ist gekommen. Heute müssen wir den Weg der Zukunft wählen. Wollen wir auch weiterhin den letzten der Onduril in unserer Mitte bewahren, oder wollen wir uns endlich von ihm trennen? Darum frage ich euch: Ist einer unter euch, der Einspruch erhebt gegen den Verzicht auf den Onduril? Dann möge er vortreten und seine Stimme erheben.«

Doch niemand trat vor. Keine Hand regte sich, kein Widerspruch. Nur eine erwartungsvolle Stille lag über dem weiten Platz. Keiner hatte vergessen, daß viele der Edrain nicht mehr unter ihnen standen. Und alle begriffen die Vergehen, deren ihr Volk sich schuldig gemacht hatte.

Da fuhr Draba fort: »Die Entscheidung ist also gefallen. Die Macht des Onduril wird uns verlassen. Und es ist gut so.

Doch wer wird es tun? Wer hat die Kraft, sich von dem einen zu trennen? Ich vermag es nicht. Ich weiß, daß ich im letzten Augenblick zögern würde, denn die Versuchung der Macht ist groß.

Doch es ist eine unter uns, die der Versuchung nicht erliegen wird. Es ist eine unter uns, die ohne die Onduril aufgewachsen ist und frei ist von der Sehnsucht unseres Volkes. Es ist Eja, von der ich spreche, Advenas Tochter, die weit entfernt von Althaia im Land der Brasen aufgewachsen ist. In ihr lebt die Zukunft von Erdherz, denn sie ist zweier Völker Tochter, lebendiges Zeugnis einer neuen Zeit. Darum bitte ich dich, Eja, im Namen des Volkes der Edrain und im Namen des Rates, dem du angehörst, diese letzte große Aufgabe zu erfüllen. Viel hast du schon für unser Volk getan, und großen Dank schulden wir dir. Doch noch einmal müssen wir dich bitten, für uns zu tun, was wir nicht zu tun vermögen. Von Beginn an hat sich das

Schicksal des letzten der Onduril mit deinem Schicksal verbunden. Nun ist es auch an dir, sein Schicksal zu vollenden.«

Alle Augen richteten sich auf Eja, die mit wachsender Verwirrung Drabas Worten gefolgt war. Warum sie? Sie fühlte sich auf einmal schwach, und eine große Angst lähmte sie. Da spürte sie, wie Tanit den Arm um ihre Schultern legte und sie festhielt.

»Eja, hab keine Angst«, sagte sie leise. »Wovor fürchtest du dich denn? Hast du den Stein nicht schon lange getragen? Fürchtest du dich, weil so viele Augen auf dir ruhen?«

Tanits Worte lösten die Erstarrung. Eja schüttelte den Kopf und antwortete leise: »Du hast recht. Ich habe auch keine Angst mehr. Es kam nur so überraschend.«

Dann wandte sie sich an Draba und sagte laut: »Ich will gerne tun, was ich vermag. Doch wie ist es möglich, den Onduril zu vernichten?«

»Du sollst ihn nicht vernichten«, antwortete Draba. »Du sollst ihn nur an einen Ort bringen, wo er für alle Zeiten sicher ist. Wirf den Stein in den Hor'riach, den Mund der Erde. Keine Macht der Welt wird ihn vom Grunde der Quelle zurückholen können.«

Da nahm Eja den Stein und stieg an den Häusern des Wissens vorbei die Treppen hinauf zur Höhle unter der Kuppe des Atarat. Alle folgten ihr und versammelten sich erneut am Rande des Beckens vor der Höhle. Nur Eja und die Edrahil betraten den schmalen Steg, der in das Innere der Höhle führte, und gingen bis zur Plattform am Rande der Quelle. Das Tosen des Wassers, das sich an den Felswänden brach und vielfach widerhallte, ließ jeden anderen Laut verstummen. Eja schwankte, als sie am Rande des wirbelnden Wassers stand, und sie fühlte den unheimlichen Sog, der sie in die Tiefe zu reißen schien. Doch sie fing sich wieder und hob die Hand, die den Onduril hielt. Schön und leicht lag er in ihrer Hand. Sie sah die feine Linie, die sich von einem zum anderen Ende wand. Sie spürte die Kraft, die von ihm ausging. Es war ihr, als müßte sie sich auflösen, eins werden mit dem Wasser und dem Licht und den Felsen dieser Höhle. Wieso sollte sie diesen wunderbaren Stein in die Quelle werfen? Sie fühlte ein großes Widerstreben in sich. Nein, sie wollte den Stein behalten. Für sich! Er würde ihr gehören. Ihr allein! Schon wollte sie sich umkehren und der Höhle entfliehen, da hörte sie Asars Lachen in sich. Dieses hohle, ferne, grausame Lachen, das sie erzittern ließ. Es schien aus der Quelle zu ihr aufzusteigen, und ein vielfaches Echo steigerte das Lachen ins Unerträgliche. Es nahm Besitz von ihr. Sie schien dieses Lachen zu sein. Da flammte ein Widerstand in ihr auf, den Eja erkannte. Es war dieselbe Kraft, die sie vor Asar gerettet hatte, als sie gegen ihn kämpfte. Und es war die Kraft, die sie alle Gefahren ihrer langen Reise hatte bestehen lassen. Da zog sich das Lachen zurück, und an seine Stelle traten die Stimmen ihrer Freunde. Sie hörte das Wispern der Kiklits und den Kampfruf der Balhi-jata. Sie hörte auch die Stimmen ihrer Eltern und von Horn und Jock. Da verstummte das Lachen, und Ruhe erfüllte Eja. Es war vorbei. Ohne Anstrengung und ohne Widerstand öffnete sich ihre Hand. Der Onduril fiel in das strudelnde Wasser und versank. Die Macht des letzten der Onduril war zurückgekehrt in die Tiefe der Erde. Und sie wußte, die Kräfte der Wandlung würden weiter wirken, doch frei vom Einfluß und den Irrtümern der Menschen.

Das Leben ging weiter, auch ohne den Onduril. Die Edrain kehrten in ihre Häuser und auf ihre Felder zurück und brachten die Ernte ein. Nur Eja wurde von einer großen Unruhe befallen. Sie wußte nicht, was mit ihr los war. Sie war doch glücklich in Althaia, bei Tanit und Draba und im Kreise der Zwölf. Doch sie wußte einfach nicht, welches Leben sie führen sollte. Was sollte sie nun tun, nach all dem, was geschehen war? Die Stadt der Edrain schien ihr mit einem Mal zu eng zu sein. Sie sehnte sich nach der Weite der Ebenen und der wilden Schönheit der Berge. Es war ihr nicht möglich, ruhig an diesem Ort zu leben. Endlich klagte sie Draba ihr Leid.

Sie standen auf der Kuppe des Atarat, als Eja mit Draba sprach. Draba hörte ihr lange zu und nickte. Er verstand ihren Kummer und sagte nach einer kurzen Zeit der Überlegung: »Du bist Eja, Advenas Tochter, aber du bist auch die Tochter der Tordals, Edrain und Brasin zugleich. Althaia und das Raunatal sind deine Heimat. Doch wenn du an einem dieser Orte bist, wirst du dich immer nach dem anderen sehnen. Ich fürchte, so wird es bleiben. Darum wirst du an keinem dieser Orte deine Ruhe finden, und darum auch sehnst du dich nach Weite und Ungebundenheit. Denn nur solange du unterwegs bist, bist du frei von der Zerrissenheit, frei von der Ungewißheit. Du hast uns allen eine neue Zukunft und neue Hoffnung gegeben, doch du selber hast ein großes Opfer dafür bringen müssen. Das Schicksal hat dich entwurzelt. Doch sei nicht traurig. Es ist deine Aufgabe, dieses Schicksal, so besonders, wie es auch immer sein mag, anzunehmen und damit zu leben. Darum höre meinen Rat.

Eine neue Zeit hat begonnen. Die Grenzen, welche die Völker trennten, verschwinden. Doch es bleibt noch viel zu tun, bis die neue Ordnung eingerichtet ist. Die Völker werden Botschafter brauchen, die zwischen ihnen vermitteln und neue Bande knüpfen. Sie brauchen den Rat und die Hilfe, die du ihnen geben kannst. Mache dir dies zur Aufgabe, dann findet dein Schicksal seine Bestimmung. Und du wirst überall ein Zuhause haben.«

»Ich danke dir«, sagte Eja. »Ich werde deinen Rat befolgen.«

Gemeinsam blickten sie nach Osten. Dort bauten sich ihre Freunde eine neue Zukunft. Und Eja fühlte, daß all das, was sie sah, ihre Heimat war. Dieser Himmel, diese Berge, diese Wälder und alles, was ihr in dieser Welt noch begegnen mochte. Sie hatte zu sich gefunden. Endlich. Sie würde wieder aufbrechen und durch die Welt, die sie so liebte, wandern. Und sie dachte an ihre Freunde, die sie wiedersehen würde, an die Kiklits, die Balhi-jata, die Tordals, an Horn, an Far-Uhl und an Jock.

Teil 1
Die Stadt im Westen

9 Das Geschenk
19 Das Deichfest
31 Gorres Lied
50 Tanit
61 Eja
71 Horn Elder
84 Das Grab
95 Die Nebelfelder
106 Die Kiklits
120 Die Flucht
137 Das Floß
148 Die Wüste
162 Der Gesang der Tamahu
172 Das Meer des Nordens
183 Far-Uhl
193 Die Merod der Balhi-jata
204 Bhaskara
221 Am Sandarak
232 Unverhoffte Begegnung
243 Neue Pläne
254 Der Sturm der Zeit
264 Die Jagd

Teil 2
Der fünfte Stein

281 Erwachen
290 Erinnerung
300 Althaia
312 Der Weg der Geschichte
329 Der Rat der Edrahil
340 Nur ein Märchen
352 Südwärts
370 Der Gang
383 Die Brücke
397 Der Silberwald
412 Das Land ohne Schatten
427 Die Höhlen der Prazûl
442 Der Baum der Träume
457 Advenas Weg
469 Der brennende Pfeil
480 Asar
494 Der kleine und der große Narr
508 Warten
522 Das Tal der Vögel
534 Der Erzähler
549 Die Trennung des Bundes
562 Rückkehr nach Althaia